LE SCEAU
DES SORCIÈRES

DU MÊME AUTEUR

Chez le même éditeur

Projet Anastasis, roman, 2017
Les Pierres couchées, roman, 2017
Multiplication, roman, 2017
Au cœur du solstice, roman, 2017

Aux éditions Vandroux

Décollage imminent, nouvelle, 2012
Les Enchères, nouvelle, 2015

Pour les enfants

L'Arbre à chocolat. Le Petit Bonhomme des volcans, tome I, 2013
La Rivière disparue. Le Petit Bonhomme des volcans, tome II, 2015

Guide pratique

Grimpez vers le top 100, publiez sur Amazon ou ailleurs, pour bien débuter dans l'autoédition numérique, Jacques et Jacques-Line Vandroux, 2013

Pour retrouver ou contacter l'auteur :
Mail : vandroux.jacques@gmail.com
Blog : http://jacquesvandroux.blogspot.fr/
pour tout savoir sur ses romans
Page Facebook : https://www.facebook.com/vandroux
Compte Facebook : https://www.facebook.com/jacques.vandrouxauteur

JACQUES VANDROUX

LE SCEAU DES SORCIÈRES

Robert Laffont

ISBN 978-2-221-20045-2
Dépôt légal : novembre 2017

Avertissement

Bien que se déroulant dans certains lieux et sites réels, ce livre est une œuvre de fiction. Les noms des personnages et les événements sont le fruit de l'imagination de l'auteur. La représentation des lieux réels a pour seul but de donner à ce roman un caractère d'authenticité. En conséquence, toute homonymie, toute ressemblance ou similitude avec des personnages et des faits existants ou ayant existé, en particulier pour les personnages qui occupent des fonctions existant réellement, ne sauraient être que fortuites et ne pourraient en aucun cas engager la responsabilité de l'auteur ou celle de l'éditeur.

Le village de Saint-Joseph-en-Vercors est issu de l'imagination de l'auteur.

1

Margot, 1615

La jeune femme se releva brusquement et s'assit sur son lit, le souffle court. Le sang frappait violemment ses tempes et son cœur battait la chamade. Elle se força à respirer lentement. Peu à peu, elle reprit le contrôle de son corps. Pourtant, le sentiment d'angoisse restait solidement chevillé en elle.

Margot se leva et s'approcha de la fenêtre. Les rideaux laissaient un rayon de lune pénétrer dans la chambre. Elle les écarta doucement. Le calme de la forêt qui s'offrait à son regard aurait dû la réconforter, elle qui était en communion perpétuelle avec la nature. Il n'en était rien ! La peur qui avait noué ses entrailles était là, lovée comme un serpent prêt à frapper sans prévenir. La jeune femme se dirigea vers une table, saisit un broc et se versa un gobelet d'eau. La chaleur estivale était terrible et la relative douceur de la nuit n'apportait pas le soulagement attendu. Même être nue ne lui permettait pas de trouver le sommeil. Des gouttes de sueur perlaient entre ses seins. Margot les regarda couler sur son ventre. Elle était belle et le savait. Elle n'était pas spécialement coquette, mais aimait se contempler dans l'eau quand elle allait faire ses ablutions dans la petite rivière qui serpentait derrière chez elle. Les hanches larges et la croupe arrondie, des seins lourds et une épaisse chevelure noir de jais qui descendait sur ses épaules, sa silhouette dansante était connue dans la contrée. Elle n'ignorait pas que son corps faisait rêver plus d'un homme de la région, mais le respect qu'on lui portait la protégeait d'éventuelles tentatives agressives de séduction. Et Margot n'avait pas un caractère à se laisser faire ! Elle avait parfois deviné la présence de regards derrière les arbres quand elle se baignait dans la rivière. Elle ne pouvait pas non plus changer la nature masculine… et ces visions volées la flattaient sans qu'elle se l'avoue vraiment. Certaines femmes devaient alors se demander à quoi était due la vigueur retrouvée de leur homme.

Elle retourna vers son lit et observa son compagnon ensommeillé. Solidement charpenté, un sourire aux lèvres, il semblait perdu dans un rêve. C'était le premier homme qu'elle connaissait physiquement depuis la mort de son mari, trois ans auparavant. Quelques heures plus tôt, elle s'était offerte à lui et avait joui sous ses coups de boutoir. Ils s'étaient effondrés sur le lit en riant et s'étaient presque aussitôt endormis malgré la chaleur. Maintenant, elle tremblait, assaillie par l'angoisse. Elle ne souhaitait qu'une chose : se tromper. Après tout, rien ne prouvait que ce qu'elle redoutait se produise. Elle devait en avoir le cœur net. En silence, elle passa une chemise en lin, se dirigea vers un coin de la pièce et se pencha au-dessus d'un petit lit. Mathilde, sa fille de quatre ans, reposait tranquillement. Elle lui envoya un baiser du bout des doigts et quitta la maison.

Le léger vent qui l'enveloppa la rasséréna. Elle retrouvait son milieu. Margot traversa une courette bien entretenue et se dirigea vers un appentis. Elle ramassa la clé de la porte cachée sous une pierre et entra dans le petit bâtiment : son laboratoire. Ses aïeux l'avaient construit voilà plusieurs siècles, et la bâtisse avait résisté aux assauts du temps. Elle saisit un briquet à amadou et alluma une torche qu'elle accrocha au mur. La flamme dévoila des étagères remplies de flacons et de pots en terre savamment rangés. Margot ressentait toujours un sentiment de fierté quand elle admirait son œuvre : elle avait là de quoi soigner les maux de tous ceux qui venaient la voir, c'est-à-dire pratiquement tous les habitants du plateau. Elle n'avait pas encore trente ans, mais sa réputation de guérisseuse avait dépassé les limites de son canton. Certains hauts personnages de Grenoble faisaient même appel à son savoir. Ils ne venaient pas eux-mêmes, mais envoyaient leurs valets. Pas question de se compromettre avec une sorcière pour ces grands de la ville, surtout en une période aussi troublée où, voguant sur la peur et l'ignorance, les autorités pourchassaient ceux qui étaient différents. Jusqu'à peu, ce nom de « sorcière » l'avait amusée, elle dont la vocation était uniquement de soigner ! Elle était bonne chrétienne, même si elle croyait en la présence et la force de la déesse-mère. Après tout, Dieu pouvait être multiforme. Elle appliquait ses préceptes : aimer et soigner son prochain. Quant à ces histoires de sabbat, de ballets de sorcières, de copulation avec le diable, Margot en aurait ri si elle n'avait remarqué une évolution de la mentalité de ses patients. De tout temps, on s'est méfié des hommes et des femmes qui connaissent les secrets de la nature. Il est bien plus facile d'accuser son voisin de faire appel à des forces diaboliques que de reconnaître qu'il a passé des années à apprendre et à expérimenter le pouvoir guérisseur des plantes. Son sourire et ses remèdes avaient néanmoins toujours repoussé les éventuels soupçons de commerce avec Satan. Elle tenait ses secrets de sa mère et de sa grand-mère et les enseignerait à Mathilde… à condition que l'angoisse qui la tenaillait ne soit que le fruit de son imagination. Elle pria la déesse-mère pour qu'il en fût ainsi, tout en sachant que son intuition s'était toujours avérée. Margot respira profondément : elle était assez forte pour s'opposer à ceux qui leur voudraient du mal.

La mort, un an plus tôt, du baron Émile de Marbeuf, propriétaire des terres sur lesquelles se trouvait son village, avait changé les choses. Les femmes de sa famille avaient soigné les Marbeuf depuis des décennies. L'aristocrate avait toujours eu une grande bienveillance à leur égard, coupant court aux accusations que des jaloux auraient pu porter sur leur pratique. Personne n'aurait osé remettre en cause la parole de cet homme juste, chef de guerre qui avait accompagné le roi Henri IV pendant des années. Son fils Geoffrey, qui venait de lui succéder, n'était pas fait du même bois. Geoffrey de Marbeuf avait un caractère opposé à celui de son père. C'était un jouisseur dont l'unique objectif était de profiter des plaisirs de la vie. Les habitants du comté ne l'intéressaient nullement, sauf lorsqu'il s'agissait de jolies filles rencontrées au hasard de chasses ou de fêtes. Il courtisait les plus nobles et violentait directement les paysannes et les roturières. Sur la fin de sa vie, son père n'avait plus assez de force pour mettre le holà à ces coupables activités. Geoffrey était la seule personne que craignait Margot.

Elle l'avait connu quand, adolescente, elle accompagnait sa mère au château des Marbeuf. La jeune guérisseuse avait instantanément lu la perversité dans les yeux du garçon, qui avait son âge. Il l'avait déshabillée du regard, ce dont elle ne se serait pas offusquée si elle y avait lu de l'admiration et un minimum de respect. Elle n'y avait décrypté que concupiscence. Elle avait toujours été protégée par le baron, toutefois la disparition du vieux noble avait changé la donne. Trois mois plus tôt, Geoffrey de Marbeuf avait débarqué à cheval dans son village avec quelques-uns de ses compagnons de débauche. Il avait convoqué les villageois sur la place principale et leur avait tenu un discours digne des grandes époques du servage, en fixant longuement Margot. Les pauvres paysans et artisans, illettrés pour la plupart, avaient tremblé de peur. La jeune femme se demandait avec inquiétude comment cette histoire allait se terminer. Quand Marbeuf s'était approché d'elle, les villageois avaient laissé passer le cavalier. Celle qui les soignait et accouchait les mères ne représentait plus rien face à la force brute de cet homme. Margot ne l'avait pas quitté des yeux, avec un air de défi qui ne lui avait pas plu. Accrochée à sa jupe, Mathilde avait tout de suite compris que l'homme à cheval leur voulait du mal. Avec un sourire mauvais, l'aristocrate s'était approché. Il avait attrapé la fillette par le bras et l'avait violemment tirée à lui. La colère de Margot avait remplacé sa peur. Elle avait couru vers le cavalier, avait saisi sa botte et, d'une violente poussée, l'avait fait choir de son cheval et lâcher l'enfant. Quand il avait chuté et qu'elle l'avait entendu jurer, elle avait pensé avoir signé son arrêt de mort.

Cependant, le Christ et la déesse-mère en avaient décidé autrement. Le curé de la paroisse, accompagné d'un représentant de l'évêque exceptionnellement venu visiter les territoires éloignés de la maison diocésaine, était passé au même moment, attiré par l'attroupement inhabituel à cette heure de la journée. Quand il avait demandé ce qui s'était passé, Geoffrey de Marbeuf avait lamentablement bafouillé qu'il avait chuté de cheval. Inutile de se mettre à dos le clergé avec lequel il n'était déjà pas en odeur de sainteté. Le regard qu'il avait lancé à Margot en quittant le village était chargé de haine. Fière, la jeune femme n'avait pas baissé les yeux. Cependant, elle savait que cette bête humiliée n'aspirerait plus qu'à une chose : se venger.

Margot se dirigea vers la petite cheminée qui lui servait à se chauffer quand elle confectionnait ses potions durant les longues journées d'hiver. Elle venait de prendre sa décision : elle avait peu hésité, faisant confiance à son intuition. Elle saisit une barre de métal, se pencha sur l'âtre et descella une pierre qui en constituait la base. Puis elle s'agenouilla et retira deux autres lourdes pierres. Ses doigts sentirent un contact frais. Elle sortit un coffret en bois cerclé de métal. L'émotion s'empara d'elle quand elle retira l'objet de sa cachette. C'est une partie de l'âme de sa famille qui s'échappait du foyer. Cependant, elle n'avait pas le choix. Elle replaça les pierres, posa la boîte sur la vieille table en bois et s'installa sur un tabouret. Les doigts tremblants, elle fit jouer la serrure et admira son contenu. Puis elle la referma, attrapa un sac en tissu sur l'une des étagères et y glissa son trésor. Le sort en était donc jeté.

Margot quitta la bâtisse. Au lieu de la diriger vers la chaumière, ses pas la conduisirent vers la forêt. Elle suivit un chemin étroit que seul un œil habitué pouvait deviner entre les épais fourrés. La lune, pleine, l'aidait à s'orienter. Elle s'arrêta dans une petite clairière, à peine large d'une quinzaine de pas. Devant elle, une dizaine de pierres déposées, éparses, sur le sol. Les femmes de la famille Malherbe étaient enterrées là, au milieu de la forêt qui leur avait tout donné. Les hommes, eux, étaient inhumés dans la fosse commune du village. Sa grand-mère lui avait raconté que cette coutume avait débuté en 1420, lorsqu'un curé en froid avec son aïeule lui avait refusé la terre consacrée du cimetière paroissial. Elle s'assit dans l'herbe et, les yeux tournés vers le ciel, supplia les puissances célestes de lui venir en aide.

2

Un cri dans la nuit

Un cri long et aigu troubla le silence de l'appartement. Il s'arrêta net, rendant à la nuit sa sérénité. Personne ne semblait avoir entendu l'appel. Le hurlement reprit, plus fort, plus insistant. La femme, allongée, prit lentement conscience du monde qui l'entourait. Des pleurs, plus réguliers, déchiraient maintenant le brouillard qui nimbait son cerveau ensommeillé. Le rêve dans lequel elle se mouvait venait de s'évanouir. Elle tâta le matelas d'un avant-bras hésitant. Personne à ses côtés. Elle s'assit, bâilla et se frotta les yeux. Elle regarda sa montre : trois heures. Elle enfouit sa tête entre ses mains, retenant difficilement des larmes de fatigue. Elle n'avait pas le choix : les pleurs redoublaient d'intensité et elle était seule. Épuisée et tremblante d'énervement, elle enfila une paire de chaussettes et se leva. Il faisait froid dans l'appartement : elle avait conservé l'habitude de dormir la fenêtre ouverte malgré les températures encore fraîches du mois de mars. Elle s'étira et se dirigea vers la petite chambre qui faisait face à la sienne. Dans un lit en bois, un enfant sanglotait, les poings serrés. La femme le prit dans ses bras. Elle oscillait entre la compassion et l'envie de hurler qu'elle aussi avait besoin de réconfort. La faiblesse de la fillette eut finalement raison de sa colère. Elle la berça en lui parlant doucement :

— Ne t'inquiète pas, Adèle, maman est là maintenant.

L'enfant leva un regard étonné, cessa de pleurer puis se colla contre l'épaule de sa mère, rassurée. Nadia posa la main sur le front de sa fille. Il était brûlant. Elle se dirigea vers un petit meuble, saisit un sachet d'antalgiques. Même si le pédiatre le déconseillait fortement, elle ajouta un peu de sucre à l'eau du biberon et le secoua au rythme de la comptine qu'elle chantonnait. Adèle avala goulûment la boisson puis, avec un sourire retrouvé, se frotta contre sa mère. Nadia était maintenant totalement éveillée. Quitte à ne pas dormir, autant profiter de sa fille. Elle se dirigea vers le salon, se lova le plus confortablement possible dans le canapé, installa la petite sur sa poitrine et la couvrit avec un plaid. Les gémissements satisfaits la détendirent. Elle en avait vraiment besoin.

Jamais Nadia Barka n'aurait pensé que gérer sa vie de flic et celle de mère de famille serait si compliqué. Étienne aurait dû se trouver à ses côtés et s'occuper des fréquents réveils nocturnes d'Adèle. Le commissariat l'avait appelé à vingt-trois heures pour une affaire urgente... Il lui avait promis qu'il serait rentré à deux heures. Tu parles ! Elle qui comptait sur cette nuit pour récupérer ! Nadia avait déjà vécu des périodes professionnelles qui l'avaient laissée sur les genoux, mais elle avait l'impression de battre tous les records... et surtout de ne pas voir venir la fin de ces nuits hachées. S'occuper d'une fillette de neuf mois était plus épuisant que traquer une bande de truands.

La jeune mère glissait sur une mauvaise pente. Elle devenait facilement irascible et s'en prenait fréquemment à Étienne. Quand elle regardait la situation en face, elle voyait bien qu'il essayait de la soulager. Mais ils étaient deux accros du boulot et ne savaient pas lâcher une enquête pour offrir du temps à leur nouvelle famille, surtout depuis la promotion d'Étienne au grade de capitaine. Ses relations avec ses collègues commençaient également à se détériorer. Seul le respect qu'ils avaient pour elle avait évité un clash majeur. Nadia entendit le léger ronflement d'Adèle. Elle regarda avec tendresse le visage apaisé de l'enfant. Épuisant, mais plus valorisant que l'arrestation de quelques dealers défoncés ! Combien de temps tiendraient-ils avant que tout n'explose ? À ce rythme, sûrement pas longtemps ! Envahie par une soudaine mélancolie, elle s'endormit, bercée par le souffle régulier de sa fille.

Un bruit dans le corridor. Nadia Barka avait toujours eu le sommeil léger et cette tendance avait empiré depuis la naissance d'Adèle. Elle ouvrit les yeux : la porte d'entrée venait de se refermer. Dans la lumière de la lune, elle devina la silhouette d'Étienne. Elle regarda sa montre : cinq heures et demie. Elle tenta de maîtriser sa colère. Avec douceur, elle se redressa et partit déposer Adèle dans le petit lit à barreaux. Elle s'avança dans le couloir et, les bras croisés, se posta devant son compagnon.

— On a pratiquement recueilli toutes les preuves nécessaires à l'arrestation des frères Kerouad. On va bientôt les serrer, annonça Étienne Fortin dans un chuchotement.

Comme il cherchait à l'embrasser, Nadia repoussa sa tête et l'arrêta d'une main ferme :

— J'en ai rien à foutre des frères Kerouad et de leur trafic d'armes. Tu comprends ça, Fortin ? Hier, tu m'avais promis que tu t'occuperais d'Adèle, qui a toujours son angine, au cas où tu l'aurais oublié.

— Enfin, Nadia, tu connais le job comme moi. Ils avaient rencard cette nuit avec un gros client lyonnais. J'ai dû planquer plusieurs heures. Je…

— Je m'en tape. Les deux dernières nuits, tu étais déjà dehors. J'ai passé mon temps à cavaler, entre les courses, le toubib pour la petite et mon boulot. Pour mémoire, je suis aussi officier de police judiciaire.

— Mais…

— Aie au moins la délicatesse de me laisser terminer, à défaut d'avoir celle de m'offrir quelques heures de sommeil. Je te rappelle, capitaine Fortin, que tu es le père de cette charmante enfant. Cela signifie que tu as un minimum d'obligations. Alors maintenant, je vais me coucher. Je me lèverai à huit heures. Tu la déposeras chez la nounou et tu la récupéreras en fin de journée. Ensuite, je suis certaine qu'elle sera heureuse de passer une soirée à jouer avec son père. Si elle te reconnaît encore…

— Tu n'es pas sérieuse ? Et si jamais les Kerouad…

— Je m'en fous ! hurla Nadia.

Puis, elle reprit plus doucement :

— Si c'est trop difficile pour toi de t'en occuper, trouve au moins une solution pour la faire garder.

Après un dernier regard glacial, le capitaine Nadia Barka se retrancha dans la chambre à coucher, s'allongea dans les draps froids et, tremblante de nervosité, chercha le repos qui lui permettrait de tenir une journée supplémentaire.

Étienne Fortin se dirigea vers la cuisine, abattu. Il attrapa une bouteille de lait dans le réfrigérateur et s'en servit un grand verre. Il se laissa ensuite choir sur une chaise, avec une envie de pleurer qu'il n'avait pas ressentie depuis qu'il était gosse. Sa relation avec Nadia avait commencé comme un conte de fées. Cette fille était unique. Il avait rencontré l'âme sœur, même s'il ne croyait pas trop à ce genre de fadaises.

D'un commun accord, ils avaient décidé d'avoir un enfant. Consacrer sa vie à la poursuite de criminels n'était pas un but en soi. La nature ayant horreur du vide, un nouveau truand surgissait dès qu'ils en envoyaient un derrière les barreaux. L'âge commençait aussi à les rattraper. Nadia et Étienne voyaient arriver à grands pas leurs quarante ans. Les premières semaines après la naissance avaient été parfaites : leurs collègues s'étaient mis en quatre pour leur libérer du temps. Puis, peu à peu, le rythme de leur activité professionnelle avait repris le dessus : les planques, les interventions, les horaires impossibles à tenir. Étienne était conscient que, même s'il faisait le maximum pour être présent, Nadia assurait les urgences avec Adèle. Écartelée entre l'amour de sa fille et la passion pour son job, elle avait commencé à ne plus dormir et à perdre le fil de sa vie. La santé fragile d'Adèle n'arrangeait pas les choses.

Étienne vida son verre et le posa sur une table basse. Il adorait sa femme et sa fille, mais ne trouvait pas de moyen pour leur offrir plus de temps. Changer de métier ? Il ne savait rien faire d'autre, et sans doute n'en avait-il ni le courage ni l'envie. Il ne voyait pas de solution, et cela le minait.

3

Balade en sous-sol

— Rentre chez toi, Nadia, tu as l'air d'un zombie, proposa le lieutenant Rodolphe Drancey.

— La comparaison est charmante, je te remercie, grommela Nadia Barka en épluchant les documents que venait de lui déposer un de ses équipiers. Ça fait deux mois qu'on court après ces trafiquants qui fournissent en drogue les lycées de Grenoble. Je ne dormirai pas tant que je ne les aurai pas chopés.

— Enfin, pour ce qui est de ton sommeil, en ce moment…

Rodolphe Drancey regretta aussitôt cette allusion, craignant une réaction disproportionnée de sa collègue. Perdue dans ses pensées, elle ne semblait pas l'avoir entendu. Elle referma le dossier, le posa dans une bannette et se leva.

— Tu as raison, je continuerai demain. Je n'arrive même plus à distinguer les mots. Il faut que je me bouge un peu.

— À vingt-trois heures ?

— Y a pas d'heure pour les braves, non ? Une patrouille de la BAC part dans cinq minutes. Je vais leur demander de me joindre à eux.

— Plutôt que de tourner en voiture dans Grenoble, tu ferais mieux d'aller retrouver Étienne et ta fille, et de te coucher.

Nadia le foudroya du regard.

— Là, Rodolphe, tu me gonfles. Ma vie privée ne te regarde pas, OK ? Je ne sais pas si Étienne est venu pleurer chez vous, mais moi, quand j'aurai besoin de tes conseils, je te ferai signe.

— Il n'empêche que, depuis quelques semaines, c'est nous qui devons subir ton humeur de dogue !

— Et ça perturbe ton petit cerveau à ce point-là ?

— Non, mais puisque nous en sommes au chapitre des amabilités, je tiens à te dire qu'on commence à en avoir plein le cul de se faire rembarrer dès qu'on pète de travers.

Furieuse, le capitaine Nadia Barka attrapa son Sig Sauer SP2022 réglementaire et fourra dans la poche de son blouson une matraque télescopique.

— Tu pars à la guerre ? demanda ironiquement Drancey.

— Ta gueule ! jeta Barka en quittant la pièce d'un pas rapide.

La voiture circulait lentement dans les rues désertes de Grenoble. Les trottoirs conservaient encore la trace des chutes de neige de la semaine précédente. Le temps était particulièrement froid pour la mi-mars. Nadia Barka somnolait, installée à l'arrière de la Peugeot 308 banalisée. Les deux gardiens de la paix avaient été surpris par la demande de leur collègue. Cependant, leur troisième équipier venait de rentrer chez lui, terrassé par la grippe, et ils connaissaient la réputation du capitaine Barka : dure au mal et efficace. Par ailleurs, patrouiller avec une jolie fille n'avait rien de désagréable, même si elle avait à peine ouvert la bouche depuis leur départ. La radio se mit à grésiller. L'homme assis sur le siège passager la saisit, entama un court dialogue et raccrocha.

— Une intervention pour nous, au bas du cours de la Libération. Un gamin a appelé le central. Sa sœur est en train de se faire violer par plusieurs individus dans le parking d'un immeuble.

— File-moi l'adresse exacte ! demanda le conducteur en appuyant sur l'accélérateur.

La nouvelle avait provoqué chez Nadia une décharge d'adrénaline.

— Que comptez-vous faire ? interrogea-t-elle d'une voix rauque.

— Le gamin est censé attendre devant l'entrée principale. On découvrira vite si c'est un coup monté ou pas. On n'est plus qu'à deux rues. Si ça sent l'embrouille, on appellera des renforts.

— Que ça sente l'embrouille ou pas, je vous demande une faveur. Laissez-moi intervenir.

— Ça peut être dangereux, capitaine. Vous savez comment ça réagit dans certaines zones !

— Je suis parfaitement au courant. Je sais aussi qu'une gamine est en train de se faire violer par plusieurs salopards. Et là, ce sont mes tripes qui parlent. Vous aurez juste à me couvrir si ça part en vrille. Je prends la responsabilité de tout ce qui peut arriver.

Les deux hommes s'interrogèrent du regard, conscients que la requête de leur collègue était tout sauf réglementaire. Ils devinaient des tremblements de fureur difficilement contenue dans sa voix. Ils ne mirent qu'une seconde à s'accorder. Le capitaine Barka allait faire ce dont ils avaient envie depuis longtemps : dépasser les limites de la loi pour faire justice !

— OK, capitaine, vous prenez la direction de l'opération, annonça le conducteur en garant discrètement le véhicule à une cinquantaine de mètres de l'entrée principale.

Devant la porte, un garçonnet balayait l'avenue du regard, visiblement paniqué. Les deux flics quittèrent la 308 et enfilèrent leur brassard. Ils se retournèrent : Nadia était encore à l'intérieur. La scène les stupéfia. Éclairée par la lueur diffuse d'un réverbère, elle venait de retirer son blouson. Elle passa son pull par-dessus la tête, et ils devinèrent un soutien-gorge rouge sur une peau bronzée. Troublés, ils la regardèrent remettre son blouson d'hiver et sortir à son tour de la voiture.

— Allez, on se dépêche ! lança-t-elle en trottinant vers le garçon qui les avait aperçus.

À peine âgé d'une dizaine d'années, il avait remarqué les brassards siglés des hommes de la BAC. Il se jeta pratiquement sur Nadia, puis, hoquetant, supplia :

— Venez vite, ils font du mal à ma sœur. Elle n'arrête pas de crier.

— Comment tu t'appelles ? l'interrogea-t-elle avec calme.

— Yaya, m'dame.

— Yaya, dis-moi combien de garçons sont en train d'agresser ta sœur.

L'enfant se concentra quelques secondes.

— Ils sont quatre… Ils l'ont emmenée là-bas, lança-t-il à toute vitesse en montrant du doigt l'entrée d'un garage souterrain. Je me suis enfui, sinon ils m'auraient battu.

Yaya avait du mal à retenir ses sanglots. Son histoire sonnait juste. Le capitaine Barka envoya l'enfant vers les deux policiers.

— Assez perdu de temps. Personne ne traîne dehors par ce froid glacial. On ne risque pas l'émeute. Je passe devant, intima-t-elle. Vous me suivez, mais vous ne vous montrez pas avant que je vous en donne l'ordre.

Les hommes de la BAC acquiescèrent, conscients qu'ils allaient plonger en pleine illégalité dans les prochaines minutes. Nadia poussa la porte rouillée du parking. Les échos de halètements, de rires gras et les supplications d'une voix féminine la cueillirent. Électrisée, elle dévala les quelques marches de l'escalier. Elle emprunta le couloir d'accès qu'une peinture blanche et lépreuse rendait définitivement déprimant. Dans le sous-sol, une trentaine d'emplacements, pas tous occupés. Une dizaine de mètres sur sa droite, dans un coin, trois silhouettes s'acharnaient sur le corps d'une jeune femme qui se débattait. Un quatrième personnage, vêtu d'un blouson bomber, les regardait en hurlant des obscénités. Une rage froide submergea la policière. Tout le stress qu'elle accumulait depuis des semaines la quitta, laissant place à un flot de haine pure. Ils paieraient, bien plus qu'elle ne l'avait envisagé en sortant du véhicule.

Elle ouvrit largement sa veste et avança d'un pas calme, trop calme, vers les quatre truands. Le bruit de ses bottes ferrées claquant sur le sol en béton attira l'attention du type au bomber. Il ne lui fallut qu'un instant pour prévenir ses complices :

— Eh, les keums, matez la gonzesse. Sam, viens voir.

Le capitaine Barka s'arrêta à trois mètres d'eux, campée sur ses deux jambes, les bras croisés. Elle savait à quoi elle ressemblait : une walkyrie en jean, bottes en cuir et sous-vêtement apparent qui mettait en ébullition le crâne de quatre enfoirés.

— Relâchez cette fille, ordonna-t-elle sans élever la voix.

Les trois violeurs s'étaient relevés, le sexe toujours à l'air.

— Ouah, dicave ses boobs ! jeta Sam, le plus âgé, à ses deux potes. Alors la MILF, tu veux te faire tringler en cachette de ton mec ? Tu vas t'éclater avec nous !

— Relâchez cette fille. Dernier avertissement.

— Oh, putain, comme tu me fais flipper grave, lança l'homme au bomber avec un rire agressif. Non seulement on va pas te laisser repartir, mais tu vas nous tenir compagnie toi aussi. On a tout notre temps, et vu comme t'es gaulée, on est partis pour passer la nuit avec toi.

Nadia ne répondit pas.

— Tu fais ta chochotte ? Faut pas avoir peur ! Tu la vois celle-là ? reprit Sam en prenant sa verge en érection à la main. Elle est pour toi. D'abord dans ta petite bouche de salope, et ensuite dans ton cul.

Les quatre hommes, âgés d'une vingtaine d'années, l'entouraient maintenant. Cette splendide femme mature représentait une pièce de choix bien plus excitante que la pauvre fille de seize ans recroquevillée dans son coin. Nadia savait pertinemment que ce qui leur tenait lieu de cerveau était anesthésié par la vue de sa poitrine. Ils n'avaient plus qu'un objectif : abuser d'elle. Elle serait d'abord violée par le chef de leur bande, sans aucun doute celui qui avait la bite à l'air. Les autres, dans un acte héroïque, la maintiendraient pour qu'elle ne se débatte pas. Ils auraient ensuite le droit de se servir. Elle observa leur position, prête à agir.

— Saïd, Marvin, attrapez-moi cette pute. Je vais lui défoncer sa chatte !

Nadia Barka attendait cet ordre. Un sourire mauvais déforma son visage. Tout à leurs fantasmes, ils ne s'en aperçurent pas. Les deux acolytes se précipitèrent sur elle. La flic avait déjà avancé d'un pas. Avec une force phénoménale, elle envoya son pied dans le bas-ventre de Sam. L'homme, sans un mot, s'effondra. Le cri de douleur ne passa pas le seuil de sa gorge. Seul un jet de bile jaunâtre jaillit de son estomac. Sans attendre, elle saisit sa matraque, la déplia d'un geste sec du poignet et frappa violemment le genou du dénommé Saïd, posté à sa droite. Elle doubla le coup, écrasant avec précision le ménisque. L'homme chuta. Elle en profita pour lui propulser le coude dans la tempe. Saïd perdit immédiatement connaissance. La soudaineté de l'attaque n'avait pas laissé le temps de réagir aux deux autres violeurs. Nadia replia la jambe, pivota d'un quart de tour et, d'une brusque détente, envoya son talon dans le visage du troisième agresseur. Le bruit sec et le hurlement qui suivit lui confirmèrent que la mâchoire de Marvin venait de se briser net.

— Attention !

La policière se retourna instantanément. L'homme au bomber fonçait sur elle avec un couteau. Dans un réflexe, elle se jeta sur le côté. Étonné, le caïd ne rectifia pas la position de son arme. La lame pénétra néanmoins dans la manche du blouson. Les policiers de la BAC se précipitèrent vers elle, pistolet au poing. Nadia ne vit que son agresseur qui revenait. Il ne l'aurait pas deux fois par surprise. Quand il fonça pour la poignarder, elle lui saisit le bras et, d'un balayage aux chevilles, le jeta au sol. Alors, prise d'une rage incontrôlable, elle frappa aveuglément. Après tout, ne lui avaient-ils pas promis une sodomie collective ? Chacun de ses coups, délivré avec une violence inouïe, tordait son agresseur comme un lombric. Comme l'homme, roulé en boule, demandait pitié dans des gémissements lamentables, elle se sentit fermement tirée en arrière.

— Arrêtez, capitaine, vous allez le tuer. On va avoir des emmerdes.

Nadia reprit alors conscience de la situation. Quatre individus étendus sur le sol et, contre le mur, la jeune femme qui n'avait toujours pas bougé, murée dans son cauchemar. Elle se libéra de l'emprise de ses collègues et remonta la fermeture Éclair de son blouson.

— Faites discrètement embarquer ces quatre connards. Pas d'ambulance, ça risquerait de créer de l'émoi dans le quartier. Je m'occupe de la petite.

L'officier de police se rapprocha de la victime, une jolie Noire aux yeux terrorisés. Tout à sa panique, elle ne s'était pas rhabillée, cachant sa nudité sous son manteau déchiré. Nadia l'aida à se revêtir.

— C'est terminé.

— Ils n'ont rien fait à mon frère ? demanda la jeune fille, rongée par l'angoisse.

— Non, il va bien. C'est lui qui nous a prévenus. Quant à ceux-là, ajouta-t-elle en montrant ce qu'il restait des violeurs étendus sur le béton du garage, ils seront jugés et passeront un bout de temps en prison.

— Tu les as tués ? interrogea-t-elle, ne sachant si elle devait s'inquiéter ou se réjouir.

— Non… non, mais je peux t'assurer qu'ils regretteront longtemps cette soirée.

4

Recadrage

Alain Mazure, sans un mot, indiqua un siège à sa collaboratrice. Il l'observa pendant qu'elle prenait place dans le fauteuil face à lui. Jamais il ne l'avait vue aussi fatiguée, même durant l'affaire Sartenas. Un maquillage discret ne cachait pas les cernes qui mangeaient son visage. C'était surtout son regard distant qui l'inquiétait. La relation que le commissaire Alain Mazure entretenait avec le capitaine Nadia Barka avait toujours été privilégiée. Il appréciait l'efficacité et la pugnacité de cette femme, même s'il craignait parfois les excès que son caractère entier entraînait par moments. L'intervention de la nuit précédente en avait été le parfait exemple. Malgré toute l'affection qu'il portait à Nadia, il ne pouvait pas laisser passer un tel manquement aux règles élémentaires de la police. Non seulement elle avait fait preuve d'une brutalité inqualifiable envers quatre individus qui n'avaient toujours pas quitté le CHU de La Tronche, mais elle avait pris le risque de mettre le feu aux poudres dans une ville qui ne se distinguait pas par la stabilité de sa situation sociale. Une telle explosion de violence était incompréhensible chez son officier. Le commissaire sentait bien que, depuis plusieurs semaines, sa collaboratrice frôlait la dépression. Il ne lui trouvait néanmoins aucune excuse pour sa conduite de la veille. Alain Mazure saisit une feuille placée devant lui, se leva, contourna son bureau et fit face à sa collègue. D'une voix monocorde, il se lança dans un inventaire :

— Numéro un : une triple fracture de la mâchoire et six dents cassées en prime. Numéro deux : un éclatement de testicules, le gars n'a pas été loin d'y rester. Numéro trois : un genou éclaté en plusieurs morceaux – celui-là s'en tire plutôt bien. Enfin, numéro quatre : deux côtes brisées, un traumatisme crânien et une bardée d'ecchymoses qui porterait à croire qu'il est passé sous un rouleau compresseur. Avez-vous quelques explications à me donner, capitaine Barka ?

— Viol en réunion sur une mineure de seize ans et tentative de viol sur une femme de trente-huit ans. Deux policiers de la BAC pourront vous le confirmer.

— J'ai effectivement lu leur rapport. Vous êtes intervenue en réponse à un appel de détresse à une heure du matin. Vous avez essayé de raisonner quatre malfrats qui violaient une jeune fille du nom de Simone Koné. Ils ne vous ont pas écoutée, mais vous ont au contraire menacée de, comment dire... prendre du bon temps avec vous.

— Si vous appelez se faire tabasser et sodomiser par une bande de sauvages « prendre du bon temps », il faudra sérieusement revoir votre concept du plaisir féminin, commissaire, répliqua amèrement Nadia.

— Vous savez pertinemment à quel point je méprise ceux qui se livrent à ce genre d'exaction ! Ne jouez pas sur les mots, capitaine. Les explications des policiers sont assez vagues. Vous seriez arrivée avant eux, puisqu'ils discutaient avec des habitants du quartier. Quand ils vous ont rejointe, les hostilités étaient déjà engagées. Heureusement que vous avez d'excellentes notions du combat rapproché. Leur retard aurait pu vous être fatal, ajouta-t-il avec une pointe d'amertume. Sincèrement, capitaine Barka, pensez-vous que je vais croire à ce rapport sans réagir ?

— Croyez ce que vous voulez, commissaire, lâcha Nadia dans un soupir.

L'excitation de la veille était retombée. Elle était pleinement consciente d'avoir pris des risques inutiles et d'en avoir fait courir à ses équipiers. Si l'un des agresseurs avait pu s'enfuir, qui sait ce qui serait arrivé ? Il aurait pu provoquer une émeute. Si l'un de ses hommes avait eu le même comportement qu'elle, Nadia lui aurait passé un savon mémorable. Elle fixa son supérieur dans les yeux.

— Ces patrouilleurs n'y sont pour rien, commissaire. Les quatre frappes, c'est moi seule qui les ai envoyées à l'hôpital. Est-ce que c'était une connerie ? Oui, sans aucun doute. Même s'ils m'ont clairement menacée puis agressée, ma riposte a été disproportionnée. J'ai outrepassé mes devoirs. Est-ce que je le regrette ? Pas une seconde. Ces types représentent tout ce que je hais, et je pèse mes mots. Si je ne les avais pas corrigés, ils se seraient vantés de leur « exploit » auprès de leurs potes, et la vie de Simone Koné aurait été un enfer. Elle aurait été la pute que tous les petits caïds du coin auraient pu baiser à leur guise, quand bon leur aurait semblé. Vous connaissez la chanson !

— Je sais parfaitement comment cela se passe, capitaine. Mais si Charles Bronson jouait *Un justicier dans la ville* sur les écrans de cinéma, ici, nous avons des règles et nous sommes là pour faire respecter et appliquer la loi française. Par ailleurs, vous avez mis la sécurité de vos collègues, celle de la ville et la vôtre en péril. Sans compter que si les quatre violeurs décident de saisir la justice et de porter l'affaire devant les télévisions, nous nous retrouverons au milieu d'une tempête médiatique dont nous n'avons vraiment pas besoin. Je me vois donc dans l'obligation de réagir, Nadia, en premier lieu pour votre bien. Je ne peux pas me permettre d'avoir dans mon équipe un élément incontrôlable.

Nadia Barka ferma les yeux et poussa un long soupir. Elle était incapable de mettre de l'ordre dans sa tête. La montée d'adrénaline ressentie au cours de sa bagarre avait été proche de l'orgasme. Sentir le corps de ces nuisibles se briser sous ses coups lui avait procuré une satisfaction perverse. Maintenant, après une nuit de sommeil, sa réaction l'effrayait. Elle n'avait plus aussi bien dormi depuis la naissance de sa fille. Était-elle en train de devenir comme ces malades qu'elle pourchassait depuis plus de quinze ans ? Se transformait-elle en un élément dangereux pour la société ? D'une voix fatiguée, elle demanda :

— Annoncez le verdict, commissaire !

Mazure marqua un temps de surprise. Il s'attendait à l'entendre justifier sa bagarre de la veille et à la voir se défendre comme une tigresse. Sa passivité le déconcerta. Jamais elle n'avait déposé les armes aussi rapidement. Cela valait peut-être mieux.

— Les choses se sont compliquées ce matin. L'une de vos victimes s'appelle Stéphane Vertufoy.

— Je suis censée le connaître ?

— Stéphane Vertufoy est le numéro quatre, celui que vous avez « corrigé » à coups de rangers.

— De bottes, commissaire, achetées chez Minelli. J'imagine que ce trou du cul est un « fils de » !

— Gagné. Son père est un membre très influent du cabinet du préfet du Rhône. D'après lui, son fils est un jeune homme des plus tranquilles qui poursuit ses études de droit à Grenoble.

— Allons donc. Et comment a-t-il réagi quand on lui a appris que son fils serait jugé pour viol en réunion ?

— Très mal. Il ne veut pas y croire et prend cela pour une insulte personnelle. Monsieur Jacques Vertufoy a déclaré que cette histoire était un coup monté, et qu'il ferait jouer ses relations pour avoir la peau du flic ayant mis son héritier dans cet état.

Nadia Barka se redressa et, d'un geste énervé, secoua sa chevelure.

— Commissaire, je suis prête à assumer une sanction interne, mais il n'est pas question que je me laisse traîner dans la boue par un connard prétentieux qui n'a pas su élever son gamin !

— Autant je désapprouve votre conduite, autant je ferai tout pour vous protéger de ce type. Il a le bras long, et j'ai déjà dû commencer la négociation. Il voulait faire intervenir l'inspection générale.

L'OPJ se leva d'un bond :

— Quoi ! Ce connard veut mettre la police des polices dans la boucle ! Son fils était en train de violer une mineure, et sa seule réaction est d'appeler la police des polices ?

— Il a le droit de saisir l'IGPN, capitaine. J'ai rappelé à mes interlocuteurs que vous êtes l'un de mes meilleurs éléments et que vous avez même obtenu la médaille de vermeil pour acte de courage et de dévouement. Cela n'a pas calmé Vertufoy, mais les amis du préfet ont accepté de lever le pied. Ils ont voulu transiger avec une exclusion temporaire de deux semaines.

Nadia Barka tremblait de la tête aux pieds. Elle ouvrit la bouche, puis la referma afin d'éviter des propos qu'elle aurait regrettés.

— Rassurez-vous, capitaine, il n'était pas question que je me laisse dicter ma conduite par ces ronds-de-cuir. Vous recevrez un blâme, mais il ne nécessitera pas la saisine du conseil de discipline. J'ai appelé moi-même le préfet pour lui expliquer les conditions de l'arrestation du fils Vertufoy. Cela a aidé à calmer la situation.

La femme respira longuement plusieurs fois, puis se rassit.

— Je suppose que je dois vous remercier, commissaire.

— Je ne vous en demande pas tant. Par contre, ce que je vous impose, c'est d'aller voir le toubib et de vous faire prescrire une semaine d'arrêt pour vous reposer. Vous n'êtes actuellement plus en état de mener correctement vos missions.

5

On s'en sort seul

Nadia Barka, surprise, regarda son réveil. Dix heures ! Elle mit quelques secondes à atterrir dans le présent. Elle avait arrêté de travailler depuis trois jours, avec interdiction officieuse d'approcher du commissariat. Par réflexe, elle tendit l'oreille. Inutile, Étienne s'était occupé d'Adèle et l'avait emmenée chez la nounou le matin même. Le somnifère largement dosé et les interventions nocturnes de son compagnon lui avaient offert sa première nuit correcte depuis des mois. Elle décida de prolonger le plaisir, s'enroula dans sa couette et referma les yeux.

La fillette babillait dans sa poussette. Plus couverte que Paul-Émile Victor à l'assaut du Groenland, Adèle regardait avec intérêt deux chiens prêts à se battre. Voir leurs maîtres violemment tirer sur la laisse pour les séparer lui procura une déception passagère, vite évacuée par le formidable vrombissement d'une moto rouge écarlate.

Nadia respira l'air frais de l'après-midi. Elle avait récupéré sa fille au sortir de la sieste et se rendait chez Sophie Lombard. Elles ne s'étaient pas vues depuis plus d'un mois. Les deux femmes avaient noué une profonde amitié à la suite de l'affaire Sartenas. L'officier de police, habituée à vivre dans des milieux très masculins, avait découvert le plaisir d'une complicité féminine et des secrets partagés. Une sorte d'adolescence sur le tard alors qu'elle approchait de la quarantaine. Au cours des dernières semaines, Nadia s'était enfermée dans sa spirale négative. Elle avait rejeté les propositions d'aide, ne voulant rien devoir à personne. Dès son plus jeune âge, elle avait fait preuve de cette indépendance exacerbée. Volonté d'indépendance qui pouvait parfois tourner au masochisme ou à l'autoflagellation morale ! Le pauvre Étienne, qui partageait sa vie depuis trois ans, en avait fait les frais. La nuit paisible qu'elle venait de s'octroyer avait en partie balayé sa morosité. Elle devait se reprendre en main avant que l'épuisement ne la pousse sur la pente de la dépression.

Sophie et son mari Julien Lombard avaient emménagé dans un splendide appartement de l'Île Verte. Le soleil couchant offrait à la pièce une luminosité apaisante. Si Nadia avait disposé d'un logement aussi grand, la vie avec Étienne et Adèle aurait sans doute été plus simple. Le sourire de son amie évacua la pointe de jalousie qui avait à peine eu le temps de s'installer. La jeune mère n'avait jamais envié les autres : elle n'allait pas commencer maintenant. Sophie s'était rapidement remise du traumatisme qu'elle avait vécu trois ans plus tôt. Elle avait cependant réorienté sa vie, abandonnant son poste d'ingénieur pour entreprendre des études d'infirmière. Elle venait de passer avec succès ses examens et exerçait dans un service de gérontologie. Évidemment, elle avait épousé Julien.

La façon dont elle avait débarrassé Adèle de tous ses oripeaux d'hiver et le rire de l'enfant qu'elle tenait dans ses bras prouvaient que Sophie était à son tour prête à entrer dans la tribu des « mères de famille ». Nadia se réjouissait par avance des balades qu'un jour elles partageraient, poussant de conserve leur landau et s'arrêtant pour boire un café dans un salon de thé ou un bistrot. Elle s'étonnait de cette nouvelle capacité à se dédoubler : elle qui, quelques nuits plus tôt, avait sauvagement combattu quatre individus rêvait maintenant de macarons et de darjeeling. Elle tendit à Sophie son blouson dont elle avait recousu la manche. Sophie ne put s'empêcher de siffler en la regardant.

— Excuse ce vieux réflexe d'élève ingénieur ou de toubib en chasse, mais tu es splendide. Qu'est-ce qui me vaut cet honneur ?

Nadia s'observa dans la glace avec un sourire satisfait. Elle ne voyait plus un flic en maraude, mais une femme élégante. Elle s'était même maquillée avec soin, ce qui ne lui était plus arrivé depuis… si longtemps.

— Je suis en pause. Pendant une semaine, l'officier de police judiciaire Barka hiberne. On a beau être mère de famille, on n'en reste pas moins femme, n'est-ce pas ?

— De ce côté-là, tu as quelques mois d'expérience de plus que moi. Par contre, le principe me convient parfaitement.

— Juste quelques mois ?

— Eh oui, renchérit Sophie avec un éclair de joie dans les yeux. Je suis enceinte de quatre mois. Garde-le pour toi, car Julien ne le saura que ce soir.

Nadia s'approcha de son amie et l'enlaça longuement. Elle sentait les larmes qui montaient. Jamais elle n'avait été aussi émotive. Coincée entre deux coussins, Adèle les surveillait, étonnée par ce manège. Puis elle reporta son attention sur un chat qui dormait non loin d'elle.

— C'est génial, Sophie, génial ! Félicitations ! s'exclama Nadia.

— Oui, je suis super contente. Après avoir écumé ensemble les boutiques de mode, nous allons maintenant vider les magasins de layette… En plus des boutiques de mode, bien évidemment. Je compte sur toi pour me donner tous les conseils nécessaires.

Nadia se referma. Sophie s'en aperçut aussitôt. Cette femme avait débarqué par hasard dans sa vie. Leurs caractères semblaient totalement opposés, mais un magnétisme inexplicable les avait attirées. La pugnacité de la policière, sa force brute et les fêlures qu'elle dissimulait avaient fasciné Sophie. L'enthousiasme de la nouvelle infirmière, sa capacité à percevoir du positif dans toutes les situations avaient, de son côté, conquis Nadia.

Sophie relança la conversation, mettant fin au silence qui menaçait de s'installer :

— J'ai réussi à poser un après-midi de congé quand tu m'as appelée hier. Je n'allais pas rater une occasion de te revoir… Tu m'as manqué. Alors j'ai préparé un gâteau aux noix. Je m'essaie à la pâtisserie depuis que je me suis mariée. L'épouse parfaite, n'est-ce pas ?

— Et Julien ? demanda Nadia, amusée. S'est-il aussi transformé en époux modèle ?

— Il en suit le chemin. En tout cas, il fait de gros efforts. Il a même décidé de prendre des cours le samedi matin chez Castorama, lui qui frémissait d'horreur au seul mot de perceuse. Je ne dis pas que je ne repasse pas parfois derrière lui quand il bricole, mais je le fais discrètement. Je dois veiller à ne pas froisser son ego de mâle. Par contre, à la cuisine, c'est un maître queux.

— Et ailleurs ? s'enquit Nadia avec une œillade coquine.

— Pas besoin d'aller chez Castorama ni nulle part. Il assure. Allez, assez parlé de moi. Pourquoi n'as-tu pas donné de signe de vie pendant un mois ni répondu à mes messages ? Je me faisais du souci. Que se passe-t-il ?

Sophie savait qu'elle abordait un sujet délicat, mais il était inutile de tourner autour du pot. Si Nadia était prête à faire des confidences, ce serait sans doute à elle. Nadia détourna le regard vers la porte-fenêtre. Elle le fixa sur un point imaginaire de la chaîne de Belledonne enneigée. Son amie était le dévouement et la gentillesse mêmes. Sophie pouvait l'aider à voir plus clair. Soulagée, Nadia avait pratiquement pris la décision de confier ses angoisses, quand un flash s'imposa à elle, brutal. Elle avait huit ans et pleurait dans sa chambre. Durant la récréation de l'après-midi, deux garçons lui avaient volé Lili, sa poupée préférée. Elle l'emportait en cachette en classe : Lili la rassurait. La remplaçante de l'institutrice, dépassée, n'avait pas prêté attention à ses propos. La nounou anglaise qui la gardait l'avait ramenée de l'école. Elle n'avait pas voulu goûter et s'était enfermée dans sa chambre jusqu'à l'arrivée de ses parents. Karim Barka était exceptionnellement rentré le premier. La fillette lui avait expliqué son malheur avec de gros sanglots et lui avait demandé d'intervenir auprès de la maîtresse. Karim Barka avait brutalement refusé, lui interdisant formellement d'en parler à sa mère. Nadia n'avait pas compris la réaction de son père : il avait toujours été sévère, mais il était maintenant injuste. « Tu t'es mise dans une situation désagréable en te faisant prendre ta poupée. Tu n'avais pas à l'emporter en classe. À toi de te débrouiller seule pour la récupérer. » Elle l'avait supplié, les garçons étaient plus grands qu'elle.

Karim Barka était reparti vaquer à ses occupations sans lui adresser un mot supplémentaire. La fillette avait ravalé ses larmes et avait réussi à ne pas parler à sa mère, malgré l'envie qui la tenaillait. Avant de se coucher, son père lui avait répété : « À toi de t'en sortir seule. » La nuit de Nadia avait été peuplée de cauchemars.

Toute la classe se jetait sur elle pour lui prendre ses jouets. Un géant aux traits de cire, loin dans un coin de la cour, lui disait : « Débrouille-toi. Je ne suis pas là pour te servir. » Elle priait tout de même cet effrayant personnage de venir à son secours, mais il ne bougeait pas, pactisant même avec les deux garçons qui avaient volé sa poupée.

Au matin, elle s'était réveillée avec un sentiment d'injustice et de colère profondément ancré en elle. Elle savait que ce qu'elle projetait de faire était mal, mais tant pis ! Son père regretterait de ne pas l'avoir aidée. La prochaine fois, il prendrait soin d'elle. Avant de partir en classe, elle avait glissé un couteau de cuisine dans son cartable. Pendant la récréation, la fillette s'était approchée des deux voleurs, menaçante. L'un des deux avait pris peur, mais le second l'avait toisée avec morgue et s'était moqué d'elle. Sans hésiter, elle lui avait entaillé le bras. La blessure était superficielle, mais la directrice avait aussitôt convoqué ses parents. Nadia attendait la punition qui lui aurait permis d'expliquer son geste. À son désespoir, son père n'avait rien dit. Il l'avait même discrètement félicitée : « On n'a pas besoin des autres pour résoudre ses problèmes. » Volontairement ou non, il l'avait coincée. Elle ne pouvait plus se confier à sa mère sans mettre son père en défaut. Elle s'était donc murée dans le silence. Karim Barka, homme influent à Bordeaux, avait réussi à étouffer l'affaire.

— Allô, Nadia, tu es toujours avec nous ?

Nadia, un sourire las sur les lèvres, s'excusa :

— Un moment d'égarement. Oui, je suis là, et je voudrais goûter ce fabuleux gâteau que tu nous as préparé.

— Je vais le chercher. Sinon, rien d'autre ?

— De la fatigue passagère. Entre le boulot, celui d'Étienne et Adèle, je cours derrière le temps. Cette semaine de pause est vraiment bénéfique. Et puis Adèle grandit, la qualité de son sommeil va s'améliorer.

— Pourquoi le médecin t'a-t-il arrêtée une semaine ? insista Sophie.

— J'étais crevée. Je me sens mieux là, surtout avec toi.

Sophie se força à sourire et se dirigea vers la cuisine. Elle était profondément contrariée. Nadia s'était soudainement fermée comme une huître. Sophie la connaissait suffisamment pour deviner qu'elle était passée à côté de confidences. Étienne Fortin était venu chez elle deux semaines plus tôt. Sophie l'avait écouté toute une partie de la soirée. Étienne avait fini par craquer, ne sachant plus comment agir avec Nadia, perpétuellement sur les nerfs. Quand son amie l'avait appelée la veille, elle avait remué ciel et terre pour se libérer, acceptant des gardes de nuit qui ne lui revenaient pas. Hélas, Nadia n'avait pas encore réussi à se débarrasser de ce satané carcan du secret qui la minait et l'emprisonnait.

6

Capture

Huit heures. Le capitaine Nadia Barka s'arrêta quelques secondes au bas des marches qui donnaient accès au commissariat central de Grenoble. Elle avait l'impression de se retrouver un jour de rentrée des classes. Elle ne s'était arrêtée qu'une semaine, mais cela lui avait semblé à la fois trop long et trop court. Le côté positif : elle s'était un peu reposée, et son humeur s'en était ressentie. Elle était même sortie au restaurant la veille au soir. Certes, une pizzeria, mais elle aimait les pizzas, et le plaisir de se retrouver avec Étienne dans la sérénité avait illuminé la soirée du couple. Sophie et Julien étaient venus garder Adèle chez eux. Le côté négatif : elle savait le stress prêt à réapparaître à la moindre occasion. « *Carpe diem* », lui avait répété Sophie en partant. C'était son mantra : « Profite du jour. » Pas simple, quand des ombres vous obscurcissent en permanence le lendemain. L'OPJ se questionnait aussi sur l'accueil que lui réserverait son équipe. Elle savait pertinemment que, ces derniers mois, elle s'était comportée comme la pire des emmerdeuses. La pression qu'elle avait exercée alors qu'ils étaient dévoués corps et âme à leur métier avait été totalement inutile. Nadia était prête à leur présenter ses excuses : elle espérait juste que cela serait suffisant.

D'un geste nerveux, Nadia arrangea l'une de ses mèches derrière l'oreille et grimpa l'escalier d'un pas décidé. Elle salua le gardien de la paix présent derrière le comptoir d'accueil, puis emprunta le couloir qui menait à son bureau, craignant presque le moment où elle les rencontrerait. Arrivée devant la porte, elle rassembla son courage. Elle n'était plus une gamine, elle était officier de police judiciaire avec le grade de capitaine. Nadia poussa la porte. Dans la pièce, six bureaux dépareillés, parfois séparés par des parois de bois installées au petit bonheur la chance au gré de budgets fluctuants. Personne derrière les bureaux. Nadia paniqua un instant, puis tourna la tête. À côté de la machine à café, une table, débordant de croissants. Autour de la table, une dizaine d'hommes et deux femmes, hilares :

— Bienvenue !

— Vous êtes cons, souffla-t-elle en allant vers eux. Vous êtes cons, mais je vous aime ! ajouta-t-elle avec plus de douceur.

Elle leur serra chaleureusement la main.

— Vous auriez vu votre tête, capitaine, s'amusa un jeune stagiaire.

— On t'a trouvé des pains aux raisins, annonça Rodolphe Drancey, brandissant fièrement deux viennoiseries. Par contre, j'aimerais faire une demande pour ton retour, ajouta-t-il, la mine préoccupée.

— Accordée, répondit Nadia, légèrement inquiète.

— Mets-toi aux pains au chocolat, comme tout le monde. J'ai dû faire trois boulangeries pour trouver tes pains aux raisins. Ça date d'une autre époque, ton truc !

Rassurée, Nadia lui répondit avec un large sourire :

— Si je les remplace par des chouquettes, ça te convient ?

— OK, ma boulangère préférée en fait des délicieuses. Bon retour au bercail, Nadia.

Cet accueil chaleureux avait ému Nadia. Ses craintes s'étaient envolées. Malgré son récent comportement pénible, elle avait gardé leur confiance. À elle de ne pas tirer sur la corde. Une fois le petit déjeuner avalé, elle réunit son groupe pour le débriefing matinal.

— Ne perdons pas nos bonnes habitudes. Quels sont les faits marquants de la semaine ?

Le lieutenant Rodolphe Drancey prit la parole. Il était *de facto* l'adjoint de sa chef de groupe.

— Étienne ne t'a pas annoncé la nouvelle ?

— Non. Le capitaine Fortin et moi avons décidé d'un commun accord de ne plus parler boulot hors des heures légales de travail.

— Alors, accroche-toi, c'est tout frais, ça date d'hier. Nous avons mis sous les verrous la bande qui fournissait en came les lycées grenoblois.

La nouvelle tira un rictus de contentement à l'officier :

— Bravo. Racontez-moi ça.

— Je laisse Marie te donner les détails.

Le lieutenant Marie Woessner, une jeune femme d'une trentaine d'années, visage encore rond et entouré d'une tignasse de cheveux roux, s'avança. Son allure assurée contrastait avec ses traits presque poupins. Elle avait travaillé pendant des semaines sur l'affaire du gang des lycées. Avec un langage fleuri, elle lui raconta avec force détails le coup de chance qui avait mené à l'arrestation de plusieurs caïds de la drogue.

— Étienne était au courant ? interrogea Nadia.

— Le capitaine Fortin devait mener l'assaut avec nous. Mais il a refusé. Il avait promis de conduire une fillette chez sa nounou, me semble-t-il.

Nadia se força à conserver un visage neutre, mais un sentiment de gratitude l'envahit. Elle s'empressa de changer de sujet. Elle ne voulait pas montrer de signe de faiblesse devant son équipe. Elle regarda sa montre et annonça en souriant :

— On a pris du retard sur le timing avec cette histoire. Il faudra être plus concis sur les autres sujets.

7

Sur le pont

Alain Mazure raccrocha son téléphone. Hésitant, il tapota le plateau de son bureau du bout des doigts. Cette manie l'aidait à réfléchir tout autant qu'elle exaspérait sa femme. Sa décision prise, il se leva et se dirigea vers les locaux de la PJ. Chacun de ses pas le confortait dans son choix. Le capitaine Barka était l'un de ses plus brillants officiers et cette affaire lui éviterait sans doute les multiples planques qui perturbaient sa vie familiale.

Quand il entra dans le bureau, Nadia était plongée dans l'étude d'un dossier. Il attaqua directement :

— J'ai un cas délicat sur les bras et c'est à vous que je souhaite le confier.

L'OPJ le dévisagea d'un regard interrogateur.

— Le procureur Reinhardt vient de m'appeler. Les pompiers sont intervenus ce midi à Grenoble pour une disparition supposée. Une femme de quarante-huit ans, du nom d'Isabelle Desmondières, n'avait plus donné signe de vie depuis deux jours. Ils se sont rendus chez elle et ont forcé la porte. Ils l'ont retrouvée, mais morte.

— J'imagine que si Reinhardt vous a téléphoné, c'est qu'elle n'est pas décédée d'un simple arrêt cardiaque.

— Exact. La fille était nue et salement amochée.

— Un crime sexuel ?

— Je viens de vous livrer toutes les informations dont je dispose. Vous prenez la direction de l'enquête, capitaine Barka.

— Merci commissaire, répondit Nadia avec un clin d'œil complice. Le proc est déjà sur place ?

— Il avait un rendez-vous au palais et arrivera sans doute après vous. Je vous laisse vous organiser. Vous me ferez un bilan de la situation par téléphone.

— Je passerai vous voir.

— Inutile. Les portables n'ont pas été inventés uniquement pour qu'on soit dérangé dans les moments d'intimité. Vous m'appellerez en préparant la soupe d'Adèle. À moins que ce ne soit Étienne qui s'en occupe ce soir ?

Mazure se leva et quitta la pièce, un sourire satisfait aux lèvres. Excitée par une affaire qui la sortirait de la routine quotidienne, Nadia saisit sa veste et partit à la recherche d'une équipe de la police scientifique. En passant devant le bureau de l'un de ses nouveaux équipiers, elle le héla :

— Marco, tu laisses ce que tu es en train de faire et tu viens avec moi.

Apparemment heureux de pouvoir abandonner la lecture d'un épais rapport, Marco Della Rocca se leva de sa chaise et, prenant son manteau, rejoignit sa supérieure qui poursuivait son chemin.

Rue de Mortillet. Quinze heures. L'agitation qui régnait devant la maison de ville contrastait avec le calme de la petite rue tranquille du quartier de l'Île Verte. Le gyrophare d'une voiture clignotait au milieu de la chaussée. Une ambulance venait d'arriver. Les deux policiers descendirent de leur véhicule banalisé et franchirent les quelques mètres qui les séparaient du domicile de la victime. Attirés par l'animation inhabituelle, quelques curieux s'étaient approchés de la demeure. Le capitaine Barka leur fit signe de s'éloigner. Elle les interrogerait plus tard. Deux hommes de la BAC étaient déjà sur les lieux, ainsi que l'un des pompiers qui avaient découvert le cadavre.

Elle les salua et suivit le pompier jusque dans le salon. Sur le tapis, une femme entièrement nue. L'état du corps révulsa l'officier de police. La victime avait été torturée et de nombreuses entailles balafraient son torse. Elle était tombée sur un sadique. Sans un mot, Nadia observa minutieusement la pièce. Elle avait été mise à sac. Vraisemblablement, le tortionnaire était à la recherche de quelque chose. De l'argent ? La femme avait-elle parlé ? Avait-il trouvé ce qu'il cherchait ? Il serait difficile de le savoir. Puis elle s'adressa au pompier :

— Je suis le capitaine Barka, en charge de l'enquête. Merci de me raconter les détails de votre intervention.

— Sergent Lélias à votre service. Nous avons été prévenus aux alentours de midi. Une personne s'inquiétait de la disparition de Mme Desmondières, la victime. L'officier de permanence a d'abord tenté de la rassurer, mais elle a rappelé plusieurs fois. Il a donc envoyé trois hommes à l'adresse indiquée, sous mon commandement. En arrivant sur place, nous avons tout de suite noté que tous les volets étaient fermés. Comme personne ne répondait à nos appels, nous avons forcé la porte. Il faisait très sombre à l'intérieur. Nous sommes parvenus dans le salon où nous avons découvert le corps. Comme il était évident que la victime était décédée, nous n'avons touché à rien et nous vous avons contactés immédiatement.

— Merci sergent, vous pouvez disposer.

— À votre service, capitaine, conclut le sous-officier en quittant les lieux.

Nadia s'approcha du corps supplicié. Marco Della Rocca, qui avait rejoint six mois plus tôt la DPJ de Grenoble, serrait rageusement les poings. Qu'est-ce qui pouvait motiver une telle haine à s'acharner ainsi sur un être humain ? Ils avaient de nouveau sous les yeux l'œuvre du Mal. Nadia finissait aussi par se demander si elle n'était pas abonnée à la poursuite des détraqués en tout genre. Elle comprenait pourquoi Mazure avait pensé à elle ; ils savaient tous les deux qu'elle ne lâcherait rien tant qu'elle n'aurait pas mis la main sur le ou les meurtriers.

La police scientifique débarqua alors qu'elle commençait à peine à faire le tour de la pièce. Inutile de les gêner dans leurs investigations. Elle les interrogerait quand ils auraient terminé. Accompagnée de son collègue qui n'avait pas dit un mot, elle quitta la maison à pas lents. Une dizaine de curieux attendaient quelques faits croustillants. L'arrivée de l'ambulance et des forces de police pouvait laisser espérer un drame à portée de chez eux. Les charognards étaient de sortie. Nadia s'adressa directement aux badauds :

— La personne qui a prévenu les pompiers ce midi est-elle parmi vous ?

Une femme aux cheveux blancs récemment permanentés leva la main et s'avança :

— C'est moi, inspecteur. Avez-vous des nouvelles d'Isabelle ?

— Le titre d'inspecteur a disparu depuis vingt ans, madame. J'aimerais m'entretenir avec vous. Habitez-vous près d'ici ?

— Juste en face, répondit la voisine, excitée à l'idée de se trouver au cœur de l'événement.

— Allons discuter chez vous.

Avant de suivre son témoin, elle prononça quelques mots au lieutenant Della Rocca :

— Je vais l'interroger seule. Reste avec les gars de l'IJ. Tu me feras un bilan quand j'en aurai fini avec cette brave dame.

Dignement, la femme traversa la route, poussa une vieille grille en fer et entra dans un petit jardin. Elle grimpa quelques marches pour atteindre le perron de sa maison. Une forte odeur de poils de chien prit la policière aux narines. Deux caniches se jetèrent sur leur maîtresse en jappant joyeusement. Nadia s'en éloigna discrètement. Elle n'avait rien contre les animaux, mais elle détestait se faire sauter dessus. Vu la taille des bestiaux, elle ne craignait cependant pas grand-chose.

— Puis-je vous offrir un café ? demanda la voisine en désignant fièrement une machine à expresso flambant neuve.

Elle introduisit une capsule avant même que son invitée réponde. Nadia retira sa veste, la posa sur le dos d'une chaise et s'assit à la table de la cuisine :

— Pourrais-je savoir ce qui vous a amenée à prévenir les pompiers, madame… ?

— Anita Malaterre. J'ai presque soixante-dix ans, mais vous pouvez m'appeler Anita, mademoiselle.

Agacée par son interlocutrice, Nadia décida de couper court aux familiarités.

— Il n'y a pas de mademoiselle, mais le capitaine Barka, madame Malaterre.

Puis, d'une voix moins cassante, elle reprit :

— Je vous écoute. Il vous faudra néanmoins retourner à l'hôtel de police pour déposer officiellement votre témoignage.

— Je suis une bonne citoyenne, capitaine, et je ferai tout pour aider la justice de mon pays... mais comment va Isabelle ? Une ambulance vient d'arriver ; je suis très inquiète.

— Nous nous occupons d'elle. Dans un premier temps, madame Malaterre, c'est à vous de me raconter ce que vous savez.

— Bien, commença la retraitée en apportant deux tasses sur la table. Je connais Isabelle Desmondières depuis trois ans, depuis son installation dans le quartier en fait. Elle est arrivée juste après le décès de mon pauvre mari. Au début, nous nous croisions uniquement dans la rue. Elle était plutôt distante, mais polie. Et puis un jour, comme elle partait en vacances, elle m'a demandé si j'accepterais d'arroser son jardin. Vous savez, quand il s'agit de rendre service à mon prochain, je suis toujours là. Pendant trois semaines, je me suis occupée de ses plantes. Je n'ai pas ménagé ma peine. En revenant, Isabelle m'avait rapporté un magnifique plat marocain. Regardez, je l'ai accroché au-dessus du réfrigérateur. Qu'en pensez-vous ? Les gens comme vous sont sans doute les mieux placés pour donner leur avis.

Nadia fit un effort prodigieux pour garder son calme. Ce genre de réflexion la mettait hors d'elle depuis l'enfance. D'une voix neutre, elle demanda :

— Qu'entendez-vous par « les gens comme moi » ?

— Eh bien, vous semblez être d'origine, comment dire, euh...

— Je peux vous aider. Vous voulez sans doute dire « arabe » ?

— Euh, non... enfin, si...

— Parce que mes parents sont originaires de Rabat, je suis censée être spécialiste en poterie de souk ?

Anita Malaterre comprit qu'elle était dans une situation très délicate et rougit brusquement. Nadia Barka n'insista pas. Son enquête devait prendre le pas sur ses ressentiments personnels. En voyant la voisine perdre pied, elle décida de la remettre en selle :

— C'est une belle pièce. Comment ont évolué vos relations ensuite ?

La retraitée fut reconnaissante à la policière d'avoir excusé son dérapage involontaire.

— Nous avons alors sympathisé. Isabelle ne pouvait pas venir chaque fois que je lui proposais un thé ou un café, mais nous avons passé quelques moments ensemble. Elle m'a même fait visiter sa maison.

Nadia imagina le harcèlement qu'avait dû subir la victime.

— Vous semblez donc bien connaître Mme Desmondières.

— Isabelle a fêté ses quarante-huit ans le mois dernier. C'est une très belle femme, toujours très élégante. Elle dirige une maison de mode dans la région Rhône-Alpes. Un joli poste, si vous voulez mon avis.

— Sans aucun doute. Que pouvez-vous m'apprendre sur sa vie privée ?

La retraitée marqua un temps d'hésitation. Nadia se rapprocha légèrement, créant un cercle d'intimité propice aux confidences. L'envie de ragoter d'Anita Malaterre prit le dessus sur ses scrupules :

— Isabelle est orpheline. Un soir, elle m'a révélé que ses parents étaient morts tous les deux dans un accident de voiture alors qu'elle avait quinze ans. C'est horrible, n'est-ce pas ? Elle a une vie privée assez… active. Elle ne s'est jamais mariée. Elle m'a même glissé une fois : « Pourquoi passer ma vie avec un seul homme alors que je peux choisir celui que je désire chaque soir ? » Cela m'a d'abord choquée, inutile de vous le dire ! Cependant, en y réfléchissant, je dois avouer que j'aurais bien remplacé certaines nuits mon Dany par un des ingénieurs qui me tournaient autour lorsque j'étais secrétaire au CENG, ajouta-t-elle avec un sourire égrillard.

— Mme Desmondières rencontre-t-elle beaucoup d'hommes ? relança l'officier de police.

— Oh, n'allez pas croire que c'est une traînée ! s'offusqua son interlocutrice.

— Je ne crois rien, madame Malaterre, et mon métier n'est pas de juger les mœurs de mes concitoyens. Malheureusement, nous avons retrouvé votre voisine agressée et inconsciente.

La retraitée se prit la tête dans les mains.

— Mon Dieu, mon Dieu ! Que lui est-il arrivé ?

— C'est ce que je cherche à comprendre, et votre témoignage aura toute son importance, répondit Nadia d'un ton flatteur.

— Alors je vais vous raconter tout ce que je sais. La pauvre… Isabelle apprécie les hommes, et elle ne s'en cache absolument pas. Deux ou trois fois par semaine, des voitures se garent devant chez elle et y restent stationnées la soirée, parfois tard dans la nuit. Elles sont toujours parties quand je sors pour promener mes deux petits chéris.

— À quoi ressemblent ces visiteurs ?

— Je ne sais pas trop.

— Madame Malaterre, votre salle à manger donne juste sur la rue et la maison de votre voisine. Ne me dites pas que la curiosité ne vous a jamais titillée, insista Nadia avec une mine de comploteur.

— Ah, entre femmes, on ne peut rien se cacher. Il m'est arrivé de soulever le rideau de la fenêtre, discrètement bien sûr. Ses… invités sont toujours bien vêtus, entre vingt et soixante ans. Ce sont la plupart du temps des hommes seuls. Il y a parfois des couples, mais plus rarement.

Pour une fois, Nadia apprécia ce type de voisine à vocation de concierge refoulée. Elle ajouta :

— Ces derniers temps, avez-vous remarqué quelque chose de particulier ?

Anita Malaterre se plongea dans de profondes réflexions, puis, un peu gênée :

— Depuis l'été dernier, elle a commencé à organiser des réunions à plusieurs. Des hommes et des femmes y participent.

— Essayez-vous de me dire qu'elle s'est lancée dans des parties libertines ?

— Non, non… enfin, je n'en sais rien. En tout cas, Isabelle a changé ces derniers mois.

L'attention de Nadia remonta d'un cran.

— Elle semble préoccupée… mais n'a jamais voulu se confier, continua la retraitée.

— Quand l'avez-vous croisée pour la dernière fois ?

— Avant-hier matin. Elle partait travailler.

— Des invités se sont-ils présentés chez elle depuis cette rencontre ?

— Je n'ai vu personne. Mais vous savez, je ne passe pas mon temps derrière mon rideau. Cependant, les volets fermés m'ont inquiétée. Elle aime trop la lumière pour vivre sans le soleil. C'est la raison pour laquelle j'ai appelé les pompiers ce midi.

— Et vous avez bien fait, commenta Nadia en se levant. Je vous demanderai de vous tenir à la disposition des autorités. Je vous laisse aussi mon numéro de téléphone, au cas où un détail important vous reviendrait.

8

Autopsie

Huit heures trente du matin. Nadia fit un petit signe de la main à Adèle qui jouait déjà avec les enfants de sa nounou. Après trois mois de froid et de neige, la lumière printanière remontait le moral des habitants de la cuvette grenobloise. D'un pas volontaire, la jeune mère se dirigeait vers l'hôtel de police. Elle regarda les premiers bourgeons qui commençaient juste à éclore sur les arbres les plus précoces. Elle avait bien dormi. Étienne et Nadia avaient brisé leur pacte et avaient discuté de cette nouvelle affaire. Cette incartade leur avait fait du bien. Pendant une soirée, ils n'étaient plus deux parents épuisés, mais deux flics à la recherche d'un détraqué. Ils avaient même fait l'amour avec une envie qu'elle n'avait plus connue depuis des mois.

La veille au soir, le médecin légiste avait autopsié la dépouille d'Isabelle Desmondières. Il lui avait donné rendez-vous à neuf heures au commissariat. La tradition aurait voulu qu'elle se déplace à la morgue du CHU pour le rencontrer, mais le docteur Henri Blavet faisait une exception pour Nadia. Il avait toujours été fasciné par le mélange de volonté féroce, de force et de faiblesses habilement dissimulées que dégageait cette femme au charme oriental – charme auquel il n'était pas insensible, en tout bien tout honneur, se plaisait-il à penser.

Comme Nadia arrivait devant l'hôtel de police, elle aperçut le légiste qui venait de garer sa voiture juste sous un panneau d'interdiction de stationner. Il lui adressa un énergique salut en lançant :

— C'est pour la bonne cause. J'ai laissé mon caducée derrière le pare-brise. Suis-moi, je t'offre un café. De mémoire, le vôtre est vraiment imbuvable.

— Vous exagérez, docteur, le commissaire Mazure a trouvé une queue de budget pour équiper tous les bureaux en machines à café. Au rythme où nous consommons les capsules, vous allez bientôt pouvoir exercer à nouveau votre précédente fonction de cardiologue.

— J'ai repéré une terrasse sympathique près d'ici. D'ailleurs, quand accepteras-tu de m'appeler Henri ?

— J'ai trop de respect pour vous, docteur. Néanmoins, si vous continuez à disséquer gentiment mes victimes, cela finira sans doute par créer une intimité entre nous.

Profitant de la douceur des rayons du soleil, ils devisèrent en buvant leur expresso. Puis, vérifiant qu'aucune oreille indiscrète ne traînait, le légiste entra dans le vif du sujet :

— J'ai passé une bonne partie de la soirée à faire parler le cadavre de cette femme. Elle est tombée entre les mains de bouchers. Ses assassins se sont acharnés sur elle avec une cruauté froide.

— À quand estimez-vous l'heure du décès ?

— Elle est morte dans la nuit qui a précédé sa découverte. Par contre, son agonie a été longue. J'ai trouvé pas moins de soixante-six lésions sur son corps. Ses agresseurs l'ont torturée avec application, s'en prenant à tout ce qui représentait sa féminité : ses seins, son sexe, sa bouche.

— Pourquoi pensez-vous qu'ils étaient plusieurs ?

— Il n'y a pas de marque de liens, mais des traces d'hématomes qui prouvent qu'elle a été solidement maintenue. Il y a forcément un homme dans le groupe, voire deux.

— J'ai aperçu les blessures : c'est atroce. Comment lui ont-elles été infligées ?

— Avec des tenailles. Arracher les tétons à la tenaille ne date pas d'hier. Je peux même vous dire que l'instrument n'était pas neuf : les mâchoires étaient émoussées.

— Elle a dû hurler ! Comment ses voisins ont-ils pu ne pas l'entendre crier ?

— Elle avait sur le corps des traces de poussière et quelques éraflures. Elle n'a pas été suppliciée dans la pièce où vous l'avez trouvée. Je serais prêt à parier qu'il y a une cave bien profonde dans cette maison et que c'est là qu'elle a vécu son calvaire.

— A-t-elle été violée ?

— Non. Quand j'ai découvert son cadavre, je me suis dit qu'elle pouvait avoir été victime d'une séance SM extrême qui aurait mal tourné. Mais rien : ni trace de sperme, ni blessure anale ou vaginale. Ses bourreaux semblaient juste vouloir s'amuser.

— Le salon était en désordre. Pensez-vous qu'on ait essayé de lui faire avouer quelque chose ?

— Tout est possible, mais il y a des manières plus discrètes et plus efficaces pour faire parler quelqu'un.

— Combien de temps a duré son calvaire ?

— Sachez que j'y ai pensé cette nuit, ce qui est assez rare. Non que je n'aie pas de compassion pour les pauvres victimes qui finissent sur ma table, mais avec le temps, il a fallu que j'apprenne à me déconnecter émotionnellement de mes activités professionnelles. Je serais devenu fou sinon. Cependant cette Isabelle m'est restée en tête quand je suis rentré chez moi. Sans doute la preuve qu'il va falloir que je change d'activité… Enfin bref, j'ai estimé que la séance a duré au moins deux à trois heures.

— Le monde regorgera donc toujours de tarés.

— Et celui-ci, ou plutôt ceux-ci, ont vraiment une procédure bien particulière.

Nadia Barka le laissa continuer. Elle savait que le médecin allait livrer un élément essentiel.

— Quand j'ai observé de très près le cadavre de la victime, j'ai noté en plusieurs endroits des marques de piqûres, presque invisibles, faites avec une sorte d'épingle.

— Encore une torture ?

— Pas vraiment. C'est certes très désagréable, mais l'intensité de la douleur n'a rien à voir avec celle créée par les tenailles.

Peut-être ne faut-il pas chercher de logique dans les actes de ces barbares ?

— En êtes-vous persuadé ? Ce genre de psychopathe ne laisse rien au hasard. De quoi est morte Isabelle Desmondières ?

— Le cœur a lâché. En l'autopsiant, j'ai noté qu'elle avait une malformation. Cela lui a été fatal. Sinon, ses agresseurs l'auraient achevée autrement.

— J'ai une dernière question, Henri, ajouta Nadia en remarquant le sourire esquissé par son ami. Avez-vous déjà été confronté à des cas similaires ?

— J'ai vu passer de nombreux cadavres outragés. Un meurtre à la tenaille, par contre, c'est une première. Allez, il faut que je me sauve. Je vous enverrai mon rapport par messagerie.

La femme regarda le médecin se lever. Même s'il avait toujours cette énergie bienveillante, ses épaules se tassaient imperceptiblement. Quelques semaines plus tôt, Nadia avait failli lui demander conseil. Elle avait finalement décidé de ne pas mélanger sa vie personnelle et ses activités professionnelles. L'officier jeta un œil à sa montre et se leva à son tour. Il était temps de rencontrer le responsable de l'équipe technique qui avait fait les relevés la veille.

Trente-deux ans, une raie impeccablement coiffée et une allure de premier de la classe, Clotaire Beauvais, le responsable local de l'identité judiciaire, était un as dans sa spécialité. Son amour presque maladif de l'ordre et de la logique s'exprimait totalement dans son métier d'enquêteur scientifique. Le capitaine Barka savait qu'il ne laisserait passer aucun indice exploitable. Installé sur un siège inconfortable en face du bureau de l'officier de la PJ, il commença d'une voix fluette :

— Je n'ai bien évidemment pas fini de faire parler toutes les pièces, capitaine, mais j'ai travaillé dessus toute la nuit. Il ne faut pas perdre de temps pour coincer des malades de ce calibre.

Nadia hocha la tête en signe d'assentiment et laissa son interlocuteur poursuivre. Il n'avait aucune note devant lui et faisait confiance à sa mémoire.

— Trois agresseurs sont entrés par effraction par une porte située à l'arrière de la maison, qui donne directement sur la cuisine. C'est une vieille porte en bois avec des carreaux en verre. Il a suffi d'en briser un pour passer le bras et tourner la clé qui était dans la serrure.

— Étonnant. La porte d'entrée principale me semblait pourtant particulièrement résistante.

— Un volet permettait normalement de protéger la porte de la cuisine, mais il n'avait pas été baissé. Comme vous avez pu le constater, le salon a été mis à sac, ainsi que toutes les pièces de la maison. Impossible donc de retrouver d'éventuelles traces de lutte. Ce que je peux vous affirmer sans hésiter, c'est que la victime a rapidement été entraînée dans la cave. Nous y avons découvert ses vêtements, pliés sur une étagère : une nuisette, un tanga, des mules et un kimono en soie.

— Plutôt sexy, non ?

— Je n'ai pas à juger de la morale de la victime, capitaine.

— Je ne parle pas de morale, Clotaire, je suis factuelle.

— Effectivement, elle portait des vêtements de qualité. Plus étonnant, ils sont impeccables. La victime les a, *a priori*, retirés elle-même. Ce qui se passe ensuite tourne au drame. Je n'ai pas encore eu le rapport du docteur Blavet, mais les photos prouvent qu'il y a eu un acharnement inexplicable sur cette femme. Pas de trace de liens : elle a donc été maintenue pendant toute la séance. On a retrouvé du sang sur le sol de la cave.

— À quoi ressemble cette cave ?

— Les photos sont dans le rapport que je vous remettrai à midi. Propre, sol en béton et équipée pour stocker de la nourriture et de la boisson. Nous y avons trouvé une belle quantité de bouteilles de vin, des grands crus de Bordeaux et de Bourgogne. Il y avait même une table et quatre sièges, ainsi qu'un canapé. Par contre, il y a une zone plus poussiéreuse entre le bas de l'escalier et la cave elle-même. C'est cette poussière qui nous a permis de dénombrer les assassins grâce aux traces de trois paires de chaussures différentes à la cave et dans le salon : du 40, du 43 et du 44.

— Le légiste a aussi observé de la poussière sur le corps. D'après lui, elle a été tuée dans la cave et remontée ensuite.

— Je confirme. Nous avons découvert des fragments de peau sur les arêtes des marches de l'escalier. Elle a été remontée sans ménagement.

— Un des agresseurs chausse du 40. C'est une femme à votre avis ?

— Ou un homme plutôt petit. Les marques n'étaient évidemment pas assez profondes pour estimer le poids de l'individu.

— Avez-vous pu relever des empreintes ou des traces d'ADN sur le corps d'Isabelle Desmondières ?

— Non. Ils portaient des gants. Nous avons récupéré tout ce que nous avons pu dans la pièce principale, mais il sera difficile de faire le tri. Nous avons aussi trouvé des cheveux de différentes origines, mais il suffit que la victime ait organisé une réception peu avant pour expliquer cette profusion d'indices.

— Je me renseignerai sur son emploi du temps. À votre avis, que lui a-t-on dérobé ?

— Tout a été fracturé : armoires, commodes, et même quelques lattes de plancher dans sa chambre. Tous les livres de sa bibliothèque ont été jetés au sol. Nous avons retrouvé une boîte à bijoux vide. Son ordinateur portable ainsi que du matériel hi-fi ont disparu.

— Vos premières conclusions ?

— J'ai du mal à comprendre. Première hypothèse : nous avons affaire à des petits malfrats. Ils auraient alors plutôt ligoté la victime et se seraient rapidement emparés des objets de valeur. Ils ne se seraient pas amusés à démonter la maison. Par ailleurs, il y a deux belles lithographies dans le salon qui n'ont pas été dérobées : elles valent plus que toute l'électronique. Deuxième hypothèse : les agresseurs sont des pervers dont le seul but était de torturer Isabelle Desmondières. Pourquoi alors emporter une télévision ou une chaîne stéréo ?

— Pour brouiller les pistes par exemple. Cette histoire de vêtements parfaitement rangés me travaille. Cela donne l'impression que la victime les connaissait.

— La porte a tout de même été fracturée…

— Repassez me voir dès que vous aurez les résultats des analyses ADN. Faites-les passer en urgence. Trouvez-moi aussi tout ce qui est possible sur son fournisseur d'accès. On découvrira peut-être des informations la concernant sur le *cloud.*

— C'est en cours. Vous aurez tout ce midi.

— Merci, Clotaire. Vous pouvez y aller.

Le jeune homme se passa la main dans les cheveux, se leva, la salua, chassa une poussière invisible sur sa veste et quitta le bureau. Nadia le regarda partir. Une idée lui était venue à l'esprit. Elle saisit son téléphone et appela Henri Blavet.

9

Mise en examen

Le commissaire Alain Mazure arpentait les couloirs du palais de justice. Même s'il était beaucoup plus fonctionnel que le précédent, il regrettait les vieux murs et les boiseries des anciens bâtiments de la place Saint-André. Il se rendait compte qu'il commençait à magnifier le bon vieux temps : il était temps de penser à la retraite. Enfin, d'ici là, il avait encore de nombreux malfrats et assassins de tout poil à mettre sous les verrous.

— Alain, tu as deux minutes ?

Surpris dans ses rêvasseries, le policier se retourna et sourit en voyant s'approcher un grand individu à la crinière blanche, qui exerçait la fonction de juge à Grenoble depuis plus de dix ans. Ils se saluèrent chaudement et le nouvel arrivant entraîna Mazure dans un coin à l'abri des oreilles indiscrètes.

— J'ai entendu parler de toi, Alain, ou plutôt de l'un de tes collaborateurs.

À la mine légèrement contrariée du juge, le commissaire comprit que des ennuis s'annonçaient.

— Tu as bien une femme parmi tes OPJ ?

— Même plusieurs.

— Il y en a une qui a fait le coup de poing récemment, n'est-ce pas ? insista le juge.

— Effectivement, le capitaine Nadia Barka. Un de mes meilleurs éléments, si ce n'est le meilleur.

— Je suis tout à fait prêt à te croire, Alain, mais tout le monde n'est pas de cet avis. Quelqu'un vient de déposer une plainte contre elle, pour coups et blessures volontaires. J'imagine que tu es au courant.

— De l'affaire, oui, bien sûr. Elle a mis fin à un viol collectif il y a une dizaine de jours. Quatre types qui s'acharnaient sur une mineure. Elle est intervenue de façon musclée, mais le flag était évident. Déposer une plainte dans ces conditions, quel culot !

— J'ai toujours encouragé les condamnations maximales pour les viols, mais d'après ce que j'ai appris, l'un des prévenus considère que la riposte de ton OPJ était disproportionnée et qu'il a été violemment agressé. Pour contre-attaquer comme cela, il doit avoir le bras long.

— C'est le fils de Vertufoy, le bras droit du préfet à Lyon.

— Ah, Vertufoy, constata le juge. Le genre d'arriviste qui use sans complexe de ses appuis politiques pour faire le vide devant lui ! Avoir un enfant violeur, cela va éclabousser son beau parcours professionnel. Je comprends pourquoi il s'en prend à ta collègue.

— Sais-tu qui sera le juge en charge de l'affaire ?

— Pas encore, mais le nom qui circule est celui de Napoléon Ledoyen.

— Le chevalier blanc ? Ce type-là voudrait que l'on fasse nos interventions avec un Code civil à la main plutôt qu'avec un flingue. C'est le procureur général qui a décidé ça ?

— Sans doute, qui d'autre ?

— Mais attends, le capitaine Barka a été décoré il y a trois ans pour l'arrestation de Sartenas.

— Le proc n'en a rien à foutre, Alain. Il est arrivé ici l'an dernier et a toujours considéré que sa nomination à Grenoble n'était pas à la hauteur de son immense talent. Alors il soigne ses relations pour rebondir rapidement ailleurs. Il estime sans doute que Jacques Vertufoy est un bon cheval sur lequel parier, conclut le juge. Bref, dis à ton OPJ de se préparer.

Sur ce conseil, il s'éloigna, appelé par une audience. Mazure se dirigea vers la sortie, furieux. Oser attaquer un OPJ alors que l'on est pris en flagrant délit de viol en réunion ! Nadia avait trop appuyé ses coups, mais il n'arrivait pas à lui en vouloir. La question qui le tarabustait était simple : quels arguments la famille Vertufoy allait-elle mettre en avant au cours du procès ? Comment comptaient-ils renverser la situation ? Ou souhaitaient-ils juste brouiller les pistes pour noyer la culpabilité du jeune violeur au milieu d'une affaire de violence policière ? Il savait que cette accusation tombait au plus mauvais moment pour le moral de Nadia. Elle semblait remonter la pente, mais elle était encore fragile.

10

Début d'enquête

Nadia Barka considéra les éléments factuels dont elle disposait pour entamer son enquête : le témoignage d'une voisine un peu curieuse, le rapport d'autopsie du médecin légiste et les conclusions de la police scientifique qui n'apportaient aucune révélation. Pas grand-chose à se mettre sous la dent. De son côté, elle avait lancé les recherches sur Isabelle Desmondières et avait tout de suite confié la mission à Jérôme Garancher. Son profil fouineur et dépoussiéreur d'archives ferait merveille pour sortir les premiers indices. Il entrait justement dans son bureau, avec un air de comploteur. Nadia le laissa s'installer, puis lui posa la question qu'il attendait :

— Alors Jérôme, as-tu réussi à me trouver des informations ?

— Quelques babioles, répondit-il d'un ton détaché.

L'OPJ accepta de jouer le jeu et le relança :

— Connaissant ton habileté à farfouiller, je suis certaine qu'il y a quelques pièces de valeur dans le lot. J'appelle les autres, que l'on profite tous de tes lumières.

Une minute plus tard, quatre enquêteurs supplémentaires avaient rejoint le bureau du capitaine Barka. Le lieutenant Rodolphe Drancey, le lieutenant Marco Della Rocca, le lieutenant Marie

Woessner ainsi que le brigadier Katjana Berton. Nadia resitua rapidement le contexte :

— Je vous ai résumé ce matin les conclusions du légiste et de la police scientifique. Vous aurez sous peu les rapports complets entre les mains. Garancher va nous faire part des premières informations qu'il a pu récupérer sur la victime. Jérôme, on t'écoute.

Heureux d'être au cœur du débat, le policier attaqua :

— Il faut d'abord que je vous dise que je me suis permis de solliciter l'aide de Nikola, le jeune stagiaire arrivé en janvier. Il est très sérieux, et c'est de plus un crack en informatique.

Voulant éviter les digressions coutumières dont son collègue était friand, Nadia le recentra :

— Et qu'ont découvert les deux cracks ?

Le policier chaussa ses lunettes et plongea dans ses notes :

— Isabelle Desmondières est née le 27 juin 1967 à Lille. Son père travaillait à la mairie et sa mère était violoniste professionnelle. Elle avait un frère, Richard, de deux ans son cadet.

— Ça, je le sais, interrompit Nadia, c'est lui que nous avons prévenu du décès. Il sera là cet après-midi.

— Parfait, tu pourras compléter le portrait de notre victime. Donc, ses parents sont morts dans un accident de voiture quand elle avait quinze ans. Leur véhicule a été percuté de plein fouet par un chauffard ivre. Elle a alors été recueillie avec son frère par sa tante, la sœur de son père. Ils ont quitté Lille pour s'installer à Saint-Cloud. À dix-neuf ans, elle a intégré une école de commerce parisienne. Elle a obtenu son diplôme avec mention. Par contre, pendant ses trois années d'études, elle a eu une vie personnelle agitée. Elle s'est fait arrêter pour trafic de drogue et a pris trois mois avec sursis.

— Les futures élites françaises s'encanaillent, commenta la policière en pensant au trafic grenoblois qu'ils venaient de mettre à mal… avant qu'un nouveau ne réapparaisse.

— C'est elle qui organisait l'approvisionnement des produits stupéfiants consommés pendant les soirées. D'après les minutes du procès, elle aurait couché à l'époque avec un caïd du milieu. Il semblerait cependant que la condamnation ait porté ses fruits, car elle n'a plus jamais eu affaire à la police. Elle a travaillé près de quinze ans dans une banque, la Financière de Venise, et a grimpé rapidement les échelons. Puis elle a changé d'orientation et racheté, avec une associée, une petite société de vêtements en faillite. En quelques années, elles l'ont remise sur le devant de la scène, en mêlant le concept des plus grands créateurs du moment et une fabrication *made in France*. Elle a tout de même créé Nina Lumina.

— Je ne te savais pas aussi féru de mode, s'amusa Katjana Berton.

— Ma fille ne jure que par elle, brigadier. Quand j'ai vu le prix d'une petite veste qu'elle voulait pour son anniversaire, je peux t'assurer que le nom est resté gravé dans ma mémoire, commenta Garancher, le visage fermé.

— Je te laisse porter le deuil de ta carte bleue, sourit Nadia. Qu'as-tu trouvé du côté de sa vie privée ?

— Là, nous n'en sommes qu'au début. C'était une célibataire endurcie. Comme vous le savez, son ordinateur portable et son téléphone ont été volés, ce qui ne nous facilite pas les choses. Nikola a fait le tour des réseaux sociaux, quitte à craquer quelques sécurités, ajouta Garancher avec un air satisfait.

— Ne me dis pas que tu as utilisé les ordinateurs de la boîte pour jouer à ça ?

— Ne t'inquiète pas. Nikola sait ce qu'il fait et il ne laisse aucune trace. On ne pourra pas dire que la police n'est pas cyber-active.

Nadia poussa un soupir.

— Quels sont les scoops ?

— Une chose est sûre : elle aimait les hommes ! Pas de compte Facebook, mais un autre réseau dont je n'ai jamais entendu parler. D'après Nikola, c'est un site connu par les adultes consentants et en recherche d'aventures d'un soir.

Cela corroborait ce que lui avait raconté la voisine. Un doute avait quand même effleuré Nadia :

— Comment a-t-il trouvé cela ?

— Nous avons récupéré son adresse IP auprès du fournisseur d'accès et passé près de trois heures sur le Net. Il m'a même fait découvrir le Darknet. Tu connais ?

— De mieux en mieux, commenta Nadia. Des recherches totalement illégales sur la face cachée du Net, et ceci à partir de vos propres ordinateurs ! As-tu lu la charte informatique qui vient d'être mise à jour, Jérôme ?

Ennuyé, le policier joua avec ses lunettes. Nadia avait compris que Nikola, le stagiaire, avait pris la main sur les recherches. Elle irait lui rappeler les règles. S'il les enfreignait déjà alors qu'il n'était qu'en stage, Dieu seul sait ce que cela pourrait donner par la suite. Jérôme Garancher, excité par cette découverte et cette nouvelle source d'informations, l'avait couvert. Nadia se radoucit.

— Quels ont été les résultats de vos investigations ?

Rasséréné, son collègue reprit :

— Au cours de la dernière année, Isabelle Desmondières a rencontré un ou deux hommes par semaine. Comme les adresses sont cryptées, on ne pourra pas remonter facilement jusqu'à eux. Cependant, les thèmes des rencontres étaient très explicites. Il y a environ neuf mois, elle s'est inscrite à un club qui s'appelle…

Il chercha l'information sur son cahier et continua :

— … qui s'appelle Le Gant de Velours. Cela a éveillé notre curiosité. Nous avons tout simplement trouvé le site sur Internet. Quand nous avons vu qu'il s'agissait d'un club libertin, nous avons compris quelles étaient les activités nocturnes de la victime.

Nadia Barka imagina très bien la fièvre en train de monter chez ses deux collègues. La voix de Jérôme Garancher fut soudain couverte par le rire du lieutenant Drancey.

— Qu'est-ce qui te vaut cette hilarité ? lui demanda-t-elle en craignant la réponse d'avance.

Entre deux quintes, l'officier lança :

— Je lui ai trouvé un slogan, à ce club !

Comprenant qu'il ne se calmerait pas avant d'avoir révélé le fruit du travail de son esprit créatif, elle lâcha, consternée par avance :

— Allez, fais-nous profiter de ton génie.

Un grand sourire aux lèvres, il énonça fièrement :

— Venir dans notre club, c'est l'assurance d'avoir une bite de fer dans un gant de velours !

— Merci, Rodolphe, pour cet apport à la culture française.

Alors que son collègue riait encore tout seul, elle reprit le fil de la discussion :

— Je connais ce club libertin. Son patron nous avait rencardés une ou deux fois sur des affaires de proxénétisme.

— Je croyais que ce genre de boîte se voulait clean ? s'étonna Katjana Berton.

— Elles le sont la plupart du temps, intervint Marco Della Rocca. Elles attirent des couples tentés par l'échangisme ou des pratiques sexuelles qui sortent du quotidien. Les règles du jeu sont très strictes et tout ne se fait normalement que par consentement mutuel. Par contre, tu ne peux pas empêcher des proxos d'y venir avec leurs filles en se faisant passer pour des couples en quête d'aventure. Une fois que le client est appâté, ils continuent à se rencontrer, mais en dehors du club et dans le cadre de relations tarifées.

— Tu as l'air de bien connaître ce milieu, nota Rodolphe Drancey remis de son hilarité.

— J'ai passé cinq ans à la brigade de répression du proxénétisme de Nice avant d'arriver ici l'an dernier, expliqua laconiquement l'Italien.

— Nous irons voir le patron de cette boîte, conclut Nadia. Il pourra sans doute nous balancer quelques trucs intéressants. Sinon, tu as trouvé d'autres renseignements sur la victime ?

— Nikola est en train de récupérer toutes les données possibles à partir de son adresse IP. Il cherche à établir la liste de ses contacts.

— Merci pour tes informations. Par contre, si Nikola retourne sur le Darknet, qu'il le fasse selon les procédures en vigueur. Plus question de faire cela à partir du réseau de la maison… ni de se faire passer pour l'administrateur et d'ajouter des programmes interdits par le règlement sur vos bécanes.

Nadia se leva et distribua les rôles :

— Nous allons attaquer les recherches sur Isabelle Desmondières. Marie, tu prends quelqu'un avec toi et tu iras faire une enquête rue de Mortillet, là où logeait la victime. J'ai déjà le témoignage de sa voisine d'en face, mais je veux en savoir plus sur le trafic de mecs qui défilaient chez elle. Katjana, tu contacteras la fille avec laquelle elle a créé Nina Lumina. Passe au crible les comptes de la société, étudie la concurrence… Enfin, cherche s'il existe une affaire bien foireuse qui aurait pu entraîner une vengeance. Jérôme, tu me sors la liste de tous les tarés qui ont opéré sur la région depuis cinq ans.

— Je l'avais déjà faite pour l'affaire Sartenas, remarqua le policier.

— Eh bien, mets-la à jour, répliqua-t-elle. En trois ans, l'eau a eu le temps de couler sous les ponts et des névrosés ont pu se découvrir des vocations d'équarrisseurs. Quant à moi, j'irai faire un tour au Gant de Velours en fin d'après-midi avec Marco. Mais avant, je dois recevoir le frère de la victime qui arrive de Paris. Ce sera tout... Ah, non, une dernière chose : l'annonce de la mort paraît aujourd'hui dans les médias. La version officielle, c'est qu'elle a été poignardée par un inconnu. Donc on en reste là, et aucune allusion à ce qu'elle a subi. C'est clair ?

— Oui, capitaine, conclut Katjana Berton en quittant le bureau, suivie de ses collègues.

— On se retrouve demain matin à neuf heures pour faire le point. D'ici là, trouvez-moi tout ce qu'il y a à découvrir.

Nadia était perplexe. Dans quoi avait-elle mis les pieds ? Isabelle Desmondières était sans l'ombre d'un doute une personne sexuellement active. Cela ne justifiait cependant aucunement ce qui venait d'arriver. Elle rappela Henri Blavet. Le médecin avait sans doute eu le temps de vérifier ce qu'elle lui avait demandé.

— Henri Blavet, j'écoute.

— Bonjour, Henri, ici le capitaine Barka.

— Ah ! Nadia. Votre supposition était correcte ! Je n'ai pas été assez vigilant hier en réalisant l'autopsie. J'ai retrouvé sur la paroi vaginale du cadavre des traces d'un gel qui pourrait parfaitement être le lubrifiant d'un préservatif. Les analyses sont en cours.

— Isabelle Desmondières a donc eu des rapports sexuels durant la soirée ?

— Exactement, et avant les sévices qu'elle a subis. Sinon, il y aurait eu des marques de lutte.

— À moins qu'elle soit masochiste, hésita Nadia.

— Je peux t'assurer que ce qu'elle a enduré a annihilé sa libido.

— Elle était donc consentante, avant que tout ne dégénère.

— Je le suppose.

— Merci, Henri.

Alors qu'elle allait raccrocher, elle entendit le médecin se racler la gorge. Elle attendit quelques secondes, devinant qu'il n'avait pas tout dit.

— Tu es solide et expérimentée, commença lentement le légiste, mais fais attention à toi. Tu vas me rétorquer que je ne rajeunis pas, mais ce meurtre... me fait froid dans le dos. Être capable de faire l'amour à une femme et lui infliger ensuite de tels sévices est digne du pire des détraqués.

— Vous savez bien que j'en fais ma spécialité, commenta le capitaine Barka avec un rire forcé.

— Il semblerait effectivement que le destin les mette sur ton chemin. Cependant, sois vigilante dans ton approche de cette affaire.

— Il ne s'agit peut-être que d'un règlement de comptes ?

— Sûrement pas, et tu le sais très bien. Tu vas tout faire pour retrouver les assassins, mais garde le recul nécessaire.

— Vous êtes gentil, Henri. N'oubliez pas que je suis un officier de police, et je pense avoir la capacité d'affronter ce genre d'individu. En tout cas, merci.

Sur ces mots, elle coupa la communication. Elle s'adossa à son siège pour réfléchir aux paroles du médecin. Depuis son arrivée à Grenoble, il l'avait soutenue dans les moments difficiles. Il était l'un de ses deux anges gardiens, avec le commissaire Mazure. Nadia voyait clair dans le rôle de son supérieur et avait compris qu'il la considérait comme une sorte de fille spirituelle. Cependant, elle avait toujours respecté sa discrétion et avait fait semblant de ne pas s'en apercevoir. Sa relation avec Henri Blavet était d'un autre ordre. Le médecin ne recherchait rien pour lui. Il l'avait juste protégée de certains êtres toxiques qui avaient croisé sa route. Il lui avait apporté toute son aide, avait repéré les failles qui lézardaient parfois son âme, mais n'avait jamais essayé de s'immiscer dans sa vie privée. Nadia savait qu'elle pouvait beaucoup lui demander, mais avait toujours regretté de ne rien pouvoir lui donner en retour. Jusqu'à ce matin, où elle avait compris que l'appeler simplement par son prénom était la preuve d'une reconnaissance qui suffisait à son bonheur. Les hommes sont parfois plus complexes qu'il n'y paraît.

Elle regarda sa montre. Richard Desmondières n'allait pas tarder à arriver.

11

Le Gant de Velours

Dix-sept heures trente. En cette fin d'après-midi, le soleil frais d'une des premières journées de printemps nimbait la capitale des Alpes. Le lieutenant Marco Della Rocca et le capitaine Nadia Barka avançaient d'un pas rapide sur le trottoir de l'avenue encombrée. Ils tournèrent dans une petite rue tranquille et s'arrêtèrent devant une entrée presque anonyme. Sous le nom du club, une plaque indiquait en grosses lettres : « SAUNA ET JACUZZI. Maillot de bain de rigueur, si vous souhaitez en porter. »

Nadia n'avait pas dit un mot dans la voiture. La séance officielle de reconnaissance du corps avait été pénible. Richard Desmondières avait craqué. Sa relation avec sa sœur avait été fusionnelle, surtout depuis qu'ils avaient été recueillis par leur tante. Adolescente, Isabelle avait dû se plier aux caprices d'un oncle qui tenait leur sort entre ses mains. S'en était suivie une vie sexuellement dissolue. Cinq ans plus tard, cet oncle était décédé en ratant un virage en montagne. Isabelle Desmondières s'était calmée, même si elle continuait à apprécier les hommes. Il y a trois ans, elle avait quitté Paris pour s'installer à Grenoble et monter sa société de prêt-à-porter. Elle en avait profité pour renouer avec le libertinage. Richard Desmondières ne connaissait aucun des amants de sa sœur.

— Alors, capitaine, prête à plonger dans le monde du libertinage ?

— Je ne t'ai pas attendu pour découvrir ce milieu, Marco, mais je ne le connais sûrement pas aussi parfaitement que toi.

Son collègue observa une dernière fois son reflet dans la vitre. L'ancien policier de la « mondaine » épousseta le col de son manteau et remit en place une mèche brune indisciplinée d'un mouvement de tête. Toujours tiré à quatre épingles, Della Rocca arrivait même à rendre invisible la bosse du Glock 17 qu'il portait à la ceinture. Nadia vérifia rapidement le chignon qu'elle s'était confectionné à la hâte, puis sonna. Le club était ouvert l'après-midi. Le bruit d'un judas qui claquait les assura de la présence du personnel. Un moment s'écoula avant que la porte ne s'entrebâille. Ils avaient passé le premier test. Un homme bien charpenté, pantalon noir et chemise blanche aux manches remontées sur les avant-bras, les accueillit. Il fallut quelques secondes pour que leurs yeux s'habituent à l'obscurité du hall d'entrée tout juste éclairé par quelques lampes rouges. Plus loin, depuis une salle qu'ils ne pouvaient apercevoir, un medley de disco leur parvenait aux oreilles. Le videur jaugea rapidement les deux arrivants qui lui semblèrent dignes de pénétrer dans le Saint des saints.

— C'est la première fois que vous venez au Gant de Velours ? s'enquit-il.

— Oui. Des amis nous ont parlé de votre établissement… positivement, répondit Nadia.

— C'est votre première expérience dans le milieu du libertinage ?

— Non. Mais nous souhaitons évaluer votre club. Je veux savoir où je mets les pieds… et le reste.

Même si le mot « évaluer » fit tiquer l'employé, il ne devait pas laisser échapper l'opportunité d'accueillir une aussi jolie créature. La clientèle, et notamment les hommes seuls, était sensible au physique des femmes prêtes à partager quelques moments intimes avec eux.

— Nous allons faire une rapide visite. Suivez-moi, s'il vous plaît.

Dès que leur guide ouvrit la porte qui donnait sur la salle principale du club, une vague de chaleur les atteignit de plein fouet. La pièce était bien remplie pour une fin d'après-midi. Des clients des deux sexes, en tenue légère ou simplement vêtus d'une serviette autour de la taille, discutaient ou buvaient un verre au bar. L'employé leur présenta un jacuzzi pouvant accueillir une quinzaine de personnes, deux saunas déjà occupés par des couples attaquant des flirts poussés, et des coins câlins permettant de conclure à deux ou plus les contacts liés au bar ou dans le spa. Dans un renfoncement plus sombre, Nadia aperçut une femme en train de faire l'amour avec deux hommes. Elle détourna la tête : elle n'était pas choquée, mais, pour elle, les relations sexuelles faisaient partie de la sphère intime. Leur hôte leur avait expliqué le principe du libertinage : un « oui » est un « oui » et un « non » est un « non ». Les invités trop insistants pouvaient être expulsés sur décision de la direction. Ils rejoignirent le hall d'accueil.

— Vous voulez voir ?

— Votre patron, demanda Nadia.

— Désolé, mais monsieur Jakov ne reçoit pas les clients. D'ailleurs, il n'est pas là.

— Eh bien, il va faire un effort, monsieur Jakov, reprit Nadia en montrant sa carte de police.

Une lueur d'inquiétude s'empara de l'employé. Il se força à un sourire commercial :

— Nous n'avons rien à nous reprocher. Tout est en règle.

— Nous ne sommes ni des mœurs ni des stups. D'ailleurs, je n'ai pas vu les deux types qui s'envoyaient un rail de coke au bar. Tu dis simplement à ton patron que la PJ veut le rencontrer. Inutile qu'il dérange son comptable, il s'agit juste de discuter de l'une de ses clientes. Plus vite il arrivera, et plus vite nous serons partis.

L'employé avait compris que la situation le dépassait et que le meilleur moyen de limiter les embrouilles était d'appeler.

Un quart d'heure plus tard, deux hommes entraient dans le salon privé où attendaient les deux policiers. Le plus petit, brun avec des yeux perçants, les regarda de façon peu amène :

— Alors, c'est quoi ce bordel ?

— Bordel ? Je me croyais juste dans un club libertin, répondit ironiquement Della Rocca.

D'un geste, Nadia lui intima de ne pas lancer les hostilités, puis elle se leva et sortit à nouveau sa carte professionnelle.

— Monsieur Jakov, je suppose. Je suis le capitaine Barka, et voici le lieutenant Della Rocca. Comme je l'ai expliqué à votre collaborateur, nous n'avons aucun problème avec votre établissement.

— Alors que voulez-vous à mon client ? demanda le second arrivant. Je suis maître Boulard, l'avocat de monsieur Jakov.

— Je pense que monsieur Jakov s'est inquiété un peu rapidement. Nous enquêtons actuellement sur un homicide, et la victime était membre du Gant de Velours. Je cherche seulement des informations sur ses fréquentations. Vous voyez donc que votre client n'est nullement mis en cause par notre démarche.

Le visage du gérant se détendit imperceptiblement.

— Suivez-moi dans mon bureau, je vais répondre à vos questions.

Puis, s'adressant à son avocat :

— Vous pouvez repartir, maître, merci pour votre disponibilité.

Les deux OPJ échangèrent un regard en accompagnant Jakov dans ses locaux privés. Le type n'avait pas la conscience tranquille, mais ils n'étaient pas là pour auditer ses comptes. Il leur offrit un verre qu'ils refusèrent, et attaqua :

— Rien ne m'obligeait à vous recevoir. J'espère que vous apprécierez ma coopération.

— Monsieur Jakov, vous n'êtes pas en garde à vue ni inculpé de quoi que ce soit. Notre démarche est strictement amicale.

— Je suis chef d'entreprise. J'ai géré des bars et une discothèque avant de reprendre ce club à Noël. Je génère des activités, je crée de l'emploi, mais il y a toujours quelques fonctionnaires casse-couilles qui ont des choses à redire. Alors l'amitié des flics… je sais à quoi m'en tenir !

Nadia décida de ne pas réagir. Elle n'était pas là pour s'embrouiller avec ce type et avait besoin de lui. Rien ne l'obligeait effectivement à lui fournir des informations.

— OK. Venons-en au sujet qui nous intéresse. Connaissez-vous une cliente du nom d'Isabelle Desmondières ?

Jakov se servit un whisky, s'installa dans un fauteuil en cuir et secoua négativement la tête.

— Vous savez, dans ce milieu, les gens présentent rarement leur carte d'identité. Sauf lorsqu'il s'agit de prouver qu'ils sont majeurs. La plupart d'entre eux utilisent un pseudo.

Nadia se doutait de la réponse. Marco Della Rocca sortit une photo qu'il avait récupérée dans des fichiers administratifs et la tendit au gérant. Il la regarda une seconde et la rendit.

— Je ne savais pas qu'elle s'appelait Isabelle. Son nom de scène est Gourmandine.

— Gourmandine ?

— Gourmandine, ou Isabelle, est une habituée des lieux. Elle y vient au moins deux fois par mois depuis que j'ai repris l'affaire.

— Ce ne doit pas être la seule à fréquenter régulièrement votre établissement ?

— Non, mais elle est la seule à participer à tous les gang bangs. Se faire prendre par plusieurs hommes à la fois, c'est son truc !

Un ange passa, et se drapa quelques instants dans un voile pudique.

— Elle est donc sexuellement libérée.

— C'est le moins qu'on puisse dire. Le mois dernier, elle a baisé avec six mecs en même temps. Ce genre d'exploit fait vite le tour du milieu, et le Gant de Velours fait le plein pour ce type de soirées. Je peux savoir ce que vous lui reprochez ?

— Je ne lui reproche rien. Par contre, d'autres se sont occupés d'elle.

— Ils veulent l'attirer dans leur club, c'est ça ? demanda le propriétaire, énervé.

— Elle a été assassinée. Tout ne tourne pas autour de votre business, monsieur Jakov !

La colère montante du patron tomba d'un coup. Il ne s'attendait pas à cela. Puis il reprit agressivement :

— Et vous allez me dire que le meurtrier sort de chez moi, c'est ça ?

Nadia inspira longuement, cherchant à garder un minimum de sérénité. Della Rocca intervint :

— Tu te calmes, Jakov. Le capitaine t'a expliqué que nous étions venus là amicalement. Alors tu réponds gentiment à ses questions et on te laisse passer une soirée tranquille.

Le ton monta entre les deux hommes.

— Tu te prends pour qui, flicard ?

— Pour un mec qui va te foutre l'URSSAF au cul si tu continues à lui casser les burnes !

La menace rappela à Jakov la réalité de la situation. Certes, le flic en face de lui n'avait sans doute pas les moyens de déclencher une enquête sur ses comptes, mais mieux valait ne pas le pousser à bout. Il avait tout intérêt à coopérer avec les policiers. Avoir quelques bonnes relations ne pouvait qu'être bénéfique. Par ailleurs, le jeune flic n'avait pas l'air facile. Sous des dehors plus courtois, la femme ne devait pas être une tendre non plus.

— Alors, demanda Nadia, quelles sont les conclusions de vos réflexions ?

— Mes clients seront-ils ennuyés ?

— Nous ne vous avons jamais dit que nous pensions que le meurtrier faisait partie des habitués de votre établissement. Nous cherchons juste des pistes. Imaginez qu'une autre de vos clientes subisse le même sort.

Nadia regarda une affiche accrochée au mur :

— La prochaine gagnante du concours de « Miss Fellation », par exemple ?

— Inutile d'en rajouter. Je vais coopérer. Laissez-moi le temps de récupérer quelques vidéos sur mon ordinateur.

12

Bilan journalier

Nadia prit une inspiration avant d'introduire la clé dans la serrure de la porte. Occupée à visionner les vidéos au Gant de Velours, elle n'avait pas vu le temps passer. Elle s'était pourtant engagée le matin même à aller chercher Adèle chez la nounou. Quand elle l'avait appelée pour s'excuser, elle avait appris qu'Étienne avait déjà récupéré leur fille.

Elle pénétra dans l'appartement. Une délicieuse odeur de crevettes au curry aiguisa son appétit et sa culpabilité. Étienne sortit de la cuisine en souriant.

— Je viens de coucher Adèle. Pour une fois, elle n'a pas râlé. Tu peux aller l'embrasser si tu veux.

Nadia fut à la fois soulagée de le voir de bonne humeur et presque agacée de ne pas l'entendre se mettre en colère. Aurait-elle fait preuve du même calme ? Elle se ressaisit aussitôt. Elle entra sans bruit dans la chambre. Sa fille venait de s'endormir et émettait de légers ronflements. Nadia la regarda, amusée et émue. Un lapin serré contre son cœur, l'enfant reposait, détendue. Cette scène l'apaisa. Elle resta longtemps auprès de la fillette, s'imprégnant de son innocence et de sa sérénité. Sur la pointe des pieds, elle retourna dans le salon.

— Je suis désolée, Étienne, je n'ai pas vu filer l'heure.

— Passons à table, et tu me raconteras tout ça.

— Malgré notre pacte ?

— Ça m'intéresse.

Dégustant le repas préparé par son compagnon, elle débriefa ses réunions de la journée. Cela lui permit d'y voir plus clair.

— Comme tu vois, on n'en est qu'au début. Et toi, le trafic d'armes ?

— La filature des frères Kerouad n'a toujours rien donné, mais on ne les a pas lâchés d'une semelle. On est persuadés que l'arrivée d'un chargement est imminente.

— Qu'est-ce qui vous fait croire cela ?

— Ça s'agite chez les Kerouad. Hier, il y a eu du passage inhabituel dans leur restaurant, notamment une vieille connaissance : Zlatan Sejdic, « le Bosniaque ».

— Il travaille pour les Lyonnais, non ? remarqua Nadia.

— Exact. Il est impliqué jusqu'à la moelle dans le trafic d'armes de Vaulx-en-Velin, mais personne n'a jamais pu le prouver. En tout cas, ce type sort rarement de sa tanière. Cela veut dire que les Bosniaques sont prêts pour une nouvelle livraison.

— Comment peux-tu en être si sûr ?

— Un de nos indics a refourgué un téléphone à Nabil, le jeune frère. Il est sur écoute vingt-quatre heures sur vingt-quatre. On n'attend plus que l'appel magique : celui qui nous donnera le jour et le lieu de l'échange.

— Vous avez une idée de ce qui va s'échanger ?

— D'après ce que l'on a pu deviner de leur conversation, c'est du très lourd ! Des fusils d'assaut, de l'explosif et même des lance-missiles.

— Putain, c'est de pire en pire. Ils vont transformer Grenoble en Sarajevo, s'exclama Nadia.

— On marque Nabil Kerouad à la culotte. Si quelque chose doit se passer, on le saura pratiquement avant lui.

— Et son frère, Bachar ? C'est quand même lui le cerveau de la famille.

— Il reste en retrait. Il s'occupe de tout l'aspect financier et marketing du business. Il entrera sans doute en scène quand tout sera finalisé. Il sera présent pour la réception des armes.

— Ça va être chaud. Bachar Kerouad n'est pas appelé « le Fou » pour rien. Ne prends aucun risque, Étienne, murmura Nadia en posant sa main sur celle de son compagnon.

— On a déjà prévenu les hommes de la BRI à Lyon. Ils sont prêts à intervenir dès notre signal. On va les coincer.

— Bien sûr, mais tire le premier si ça craint. Tu sais bien que les gars en face n'hésiteront pas une seconde. Ne joue pas au héros.

— Je te promets qu'Adèle aura encore son père pour lui raconter des histoires et que ce n'est pas le dernier repas que je te prépare.

Puis il ajouta plus doucement :

— Quant à toi, ne prends pas trop goût au libertinage… ou alors emmène-moi avec toi.

Nadia se demanda un instant si elle n'avait pas entendu une pointe de jalousie dans la voix d'Étienne.

13

Entretien

Nadia était arrivée tôt à l'hôtel de police. Elle avait eu le temps de lire le rapport officiel du légiste. Henri Blavet y avait joint tout un jeu de photos. Même lavé de son sang, l'état du corps d'Isabelle Desmondières était pitoyable. Ceux qui avaient fait cela méritaient d'être punis de la plus sévère des manières. Dans ce genre de cas, Nadia Barka se sentait plus femme que flic. Elle connaissait son penchant à vouloir faire justice, mais savait retenir ses pulsions. Enfin, non, pas tout le temps. Son intervention lors du viol de Simone Koné, bien que moralement justifiée, avait été juridiquement disproportionnée.

Elle étudia ensuite le compte rendu de Clotaire Beauvais : un modèle de précision. En reposant le fascicule, trois questions la taraudaient. La porte avait-elle été fracturée par les agresseurs pour entrer ou *a posteriori* pour faire croire à un cambriolage qui aurait très mal tourné ? La victime avait-elle fait l'amour avec l'un de ses bourreaux ou avait-elle eu une relation sexuelle peu de temps avant ? Connaissait-elle ses assassins ?

À neuf heures, toute son équipe était dans la salle de réunion. Le commissaire Mazure les avait rejoints. Nadia Barka résuma sa discussion avec Richard Desmondières et laissa le lieutenant Della

Rocca raconter leur visite au club libertin. Un club comme tant d'autres, synthétisa l'Italien.

— Par contre, le visionnage des vidéos a été instructif. N'importe quel jury aurait accordé à la signora Desmondières un prix d'interprétation. J'ai été amené à côtoyer le milieu du porno, et je comprends que le patron de la boîte ait eu les larmes aux yeux quand il a appris que sa tête d'affiche avait disparu. Je ne suis pas psychiatre, mais cette femme devait avoir quelque chose à évacuer pour mettre autant d'énergie dans des partouzes. Nous avons repéré trois individus ayant participé à tous les gang bangs. Jakov nous a donné des captures d'écran, notamment de ses deux dernières prestations. Je vais faire passer les photos dans les différents services pour savoir s'ils connaissent quelques-uns de ces étalons.

— Penses-tu que l'assassin se trouve parmi ces hommes ? demanda Garancher.

— Sincèrement, je n'y crois absolument pas. Ces mecs aiment la baise et ne s'en cachent pas. Mais, en les interrogeant, nous pourrons entrer dans l'intimité de la victime et cibler les mœurs de ses partenaires de partouze.

— OK, merci Marco, conclut Nadia. Tu t'y mettras dès que nous aurons terminé notre briefing. Jérôme, qu'as-tu retiré de l'étude des données financières d'Isabelle Desmondières ?

Jérôme Garancher se leva et se plaça face à l'assemblée.

— Ma mission était de vérifier les comptes de la société Nina Lumina ainsi que la santé pécuniaire personnelle de madame Desmondières. J'ai fait appel à un collègue de la brigade financière et nous avons obtenu les informations sans difficulté. L'associée de madame Desmondières, Charlotte Corona, a pleinement coopéré, son banquier également. Si seulement le mien était aussi arrangeant…

— Le résultat, lieutenant Garancher, le résultat, s'impatienta le commissaire Mazure.

L'intervention de son supérieur ne troubla nullement l'officier de police.

— Les comptes de Nina Lumina feraient rêver plus d'un chef d'entreprise. Lors de sa création, la société a fait un emprunt de cinq millions pour se mettre sur les rails.

— Le banquier était joueur, remarqua Katjana Berton. Ils n'auraient pas tous parié sur une nouvelle entreprise de prêt-à-porter fabriquant ses produits en France.

— Exact, confirma Garancher, mais n'oubliez pas que Mme Desmondières avait travaillé près de quinze ans dans le monde de la finance. Elle avait ses entrées. Par ailleurs, celui qui lui a prêté l'argent a eu le nez creux. En seulement trois ans, Nina Lumina a percé sur le marché, ce qui était à peine imaginable. Charlotte Corona avait déjà toute une nouvelle ligne de vêtements dans les cartons, et Isabelle Desmondières, en plus d'être un génie du marketing, s'est découvert une âme de meneuse d'hommes, ou surtout de femmes. Bref, la société a prévu de dégager des bénéfices conséquents cette année, ainsi que dans les années à venir.

— Donc, rien de louche. Pas de prêt souterrain qui n'aurait pu être remboursé ? intervint Nadia.

— Non, d'après notre spécialiste, les comptes sont trop clairs pour planquer des transferts d'argent illégaux.

— Et ses biens personnels ?

— La victime était à l'abri du besoin, résuma Garancher. Elle a gagné une fortune dans la finance et ne s'est pas versé de salaire depuis la création de Nina Lumina. Elle a tout réinvesti dans sa boîte, ce qui ne l'empêche pas d'avoir un grand appartement dans le septième arrondissement à Paris et des liquidités très conséquentes.

— Conclusion : en première approche, ce n'est donc pas pour une histoire de fric qu'elle a été tuée. Et qu'a donné ton enquête dans les usines de fabrication de Nina Lumina, Kat ?

Katjana Berton leur synthétisa sa visite dans les ateliers de l'entreprise. Isabelle Desmondières était considérée par les deux cents ouvrières du centre de confection des Hautes-Alpes comme une envoyée du ciel qui leur avait donné un emploi bien rémunéré. Rien à retirer de ce côté non plus.

Quand Nadia Barka releva les yeux du bureau qu'elle avait fini de ranger, son supérieur hiérarchique était toujours là. L'air contrarié d'Alain Mazure l'alarma.

— De mauvaises nouvelles, commissaire ?

— L'inspection générale des services doit arriver à dix heures.

— Les bœuf-carottes ? Mais pourquoi ? demanda l'OPJ en sentant un filet de sueur glacée couler dans son dos.

— Stéphane Vertufoy a déposé plainte contre vous pour coups et blessures volontaires.

— Le violeur de Simone Koné ?

— C'est exactement ça.

— L'enculé…

Nadia s'adossa contre le mur. Elle passa les mains dans ses cheveux, les ramena en arrière et fixa sérieusement son patron.

— Vous m'avez pourtant annoncé que vous aviez négocié avec le préfet et que je m'en tirerais avec un blâme.

— Je vous le confirme. Mais Vertufoy n'a pas suivi les recommandations du préfet.

L'officier regarda le plafond sans le voir. Le ciel lui tombait sur la tête. Mise en examen par un homme qui avait brisé la vie d'une adolescente ! Une rage froide s'empara d'elle.

— Dites-moi que c'est une plaisanterie ! Qu'un violeur pris en flag ne peut pas échapper à sa peine ! Dites-moi qu'il est plus important pour la justice de mettre la main sur des tueurs plutôt que d'essayer de disculper ce trou du cul !

— Vous avez raison sur tout, sauf sur la plaisanterie. J'ai appris que le juge chargé de l'instruction n'est autre que Ledoyen.

— Napoléon Ledoyen ? Ce sombre abruti ? Il a toujours été persuadé que condamner un flic était le summum de la preuve de l'indépendance de la justice ! J'avais bien besoin de ça. Les deux gars de la BAC qui étaient avec moi ce soir-là sont au courant ? Je vais…

Nadia s'arrêta soudain. Deux hommes se tenaient dans l'encadrement de la porte. Costume gris et cravate, aucun doute n'était permis. L'IGS venait de faire son apparition.

Le commissaire se retourna, les salua et leur présenta l'officier de police judiciaire Nadia Barka. Les deux hommes déclinèrent leur identité, puis s'adressèrent à leur interlocutrice :

— Capitaine Barka, le parquet a été saisi d'une plainte pour coups et blessures volontaires. Nous sommes en charge de l'enquête. Veuillez nous suivre, nous avons quelques questions à vous poser.

— Vous allez, bien sûr, laisser au capitaine Barka le temps de prévenir son avocat ? intervint Alain Mazure.

— Évidemment, commissaire, répondit le plus grand des deux hommes.

Perdue, Nadia regarda son patron. Son énergie s'était désintégrée à l'énoncé de cette plainte inique. Un avocat ? Elle n'avait jamais fait appel à un avocat. Son supérieur l'aida discrètement :

— J'imagine que vous allez contacter maître Dupas, capitaine ?

Mais oui ! Madeleine Dupas, la mère de son amie Sophie. Un minuscule carré de ciel bleu troua l'obscurité qui venait de l'envelopper. Elle se força à sourire aux deux fonctionnaires de la police des polices en saisissant son smartphone.

— Je vous demande deux minutes, messieurs.

Elle appela Sophie, qui répondit aussitôt.

— Bonjour, ici le capitaine Barka, j'aurais besoin des coordonnées de maître Dupas.

Sophie ne fit aucun commentaire, comprenant instantanément que son amie était dans une situation délicate. Elle lui donna le numéro de portable personnel de sa mère et la salua.

Cinq minutes plus tard, Madeleine Dupas était prévenue et se libérait pour intervenir.

Quinze heures. Madeleine Dupas et Nadia Barka étaient installées dans le cabinet de l'avocate pour faire le bilan de l'interrogatoire mené par les hommes de l'IGS. Madeleine Dupas était prête à mettre en attente toutes ses affaires en cours pour défendre le capitaine Barka. Non seulement elle appréciait cette femme, mais elle n'oublierait jamais que l'officier de police avait sauvé la vie de sa fille unique.

— J'ai noté tout ce que vous avez raconté à l'IGS, Nadia. Maintenant, j'ai besoin de connaître toute la vérité.

— Douteriez-vous de ma bonne foi, Madeleine ?

— Non, mais il y a sûrement quelques détails que vous avez omis. Si Stéphane Vertufoy porte plainte contre vous, il a forcément quelques as dans sa manche. Je veux être prête à contrer toutes ses attaques, expliqua son interlocutrice.

L'OPJ regarda l'avocate. Elle savait qu'elle pouvait avoir toute confiance en elle et connaissait, comme l'ensemble du petit monde judiciaire, sa réputation de pitbull du barreau. Une fois qu'elle avait mordu, elle ne lâchait plus sa proie.

— Ce soir-là, j'ai effectivement demandé à deux fonctionnaires de la BAC de les accompagner. Pas uniquement pour rendre service, mais dans l'espoir de me défouler sur quelqu'un.

Elle hésita quelques instants puis continua :

— Sophie vous l'a peut-être dit... j'ai vécu une passe assez difficile... et cela s'est reflété sur mon comportement.

Madeleine Dupas ne commenta pas, mais sa fille l'avait tenue au courant de la dépression que traversait Nadia. Il fallait appeler un chat un chat.

— Quand le central nous a envoyés en intervention sur un viol en cours, toute cette énergie négative s'est cristallisée et je n'avais qu'un seul but : punir ces salopards. Alors j'ai demandé aux deux gars de la BAC de me laisser faire et de n'intervenir que si j'étais en difficulté.

— Vous avez pris un risque.

— Pas si important. Trois policiers entraînés et armés contre une bande de racailles en rut, nous avions l'avantage ! Pour être certaine qu'ils m'agresseraient et que je pourrais me battre en situation de légitime défense, j'ai un peu aidé leur libido.

Surprise par la dernière phrase, l'avocate la regarda en fronçant les sourcils dans un mouvement d'incompréhension. La policière continua :

— Avant de quitter le véhicule, j'ai retiré mon pull et n'ai gardé qu'un soutien-gorge sous mon blouson.

— J'imagine que votre veste était largement ouverte lorsque vous leur avez intimé de lâcher la jeune Simone.

— C'est possible, acquiesça Nadia.

Madeleine Dupas mâchonna son crayon, et reprit :

— L'interpellation s'est-elle déroulée comme vous l'avez mentionné à l'IGS, ou avez-vous quelques détails croustillants à ajouter ?

— J'ai raconté tout ce dont je me suis souvenue. Je n'ai inventé ni leurs insultes ni leur agressivité. J'ai juste minimisé ma volonté de leur donner une leçon. J'étais dans une sorte de bulle de haine, et je n'avais qu'un objectif : faire mal, frapper aussi violemment que je le pouvais. Ce sont mes deux collègues qui sont intervenus pour m'éviter de commettre une grosse bavure. Je n'en suis pas particulièrement fière, conclut Nadia, mais je ne regrette rien.

— Quelque chose d'autre à ajouter ?

— Non.

— Parfait. Pour résumer, seul Stéphane Vertufoy a porté plainte. Connaissant son père, il va offrir aux trois autres agresseurs un bon avocat et une jolie somme d'argent pour qu'ils innocentent son fils.

— Dans ce cas, pourquoi m'attaquer pour coups et blessures ? s'insurgea Nadia.

— Pour éviter que cela sente le petit arrangement entre amis. Stéphane Vertufoy passe ainsi du simple statut de mis en examen injustement accusé à celui de victime de violences policières. Vertufoy fait un habile transfert de responsabilité. J'imagine qu'il n'a pas directement participé au viol et que les analyses ADN des spermes ne le mettront pas en cause.

— Quand je suis arrivée, il se prenait pour un réalisateur de X et filmait la scène avec son portable en excitant les trois autres.

— Avez-vous saisi son téléphone ? demanda l'avocate.

— Les agresseurs ont été emmenés à l'hôpital. Quand nous sommes revenus pour les interroger officiellement, tous les appareils avaient disparu.

14

Charlotte Corona

Le TER en provenance de Grenoble entra dans la gare de Lyon Part-Dieu. Nadia Barka attendit que les voyageurs aient quitté le wagon avant de descendre à son tour. Le soleil brillait sur la capitale des Gaules, mais il ne remontait pas le moral de l'officier de police. Elle avait pensé à sa mise en examen depuis le départ du train. L'entretien qu'elle avait passé avec les fonctionnaires de l'IGS n'avait pas cessé de tourner en boucle dans sa tête. Elle avait clairement eu l'impression d'être sur le banc des accusés et que les violeurs n'étaient que les pauvres victimes de sa violence barbare. Ce renversement des rôles la révoltait. Nadia n'avait pas dormi de la nuit, mais n'avait pas souhaité en parler à Étienne. Les couloirs de l'hôtel de police lui renverraient bien assez vite les échos de cette affaire. Elle ne voulait pas de sa sollicitude : elle s'était mise seule dans cette situation, à elle de s'en sortir… avec le concours professionnel de Madeleine Dupas.

Elle aurait pu convoquer directement Charlotte Corona, l'associée d'Isabelle Desmondières. Elle avait préféré la rencontrer à Lyon. Cela lui donnait l'occasion d'interroger le témoin dans son milieu plutôt que dans une salle du commissariat. Cela lui permettait surtout de s'évader quelques heures de l'ambiance déprimante de son cadre de travail. Nadia avait décidé de ne pas s'habiller en flic et d'échanger sa traditionnelle tenue jean-blouson contre une toilette plus féminine. En fouillant ses armoires, elle s'était aperçue qu'elle n'avait pas acheté de vêtements depuis la naissance d'Adèle. Elle n'avait pas pris une taille en dix ans et le contenu de sa garde-robe lui allait toujours. Sophie lui avait proposé de l'emmener faire du shopping entre filles, mais Nadia avait chaque fois trouvé une excuse pour décliner les invitations. Étienne lui-même avait maladroitement essayé de la traîner dans des magasins de mode, ce qui était quand même le monde à l'envers. Elle lui ferait ce plaisir le jour où elle aurait retrouvé son équilibre, mais ce petit con de Stéphane Vertufoy n'y aidait pas.

Nadia traversa le hall encombré de la gare et se dirigea vers le centre commercial Lyon Part-Dieu. Elle avait donné rendez-vous à Charlotte Corona à midi et avait un bon quart d'heure d'avance. Elle flâna devant les vitrines de quelques boutiques, flattée par le sourire que lui adressèrent deux passants. Elle se surprit à flasher sur un tailleur à la coupe originale. Elle regarda le prix… peu compatible avec son traitement de fonctionnaire de police. Elle en profita pour observer son reflet dans la vitre. La femme élancée et plutôt séduisante qu'elle y vit lui arracha sa première satisfaction de la journée. Elle n'écoutait plus Étienne quand il lui disait en riant qu'elle était sa Shéhérazade, mais elle avait tort de s'enfermer en permanence dans son rôle de flic.

Elle se dirigea vers le café devant lequel elle devait retrouver Charlotte Corona. Elle reconnut rapidement celle dont elle avait étudié les photos dans le train. De petite taille, plutôt ronde, un visage avenant, cette trentenaire était considérée par son milieu comme l'un des grands espoirs de la mode. Plus qu'un espoir, d'ailleurs, après le succès de Nina Lumina. Elle s'approcha d'elle et la salua :

— Mademoiselle Corona ? Capitaine Barka, police judiciaire de Grenoble.

La jeune femme lui tendit une main timide. Elle tenta de faire bonne figure, mais ses traits tirés prouvaient qu'elle avait été très affectée par la disparition de son associée.

— Bonjour, capitaine, je suis heureuse de vous rencontrer. Je souhaite vraiment vous apporter toute mon aide pour trouver l'assassin d'Isabelle. Ce qui lui est arrivé est tellement atroce.

Une larme discrète coula le long de la joue de la styliste. Elle l'essuya rapidement d'un revers de main.

— J'ai réservé une table chez un Japonais à deux pas d'ici. Cela vous convient-il ?

La policière acquiesça. Elle avait été initiée sur le tard aux sushis par Sophie Dupas et avait tout de suite apprécié la nourriture japonaise, du moins celle que l'on trouve en France. Elles marchèrent quelques minutes dans les rues ensoleillées de Lyon avant d'entrer dans un restaurant à la décoration minimaliste. Le serveur les accompagna vers une table à l'écart. Charlotte Corona avait prévu un espace d'intimité pour leurs discussions. Elles s'installèrent, puis commandèrent leur repas en échangeant des banalités. Une fois le garçon parti, la styliste entra dans le vif du sujet :

— Dites-moi ce qui est arrivé à Isabelle, capitaine. J'étais en Italie quand j'ai appris sa mort. Pourquoi l'a-t-on tuée ?

— C'est exactement ce que je cherche à découvrir. Je vais vous fournir quelques détails de l'enquête qui n'ont pas été divulgués à la presse. Ce sont des informations confidentielles.

— Aucun problème. Isabelle était un mentor pour moi, je dirais presque un modèle, s'enthousiasma Charlotte.

— Mademoiselle Corona, comment avez-vous connu Isabelle Desmondières ?

— Je l'ai rencontrée à une soirée, en 2011. Nous étions assises côte à côte. J'étais timide, et je l'écoutais nous raconter des anecdotes sur les marchés financiers. Je me souviens qu'elle avait hypnotisé la tablée en nous exposant sa vision de l'affaire Kerviel, ne croyant pas un instant à l'innocence de la Société générale. Isabelle avait un don pour attirer les gens à elle. Au moment du dessert, elle s'est intéressée à moi. J'ai commencé à lui parler de ma passion pour la mode, des modèles que je dessinais. Elle m'a demandé mon numéro de téléphone pour en discuter plus longuement, puis est passée à un autre sujet. Je doutais qu'elle me rappelle un jour. Une semaine plus tard, nous déjeunions ensemble dans un grand restaurant parisien et je lui présentais quelques-unes de mes créations. Après dix-huit mois, Nina Lumina existait officiellement.

J'avais travaillé d'arrache-pied sur les nouveaux modèles, et Isabelle comme une dingue sur tout le reste.

— Où est basé le siège social de votre société ?

— À Grenoble. Isabelle avait insisté là-dessus.

— Savez-vous pourquoi ? Lyon est une grande métropole, avec une belle histoire dans les soieries. Cette adresse aurait pu paraître plus judicieuse.

— Isabelle tenait à cet ancrage alpin. Elle a passé un temps fou à trouver une usine de fabrication capable de produire des vêtements de qualité : il y avait des offres attractives dans le nord de la France, mais elle préférait les Alpes. J'ai compris qu'il était inutile de discuter, et d'ailleurs son choix me convenait très bien.

— Votre associée vous a-t-elle dit pourquoi elle souhaitait quitter le monde de la finance pour celui du prêt-à-porter ?

— Elle a été très claire. Elle ne voulait plus faire d'argent avec de l'argent, mais mettre son talent au service de la création de vraies richesses. Du jour au lendemain, générer des emplois en France était devenu son dada, alors que, peu de temps avant, elle travaillait sur des fusions-acquisitions.

— Pourquoi la mode ? interrogea Nadia.

— Parce qu'elle m'a trouvée sympathique lors du dîner. Le projet lui est venu en quelques secondes. C'était la force d'Isabelle. Rien ni personne ne pouvait l'arrêter quand elle avait une idée en tête.

— Avait-elle une attirance particulière pour ce milieu-là ?

— Absolument pas. Elle m'a délégué tout le côté artistique, en reconnaissant qu'elle était incompétente sur le sujet. Si j'avais dessiné des filets pour chalutier, elle aurait armé une flotte de bateaux de pêche en Bretagne. De mon côté, je ne me suis jamais plongée dans la partie comptable et financière de la société.

— Monter une affaire de cette ampleur en dix-huit mois, c'est un tour de force, non ?

— Tout à fait. J'en suis encore admirative. Car non seulement nous avons lancé le projet dans les temps, mais Isabelle a continué sur le même rythme en démarchant des clients potentiels dans le monde entier, confirma la styliste.

— Aurait-elle pu lier des contacts avec des personnes aux relations peu fréquentables pour assurer le succès de cette entreprise ?

Charlotte Corona regarda la policière avec un air presque choqué.

— Je ne peux pas le jurer, mais ce n'était pas dans sa logique. Elle ne parlait qu'éthique, emploi, transparence. Elle ne s'était pas lancée dans cette aventure pour faire fortune, même si les comptes sont excellents.

— Des ennemis, des jaloux, des sociétés auxquelles le succès de Nina Lumina aurait pu faire de l'ombre ?

— Des ennemis, non. Des jaloux, sans doute.

Les deux femmes firent une pause dans leur discussion pour déguster l'assortiment de sashimis que le serveur venait de déposer devant elles. La mort d'Isabelle Desmondières avait porté un coup dur à la société, et Nadia se demandait comment sa commensale s'en sortirait. Sous les airs doux de Charlotte se cachait néanmoins une forte volonté. Elle en aurait besoin : les vautours allaient faire leur apparition sans tarder. La policière reprit son interrogatoire.

— J'imagine que votre associée et vous étiez amies.

Charlotte Corona hésita quelques instants.

— Une solide confiance nous liait, mais je ne peux pas dire que nous étions amies. Isabelle ne souhaitait pas créer de relations intimes. Elle était très indépendante et ne s'épanchait jamais.

— Étiez-vous au courant de sa vie privée ? Sortait-elle avec quelqu'un ?

La styliste se montra embarrassée, puis chuchota :

— Isabelle avouait sans pudeur qu'elle aimait le sexe mais pas l'amour. Alors que je suis fleur bleue, à la recherche du prince charmant, j'ai vite compris qu'elle multipliait les aventures. Elle en parlait sans gêne, mais je n'osais pas aborder ce sujet avec elle. C'était un côté de sa personnalité qui m'effrayait un peu. Son corps était juste un objet de plaisir. Une seule fois, je l'ai vue mal à l'aise.

Nadia posa ses baguettes et se concentra sur les propos de son interlocutrice. Perdue dans ses souvenirs, Charlotte continua :

— Cela s'est passé au mois de décembre dernier. Il avait beaucoup neigé sur les Alpes la veille et le temps était magnifique ce jour-là. J'avais décidé de descendre à Grenoble pour prendre des photos de la ville enneigée. C'est un de mes hobbys. En arrivant vers la place Grenette, j'ai aperçu Isabelle au loin avec d'autres personnes. Je les ai photographiées, puis je me suis approchée d'elles, l'appareil à la main. Je m'apprêtais à les saluer quand Isabelle s'est emportée en me reconnaissant. Elle m'a demandé si je les avais shootés. J'ai été tellement surprise que j'ai nié. Puis elle est repartie avec son groupe. Je n'en croyais pas mes yeux. La semaine suivante, elle était charmante, comme si rien ne s'était passé.

— Connaissiez-vous les personnes qui l'accompagnaient ?

— Non. J'ai bien observé mon cliché, mais les visages ne me disaient rien. Ils étaient huit en comptant Isabelle.

— Avez-vous toujours cette photo ? demanda Nadia, excitée.

— Je dois l'avoir conservée sur mon disque dur. En voulez-vous une copie ?

— Oui, s'il vous plaît.

Charlotte Corona regarda sa montre, l'air désolé :

— Il va falloir que je parte. J'ai rendez-vous avec mon expert-comptable. Je dois me plonger dans les comptes, ce qui était la chasse gardée de mon associée.

— Pas de souci, acquiesça Nadia en faisant signe au serveur.

— Permettez-moi de vous inviter, intervint la styliste. Vous m'avez fait gagner un temps fou en venant vous-même jusqu'à Lyon.

Les deux femmes quittèrent le restaurant. Alors que Nadia se baissait pour ramasser le gant qui venait de lui échapper, un choc violent manqua de la faire trébucher. Surprise, elle se redressa et se retrouva face à un homme qui la toisait sans aménité. Sortant de l'immeuble voisin, il se dirigeait vers une limousine qui l'attendait et n'avait pas regardé devant lui. La cinquantaine sportive, les cheveux gris, un manteau en cachemire, il considéra Nadia comme un déchet qui lui barrait le passage. Il envoya la jeune femme qui l'accompagnait s'installer dans le véhicule. Nadia le dévisagea en frottant son épaule endolorie :

— Si vous souhaitez présenter vos excuses, ne vous privez pas.

L'homme la regarda avec un sourire méprisant.

— Va dépenser l'argent que tu as gagné avec ton cul et évite d'obstruer le trottoir. Il y en a qui font avancer la France pendant que d'autres…

Il laissa sa phrase en suspens et contourna Nadia pour rejoindre son véhicule. La femme trembla sous l'insulte. Parce qu'elle était jolie et sortait d'un restaurant, ce connard la traitait de pute. Charlotte lut la haine dans les yeux de l'OPJ et lui saisit le bras, la suppliant du regard de ne pas intervenir. Nadia respira profondément. Elle était sous le coup d'une procédure, inutile d'aggraver son cas. Le juge ne la raterait pas si elle s'embrouillait avec ce type. Elle déplia avec difficulté le poing qu'elle avait serré.

— Il n'en vaut pas la peine, glissa la jeune femme.

— Vous le connaissez ? siffla le capitaine en fixant le rustre qui fermait la portière de la limousine.

— Non, mais vous auriez tout à perdre à vous attaquer à ce genre de personnage trop sûr de lui pour être honnête.

Nadia Barka regarda la styliste, surprise par sa remarque. La jeune femme lui avait sans aucun doute évité des ennuis. L'OPJ avait côtoyé des crapules de ce genre et savait qu'il avait sans doute un avocat prêt à intervenir au moindre claquement de doigts. Cependant, son sang bouillonnait encore et elle regrettait tout de même la gifle qu'elle s'apprêtait à mettre à ce porc. Dans les caves des cités ou dans les rues huppées de Lyon, on trouvait la même morgue et la même haine des femmes.

Amère, Nadia salua Charlotte Corona et se dirigea vers la gare.

15

Rendez-vous

Pour la première fois, le repas avec Éva semblait traîner en longueur. Pascaline, si souvent amusée par la verve de son amie, n'y voyait aujourd'hui qu'un babillage futile. Pourtant, elle aimait beaucoup celle qui lui racontait les derniers ragots de l'école de leurs enfants. Toujours de bonne humeur, Éva l'avait introduite dans la société grenobloise.

Rire ! Que c'était agréable ! Des parents d'une sévérité maladive, un mari bien gentil mais sans aucune fantaisie, une existence où elle regardait passer les journées. Ce changement lui avait fait un bien fou. Et surtout… surtout l'arrivée d'Abel. Jamais Pascaline n'aurait imaginé être capable de connaître de tels instants d'évasion, jamais elle n'aurait pensé mener deux vies parallèles. Ce risque permanent l'excitait presque autant que les moments uniques qu'elle partageait avec Abel.

Pascaline déclina le café, paya l'addition et, après avoir pris date pour un dîner avec leurs enfants le samedi suivant, se retrouva sur les trottoirs ensoleillés de Grenoble. Elle n'avait rendez-vous qu'à quatorze heures. Elle avait une demi-heure pour flâner dans les rues piétonnes. Après tout, n'était-elle pas censée faire les boutiques durant l'après-midi ? Quand elle s'en était ouverte à son mari, il avait paru surpris, mais l'avait ensuite encouragée à se faire plaisir… en restant raisonnable, bien sûr. C'était un bon père pour ses enfants, et elle avait de l'affection pour lui, mais jamais il ne l'avait fait grimper aux rideaux, pour parler avec le langage imagé d'Éva. Elle passa devant une boutique de lingerie, hésita, puis poussa la porte. Elle venait de repérer une nuisette qui plairait à Abel. Pascaline dispensait quelques cours de soutien en anglais et avait accumulé un petit pécule. Son mari n'avait pas droit de regard sur ses achats.

Abel ! Elle l'avait rencontré deux ans plus tôt, par le plus pur hasard, en faisant des courses dans Grenoble. Il pleuvait ce jour-là, et elle avait les bras chargés de paquets. Un individu l'avait violemment bousculée pour lui arracher son sac à main. Un passant avait alors intercepté le voleur et lui avait rendu son sac. Il l'avait aidée à ramasser ses affaires, puis l'avait invitée à boire un thé pour se remettre de ses émotions. Pour la première fois de sa vie, Pascaline avait suivi un inconnu : sans doute le choc. Choc de l'agression, mais surtout choc de voir un homme si séduisant s'occuper d'elle. Elle était plutôt boulotte, et personne ne l'avait jamais complimentée sur son physique. Elle était gentille, serviable, mais le mot « attirante » ne faisait pas partie du vocabulaire que l'on employait à son égard. Elle avait passé une petite heure sur un nuage. Abel avait été prévenant et l'avait regardée avec respect et intérêt. En rentrant, elle n'avait pas parlé de cette rencontre. C'était un beau souvenir qui n'appartiendrait qu'à elle. Elle l'avait revu six mois plus tard alors qu'elle visitait une exposition au musée de Grenoble. C'est lui qui l'avait remarquée et l'avait abordée. Ils avaient terminé la visite ensemble et elle avait été impressionnée par son érudition. Abel l'avait ensuite invitée dans un café, où elle l'avait écouté, admirative. Grand, les traits fins, une façon touchante de remettre en place une mèche de cheveux bruns sans même s'en rendre compte, il l'avait charmée en un après-midi. Ils avaient échangé leurs coordonnées et, pour la première fois de sa vie, Pascaline était arrivée en retard à l'école pour récupérer son petit dernier. Pour la première fois de sa vie aussi, elle n'avait éprouvé aucune culpabilité à ne pas tenir à la perfection ses devoirs de mère et d'épouse. S'en était suivie l'inéluctable conclusion : ils s'étaient revus, toujours discrètement, et avaient fini un après-midi dans une chambre d'hôtel de luxe. Pascaline avait longtemps tergiversé avant d'accepter. Elle en crevait d'envie tout en tremblant à l'idée de ne pas être à la hauteur. Ses nuits conjugales étaient d'une tristesse à pleurer, mais elle ressentait au fond de son ventre un feu que son mari n'avait jamais réussi à attiser. Elle avait fini par en parler à Abel. Il l'avait écoutée avec beaucoup d'attention et l'avait rassurée, ce qui l'avait décidée à franchir le pas. Et quel pas ! Un gouffre ! Jamais elle n'aurait cru que faire l'amour puisse procurer autant de plaisir ! Cette révélation d'elle-même lui avait apporté la confiance dont elle manquait. Son seul regret était de ne pas pouvoir faire profiter son mari de sa nouvelle personnalité au lit : il n'aurait pas compris cette transformation, voire en aurait eu peur. Éva s'était doutée de quelque chose, mais elle avait eu la classe de ne jamais la questionner sur le sujet. Les deux amants se retrouvaient dans Grenoble, ou parfois à Lyon, toujours dans la journée. Abel l'écoutait tendrement lui raconter sa vie, lui distillant régulièrement de judicieux conseils. Il était son amant, son partenaire, son confident, son psychologue, son rayon de soleil.

Pascaline regarda l'heure sur son portable et envoya un court texto à son mari. Tout allait bien. Elle se dirigea vers l'arrêt de tramway de la place Notre-Dame. Abel passait la chercher en voiture. Un doux frisson de plaisir et d'appréhension la parcourut. Son amant lui avait proposé il y a deux mois de rencontrer des amis. Elle avait d'abord refusé, réticente à tout concept d'échangisme. Il n'avait pas insisté. C'est elle qui était revenue sur le sujet. Ils en avaient discuté tranquillement, et l'idée avait peu à peu fait son chemin, éveillant jour après jour des fantasmes qu'elle n'avait jamais soupçonnés. Elle avait finalement accepté, et c'était le grand jour. Elle, la boulotte dont tout le monde se moquait au collège, deviendrait l'objet de désir de tout un groupe. Certes, ce n'était pas la panacée du féminisme, mais elle tenait une revanche contre tous ceux qui l'avaient appelée « la petite grosse ».

Une Audi s'arrêta à sa hauteur. Pascaline ouvrit la porte et entra. Le sourire d'Abel la rassura totalement et raviva son excitation.

— Prête pour la grande aventure ? demanda l'homme, charmeur.

— Je n'attends que cela depuis la semaine dernière. J'ai déjà le ventre en feu. *Andiamo*, chauffeur, ne me fais pas attendre plus longtemps !

Une moue amusée aux lèvres, Éva, qui s'était discrètement attardée devant le restaurant, regarda le véhicule emporter son amie vers des horizons qu'elle n'imaginait même pas.

16

Campus de Grenoble

Deux heures du matin. Les trois étudiants venaient de terminer le rangement du local dans lequel ils avaient organisé la soirée mensuelle de leur école. Après une semaine d'examens, ils avaient besoin de décompresser. La bière et d'autres alcools plus forts avaient coulé à flots et le nettoyage du sol n'avait pas été une mince affaire. Le budget de la javel n'était pas encore à la hauteur de celui de la vodka, mais il n'était pas négligeable. Ils verrouillèrent la porte et, d'une démarche titubante, se dirigèrent vers leur véhicule. En roulant à vingt kilomètres à l'heure, ils devraient pouvoir se rendre à leur prochaine fête sans problème. Un de leurs collègues, écossais, avait organisé une séance de dégustation de whiskys dans sa chambre de cité universitaire.

Un moteur vrombit dans la nuit, puis le silence retomba sur le campus endormi. S'approchant d'une vieille 206 aux ailes défoncées par des manœuvres approximatives, l'un des jeunes gens remarqua une lueur qui scintillait du côté de la piscine olympique.

— Eh, les gars, vous avez vu ça ? lança Olivier en montrant du doigt le halo qui prenait de l'ampleur.

— Bordel, c'est pas vrai, éructa Loïc. Ils viennent faire brûler des bagnoles jusqu'ici. Ils ont rien d'autre à branler !

Le dernier n'avait encore rien dit, mais observait la scène avec précision.

— C'est pas une caisse, les mecs. J'ai l'impression qu'on a mis le feu à un arbre. Allez, on va jeter un œil. C'est pas loin. Ça nous fera respirer un coup avant de prendre le volant.

Les trois étudiants partirent au petit trot en direction de l'incendie. En s'approchant du foyer, ils s'arrêtèrent net, abasourdis.

— Putain, c'est un mec qui est en train de cramer !

Ils regardèrent autour d'eux. Personne ! Sous un corps pendu par les bras à une branche, un feu de bois. L'individu, inerte, avait commencé à s'embraser. Anesthésiés par l'horreur de la scène, deux des trois garçons ne pouvaient détacher leurs yeux du bûcher. Olivier, sans doute moins alcoolisé que les deux autres, repartit au sprint vers la salle des fêtes. Essoufflé, il revint quelques minutes après avec l'extincteur du local. Il retira la goupille de sécurité, arma l'appareil et aspergea le corps de mousse.

— Allez, les gars, détruisez-moi ce feu à coups de pompes. On peut peut-être encore le sauver !

Une minute plus tard, les étudiants étaient venus à bout de l'incendie. Le pompier improvisé s'approcha de la victime. Le corps, dénudé, présentait de très larges traces de brûlures, mais il était loin d'être consumé. Sans doute hypnotisé par sa découverte macabre, Olivier n'entendait pas ses deux copains se vider l'estomac dans un fourré. Même l'odeur de chair brûlée ne parvenait pas à ses narines.

— Putain, les gars, c'est une femme... Des malades l'ont foutue à poil et l'ont fait cramer sur le campus !

Il s'assit sur le sol humide. Il ne pouvait détourner son regard du sinistre tableau. Prenant conscience qu'il était là à ne rien faire alors que la victime vivait peut-être encore, il saisit son téléphone, composa fébrilement le 17 et, la voix tremblante, prévint la police.

Deux heures quarante-cinq. L'ambulance et les deux voitures de police étaient arrivées pratiquement simultanément. Les gyrophares clignotaient dans la nuit, lumières singulières sur le domaine universitaire. Les secouristes, avec mille précautions, avaient détaché le corps alors que les policiers avaient bloqué l'accès à la scène de crime et prenaient les premiers clichés. Rapidement, ils avaient constaté la mort de la femme. Des curieux, de retour de soirée, s'arrêtaient, tentaient de s'approcher du bûcher et mitraillaient les lieux avec leurs smartphones. Les informations circuleraient dans quelques heures sur les réseaux sociaux.

Les trois étudiants attendaient dans un coin, prostrés. Une fois l'adrénaline retombée, la barbarie sauvage de cette exécution les submergeait. Le mélange d'alcool, de peur rétrospective et de fatigue les avait plongés dans un état second. Un nouveau véhicule se gara sur le parking. Olivier vit un couple en sortir. La femme discuta quelques minutes avec les policiers déjà sur place. L'un des fonctionnaires les désigna du doigt, et elle se dirigea vers eux. L'étudiant la détailla inconsciemment. Elle avait l'air aussi épuisée qu'eux. Cependant, le ton énergique de sa voix les tira de leur torpeur :

— C'est vous qui avez découvert la victime ?

— Oui, madame, confirma Olivier. On a essayé de l'éteindre, mais apparemment on est arrivés trop tard.

— Vous n'êtes pas arrivés trop tard : elle était déjà morte quand elle a été brûlée.

— Alors ce qu'on a fait n'a servi à rien… à part brouiller les traces, c'est ça ?

— Vous avez eu tout à fait raison d'intervenir, et l'identité judiciaire saura tirer le maximum des indices restants. Racontez-moi tout ce qui s'est passé. Mais d'abord, suivez-moi, on va voir s'il n'y a pas une thermos de café disponible quelque part.

Les témoins venaient d'exposer les faits. Le capitaine Nadia Barka les avait écoutés, et le lieutenant Rodolphe Drancey les observait avec surprise. Lui qui pensait que les étudiants d'aujourd'hui n'étaient bons qu'à perdre leur temps devant des jeux vidéo en fumant des pétards devait remettre à jour une partie de sa vision du monde. Il y avait encore de l'espoir.

— Vous avez noté quelque chose, même un détail, qui pourrait nous aider à identifier le ou les tueurs ? demanda le policier.

Les amis se regardèrent un instant, puis Loïc intervint :

— Je ne sais pas si cela a une relation avec le meurtre, mais j'ai entendu une voiture juste avant qu'Olivier remarque le début du feu. Je m'en souviens parce que le conducteur avait accéléré comme un taré en déboulant sur la route, là-bas.

— Tu as vu quel type de véhicule c'était ? insista Drancey.

— Non, pas vraiment.

Loïc n'osait avouer qu'il avait largement dépassé le 0,5 gramme d'alcool par litre de sang, qu'il n'était plus vraiment étanche et qu'il s'apprêtait alors à prendre le volant. Il fit cependant un effort de mémoire. Après tout, cela marchait bien dans les films. Mais le modèle de l'automobile ne lui apparut pas sous les yeux par miracle.

— Le véhicule était sombre, peut-être noir, intervint Olivier. Par contre, pour la marque... Je ne suis même pas certain que je reconnaîtrais une Ferrari si j'en voyais une.

— Je vous remercie, messieurs, conclut le capitaine Barka. Nous allons prendre vos coordonnées et vous demander de venir faire une déposition officielle demain au commissariat. Vous voulez qu'on vous ramène quelque part ?

Les étudiants déclinèrent, mais, vu leur taux d'alcoolémie, décidèrent de rentrer à pied.

Nadia Barka et Rodolphe Drancey s'approchèrent du véhicule des pompiers. Ils finissaient de recouvrir le cadavre d'une bâche de protection. Le responsable de l'équipe s'adressa aux policiers :

— Vingt ans que je fais ce job et j'arrive encore à être surpris. Y a vraiment des tarés !

— Je vous le confirme, sergent, et plus qu'on ne l'imagine.

Nadia souleva un coin du linceul mortuaire. Une partie de la chevelure de la victime avait brûlé, mais le visage était encore aisément reconnaissable. L'intervention des étudiants allait faciliter les travaux d'identification et ceux du médecin légiste.

— Une femme, je dirais une quarantaine d'années, commença le pompier. Un mètre soixante à peu près, plutôt ronde. De nombreuses brûlures sur le bas du corps, mais elle n'est pas morte de ça. Regardez la plaie à la gorge, ajouta-t-il, déplaçant lentement le menton de la victime. Elle a été égorgée, proprement, certes, mais suffisamment pour se vider de son sang. J'ai aussi remarqué des entailles sur la peau. Le toubib qui va l'examiner aura du taf.

— Je vous remercie, sergent, conclut Nadia en s'éloignant vers les hommes de l'identité judiciaire.

Elle se dirigea vers un policier qui photographiait les traces autour du foyer. Elle l'appela, prenant garde de ne pas venir ajouter les marques de ses pas à celles déjà difficilement identifiables.

— Bonsoir, capitaine, salua le spécialiste en reconnaissant l'OPJ. J'ai des collègues qui vont arriver sous peu pour nous aider, mais je peux vous faire part de mes premières constatations.

— Allez-y, répondit la femme en étouffant un bâillement.

— Concernant le feu, nous avons affaire à un type organisé. Il a apporté son propre bois : c'est du pin, alors que l'on n'en trouve pas sur le parking. Par ailleurs, il l'a aspergé d'un produit inflammable. En détruisant le foyer, les jeunes gars ont permis de ramasser des rondins encore imbibés d'alcool à brûler. Nous avons récupéré un morceau de corde : nous l'analyserons au labo. Il y a beaucoup de traces de pas autour du bûcher. Nous allons tout relever : il faudra aussi demander aux étudiants de nous apporter les chaussures qu'ils portaient ce soir pour que l'on puisse faire le tri. Par contre, regardez, ajouta-t-il en se déplaçant d'une dizaine de mètres. Ici, on trouve la trace d'un pneu sur le sol humide. Or, comme il n'a plu qu'entre vingt-deux heures et minuit, seul un véhicule arrivant dans la nuit peut en être à l'origine.

— On peut donc imaginer qu'il s'agit de la voiture du tueur ? enchaîna Drancey.

— Rien n'est certain, mais c'est une hypothèse à ne pas écarter. Les collègues devraient débarquer sous peu avec le luminol : s'il y a des traces de sang de la victime, on ne les loupera pas. Soyez sûrs que l'on va ratisser la zone, et qu'elle n'aura plus de secret pour nous.

— Bien, je vous laisse travailler, répondit l'officier en retournant vers son véhicule.

— Alors, qu'est-ce que tu en dis ? demanda Nadia à son équipier.

— Qu'il doit y avoir un congrès de dingues à Grenoble et qu'ils ont organisé le concours du meurtre le plus barje ! L'an dernier, j'avais eu droit à un barbecue dans le coffre d'une voiture à la Frange Verte d'Échirolles. Des dealers avaient fait cramer un de nos indics dans une BMW. Le gonze ressemblait à un morceau de charbon quand on l'a sorti de la bagnole. Mais une crémation en plein air, genre remake raté de Jeanne d'Arc au bûcher, c'est nouveau ! Pourquoi est-ce qu'un mec qui a déjà buté une femme voudrait brûler son cadavre en plein milieu d'un campus ? Il a été traumatisé par ses études universitaires ? Il pouvait l'enterrer tranquillement dans les bois !

— Je ne sais pas, répondit Nadia. Il nous passe sans doute un message… Mais lequel ?

— J'espère que ce n'est pas un bavard, parce qu'un message comme ça, c'est plutôt raide.

Les deux policiers se turent, taraudés par une idée similaire.

— Tu crois qu'Isabelle Desmondières et cette femme ont été tuées par le même type ? pensa Drancey à voix haute.

— C'est une hypothèse à prendre sérieusement en compte. La victime a été torturée avant d'être brûlée. Il faut qu'on arrive à l'identifier rapidement, et que j'avance sur le cas d'Isabelle. Je n'ai pas réussi à voir Marco cet après-midi. Putain, je patine… Et cet enculé de Vertufoy qui a porté plainte contre moi. Merde ! Je n'avais pas besoin de ça, Rodolphe !

Rodolphe Drancey prit sa collègue par l'épaule avec une douceur qui ne lui était pas coutumière.

— On ne te laissera pas tomber, Nadia, et Étienne est remonté comme un coucou. Je peux t'assurer qu'il va te soutenir jusqu'au bout.

Nadia soupira et se serra contre son équipier. Elle avait froid et besoin de réconfort. Elle se débattait toujours entre sa volonté maladive d'indépendance et son besoin d'affection. Elle hésita, puis avoua :

— Je me suis engueulée avec lui ce soir. Je suis une conne, mais sa prévenance me foutait les boules… et du coup je suis venue vous rejoindre.

Le flic la fit pivoter face à lui et posa les mains sur ses épaules.

— Écoute, Nadia, on se connaît depuis un bout de temps et on a vécu des coups durs, tous les trois. Je sais que je ne suis pas toujours subtil, ma femme me le dit assez, mais il faut que tu arrêtes de te cacher derrière ton orgueil. Même moi, mec de base, j'ai compris qu'on avait besoin des autres. Alors tu retournes chez toi, tu embrasses ton homme et tu vas te coucher. Tu auras les idées plus claires demain matin.

Pour la première fois, Nadia ne répliqua rien à une sortie de son équipier. Elle était vidée et n'était plus capable de réagir avec le minimum de sérénité nécessaire. Elle monta dans la voiture.

— Ramène-moi à l'appart s'il te plaît.

17

Pascaline Morseaux

Une atmosphère enfiévrée régnait dans les locaux de la PJ en cette matinée. Une immolation par le feu sur un domaine universitaire ne passait pas inaperçue. Alain Mazure raccrocha le téléphone : les ennuis continuaient. Le procureur Reinhardt venait de lui rappeler l'urgence à trouver le coupable. Comme si arrêter rapidement les divers assassins et malfrats qui sévissaient à Grenoble n'était pas sa préoccupation quotidienne ! L'un des curieux de la nuit avait posté une vidéo de piètre qualité qui circulait déjà sur les réseaux sociaux. Cela devait sans aucun doute réjouir le meurtrier, ravi de voir son exploit présenté au grand public.

Qu'avait fait cette inconnue pour mériter les flammes du bûcher ? Mazure avait lancé un appel à témoins. Par décence pour une éventuelle famille, il n'avait pas envoyé de photo, mais avait proposé aux différentes chaînes d'information un portrait-robot. À moins que la victime ne soit une célibataire endurcie ou ermite dans l'âme, ils auraient rapidement des retours.

À qui devait-il confier l'enquête ? La femme avait été torturée avant d'être assassinée, tout comme Isabelle Desmondières. Il était donc logique de laisser le capitaine Barka sur le coup. Cependant, elle était fragilisée par la mise en examen dont elle venait de faire l'objet. Le commissaire avait appelé ses contacts pour tenter de faire cesser les poursuites, mais il avait compris que Jacques Vertufoy était protégé à un très haut niveau du gouvernement et qu'il ne lâcherait rien. Malgré l'acharnement du haut fonctionnaire, ou peut-être à cause de son entêtement, il prit sa décision. Il renouvelait sa confiance au capitaine Barka.

Les quelques heures de sommeil agité n'avaient pas permis à Nadia de chasser le stress de la veille. Elle avait voulu présenter ses excuses à Étienne en rentrant, mais il dormait profondément. Elle n'avait pas osé le réveiller. Lui aussi enchaînait les planques et commençait à tomber de fatigue. Quand elle avait émergé d'un cauchemar, à huit heures, l'appartement était vide. Étienne avait préparé Adèle et l'avait déposée chez sa nounou. Elle avait cherché sur la table de la cuisine le petit mot qu'il lui laissait quotidiennement, mais elle n'avait rien trouvé ce matin-là. La jeune mère s'était ensuite habillée et maquillée avec plus de soin que d'habitude pour tenter de camoufler ses traits tirés. Inutile de paraître ravagée et d'attirer la compassion de ses collègues. Elle détestait cela !

Le commissaire Mazure avait convoqué les membres présents de son équipe dans la salle de réunion pour un briefing exceptionnel. Ils avaient tous entendu parler du meurtre. Les médias avaient été efficaces. Il confirma le capitaine Barka comme responsable de l'enquête. Nadia avait craint un instant que son patron confie les recherches à quelqu'un d'autre. Elle était rassurée par ce choix. Elle prit succinctement la parole :

— J'étais sur place cette nuit. Nous avons les faits suivants : une femme d'une quarantaine d'années, torturée, égorgée, dont le cadavre a été partiellement brûlé sur le campus. Nous devrions rapidement avoir des informations sur son identité. L'IJ a repéré les traces de pneus d'une voiture suspecte. Ils travaillent dessus. Le professeur Blavet pratiquera l'autopsie en fin de matinée. Rodolphe, tu viendras avec moi. La question que tout le monde se pose : ce meurtre est-il en lien avec celui d'Isabelle Desmondières ? À nous de le découvrir. Jérôme, tu fouilleras dans les archives pour trouver d'éventuels crimes similaires. On se retrouve en début d'après-midi pour faire un point. Allez, au boulot.

Le commissaire Mazure accompagna l'OPJ dans son bureau.

— Alors, que dit votre intuition, capitaine ?

— Qu'il devient dangereux d'être une femme à Grenoble. Deux meurtres de pervers dans la même ville et à cinq jours d'intervalle, ça n'annonce rien de bon. J'attends l'autopsie pour savoir si on doit chercher dans les crimes sexuels ou explorer d'autres pistes.

— Et côté Desmondières ?

— J'ai rencontré sa collaboratrice. Il semblerait que la victime ait eu une vie secrète.

— Ses activités dans les clubs ?

— Non, elle ne s'en cachait pas et les assumait totalement. Son associée doit m'envoyer une photo à exploiter. On continue à vérifier les alibis des détraqués sexuels de la région. Marco Della Rocca enquête dans les milieux libertins. Je vous avoue que je compte sur cette piste pour avancer. Nous avons aussi interrogé tout le voisinage : des ragots, mais rien d'exploitable. J'avance dans le brouillard.

— Ne plongez pas trop le lieutenant Della Rocca dans ce genre de milieu, conseilla Mazure. Maintenant, il va falloir progresser, capitaine. Une femme calcinée dans la capitale des Alpes, cela fait déjà réagir. Par ailleurs, je ne doute pas un instant qu'une bonne âme balancera l'affaire Desmondières et que la presse fera rapidement un lien entre les deux, qu'il soit justifié ou non. Nous aurons alors notre hiérarchie aux basques en permanence. Vous voyez le tableau d'ici, n'est-ce pas ? Je compte sur votre sagacité, Nadia.

— Je ferai tout ce qui est en mon pouvoir pour mettre fin à ce jeu macabre, commissaire. Je veux aussi vous remercier pour votre confiance.

— Vous êtes l'un de mes meilleurs éléments, Nadia.

Un gardien de la paix frappa à la porte du bureau. Sur un signe de Nadia, il l'ouvrit et passa la tête :

— Il y a quelqu'un pour vous, capitaine. Un dénommé Adrien Morseaux. Sa femme a disparu depuis hier. Il pense l'avoir reconnue sur le portrait-robot qui a circulé.

— Emmenez-le dans la pièce de réception et dites-lui que j'arrive dans deux minutes, répondit Nadia.

Le commissaire Mazure quitta le bureau :

— Tenez-moi au courant dès que vous avez du nouveau.

L'homme était assis sur un siège, hébété. Une quarantaine d'années, des cheveux blonds coupés court, des petites lunettes dorées et un ensemble costume-cravate froissé, il se releva brusquement dès qu'il entendit l'OPJ entrer. L'angoisse ravageait son visage. Nadia lui tendit la main :

— Bonjour, je suis le capitaine Barka, en charge de l'affaire.

L'homme murmura, comme pour lui-même :

— Pascaline est devenue une affaire.

Puis il se reprit et se présenta à son tour :

— Je m'appelle Adrien Morseaux. Pascaline, ma femme, a disparu hier après-midi. Ce n'est pas du tout son style de partir sans laisser de message. Nous avons trois enfants et elle ne les aurait pas abandonnés seuls à la maison. Elle ressemble un peu au portrait que vous avez diffusé… même si je prie pour m'être trompé.

— J'ai une photo, répondit calmement la policière. Elle risque de vous secouer. Pouvez-vous me dire s'il s'agit de votre femme ?

Adrien Morseaux hocha la tête. Nadia tira d'une enveloppe l'épreuve d'un cliché pris la veille. Elle avait choisi avec soin celui qui présentait le visage le moins abîmé. Inutile de traumatiser le témoin. L'homme l'observa et se mura dans le silence. Sa réaction était claire. Ils avaient trouvé l'identité de la victime. Après plusieurs secondes, il leva les yeux et posa la question qu'il retenait depuis son arrivée :

— Comment est-elle morte ? Ce que j'ai entendu aux informations est atroce !

— Elle a été assassinée. Elle était déjà décédée quand son meurtrier a tenté de brûler son corps.

Elle lui laissa le temps d'assimiler la nouvelle.

— Parlez-moi de votre femme, de votre famille, proposa-t-elle avec une extrême douceur.

— Pascaline a trente-sept ans. Cela fait quinze ans que nous sommes mariés, et nous avons trois garçons de douze, dix et cinq ans, déclara Adrien Morseaux d'un ton mécanique. Pascaline a arrêté de travailler à la naissance du troisième pour pouvoir s'occuper des enfants. Elle déborde d'énergie et de créativité et s'implique énormément dans leurs activités scolaires.

— Quel était son programme d'hier ?

— Elle a accompagné Baptiste, notre plus jeune fils, à la piscine. Elle a ensuite déjeuné avec Éva, sa meilleure amie. Puis, l'après-midi, elle aurait dû prendre du bon temps pour elle : s'occuper du jardin ou faire quelques courses à vélo. Elle a préféré le lèche-vitrines à Grenoble.

Nadia lui épargna un commentaire sur le choix des activités personnelles de la victime. Elle le relança :

— À quand remonte le dernier contact avec votre femme ?

— Elle m'a appelé à treize heures trente. Elle sortait de son déjeuner et s'apprêtait à s'offrir son petit moment de shopping.

— Où habitez-vous ?

— Nous avons une maison à Corenc. Oh, pas un grand domaine, mais c'est notre nid familial.

— Vous connaissez-vous des ennemis ? poursuivit Nadia.

— Des ennemis ? Mais non, bien sûr ! Nous sommes des gens bien et appréciés de tout le voisinage. Pourquoi une telle question ?

— Peut-être parce que votre épouse a été retrouvée morte brûlée ?

Nadia regretta aussitôt sa réponse sèche, mais Adrien Morseaux l'agaçait. Elle respira longuement en forçant son sourire. Cet homme venait de perdre sa femme dans des conditions abominables. Il n'avait pas à subir ses humeurs. Elle reprit avec calme :

— On ne peut pas écarter le fait que votre femme soit tombée par hasard sur un psychopathe, mais elle peut aussi être la victime choisie selon des critères bien précis par un tueur. Tout ce que vous pourrez nous apporter sera très précieux. Je vous promets que je ferai plus que mon possible pour arrêter son meurtrier.

Adrien Morseaux eut confiance dans les paroles de la policière. Il ne voyait pas, cependant, quel indice lui donner.

— Pascaline s'entend avec tout le monde ! Je ne comprends pas qui pourrait lui en vouloir. Elle a eu un peu de mal à s'adapter lorsque nous nous sommes installés il y a trois ans, mais depuis plus d'une année elle a intégré un bon cercle d'amies. Entre les mamans d'élèves et son groupe paroissial, elle était bien occupée.

— Pourquoi avez-vous choisi Grenoble, monsieur Morseaux ? interrogea l'OPJ en notant la similitude de la date d'arrivée de la famille Morseaux avec celle d'Isabelle Desmondières.

— Nous habitions à Valenciennes, et Pascaline a fait une dépression après la naissance de Baptiste. Je suis cadre dans une banque et j'avais assez peu de temps à lui consacrer. Un jour, elle a eu envie de déménager et de venir dans les Alpes.

— Savez-vous pourquoi ?

— Elle ne supportait plus le temps du Nord et voulait partir vers le soleil et la montagne. J'ai d'abord cru que c'était une passade, mais elle avait retrouvé un tel enthousiasme avec ce projet que j'ai demandé ma mutation. Nous ne l'avons pas regretté.

— Avez-vous remarqué un récent changement dans le comportement de votre épouse ? continua la policière.

— Elle s'est transformée. Une fois notre intégration réussie, elle a repris confiance en elle. Cela va vous sembler stupide, mais je dirais qu'elle est devenue plus… femme.

Nadia hésita un instant, mais se lança :

— Quelles relations entreteniez-vous avec votre épouse ?

— Bonnes, très bonnes, réagit aussitôt le mari.

— Et sexuellement ? insista la policière.

L'homme la regarda, les yeux grands ouverts.

— Votre question est choquante, capitaine. Seriez-vous en train d'insinuer que…

— Je n'insinue rien du tout, monsieur Morseaux, le coupa l'OPJ. J'essaie de comprendre comment une femme aussi appréciée que la vôtre a pu être assassinée. Je veux retrouver le malade qui a fait ça !

Adrien Morseaux se reprit, puis se força à apporter une réponse :

— Pascaline n'aimait pas faire l'amour. Elle n'était pas douée pour cela, mais je sentais qu'elle se donnait du mal pour me satisfaire. Je lui en étais reconnaissant. Non, vraiment, les affaires intimes ne l'intéressaient pas.

Nadia classa Pascaline Morseaux dans la catégorie des délaissées sexuelles et son mari dans celle des cocus en puissance. Cependant, elle ne fit aucun commentaire malgré son envie d'asséner quelques bases du plaisir féminin à son interlocuteur.

— Vraiment, capitaine, je ne comprends pas ce qui a pu se passer, conclut l'homme, les larmes aux yeux.

— Je vais vous libérer, monsieur Morseaux. Occupez-vous de vos garçons, ils vont avoir besoin de vous. Avant de partir, je vous demanderai de me laisser vos coordonnées ainsi que celles de quelques-unes des amies de votre femme, et notamment de la dénommée Éva qui a déjeuné hier avec elle.

18

Autopsie

Nadia Barka enfila une blouse tandis que Rodolphe Drancey l'attendait devant la porte de la salle d'autopsie. Elle inspira longuement avant d'entrer dans la pièce. Elle était toujours aussi mal à l'aise dans ces moments. Le docteur Blavet avait commencé son travail. Un jeune médecin était à ses côtés, observant avec admiration les gestes précis du spécialiste. Henri Blavet posa la scie circulaire qu'il avait en main et leur fit signe d'approcher. Le corps était dans le même état que la veille. Les pieds et une partie des jambes avaient été largement brûlés, mais le buste avait été plutôt épargné. L'intervention des étudiants était une chance.

— Bonjour, mes amis. J'allais ouvrir le sternum et examiner ses organes internes, mais puisque vous êtes arrivés, faisons un petit bilan de mes observations.

Il retira ses gants et serra la main aux deux policiers.

— Plus de doute possible, une bande de psychopathes règne sur la ville.

— Une bande ? demanda Nadia. Cela signifierait donc que les meurtriers d'Isabelle Desmondières et de Pascaline Morseaux ne sont pas les mêmes ?

— Je suis pratiquement persuadé qu'elles ont été victimes d'un même groupe. Une bande, parce que, comme pour la première victime, ils ont été plusieurs à s'acharner sur elle.

Il se retourna vers le cadavre allongé sur la table d'autopsie et montra une blessure infligée sur l'abdomen.

— Regardez cette entaille. Elle est profonde et précise. L'instrument qui a servi à la pratiquer était aiguisé, et son utilisateur l'a réalisée d'un mouvement sec. Si maintenant vous observez celle qui a été faite sous la poitrine, vous remarquerez qu'elle n'a pas la même forme : plus superficielle, moins nette. Le bourreau avait la main moins ferme, et la lame dont il disposait était émoussée. Je peux vous affirmer que trois personnes différentes sont responsables des blessures de cette jeune femme.

— Et la blessure à la gorge ? interrogea Rodolphe Drancey.

— La carotide a été proprement sectionnée. Elle s'est alors très rapidement vidée de son sang.

— Faut-il avoir des connaissances particulières pour porter un tel coup ? se renseigna le policier.

— Pas forcément. N'importe quel individu peut localiser l'artère en regardant une planche anatomique.

— Les entailles ont-elles été infligées avant ou après l'exécution de la victime ? interrogea Nadia.

— Le corps a été lavé avec un produit de type eau de Javel, sans doute pour nettoyer les différents fluides avant de le transporter dans le véhicule. Je ne peux donc pas me baser sur les écoulements pour fournir un diagnostic précis. Mais tout laisse à penser qu'elle a d'abord été torturée, puis égorgée. Supplicier un cadavre dont le sang a déjà été répandu n'aurait aucun sens… si l'on admet que la torture a un sens en elle-même.

— C'est sûr, commenta Drancey. Quel intérêt à torturer un macchabée ? Par contre, on a la même question que pour Desmondières. Les meurtriers voulaient-ils lui arracher un secret ou est-ce qu'ils se sont juste amusés à la faire souffrir ?

— Impossible à dire. L'état du corps ne permet pas de savoir combien de temps a duré la séance. Cependant, à la lumière de l'autopsie de la précédente victime, j'ai recherché les indices d'éventuelles relations sexuelles. J'ai effectivement retrouvé des traces de silicone sur les muqueuses vaginales, mais aussi sur les parois anales.

— Pascaline Morseaux aurait donc été violée avant d'être assassinée ?

— Pour ce que l'état du corps laisse encore deviner, il n'y a pas d'ecchymoses au niveau du bas-ventre. Je ne peux rien avancer en ce qui concerne la pénétration anale. Tout comme pour Isabelle Desmondières, on peut imaginer que les rapports ayant précédé la mort étaient consentis.

— Ce n'est pas du tout le portrait qu'en a dressé Adrien Morseaux, s'étonna la policière. D'après lui, le sexe n'était qu'une obligation maritale. Alors, avoir un amant et pratiquer la sodomie !

— Lorsque Madame le trompe, Monsieur est toujours le dernier au courant, philosopha doctement Rodolphe.

— Si tu le dis, sourit Nadia. Tout de même, les profils de ces deux femmes sont si différents !

— Pas si différents, intervint le légiste.

Les deux policiers le fixèrent, surpris. Le médecin leur désigna l'aine de Pascaline Morseaux. Ils devinèrent le dessin en forme d'étoile à cinq branches centrée au milieu d'un carré aux contours tremblants.

— Vous pouvez voir la trace d'un tatouage, sans doute assez ancien, expliqua le docteur Blavet. Je ne l'ai pas aperçu au cours de ma première observation. J'ai ensuite dû légèrement gratter la peau brûlée pour le faire apparaître. L'étoile est distendue, ce qui prouve qu'elle a été gravée alors que la victime était encore assez jeune. C'est le seul tatouage que j'ai trouvé sur le corps de cette femme. Isabelle Desmondières possédait le même, sur l'aine aussi. Je ne l'avais pas spécialement remarqué, car son dos et le bas de son ventre en étaient couverts. Néanmoins, en voyant celui de Pascaline, j'ai eu un doute. J'ai envoyé mon assistant récupérer le dossier dans mon bureau, et… bingo ! Vous pouvez voir la photo posée sur la petite table.

Nadia fut parcourue par un frisson d'excitation. Enfin un élément tangible dans son enquête ! Ces deux femmes, que tout éloignait, avaient sans doute été assassinées pour la même raison : un étrange tatouage gravé à l'aine. Pourquoi ce tatouage les avait-il conduites à la mort ? Quelle était sa signification ? Combien d'autres femmes encore avaient ce tatouage gravé sur leur corps ? À elle de le découvrir, de mettre fin à ce carnage…

19

Première audience

Nadia Barka avait rarement été aussi nerveuse. À la demande de Madeleine Dupas, elle avait choisi une robe sage mais féminine, des chaussures à talon dans lesquelles elle se sentait moyennement à l'aise et s'était maquillée selon des critères bien précis imposés par l'avocate. Elle devait être à la fois femme, flic et mère de famille. L'officier de police n'était pas persuadée de l'efficacité de cette mise en scène, mais elle avait décidé d'accorder toute sa confiance à celle qui la défendrait. L'audience précédente avait pris du retard. Non loin d'eux, Stéphane Vertufoy, accompagné de son avocat, était assis sur un banc. Il s'était composé un faciès de victime, et Nadia ne pouvait s'empêcher de le revoir, excité, en train de pousser ses complices à violer la jeune Simone. Une porte qui donnait dans le couloir passant s'ouvrit et une femme en sortit :

— Le juge Ledoyen vous attend, veuillez entrer s'il vous plaît.

Une fois les quatre participants installés en face de lui, Napoléon Ledoyen saisit lentement une chemise en carton, en tira plusieurs feuillets et lut d'une voix monocorde :

— Nous sommes ici pour instruire la plainte de Stéphane Vertufoy, étudiant, domicilié à Lyon, contre Nadia Barka, fonctionnaire de police, domiciliée à Grenoble. Monsieur Vertufoy reproche les faits suivants à madame Barka : coups et blessures volontaires dans la nuit du 14 au 15 mars. Le bilan des médecins est assez éloquent : deux côtes brisées et un traumatisme crânien. Mon but est de comprendre comment et pourquoi un officier de police, bien noté *a priori*, a pu en arriver à de telles extrémités.

Le ton était donné. Le « *a priori* » avait fait tiquer Nadia, mais l'avocate lui avait posé la main sur le bras, évitant toute réplique cinglante qui n'aurait pu qu'agacer le magistrat. En choisissant Ledoyen comme juge, le procureur général avait évidemment fait une fleur à Jacques Vertufoy.

— J'ai ici les procès-verbaux d'intervention du capitaine Barka et des deux gardiens de la paix qui étaient avec elle lors de l'accrochage. Capitaine Barka, vous avez dit, je vous cite : « Mes deux équipiers étaient retenus à l'entrée du parking. Entendant les cris de la victime, je ne les ai pas attendus pour intervenir. Lorsque je suis arrivée, trois hommes étaient en train de violer une jeune femme et un quatrième individu les filmait. Je leur ai aussitôt intimé l'ordre de lâcher la victime. Ils se sont alors retournés vers moi et m'ont insultée. » S'ensuit une bordée de propos imagés que je passerai.

— Si vous le permettez, monsieur le Juge, j'aimerais que vous les rappeliez, intervint l'avocate.

— Bien, maître. « L'un des hommes m'a expliqué qu'il me ferait sucer sa bite, qu'il m'enculerait et qu'il me défoncerait la chatte. »

— Merci, monsieur le Juge, cela replace le décor.

— Je n'oublie pas la situation, maître, et n'essaie nullement de minimiser de quelque façon que ce soit la gravité de la scène. Je continue à citer le capitaine Barka : « Les quatre individus m'ont alors attaquée. Je n'ai pas eu d'autre choix que de réagir fermement, mon intégrité physique étant alors fortement menacée. J'avais mis hors d'état de nuire trois hommes quand le quatrième a foncé sur moi avec un poignard. Je l'ai évité dans un réflexe et l'ai ensuite désarmé. Les deux équipiers de la BAC sont arrivés à ce moment et nous avons pris en charge la victime ainsi que ses agresseurs. » Le rapport de mission des deux hommes de la BAC est cohérent avec votre version des faits et l'inspection générale des services mène une enquête interne. Maintenez-vous vos propos, capitaine Barka ?

— Tout à fait, monsieur le Juge, acquiesça calmement Nadia.

— Bien, capitaine. Je vais maintenant lire la déposition de Stéphane Vertufoy, ici présent. Elle est confirmée par celles de Saïd Mehmet, Marvin Leblanc et Sam Vuilliez, qui ont reconnu avoir participé à l'agression de mademoiselle Simone Koné.

— Au viol de mademoiselle Koné, mineure au demeurant, monsieur le Juge, coupa Madeleine Dupas. L'agression dont vous parlez est un crime passible de vingt ans de prison et non une simple bagarre de rue.

Napoléon Ledoyen montra un signe d'énervement.

— Je connais la loi, maître, ne vous inquiétez pas. Si vous me le permettez, je vais maintenant faire part de la déposition de monsieur Vertufoy : « Nous étions sortis dans un bar de Grenoble et je raccompagnais chez eux messieurs Mehmet, Leblanc et Vuilliez. Je les avais rencontrés une semaine plus tôt en boîte de nuit, et nous avions sympathisé. En arrivant en bas de chez eux, nous avons croisé une jeune femme qui a clairement cherché à nous draguer. Elle nous a rapidement proposé une fellation pour dix euros par personne. Je n'ai pas voulu être mêlé à cet acte de prostitution, mais je les ai tout de même suivis dans le parking. Une fois en bas, la situation a dégénéré. La fille a pratiqué une fellation sur Sam Vuilliez, puis s'est rétractée pour les autres. Ils ont voulu en profiter aussi. Ils ont alors forcé la fille. J'ai tout tenté pour les dissuader de continuer, mais je n'y suis pas parvenu. Est alors arrivée une femme qui nous a intimé de cesser nos activités. Elle était habillée de façon extrêmement provocante, a tout de suite montré une forte agressivité et n'a surtout jamais mentionné qu'elle était de la police. Pour moi, elle était venue chercher la bagarre. Les trois hommes qui m'accompagnaient sont rentrés dans son jeu et ont tenté de l'attraper. La violence avec laquelle elle a réagi m'a tout à la fois sidéré et terrorisé. En quelques secondes, elle les a littéralement détruits. J'ai pris peur et j'ai cherché à me défendre. Mais cette furie m'a désarmé, puis s'est acharnée sur moi alors que j'étais au sol et que j'implorais sa pitié. Elle m'a frappé sans arrêt et j'ai cru que j'allais mourir. Deux policiers sont ensuite intervenus, mais j'étais dans un tel état que je ne pourrais raconter avec précision la suite des événements. » Voilà donc la version de monsieur Vertufoy. Si le viol de mademoiselle Koné est reconnu, cette jeune femme aurait pu faire preuve d'un peu plus de jugeote. Les faits décrivant le rôle de monsieur Vertufoy diffèrent d'une version à l'autre. C'est là-dessus que je souhaite avoir des précisions. Je voudrais comprendre pourquoi l'institution policière s'est éventuellement illégalement substituée à l'institution judiciaire.

Maître Simon Costa, l'avocat de Vertufoy, rebondit sur les dernières paroles du magistrat :

— Si Stéphane Vertufoy, paisible étudiant en droit de vingt ans à l'université Pierre-Mendès-France de Grenoble, a porté plainte contre madame Barka, c'est parce qu'il est doublement victime dans cette affaire. Tout d'abord, victime physique, car les coups assénés par l'officier de police ont terriblement marqué mon client qui a eu le courage de se rendre à cette audience malgré les avis défavorables de ses médecins. Ensuite, victime morale, car, tentant d'empêcher le viol de cette pauvre jeune femme, il a été pris à partie et traité par le capitaine Barka comme un violeur lui-même. Mon client souhaite donc que son innocence ainsi que son acte de bravoure soient reconnus. Il demande aussi que la justice admette que le rôle de la police n'est pas de rosser à mort les citoyens et qu'elle punisse ses éléments dévoyés.

— Je vous prierai de me laisser m'occuper du fonctionnement de la justice, maître, mais l'enquête ira au bout, je vous l'assure. Personne ne bénéficiera de passe-droit, ajouta le juge en se tournant vers les deux femmes, encore consternées par la version délirante de Stéphane Vertufoy. J'ai quelques questions à vous poser, capitaine Barka.

— Je vous écoute, répondit Nadia avec la voix le plus neutre possible.

— Stéphane Vertufoy a indiqué que vous n'aviez pas fait mention de votre appartenance à la police. Pourquoi ? interrogea Napoléon Ledoyen.

— Dès que je suis entrée dans le parking, je leur ai clairement demandé de cesser l'agression contre Simone Koné. Les quatre hommes, et non trois, ont aussitôt reporté leur attention sur moi et la situation s'est rapidement envenimée. J'étais seule, et annoncer que j'étais de la police n'est pas la première chose qui m'est passée par l'esprit. J'étais focalisée sur ma mission : arrêter le viol de la jeune femme, mais aussi ne pas subir le même sort.

— Étonnant pour un officier de votre expérience, remarqua le magistrat.

— Permettez-moi d'intervenir, monsieur le Juge, demanda Madeleine Dupas sans attendre son accord. La compétence du capitaine Barka est unanimement reconnue par sa hiérarchie et ses collègues. Les fonctionnaires de l'IGS vous le confirmeront. Elle a par ailleurs été décorée de la médaille d'honneur de la police nationale et blessée deux fois en mission. Vous ne pouvez remettre en cause son professionnalisme.

— Si l'IGS le dit… Cependant, les blessures semblent également prouver que le capitaine Barka attire la violence comme un paratonnerre attire la foudre.

Cette remarque à charge révolta l'avocate.

— Ou qu'elle fait partie de celles et ceux qui ont le courage d'aller au bout de leurs convictions et de faire face à tous les dangers pour protéger leurs concitoyens.

Le magistrat la calma d'un geste.

— Je ne suis pas là pour commenter des actes passés du capitaine Barka, aussi valeureux soient-ils, mais pour comprendre pourquoi quatre hommes ont fini aux urgences, et tout particulièrement un étudiant qui n'a pas le profil d'un délinquant. Capitaine, continua-t-il en se retournant vers Nadia, lorsque ces individus s'en sont pris à vous, pourquoi n'avez-vous pas sorti votre arme de service ?

— J'ai eu peur de faire dégénérer la situation, monsieur le Juge. Ils étaient quatre et, si l'un d'eux me désarmait, il pouvait très bien m'abattre avec mon pistolet. J'ai préféré attendre l'arrivée imminente de mes collègues.

— Soit, pourquoi pas ? Monsieur Vertufoy, dans sa déposition, précise que vous aviez une tenue provocante. Vous souvenez-vous des vêtements que vous portiez ce soir-là ?

Nadia hocha la tête et réfléchit quelques instants.

— J'avais un jean noir, des bottes, un blouson beige avec un col doublé en fourrure et un pull en laine. Il faisait froid et j'étais chaudement couverte. Si une telle tenue excite monsieur Vertufoy et ses amis, leur libido est en surrégime et je leur conseille de consulter.

— Je vous demanderai de nous épargner ce genre de commentaire, capitaine. La version des faits de monsieur Vertufoy ne réveille donc en vous aucun nouveau souvenir ?

— Non, mais des regrets. J'aurais dû saisir son téléphone portable pour télécharger le film qu'il avait réalisé. Mon premier réflexe a été de m'assurer que les agresseurs seraient convenablement soignés malgré ce qu'ils venaient d'infliger à la jeune Simone. Ce qui semble avoir été une erreur au vu des accusations délirantes de monsieur Vertufoy.

Madeleine Dupas prit la parole à son tour :

— Je trouve le témoignage de monsieur Vertufoy troublant. Un étudiant qui parle de prestation pour désigner une pipe, un homme choqué par une passe de groupe qui suit malgré tout ses amis dans un parking sordide pour les regarder se faire engloutir le sexe, un innocent qui découvre que ses camarades de bringue, notables petits dealers, risquent de violer une fille qui s'était jetée sur eux par vice et amour de l'argent, c'est étonnant, avouez-le ! Seriez-vous un voyeur, monsieur Vertufoy ? Le film que vous avez réalisé a-t-il trouvé son public sur Internet ?

— Monsieur le Juge, permettez-moi de stopper ces allégations insultantes à l'égard de mon client ! s'insurgea l'avocat de Vertufoy. La parole d'un policier est forcément plus fiable que celle d'un étudiant, c'est cela ? Je vous rappelle que si le gouvernement a récemment offert à chaque citoyen la possibilité de saisir l'IGS, c'est bien parce que tout ne tourne pas rond dans l'institution policière. J'ai moi-même eu accès au dossier du capitaine Nadia Barka. Ce que j'y ai découvert m'a laissé pantois.

Madeleine Dupas regarda Nadia qui s'efforçait de se composer une face sereine. Cependant, la moue crispée de ses lèvres ne la trompait pas. Qu'est-ce que ce fouineur de Simon Costa était allé déterrer ?

— Comment avez-vous pris possession de ces données, maître ? s'étonna le juge.

— J'ai reçu ces pièces par la poste. J'ai cru à une blague, mais je vous en laisserai une copie et je vous assure que les informations sont authentiques.

— Quels sont donc les éléments que vous souhaitez porter à ma connaissance ?

— Le dossier médical de cette policière hors pair, claironna Simon Costa.

Madeleine Dupas se révolta :

— De telles informations, si elles sont exactes, relèvent du secret médical et n'ont pas à apparaître en public. Il est honteux qu'elles se retrouvent entre les mains d'un avocat. Quelle qu'en soit leur teneur, les médecins ont considéré le capitaine Barka apte à exercer son activité année après année. Je demande solennellement qu'elles ne soient pas portées au dossier.

— J'en aurais interdit l'utilisation officielle, répondit le magistrat, mais ce n'est pas volontairement que maître Costa en a pris possession. Quelqu'un a sans doute jugé qu'il contenait des éléments qui pourraient nous aider dans la conduite de cette enquête. Je vous écoute, maître.

L'avocat se délecta quelques secondes de la mine déconfite de ses adversaires, puis énonça lentement :

— Madame Barka est sujette à des accès de violence et à des périodes dépressives. Elle a abattu deux personnes dans le cadre de son activité professionnelle. La légitime défense a été prononcée dans les deux cas. Elle en a cependant blessé trois autres par balles, ce qui doit la placer au hit-parade national des fonctionnaires de police utilisant leur arme de service. Par ailleurs, spécialiste en combat rapproché, le capitaine Barka est une habituée des interventions musclées, n'hésitant pas à faire le coup de poing. Elle a rencontré à deux reprises une psychologue, sans suite. En 2011, le capitaine Barka entre en dépression suite à l'affaire Desrameaux. Je me suis renseigné, et certains de ses anciens collègues m'ont confirmé qu'elle avait traversé une passe très… délicate. Elle est donc sujette à des sautes d'humeur qui peuvent entraîner des difficultés à contrôler ses pulsions.

Madeleine Dupas interrompit sèchement son confrère :

— Je n'avais jamais remarqué, dans votre CV digne d'un ministre de la République, que vous aviez aussi suivi une formation de psychanalyste, maître.

Puis, s'adressant à Napoléon Ledoyen :

— Monsieur le Juge, le capitaine Barka est un officier de police judiciaire, régulièrement confronté à ce que la société fait de pire. Elle n'exerce pas le métier d'animatrice de club de vacances. Malgré toutes les situations horribles qu'elle a vécues, elle a toujours su s'en sortir et les dépasser, et s'est constamment mise au service de nos concitoyens. Maître Costa vient de nous apporter la preuve de la force de caractère de cette femme.

Elle s'arrêta. Au regard du magistrat, elle s'aperçut qu'elle avait atténué le doute qui s'installait en lui, mais sans le chasser complètement.

— Avez-vous terminé, maître Costa ? s'enquit Napoléon Ledoyen.

— J'ai une dernière information qui ne manquera pas de vous amener à reconsidérer le témoignage du capitaine Barka, ou au moins à le revisiter sous un nouvel éclairage.

— Allez-y.

— J'ai ici le compte rendu établi par un pédopsychiatre bordelais en 1985. Il a suivi la jeune Nadia, alors âgée de huit ans, pendant une période de six mois. Elle avait poignardé l'un de ses camarades de classe dans la cour de l'école.

Nadia s'effondra. Par quelle malédiction ce secret enfoui au plus profond d'elle-même venait-il de réapparaître au plus mauvais moment ? Comment ce rapport, qui ne figurait pas dans son dossier professionnel, était-il arrivé entre les mains de cette charogne ?

— Capitaine Barka, ces faits sont-ils exacts ? demanda Ledoyen.

Perdue, Nadia n'entendit pas la question que le magistrat posa plusieurs fois.

— Ces pratiques sont immondes et indignes de notre métier, Costa ! lâcha, glaciale, Madeleine Dupas. Monsieur le Juge, les pièces présentées par l'avocat de monsieur Vertufoy n'ont rien à voir avec l'affaire dont vous avez été saisi et n'ont été jetées en pâture que pour humilier le capitaine Barka. Par ailleurs, elle était mineure au moment des faits. Ce rapport n'aurait jamais dû réapparaître, et maître Costa le sait parfaitement !

— Vous avez raison, maître Dupas, mais toutes ces informations m'ont troublé. Je m'accorde quelques jours pour reconsidérer à tête reposée vos différents arguments. Je vous convoquerai pour une nouvelle entrevue. D'ici là, je vais requérir pour le capitaine Barka un suivi psychiatrique qui l'aidera à se reconstruire.

Foudroyée par la sentence, Nadia sentit un grand froid l'envahir et la glacer jusqu'aux os.

20

Au fond

Il était complètement perdu depuis qu'elle était rentrée. Leurs relations s'étaient certes tendues depuis plusieurs semaines, mais il était persuadé qu'avec le temps et ses efforts tout reviendrait dans l'ordre. Ce soir, il ne comprenait plus rien. Elle était revenue vers dix-neuf heures et s'était directement réfugiée dans leur chambre en lui en refusant l'accès. Quand il l'avait appelée pour le dîner, elle n'était pas sortie. Vers vingt heures trente, elle était réapparue, le visage totalement absent. Elle avait rejeté la sollicitude dont il faisait preuve à son égard, s'emmurant dans son silence. Puis elle avait pris Adèle dans ses bras et s'était enfermée dans la chambre de l'enfant. Étienne avait entendu quelques murmures. Au moins, elle communiquait avec leur fille. Quand, une heure plus tard, il avait tenté d'aller discuter avec elle, elle avait poussé un grand cri, quelque chose d'effrayant, l'écho d'une angoisse profondément enfouie. Il avait alors téléphoné à Rodolphe Drancey. Ils étaient amis et le lieutenant travaillait avec elle sur l'enquête qu'elle menait. D'après Drancey, Nadia était rentrée de sa convocation chez le juge, avait donné ses instructions et s'était plongée dans un dossier. Lorsque Étienne avait demandé à Rodolphe s'il avait remarqué un changement dans le comportement de Nadia, ce dernier avait réfléchi avant d'admettre qu'il l'avait trouvée un peu bizarre. Étienne n'avait pas poussé l'interrogatoire plus loin, sachant qu'il avait tiré le maximum de son collègue. Nadia était un flic solide. Elle avait déjà été confrontée à des affaires plus glauques que celles qu'elle traitait en ce moment. Seule la visite chez le juge avait pu la mettre dans cet état. Alors, il avait passé son second appel.

Le bref coup de sonnette le soulagea aussitôt. Étienne se précipita vers la porte et le visage serein de Sophie l'apaisa d'un coup. Si quelqu'un avait une chance de communiquer avec Nadia, ce ne pouvait être que sa meilleure amie. Il l'embrassa, l'accompagna dans le salon, sortit un verre et lui offrit du jus de fruits. La jeune femme posa son manteau sur le canapé, exhibant un ventre qui laissait apparaître les premiers signes de sa grossesse. Elle fronça les sourcils en voyant les traits marqués de son interlocuteur.

— Merci de t'être déplacée si tard, Sophie. Je suis désolé de t'avoir dérangée, mais je ne sais plus quoi faire.

— Ne t'inquiète pas, Étienne. Les amis sont là pour ça. Julien n'a pas pu venir avec moi, il est à Milan chez un client. Qu'est-ce qui arrive à Nadia ?

Étienne lui raconta sa soirée et les journées et semaines précédentes. Il parla, parla, tentant d'évacuer sa peine et son angoisse avec des mots. Sophie ne l'interrompit pas, l'écoutant attentivement.

— Voilà, conclut-il. Si tu as des idées, je les prends. Elle me fait peur, Sophie. J'ai l'impression qu'elle plonge dans un puits sans fond et qu'elle n'accepte pas la main que je lui tends. Dis-moi ce que j'ai pu mal faire !

— Tu n'as pas à te blâmer, Étienne. Nadia n'est pas du genre à raconter sa vie, mais à aucun moment elle ne s'est plainte de toi lorsque nous nous sommes rencontrées. Elle déprime, tout simplement si je puis dire. Nous pouvons tenter de l'aider, mais nous ne pourrons rien faire sans elle.

— Penses-tu que c'est lié à la naissance d'Adèle ?

— Elle adore votre fille ! Par contre, son arrivée a complètement perturbé son existence. Elle se pose les questions qu'elle avait toujours laissées de côté. Elle n'est plus uniquement un flic parfois kamikaze qui veut faire justice. Elle est aussi une mère... et ta femme.

— Les cours de psychologie que tu as suivis lors de ta formation d'infirmière sont diablement efficaces, tenta de plaisanter Étienne.

— Ils sont effectivement intéressants, sourit Sophie. Tu sais, je me suis posé exactement les mêmes questions après que vous m'avez arrachée des griffes de Sartenas. J'ai repassé toute ma vie au crible et je me suis demandé à qui je voulais être utile. C'est pour ça que j'ai abandonné l'informatique pour me mettre au service des malades.

— Et ton mariage avec Julien ?

— C'était une évidence, répondit-elle en riant de bon cœur.

Étienne regarda son amie avec admiration. Comment pouvait-elle dégager une telle joie de vivre permanente ? Son esprit revint aussitôt vers Nadia. Il l'aimait plus que tout, il aimait son énergie, ses élans à la fois tendres et rudes, ses maladresses et son côté sombre aussi. Il souffrait de cette situation qui lui tordait les tripes. Il devait sauver son couple, mais encore plus sa compagne.

— Et maintenant, que fait-on ? interrogea-t-il avec un regard suppliant.

— Je vais essayer de lui parler, mais il y a de fortes chances pour que je me fasse rembarrer.

— Si c'est le cas, je me sentirai moins seul, ajouta Étienne crispé.

— Tu gardes un fond d'humour, c'est bon signe, répondit-elle, moins à l'aise que ce qu'elle voulait montrer.

Sophie s'approcha de la chambre d'Adèle. Elle tapota sur la porte, veillant à ne pas réveiller la fillette. Aucun bruit. Elle recommença, tout aussi doucement. Puis, devant l'absence de réaction, appela doucement :

— Nadia, c'est Sophie.

— Foutez-moi la paix ! s'éleva une voix dans laquelle on sentait plus d'épuisement que d'agressivité.

— Je ne vais pas te déranger longtemps, Nadia. On a tous des moments difficiles, et je serai là pour t'aider dès que tu le souhaiteras.

— Je n'ai pas besoin d'aide !

— Sans la tienne, Nadia, je serais un cadavre, enterré quelque part dans une forêt. Je ne pourrai jamais faire autant pour toi… Et même si tu ne m'avais pas sauvé la vie, cela ne changerait rien. Tu es ma meilleure amie, Nadia, et on t'aime tous.

— Laissez-moi, je suis un danger public, une paria ! sanglota-t-elle. Je ne suis pas digne de votre amour.

— Qui t'a mis ces inepties en tête ? s'offusqua Sophie.

— Pose la question à ta mère. Je ne mérite, paraît-il, qu'une expertise psychiatrique… une démente… violente.

— Je ne sais pas qui a pu raconter cela, Nadia, mais jamais je n'ai entendu une telle imbécillité ! Tu es une femme d'une valeur extraordinaire. Fais-nous confiance, Nadia, nous serons à tes côtés en permanence.

Nadia se tut durant un long moment, puis, d'une voix accablée, lui dit :

— C'est gentil d'être venue, Sophie. Rentre chez toi, maintenant. Il faut que tu te reposes. Dans ton état…

— Je ne suis pas malade, mais je vais vous laisser. Je ne te lâcherai pas comme ça, ma grande. À très bientôt, conclut-elle.

Sophie regagna le salon, attrapa son manteau et regarda Étienne avec intensité.

— Elle t'attend. Elle ne dira sans doute rien, mais elle t'attend. Elle ne le sait peut-être pas elle-même, mais elle compte sur toi. Ne te laisse pas dérouter par ses réactions, même si elles peuvent être déconcertantes.

— Et toi, comment le sais-tu ?

— Parce que je suis une femme.

— Merci, Sophie. Elle a déjà beaucoup parlé en nous avouant que le juge avait ordonné une expertise. Je te jure que si je croise le connard qui l'a poussé à demander ça, je lui éclate la tête.

Sophie observa son ami, d'habitude si calme, avec sa dégaine d'étudiant sur le tard et ses cheveux en bataille qu'aucun gel ne parvenait à discipliner. Jamais elle n'avait vu un tel ressentiment dans ses yeux. Elle le prit doucement par les épaules.

— Ce n'est pas ce dont elle a besoin aujourd'hui. Et tu sais bien que la vengeance est un plat qui se mange froid. Ta priorité, ton unique priorité, c'est Nadia et non l'ordure qui est derrière tout cela. Allez, je te quitte.

Elle l'embrassa et repartit. Étienne se dirigea à nouveau vers la chambre d'Adèle. Il appuya lentement sur la poignée. Nadia avait déverrouillé la serrure. Il entra doucement. Il devina sa compagne assise contre le mur, la tête dans les mains. Il s'installa auprès d'elle, sans un mot. Un léger ronflement provenait du petit lit à barreaux. Adèle dormait paisiblement. Étienne hésita, mais posa finalement son bras sur les épaules de Nadia. Comme elle ne reculait pas, il l'enlaça. Elle se laissa faire, puis se cala subrepticement contre lui. Étienne fut parcouru d'un sentiment de bonheur furtif mais intense. Il l'observa discrètement. Le visage de sa compagne était ravagé par les larmes.

— Je vais te préparer un bain. Tu es d'accord ?

Elle acquiesça d'un bref mouvement de tête. Étienne se força à ne pas courir vers la salle de bains. Elle acceptait son aide !

Il fit couler l'eau chaude, la saupoudra des sels que Nadia ajoutait quand elle avait le temps de prendre plus qu'une douche ultrarapide, chercha quelques bougies qu'il alluma et retourna dans la chambre. Elle n'avait pas bougé. Il la saisit délicatement par le bras et la souleva. Elle le suivit comme un automate. Il la déshabilla. Il avait presque l'impression de s'occuper de sa fille. Elle vit son reflet dans le miroir, mais ne réagit pas. Plus que jamais, Étienne fut subjugué par sa beauté. Non seulement son corps était presque parfait, maintenu en forme par un entraînement quotidien, mais la tristesse qu'il lisait sur son visage était l'image de tout ce qu'elle n'avait jamais voulu confier, de son âme si secrète. Elle se glissa dans la baignoire. Étienne lui nettoya d'abord le visage, puis, prenant tout le temps nécessaire, la frotta doucement. Nadia avait toujours ses yeux bruns plongés dans le vide, pourtant elle se détendait peu à peu. Une demi-heure plus tard, il la sécha, lui passa une chemise de nuit et l'installa dans leur lit. À son grand étonnement, Nadia s'endormit dans l'instant, lui soufflant un « merci ».

Le policier regarda sa montre : une heure du matin. Il était rasséréné par ce moment d'intimité partagée. Il ne l'abandonnerait pas à ses démons. Il n'avait pas encore de plan, mais il donnerait tout pour la sauver d'elle-même… et espérait y arriver.

Il passa un tee-shirt, but un verre d'eau, attrapa une couverture dans un placard et s'allongea sur le canapé. Maintenant, il fallait dormir. L'interpellation des frères Kerouad approchait, et il devait être en possession de toutes ses capacités. Pas question de laisser ces pourritures s'en tirer !

21

Le blason

Une odeur de pain grillé tira Étienne de son sommeil. Il s'assit sur le canapé, se frotta les yeux et crut rêver en apercevant Nadia qui préparait le petit déjeuner. Le bruit de l'eau qui se vaporisait dans la cafetière italienne le convainquit qu'il était réveillé. Il ne pouvait pas avoir à la fois des hallucinations olfactives, visuelles et sonores. Il se leva et s'approcha de sa compagne : elle se retourna, lui sourit et lui effleura les lèvres d'un baiser. Étienne se demanda un instant s'il avait imaginé les événements de la nuit.

— Installe-toi, le café sera prêt dans deux minutes, lui intima-t-elle.

Comme il fit mine de vouloir parler, elle lui posa un doigt sur la bouche :

— Chut. Profitons de ce petit déjeuner pendant que la minette dort encore.

Il beurra donc une tartine, soulagé et presque inquiet de la retrouver de si bonne humeur. Que devait-il en conclure ? Elle enchaîna, sur un ton badin :

— Un bain avant de se coucher, il n'y a que cela de vrai, surtout accompagné d'un sublime massage. Je garde la recette.

— Je suis heureux de te voir souriante. Je me suis fait un sacré souci.

Nadia continua plus sérieusement :

— La décision du juge m'a affectée, comme tu as pu le remarquer. Cependant, il n'est pas question que ce frustré me fasse perdre mes moyens. Alors je vais jouer le rôle de la gentille fille et prendre rendez-vous avec sa psy. Elle ne sera sans doute pas déçue du voyage, mais j'aurai obéi à l'injonction. Votre affection, à Sophie et toi, m'a aussi fait réfléchir. Maintenant, assez parlé de moi. Goûte ce café : tu auras de l'énergie pour quarante-huit heures. Prends ton temps ce matin, je m'occupe d'Adèle.

Étienne décida d'apprécier le moment. Il ne savait pas comment interpréter le revirement de Nadia, mais il préférait la voir dans cet état d'esprit.

Le lieutenant Marco Della Rocca quitta le bureau de sa supérieure. Il avait poussé son enquête aussi loin qu'il le pouvait et le résultat était assez maigre. La communauté libertine avait joué le jeu. Ils ne voulaient pas d'un mouton noir qui porterait préjudice à leurs activités. Tous, ou presque, avaient spontanément témoigné et donné leur alibi quand Della Rocca les avait interrogés. Il n'avait pas appris grand-chose de nouveau : Isabelle avait un caractère volcanique et s'était vite imposée comme leur égérie, mais ce n'était qu'une confirmation. Tous les hommes et une partie des femmes qu'il avait rencontrés fantasmaient complètement sur elle. Le seul point nouveau était la présence d'un homme qui avait participé à cinq reprises à leurs parties fines. Quand le policier avait essayé de récupérer ses coordonnées, il avait fait chou blanc. Pas de numéro de téléphone, car les contacts se faisaient par Internet. Puis il avait tenté de remonter l'adresse e-mail, mais avait vite découvert qu'elle était protégée. Il avait décidé de mettre Nikola sur le coup. Plus surprenant encore, cet homme n'était présent qu'aux soirées auxquelles participait Isabelle. Tous l'avaient décrit comme un beau mec, mais ils se souvenaient plus facilement de sa musculature et de ses attributs virils que de son visage. Marco avait tout de même réussi à faire un portrait-robot assez sommaire. En le regardant, Nadia était persuadée qu'il ne servirait pas à grand-chose. Dernier détail, il se faisait appeler Abel. Un pseudo…

Nadia songea à la suite de ses investigations. Elle avait pris contact avec Éva de Montérail, espérant que Pascaline Morseaux se soit plus confiée à son amie qu'à son mari. Elle leva les yeux en entendant frapper à la porte. Surprise, elle vit Sophie entrer avant qu'elle ne lui en ait donné l'autorisation.

— Tu viens visiter ta patiente ? l'interrogea-t-elle, amusée.

— Étienne m'a dit que tu avais retrouvé la pêche, ce matin, répondit Sophie.

— Vous avez ouvert une ligne directe, avec Étienne ? Je ne vais pas me laisser abattre par un magistrat misogyne et anti-flic, tu ne crois pas ?

— Je suis heureuse de te voir dans cet état, Nadia. Bon, je sais que je vais jouer les rabat-joie, mais il faudra quand même que tu envisages un jour de te prendre en main, de chasser tes cauchemars.

— En parlant de cauchemar, regarde ça, l'interrompit-elle en montrant d'un geste brusque les photos collées sur le mur.

Sophie s'en approcha et sursauta en voyant les blessures infligées aux deux femmes. Elle se força cependant à les observer, détaillant une à une les plaies ouvertes.

— Comment fais-tu pour vivre quotidiennement dans une telle ambiance, Nadia ?

Elle continua toutefois à examiner les photos. Soudain, elle en détacha une et la donna à la policière.

— Ce tatouage, là, pointa-t-elle en désignant le cliché d'Isabelle. Cette forme, l'étoile à cinq branches, je l'ai déjà vue, j'en suis certaine ! C'était il y a longtemps, mais j'en mettrais ma main à couper.

Nadia réagit aussitôt.

— C'était où ?

— Laisse-moi me concentrer.

Sophie s'assit sur un siège et se plongea dans une intense réflexion. L'OPJ se garda bien de la déranger, attendant son verdict avec impatience.

— Dans un livre de mon père ! Je m'en souviens maintenant. J'ai vu ce blason dans un vieux livre de mon père. Lui saura nous renseigner ! Laisse-moi l'appeler.

22

Aloysius Cassioz

Une demi-heure plus tard, Nadia se garait dans le parking Philippeville. Suivie de son amie, elle emprunta la rue de Belgrade et tourna dans le boulevard Édouard-Rey. Les parents de Sophie habitaient dans un ancien immeuble haussmannien. La décoration de leur grand appartement était assez surprenante : entre l'amour du mobilier classique d'Antoine Dupas et les goûts nettement plus modernes de sa femme Madeleine, les meubles signés Hache et les créations de Starck se côtoyaient dans le salon avec une étonnante harmonie.

Antoine Dupas, agrégé d'histoire et professeur à l'université Pierre-Mendès-France de Grenoble, les attendait sur le pas de la porte. Malgré les années, il conservait son look de baroudeur des années trente, fier des six kilomètres quotidiens qu'il parcourait à vélo entre son domicile et le campus.

Il embrassa les deux femmes et les attira dans son bureau.

— Alors, comment le vieil érudit peut-il aider la police nationale ? s'enquit-il avec une pointe d'excitation dans la voix.

— Merci de vous être rendu disponible si rapidement, Antoine. Sophie m'a assuré que vous pourriez reconnaître ceci, répondit-elle en posant devant l'historien un agrandissement du tatouage.

Antoine Dupas chaussa une paire de petites lunettes cerclées d'acier, antiquités qui faisaient le désespoir de sa femme.

— Nom de nom, où avez-vous trouvé cela ?

Sans attendre l'explication, il poursuivit :

— Je ne savais pas que ce blason était encore utilisé. C'est vraiment étonnant... extrêmement étonnant et diablement passionnant. Je pensais que le sceau des sorcières avait disparu depuis le XVIIe siècle.

Il se leva et se dirigea vers une gigantesque bibliothèque débordant d'ouvrages de toutes provenances. Il compta les livres du doigt, se hissa sur la pointe des pieds et saisit un vieux recueil. Sans un mot, il le feuilleta et, un sourire vainqueur aux lèvres, s'approcha de l'OPJ.

— C'est un document très instructif écrit par Aloysius Cassioz, érudit historien peu connu du XIXe siècle. Cet exemplaire doit d'ailleurs sans doute être l'un des seuls encore en circulation. Passionné d'héraldique, cet homme a passé sa vie à courir derrière tout ce qui ressemblait à un blason ou à des armes dans le Dauphiné.

Il tendit l'ouvrage à Nadia.

— Regardez cette image. Une étoile à cinq branches, ou pentagramme, gravée dans un écu. Dans la partie basse de l'écu, une fleur de lys. Votre photo en est une réplique assez grossière, même si la fleur n'apparaît qu'imparfaitement.

Nadia examina le dessin aux traits tremblotants. Il y avait deux représentations quasiment identiques l'une au-dessus de l'autre. L'encre pâle et le papier à l'odeur fanée la plongèrent dans le passé. Un dessin disparu depuis près de quatre siècles réapparaissait dans des conditions dramatiques. Absorbée dans ses pensées, Nadia laissa inconsciemment travailler son sens de l'observation :

— Pourquoi le pentagramme du haut et celui du bas sont-ils différents ?

— Vous n'êtes pas dans la police pour rien, chère amie. Le pentagramme droit, avec la branche pointée vers le haut, représente la préséance de l'esprit sur la matière. C'est un symbole positif. À l'opposé, le pentagramme inversé avec la branche vers le bas est un symbole plus grossier, régulièrement utilisé par les satanistes. Celui que vous venez de me montrer est un pentagramme droit. Nadia, dites-moi où vous avez photographié ce blason ?

— Sur les cadavres des deux femmes qui font la une de la presse locale.

Antoine Dupas n'imaginait pas une telle réponse ! Il resta sans voix pendant plusieurs secondes, ce qui ne lui ressemblait pas. L'officier de police attendit qu'il ait digéré la nouvelle. Il se dirigea vers un bahut, en ouvrit une porte et en sortit un plateau, trois verres et une bouteille d'alcool de gentiane. Il remplit les verres et les distribua à ses invitées.

— Penses-tu vraiment que ce soit sérieux que je boive cela dans mon état, papa ? s'étonna Sophie.

— Effectivement, répondit distraitement son père, toujours sous le coup de la révélation de la policière. Il y a du sirop d'orgeat à la cuisine.

Puis, répétant comme pour lui-même :

— Le sceau des sorcières, ou *sigillum maleficarum* en latin, retrouvé au XXIe siècle tatoué sur deux femmes, et en plein Grenoble... C'est incroyable.

Nadia le prit par l'avant-bras et le força à s'asseoir.

— Dites-moi tout ce que vous savez sur ce blason.

— Il faudrait faire des recherches supplémentaires, mais je m'étais intéressé à l'héraldique il y a plus de vingt ans. Sophie était encore petite et avait été très impressionnée par cette histoire de sorcières. Elle était étonnante, et c'est la raison pour laquelle je m'en souviens encore. Si l'on en croit Aloysius Cassioz, ce sceau aurait vu le jour à la fin du Moyen Âge dans le Vercors, rattaché depuis peu au royaume de France : cela explique d'ailleurs la présence de la fleur de lys. Il n'y a pas de source historique crédible sur son origine, mais une légende. Un seigneur local serait tombé follement amoureux d'une guérisseuse qui l'aurait sauvé d'un mal incurable. Afin de prouver son attachement à celle qui l'avait guéri, il lui aurait fait graver des armes en remerciement.

— Chacun pouvait dessiner son propre blason ? demanda Nadia.

— Tout à fait. Les blasons ont d'abord été créés par les chevaliers mais, rapidement, toutes les classes de la population les ont adoptés : les clercs, les bourgeois et même des corporations de métier. Le seigneur aurait eu une fille adultérine avec cette femme. L'histoire dit qu'elle grava sur l'aine de son bébé les armes offertes par son amant en signe de protection. Ainsi, le chevalier reconnaissait indirectement la bâtarde comme sa fille. La tradition aurait voulu que les femmes de cette lignée marquassent ensuite leur fille aînée.

— Et pourquoi ce nom de « sceau des sorcières » ? Ce tatouage est un signe de respect et non de discrédit, s'étonna Nadia.

— Les guérisseuses étaient souvent considérées comme des sorcières par le clergé ou les populations locales. D'après Aloysius Cassioz, un drame serait survenu au XVIIe siècle. Une des descendantes de cette bâtarde aurait été arrêtée par l'Inquisition. Son exécution aurait mis fin à sa lignée.

— Je ne comprends rien à cette histoire, papa, coupa Sophie. Quelle est la part de légende, quelle est la part de vérité ? Quelles sont les sources historiques citées par ton Aloysius ? Un type qui passe sa vie à traquer ce genre d'information doit avoir noté une liste de références longue comme le bras.

— Tu es bien la fille de ton père, Sophie. Ne laissons pas de place à l'à-peu-près et replongeons dans l'ouvrage de maître Cassioz. Je vous propose d'aller chercher quelque chose à la cuisine pendant que je relis ce passage. Madeleine a fait du bœuf bourguignon pour un régiment hier ; il en reste une demi-marmite. Nadia, si le cœur vous en dit, il y a une bouteille de saint-joseph qui accompagnera à merveille la daube de ma femme. Si vous ne l'ouvrez pas pour vous, débouchez-la pour moi. Je vous laisse vous occuper de tout cela, les filles.

Nadia et Sophie se dirigèrent vers la cuisine en souriant.

— Il est vraiment cool, ton père.

— Je l'adore, mais je dois t'avouer qu'il est parfois dur à suivre. Heureusement que maman a les pieds sur terre.

— J'aurais aimé que le mien ait un brin de fantaisie... mais on ne choisit pas ses parents.

Antoine Dupas reposa la tasse de café et réinstalla ses lunettes sur l'arête de son nez. Se rappelant soudain un événement urgent, il prit son téléphone et discuta quelques secondes.

— Tout va bien, mon jeune assistant assurera ma première heure de cours de l'après-midi. Emporté dans notre discussion, j'avais oublié ce « détail ».

— Tu as trouvé les sources de l'auteur, papa ?

— Aloysius Cassioz ne mentionne aucun document précis. Cependant, il remercie un certain Auguste Spadaz. Je connais sans doute un de ses descendants.

— C'est parfait, tu vas pouvoir aller l'interroger.

Devant la mine renfrognée de son père, Sophie insista. Gêné, son père précisa :

— Mes relations avec Hubert Spadaz ne sont pas des plus cordiales. Nous avons participé ensemble à un débat il y a quelques années, et nos points de vue étaient assez opposés.

— Et alors, où est le problème ? C'est le principe du débat, non ?

— Oui, mais nous avons terminé en nous envoyant quelques noms d'oiseaux. Il m'a affublé du nom d'historien réactionnaire petit-bourgeois et je l'ai traité de charlatan mythomane. C'est la seule fois de ma vie que j'ai perdu mon calme en public.

— Eh bien, tu vas t'asseoir sur ton orgueil et te réconcilier avec ton ami Spadaz. La suite de l'enquête de Nadia dépend de ton sens de la diplomatie, mon petit papa.

23

Interpellation

Le capitaine Fortin ne quittait pas des yeux la route départementale qui reliait Lans-en-Vercors à Sassenage. Comme révélé par les écoutes téléphoniques de la veille, Nabil Kerouad et trois de ses complices avaient récupéré le fourgon d'armes vendues par le trafiquant bosniaque Zlatan Sedjic. Les Bosniaques étaient repartis à bord d'une Mercedes de forte cylindrée. Ils avaient été pris en filature par une équipe de la brigade de recherche et d'intervention de Lyon. Ils ne seraient interpellés qu'une fois les frères Kerouad et leur bande neutralisés.

Le propriétaire du hangar où devait être déchargée la cargaison avait été identifié. Il était responsable d'une petite entreprise de deux personnes dans le domaine du nettoyage. Quand les policiers avaient découvert, après enquête, que cet homme était le mari d'une cousine des Kerouad, ils n'avaient plus eu de doute sur la finalité de l'utilisation de l'entrepôt de Fontaine. Le commissaire Mazure avait lui-même pris en charge le déroulement de l'opération. Il avait sollicité les forces de la BRI de Lyon. Cette affaire était actuellement suivie par le préfet, minute par minute.

Mazure avait demandé le support d'un groupe d'intervention du RAID. Les policiers avaient étudié les plans des locaux et s'étaient positionnés autour du bâtiment. Hormis Nabil Kerouad et ses trois acolytes qui avaient assuré la réception du colis, trois autres truands sécurisaient le site de Fontaine. L'opération policière avait été minutieusement préparée. Autant éviter un carnage qui aurait fait mauvais genre. Même si la compassion de l'opinion publique pour les délinquants s'amenuisait de jour en jour, les flics ne se sentaient pas des âmes d'exécuteurs.

— Capitaine Fortin à tous. J'ai le fourgon en visuel. Kerouad ne prend pas la direction du village, mais va emprunter la D1532, je répète, la D1532.

Le dispositif de filature était allégé. Inutile d'éveiller les soupçons alors que leur destination finale était connue. Fortin laissa passer la camionnette et démarra à son tour. À ses côtés, Tancrède Volker était tendu. Tout juste muté des services administratifs, le jeune policier vivait sa première mission à risque sur le terrain.

Pressé, Kerouad brûla deux feux rouges au cœur de Sassenage. À cette heure de la nuit, les policiers municipaux n'étaient pas en action et le malfrat se moquait comme d'une guigne du flash d'un éventuel radar automatique.

Quand Étienne Fortin s'approcha de la zone de déchargement, la camionnette était arrivée depuis plus de quatre minutes. Le volet roulant du hangar avait été rapidement ouvert et le fourgon s'y était immédiatement engouffré. Ils étaient à l'intérieur, sans doute pressés d'admirer leur fortune à venir. Un seul homme gardait la porte d'entrée. Comme prévu, Fortin arrêta son véhicule à une centaine de mètres de l'entrepôt, le long d'un petit parc arboré. Concentré à l'extrême, il saisit son arme de service, fit monter une cartouche dans la culasse et sortit prudemment. À ses côtés, Volker était blême.

— Tu peux rester dans la voiture.

— Je ne vais pas me dégonfler. Je te suis.

L'officier lui fit un signe de la tête et ils se dirigèrent vers un taillis de hêtres. Dissimulés derrière les arbres, ils observèrent l'intervention qui se déroulait sous leurs yeux. Des ombres jaillirent et se précipitèrent vers l'entrepôt. Avant d'avoir eu le temps de réagir, le guetteur s'effondra. Lourdement armés et casqués, cinq hommes du RAID avançaient. Une seconde équipe se mit en place de l'autre côté du bâtiment, prête à investir les lieux par la sortie de secours. Le leader lança un ordre bref dans sa radio. Dans la même seconde, les deux portes éclatèrent et les policiers d'élite pénétrèrent dans l'entrepôt. Des cris, puis une première rafale d'arme automatique. Quelques dixièmes de seconde plus tard, les fusils d'assaut des hommes du RAID crachaient à leur tour. Les deux OPJ tentaient de deviner le déroulement de l'opération d'après les bruits qui parvenaient jusqu'à eux. Un dernier échange de coups de feu, puis le silence. Soudain, un appel retentit de l'intérieur de l'entrepôt :

— Il nous en manque deux !

La vigilance d'Étienne Fortin redoubla. Il aperçut, à une cinquantaine de mètres de lui, deux ombres qui s'enfuyaient. L'OPJ bondit aussitôt de sa cachette, arme au poing.

— Police, arrêtez-vous tout de suite !

Les deux individus continuèrent leur course.

— Première sommation, je vais faire usage de la force ! hurla-t-il.

L'une des silhouettes stoppa net et se retourna vers eux. Avant que le policier n'ait eu le temps de prévenir son collègue, trois détonations s'enchaînèrent. Tancrède Volker s'effondra. Étienne Fortin mit un genou à terre et ouvrit le feu à son tour. Ses deux premiers projectiles atteignirent l'homme qui venait de les prendre pour cible. Il décala sa visée de tir de quelques degrés et lâcha deux nouveaux coups. Il lui sembla que le fuyard avait chancelé, mais il poursuivait sa fuite sans ralentir. Les premiers policiers de l'opération arrivaient vers lui, il leur cria :

— Il y en a un qui s'enfuit dans le parc.

Le commissaire Mazure lança ses hommes à la poursuite. Tous phares allumés et dans un concert de sirènes, les véhicules encerclèrent le jardin public. Étienne Fortin se pencha alors sur son compagnon. La tête de Volker était couverte de sang. Le jeune OPJ gémissait doucement. Étienne agita les bras en appelant :

— Un blessé grave, ici.

Un secouriste accourut et l'examina rapidement.

— Il en a pris une dans la tête, mais il n'a pas perdu connaissance. On l'évacue vers le CHU.

Déjà, des sirènes d'ambulance crevaient la noirceur de la nuit. L'opération avait été rapide, mais les victimes collatérales étaient nombreuses. Laissant travailler les infirmiers, Étienne se dirigea vers le premier fuyard qu'il avait visé. Allongé sur le sol, les yeux grands ouverts regardant sans la voir la lune qui jouait avec les nuages, l'homme était immobile. Deux policiers étaient accroupis autour du corps.

— C'est Nabil Kerouad, annonça Fortin.

— C'était Nabil Kerouad, capitaine, corrigea un brigadier. Il s'est mangé deux balles en pleine poitrine. Il devait être mort avant de tomber.

— Et merde, lâcha Fortin. Et l'autre ?

— C'est le seul qu'on a retrouvé, capitaine.

— Ils étaient deux. J'ai abattu Kerouad, mais je suis certain d'avoir atteint l'autre.

Il prit la lampe torche de l'un des policiers et se dirigea vers l'endroit où il avait touché le second fugitif. Il s'agenouilla. Sur le sol, quelques éclats rouge vermillon brillèrent sous le faisceau lumineux de la Maglite. Étienne Fortin passa son doigt sur la trace. Un liquide chaud marqua sa peau.

— Du sang. Dites à Mazure que l'homme en fuite est blessé.

Cinq minutes plus tard, le commissaire Mazure s'entretenait avec le capitaine Fortin, le responsable du RAID et le patron de l'équipe de la BRI. Dans un coin du hangar, ils discutaient en assistant à l'exposition de la cargaison sur des tables à tréteaux montées à la hâte.

— Les premiers journalistes vont arriver d'une minute à l'autre. Le préfet veut inonder la presse et les télévisions avec des images de notre prise. Il faut même que je me fende d'un petit discours.

— Nous avons saisi cent huit fusils d'assaut M16, dix pistolets-mitrailleurs et cinq lance-roquettes de type RPG7 russe. Il y a aussi un nombre impressionnant de munitions et deux caisses de grenades, expliqua l'officier de la BRI. Les politiques seront contents : cela devrait rassurer la population.

— Ou l'inquiéter. Heureusement que cet arsenal n'est pas tombé entre les mains des Kerouad. Je n'ose pas imaginer le résultat, soupira Mazure.

— Ce n'est que partie remise, commenta le responsable de la BRI. Dans quelque temps, d'autres mafieux de l'Est leur proposeront un nouveau chargement.

— C'est toujours un peu de temps gagné, conclut le commissaire.

Puis il se retourna vers Étienne Fortin et l'officier du RAID.

— Quel est le bilan humain à cette heure ?

— Le lieutenant Volker est grièvement blessé. Il a été atteint d'une balle à la tête. Les secours l'ont évacué en urgence, annonça Étienne. Il était encore conscient.

— Il y a aussi un blessé léger du côté du RAID, enchaîna le responsable de l'unité. Un de mes gars a été touché au bras. Nous nous en sortons bien. Ceux d'en face n'hésitent plus à tirer pour tuer.

— Et dans la bande des Kerouad ?

— Un mort et deux blessés durant l'assaut. L'un des types a foncé droit sur nous, pistolets aux poings. Il était complètement camé et a dû se croire dans un jeu vidéo, genre *Call of Duty*. Impossible de le neutraliser autrement, rapporta l'officier du RAID. Par ailleurs, deux hommes se sont enfuis par un passage souterrain qui n'est pas sur les plans et qui émerge à trente mètres de l'entrepôt. C'est le capitaine Fortin qui les a interceptés.

— J'ai tiré après sommations, continua l'OPJ. J'aurais dû le faire avant. Cela aurait épargné Tancrède et n'aurait rien changé pour les Kerouad.

— Vous n'avez rien à vous reprocher, capitaine. Ce qui m'inquiète, c'est que Bachar Kerouad est dans la nature. Entre nous, j'aurais préféré que vous m'abattiez celui-là. Rassemblez vos hommes et aidez le reste de l'équipe à serrer Bachar Kerouad.

— Est-ce que les gars de la BRI et du RAID peuvent nous donner un coup de main ? demanda l'OPJ à ses collègues.

— Le RAID prendra en charge la traque avec la BRI… si la BRI est d'accord, bien sûr. Sans vouloir vous commander, capitaine Fortin, pouvez-vous canaliser les journalistes qui commencent à arriver ? Ils vont mettre un merdier infernal et, si certains d'entre eux décident de jouer à la chasse à l'homme, cela peut tourner au drame.

L'officier de la BRI accepta la proposition. Ils étaient tous conscients de la dangerosité de Bachar Kerouad. Laisser une bête fauve dans la nature ne présageait jamais des lendemains sereins.

— Ne prenez aucun risque pour la vie de vos équipiers, messieurs. Ce truand a un lourd passé et n'a jamais fait preuve de pitié.

24

Souvenir d'une nuit

L'homme regarda la parcelle de plafond illuminée par un rayon de lune. Il était nu et repoussa sa couette. Il croisa les mains derrière sa tête et repensa aux événements des nuits précédentes. Pascaline ! Ah, Pascaline… la seconde d'une liste patiemment construite au fil des années. Abel avait vraiment un don : comment avait-il réussi à transformer une petite bourgeoise coincée en une telle bête de sexe ? Même si Isabelle tenait le haut du pavé pour les fantaisies érotiques, faire l'amour avec Pascaline lui avait procuré des émotions rarement ressenties. Sa volonté de découvrir son corps, de faire plaisir, de prendre du plaisir. Les cachets d'ecstasy qu'ils avaient tous avalés à son arrivée avaient sans doute facilité la libération de leur invitée. Il avait encore dans les oreilles l'écho de ses cris lors de leur partie à six. Elle en avait même voulu plus que ce qu'ils avaient prévu pour elle. Il s'amusa intérieurement en revoyant la photo du mari qu'ils avaient trouvée dans son portefeuille, juste à côté de celle de ses trois garçons. Il ne découvrirait jamais les talents cachés de sa femme…

Puis d'autres cris remontèrent à son cerveau. Ceux que Pascaline avait poussés quand elle avait été attachée sur la table de torture. Elle avait d'abord cru à une variation SM de leurs ébats et, tout à son excitation, avait accepté ce nouveau jeu. Elle avait pâli lorsqu'elle avait vu les instruments de son supplice. Les cris avaient rapidement changé de tonalité : prière, pleurs, terreur, douleur, supplications, râles, agonie. Sans remords, l'homme se repassa les notes de ces hurlements. Une mélodie plus grave, mais combien savoureuse : plaisir et souffrance s'étaient intimement mêlés. Il sentit le sang affluer à son sexe en repensant à la fellation administrée par une de ses partenaires pendant qu'un autre achevait Pascaline en lui sectionnant la carotide. Il s'était violemment vidé dans la bouche accueillante en même temps que leur victime se vidait de ses dernières gouttes de sang. Une expérience unique.

Elle n'avait pas parlé, preuve qu'elle ne savait rien. Personne n'aurait pu résister à un tel traitement. Dès le début, ils avaient compris qu'elle n'était pas celle qui leur livrerait le secret. Mais elle était sur la liste de celles qui devaient payer, et elle avait payé. Il n'avait pas imaginé qu'il prendrait du plaisir au cours de ces cérémonies. Il avait juste promis qu'il y assisterait et ne se sentait pas l'âme d'un bourreau. Comme quoi, on se connaît toujours moins bien qu'on ne le croit ! Même si les tortionnaires avaient marqué une vive déception, il se réjouissait à l'idée de revivre de tels moments avec le prochain nom de la liste. Elle était encore longue. La police était sur les dents, mais complètement perdue. Jamais ils ne les trouveraient. Et jamais il n'aurait pensé ressentir ce sentiment de plénitude, de puissance. Il était bien.

Il regarda la femme allongée près de lui. Elle venait de se retourner. La couette avait glissé, la dénudant jusqu'au bas du dos. Il s'installa sur le côté et laissa sa main vagabonder sur la peau soyeuse. Il caressa son cou et descendit lentement le long de la colonne vertébrale. Il s'attarda un moment sur la chute de reins, cajola le tatouage qui ressortait sur la peau blanche et se dirigea vers les hanches. Comme les doigts passaient sous l'élastique de sa culotte, la femme poussa un léger gémissement.

Il sentit son érection prendre toute son ampleur. Il retira la couette, découvrant les fesses de sa partenaire. Il avait toujours fantasmé sur ce cul parfait, plus encore depuis le début de leur croisade. Il descendit le slip le long des jambes. Par de subtiles reptations, la femme l'aida à la déshabiller. Il admira la silhouette dévoilée par la lune et regarda sa verge turgescente. Ils étaient faits pour cheminer ensemble : c'était leur destin. Il caressa doucement les cuisses musclées qui s'écartèrent imperceptiblement. Ses doigts remontèrent lentement, atteignant le sexe chaud et déjà humide. L'homme sourit à la nuit. Il n'avait sans doute pas été le seul à repenser à Pascaline et à son expérience ultime de partouzarde. Sans un mot, la femme se mit à quatre pattes et lui offrit son intimité. Il saisit les hanches et, d'un coup sec, s'enfonça en elle en se remémorant les gémissements de jouissance de leur victime. Il se mordit les lèvres : pas question de jouir dès le premier coup de boutoir. Il resta quelques instants sans bouger, savourant ce moment de satisfaction bestiale. Puis, accompagné des mouvements de bassin de la femme, il la prit, d'abord lentement, puis en accélérant le rythme. Sous ses violents coups de reins, leurs gémissements se transformèrent en hurlements. Il éjacula longuement, l'image de Pascaline agonisant devant ses rétines. Puis, sans un mot, il bascula sur le côté et ramena à eux la couette. Imaginer la punition qu'ils infligeraient à Christine lui donnait déjà la chair de poule.

25

Bachar Kerouad

Bachar Kerouad jura en silence. Sa jambe le faisait terriblement souffrir, mais il n'était pas question d'aller voir un toubib. Il était persuadé que sa photo était en bonne place aux urgences et que tous les médecins de la région grenobloise avaient été prévenus par la police. Il devait savoir prendre son temps. On l'avait humilié et son frère était tombé sous les balles. Il avait une vengeance à accomplir.

Assis au fond d'une cave glaciale, maintenu en éveil par la haine qui sourdait par tous les pores de sa peau, le truand ressassait le fiasco de la nuit. Comment un business qui devait le confirmer comme l'un des caïds de la région avait-il pu se transformer en échec sanglant ? Surtout, qui les avait balancés ? Cette question le hantait, et il aurait la réponse. Malheur alors au fils de pute qui avait tenté de le faire tomber ! D'ici là, il devait quitter ce trou à rats et rejoindre Lyon. Inutile de tenter de trouver une planque à Grenoble. L'intervention des flics avait été bien préparée, ses amis avaient sans doute déjà reçu leur visite. Il avait passé la matinée à réfléchir à la meilleure solution, quand la douleur ne l'anesthésiait pas.

Dans l'après-midi, il avait utilisé le téléphone acheté la veille dans une station-service pour joindre l'un de ses bons clients, un technicien d'une trentaine d'années au casier judiciaire vierge. Bien intégré dans la société, ce type était membre d'un groupe de djihadistes récemment réveillé par un imam salafiste. Kerouad leur avait promis les fusils nécessaires à leurs futures actions : il était devenu pour eux une pièce maîtresse de leur stratégie.

Le trafiquant espérait juste que son interlocuteur ne soit pas surveillé par l'antiterrorisme. Seuls l'argent et le besoin d'armes unissaient ces deux hommes. Même s'ils avaient une fascination commune pour la violence, Kerouad méprisait ces djihadistes qui, pour lui, ne voyaient dans cette croisade qu'un moyen pour céder à des pulsions qu'ils n'avaient pas les couilles d'assumer. Quand il avait le ventre en feu, il sniffait un rail de coke et se tapait une fille : cela lui permettait de rentrer apaisé dans sa famille. Il n'avait pas besoin de fantasmer sur le repos du guerrier ou sur un coït partouzard avec des vierges d'Allah inaccessibles. Il leur reconnaissait par contre un sens du marketing développé. Il regarda sa Rolex. Son contact devait le récupérer d'ici un quart d'heure.

L'esprit ailleurs, il se remémora une nouvelle fois les événements de la nuit précédente. La rencontre avec le Bosniaque s'était bien passée : Bachar se méfiait de ce genre de mercenaire imprévisible. C'est donc euphorique qu'il avait vu arriver la fourgonnette. Ils avaient à peine commencé à ouvrir la première caisse remplie de fusils d'assaut américains flambant neufs que des coups violents avaient été frappés à la porte. Un instant plus tard, des commandos en tenue de combat avaient débarqué de partout. Aussitôt, il avait ordonné à ses hommes de riposter. Il savait que la situation était perdue d'avance, mais le tir avait ralenti l'approche des flics. Cette diversion avait permis à Nabil et lui de s'enfuir par un souterrain construit dix ans plus tôt par un précédent propriétaire aux activités sensibles. Ils pensaient s'en être sortis par miracle, quand une voix leur avait intimé de s'arrêter. Il n'y avait qu'une chose à faire : continuer à courir. Mais dans l'excitation du moment, Nabil avait fait feu sur leurs poursuivants. Lorsqu'il avait entendu le cri du poulet touché par son frère, Bachar avait compris que leurs chances d'évasion venaient de se réduire considérablement. Il avait alors vu Nabil s'effondrer à ses côtés et avait ressenti une douleur fulgurante au niveau de la cuisse. Cependant, il fallait qu'il s'enfuie. Quel que soit l'état de son frère, il ne pourrait rien faire pour lui. Il devait échapper au piège. Pendant plusieurs secondes, il avait craint la balle qui le faucherait dans sa course. Le flic était un bon tireur, mais semblait avoir terminé son carton. Alors que les sirènes commençaient déjà à rythmer la nuit, il s'était précipité dans un parc. Il était pris de panique ! La police allait l'encercler, il avait perdu son arme et il était blessé. Dans un éclair de lucidité, il avait remarqué un vélo abandonné dans un buisson. Il s'en était saisi et, dans un effort désespéré, l'avait enfourché. À peine arrivé dans la rue, il avait vu jaillir les premiers véhicules. Avec un sourire forcé, il leur avait adressé un petit salut de la main, priant pour qu'ils ne s'arrêtent pas. La chance était avec lui : la BRI cherchait un trafiquant d'armes aux abois, pas un cycliste noctambule. Il avait roulé jusqu'à une vieille maison abandonnée et s'était terré dans la cave.

Le bruit d'un moteur le tira de sa torpeur. Il se leva avec difficulté et quitta discrètement son refuge. Une berline était garée sous un lampadaire. Le conducteur en sortit, et Kerouad reconnut la silhouette longiligne de son client. Il vérifia l'absence de piétons dans la rue. Porté par son désir de vengeance, il se dirigea vers la voiture.

26

Spadaz

La Renault avait attaqué les lacets de la départementale qui reliait Sassenage au plateau du Vercors. Alors que la météo des journées précédentes avait été clémente, l'hiver lançait une dernière offensive sur les massifs des Alpes. La neige tombait à gros flocons depuis la matinée. Antoine Dupas, stressé, était concentré sur sa conduite. Il voulait éviter de donner un coup de volant malencontreux qui aurait précipité le véhicule hors de la route. Il suivait les traces d'un chasse-neige ressorti à la hâte de son entrepôt de stockage.

Assise à ses côtés, Nadia était perdue dans ses pensées. Son enquête piétinait, et la pression de sa hiérarchie se faisait plus forte chaque jour. Elle avait rencontré Éva de Montérail, la dernière personne à avoir vu Pascaline Morseaux vivante. Le témoin avait pleinement coopéré. Elle supposait que son amie avait un amant. Plus coquette, régulièrement absente : tout laissait à penser que la victime avait trouvé l'amour hors de chez elle. Information précieuse : Éva de Montérail avait vu Pascaline monter dans une Audi place Notre-Dame. La policière avait tenté de retrouver la voiture. Ce type de véhicule était malheureusement assez commun. Pour couronner le tout, la caméra de surveillance positionnée sur le lieu de rencontre de Pascaline Morseaux et du mystérieux chauffeur était défectueuse et ne serait jamais réparée. Nadia avait piqué une colère froide quand la fonctionnaire de la mairie lui avait expliqué qu'il était inutile de mettre de l'argent dans ces équipements liberticides. Comme si la vie des citoyens était traquée et suivie en permanence par quelques malheureuses caméras ! Elle avait préféré raccrocher sans un mot avant que l'employée ne se sente persécutée et victime d'un complot policier.

Les professionnels de la police scientifique avaient exploité tous les indices relevés sur le campus dans la nuit de la crémation de Pascaline Morseaux. Les traces de pneus correspondaient à celles d'une voiture puissante et couvraient toute une gamme de berlines françaises ou allemandes, soit plusieurs milliers de véhicules dans Grenoble et ses environs... pour peu que l'assassin soit immatriculé en Isère. Un coup d'épée dans l'eau. Les recherches de Marco Della Rocca dans le milieu libertin n'avaient pas apporté d'informations supplémentaires. Bref, elle galérait et s'accrochait à cette histoire de blason pour faire enfin démarrer son affaire. En attendant la suite de son audition chez le juge Ledoyen, elle avait pris rendez-vous avec une psychiatre sélectionnée dans une liste fournie par le cabinet du magistrat. Elle en avait choisi une qui exerçait à Lyon. Elle avait inconsciemment mis de la distance entre la praticienne et elle.

Avant l'entrée dans le village d'Engins, une petite route partait sur la gauche. Recouverte de plus de vingt centimètres de neige, elle descendait en serpentant dans la combe du Furon. L'historien braqua puis s'arrêta devant la route immaculée.

— C'est là que nous devons nous engager. Je dois vous avouer que je ne suis pas très à l'aise avec ce genre de conditions climatiques.

— Vous avez des pneus neige ? s'enquit Nadia.

— Bien évidemment, s'exclama Antoine Dupas, je ne plaisante pas avec la sécurité.

— Alors, laissez-moi conduire à votre place, ordonna sa passagère en ouvrant déjà sa portière.

— Êtes-vous certaine que vous maîtriserez cette route assez inamicale ?

— J'ai mené des poursuites dans des conditions autrement plus difficiles, Antoine. Si cela peut apaiser vos craintes, l'Administration m'a même offert un stage de pilotage sur glace l'hiver dernier. Vous pourrez dire que l'argent du contribuable est utilisé à bon escient. Maintenant, abandonnez-moi votre précieux volant.

Rassuré, l'historien lui céda sa place. Nadia redémarra, tout en suivant les indications de son voisin. Quatre cents mètres plus loin, elle aperçut, cachée au milieu d'un bois de conifères, une bâtisse au style indéfinissable. Haute de deux étages, elle était accolée à une tour qui semblait avoir été mangée par le temps. Elle était sans doute blottie dans la combe depuis des années, voire des siècles, mais Nadia ne l'avait jamais remarquée. On ne tombait pas dessus par hasard.

Elle arrêta la voiture sur un parking immaculé. Elle ne savait pas trop si la neige permettrait de remonter cette route, mais elle n'avait pas voulu reporter la rencontre avec Hubert Spadaz. Le portrait qu'en avait tracé Antoine Dupas durant le trajet était édifiant. Les Spadaz vivaient sans doute déjà dans le Dauphiné avant son rattachement à la France en 1349. Leur propriété avait toujours été occupée par l'aîné de la famille, alors que les cadets menaient des vies aventureuses. L'un d'eux avait fait fortune dans la Compagnie des Indes orientales, ce qui avait permis à toute la famille et à ses descendants de vivre dans une relative opulence. Rien de vraiment extraordinaire jusque-là, si ce n'est que les Spadaz traînaient une réputation d'adeptes de sorcellerie, sans doute magnifiée par l'imagination populaire. Ce n'était qu'à force d'habileté, de fonds bien investis et d'une certaine chance que la lignée avait réchappé aux différentes chasses aux sorcières qui avaient ponctué son existence. Nadia jeta un œil à sa montre : seize heures. Ils étaient ponctuels.

Saisissant le heurtoir de cuivre en forme de tête d'ours, Antoine Dupas allait frapper une seconde fois à la vieille porte d'entrée lorsqu'elle s'ouvrit dans un grincement digne d'un film de série B. Nadia s'attendait à voir apparaître un gnome ou quelque serviteur difforme, mais c'est une femme entre deux âges qui les reçut. Emmitouflée dans deux vestes en fourrure polaire, elle les regarda, comme pour s'assurer qu'il ne s'agissait pas de fantômes.

— Je ne pensais pas que vous viendriez par ce temps, dit-elle pour elle-même sans les saluer. Hubert vous attend. Suivez-moi.

Elle les entraîna dans un long corridor puis emprunta un escalier aux pierres disjointes. La maison était froide mais parfaitement entretenue. Quelques tapisseries ornaient les murs, et un subtil jeu de lumières mettait en valeur ces trésors médiévaux. Antoine Dupas prit quelques secondes pour les admirer avant d'être rappelé à l'ordre par leur hôtesse. Arrivée au premier étage, elle s'arrêta devant une porte et frappa délicatement. Une voix grave les invita à entrer. La femme les abandonna au maître de maison.

La décoration de la pièce qui tenait à la fois lieu de bureau et de salon à Hubert Spadaz n'avait rien à voir avec celle du reste de la demeure. Après avoir eu l'impression de traverser le passé, Nadia se trouvait maintenant immergée dans un décor grand-guignolesque. Les murs étaient recouverts de tentures noires et la salle était éclairée d'une multitude de bougies de la même couleur. Sur les tentures, des tableaux d'époques diverses. Un point commun : la religiosité. Contre l'un des murs, la classique bibliothèque, regorgeant d'ouvrages rangés dans un ordre qui semblait aléatoire. Les historiens qu'elle fréquentait avaient décidément un sens du rangement très personnel. Au fond de la pièce, sous une fenêtre en chien assis, un imposant bureau en noyer massif jonché d'objets hétéroclites : un crâne, un crucifix en ivoire, une pile de dossiers à l'équilibre chancelant. Hubert Spadaz se leva pour venir à leur rencontre. Le personnage était impressionnant : deux mètres de haut, une carrure imposante et une épaisse barbe grise lui offraient un côté Barbe-Noire, version senior. Antoine Dupas était resté en arrêt devant un tableau de Vierge à l'Enfant. Hypnotisé par la finesse des traits et les couleurs chatoyantes, il en avait oublié la raison de sa présence dans ce manoir.

— Malgré votre vision formatée de l'histoire, vous n'en êtes pas moins un homme de goût, mon cher Dupas.

Antoine Dupas ne releva pas la pique, aspiré par la beauté du tableau. Il l'observa sous toutes les coutures :

— Cela ressemble terriblement à un tableau de Giotto. L'œuvre de l'un de ses disciples ?

— Non, l'œuvre du maître lui-même, peinte en 1321.

— Mais il n'est répertorié nulle part ! s'exclama Antoine Dupas.

— Pour la bonne et simple raison qu'il est dans ma famille depuis le XIVe siècle.

Antoine Dupas se retourna vers Hubert Spadaz qui ne pouvait cacher une grimace de satisfaction.

— Félicitations pour la conservation de cette pièce de collection, mon cher Spadaz.

Puis, s'apercevant qu'il s'était jeté sur le tableau sans saluer leur hôte, l'historien présenta ses excuses.

— La vénération de la beauté excuse tout, coupa Spadaz en faisant un baisemain à Nadia. Madame, bienvenue dans mon antre. Quant à vous, professeur Dupas, je vais me faire un plaisir de vous prouver que je ne suis pas un charlatan.

Il resta cependant debout et présenta un autre tableau à ses invités :

— Je suis aussi particulièrement fier de celui-là. Un sabbat peint par Francisco de Goya lui-même en 1798, sur commande de l'un de mes aïeux. Regardez le visage des femmes qui écoutent le discours du Grand Cornu : elles sont totalement absorbées, à la fois effrayées et sous le charme du diable. Ainsi va la vie, nous naviguons en permanence entre le bien et le mal, sans savoir où nous nous situons. Mais installons-nous confortablement, nous serons plus à l'aise pour discuter.

Ils prirent place sur un canapé au cuir râpé par les années. Spadaz se dirigea vers une armoire et sortit une bouteille au liquide ambré. Il attrapa deux verres, les remplit et les offrit à ses invités. Il s'adressa à Nadia :

— On vous a probablement dressé de moi le portrait d'un homme infréquentable, mais c'est hélas bien trop flatteur. Rassurez-vous, ce que je viens de vous servir n'est qu'une décoction de plantes de nos montagnes et non un quelconque philtre d'amour… même si la tentation était grande.

Nadia amorça un sourire. Voir ce géant septuagénaire la draguer avait un côté décalé amusant. Elle se laissait également prendre par la mise en scène qui les sortait peu à peu de la réalité. Sous ses airs bonhommes, Spadaz maîtrisait la situation. Il laissa Antoine Dupas préciser leurs attentes et l'écouta sans sourciller. Puis il étudia la photo que lui tendait l'officier de police.

27

Le *sigillum maleficarum*

— Le *sigillum maleficarum*, ou sceau des sorcières, annonça-t-il sans hésiter. Je ne pensais pas le revoir un jour, s'étonna-t-il. Où l'avez-vous trouvé ?

— Dites-nous d'abord ce que vous savez ! répliqua Nadia.

Hubert Spadaz se crispa un instant. Nadia regretta aussitôt son intervention trop directe et reprit d'une voix plus douce :

— Je vous fournirai la source de cette photo. Cependant, je ne souhaite pas vous influencer en vous la donnant tout de suite. J'espère que cette proposition vous convient.

Spadaz apprécia le changement de ton et se détendit :

— Ce blason a été créé autour de 1470 par le baron de Marbeuf. François de Marbeuf avait été un fidèle compagnon du roi Louis XI qui lui avait accordé quelques privilèges. L'histoire commence comme une ballade moyenâgeuse.

Dès les premiers mots, les deux invités avaient été fascinés par la voix chaude et grave d'Hubert Spadaz.

— François de Marbeuf était maître d'un territoire qui couvrait une partie du nord du Vercors. Il était tombé amoureux d'une guérisseuse qui l'avait sauvé d'un mal incurable. Cette femme était splendide, d'une vive intelligence et d'une bienveillance qui faisaient sa renommée. L'aristocrate avait voulu la récompenser, mais aussi la préserver de la jalousie de ses semblables. Il avait donc offert ce blason à sa bienfaitrice, signe de protection personnelle. Il s'est transmis de génération en génération.

— Votre version des faits est similaire à celle d'Aloysius Cassioz, remarqua Antoine Dupas.

Spadaz éclata d'un grand rire sonore :

— La famille Spadaz est l'une des plus anciennes de la région. Sachez que les fondations de cette maison datent du XIIIe siècle. Comme vous le savez, Cassioz s'est appuyé sur des archives familiales pour écrire son ouvrage. Il ne les a que partiellement exploitées, au grand dam de mon aïeul qui espérait un traitement plus sérieux des informations qu'il lui avait transmises.

— Vous disposez donc de pièces uniques ? s'étonna le professeur Dupas.

— Depuis des siècles, mes ancêtres ont noté et conservé tous les faits qui se sont déroulés dans le nord du Dauphiné. Ces chroniques ont résisté au révisionnisme de la royauté, des inquisiteurs, des révolutionnaires et de la République française ! Ces documents n'ont jamais été modifiés depuis leur création. Vous seriez surpris par le contenu de certains d'entre eux qui ébranleraient quelques-uns de vos sacro-saints dogmes !

— Pourquoi ne pas les mettre à la disposition des historiens ? s'exclama le professeur.

— Vous plaisantez ? Que fait un pouvoir dominant d'informations qui vont à l'encontre des théories qu'il veut promouvoir ? Regardez l'appauvrissement pitoyable de l'enseignement que la République tente d'inculquer à la jeunesse française ! Jamais, entendez-vous, jamais ce savoir collecté dans le sang par la famille Spadaz ne sera étalé sur la place publique !

Comme Nadia voyait les bretteurs prêts à poursuivre le débat, elle intervint :

— Monsieur Spadaz, continuez à nous raconter l'histoire de cette guérisseuse.

Surpris, l'orateur interrompit sa diatribe.

— Vous avez raison, madame, les disputes de vieux barbons n'ont pas à perturber vos recherches.

Antoine Dupas tiqua au nom de vieux barbon, mais ne réagit pas.

— Pendant plusieurs générations, les deux familles vécurent en parfaite harmonie. Le don de guérison se transmettait par les femmes, et ces dernières maîtrisaient parfaitement la connaissance des bienfaits de la nature et de la psychologie humaine. Au cours de la seconde moitié du XVIe siècle, la chasse aux sorcières, déjà virulente dans l'est de l'Europe, prit de l'ampleur en France. Une sorte de folie collective s'emparait de certaines régions, et la moindre dénonciation devant les autorités civiles ou religieuses pouvait rapidement mettre les accusés dans des situations désespérées. Ma famille en a particulièrement souffert. En 1612, le baron Émile de Marbeuf décéda. C'était un bon compagnon du roi Henri IV, mort deux ans plus tôt. Son fils Geoffrey, par contre, était un jouisseur qui ne pensait qu'à se battre et abuser des femmes qui croisaient son chemin, qu'elles fussent nobles ou paysannes. En peu de temps, il avait fait l'unanimité contre lui, mais maintenait son pouvoir par la force, la terreur et les amitiés qu'il entretenait avec des éléments du parlement de Grenoble. En septembre 1615, un procès inquisitorial s'est déroulé en son château de Saint-Joseph-en-Vercors. Une certaine Margot Malherbe était accusée de sorcellerie.

Nadia frissonna, pas uniquement à cause du froid qui régnait dans la pièce. Pour la première fois, un nom s'accolait à ce sceau qui avait coûté la vie à deux femmes. Elle évacua le sentiment de malaise qui s'était emparé d'elle et se concentra sur l'histoire de Spadaz.

— Les autorités religieuses du Dauphiné, et particulièrement celles qui avaient en charge la partie du Vercors où vivaient les Malherbe, étaient peu enclines à allumer des bûchers. De nombreux ecclésiastiques étaient originaires de la région et côtoyaient leurs ouailles jour après jour. Ils les connaissaient, savaient dénouer les accusations de réelle sorcellerie des dénonciations motivées par la méfiance ou encore, plus souvent, par la jalousie. En effet, quel meilleur moyen pour récupérer une terre que d'accuser son propriétaire de tous les maux ? Marbeuf avait fait appel à un célèbre inquisiteur de Lyon, Denis Saint-Vence.

— Un homme de triste mémoire, commenta Antoine Dupas. Ce dominicain avait une réputation de tueur, ou de purificateur selon qui en parlait. Je ne savais pas qu'il avait officié à Grenoble.

— Les seuls écrits qui ont traversé les siècles sont les notes rédigées par mon aïeul. Il a assisté à ce procès. Toutes les autres minutes ont été détruites à la suite de la disgrâce qui a frappé Geoffrey de Marbeuf. Mais laissez-moi continuer. Le baron accusait Margot Malherbe d'avoir ensorcelé nombre de ses gens. Pour arriver à ses fins, il avait mis dans sa poche plusieurs villageois en leur promettant sans doute diverses récompenses ou en les menaçant s'ils ne coopéraient pas. Rien de bien original. Par contre, il aurait également laissé entendre que Margot Malherbe et ses ancêtres avaient dépouillé la famille Marbeuf d'une partie de sa fortune depuis le jour où le sceau leur avait été accordé.

— L'accusation était-elle fondée ? interrogea Nadia, accrochée par les derniers mots de leur hôte.

— Je ne sais pas. La sorcière a nié jusqu'à son dernier souffle. La femme a été passée à la question et a sans doute fini sur le bûcher, sans rien avouer. Mon aïeul ne le précise pas. Peu de temps après, Geoffrey de Marbeuf a quitté précipitamment ses terres et son château a été rasé. Étonnamment, je n'ai trouvé nulle trace officielle d'un événement aussi important pour l'histoire de la région. Quel crime avait-il pu commettre ? C'est encore un mystère.

Un silence succéda aux derniers mots de Spadaz. Au même moment, la fenêtre s'ouvrit et un courant d'air fit vaciller la flamme des bougies. Si Nadia avait été superstitieuse, elle y aurait décelé la présence des âmes en peine des victimes. Pragmatique, elle était déçue par le tour qu'avait pris la conversation. Elle avait espéré qu'une partie du mystère se lèverait, mais il n'en était rien. Que pouvait-elle tirer de cette narration, à supposer qu'elle soit historiquement exacte ? Elle s'adressa à leur hôte :

— Quelle crédibilité accordez-vous à ce récit de fortune détournée, monsieur Spadaz ?

— Je vous donnerai mon avis dès que vous m'aurez indiqué la provenance de votre document, répondit l'historien. Comme promis, ajouta-t-il.

— Ce tatouage a été photographié sur le corps des deux femmes qui ont été torturées et assassinées ces derniers jours à

Grenoble. Pour être franche, je compte sur cet indice pour avancer dans mon enquête.

Ce fut au tour de Spadaz de prendre de longues secondes pour réfléchir.

— Même si je ne m'intéresse que modérément aux faits divers, j'ai entendu parler de ces deux meurtres. Je comprends mieux votre présence. Maintenant, vous vous demandez à qui profite le crime. Vous vous dites, sans doute à juste titre, que la présence de ce sceau pourrait être la preuve que les deux victimes sont des descendantes de Margot Malherbe. Vous imaginez que, près de quatre siècles après la fin tragique de leur aïeule, leur exécution n'est pas le fait d'un assassin frappant au hasard. L'existence de ce trésor fantôme serait-elle la cause de leur mort violente ?

— Entre autres choses, effectivement. Pour revenir à ce trésor, vous y croyez ?

— Sincèrement, je n'imagine pas les Malherbe en train de vider les coffres de leurs protecteurs. Quel bénéfice ces femmes dévouées au service de leur prochain en auraient-elles retiré ? J'entrevois trois possibilités. La première : Geoffrey de Marbeuf aurait dilapidé la fortune familiale et aurait cherché un bouc émissaire pour expliquer une situation financière déplorable. La seconde : pour une raison inconnue, le baron voulait nuire à Margot. La troisième enfin : le trésor n'est pas un amoncellement d'or et de bijoux, mais a une tout autre valeur, un testament, un grimoire de magie, le secret de la pierre philosophale, qui sait ? Tout est ouvert, même si j'ai un penchant pour la dernière hypothèse.

— Ce serait donc pour une rumeur propagée en 1615 que deux femmes auraient été tuées. Cela n'a pas de sens, conclut l'OPJ.

— Cela en a d'autant moins que, d'après les écrits de mon aïeul, Margot n'a laissé personne derrière elle. Pourquoi, alors, vos deux victimes avaient-elles ce blason multicentenaire tatoué sur le corps ? ajouta Spadaz.

Nadia balaya l'interrogation d'un revers de main. Elle était venue pour trouver des réponses, mais elle ne repartirait qu'avec des questions supplémentaires. Alors qu'elle s'apprêtait à se lever, Hubert Spadaz la retint :

— Expliquez-moi comment ces femmes ont été tuées. Dites-moi tout ce que vous savez sur les blessures qui leur ont été infligées.

Au point où elle en était, Nadia pouvait dévoiler ces informations à son hôte. Ce ne serait sûrement pas lui qui irait prévenir la presse. Avec un maximum de détails, elle résuma les rapports du médecin légiste. Au fur et à mesure de la description, elle vit le visage de Spadaz se transformer. Quand elle eut terminé, il se leva et se dirigea vers la bibliothèque. Il prit son temps pour chercher un ouvrage et en retira un vieux livre à la couverture racornie.

La tombée de la nuit était accélérée par la neige qui continuait à envelopper la montagne. La lumière de la pièce était de plus en plus ténue. Seul le tic-tac d'une horloge séculaire rompait le silence imposé par Spadaz. La mise en scène n'amusait plus la policière, mais elle savait que leur hôte allait faire une révélation importante. Il posa le recueil sur la table et, d'une voix doctorale, s'adressa à elle :

— *Malleus Maleficarum*, ou *Le Marteau des sorcières* en français. Écrit en 1486 par deux dominicains, Henry Institoris et Jacob Sprenger, ce fut le bréviaire des chasseurs de sorcières pendant deux siècles à travers toute l'Europe. Même si l'Église l'a rapidement rejeté, il n'en est pas moins devenu le livre de chevet des inquisiteurs. Cet exemplaire en latin a été édité en 1620 à Lyon. La première partie de ce document traite de la nature de la sorcellerie. L'auteur explique comment les représentantes du sexe faible, du fait de leur intelligence moindre et de leur appétence pour les choses de la chair, étaient facilement susceptibles de tomber sous le charme de Satan et de s'offrir à lui. Entre nous, vous auriez fait une magnifique victime pour les inquisiteurs, chère amie, une Égyptienne de choix, digressa-t-il. Belle et trop indépendante : la cible parfaite. Heureusement que vous vivez au XXIe siècle.

— On ne brûle plus les femmes aujourd'hui, mais le traitement qui leur est réservé dans certaines communautés ou milieux sociaux n'est guère plus enviable, monsieur Spadaz, ne put s'empêcher de répondre Nadia. Parce qu'ils ne savent pas contrôler leurs instincts, les hommes mettent sur le dos des femmes les démons qui leur font perdre pied. Et la seconde partie de ce livre ?

— La seconde partie est celle qui nous intéresse. Institoris décrit avec précision l'art de capturer les sorcières, d'instruire leur procès, de ne pas succomber au charme de leurs mensonges et de leur faire avouer leur commerce avec Satan. Certes, la responsabilité de la « question » était laissée aux autorités civiles, mais le rituel en était parfaitement codifié. La confirmation ultime que recherchaient les inquisiteurs était le *stigma diaboli*, ou marque du diable.

Nadia comprit où voulait en venir son interlocuteur, mais ne l'interrompit pas.

— Une sorcière qui avait pactisé avec le démon était censée posséder sur son corps une zone insensible qui pouvait se dissimuler dans les parties les plus intimes de son anatomie. Cette trace était la preuve de l'accord passé avec Satan. À l'aide d'une aiguille, le bourreau la piquait jusqu'à trouver ce point qui ne la ferait pas réagir. Une fois cette marque découverte, la culpabilité de la pauvre fille était établie.

— Vous êtes donc en train de m'expliquer que le taré qui a assassiné ces deux femmes leur a infligé des supplices venus tout droit du XVIIe siècle ?

— Tout à fait. Il s'est même glissé dans la peau d'un inquisiteur. Il a sans doute puni ses victimes d'un crime qu'une sorcière aurait commis il y a presque quatre cents ans.

— Mais pourquoi ? s'exclama Nadia, pourtant convaincue que son interlocuteur n'en aurait aucune idée.

Hubert Spadaz ne répondit pas. Nadia attrapa son regard et ne le lâcha pas. Cet homme en savait plus qu'il ne voulait bien le dire. Le face-à-face dura longtemps. Nadia ne ressentait plus le froid. Spadaz la jaugea. Il aima la volonté farouche qu'elle dégageait, la rage qu'elle cachait sous un contrôle de façade. Il ferma les yeux le premier et se décida à lui apporter son soutien :

— Je ne vous ai pas précisé que le texte de mon aïeul fait référence à un homme ayant défendu Margot Malherbe au cours de son procès. Un jeune Italien, moine et fils d'une grande famille romaine, du nom d'Antonio Savelli. Il a quitté le village de Saint-Joseph à la mort de Margot. Peut-être Antonio a-t-il noté quelque part des informations complémentaires sur ce qui était arrivé dans ce petit territoire des Alpes ? Tentez votre chance.

— Antonio Savelli, mémorisa la policière. Je vais remonter sa piste.

28

Photo

Nadia Barka poussa un soupir de contentement en voyant le message qui venait de s'afficher sur l'écran de son ordinateur. Charlotte Corona avait enfin retrouvé la photo évoquée lors de leur entrevue lyonnaise, le fameux cliché qui avait momentanément refroidi ses relations avec Isabelle Desmondières. L'officier parcourut d'un regard rapide les quelques lignes écrites par son interlocutrice et ouvrit le fichier joint. Huit individus, pris au téléobjectif, bavardaient sur les trottoirs enneigés de Grenoble. Nadia sursauta en découvrant qui discutait avec Isabelle : Pascaline Morseaux. Les victimes se connaissaient donc ! Fébrilement, elle agrandit l'image et observa les personnages. Deux femmes, de dos et coiffées de bonnets : impossible de les reconnaître. Sur les quatre hommes, deux étaient identifiables alors que les autres étaient cachés par le petit groupe. L'un des visages lui était vaguement familier, mais elle était incapable d'y associer un nom. Elle lança plusieurs impressions de la photo. Elle allait les faire circuler et recueillerait certainement des renseignements. Elle leva les yeux en entendant Étienne entrer dans son bureau.

— Tu as des nouvelles de Tancrède ? lui demanda-t-elle.

— Son état s'est amélioré. Il est sorti du coma. Les toubibs sont optimistes.

— Super nouvelle. Et Bachar Kerouad, vous l'avez coffré ?

— Non, la BRI n'a toujours pas mis la main dessus. Je ne comprends pas comment il a pu nous échapper ! À l'heure qu'il est, il a dû se planquer dans la région. Autant chercher une aiguille dans une botte de foin !

Il jeta un œil sur la feuille qui sortait de l'imprimante et, surpris, interrogea sa compagne :

— Qu'est-ce que tu fais avec une photo de Jacques Vertufoy ?

Au nom du fonctionnaire, elle réagit instantanément.

— Vertufoy, tu en es sûr ? C'est lequel ?

— Celui avec le manteau gris et la chapka qui regarde l'objectif.

Sans un mot, Nadia contempla le visage de l'homme qui lui pourrissait la vie actuellement. Elle était profondément concentrée.

— Je l'ai déjà vu, mais où ? murmura-t-elle.

— Dans un journal, peut-être ? tenta son compagnon.

— Non, ce type ne fait pas la une des médias. Laisse-moi réfléchir, intima-t-elle en fermant les yeux.

Le capitaine Fortin attrapa la photo et examina le groupe en pleine discussion. Intrigué, il se dirigea vers le mur où Nadia avait accroché les portraits des deux femmes assassinées et les reconnut. Même s'ils évitaient de parler de leurs affaires en dehors du travail, Nadia lui avait expliqué le brouillard dans lequel elle tournait désespérément en rond. Découvrir Vertufoy en compagnie d'Isabelle Desmondières et de Pascaline Morseaux était totalement inattendu ! Il tenta d'identifier le quatrième personnage qui faisait face à l'objectif, mais l'inconnu n'éveillait en lui aucun souvenir.

— Ça y est, je sais où je l'ai vu ! hurla pratiquement Nadia. Quel salopard ! La perversion doit se transmettre par les gènes.

— Tu pourrais être un peu plus précise ? J'ai du mal à suivre, là.

— Je l'ai croisé à Lyon la semaine dernière… même percuté, d'ailleurs. J'étais allé entendre la collaboratrice d'Isabelle Desmondières et nous avions déjeuné ensemble. À la sortie du restaurant, un type, du genre à te prendre pour une sous-merde si tu ne viens pas de son milieu, m'a bousculée. Non seulement il ne s'est pas excusé, mais il m'a traitée de pute sous prétexte que je m'étais habillée… en femme, comme tu me le dis parfois. C'est Charlotte qui m'a convaincue de ne pas lui mettre une claque, ajouta-t-elle, tremblant à nouveau en repensant à la scène.

Étienne s'approcha de sa compagne et lui passa un bras autour des épaules. Elle se raidit, mais ne tenta pas de s'échapper. Elle avait les nerfs à fleur de peau. Elle ne lui avait jamais parlé de cet incident. La policière était régulièrement insultée durant ses missions, mais elle considérait que cela faisait partie de son boulot. Elle avait affaire à des individus, souvent rustres, qui ne voyaient en elle que la représentante de l'autorité. Par contre, cette humiliation publique avait dû profondément la blesser.

— C'est clairement un trou du cul taille XXL, mais pourquoi le traites-tu de pervers ?

Nadia se ressaisit :

— Une jeune femme l'accompagnait. Elle aurait pu être collégienne, mais elle était déguisée comme une escort-girl de luxe : jupe minimaliste, veste en fourrure et escarpins de plus de dix centimètres. Je me suis demandé un instant si c'était sa fille, mais j'ai vraiment des doutes. Je ne permettrai jamais à Adèle de s'habiller comme ça quand elle aura le même âge.

— Vertufoy n'a qu'un fils, assura Étienne.

La policière se redressa.

— Donc ce haut fonctionnaire français est bien un pervers. Il se tape des gamines dans la journée.

Étienne Fortin esquissa un rictus mauvais pendant une fraction de seconde. Depuis le démantèlement de la filière Kerouad, il avait passé plusieurs heures à étudier le cas de Jacques Vertufoy. Ses recherches étaient à la limite de la légalité, même totalement illégales, mais il ne supportait pas de voir Nadia dans cet état. Il voulait trouver un point faible dans la cuirasse du fonctionnaire. Certes, il désapprouvait la violence de Nadia durant l'interpellation des violeurs, mais elle avait été sanctionnée et l'avait accepté. Cependant, Stéphane Vertufoy était aussi coupable que ses trois acolytes, et devait payer comme les autres. L'attaque menée par la famille Vertufoy contre Nadia était indigne. La mise en cause de l'intégrité morale et mentale de la policière pour couvrir une agression sexuelle était bien pire que la correction qu'elle avait infligée aux quatre voyous. Il s'était promis d'arrêter cette mise en examen, quitte à en subir les conséquences. Il résuma succinctement le CV du haut fonctionnaire :

— Jacques Vertufoy est un type ambitieux. Il est très impliqué dans le monde politique, même si, à cinquante ans, il n'a encore jamais tenu de tout premier rôle au niveau national. C'est le principal conseiller du préfet de Lyon. Il faut lui reconnaître l'art de se faire des amis. Le réseau de connaissances de sa belle-famille l'a aussi bien aidé. Il s'est marié avec l'unique héritière d'un grand industriel lyonnais. Elle a donné naissance à leur fils Stéphane, il y a vingt ans. D'après ce que j'ai appris, Vertufoy trompe copieusement son épouse, mais ils jouent au couple modèle à chaque réception mondaine.

— Elle ne se révolte pas ?

— Je n'ai pas eu le temps de savoir si elle avait aussi des amants ou si elle se drapait dans une posture de femme trompée mais digne. Quoi qu'il en soit, je n'ai pas entendu dire qu'il abusait de mineures. Connais-tu l'âge de la fille ?

— Non, bien sûr, Étienne, commenta Nadia en haussant les épaules. Je ne l'ai pas interpellée pour un contrôle d'identité. Mais le contraste entre son allure et la jeunesse de son visage était vraiment choquant. Je lui donnerais seize ans tout au plus.

— Si Vertufoy couche avec une mineure, il est tout de même étonnant qu'il s'affiche avec elle en plein jour dans Lyon.

— Une limousine les attendait, à une vingtaine de mètres de la sortie de l'immeuble. Elle a quitté le nid avant lui. Il a juste fait l'erreur d'être grossier. S'il s'était poliment excusé, j'aurais totalement oublié son visage. Mais pourquoi t'intéresses-tu à ce type ? ajouta-t-elle.

— Tu t'en doutes bien, répondit-il avec un sourire entendu.

Nadia lui rendit une grimace crispée. Elle oscillait entre l'agacement de voir Étienne se mêler de ses affaires et le soulagement de savoir qu'elle n'était pas seule face à la machine judiciaire. Elle regarda les yeux bruns de son compagnon et y lut une compassion qui la toucha malgré elle. Depuis combien de temps ne l'avait-elle pas considéré ainsi, enfermée dans ses tourments et ses contradictions ? « On s'en sort seul », lui avait dit son père. Elle n'arrivait pas à écarter ce mantra qui lui pourrissait la vie. Elle se recentra sur leur affaire.

— Avec cette photo, je convoque Vertufoy dès demain et je ne le lâcherai pas avant qu'il ait craché le morceau.

— Tu ne vas pas le faire, commenta calmement Étienne, et tu le sais bien. Il viendra avec son avocat et aura eu le temps de trouver une explication. Il te dira par exemple qu'il connaissait Isabelle Desmondières en tant que chef d'entreprise et qu'il avait déjeuné avec elle. Il y aura bien sûr deux ou trois témoins irréprochables pour confirmer cette version. Par ailleurs, si c'est toi qui le convoques, il va jouer sur du velours et clamer à la terre entière que tu tentes de te venger de ta mise en examen.

Nadia grommela :

— Tu as raison, et ça fait chier. C'est quand même un témoin de premier ordre. Cette photo est le premier lien officiel entre les deux victimes. Ce type connaît peut-être l'assassin, Étienne ! Nous n'avons pas le droit de laisser passer l'occasion de progresser sur l'enquête. Si ce n'est pas moi qui l'interroge, demandons à Mazure.

Étienne réfléchit quelques instants.

— Même s'il ne faut pas écarter définitivement l'hypothèse d'une rencontre innocente, l'option de l'aventure sexuelle entre Vertufoy et Isabelle est plus que plausible. Du coup, même s'il a des informations qui aideraient à trouver l'assassin, il ne les dévoilera pas. Cela serait reconnaître indirectement ses frasques. Sa belle-famille réagirait sans aucun doute au scandale, ce qui nuirait forcément à sa carrière politique.

— Tu penses donc que l'interroger ne nous apprendra rien, continua Nadia.

— Tout à fait. À mon avis, il vaut mieux garder cette photo sous le coude et le filer discrètement dans les jours qui viennent. Il a le feu au cul, à nous d'y passer un coup d'extincteur.

— L'idée me plaît. Cela dit, je me vois mal demander au juge d'instruction la mise en place de la surveillance d'un haut fonctionnaire de la République au motif… d'une intuition féminine. Inutile d'ajouter que des gens bien-pensants s'offusqueraient du harcèlement d'un bon citoyen français par une policière aux tendances violentes et psychotiques.

— J'imaginais quelque chose de plus discret.

Nadia fronça les sourcils, ne comprenant pas où son compagnon voulait en venir. Elle l'invita d'un geste du menton à continuer.

— Hier, j'ai repris contact avec des amis de Lyon. Certains me doivent quelques services.

— Toi, Étienne, tu fréquentes la pègre lyonnaise ? s'exclama Nadia.

— Qui te parle de la pègre ? Ils sont dans la police.

— C'est quoi cette histoire de service ?

— Rien qui remette en cause leur probité ou la mienne, rassure-toi. Je les avais sacrément aidés lors d'une enquête en 2010. Il est juste question de solidarité entre collègues. En plus, cela me donnera l'occasion de revoir l'un de mes potes. Suite à ce que j'avais appris sur Vertufoy, je voulais en savoir un peu plus sur ses virées nocturnes. Avec ce soupçon de pédophilie et cette photo, cet enfoiré mérite que l'on s'intéresse à lui de très près.

— Mais enfin, Étienne, placer un type de son acabit sous surveillance demande des moyens que tes copains ne seraient pas capables de mobiliser sans se faire rapidement repérer par leur hiérarchie, s'insurgea Nadia.

— Fais-moi confiance. Je ne te promets pas des miracles, mais, qu'il le veuille ou non, cet homme bien sous tous rapports va nous cracher quelques-uns de ses secrets.

Nadia avait peine à croire au discours de son ami. Lui, qui était l'honnêteté même, semblait prêt à s'impliquer dans des opérations réprouvées par le règlement pour l'aider à s'en sortir. Ce sacrifice la remua. Elle lui passa les bras autour du cou.

— Mais, Nadia, nous sommes au boulot.

— La porte est fermée.

— C'est vrai, mais la paroi est vitrée.

— Je m'en fous.

Elle approcha ses lèvres des siennes et l'embrassa.

29

Antonio Savelli

Nadia Barka traversa le hall de la gare. Elle regarda la femme qui mendiait devant une porte d'entrée, un enfant à moitié endormi dans les bras. La mère en elle eut pitié de ce couple forcé à traîner sur le goudron à longueur de journée, la policière se révolta contre le peu de moyens qu'ils avaient pour combattre les réseaux mafieux qui exploitaient la misère. Elle continua jusqu'à la ligne de tramway, monta dans une rame et préféra rester debout plutôt que de s'asseoir sur un siège à la propreté douteuse.

Encore une piste qui s'évanouissait dans la nature. Nadia revenait de la région parisienne où elle avait rencontré la tante qui avait élevé Isabelle Desmondières et son frère à la mort de leurs parents. Elle n'avait rien tiré de l'entretien de cette femme frappée par la maladie d'Alzheimer. Elle regarda sa montre. Il était dix-neuf heures trente et elle arriverait à temps chez les Dupas. Antoine Dupas les avait mystérieusement conviés à dîner, sans donner la raison de son invitation. Quoi qu'il en soit, elle était heureuse de se retrouver avec Sophie et Julien. L'ambiance bon enfant qui régnait dans cette famille lui ferait du bien. Étienne avait récupéré Adèle et l'attendait sans doute déjà sur place.

Des éclats de voix attirèrent son attention à l'avant du tramway. Quatre individus avaient entouré une adolescente au style rebelle et l'importunaient sans vergogne. Aucun des passagers ne semblait voir la scène qui se jouait sous leurs yeux. Elle soupira et s'avança vers eux. Au moment où l'un des voyous commençait à promener sa main de façon insistante sur les hanches de la fille paniquée, elle lui saisit brusquement le poignet et pressa de son pouce le nerf médian. Le garçon cria et se retourna vivement. Il allait l'insulter quand il remarqua le regard glacial et la mâchoire crispée de la policière. Ses trois acolytes ne savaient pas comment réagir, inconsciemment apeurés par l'autorité qui se dégageait de cette femme étrange.

— Putain, arrêtez, ça fait trop mal votre truc ! finit par geindre le garçon dont le bonnet venait de tomber à terre.

— Quand elle t'a demandé de la laisser tranquille, tu l'as fait ? questionna Nadia en montrant de la tête l'adolescente qui reprenait des couleurs.

— On faisait rien de mal, on s'amusait juste, se justifia-t-il.

— Cela vous amusait, mademoiselle ?

— Pas du tout. C'est des gros relou qui se sentent forts parce qu'ils sont quatre contre une meuf seule.

Nadia remarqua que les trois comparses commençaient à s'agiter. Elle relâcha le garçon, sortit sa carte de police et la leur appliqua sous le nez.

— La prochaine fois que vous aurez envie de jouer de cette façon, je vous présenterai à mes collègues. Vous verrez, ils ont un sens de l'humour qui devrait vous plaire.

Ils descendirent à l'arrêt suivant, puis accompagnèrent le départ du tramway à grand renfort de bras d'honneur. Nadia secoua la tête, dépitée. Elle ne supportait plus ces incivilités quotidiennes.

— Je ne pensais pas dire ça un jour à un keuf, mais merci, m'dame, souffla l'adolescente avec un timide sourire.

Madeleine Dupas lui ouvrit dès le premier coup de sonnette. Un joyeux brouhaha provenait du salon.

— Antoine a déjà débouché la deuxième bouteille de champagne. Entrez vite ! Et attention à ne pas prendre de retard sur nous, l'accueillit-elle chaleureusement.

Nadia lui donna sa veste et pénétra dans l'appartement. Étienne riait avec Sophie et Antoine, alors qu'Adèle, dans les bras de Julien, essayait d'attraper le chat de la maison terrorisé par les cris de la fillette. Un tableau de famille idéal : si seulement la vie était aussi simple. Si seulement elle avait eu les parents de Sophie au lieu d'avoir les siens. Elle rejeta cette idée et saisit la coupe que lui tendait son hôte.

— Bienvenue, Nadia. J'espère que votre journée s'est bien déroulée.

— Pas exactement comme je le souhaitais, mais demain apportera sans doute d'autres pistes.

— Je vais aider le destin, lui glissa l'historien.

Alors qu'il s'apprêtait à lui dévoiler son secret, sa femme arriva, un plateau dans chaque main :

— Je n'ai eu ni le temps ni le courage de vous préparer un repas. J'ai donc fait appel à mon traiteur japonais préféré. Sushis pour tout le monde.

Elle remarqua le visage ennuyé de son mari et ajouta en souriant :

— Je suis passée spécialement à la charcuterie pour toi, mon amour. Voilà ta viande des Grisons.

Une fois l'assemblée rassasiée, Nadia se rapprocha de l'historien :

— Alors, Antoine, quel est le sujet dont vous souhaitiez m'entretenir ?

— Antonio Savelli...

— Le moine qui a défendu Margot Malherbe, n'est-ce pas ? reprit-elle aussitôt, l'intérêt soudainement aiguisé.

— Lui-même. Je me suis renseigné, et j'ai trouvé quelqu'un qui pourra vous guider dans votre enquête.

Sophie s'était approchée d'eux. Étienne et Julien étaient lancés dans l'évaluation des chances de l'équipe de Lyon en Coupe d'Europe alors que l'avocate se préparait à son futur rôle de grand-mère en jouant avec Adèle qui bâillait à s'en décrocher la mâchoire.

— La famille Savelli appartenait à la vieille noblesse romaine. Elle a donné de nombreux cardinaux à l'Église, ainsi qu'un pape,

Honorius III, élu au XIIIe siècle. À l'époque où se déroulent les faits, c'est-à-dire en 1615, elle est encore puissante et respectée. Qu'Antonio prenne la défense de Margot était un événement majeur à double titre. Tout d'abord, les procès en inquisition ne permettaient pas à l'accusé de disposer d'un avocat : il aurait été suspecté lui aussi de faire commerce avec le diable. Ensuite, Antonio Savelli n'était pas un moinillon mineur. Qu'est-ce qui a pu pousser cet homme à défendre une sorcière dans un procès somme toute banal ?

— D'après Spadaz, remarqua Nadia, cela n'a pas porté chance à la jeune femme.

— Il semblerait effectivement qu'elle n'ait pas échappé au bûcher, mais le combat a dû être rude. Quelques années plus tard, Antonio était nommé cardinal par Urbain VIII et reconnu comme un avocat des pauvres. Il a rejeté la richesse et les honneurs pour aider et éduquer les populations les plus misérables de la ville de Rome. Un homme épris de justice, qui a sans doute été choqué par l'iniquité du procès fait à la jeune paysanne.

— J'imagine qu'une telle personne a légué des écrits. Pensez-vous qu'on pourrait y avoir accès ? espéra Nadia.

— Tout cela n'est pas si simple, car les accès aux bibliothèques italiennes sont très réglementés. Par ailleurs, s'il a laissé des textes derrière lui, peut-être sont-ils restés dans sa famille ? C'est là que Sophie a eu une idée lumineuse.

— Comme souvent, mon petit papa, enchaîna la jeune femme. J'ai passé un coup de téléphone cet après-midi. Mon indic t'attend dès demain matin.

— Qui est-ce ? demanda Nadia, surprise par le numéro de duettistes.

— Le père Bernard de Valjoney, annonça Antoine Dupas. Vous le connaissez déjà.

L'OPJ se remémora aussitôt le visage du prêtre et son physique tout en rondeurs. Il l'avait aidée lors de l'enquête sur l'affaire Sartenas. Il avait su mettre Julien en contact avec sa mère. Nadia gardait le souvenir d'un homme intelligent et courtois. Même si elle s'était toujours considérée comme athée, l'idée de retravailler avec lui ne lui déplaisait pas. Sophie intervint à nouveau :

— Bernard a fait toute une partie de ses études au séminaire pontifical français de Rome. Il a conservé de nombreuses relations sur place, notamment dans le milieu des vieilles familles romaines. Il est d'accord pour t'aider dans tes recherches.

Nadia sourit à ses amis. Une piste s'était évanouie aujourd'hui, mais peut-être devait-elle fouiller le passé pour trouver la lumière ?

30

Chez le juge – Acte II

Nadia Barka avait décidé de se rendre à pied au palais de justice. Cela lui permettrait de faire le bilan de sa matinée. Elle avait tenu sa réunion matinale avec Mazure et son équipe. Le résultat avait été assez déprimant : les assassins semblaient s'être volatilisés. Aucun indice exploitable, aucun témoignage constructif. Les disques durs des ordinateurs des deux victimes avaient été passés au peigne fin, et rien n'avait été trouvé, si ce n'est des traces de connexion sur le Darknet qui reliaient Isabelle au club libertin du Gant de Velours. L'étude des échanges téléphoniques avait été plus instructive : certains de leurs interlocuteurs utilisaient des appareils enregistrés à l'étranger, malheureusement impossibles à localiser. Un simple amant de passage n'aurait pas pris ce luxe de précautions. Les meurtres d'Isabelle et Pascaline étaient donc des actions préméditées. Les policiers attendaient maintenant avec appréhension l'appel qui les dirigerait vers une nouvelle victime : pourquoi les assassins s'arrêteraient-ils en si bon chemin ? La descendance de Margot Malherbe pouvait être pléthorique. La seule nouvelle encourageante provenait du lieutenant Marco Della Rocca. Il avait reconnu l'individu qui faisait face à l'objectif : un dénommé Michel Plantain, qu'il avait déjà interrogé, mais qui lui avait affirmé n'avoir croisé Isabelle Desmondières que deux fois dans le club libertin. Le lieutenant lui rendrait une nouvelle visite dans la journée.

Personne n'avait identifié Vertufoy. Nadia avait préféré en parler en tête à tête avec son supérieur. En dépit des arguments de l'OPJ, Alain Mazure s'était montré inflexible et voulait à tout prix recueillir lui-même le témoignage du haut fonctionnaire. Il irait à Lyon pour le rencontrer. Nadia n'avait pas touché un mot du projet d'Étienne au commissaire.

Elle avait ensuite rejoint l'évêché pour répondre à l'invitation du père Bernard de Valjoney. Elle avait été contente de le revoir. Leur discussion avait duré une bonne heure, et Nadia en était sortie revigorée. Pourquoi n'y avait-elle pas songé plus tôt ? Quel meilleur conseiller pour la renseigner sur l'Inquisition qu'un membre de l'Église catholique ? Elle avait tout de suite compris que le père de Valjoney n'était pas un nostalgique de cette institution, pour peu qu'il en existât. Cependant, il l'aiderait peut-être à toucher du doigt le cheminement de la pensée des tueurs. Le prêtre lui avait surtout fait une proposition totalement inattendue. Il l'avait invitée à l'accompagner à Rome pour partir sur les traces d'Antonio Savelli. Nadia n'avait su que répondre et avait bafouillé un remerciement. Valjoney pouvait prendre quelques jours de congé et lui avait assuré qu'il reverrait avec plaisir ses anciens amis romains.

Plus elle avançait vers le palais de justice, plus cette suggestion, qu'elle avait d'abord trouvée farfelue, faisait son chemin. Elle devait aller à la source pour comprendre la motivation des tueurs. Une fois qu'elle aurait appréhendé le mobile, la situation s'éclaircirait. Au point où elle en était dans son enquête, deux ou trois jours d'absence ne devraient pas fondamentalement changer les choses. Par ailleurs, même si elle n'osait se l'avouer, quitter Grenoble pour découvrir Rome la tentait. Elle pourrait laisser en France le stress qui la guettait en permanence pour profiter de la douceur italienne. Elle en parlerait avec Étienne pendant le dîner.

À la vue de la cité judiciaire, son enthousiasme l'abandonna pour faire place à la nervosité. Le juge Napoléon Ledoyen les avait convoqués pour un second round. Elle avait passé deux heures avec Madeleine Dupas pour préparer sa défense. Nadia s'était demandé comment le rapport du pédopsychiatre avait pu se retrouver entre les mains de Simon Costa, l'avocat de Stéphane Vertufoy. Elle était mineure à l'époque des faits et ce document aurait dû disparaître depuis longtemps des circuits officiels. Encore un mystère qu'elle s'était juré d'éclaircir un jour.

Madeleine Dupas l'attendait devant le bureau du magistrat. Quelques mètres plus loin, la partie adverse était tranquillement assise. L'officier crut deviner un sourire narquois sur les lèvres de Stéphane Vertufoy, mais elle l'ignora. La greffière du juge les invita à entrer. Ils s'installèrent sur les mêmes sièges que la fois précédente. D'un geste théâtral, Napoléon Ledoyen sortit le dossier du fond d'un tiroir et le consulta en silence. La policière n'imagina pas un instant qu'il ait oublié les tenants et les aboutissants de l'affaire, mais elle avait décidé de ne marquer aucun signe d'agacement ou de colère. Madeleine avait insisté pour qu'elle casse l'image de psychotique que Simon Costa tentait de lui faire endosser.

— Alors capitaine Barka, entama-t-il en refermant le classeur, comment se passe l'expertise psychiatrique que j'ai ordonnée ?

— Je suis entrée en contact avec un médecin à Lyon, monsieur le Juge. Elle m'a accordé un rendez-vous pour la semaine prochaine.

— La semaine prochaine ? Les psychiatres sont des gens très demandés. Si nous étions aussi peu disponibles qu'eux, commenta le magistrat, où irait la justice de ce pays ? J'espère que ces rencontres vous aideront, capitaine.

— J'y veillerai, monsieur le Juge, répondit l'officier sans sourciller.

Napoléon Ledoyen s'adressa ensuite à Madeleine Dupas qui venait de sortir quelques feuillets de sa sacoche :

— Vous m'avez dit au téléphone que vous vouliez apporter des éléments supplémentaires à l'enquête. Vous avez la parole, maître.

— Je vous remercie. Lors de notre précédente rencontre, nous avons revu ensemble le rapport des policiers qui sont intervenus la nuit du viol, maître Costa nous a présenté les aveux des trois complices de son client et Stéphane Vertufoy a donné sa version des faits. Il manque cependant un témoignage majeur : celui de la victime elle-même. Si Simone Koné était trop choquée pour faire une déposition juste après sa terrible agression, elle est allée porter plainte la semaine dernière au commissariat central de Grenoble.

— Elle s'est enfin souvenue qu'elle avait proposé ses services contre paiement ? railla Simon Costa.

— En tant que mineure, elle avait jusqu'à l'âge de trente-huit ans pour porter plainte, répondit du tac au tac Madeleine Dupas. Elle est prête à témoigner devant la cour lors du procès. Puis-je vous lire quelques extraits, monsieur le Juge ?

— Allez-y, acquiesça Ledoyen d'un air vaguement ennuyé.

— « Quatre mecs sont arrivés vers moi. Ils m'ont dit qu'ils voulaient se taper une Black. J'ai alors proposé à deux de leur faire une fellation pour vingt euros. Ils étaient d'accord et on est allés au parking. J'ai pris les vingt euros et je leur ai dit de mettre une capote. Ils ont dit OK et je les ai sucés. Quand j'ai terminé, le troisième a voulu que je le fasse aussi. Je lui ai dit que c'était dix euros, mais il a dit que j'avais gagné assez d'argent et qu'il ne voulait pas mettre de capote. J'ai dit non, et il m'a quand même mis sa bite dans la bouche. Je me suis débattue, alors ils m'ont tous sauté dessus. J'ai crié et j'ai demandé d'arrêter de faire ça. Ils étaient fous, ils me faisaient mal. Il y en a trois qui m'ont violée, et un quatrième qui leur criait des choses en riant. Et puis la femme est arrivée. Ils m'ont lâchée et ils sont allés vers elle. Ils voulaient lui faire la même chose qu'à moi. Mais elle les a maravés. » Au vu de ce témoignage, monsieur le Juge, il apparaît plus que douteux que monsieur Vertufoy ait joué les chevaliers servants pour défendre Simone Koné. Il semblerait même, comme l'a raconté le capitaine Barka, qu'il ait participé à cette tournante. L'intervention de ma cliente était donc totalement justifiée.

— Je ne suis pas certain que les paroles de mademoiselle Koné aient toute la valeur que vous leur accordez, réagit l'avocat de Vertufoy. Vous imaginez bien que je me suis intéressé à elle. Simone Koné, seize ans, se prostitue depuis plus d'un an. Une fellation par-ci par-là, au rythme de ses besoins vestimentaires ou en échange d'une barrette de hachisch. Elle a déjà été arrêtée trois fois par la police dans le cadre de troubles à l'ordre public. Ses parents ne sont même pas venus la chercher après sa dernière interpellation. Elle est en échec scolaire et n'a pas mis les pieds dans son collège depuis plusieurs semaines. Nous n'avons donc pas affaire à une oie blanche, comme voudrait nous le faire croire ma consœur.

Madeleine Dupas intervint, très froide :

— Monsieur le Juge, il semblerait, à écouter mon confrère, que la prostitution légitime le viol. Permettez-moi d'exprimer ma plus violente indignation.

— Je refuserais évidemment ce genre de propos dans mon bureau, maître Dupas, mais je ne suis pas certain que maître Costa sous-entendait une telle ignominie.

— Absolument pas, monsieur le Juge, je vous prie d'accepter mes excuses si mes paroles ont été maladroites. Ce que je tenais à expliquer, c'est que Simone Koné dit uniquement « le quatrième leur criait des choses en riant ». Mon client criait en effet, mais pour demander à ses acolytes de soirée de cesser leurs exactions et non pour les inviter à quelque débauche. J'imagine tout à fait le stress qu'a pu subir la jeune Simone, mais supposer qu'elle avait perdu une partie de sa lucidité au moment des faits n'est pas lui manquer de respect.

— Bien, je l'interrogerai quand je le jugerai nécessaire, même si son témoignage n'a pas vraiment fait avancer ma compréhension de l'affaire. Maître Costa, vous avez, vous aussi, demandé à me soumettre une pièce complémentaire. Je vous écoute.

Nadia regarda son amie, inquiète. Après le dossier médical sur son enfance, elle craignait le pire.

31

Lingerie

Avec des gestes lents, Simon Costa ramassa sa serviette et en sortit un document qu'il posa devant lui.

— Pour justifier son intervention et la violence des coups qu'elle a assénés à Stéphane Vertufoy, le capitaine Barka a tenté de nous faire croire que mon client avait participé à l'agression au même titre que les trois autres individus. Elle a même fait allusion à une vidéo qu'il aurait prise avec son smartphone. Malheureusement pour l'enquête, elle n'a pas pensé à mettre ce téléphone sous scellés et ne peut donc que porter des allégations. Ce film n'a évidemment jamais existé, mais monsieur Vertufoy a récupéré son appareil. J'ai ici la copie d'une photo qu'il a réalisée alors que le capitaine Barka était en train de les provoquer. Je vous laisse la découvrir. Elle vous fera sans doute reconsidérer les propos de cet officier de police aux méthodes d'un autre temps.

Costa retourna la feuille et la passa au magistrat. Celui-ci la regarda et son visage se décomposa. D'une voix tremblante de colère, il la tendit à Nadia :

— Avez-vous quelque chose à répondre à cela ?

La femme saisit le cliché et l'observa. Elle était à côté de l'un de ses agresseurs. La lumière était faible, mais la qualité de l'image était suffisamment bonne pour ne pas laisser de doute sur la scène. Son blouson était ouvert jusqu'au nombril, et un soutien-gorge rouge en dentelle mettant en valeur ses seins semblait occuper tout l'espace. Elle regarda la feuille quelques secondes puis éclata de rire. Elle tendit la photo à Stéphane Vertufoy :

— En plus de vos dons de mythomane, monsieur Vertufoy, je dois reconnaître que vous maniez Photoshop avec talent.

— Ce qui signifie ? demanda le juge d'une voix glaciale.

— Que c'est un montage grotesque, monsieur le Juge. Pensez-vous un instant que c'est le genre de tenue que je porte lorsque je suis en intervention ? Monsieur Vertufoy a dû nourrir son imaginaire à coups de films pornographiques !

— Cette photo est encore sur le smartphone de mon client, reprit Costa.

— Nous avons suffisamment de spécialistes en informatique pour savoir ce que valent ces images, maître Costa, s'interposa Madeleine Dupas. Puisque le téléphone de monsieur Vertufoy est toujours là, et c'est une bonne nouvelle, je propose que vous le mettiez à la disposition des services compétents. Ils en tireront toute la substantifique moelle.

— Je... je me le suis fait voler ce matin dans le tramway, annonça piteusement Stéphane Vertufoy.

— Décidément, la chance n'est pas avec nous, ironisa l'avocate.

— Assez avec ces enfantillages ! coupa Ledoyen. L'accusation portée par maître Costa est grave. Si cette photo est réelle, l'interpellation menée par un officier de police dans ces conditions peut alors être considérée comme une agression... même si cela ne retire en rien la gravité du viol qu'a subi mademoiselle Koné, ajouta-t-il à l'adresse de Madeleine Dupas. Si par contre c'est un montage, comme le prétend le capitaine Barka, c'est une tentative de tromperie de la justice, qui sera punie comme elle le mérite.

— Faites vérifier ce cliché par vos experts, monsieur le Juge, et vous verrez qu'il est tout ce qu'il y a de plus véridique, conclut Costa, sûr de son fait.

Madeleine Dupas jeta un rapide coup d'œil vers la poitrine de sa cliente, qui hocha subrepticement la tête. Elle prit la parole :

— Ce procédé est glauque et indigne du comportement d'un avocat, maître Costa, même si je doute de plus en plus de votre déontologie. Le capitaine Barka est prête à tout pour prouver sa bonne foi. Peut-être souhaiteriez-vous voir si elle ne porte pas ce sous-vêtement aujourd'hui, monsieur le Juge ? ajouta-t-elle en s'adressant au magistrat.

Napoléon Ledoyen se mit à rougir, pris de court par la proposition de l'avocate. Son regard se perdit sur les courbes du buste de Nadia. Il ne savait comment se sortir de cette provocation. Une idée lui vint :

— Je ne vais pas demander à madame Barka de se déshabiller devant nous. Cependant, pour répondre favorablement à votre proposition, ma greffière assurera la vérification.

Nadia se leva et accompagna la fonctionnaire dans une pièce contiguë. Simon Costa ne s'était pas attendu à ce que les événements tournent ainsi. Il se retourna quand la policière revint dans le bureau.

— Alors ?

— Madame Barka ne porte pas de soutien-gorge rouge, monsieur le Juge.

— Très bien, très bien, commenta le magistrat qui considérait le comportement des deux femmes comme une provocation personnelle.

Elles n'auraient pas le dernier mot avec lui.

— J'ai apprécié votre volonté de coopération, et je vous propose de la pousser un peu plus loin. Une personne coquette comme vous, capitaine Barka, possède sans aucun doute une collection complète de sous-vêtements. Afin de pouvoir envisager avec le maximum d'objectivité votre théorie sur la photo maquillée, je souhaiterais tout d'abord vérifier votre garde-robe.

— Entendez-vous par là, monsieur le Juge, que vous voulez fouiller dans la lingerie intime du capitaine Barka ? s'exclama l'avocate.

— Pas forcément si intime, au vu de la photo, persifla le magistrat. Rassurez-vous, ce n'est pas moi qui déballerai le contenu du tiroir. Cependant, quelle meilleure preuve d'innocence pour le capitaine Barka que de montrer qu'elle ne possède pas un tel soutien-gorge ? Afin de faire au plus vite la lumière sur cette affaire, je propose que nous nous rendions tout de suite au domicile de votre cliente. Ma greffière nous accompagnera : c'est elle qui fera la vérification.

Nadia sentit une boule de plomb s'installer dans son estomac. Elle réussit malgré tout à conserver un air impassible. Elle devait gagner du temps pour trouver une idée. Madeleine Dupas commença un plaidoyer perdu d'avance contre le juge, mais il fallait que Nadia reprenne ses esprits. Le juge l'interrompit :

— Je suis certain que le capitaine Barka, en tant que policier émérite, comprendra que je lui propose le meilleur moyen pour effacer les soupçons qui pourraient entacher sa réputation.

— Si c'est le seul moyen de prouver mon innocence, j'accepte votre demande, monsieur le Juge. Quand souhaitez-vous venir chez moi ?

— Mais tout de suite, voyons. Ma greffière va décaler mes rendez-vous de l'après-midi.

— C'est que… l'appartement n'est pas vraiment bien rangé, bafouilla Nadia.

— Cela n'a aucune importance, répondit aussitôt le juge avec une fausse bonhomie. Je ne visite pas pour acheter. Bon, allons-y. Laissez-moi quelques minutes pour une affaire personnelle et nous partons. Au fait, capitaine, pourriez-vous me remettre votre téléphone ? Je voudrais être certain que vous ne soyez pas tentée d'appeler quelqu'un.

Sous le regard victorieux de Stéphane Vertufoy et de son avocat, elle tendit son smartphone à la greffière.

— Attendez-moi dans le couloir, ordonna le juge.

— J'espère que vous ne comptez pas emmener avec vous maître Costa et son client, répliqua froidement Madeleine Dupas.

Elle affronta Napoléon Ledoyen quelques secondes.

— S'ils veulent venir avec nous, ils le pourront, mais ils resteront en bas de l'immeuble pendant la perquisition.

Madeleine Dupas et Nadia quittèrent le bureau pour attendre dans le couloir. Nadia lui glissa doucement :

— Je sais que ce que je vais vous demander est illégal, mais tant pis. Étienne est en mission et ne sera pas joignable. Appelez votre fille, elle a les clés de chez moi. Dites-lui d'aller dans ma chambre et de récupérer le soutien-gorge sur l'étagère du haut de l'armoire.

L'avocate remarqua la lueur de panique qui brilla un instant dans les yeux de Nadia. Elle hocha la tête et s'écarta de quelques mètres.

32

Perquisition

Les mains tremblantes de nervosité, Sophie s'y reprit à trois fois avant de réussir à ouvrir la porte de l'appartement. Juste après l'appel de sa mère, elle avait attrapé les clés du domicile d'Étienne et Nadia et s'était précipitée dans la rue pour récupérer sa Clio. Quand elle avait vu que sa voiture était bloquée par un véhicule de livraison, elle avait klaxonné pendant plusieurs minutes, sans tenir compte des mines excédées des passants. La tension montait : au ton de l'avocate, Sophie avait compris que son amie était dans une situation critique. Le chauffeur avait fini par sortir, déplacer sa camionnette et lâcher une remarque désobligeante à la jeune femme. Pour la première fois de sa vie, Sophie avait répondu par une insulte cinglante : la magie de l'automobile sans doute. L'homme n'avait pas su comment réagir, et Sophie avait manqué de l'écraser en quittant sa place, le pied au plancher. Elle s'était ensuite garée sur le trottoir, gênant le passage des piétons. Si elle prenait une contravention, son amie la lui ferait sauter. Un serveur de pizzeria avait commencé à la sermonner, mais elle lui avait montré son ventre qui s'arrondissait, fait un rapide sourire et s'était éloignée en courant.

Elle repoussa la porte et se dirigea vers la chambre à coucher. Elle ouvrit l'armoire et trouva la lingerie de Nadia sur l'étagère du haut. Elle repéra le soutien-gorge rouge en dentelle et referma le meuble. Tout s'était bien déroulé. Elle n'avait plus qu'à repartir avec la pièce à conviction et le tour était joué. Nadia lui expliquerait plus tard la raison de cette mission commando. Soudain, à travers la fenêtre entrebâillée, des bruits de voix montèrent jusqu'à elle. Elle reconnut le ton péremptoire qu'utilisait sa mère quand quelque chose ne lui plaisait pas. Elle avait volontairement parlé trop fort pour la prévenir. Le soutien-gorge à la main, elle s'affola. Elle avait trente secondes pour le cacher. Elle vit la couette qui recouvrait le lit, légèrement froissée. Une idée lui traversa l'esprit.

— Après vous, capitaine, annonça le juge avec une galanterie de façade.

Il jubilait intérieurement. Il allait pouvoir démontrer que la justice savait protéger les citoyens de tous les abus policiers tout en rendant service à Jacques Vertufoy. Par ailleurs, rabattre le caquet de cette insupportable Madeleine Dupas lui procurerait un véritable plaisir. Quant à l'OPJ, elle récolterait ce qu'elle méritait. Il était persuadé qu'elle était assez perverse pour avoir provoqué le fils du haut fonctionnaire : lui-même, pourtant droit et foncièrement honnête, avait eu des pensées troubles en la côtoyant. Il croyait en la version de Stéphane Vertufoy et récupérerait dans quelques minutes la preuve qui lui manquait. La greffière, visiblement embarrassée, regarda Nadia. En quittant le palais, Napoléon Ledoyen avait réquisitionné une policière stagiaire qui n'avait pas eu le temps de comprendre ce qui lui arrivait.

— Ah, Nadia, tu es déjà là ! s'exclama Sophie en sortant du salon. Oups, désolée, tu n'es pas seule. Je ne voudrais pas vous déranger.

— Qui êtes-vous ? demanda le magistrat, étonné par cette apparition inattendue.

— Et vous ? répondit du tac au tac la jeune femme.

— Je suis le juge Ledoyen.

— Sophie Lombard.

Puis, s'adressant à son amie en ignorant manifestement Ledoyen, elle continua :

— Je m'ennuyais à la maison, alors j'ai profité du beau temps pour faire un peu de marche et te rapporter ton bouquin de Laurence

Pernoud, *J'attends un enfant.* Je ne pensais pas qu'avoir un bébé apportait autant de félicité.

— Avoir un enfant est une chose merveilleuse, chère madame, enchaîna Madeleine Dupas, mais ce livre est incomplet. Il y manque les chapitres sur les dents qui percent, les fesses irritées, les nuits blanches, les cauchemars, les allergies au lait maternisé et vos kilos qui seront toujours prêts à revenir subrepticement.

La greffière lâcha un petit rire. Le magistrat était sidéré. Il avait l'impression qu'on lui avait monté une pièce de théâtre, ce qui était impossible. Il ne prit pas le temps de philosopher sur les femmes et demanda sèchement à Nadia :

— Veuillez nous montrer l'endroit où vous rangez vos sous-vêtements.

— Suivez-moi dans ma chambre.

Comme elle laissait le juge entrer en compagnie de la greffière, elle regarda subrepticement Sophie. Sous le profil rieur de son amie, elle décerna une tension qui se décupla en elle. La jeune stagiaire de police était restée dans le salon.

— Indiquez-nous où nous devons chercher.

— Dans l'armoire, tout en haut.

— Jacqueline, ordonna-t-il à sa collaboratrice, veuillez déposer tout ce que vous trouverez sur le bureau.

Avec des gestes empruntés, la greffière descendit précautionneusement une trentaine de slips et une dizaine de soutiens-gorge. Nadia respira un peu mieux quand elle s'aperçut que Sophie avait eu le temps de retirer la pièce à conviction.

— Alors ? demanda Nadia.

— Il n'est pas là, répondit vivement le magistrat soudainement agacé. Mais il peut être caché ailleurs, ajouta-t-il en jetant un regard torve à Sophie qui l'observait innocemment.

— Avez-vous un sac où vous rangez votre linge sale ?

Nadia comprit qu'il n'était pas prêt à abandonner et passerait toute sa maison au peigne fin, jusqu'à ce qu'il trouve ce qu'il cherchait. Sophie n'avait pas eu le temps de le sortir de l'appartement.

— Dans la salle de bains, juste en face.

— Jacqueline, s'il vous plaît.

Nadia eut pitié de la greffière.

— Je vais le trier, suivez-moi.

Une minute plus tard, les deux femmes réapparurent et Jacqueline hocha la tête négativement.

— Alors, fouillez-moi l'armoire, lança hargneusement Napoléon Ledoyen.

Madeleine Dupas intervint :

— Il ne conviendrait pas, monsieur le Juge, que cette perquisition consentie par le capitaine Barka tourne au harcèlement.

— Je peux revenir avec un mandat et retourner l'appartement de fond en comble, si vous le souhaitez, cracha le magistrat dont le vernis de savoir-vivre venait de voler en éclats. Malgré vos dénégations, je suis persuadé que cette photo n'est pas truquée.

— Vous semblez enquêter à charge, monsieur le Juge. C'est grave.

Cette dernière remarque le fit sortir de ses gonds. Il se dirigea lui-même vers l'armoire et vida les étagères sans ménagement. La patience de Nadia était à bout. Elle allait jeter Ledoyen hors de son appartement. Tant pis si elle était inculpée d'outrage à magistrat. Elle était encore maîtresse chez elle ! Madeleine lui saisit le bras : son regard bienveillant calma la policière. Nadia ne bougea pas.

— Il ne me semble pas que vous ayez trouvé de soutien-gorge rouge, monsieur le Juge, commenta sobrement l'avocate.

Ledoyen ne répondit pas, mais remarqua un coin du lit qui avait été mal fait le matin même... ou défait quelques minutes plus tôt. Il appela la jeune stagiaire :

— Aidez-moi. Nous allons retirer la couette puis déplacer le matelas.

La respiration de Nadia s'accéléra. Elle n'était pas maniaque, mais aimait avoir un lit au carré. Elle ne serait sûrement pas partie travailler en le laissant dans cet état. Dans l'urgence, Sophie l'avait certainement caché là !

Devant la mine déconfite du magistrat, Madeleine Dupas résuma rapidement la situation :

— Monsieur le Juge, il n'y a, de toute évidence, aucune trace de l'existence de ce fameux soutien-gorge rouge. Considérez quelques instants que ma cliente puisse dire la vérité, que cette photo est un montage. À la place d'un homme accusé de viol en réunion, que ne tenteriez-vous pas pour apparaître innocent et faire porter la responsabilité de votre acte à un autre ?

— Je ne m'imagine pas dans la peau d'un malfrat, mais force est de constater que nous n'avons pas trouvé ce sous-vêtement.

Il essaya de retrouver un semblant de dignité et s'adressa à Nadia :

— Capitaine, je vous remercie pour votre collaboration qui sera mise à votre crédit. Mesdames, ajouta-t-il à l'intention de ses deux assistantes, nous partons.

Ils quittèrent l'appartement, suivis de Nadia et de Madeleine qui l'accompagnèrent jusqu'en bas de l'immeuble. Les sourires de Simon Costa et Stéphane Vertufoy disparurent dès qu'ils découvrirent le visage fermé du juge. Furieux, Ledoyen les apostropha :

— Messieurs, nous allons très rapidement avoir une petite conversation.

Puis il se retourna vers Nadia et son avocate :

— Ne considérez pas non plus que j'en ai fini avec vous.

Sur ces paroles de menace, il se dirigea vers son véhicule. Alors que Simon Costa quittait les lieux sans ajouter de commentaires, Vertufoy s'approcha de l'OPJ et lui glissa, un sourire mauvais aux lèvres :

— Tu t'en es bien sortie, salope, mais sois certaine que mon père fera tout pour te baiser.

Nadia le considéra avec la condescendance que l'on accorde à ce qui est insignifiant :

— Tu expliqueras à ton père ce qu'il arrive à ceux qui veulent me baiser sans mon consentement, petite merde.

Stéphane Vertufoy ne put s'empêcher de baisser les yeux. Il savait que la policière était dangereuse. Furieux, il rejoignit la Jaguar de son avocat.

Réunies dans le salon, les trois femmes éclatèrent d'un rire nerveux.

— Quand il a fouillé le lit, j'ai cru que tout était foutu, avoua Nadia. Merci, Sophie, tu as sauvé ma carrière. Maintenant, dis-moi ce que tu as fait de ce soutif.

— J'ai failli le cacher sous tes draps, mais je me suis ravisée au dernier moment.

— Allez, lâche le morceau, où est-il ?

Avec une moue espiègle, Sophie souleva son pull et dévoila un splendide soutien-gorge rouge de chez Lise Charmel.

— Si tu regardes bien dans le tas posé sur ton bureau, tu en verras un, très joli aussi, qui ne t'appartient pas. Cela dit, heureusement que je suis enceinte. Cela m'a permis d'avoir suffisamment de poitrine pour le remplir.

Nadia se jeta sur elle et la prit dans les bras.

— Sophie, tu es un génie de l'embrouille. Je t'adore !

33

Michel Plantain

Le lieutenant Marco Della Rocca avait garé son véhicule place du Docteur-Martin. Il devait avoir une nouvelle conversation avec Michel Plantain, l'individu qu'il avait identifié sur la photo de Nadia. Il aurait volontiers accompli cette mission en solo, mais le commissaire Mazure lui avait adjoint le lieutenant Rodolphe Drancey. Drancey était un brave type, un peu rustre par moments, mais en qui il pouvait avoir confiance : secouer les prévenus pour leur faire cracher leurs mensonges ne lui faisait pas peur, loin de là. Della Rocca était agacé par la méfiance de son supérieur. L'affaire niçoise le poursuivait. Même si rien n'avait été retenu contre lui, la rumeur avait tracé son chemin des Alpes-Maritimes jusqu'en Isère.

— Qu'est-ce qu'il fait dans la vie, ton Plantain ? demanda Rodolphe Drancey en observant son collègue habillé en gravure de mode comme à son habitude.

— Il a monté une société de réalisation de films publicitaires. Un truc qui aurait coulé depuis longtemps s'il ne faisait pas dans le porno amateur.

— Ah ouais, quand même. Il t'a avoué ça la dernière fois que tu l'as interrogé ?

— Non, j'ai fait quelques rapides recherches. Il a un site sous un pseudo : Nikola me l'a trouvé en quelques minutes. Plantain m'a raconté n'avoir participé qu'à deux gang bangs avec Desmondières dans leur boîte libertine, mais sans jamais la revoir. Il s'est bien foutu de ma gueule, et ça, j'apprécie moyennement.

— Et on gagne sa vie avec ça ? Il y a tellement de porno gratuit sur le Net, relança Rodolphe.

— Tu veux arrondir tes fins de mois ?

— Tu ne connais pas encore ma femme. Déjà qu'elle a fait la gueule quand je suis allé chez ma coiffeuse Julie parce que j'en avais marre qu'elle me coupe les tifs elle-même ! J'ose pas imaginer la tête qu'elle ferait si je lui annonçais ça, même s'il m'arrive d'aller mater de temps en temps une petite vidéo sur mon ordi. Ma question, c'est juste pour savoir. Je m'intéresse à notre enquête.

— Alors pour ta culture, oui, on peut se faire un paquet de fric avec un investissement minime et un sens moral élastique. Ces plateformes payantes ne diffusent pas des extraits piratés des films X classiques, mais se spécialisent. Des mecs, et des filles aussi d'ailleurs, sont prêts à payer cher pour alimenter leurs fantasmes. Sur les sites légaux, tu as des producteurs spécialisés dans les Asiates, les beurettes, les Blacks, les mères de famille, les institutrices, les infirmières, les patronnes... Enfin bref, je laisse ton esprit créatif travailler. Je ne te parle pas de ce qui passe sur le Darknet, où circulent des saloperies que tu ne peux même pas imaginer.

— Ça ferait presque rêver, plaisanta Rodolphe.

— Une fois que tu as fréquenté ce milieu, ton rêve peut vite se transformer en cauchemar, coupa sombrement Della Rocca.

Le lieutenant Drancey comprit qu'il ne devrait plus poser de questions.

Sous l'insistance des coups de sonnette, un homme d'une cinquantaine d'années à la tête rasée, l'air visiblement excédé, finit par ouvrir. Vêtu d'une robe de chambre en soie mauve, il n'attendait qu'une chose : savoir ce que voulaient ces intrus pour pouvoir leur claquer la porte au nez le plus rapidement possible.

— Lieutenant Della Rocca, se présenta l'OPJ en lui montrant sa carte professionnelle.

— Je n'ai pas le temps. Repassez plus tard, disons demain matin à dix heures.

— Vous confondez la police et la poste, monsieur Plantain, répondit Marco calmement en repoussant le bras qui barrait l'entrée de l'appartement. Si vous êtes coopératif, nous ne vous dérangerons pas longtemps.

Rodolphe Drancey bouscula le propriétaire des lieux pour se frayer un passage vers un luxueux salon. Il s'effondra dans un canapé en cuir sous le regard ulcéré de Plantain.

— Vous vous croyez où ? s'emporta le témoin. Vous ne voulez pas que je vous serve l'apéritif aussi ?

— Un pastis, sans eau et avec des glaçons, commanda Drancey.

— Parce qu'en plus, monsieur fait de l'humour. J'appelle mon avocat, et vous verrez où vous pouvez vous le foutre, votre pastis.

— Au lieu d'être vulgaire, monsieur Plantain, écoutez-nous cinq minutes, intima Della Rocca d'une voix qui ne souffrait pas de discussion.

Michel Plantain hésita un instant et reposa le téléphone qu'il venait de saisir.

— Parfait, commenta le policier. Vous souvenez-vous de moi, monsieur Plantain ?

— Vous êtes le gars qui était passé me voir au sujet de la mort de Gourmandine, n'est-ce pas ?

— Exactement, monsieur Plantain, même si je préfère parler d'Isabelle Desmondières. J'aurais besoin de quelques informations complémentaires.

— Je vous ai déjà tout raconté, lieutenant.

— Vous me confirmez donc que vous ne l'avez rencontrée que deux fois dans le cadre de fêtes au club Le Gant de Velours, fêtes pendant lesquelles vous vous livriez avec elle et d'autres membres du club à des relations sexuelles de groupe.

— Comme je vous l'avais dit, elle était la principale demandeuse de ce type d'expérience.

— Je n'ai pas à juger vos exploits avec Isabelle Desmondières, monsieur Plantain. La seule chose qui me chiffonne, c'est que vous m'avez affirmé ne l'avoir jamais fréquentée par ailleurs.

— Je vous le confirme, asséna l'homme, désireux de mettre dehors les deux policiers le plus rapidement possible.

Marco Della Rocca regarda Rodolphe Drancey avec une mine désolée. Il sortit une feuille pliée de sa poche :

— J'aurais aimé partir tranquillement, boire un pastis avec mon collègue au bar en bas de chez toi, mais cela ne va pas être possible tout de suite. Tu m'as pris pour un con.

Plantain se raidit, surpris par le changement de ton de l'OPJ.

— Parole, je l'ai baisée deux fois cette nana, et basta. Tu crois que je mélange ma vie privée et ma vie sexuelle ?

— Un peu, oui, mais on en reparlera plus tard. D'ici là, je suis curieux de savoir comment tu justifies ta présence avec elle ce jour-là.

Il lui tendit la photo. Plantain la regarda attentivement, réfléchit longuement et sembla soudain touché par la grâce :

— Effectivement, j'avais complètement oublié cette rencontre. J'avais croisé Gourmandine, enfin... Isabelle, sur les trottoirs grenoblois cet après-midi-là. On a discuté deux minutes et ciao la compagnie.

— Tu as un don pour te faire des amis, Plantain. Moins de deux minutes après avoir fait connaissance, vous étiez déjà tous en train de vous amuser comme des petits fous.

— J'avais sans doute sorti une bonne vanne. Je suis assez marrant dans la vie.

— Eh bien, tu sais quoi ? lui glissa Della Rocca en s'approchant de son oreille. Moi, tu ne m'amuses pas du tout. Alors, soit tu m'expliques gentiment ce que vous faisiez ensemble, soit je m'occupe de ton petit commerce, Roland Khuleur.

— C'est quoi ce nom à la mords-moi-le-nœud ? demanda le lieutenant Drancey.

— C'est le nom de scène de monsieur Plantain quand il tourne du porno. Nous sommes loin du film publicitaire, mon cher Roland.

Le cinéaste amateur hésita un instant, puis se mit à hurler :

— Allez, assez joué, les poulets. Cassez-vous de chez moi, maintenant. Vous n'y refoutrez pas les pieds sans un mandat de perquisition en bonne et due forme !

— Je veux juste avoir la réponse à ma question, Plantain. Néanmoins, si tu y mets de la mauvaise volonté, je vais commencer à fouiller dans tes petites affaires. Qui sait ce que je vais y trouver ?

— Toutes mes filles sont légalement payées ou volontaires. Dégagez tout de suite ou j'appelle mon baveux.

Une porte s'ouvrit et un homme apparut sur le seuil, torse nu, un pantalon de treillis reboutonné à la va-vite. D'un air agressif, il grogna :

— Y a un problème, Mich' ?

— Deux cons qui me cherchent, Franckie, lança Plantain rouge de fureur.

Le pseudo-militaire ramassa une bouteille d'alcool posée sur un meuble, la saisit par le goulot et se précipita sur les deux policiers. Rodolphe Drancey se leva aussitôt et accueillit le militaire d'opérette d'un uppercut au foie. L'homme se plia en deux, émit un couinement avant d'être expulsé par un violent crochet à la mâchoire. Il percuta le mur, décrocha un tableau et s'effondra sans un mot. Pendant que Drancey frottait son poing, Della Rocca attrapa Plantain par le col de sa robe de chambre.

— Plantain, on arrête les conneries. Ton pote et toi avez maintenant sur le dos une voie de fait sur agents de la force publique. Alors soit je t'embarque et je fous le merdier dans ton business, soit on parle.

Avant que l'homme ait le temps de répondre, Drancey était entré dans la pièce d'où était sorti le dénommé Franckie.

— Oh putain, Marco, viens voir ça.

34

Tournage

Le lieutenant Della Rocca jeta un œil rapide sur l'homme allongé qui commençait tout juste à bouger et rejoignit son collègue. Drancey était hilare.

— Ils nous rejouent *Les Bidasses en folie*, version Khuleur.

Au milieu de la pièce trônait un grand lit. En face, une caméra sur un trépied. Sur le lit, deux jeunes femmes apeurées tentaient de cacher leur nudité. La première, une brune aux cheveux courts, était vêtue d'une simple veste d'uniforme déboutonnée alors que la seconde ne portait qu'un béret vert sur une abondante chevelure blonde. Della Rocca esquissa un sourire en voyant l'air réjoui de son binôme. Il rassura les deux filles :

— Police nationale. Ne vous inquiétez pas, mesdemoiselles, vous allez pouvoir repartir tranquillement. Le tournage est momentanément interrompu.

Les deux filles se détendirent, sans oser bouger.

— Avez-vous des papiers ?

La blonde indiqua du doigt deux sacs à main posés sur un canapé dans le coin de la pièce.

— Vous n'avez pas le droit de contrôler leur identité chez moi ! tenta de se révolter Michel Plantain.

— Pas de problème, je peux appeler la mondaine. Il leur faudra juste un peu de temps pour arriver, mais cela laissera le loisir à tes employées de nous raconter le scénario de ton nouveau film.

— S'il vous plaît, m'sieur Roland, on veut pas de problèmes avec les flics, plaida l'une des jeunes femmes.

— C'est toi qui décides, Khuleur, conclut le lieutenant Drancey. Tu vois, on te laisse le choix.

Le réalisateur comprit qu'il était momentanément coincé et hocha la tête sans un mot. Rodolphe Drancey ramassa la première sacoche, en tira un portefeuille et regarda la carte d'identité.

— Jessie Massard, c'est laquelle d'entre vous ?

La jeune femme blonde leva la main.

— Tu as eu dix-huit ans avant-hier ma grande. Bon anniversaire.

— Merci, m'sieur.

— Vu ton âge, vous n'avez pu commencer le tournage qu'il y a deux jours, affirma le policier. C'est le cadeau qu'a souhaité te faire tonton Khuleur pour ta majorité ?

— Non, on l'a commencé la semaine dernière, parce que j'avais des exams hier. Je ne voulais pas les rater, expliqua Jessie qui se remettait de ses frayeurs.

— Tu as raison, ma grande, il n'y a rien de plus important que les études. Le cul flétrit, mais les diplômes restent, philosopha-t-il en regardant le réalisateur. Mais j'y pense, Khuleur, Jessie était mineure la semaine dernière !

Avant que le réalisateur ait le temps de parler, il continua l'interrogatoire de la jeune femme :

— Vous pratiquez cette activité pour le plaisir, Jessie, ou tonton Khuleur vous rétribue-t-il ?

La fille répondit aussitôt :

— J'aime baiser, mais je ne le fais gratos qu'avec mes potes. M'sieur Roland nous paie entre vingt et cinquante euros par scène, selon ce qu'il nous demande.

— Monsieur Khuleur est un seigneur ! Je suis certain que l'on trouvera trace de tout ça dans ta comptabilité, puisque tu es irréprochable. C'est bon les filles, conclut-il, vous pouvez vous rhabiller et rentrer chez vous. Vos devoirs vous attendent.

Les trois hommes retournèrent dans le salon. Franckie s'était assis sur un siège, encore sonné.

— Et lui, c'est qui ? demanda Drancey en montrant le hardeur.

— Franckie Pérais. C'est un acteur avec qui je tourne depuis plusieurs années.

— OK, tu vas lui dire de dégager aussi. Je souhaite que l'on ait une petite discussion à trois.

Michel Plantain ne répondit pas. L'intrusion des policiers dans son studio était illégale, mais il était dans une position inconfortable. Jessie tournait pour lui depuis six mois, et jamais il ne lui avait délivré de fiche de paie. D'un autre côté, commencer à parler des personnages présents sur la photo revenait à trahir le secret que se juraient les libertins quand ils se rencontraient. Il regarda les deux filles quitter subrepticement l'appartement. Pérais était allé se changer dans la chambre. Il prit sa décision :

— Je n'ai rien à vous dire. Maintenant que vous avez bien mis le bordel chez moi, vous pouvez vous barrer.

Sans un mot, le lieutenant Della Rocca attrapa une paire de gants chirurgicaux dans sa poche, les enfila et repartit dans le studio amateur. Il fit signe à son collègue de l'attendre. Vingt secondes plus tard, sa voix résonna dans l'appartement :

— Rodolphe, viens voir ça.

Inquiet, le propriétaire suivit le policier dans la pièce. Le lieutenant Della Rocca était debout à côté du lit, un sachet blanc à la main. Il le lança à Plantain qui l'attrapa au vol.

— Je savais que le porno marchait à la coke, Plantain, annonça l'OPJ, mais avec ça, tu as de quoi tourner pendant plusieurs semaines. Tu vas avoir du mal à me convaincre que ce n'est que pour ta consommation personnelle.

— T'es fou, c'est pas à moi ! couina le réalisateur.

Abasourdi, il regarda le paquet qu'il venait d'attraper : il avait entre les mains plus de cinquante grammes de cocaïne. Au moins aussi surpris, Rodolphe Drancey observa son collègue. Il avait détourné de la drogue pour compromettre leur témoin. Cela signifiait qu'il avait déjà planifié tout un scénario : l'Italien était vraiment imprévisible.

— Pourtant, il y a tes empreintes dessus, Plantain. Près de trois mille euros de coke planqués dans un bureau… Tu n'arranges pas ton cas.

L'abattement prit le dessus sur la colère. Plantain comprit qu'il était piégé et que le flic ne le lâcherait pas. Il en avait pratiqué un certain nombre dans sa carrière : des véreux, des violents, mais celui-là était particulièrement dangereux.

— OK, vous avez gagné. Retournons dans le salon. Vous me laissez me changer avant ?

— Inutile, assura Della Rocca. Tu peux parfaitement nous présenter tes compagnons à poil sous ta belle robe de chambre mauve.

Plantain soupira. Ils croisèrent Franckie Pérais qui partait sans demander son reste. Aider son patron ne lui attirerait que des emmerdements. Les trois hommes s'installèrent à nouveau sur le canapé, la photo posée sur une table basse.

35

Les compagnons du Gant

— En vous renseignant, je prends des risques, lieutenant, attaqua Plantain.

— J'apprécie ton implication et ta volonté de vouloir faire triompher la justice, Plantain, répondit Della Rocca d'un ton monocorde.

— Inutile, en plus, de vous foutre de ma gueule, soupira le réalisateur.

— J'ai compris. Tu vas briser pour moi le code d'honneur de votre petit groupe libertin. Bravo !

— Ça, à la limite, je m'en tape. Par contre, certains types avec qui je discute sur la photo ne verraient sûrement pas d'un bon œil que je parle d'eux. Cela pourrait m'attirer de sacrés ennuis. Promettez-moi que mon nom n'apparaîtra pas dans vos rapports.

Le policier le regarda, surpris. Il ne s'attendait pas à cette réaction.

— Je ne te promets rien, Plantain. Mais, si tu me donnes autre chose que des tuyaux crevés, j'oublierai tout ce que j'ai vu aujourd'hui.

— OK, je vais vous dire tout ce que je sais, parole.

— Je ne crois pas en ta parole, Plantain, je ferai le tri.

Le réalisateur ne releva pas la dernière phrase et commença sa description.

— Dans notre groupe, personne ne connaît le vrai nom de ses partenaires. Si certains veulent ensuite créer des relations plus personnelles, c'est leur problème. Moi, les apéros culturels et les dîners aux chandelles, je m'en branle. Je suis juste là pour baiser des gonzesses qui aiment la bite.

— Je crois que j'ai compris le principe, commenta Drancey.

— Mon nom de scène, c'est Crazy Lover.

Drancey se mordit les lèvres pour ne pas interrompre le réalisateur.

— Gourmandine, vous la connaissez déjà. Elle nous manque. Le type à côté de moi, continua-t-il en désignant Jacques Vertufoy, c'est le Punisher. Ce mec-là, je m'en méfie. D'abord, il parle trop. J'ai compris qu'il mouillait dans la politique. Niveau sexe, c'est pas un romantique, mais il y en a quelques-unes qui aiment.

— Il participe souvent à vos parties ? l'interrompit Della Rocca.

— Il n'est jamais venu au Gant de Velours, mais je l'ai vu deux fois à des soirées privées. Il sodomisait tout ce qui lui passait à portée de queue, comme un de ses collègues politicards.

— En plus du cinéma, tu n'as jamais tenté une carrière dans la poésie ? ironisa Drancey.

— Il va me les casser encore longtemps, votre collègue, avec ses vannes à deux balles ?

— Il découvre ton milieu et ça l'émeut, répondit Della Rocca. Ton Punisher, il connaissait bien Isabelle Desmondières ?

— Pour lui, c'était juste un cul plus habile que les autres. Si vous cherchez l'assassin, je ne pense pas à lui.

— Tu l'as revu après la mort d'Isabelle ?

— J'étais à une soirée privée la semaine dernière et il n'est pas reparu. Je suis persuadé qu'il ne reviendra plus jamais dans notre groupe : il est trop prudent.

— Bien, passons aux suivants, ordonna l'OPJ.

— L'homme et la femme qui sont de dos avec les vestes en cuir, c'est un couple. Lui, c'est Abélard et elle, c'est Héloïse. Je les ai connus au Gant de Velours il y a plus d'un an. Les premières fois, ils venaient pour mater, puis ils ont commencé à participer. Quand ils baisent, il faut toujours qu'ils soient dans la même pièce.

Ça les excite de voir leur partenaire niquer avec d'autres, et Abélard finit chaque soirée en prenant Héloïse en levrette. Il y a six mois, ils ont cessé de se rendre au club, mais ils nous rejoignent encore pour les soirées privées. C'est un couple plutôt sympa.

— Quelles étaient leurs relations avec Isabelle ?

— Je ne me mêle jamais des affaires des autres.

— Eh bien, essaie de faire appel à ta mémoire. Tu as un don pour raconter les histoires.

Plantain rassembla ses pensées et poursuivit :

— Ils semblaient s'apprécier. Mais je n'en sais pas plus, parole.

— Garde ta parole pour toi et réponds à mes questions. As-tu revu Abélard et Héloïse ?

— La semaine dernière.

— Ils t'ont paru affectés par la mort d'Isabelle Desmondières ?

— Putain, mais j'en sais rien, lieutenant. On se retrouve pour baiser, pas pour philosopher ou échanger nos états d'âme !

Plantain frissonna et resserra sa robe de chambre. La température de la pièce était fraîche, mais le lieutenant Della Rocca tenait à garder son témoin dans cette position inconfortable. Il voulait profiter de ce moment de confidences et ne pas le laisser reprendre le dessus.

— C'est bien, on avance. Parle-nous maintenant de la femme brune, relança-t-il en désignant Pascaline Morseaux.

— Celle-là, je ne la connais pas. C'est la première et seule fois que je l'ai rencontrée, parole. Je me suis même demandé ce qu'elle foutait là. Elle accompagnait visiblement le grand type, avec le bonnet noir.

— Et qui est-ce, ce grand type ?

Michel Plantain marqua un temps d'arrêt. Les policiers comprirent instantanément que c'était lui le danger qu'avait évoqué leur interlocuteur.

— Un drôle de mec. Il se fait appeler Abel. Il nous a rejoints pour la première fois à l'automne dernier. En général, les gars qui viennent sans nana, on les dégage. Pourtant, il a tout de suite plu aux gonzesses. Il a quasiment un pouvoir hypnotique sur elles. Je dois reconnaître qu'il est beau gosse. Il a réussi à convaincre Gourm…, Isabelle, de faire des trucs qu'elle nous avait toujours refusés.

— Il sortait d'où, ce charmeur ?

— Ce sont Abélard et Héloïse qui l'ont introduit dans le groupe. Il avait l'air de bien les connaître, mais je n'en sais pas plus. Juste une chose, il ne touchait pas à Héloïse. Je crois que c'est la seule qu'il n'ait jamais baisée.

— C'est uniquement pour ça que tu le trouves louche ?

— Ce mec-là a un passé SM, c'est une évidence. C'est un dominateur-né. Cela aurait pu être marrant, mais il mettait tous les hommes mal à l'aise. On avait l'impression qu'il devinait toujours ce qu'on pensait. Un jour, j'ai proposé à Gourmandine de filmer une de nos parties. Pas pour mettre la vidéo sur la toile, mais pour avoir un souvenir à partager entre nous !

— Cela se fait de filmer des soirées chez des privés ?

— Non, ça reste en général entre nous. Mais cette fille était trop bandante, je voulais l'immortaliser.

— Qu'a-t-elle répondu ?

— Malheureusement, ce à quoi je m'attendais. Qu'elle aimait voir les mecs s'exciter sur elle, mais qu'il n'était pas question d'en faire fantasmer en train de se branler derrière leur écran.

— Elle était assez cash, remarqua Drancey.

— Plutôt, oui. Elle a même ajouté : « Avec moi, c'est du producteur au consommateur, sans intermédiaire. » Bref, elle l'a pris en rigolant.

— Abel, qu'est-ce qu'il en a pensé ? insista Drancey.

— Ce soir-là, il m'a vraiment fait flipper. Il a attendu que je sois dans un lieu isolé pour venir vers moi. Il a posé les mains sur mes épaules, puis il a commencé à me fixer, sans dire un mot. Au bout de quelques secondes, j'ai eu un putain de mal de tête. À hurler. J'ai eu l'impression qu'il parlait directement à mon cerveau. J'ai compris que si je ne faisais qu'émettre l'idée de prendre une photo, il me tuerait. Dans mon milieu, je suis habitué à croiser des détraqués, mais un barje comme ça, jamais.

— Et lui, glissa Della Rocca, tu le verrais en train de torturer Isabelle Desmondières ?

Le libertin hésita longuement avant de répondre.

— Ce mec, je le sens pas. Par contre, il s'entendait super bien avec Isabelle. Je ne sais pas quoi vous dire de plus.

— Je veux rencontrer Abel, déclara le policier.

Plantain recula inconsciemment dans le fond du canapé. Le réalisateur craignait toujours Abel, même absent.

— Si tu n'as pas de photo de lui, tu en as bien une d'Abélard et Héloïse ?

— Non, pas une ! Parole !

— Tu m'as dit que tu les avais connus au Gant de Velours. Ils filment les meilleures exhibitions. On va aller demander ça au patron ensemble.

— Inutile. Ils n'y sont jamais retournés depuis que Jakov a repris l'établissement à Noël. L'ancien patron avait fait le vide à son départ.

Le lieutenant Della Rocca se leva, passa derrière le canapé et attrapa le bras de Plantain qui sursauta.

— On avait bien commencé, Michel, et j'ai même cru que tu étais prêt à nous aider à retrouver l'assassin de ton Isabelle. Mais là, j'ai l'impression que ta bonne volonté s'envole. Cela me contrarie beaucoup.

— Putain, promis, je vous dis tout ce que je sais. Si Abel l'apprend, je vais morfler... mais vous voyez, je me mets quand même à table.

— Abel n'a pas un don d'ubiquité, répondit Della Rocca en haussant les épaules.

— De quoi ? Enfin bref, je ferai tout ce que je peux pour vous aider à trouver le salaud qui l'a massacrée, parole. Mais je vous jure que je ne connais pas leurs noms, se lamenta-t-il en montrant la photographie. Je peux essayer de vous les décrire ou de les dessiner, mais j'ai toujours été une burne dans les matières artistiques.

— J'espère que tu n'expliques pas ça à tes aspirantes actrices, interrompit Rodolphe Drancey. Tu viendras quand même faire un portrait-robot. On a quelques spécialistes à la maison. Par contre, tu dois bien te souvenir des endroits où se sont déroulées vos partouzes. Cela va nous mettre sur la piste.

Plantain se tassa sur son siège.

— Même ça, je ne le sais pas. Quand un membre organise une soirée, il fixe aux autres un rendez-vous quelque part dans Grenoble. Il envoie alors des véhicules aux vitres teintées. À l'intérieur, chacun doit se bander les yeux. Cela fait partie des règles.

On n'enlève les masques qu'une fois arrivés dans les locaux où se déroulent les festivités.

Le lieutenant Della Rocca soupira longuement. Il n'en tirerait pas plus du réalisateur. S'il le convoquait, le type viendrait illico avec son avocat, et ce serait pire que tout. Il ne voyait qu'une solution pour faire progresser son enquête. Elle ne l'enchantait pas, mais il devait mettre la main sur les meurtriers. Il le devait à Fanny.

— Quand est prévue votre prochaine soirée ?

— D'ici une semaine, répondit aussitôt Plantain. C'est pas chez moi, mais je m'occupe du casting.

— Cela tombe très bien. Tu vas m'y inviter et me présenter à tes amis.

Un silence affolé fit suite à la proposition du policier.

— Mais, mais... je peux pas faire ça.

— Ne te sous-estime pas, Plantain. Un type qui a écrit un scénario aussi subtil que celui de *La prof d'anglais est une quouine* saura trouver l'idée géniale qui me permettra de participer. Tu nous as d'ailleurs avoué qu'Abel avait été introduit par un couple d'amis.

Seul un gémissement plana dans l'atmosphère maintenant glaciale du salon. Della Rocca continua :

— Je vais même te faire une proposition, mais écoute-la bien, car elle ne repassera pas deux fois. Si tu nous apportes des informations intéressantes, je suis prêt à t'immatriculer comme indicateur dans mon service.

— Vous voulez faire de moi un tonton ? s'exclama le réalisateur.

— Appelle ça comme tu veux, mais un peu de soutien, avec l'activité que tu exerces, ce n'est pas du luxe. Alors ?

— Laissez-moi le temps de réfléchir.

— Tu as raison. Ce n'est pas une décision qui se prend à la légère. Je te donne une minute.

Plantain était totalement dépassé par les événements. Il craignait pour sa réputation dans le milieu et il avait peur d'une réaction incontrôlée d'Abel s'il apprenait qu'il avait introduit un flic dans leur intimité. Néanmoins, avoir le support des poulets en cas d'embrouille avec des concurrents ou des filles insatisfaites de leurs émoluments serait un sérieux avantage.

— Je tente le coup, mais il va falloir que vous veniez accompagné. Vous vous doutez que vous ne serez pas là uniquement pour siffler des coupes de champagne.

— Tu ne m'as pas dit que l'on pouvait se contenter de mater lors de la première soirée ? rappela le policier.

— Éventuellement, mais il faut cependant faire preuve d'un certain… entrain.

L'OPJ observa quelques instants un spot dont l'ampoule commençait à grésiller, puis se retourna vers Plantain :

— Demain matin, tu passeras me voir au commissariat central. Tu feras officiellement partie de la grande famille des auxiliaires de police. Ensuite, tu me confieras le lieu et l'heure du rendez-vous. Je viendrai en bonne compagnie. Nos pseudos seront Marco et Fanny.

36

Arrestation – Margot

Margot regarda s'éloigner la femme qui l'avait rencontrée en secret. Elle souffrait de mauvaise circulation sanguine, et la guérisseuse lui avait fourni un élixir de sa composition à base de feuilles de vigne rouge et de reine-des-prés. Les villageois se montraient de plus en plus prudents, certains renonçaient même à la consulter. La rumeur colportait que des bûchers s'élevaient les uns après les autres dans le sud du Dauphiné. À Grenoble, un procès en sorcellerie venait de se conclure, envoyant aux flammes un mage de sinistre réputation et deux de ses acolytes. À Voiron, trois malheureuses filles de joie avaient été condamnées pour commerce avec Satan et diableries sur des magistrats de la ville.

La contagion de cette hystérie collective inquiétait au plus haut point Margot Malherbe. Elle ne craignait pas son curé, avec qui elle entretenait d'excellentes relations. C'était un prêtre simple et juste qui voyait en Dieu un ami des hommes et non un despote au bras vengeur. Mais qu'un inquisiteur, à l'autorité reconnue par le peuple et les autorités civiles, vienne à passer par le village, et combien de bons chrétiens jaloux ou apeurés la dénonceraient comme complice du Cornu ? Elle en avait longuement discuté avec le père Guitton qui déplorait cette folie. S'il voulait sauver les âmes de ses ouailles, il n'aimait pas les prédicateurs trop zélés qui ne servaient pas la foi, mais suivaient des chemins bien peu évangéliques. De nombreux inquisiteurs avaient échappé au contrôle effectif de l'Église romaine et se nourrissaient de la panique populaire qu'ils maintenaient vivace en multipliant les procès.

Dans les pays germaniques récemment convertis au protestantisme, certains fous de Dieu avaient même envoyé à la mort des évêques qui s'opposaient à leur pouvoir. Des villages entiers avaient été décimés par les flammes. En France, le mouvement avait été plus discret, mais l'embrasement actuel semblait être un exutoire aux populations épuisées par les guerres et terrorisées par l'évolution d'une société qu'ils ne comprenaient plus.

Les yeux de Margot s'humidifièrent au souvenir des adieux de la veille. Elle avait remis sa fille Mathilde à Olivier, l'homme qui partageait sa vie depuis six mois. La jeune mère savait qu'elle pouvait lui accorder toute sa confiance.

La séparation avait été cruelle, mais elle devait sauver sa descendance. Ce n'est qu'après de longues palabres que Margot avait réussi à convaincre son compagnon. Il voulait rester avec elle pour la protéger. C'était un excellent combattant, prêt à se sacrifier pour Mathilde et Margot. La guérisseuse avait refusé. Elle avait vu son arrestation en songe, et jamais ses visions ne l'avaient trompée. Dans son cauchemar, une troupe hirsute et vociférante escortait Geoffrey de Marbeuf et un personnage blanc au visage décharné. Peut-être son compagnon aurait-il pu en occire un, deux, cinq ou dix, mais il aurait succombé sous le nombre. Les deux femmes auraient alors été à la merci de la foule en furie. Sauver sa fille et le trésor des Malherbe était sa mission prioritaire.

La mort dans l'âme, l'homme avait accepté sa demande. Margot avait préparé un baluchon pour sa Mathilde. Elle avait remis à Olivier le coffret récupéré quelques jours plus tôt, ainsi qu'un pécule pour l'éducation de la petite. Il avait sellé ses deux chevaux, installé les bagages et ses armes sur le plus jeune et placé la fillette devant lui. Il avait promis à Margot qu'ils se retrouveraient tous les trois, plus tard, et avait pris la direction de l'ouest.

La guérisseuse se ressaisit. Le jour s'annonçait chaud, et elle devait partir en forêt pour profiter de la douceur relative de la matinée. Elle avait repéré des plants d'armoises et en avait un pressant besoin. Elle ne voulait pas manquer cette occasion.

L'après-midi était avancé et la cueillette avait été fructueuse. Margot avait presque oublié les nuages sombres qu'elle sentait s'accumuler au-dessus de sa tête. Elle entra dans le village par une rue secondaire. Un garçonnet courut vers elle avec des cris de joie : elle l'avait soigné d'une vilaine blessure au bras et lui avait surtout donné des pastilles anti-inflammatoires parfumées au miel pour l'aider à supporter la douleur. Depuis, le petit lui quémandait régulièrement des friandises et une complicité s'était créée entre le fils de l'aubergiste et la guérisseuse.

— La Mathilde est pas avec toi ? demanda-t-il.

— Non, elle n'est pas là, répondit Margot sans ajouter de détails.

— Dommage, se désola l'enfant qui aimait jouer avec la fillette. Ce matin, lança-t-il avant de partir, plein de gens sont venus chez mon père pour savoir où tu étais. Moi, j'ai rien dit... leur chef avait l'air très méchant et m'a fait très peur.

— À quoi ressemble-t-il, ce terrible personnage ? s'enquit la guérisseuse en bougeant les mains pour mimer les pattes d'un loup.

— Il est tout blanc, et tout le monde le regardait bizarrement. Les gens sont repartis, mais ils ont crié qu'ils reviendront te chercher.

Ils étaient donc arrivés ! L'enfant ajouta :

— Je sais pas pourquoi ils veulent te voir, mais si je serais toi, je me cacherais dans les bois.

Margot avait envisagé cette possibilité. Elle parcourait les montagnes et forêts de la région depuis son jeune âge et les connaissait mieux que n'importe quel habitant du pays. Peut-être devait-elle se réfugier dans les grottes de l'Infernet en attendant que la situation se calme ? Le réseau de galeries souterraines était dense et permettait de passer d'un versant à l'autre sans se faire repérer. La population n'osait pas s'y aventurer, craignant de rencontrer le diable. Margot pouvait s'y cacher plusieurs mois, même l'hiver s'il le fallait. Elle saurait chasser, profiter de ce que la nature lui offrirait et vivre en autarcie. Après tout, pourquoi affronter un ennemi auquel elle n'avait rien demandé et qui voulait sans aucun doute sa mort ? L'idée fit rapidement son chemin. Elle n'avait qu'à repasser chez elle, préparer des vêtements, récupérer quelques outils indispensables et repartir avant que la nuit tombe. Elle avait eu la chance d'échapper à la troupe et devait saisir ce coup de pouce inattendu du destin. Margot quitta la bourgade et marcha à vive allure en direction du bois des Perrins. Elle emprunta ensuite le sentier forestier qui menait jusqu'à la clairière où ses aïeux avaient construit leur maison. L'odeur de fumée qu'elle sentait depuis quelques minutes satura soudainement ses narines.

Elle courut et, abasourdie, lâcha la serpette qu'elle tenait à la main. La petite remise dans laquelle elle stockait ses onguents et potions n'était plus qu'une ruine. Les poutres du toit les plus épaisses brûlaient encore. Le produit de toute une saison de cueillette avait été réduit à néant. Elle se précipita vers la bâtisse principale. La troupe n'y avait pas mis le feu, mais la porte et les fenêtres avaient été défoncées. Margot y pénétra, et le spectacle de désolation alluma en elle une envie de pleurer qui ne fut surpassée que par une violente poussée de haine. Qu'avait-elle fait pour mériter un tel traitement, elle qui consacrait sa vie à soigner les autres ? Les meubles avaient été éventrés, la vaisselle gisait sur le sol, brisée en mille morceaux. Ses vêtements avaient été déchirés et éparpillés dans la pièce. Pourquoi ? Quand elle remarqua les croix dessinées au charbon sur les murs, elle comprit que ses tourmenteurs cherchaient des indices pour l'accuser de sorcellerie. Le piège ne s'était pas refermé sur elle, mais elle devait faire vite. Elle ramassa quelques habits encore utilisables : elle les recoudrait plus tard. Elle attrapa un couteau de chasse, de la cordelette ainsi que le nécessaire à faire du feu qu'elle conservait près de son poêle à bois. Elle les glissa avec sa serpette dans un sac qu'elle chargea sur son dos et quitta la maison. Elle avait été inspirée en confiant Mathilde à son Olivier. La fillette avait échappé à une arrestation certaine. Quant à elle, dans moins de deux heures, elle serait devenue introuvable.

Une silhouette, immobile, l'attendait devant la porte. Surprise, Margot eut un léger mouvement de recul puis regarda l'intrus. Plutôt l'intruse, le visage ravagé par les larmes, un bébé inerte dans les bras. La guérisseuse reconnut aussitôt la Pauline et son petit Louis, qu'elle avait mis au monde moins de six mois auparavant. Elle observa l'enfant dont la jambe gauche avait été réduite en bouillie. Puis ses yeux se fixèrent sur la mère dont les traits n'étaient que douleur. Pauline avait à peine seize ans et avait été mariée deux ans plus tôt au forgeron du village, un homme rustre et violent, mais riche… enfin, suffisamment riche pour que les parents de Pauline lui vendent leur quatrième fille. Margot avait essayé de les convaincre d'abandonner ce projet. Pauline était trop jeune et trop fragile pour subir quotidiennement les agressions de cette brute. La guérisseuse avait échoué et n'en avait retiré que la haine farouche du forgeron qui médisait sur elle dès qu'il allait boire à l'auberge. Margot regarda la mère et l'enfant, puis les montagnes qui semblaient l'appeler de toutes leurs forces. De la main, elle montra à la visiteuse sa maison et son atelier détruits et secoua la tête. Elle devait maintenant partir : Louis avait besoin d'un chirurgien, et elle aurait très peu de chances de lui rendre la santé. Elle devait s'enfuir, se cacher. Puis elle reviendrait, et sauverait alors des dizaines de vies. Pauline ne bougea pas. Comme Margot l'écartait doucement pour passer, la jeune mère tomba à genoux :

— Je t'en supplie, Margot, toi seule peux le soigner. Si je perds mon Louis, mon unique raison de vivre disparaîtra avec lui.

Le bambin serré contre elle, la tête courbée vers le sol, elle semblait porter toute la détresse du monde. Elle était toute la détresse du monde. Margot lâcha son bagage, rentra dans la maison et, d'un balayage du bras, débarrassa la table des objets que la troupe y avait brisés. Elle chercha un drap blanc dans une armoire et le déposa délicatement. Puis elle fouilla dans son sac et en ressortit son briquet.

— Installe ton fils et va me faire bouillir de l'eau, ordonna-t-elle à Pauline. Et dis-moi ce qui lui est arrivé.

La jeune femme hésita quelques secondes, puis avoua :

— Il pleurait, et mon mari l'a frappé.

Elle n'ajouta pas un mot. Le père n'avait pas battu son enfant, il l'avait massacré. Le petit respirait à peine. Sa jambe était brisée en deux endroits. Si seulement elle avait encore à sa disposition toutes ses préparations. Cependant, elle était guérisseuse et devait tout faire pour sauver Louis. Elle oublia le monde extérieur et se concentra sur sa mission : soigner.

Quand, deux heures plus tard, Margot entendit les sabots de nombreux chevaux approcher de sa maison, elle ne bougea pas. Elle venait de réduire la seconde fracture du garçonnet. Lorsque des soudards entrèrent violemment dans la pièce, elle ne leur porta aucune attention. Puis l'un des gardes la saisit, elle se débattit et lui jeta un regard si noir qu'il la lâcha aussitôt.

— Si tu ne me respectes pas, respecte au moins la vie de cet enfant.

Impressionnés, plusieurs soldats reculèrent et la laissèrent terminer les derniers soins. Margot frissonna quand, penchée sur le petit encore endormi par l'une de ses potions, elle devina l'arrivée de l'homme en blanc dans sa maison. Chaque particule de son corps ressentit la haine qu'il dégageait.

— C'est assez ! hurla-t-il. Ne voyez-vous pas qu'elle est en train de l'offrir au diable ? Saisissez-vous d'elle et de l'enfant. Il ne peut sortir que du mal d'une sorcière.

Margot se retourna, tendit Louis à Pauline qui tremblait de peur, et regarda l'étranger. C'était celui de son rêve. Elle ne distingua pas le moindre signe d'humanité ou de compassion sur le visage de son adversaire. Il ordonna à un géant qui était à ses côtés :

— Attrape cet enfant. Elle l'a déjà maléficié et y a installé le démon. Je lui donnerai les sacrements et tu l'étrangleras. C'est pur et lavé de tout péché qu'il rejoindra Notre-Seigneur.

Margot se jeta sur le serviteur qui enlevait le petit Louis à sa mère.

— Vous êtes un malade. Cet enfant est une innocente créature que Dieu a mise sur terre pour vivre, pas pour se faire assassiner en son nom.

Le soldat la projeta violemment contre le mur. La tête de Margot frappa le coin d'une armoire. Elle s'effondra.

— Silence, femme maudite, rugit l'homme en blanc. Tu veux garder cet être pour servir ton Cornu. Moi, Denis Saint-Vence, représentant de la sainte Inquisition, je chasserai le diable qui a envahi ce village. J'en restaurerai la pureté originelle en brûlant toute l'ivraie qui y a poussé.

Margot comprit que son destin était en marche. Elle aperçut à peine le moine qui s'approcha de Denis Saint-Vence. Il parla longuement à l'oreille du prédicateur qui le regarda avec fureur.

L'homme ne se démonta pas et ajouta quelques mots. L'inquisiteur marqua son mécontentement, mais accéda à la requête de son interlocuteur. Le moine baissa la tête, remercia avec politesse et reprit l'enfant des mains du soldat. Il le rendit à sa mère et, en sortant, offrit un sourire d'encouragement à Margot. La guérisseuse n'eut pas le temps d'être surprise. Trois soudards l'attrapèrent et la tirèrent sans ménagement hors de sa maison.

Dehors, le soleil se couchait. D'autres cavaliers attendaient, encore installés sur leur monture. À leur tête, Geoffrey de Marbeuf toisait Margot d'un air satisfait.

37

Explication entre OPJ

Quatorze heures. Le capitaine Étienne Fortin leva la main pour commander un autre cognac. Il avait momentanément abandonné ses soucis professionnels et la recherche de Bachar Kerouad. Ses collègues lyonnais continuaient la traque. Fortin était persuadé que le truand avait trouvé refuge entre Rhône et Saône. Grenoble était devenu trop petit pour se cacher et les réseaux prospéraient à Lyon. Entre les braqueurs, les islamistes et toutes les bandes qui trafiquaient la drogue ou les filles, le choix de Kerouad était large. Certes, le gang du proxénète grenoblois était tombé, mais l'homme était un teigneux et n'aurait qu'une idée en tête : venger la mort de son frère et faire payer son échec à la police.

À cet instant précis, c'était une nouvelle fois Nadia qui monopolisait ses pensées. Il était rentré tard la veille au soir. Il l'avait trouvée en train de boire dans le salon. Elle s'était occupée d'Adèle, l'avait couchée et avait débouché un chardonnay. La bouteille était déjà aux deux tiers vide quand il était arrivé. Nadia oscillait entre rires et larmes. Elle lui avait raconté l'humiliation infligée par le juge Ledoyen et l'intervention de Sophie. Puis elle lui avait parlé de la proposition de Bernard de Valjoney de l'accompagner à Rome pour poursuivre l'enquête. Étienne l'avait immédiatement encouragée à aller en Italie. Changer d'air lui ferait le plus grand bien. Depuis combien de temps n'avaient-ils pas pris de vacances ensemble ? Ils étaient partis une semaine en Grèce quand Nadia lui avait annoncé sa grossesse, mais depuis, aucun moment d'intimité digne de ce nom. Étienne n'était pas spécialement porté sur les choses de la religion, cependant il connaissait bien Bernard de Valjoney. Il espérait secrètement que le prêtre saurait apaiser Nadia. Les deux OPJ s'étaient couchés en parlant de l'Italie. Même si son séjour ne durait que deux ou trois jours, Nadia lui avait expliqué par le menu ce qu'elle rapporterait comme souvenirs pour Adèle et lui. Ému, il l'avait prise dans ses bras jusqu'à ce qu'elle s'endorme.

Son esprit revint sur la discussion qui avait provoqué sa colère. Il venait de déjeuner avec Rodolphe Drancey. Les deux hommes avaient longtemps travaillé ensemble et avaient noué de solides liens d'amitié. Ils avaient participé à l'affaire Sartenas à l'époque où, lieutenants, ils officiaient tous deux dans l'équipe de Nadia. Étienne avait ensuite été promu capitaine et dirigeait maintenant son propre groupe. Pendant le dessert, Rodolphe lui avait raconté sa descente chez le réalisateur de X. Étienne avait éclaté de rire en écoutant les descriptions fleuries de son camarade. La décision de Marco Della Rocca l'avait néanmoins surpris : mener son enquête en prenant part à une partouze ! Ce flic avait un passé trouble et des rumeurs couraient à son sujet. Par décence et déontologie professionnelle, Étienne n'était jamais allé fouiller dans le dossier de son collègue. Par contre, il était devenu vert de rage quand Rodolphe lui avait avoué la dernière de l'Italien : il avait demandé le matin même à Nadia de l'accompagner à sa soirée. Della Rocca savait pertinemment que Nadia avait un jeune enfant et qu'elle ne vivait pas seule ! Par ailleurs, dans l'état où était sa compagne, comment réagirait-elle à une telle proposition ? Obsédée par la recherche des tueurs, elle était prête à se mettre en danger pour avancer sur leur piste ! Il était déterminé à s'expliquer avec ce flic qui voulait résoudre une enquête avec sa queue et le cul de sa femme. Le capitaine Fortin était reconnu pour son calme et sa capacité à prendre du recul sur les événements, mais, cet après-midi, son mètre quatre-vingt-dix et ses quatre-vingt-cinq kilos allaient croiser de très près un rital qui cachait son physique de jeune premier sous des costumes Armani.

Quinze heures, le lendemain. Le lieutenant Marco Della Rocca entra dans le bureau du capitaine Fortin. En voyant le rictus furieux de son collègue, il n'eut plus de doute sur la teneur de la discussion à venir. Della Rocca s'installa le plus confortablement possible sur le siège déglingué qui faisait face à la table, retira de sa veste une poussière imaginaire et plongea ses yeux dans ceux de son vis-à-vis. Tels deux lions dans une arène, les deux hommes s'observèrent sans un mot. Della Rocca décida de ne pas jouer la provocation. Même si leurs relations étaient épisodiques, il appréciait Fortin. Son regard perdit de sa dureté initiale pour devenir plus empathique. Comme il s'y attendait, les traits d'Étienne Fortin se détendirent légèrement.

— Della Rocca, même si je ne suis pas responsable de l'enquête, les derniers rebondissements de l'affaire Desmondières me posent question.

— Le capitaine Barka t'en a déjà parlé ?

— Non, j'ai déjeuné avec Rodolphe.

Della Rocca haussa les épaules, à peine étonné par le manque de discrétion de son collègue.

— Personnellement, je trouve que traquer des suspects en participant à une soirée libertine est à la limite de la déontologie. Cependant, c'est à Nadia d'en juger : c'est ton chef de groupe. Néanmoins, si je t'ai fait venir, c'est pour te parler d'elle.

— Elle est majeure et vaccinée, répliqua Della Rocca. Je travaille avec le capitaine Barka depuis plusieurs mois, et elle me semble assez solide et sûre d'elle pour prendre toutes les décisions relatives à la bonne marche de l'enquête.

Étienne Fortin serra les poings, puis, soudain, soupira en s'affaissant dans son fauteuil. Sa compagne n'avait pas à lui rendre de comptes sur ses choix professionnels, quels qu'ils soient. Cependant, il ne pouvait pas la laisser s'embourber de nouveau et risquer de se détruire.

— Marco, je te parle à titre personnel. Tu pourras penser ce que tu veux de ce que je vais te raconter et de mon comportement. Je te demande juste de garder notre entretien confidentiel, surtout vis-à-vis de Nadia. Elle ne me le pardonnerait pas.

Le brusque changement de ton de Fortin étonna Della Rocca qui s'attendait à un duel de coqs. Son interlocuteur respirait la sincérité.

— Tu as ma parole, répondit-il simplement.

— Merci. Nadia est une femme hors du commun. Je travaille avec elle depuis des années et, objectivement, c'est le flic le plus efficace que je connaisse. Elle a résolu toutes les affaires que lui a confiées Mazure, quitte à y laisser sa santé mentale. Et c'est bien son problème ! Elle a une exigence de justice qui dépasse ce que l'on est en droit de demander à un fonctionnaire de police. Plusieurs fois, elle s'est mise en péril à vouloir poursuivre ses idéaux !

— J'en suis persuadé, Étienne. Mais je ne vois pas pourquoi notre discussion de ce matin sur l'infiltration d'un groupe hautement suspect te stresse à ce point.

— Tu sais que nous vivons ensemble et que nous avons une fille. Il est évident que le genre de soirée que tu lui as proposée ne m'emballe pas, et c'est un euphémisme. Néanmoins, si Nadia estime qu'un tel investissement de sa part est indispensable à la recherche de la vérité, je respecterai son choix. Le problème, c'est que Nadia n'est pas dans son état normal.

— Que veux-tu dire ? s'étonna Della Rocca.

— N'en parle à personne… s'il te plaît… Nadia est en pleine dépression. Je ne sais pas si c'est lié à la naissance d'Adèle, mais elle a les nerfs à fleur de peau. Pour couronner le tout, sa récente interpellation des violeurs de la jeune Black lui a valu des problèmes.

— Je sais, elle a pris un avertissement. Mais c'est terminé !

— Non, ce n'est pas fini. Le père d'un des agresseurs, Vertufoy, un politicard haut placé, a porté plainte contre elle. Il la harcèle par avocat interposé. Hier, le connard de juge en charge de l'affaire est venu perquisitionner notre appart ! Elle ne sait plus où elle en est. Comme elle veut à tout prix arrêter les meurtriers des deux femmes et que l'enquête piétine, je crains qu'elle soit prête à tout pour trouver des indices… quitte à replonger dans le monde du libertinage.

— Replonger ? s'étonna Della Rocca. Elle a déjà trempé dans ce milieu ?

— Il y a cinq ans, Laure Desramaux, une gamine d'une vingtaine d'années, a été retrouvée morte dans la région. L'affaire a été confiée à Nadia. J'ai bossé dessus avec elle. Pendant des semaines, on a investigué, interrogé, perquisitionné, mais rien. Quand le parquet a décidé de classer le dossier, le père de la victime est venu trouver Nadia. Il lui a demandé de quitter provisoirement la police et de travailler pour lui. Nadia était obsédée par ce crime et elle a accepté la proposition. Elle vivait une période personnelle difficile et elle a mis toute son énergie dans ces recherches. Pendant des semaines, elle a approché pratiquement tout ce que la région peut compter comme déviances, naviguant des milieux satanistes à des groupes aux mœurs sexuelles plus que borderline. On était loin des soirées entre amis du Gant de Velours. Récemment, elle m'a livré qu'elle avait plongé dans ces parties privées et avait accepté des pratiques SM. Elle perdait pied, mais ne savait plus comment rejoindre la rive. Alors elle s'est laissée couler, se livrant à des expériences qu'elle a mis des mois à avouer.

— Nadia ? le coupa Marco, abasourdi. Tu plaisantes, là ?

— Est-ce que j'en ai l'air ? C'est un toubib qui a réussi à attraper la main qu'elle tendait désespérément. Même moi, je ne m'étais pas rendu compte qu'elle allait si mal. Elle a passé plusieurs semaines au repos et a récupéré toutes ses capacités. C'était une sorte de résurrection que personne n'imaginait si rapide. D'un côté, elle en est sortie plus forte, mais d'un autre, elle a gardé cette tentation inconsciente de se mettre en danger. C'est pour ça que je voulais te voir, Marco. Je voulais que tu saches que Nadia n'est pas aussi solide qu'elle en a l'air. Voilà, c'est dit.

Le lieutenant Della Rocca jouait avec ses boutons de manchette, laissant le silence se prolonger dans le petit bureau au mobilier spartiate. Puis il releva la tête :

— Je te remercie pour ta franchise, Étienne. Je m'attendais à une scène de jalousie, mais j'ai bien compris que c'est elle que tu veux protéger. Quand j'ai raconté à Nadia ma perquise officieuse chez Plantain et mon invitation à leur prochaine rencontre, elle m'a passé un savon… tout en reconnaissant que la piste d'Abel est ce que nous avons à cette heure de plus chaud. Lorsque je lui ai dit que j'avais besoin de quelqu'un pour m'accompagner, je l'ai vue se troubler. Je n'aurais pas su dire si l'expérience la tentait ou non. Je comprends maintenant sa réaction. Je lui ai proposé d'être ma partenaire pour cette soirée. Nous n'étions pas obligés de participer aux ébats sexuels. Son regard s'est alors perdu, comme si elle partait dans un autre monde. C'était assez déstabilisant. En bafouillant, elle a refusé et m'a signifié que notre entretien était terminé.

— Qu'est-ce que tu vas faire, du coup ?

— Je trouverai quelqu'un pour m'accompagner. Ce ne sera pas Nadia, t'inquiète pas !

— Si ces types sont vraiment dangereux, tu prends de gros risques ! relança Étienne.

— On en court tous les jours dans notre métier, tu ne crois pas ?

— Sauf que, dans ton cas, tu ne maîtrises plus rien. Tu ne sais pas dans quoi tu mets les pieds. Rien ne t'assure que ton réalisateur de pornos n'ira pas te balancer.

— Tu as raison, Étienne, mais on traîne tous nos traumatismes. Je ne suis pas un pervers qui s'éclate dans le monde de la prostitution, comme certains de nos collègues aiment le dire dans les couloirs. J'ai aussi mes fantômes à chasser. J'espère les éloigner en coffrant les tueurs.

Étienne Fortin le regarda avec des yeux interrogateurs.

— T'es un mec bien, Étienne. Ça fait longtemps que je n'ai pas croisé quelqu'un comme toi. Si tu as un peu de temps à me consacrer, viens avec moi. Je t'expliquerai pourquoi je veux me faire ces types.

Surpris par la proposition de son collaborateur d'habitude peu loquace, Étienne éteignit son ordinateur et se leva pour l'accompagner.

Quand, deux heures plus tard, Étienne Fortin regagna son bureau, il se laissa tomber lourdement sur son siège. Marco lui avait dévoilé son passé. Sa jeunesse dorée, ses débuts prometteurs de flic à Nice, sa traque d'une bande de proxénètes internationale, sa liaison passionnée avec Fanny, une jeune avocate qui travaillait avec lui sur l'affaire. Puis la partie sombre de son existence : l'enlèvement et l'assassinat de sa compagne, sa plongée dans les bas-fonds et sa vengeance implacable. Étienne avait la réponse aux meurtres inexpliqués de personnalités de la Côte d'Azur l'an dernier. En tant que policier, il aurait dû en informer la justice, mais il avait juré à son collègue de garder le silence. D'ailleurs, les victimes de l'Italien ne méritaient pas le pardon.

Della Rocca avait demandé sa mutation à Grenoble pour tenter d'oublier. Étienne comprenait mieux l'attirance de Marco pour Nadia, ce côté borderline qu'ils cultivaient tous les deux. Mais il était sur la corde raide, et penchait un peu plus chaque jour du mauvais côté. À la différence de Nadia, il n'avait jamais trouvé une main tendue pour l'aider à quitter son cauchemar.

38

Rome

Nadia déboucha sur la piazza dei Cinquecento. La douceur du printemps romain, la légèreté de l'air, la délicieuse chaleur du soleil de midi l'envoûtèrent en un instant. Le poids qu'elle traînait depuis des mois semblait s'être dissous sous la lumière méditerranéenne. Elle s'arrêta et se retourna pour attendre le père Bernard de Valjoney. Dans sa précipitation à découvrir la Ville éternelle, elle avait accéléré le pas et laissé son compagnon de route quelques mètres derrière. Légèrement essoufflé et ralenti par quelques kilos superflus, le prêtre sortit à son tour de la gare de Rome Termini et lui adressa un large sourire :

— *Benvenuta a Roma*, Nadia, lui lança-t-il en la rejoignant. Je retrouve cette sensation de *dolce vita* chaque fois que j'arrive, et Dieu sait si j'y ai passé du temps. Rome n'est peut-être pas la plus belle ville du monde, même si cela reste à prouver, mais elle est magique.

— Trois pas m'ont suffi pour comprendre pourquoi on l'appelle la Ville éternelle, Bernard.

— Nous aurons quelques heures pour la découvrir. Je vous promets que vous ne rêverez que d'y revenir. En attendant, en route pour notre hôtel.

— J'ai noté qu'il y avait une ligne de métro directe.

— Nous allons nous y rendre à pied. Vingt minutes de marche nous dégourdiront les jambes et nous permettront de nous plonger dans l'ambiance de la ville. Empruntons la via Cavour, c'est le chemin le plus court.

Tirant leur valise à roulettes, les deux Français s'immergèrent dans la foule en quête d'un restaurant ou d'un kiosque à paninis. Nadia s'offrit à cette apparente insouciance, dévorant des yeux la ville et ses habitants. Bernard de Valjoney s'était transformé en guide, multipliant les anecdotes. Nadia s'arrêta devant une somptueuse église, dressée sur une place aux dimensions respectables.

— La basilique Sainte-Marie-Majeure, expliqua l'ecclésiastique, consacrée à la Vierge. Si nous avons un peu de temps au retour, nous la visiterons. Nous pourrons y admirer de splendides mosaïques du XIIIe siècle. Sa beauté parle autant aux simples visiteurs qu'aux catholiques. Ce sanctuaire contient même des reliques de la crèche dans laquelle serait né le Christ.

— Et vous y croyez ? demanda Nadia.

— Le merveilleux s'est parfois invité à la tradition rapportée par les Apôtres. Quand la religion chrétienne s'est étendue en Europe et en Asie, elle a souvent intégré des éléments des coutumes locales. Au Moyen Âge, la vénération, voire le trafic, des reliques a atteint son apogée. Les fidèles se rendaient de préférence dans les lieux de pèlerinage proposant des reliques de saints célèbres. Savez-vous que le Mont-Saint-Michel a même exposé une plume de l'archange saint Michel ? Cela fait sourire aujourd'hui. Bien évidemment, l'Église s'opposait à ces abus et tous les chrétiens n'y croyaient pas. Néanmoins, cette vénération portait sincèrement la foi de certains de nos ancêtres, fiers de prier auprès de souvenirs d'hommes ou de femmes à la vie exemplaire. Cela étant dit, certains font bien la queue au Stade de France pour photographier le banc où s'est assis monsieur Zidane. D'autres vont à Los Angeles pour admirer dans le béton l'empreinte des mains de leurs idoles ! Pour revenir à notre crèche, Jésus n'a pas dû y dormir bien souvent, et c'est un euphémisme !

Ils reprirent leur chemin, quittant l'artère principale pour s'engager dans une voie latérale qui montait vers le ciel azur. Rome ne s'appelle pas la ville aux sept collines pour rien. La circulation avait pratiquement disparu et Nadia eut l'impression de plonger quelques dizaines d'années en arrière. Le revêtement du sol devenait aléatoire, et leurs bagages cahotaient au gré des pavés disjoints. Ils descendirent une rue bordée de petits restaurants. Les terrasses, réduites à quelques tables posées sur des trottoirs minuscules, respiraient la vie. Ils passèrent sous une treille en fleur et s'engouffrèrent dans une étroite venelle qui partait sur la droite. Bernard de Valjoney s'arrêta devant une banale porte en bois. Il leva la tête à la recherche de l'enseigne d'un hôtel, cachée par le lierre qui recouvrait la façade du bâtiment.

— Cela ne paie pas de mine, mais un ami m'a dit le plus grand bien de cet établissement.

— Vous n'y avez jamais dormi ? interrogea Nadia.

— Non. Quand je viens à Rome, je loge au séminaire français ou dans l'une des nombreuses congrégations disséminées dans la ville. Nous aurions pu y prendre des chambres. Cependant, j'ai pensé que vous préféreriez sans doute quelque chose de moins… confessionnel, même si l'accueil des sœurs est charmant.

Nadia apprécia le choix de son compagnon de route. Elle le suivit dans le couloir de l'entrée pour arriver devant un comptoir en bois minuscule. Une vieille femme, penchée sur un livre, se releva en les entendant s'approcher. Elle tiqua en voyant ce couple si peu assorti, puis sa face se dérida lorsqu'elle remarqua la croix que portait le prêtre sur le revers de sa veste.

— *Buongiorno*, lâcha-t-elle alors en regardant Bernard de Valjoney.

L'ecclésiastique, qui avait passé plusieurs années de séminaire à Rome, maîtrisait parfaitement l'italien. Il s'occupa des formalités administratives et la vieille femme les escorta vers leurs chambres. Ils traversèrent un patio déjà fleuri et débouchèrent sur un petit pavillon. L'employée ouvrit les portes et repartit vers l'accueil. Nadia posa sa valise, agréablement surprise par le décor de la pièce. Elle s'assit sur le lit pour en jauger le confort, puis, satisfaite, rejoignit le père de Valjoney.

— Comme prévu, je vous abandonne, Nadia. Je dois organiser notre réunion de ce soir. Il est quatorze heures. Retrouvons-nous vers dix-huit heures. Cela nous laissera le temps de flâner vers le Colisée avant d'aller dîner.

— Cela me convient parfaitement, répondit Nadia. J'ai vu qu'il y avait des plans de la ville à l'accueil. Il faut que je me transforme en parfaite Italienne pour faire honneur à vos amis. Je ne suis pas du tout dans le ton local, soupira-t-elle en montrant son jean et la veste trop chaude qu'elle portait.

— Je ne pourrai pas vous être d'une grande aide dans ce domaine, s'amusa le prêtre. Je peux juste vous conseiller de vous rendre du côté de la piazza di Spagna, la place d'Espagne. Non seulement le quartier est splendide, mais vous y trouverez toutes sortes de boutiques. Les prix ne se discutent pas trop dans les magasins, mais sachez que les Italiens sont sensibles au charme des jolies femmes.

39

Dolce vita

Nadia Barka posa sa valise sur un coffre en bois. Elle avait volontairement choisi un grand modèle, ce qui leur avait valu d'attendre un bon quart d'heure devant le carrousel à bagages de l'aéroport de Fiumicino. Elle avait décidé de laisser ses problèmes quotidiens à Grenoble et de s'offrir quelques heures de liberté. Le commissaire Mazure lui avait accordé trois jours de congé et avait même déniché une queue de budget pour payer le billet d'avion. Elle opérait en touriste. Elle sortit sa trousse de toilette, se rendit dans la salle de bains et se maquilla avec soin. Elle était en Italie, le pays de la mode et de la séduction, et plus à Grenoble, étouffée par le style vestimentaire montagnard. Elle était excitée à l'idée de courir les magasins dans une ville aussi vivante, ce qu'elle n'avait plus fait depuis ses études à Paris : une éternité. Elle secoua la tête, passa une paire de Ray-Ban dans ses cheveux et se regarda dans le miroir. Pour la première fois depuis longtemps, son image lui plut. Elle déplia une veste en cuir légère et l'enfila sur son tee-shirt. Le mâle italien allait se retourner sur son passage ! Elle avait récupéré un plan à l'accueil et préparé son trajet. Elle commencerait par une halte à la pizzeria qui jouxtait l'hôtel. L'odeur qui avait enchanté ses narines à leur arrivée l'avait presque fait défaillir de plaisir. Puis elle achèterait une glace deux boules chocolat-pistache avant de se rendre place d'Espagne. Son instinct la guiderait ensuite dans les boutiques. Nadia attrapa son sac, chercha son portefeuille et en tira sa carte de crédit. Elle la regarda, l'approcha de ses lèvres et l'embrassa.

— Toi, ma chérie, prépare-toi à chauffer dans les heures qui viennent.

Bernard de Valjoney attendait au bout de la ruelle, une cigarette à la main. Il n'était pas accro au tabac, mais appréciait de temps en temps son odeur et le contact âcre de la fumée dans ses poumons. La douceur exceptionnelle de la soirée lui offrait une étrange sensation de liberté. Le soleil commençait à baisser sur l'horizon, baignant la ville d'une lumière magique. Il entendit des claquements secs derrière lui et se retourna. Une femme avançait, sans le quitter des yeux. Troublé, il la détailla malgré lui. La silhouette élancée, elle portait avec élégance un tailleur couleur pêche qui mettait en valeur son teint mat et ses longs cheveux noirs. C'est quand elle lui adressa un sourire charmeur qu'il reconnut Nadia. Elle tourna sur elle-même et esquissa deux pas de danse.

— Pensez-vous que je serai à la hauteur de vos invités ? demanda-t-elle d'un air faussement ingénu.

— Vous êtes superbe, Nadia… Preuve supplémentaire, s'il en faut, que notre Créateur a parfaitement réussi son œuvre, répondit-il avec un clin d'œil.

— C'est la première fois que je reçois un compliment ecclésiastique. Un peu alambiqué, mais très plaisant.

— Certains de nos convives seront peut-être plus doués que moi. Nous avons rendez-vous dans une trattoria tenue par un ami. Il prépare un cochon de lait à se damner, si je peux me permettre l'expression. Et si vous voulez juste manger des pâtes, vous y trouverez sans doute les meilleures du quartier. Les *linguine alle vongole* sont divines. Enfin, vous découvrirez tout cela par vous-même. Sinon, je vois que vous avez bien employé votre temps.

— Je suis restée près de deux heures dans la même boutique, et j'ai terminé ma séance shopping avec le patron devant un café. J'en ai aussi profité pour flâner dans les rues. Bref, un après-midi superbe ! Et vous ?

— J'ai dû inviter un peu plus de monde que prévu, mais ce sont des gens d'excellente compagnie qui sauront vous raconter Rome. Nous passerons aux choses sérieuses demain. En attendant, je vous propose de découvrir la Rome antique, si vous le souhaitez.

— Bien évidemment, Bernard, répliqua Nadia. À nous César et les jeux du cirque !

Ils devisèrent dans les petites rues qui menaient au Forum. Nadia en profita pour faire un bilan rapide de son enquête. Ils avaient de nouveau auditionné tous les voisins d'Isabelle Desmondières. Aucun indice supplémentaire n'avait émergé si ce n'est qu'elle recevait beaucoup. Ils avaient aussi interrogé les connaissances de Pascaline Morseaux. Personne ne se doutait de la relation adultère qu'elle avait entretenue au cours des derniers mois. Jérôme Garancher et son équipe avaient épluché tous les dossiers des meurtres potentiellement liés à leur affaire, mais ils n'avaient rien trouvé. La police scientifique avait analysé toutes les traces ADN retrouvées dans la maison d'Isabelle Desmondières, pourtant le fichier central n'avait pas parlé. Bref, ils étaient dans une impasse. Le procureur faisait un numéro d'équilibriste permanent pour tenter de calmer les médias et craignait que les tueurs continuent leur série. Face au mur qui se dressait devant eux, le juge d'instruction avait fermé les yeux sur les pseudo-congés de Nadia en Italie. Même si plonger dans le passé pour résoudre un meurtre actuel lui semblait absurde, il ne voulait négliger aucune piste.

Bernard de Valjoney écoutait la policière avec attention. Mettre fin à cette hécatombe avait été la principale motivation de sa proposition. Accompagner Nadia Barka n'était pas non plus pour lui déplaire : il aimait le caractère entier de cette femme. Et une escapade à Rome ne se refusait pas… Trois hommes qui arrivaient en face d'eux ralentirent en s'approchant. Ils les observèrent et le plus petit, avec un air goguenard, lança une tirade chantante. Ses deux amis s'esclaffèrent et ils passèrent leur chemin, non sans un regard appuyé à Nadia.

— Quel compliment nous ont-ils servi ? demanda Nadia, amusée de voir le prêtre rougir.

— Rien de bien important, ne vous inquiétez pas !

— Je ne suis pas inquiète, mais juste curieuse de savoir ce qui vous a troublé. Vous pouvez parler, vous ne pourrez jamais imaginer tout ce que j'ai entendu au cours de ma carrière.

Un peu gêné, son compagnon s'exécuta :

— Ils ont dit que quand un homme comme moi est accompagné d'une bombe comme vous, il doit bien la soigner et ne pas la décevoir.

— Je suppose que vous édulcorez un peu le propos, mais vous ne me décevez pas, rassurez-vous… même si cela ne va pas dans le sens qu'espéraient ces messieurs.

Elle lui posa sa main sur le bras et le pressa amicalement :

— *Andiamo, padre*, l'âme de la Ville éternelle nous attend.

Au détour d'une rue, la masse millénaire du Colisée se révéla à eux subitement. En contrebas, les arcades du cirque antique se découpaient dans la lumière du jour tombant. Le soleil rasant éclairait les façades ocre des bâtiments alentour, y projetant les ombres de quelques palmiers isolés. Au loin, le mont Palatin offrait au regard les reflets verts des jardins qui le recouvraient. Nadia s'arrêta, émerveillée par la majesté du panorama. Elle avança de quelques pas et admira les ruines du forum romain. Des siècles d'histoire et de culture s'étendaient, immobiles et sereins, à perte de vue. Une évidence s'imposa à elle : ce serait bien ici, en fouillant dans le passé et la mémoire des Savelli, qu'elle trouverait les indices manquants. Elle s'extirpa de ses pensées et se pencha vers son compagnon de voyage.

— Avons-nous encore quelques minutes pour profiter de ces lieux ? interrogea-t-elle.

— Il serait dommage de ne pas le faire, confirma Bernard de Valjoney.

Ils se joignirent aux touristes, longèrent d'abord le Colisée, puis se dirigèrent vers les ruines du forum romain. Là, le calme au milieu de cette ville si animée était saisissant. Nadia ferma les yeux et se concentra sur le chant d'un oiseau niché dans un arbre au-dessus d'elle. Elle respira lentement, profitant de ces instants de sérénité. Elle se sentait bien dans cette ville d'Italie, accompagnée par ce prêtre érudit et non dénué d'humour. Sa vocation était-elle vraiment d'attraper des truands et des pervers ? Elle chassa ces pensées.

— Si je continue à rêver à vos pâtes, Bernard, je vais finir par saliver en marchant. Cela nuirait à la dignité de notre joli couple. Vous m'emmenez dîner ?

40

La trattoria

Ils avaient marché à bonne allure pour rejoindre le restaurant. Les lumières qui éclairaient les façades des trattorias, les rires des groupes qu'ils croisaient et une température digne d'un début d'été avaient permis à Nadia de ne pas trop penser à ses pieds mis à mal par ses nouveaux escarpins. Le père de Valjoney, naturellement bavard, devenait intarissable lorsqu'il s'agissait de raconter Rome. Elle l'écoutait avec attention, convaincue que la compréhension de la vie romaine l'aiderait à mieux appréhender les écrits d'Antonio Savelli.

Bernard de Valjoney poussa la porte d'un restaurant aux fenêtres à meneaux. Une odeur d'ail, d'épices et de tomates les accueillit. Le patron, un quinquagénaire à la moustache cirée, serra le prêtre dans ses bras pendant de longues secondes. Puis il se tourna vers Nadia, lui offrit un compliment à base de *cara signora*, *splendida* et *bellissima* et la gratifia d'un baisemain. Elle sourit intérieurement. Jamais elle n'avait reçu un tel accueil dans la pizzeria qu'elle fréquentait régulièrement en bas de chez elle. Très dignement, le patron les accompagna dans une petite salle où quatre personnes les attendaient déjà. Nadia ne put s'empêcher de marquer un temps d'arrêt en découvrant les convives. Deux d'entre eux étaient en soutane et les deux autres portaient ostensiblement un col romain. Les ecclésiastiques se turent lorsqu'ils virent entrer les deux nouveaux arrivants. La surprise était réciproque. Le plus jeune, un prêtre sans doute tout juste ordonné, ne fermait plus la bouche. Celui qui semblait être leur mentor, un homme d'une soixantaine d'années, lui donna une discrète tape sur la nuque avant de se lever et d'aller à la rencontre de Bernard et de Nadia.

— *Buona sera* madame, bonsoir Bernard. C'est un vrai plaisir de partager ce dîner avec vous ce soir. En attendant mon ami Giovanni qui nous rejoindra un peu plus tard, je vous propose de prendre l'apéritif : un prosecco avec une cerise amarena que nous accompagnerons des antipasti du patron.

Soudain, il redevint sérieux :

— Honte sur moi, je ne me suis même pas présenté. Veuillez accepter mes excuses, madame. Je suis le *padre* Maurizio Camillo. Camillo comme dans le film. Imaginez les plaisanteries que j'ai dû endurer, ajouta-t-il dans un rire sonore. Je suis le responsable des cours de théologie au séminaire pontifical français, situé vers la place Navone. J'ai amené avec moi les pères Tardelli et Buffon, spécialistes de l'histoire romaine.

Les deux ecclésiastiques en soutane se levèrent et tendirent la main à Nadia. Elle leur offrit son plus charmant sourire. Le père Camillo termina les présentations :

— Et voici le *padre* Guglielmo Condottieri, qui vous apportera les informations que vous désirez sur l'institution inquisitoriale.

— Je vous remercie, messieurs. Pour répondre à votre première question, *padre* Camillo, votre prosecco et les antipasti me font très envie.

Comme s'ils n'attendaient que ce moment, deux serveurs, les bras chargés d'entrées, firent leur apparition alors que Nadia s'asseyait à côté du père Condottieri. Le siège à sa droite était vide, prêt à accueillir le mystérieux Giovanni. La discussion glissa sur l'odyssée de la ville aux sept collines. Nadia était bercée par la faconde de ses interlocuteurs qui s'exprimaient dans un français parfait. Elle naviguait au rythme de siècles d'histoire qui défilaient presque aussi rapidement que les verres de prosecco. Près d'une heure plus tard, elle vit le père Camillo faire un signe de la main en direction de la porte d'entrée. Elle se retourna et resta bouche bée en dévisageant l'homme qui s'avançait vers eux. Tout droit débarqué d'un spot publicitaire, il salua chaque membre de la petite assemblée. Grand et svelte, il portait avec élégance un costume sombre et une chemise crème qui faisait ressortir un bronzage insolent pour cette période de l'année. Son visage fascinait Nadia : un menton volontaire, des yeux d'un bleu presque violet, une bouche charnue et quelques traces imperceptibles de cheveux gris sur les tempes. Quand il se présenta, elle garda sa main dans la sienne quelques instants de plus que nécessaire. Le vin blanc devait commencer à faire son effet, mais elle avait l'impression d'avoir à ses côtés le séducteur italien de ses rêves d'adolescente.

— Je vous prie d'excuser mon retard, annonça-t-il à l'assemblée. J'avais prévenu Maurizio que je ne pouvais échapper à une obligation prévue depuis des semaines avant de vous rejoindre.

— C'est nous qui vous remercions d'être parmi nous, Giovanni, intervint Nadia. Nous avions des échanges passionnants sur votre belle cité.

Le serveur passa prendre les commandes et la discussion repartit de plus belle. Giovanni connaissait des anecdotes croustillantes sur la société romaine actuelle, charmant Nadia par son sourire et ses traits d'humour. L'esprit de la policière vagabondait alors qu'elle écoutait sa voix chaude. La magie de Rome et de l'accumulation de prosecco opérait. Un instant, elle s'imagina avec lui, seuls dans une venelle. À l'ombre d'une tonnelle, ils découvraient mutuellement leurs corps alanguis. Elle imagina les mains bronzées effleurer ses hanches, suivre la courbe de ses fesses. Les yeux fermés, elle devina presque la sensation délicieuse de ses doigts sur ses seins, de ses lèvres sur sa bouche offerte. Elle frissonna malgré elle et sentit une douce chaleur envahir son bas-ventre. Elle colla furtivement sa jambe contre la sienne et la retira aussitôt. Pas ici, tout de même ! Elle pourrait demander à Giovanni s'il avait le temps de boire un dernier verre. L'image d'Étienne passa devant elle… Boire un verre en tout bien tout honneur, bien sûr. Elle rouvrit les yeux. Le jeune prêtre en soutane hochait lentement la tête de haut en bas.

— Si je n'avais peur de commettre un péché, j'envierais le talent d'orateur du père Massimo !

— Le père Massimo ? reprit Nadia, interloquée.

— Mes amis ne m'ont pas présenté ? Je suis le *padre* Giovanni Massimo, lui répondit doucement l'homme qui, sans le savoir, tenait le rôle principal de sa rêverie érotique quelques secondes plus tôt.

Nadia se sentit rougir jusqu'à la racine des cheveux. Il la regarda avec un sourire complice, sans doute conscient de l'effet qu'il pouvait provoquer.

— Je ne suis pas habillé ainsi tous les jours, continua-t-il. J'étais invité à un vernissage et j'ai dû adapter ma tenue à l'occasion. Notre évêque m'a envoyé en mission auprès de la jeunesse dorée de la ville. Il m'a quand même accordé l'autorisation de ne plus sniffer les lignes de coke qu'elle consomme bien trop souvent, ajouta-t-il avec un clin d'œil.

— Plus ? interrogea Nadia.

— Je ne vais pas vous ennuyer avec mon parcours religieux, mais j'ai connu ma vocation assez tardivement. Jusqu'à l'âge de vingt-cinq ans, je dirais que ma vie a été assez agitée.

Cette confidence rasséréna Nadia. C'est sans doute cet aspect de la personnalité de Giovanni qui l'avait si fortement troublée.

— C'est moi qui serai votre guide demain. Ma mère est une Savelli et, à ce titre, nous avons accès à de nombreuses archives familiales. J'avais initialement un rendez-vous à Turin, mais j'ai réussi à le décaler pour répondre à la demande du père de Valjoney. Ce sera un plaisir pour moi de pouvoir vous assister dans vos recherches, Nadia.

Nadia sentit son enthousiasme renaître aussi rapidement qu'il s'était évanoui. Même si cet homme était prêtre, il n'en était pas moins charmant et séduisant. Avoir un tel partenaire pour mener une enquête était une première dont elle se réjouissait.

41

Inquisition

Après le porcelet à la broche, la discussion avait bifurqué sur le thème plus sérieux de l'Inquisition. Nadia voulait non seulement comprendre les motivations des meurtriers grenoblois, mais avait aussi envie de connaître la genèse de l'organisation qui avait laissé de si sombres souvenirs. Le père Condottieri, peu loquace pendant le repas, avait pris la parole :

— Je ne vais pas vous raconter toute l'histoire de l'Inquisition. Elle est bien trop longue et trop complexe. Sachez quand même qu'il en a existé plusieurs. L'Inquisition pontificale, décrétée par la papauté, a été active du XIIe au XIVe siècle. Sa principale raison d'être fut le combat des hérésies vaudoise et cathare. L'Inquisition espagnole, initiée par le fameux Thomas de Torquemada à la fin du XVe siècle, n'est plus le fruit d'une demande papale. Elle est tout autant politique que religieuse. Elle ne prendra fin qu'en 1808, sous Napoléon Ier. Enfin sont apparues les dramatiques chasses aux sorcières des XVIe et XVIIe siècles, qui ont tourné par moment à l'hystérie collective. Les spécialistes estiment que près de quarante mille femmes ont été brûlées, très majoritairement dans les pays protestants à l'est du Rhin. Une certaine tradition a souvent placé ces procès à l'époque médiévale alors qu'ils sont une aberration des temps modernes.

— Bernard m'a assuré que vous étiez le spécialiste dont j'avais besoin, répondit Nadia en l'invitant à continuer. Il avait raison.

— Ce soir, je vais vous exposer des faits et non pas chercher à justifier quoi que ce soit. Évidemment, nombre de pratiques utilisées par les tribunaux inquisitoriaux nous semblent aujourd'hui barbares, et nous serions les premiers à les dénoncer. Le pape Jean-Paul II lui-même, en 2000, a demandé pardon pour les abus commis par l'Église à cette période. Cependant, si l'on veut tenter de comprendre les origines de cette juridiction, il faut s'immerger dans la mentalité du Moyen Âge et quitter nos modes de pensée actuels. Au XIIe siècle, les hommes vivaient en communauté. La notion de groupe prévalait sur celle d'individu. Par ailleurs, préserver sa foi était aussi important, voire plus, que conserver la santé. Si ces hommes et ces femmes revenaient à notre époque, notre égoïsme élevé à l'état de dogme les ferait hurler. Durant le premier millénaire, tous les habitants de l'Europe étaient profondément chrétiens et l'Église permettait à la société de se structurer : elle assurait l'éducation et les soins dans de nombreux hôpitaux. Cependant, la principale mission de l'Église restait d'annoncer aux hommes leur salut éternel. C'est cette obsession du salut de l'âme, fondamentale à la base, qui a généré des tensions au cours du temps. À la fin du XIIe siècle, les Vaudois, puis les Cathares, eux aussi chrétiens, ont remis en question les principes religieux de l'Église. La société de l'époque a considéré ces hérésies comme un risque majeur. Les inquisiteurs pontificaux ont alors été créés. Ils tenaient leur pouvoir du pape et les autorités locales leur devaient allégeance.

— Pourquoi ont-elles accepté d'obéir à un pouvoir étranger ? coupa Nadia, surprise.

— Ceux qui refusaient étaient menacés d'excommunication.

— Excommunication ?

— D'être rejetés hors de l'Église, expliqua le père Condottieri.

— Et c'était suffisant pour les motiver ? s'étonna Nadia.

— Aujourd'hui, cela fait sourire, ou même rire. Cependant, n'oublions pas notre postulat de base : examiner les événements avec le regard de l'époque. Être excommunié, cela signifiait quitter la communauté de l'Église et mettre en péril son salut éternel.

Si quelques puissants ont fait face au pape en jouant sur le rapport de forces, la plupart des gens ont obtempéré. Ce n'était pas un manque de courage.

— Les inquisiteurs sont alors entrés en lice, continua Nadia.

— Exactement. Certains tentaient de mener les procès avec droiture. Leur objectif était de sauver l'âme des accusés, même si les moyens employés seraient répréhensibles à notre époque. Les peines étaient en général des amendes, la confiscation des biens ou l'exil, mais très rarement la mort. D'autres abusaient de leur position et faisaient acte de violence. Ceux-là risquaient la destitution.

— Ils ont tout de même fait régner la terreur !

— Certains, oui. Par ailleurs, les dénonciations étaient courantes. D'aucuns tentaient d'en profiter pour s'enrichir en récupérant les possessions des victimes. Bref, au bout de deux siècles, l'hérésie cathare avait disparu, le royaume de France avait annexé le comté de Toulouse et les inquisiteurs n'avaient plus de raison d'être.

Nadia réfléchit quelques minutes à ce que venait de lui raconter l'ecclésiastique. Elle n'était pas croyante, mais s'était souvent posé des questions. Combien de choses magnifiques autant qu'atroces les hommes n'avaient-ils pas commises au nom de Dieu ? Elle avait un temps été tentée de rejeter toute forme de religion, renvoyant dos à dos les extrémistes juifs, chrétiens, musulmans, bouddhistes, hindouistes et consorts. Jusqu'au jour où Sophie lui avait fait remarquer que les régimes les plus cruels du XXe siècle avaient été ceux de Hitler, Staline, Mao et Pol Pot, qui avaient tous nié la notion même de Dieu. Le Dieu ultime était aujourd'hui l'argent, pour lequel on acceptait de laisser mourir des hommes, des femmes et des enfants par millions… l'idole que chacun, riche ou pauvre, avait vénérée un jour ou l'autre… Elle revint à son interlocuteur :

— Avant de passer à la chasse aux sorcières, Guglielmo, pouvez-vous me donner votre avis sur cette Inquisition pontificale ?

Le prêtre la regarda longuement.

— Si votre question est « est-ce que je condamne ou non cette organisation ? », je vais vous faire une double réponse. En tant que chrétien du XXIe siècle, oui, je la condamne de toutes mes forces. J'ai consacré ma vie au Christ, qui a offert la sienne pour tous les hommes, sans exception. Il a prôné l'amour du prochain. Comment pourrais-je tolérer que l'on s'en prenne en son nom à l'un de mes frères, quelles que soient ses convictions religieuses ? Si j'avais vécu au Moyen Âge, peut-être aurais-je négligé l'enseignement du Christ et réagi comme les habitants de l'époque. Si tel avait été le cas, j'aurais été dans l'erreur et j'aurais trahi l'Évangile, ajouta-t-il en souriant.

— Je vous remercie de votre honnêteté. Pensez-vous que nous ayons le temps de parler des chasses aux sorcières devant un tiramisu et un limoncello ?

Un joyeux brouhaha accueillit cette proposition. La bouteille de liqueur rejoignit rapidement la table pour ne plus la quitter.

42

Vatican

Nadia Barka et Bernard de Valjoney avaient rejoint leur hôtel à plus de deux heures du matin. La fin du dîner avait été débridée et ils avaient terminé leur soirée dans un bar que connaissait Giovanni. L'arrivée de clients en soutane avait à peine surpris les habitués : après tout, ils étaient à Rome, capitale du catholicisme. Le plus jeune prêtre, largement alcoolisé, avait osé une ou deux plaisanteries qui, sans être grivoises, ne faisaient pas partie des mots d'humour officiellement reconnus par le séminaire.

Giovanni Massimo leur avait donné rendez-vous à huit heures trente devant leur hôtel. Il les emmènerait en voiture dans l'enceinte du Vatican.

Une banane, un grand verre d'eau accompagné de deux cachets d'aspirine et trois expressos avaient composé le petit déjeuner de la policière. Le père de Valjoney semblait avoir mieux supporté la dose d'alcool qu'ils avaient tous absorbée la veille. Jamais Nadia n'aurait imaginé un jour prendre une cuite avec une bande de prêtres. Elle en souriait encore en épluchant son fruit. Même le quiproquo avec Giovanni, après l'avoir embarrassée, l'amusait. Il s'était sans doute rendu compte de son manège, mais ne lui en avait nullement tenu rigueur. Si toute velléité de drague avait disparu, elle restait fascinée par cet homme et se sentait rassurée par sa présence.

Bernard de Valjoney essuya les miettes de son croissant à l'abricot et regarda sa montre.

— Nous avons un quart d'heure pour finir de nous préparer, Nadia.

Il laissa planer un silence imperceptible, dont Nadia décida de le tirer.

— Je sais que nous allons dans une église, et même une basilique. Ne vous inquiétez pas, je connais le code vestimentaire. D'ailleurs, je ne supporterais pas mes escarpins une seconde journée d'affilée.

Quand l'ecclésiastique vit sortir sa compagne de voyage, il ne douta plus un instant de son bon goût. Elle avait passé une longue jupe ample qui voletait dans le vent frais du matin, et avait acheté la veille un blouson de cuir bordeaux et un grand sac à main assorti. D'un mouvement de la tête, elle indiqua une voiture qui venait de se garer en double file. Bernard de Valjoney tiqua en découvrant la Fiat 500. Ce petit véhicule permettait de se faufiler dans les rues encombrées de la ville, mais offrait un confort réduit. « Enfin, à la grâce de Dieu », murmura-t-il pour lui-même. La transformation de leur chauffeur était surprenante : il avait endossé un costume gris et portait un col romain, ce qui lui conférait encore plus de charme aux yeux de Nadia. Elle décida d'abandonner sur le trottoir ses fantasmes inutiles et monta dans la voiture.

À cette heure de la matinée, la circulation était dense. Giovanni Massimo avait un art consommé de la conduite italienne qui lui permettait d'exploiter chaque centimètre d'espace s'offrant à lui. Une touche de klaxon, un zeste d'accélération, le coup de frein maîtrisé, le sourire pour les femmes et quelques expressions plus imagées pour les hommes. La parfaite synthèse automobile du mâle né sur les bords du Tibre. Il entra directement dans le Vatican par l'un des passages réservés au personnel. Il salua le gardien d'un geste amical de la main et gara sa petite voiture près d'une limousine nettement plus luxueuse. Malgré quelques difficultés à s'extraire de la banquette arrière, Bernard de Valjoney avait conservé sa bonne humeur.

— Je dois vous laisser une partie de la matinée, annonça Giovanni. Je n'ai pas eu le temps de remplir les formulaires pour accéder aux archives. Je vais activer une procédure accélérée, mais cela prendra au moins une heure ou deux. Bernard, en attendant, je vous propose de faire découvrir la basilique Saint-Pierre à Nadia.

Il les salua d'un mouvement de tête et se dirigea vers un petit escalier. Bernard de Valjoney guida la policière vers une porte dérobée.

— Il y a normalement un contrôle à passer, mais nous sommes déjà dans l'État du Vatican. Je n'y ai jamais pénétré aussi facilement. Le père Giovanni Massimo a ses entrées.

— Le connaissiez-vous ? lui demanda Nadia.

— Non, pas du tout. J'avais appelé Maurizio Camillo, que j'ai fréquenté au séminaire. Dès que je lui ai exposé mon problème, le nom de Massimo est aussitôt arrivé sur ses lèvres. J'ai rencontré Giovanni pour la première fois hier après-midi. Comme nous en étions convenus, j'ai dû lui raconter une partie de votre enquête. Cependant, n'ayez pas de crainte, il sera muet comme une tombe.

— Je ne suis pas inquiète, Bernard. Cet homme a un charisme étonnant.

— Mon ami Maurizio m'a confié que la curie lui avait fait de belles propositions. Giovanni préfère s'occuper des enfants de riches à la dérive une semaine et des déshérités des quartiers populaires la semaine suivante. Allez, nous ne sommes pas uniquement là pour chanter ses louanges. Je vais vous faire découvrir l'église la plus célèbre du monde. Elle renferme la tombe de saint Pierre et celle de Jean-Paul II, ou plutôt saint Jean-Paul II depuis qu'il a été béatifié.

— Je vous accompagne avec grand plaisir, Bernard. Cependant, ne soyez pas déçu si je ne vous dépose pas ma demande de baptême à la sortie.

Le prêtre éclata de rire :

— Je ne fais pas de prosélytisme et ne suis pas payé à la conversion, rassurez-vous. Je veux juste vous faire découvrir un haut lieu de la chrétienté et quelques splendides œuvres d'art.

— Je vous taquinais… mon père !

Nadia ne pouvait détacher ses yeux du visage éploré de la mère tenant son fils mort entre ses bras. Une mystérieuse douceur en émanait. Elle avait souvent regardé des reproductions de la *Pietà* de Michel-Ange, mais se trouver à quelques mètres de cette statue célébrissime changeait totalement sa perspective. Elle ne voyait que la douleur d'une femme, la douleur de toute femme qui avait perdu un fils ou une fille. Comment le sculpteur avait-il créé un pareil chef-d'œuvre ? Elle pensa à sa mère, à Adèle, à toutes les mères auxquelles elle avait dû annoncer la disparition d'un enfant au cours de sa carrière. Une légère secousse sur l'épaule la sortit de ses rêveries. Le père de Valjoney lui indiqua une silhouette blanche qui avançait vers eux, précédée par le murmure des visiteurs et suivie de trois personnes en soutane noire.

— Le pape François, glissa respectueusement le prêtre à l'oreille de la policière.

Nadia n'osa pas bouger. Voir apparaître l'un des hommes les plus puissants du monde la laissait sans réaction. Comme il passait devant eux, il marqua un temps d'arrêt et se dirigea vers Nadia. Il saisit délicatement sa main et lui sourit :

— Ayez confiance et vous trouverez ce que vous cherchez.

Puis il reprit son chemin et disparut par une porte que venait d'ouvrir un garde suisse. Nadia ne savait comment réagir, secouée par les paroles du souverain pontife. Pourquoi lui avait-il parlé, en français, d'ailleurs ? Qu'avait-elle de spécial ? Et comment avait-il deviné l'objet de sa quête ?

La voix amusée de Giovanni la fit sursauter :

— On ne peut pas vous laisser cinq minutes, Nadia !

— Vous avez entendu ? répondit-elle. Pourquoi m'a-t-il dit cela, à moi ? Comment sait-il que c'est pour suivre la trace de meurtriers que je suis ici ?

— Je ne suis pas à sa place, Nadia, mais vous regardiez avec ferveur la *Pietà* quand il est arrivé. Peut-être recherchez-vous quelque chose de plus profondément enfoui en vous que l'histoire d'un moine italien du XVIIe siècle ? En attendant, je vous emmène aux archives. Nous avons une autorisation exceptionnelle pour les consulter pendant deux heures.

43

Archives

L'OPJ était particulièrement excitée par ce qu'elle allait découvrir. Qui n'avait jamais entendu parler des archives secrètes du Vatican ? Plus d'un milliard de documents entreposés et classés qui remontaient, pour les plus vieux, aux premières heures du christianisme ! Ces archives avaient été régulièrement ouvertes par les papes aux historiens, soit pour réduire les fantasmes qui tournaient autour des mystères dissimulés par l'Église, soit pour mener des études sur des événements particuliers. Cependant, ceux qui avaient le droit de s'y rendre étaient triés sur le volet. Giovanni Massimo devait être particulièrement important pour qu'elle, petite touriste française, ait obtenu si rapidement une autorisation pour pénétrer dans le Saint des Saints.

Ayant parcouru plusieurs couloirs, ils s'arrêtèrent devant une entrée surveillée par deux gardes suisses. Le père Massimo tendit un badge à l'une des sentinelles. L'homme le vérifia et hocha la tête. Il indiqua aux trois invités un portique de sécurité, garda en consigne leurs appareils électroniques et ouvrit la lourde porte en bois massif. Face à eux, un petit escalier plongeait dans le sous-sol.

— Les archives occupent deux étages sous la cour du musée. Bienvenue dans le cœur de l'histoire vaticane, annonça Giovanni.

Bernard de Valjoney n'avait pas dit un mot. Il suivit leur guide et descendit les marches inégales. La salle dans laquelle ils débouchèrent s'étendait à perte de vue. Le bâtiment climatisé avait été inauguré trente ans plus tôt par Jean-Paul II.

— Si nous devions chercher nos pièces au petit bonheur la chance, nous devrions parcourir quatre-vingt-cinq kilomètres de rayonnage, mais, en quatre cents ans, les responsables de cette immense bibliothèque ont mis au point un classement efficace. Allons vers la salle de lecture, annonça-t-il en indiquant un petit espace équipé d'une table et de quelques chaises.

Giovanni tendit de nouveau sa carte à un bibliothécaire et lui notifia les ouvrages qu'ils souhaitaient consulter : les écrits du cardinal Antonio Savelli publiés entre 1615 et 1649, l'année de sa mort. L'homme hocha la tête, pianota sur le clavier de son ordinateur et imprima quatre feuilles récapitulatives.

— Un milliard de documents, cela est gigantesque, mais sans doute très loin de représenter toutes les pièces majeures concernant le catholicisme, remarqua Nadia.

— C'est exact. Ici n'est entreposé que ce qui est relatif à la vie du Saint-Siège. Il n'y aurait pas eu de raisons de conserver les textes d'Antonio s'il n'avait été l'un des fondateurs de ces archives. Il partageait son temps entre sa mission auprès des pauvres du Trastevere et ses travaux au Vatican. C'est pourquoi, à la mort du cardinal, le pape Innocent X a souhaité que nombre des écrits du fidèle serviteur de l'Église y soient gardés.

Son regard se fixa sur l'une des lignes. Il y posa le doigt, la relut deux fois et la montra aux deux Français.

— Mes souvenirs de latin sont trop lointains pour traduire cette phrase, fit remarquer la policière.

— Le titre du document est « Des procès faits aux hommes et aux femmes accusés de sorcellerie ». Il date du 22 mai 1620. Cette nuit, je me suis replongé dans la vie du cardinal Antonio. La connaissez-vous ?

— Non, mais elle m'intéresse, affirma Nadia.

— Il est né en 1595, à Rome. La famille Savelli était l'une des plus puissantes de la ville. Antonio était de la même famille que le pape Honorius IV, et plusieurs de ses oncles ou cousins assurèrent la charge de cardinal au XVIIe siècle : Silvio, Fabrizio ou Giulio, pour ne citer qu'eux. Un clan bien introduit dans les affaires de l'Église, comme vous pouvez le voir. Antonio était supérieurement intelligent, ce qui lui valut la fonction d'archiviste. Cependant, il était aussi tourné vers son prochain. Son surnom était « le cardinal des pauvres ». Alors que d'autres membres de la curie se laissaient endormir par le luxe et les avantages conférés par leur poste, il se rendait, dès que possible, sur les bords du Tibre pour aider les nombreux miséreux qui y survivaient. Il n'hésitait pas à soigner lui-même des malades et a consacré une partie de sa fortune familiale au bien-être de ses frères dans le Christ, comme il aimait à les appeler… au grand dam de ses proches.

— Comment expliquez-vous qu'il soit cité par les aïeux de Spadaz lors d'un procès au milieu des Alpes ?

— À dix-huit ans, Antonio a décidé d'aller découvrir d'autres pays. Il était trop jeune pour être ordonné, mais avait déjà prononcé des vœux. Armé d'une lettre de recommandation du pape Paul V, il a rejoint la France. Il en est revenu à l'âge de vingt ans.

Nadia fit un rapide calcul.

— Cela nous ramène donc en 1615, date du procès de Margot selon les dires de Spadaz. Pensez-vous que ce document relate les faits qui nous intéressent ? demanda-t-elle, pleine d'espoir.

— Nous pouvons l'envisager. Antonio Savelli était connu pour écrire pratiquement tous les jours. S'il a participé à ce jugement, il l'a forcément raconté quelque part.

Giovanni Massimo rejoignit le bibliothécaire et lui montra l'opuscule qu'il souhaitait consulter. L'homme se leva et disparut dans les rayonnages.

Il réapparut cinq minutes plus tard avec une lourde boîte dans les bras. Il échangea quelques mots avec Giovanni, lui tendit une paire de gants blancs et s'éclipsa discrètement. Le prêtre les enfila et ouvrit le carton. Il était rempli au tiers de manuscrits. Il les sortit avec précaution. Nadia examina avec émotion l'écriture nette d'Antonio Savelli qui recouvrait les feuilles posées sur la table. Bernard de Valjoney et Giovanni Massimo se répartirent les pages et en attaquèrent l'étude. Tous les textes étant rédigés en latin, Nadia ne leur était d'aucune aide. Elle regretta un instant les chahuts auxquels elle participait lorsque leur professeur essayait vainement de les intéresser aux œuvres de Cicéron, puis observa les mimiques des deux hommes. Au bout d'une demi-heure passée dans un silence quasi monastique, ils firent un bilan de leur lecture.

— Antonio Savelli montre clairement son opposition aux persécutions conduites au nom de l'Église, mais il ne fait nulle part mention de sa propre implication dans un procès, résuma le père de Valjoney.

— Idem pour moi, commenta le *padre* Massimo.

— Peut-être trouverez-vous ce qui nous intéresse dans la suite des lettres ? insista Nadia, qui avait mis tous ses espoirs dans cette visite.

— Hélas, Nadia, je les ai feuilletées et je n'ai rien vu qui ait un rapport avec le jugement de Margot.

Nadia s'appuya contre un pilier de la salle, submergée par la déception. Tout ça pour ça ! Certes, ils avaient essayé, mais cela ne lui suffisait pas. Les assassins étaient toujours là, tapis dans l'ombre. Elle n'avait même pas la force de crier sa déconvenue. Elle s'assit sur l'un des sièges, prostrée. Qu'espérait-elle en fait ? Trouver l'indice qui la conduirait immanquablement vers ses cibles ? Elle avait prévu de prendre un avion le lendemain matin, mais elle n'avait plus de raison de passer une nuit supplémentaire sur place. Elle aurait vécu un beau rêve, qui se terminait en queue de poisson. Son inconscient entendit Giovanni qui réfléchissait à voix haute :

— Il reste une solution. Peut-être pas la plus simple, mais il serait stupide de ne pas essayer.

Nadia se retourna vivement vers lui.

— Que proposez-vous ? cria-t-elle presque.

Elle s'excusa d'un signe de tête en notant les sourcils froncés du bibliothécaire.

— C'est sans doute directement dans ma famille qu'il faut chercher. Un vieil oncle de ma mère traque depuis plus de soixante ans tous les documents disponibles sur les Savelli. Si ce récit existe encore, il peut être chez lui.

— Alors, allons-y, lança Nadia en se levant de son siège.

— Nous devrons résoudre un problème. Il vit en reclus et a par ailleurs une piètre opinion des femmes. Il n'est pas certain qu'il soit prêt à nous recevoir, soupira Giovanni.

— Connaissez-vous son adresse ? interrogea Nadia.

— Oui, l'oncle Gianluigi habite sur le mont Janicule.

— Votre spécialité est de soigner les âmes. La mienne est de motiver les témoins à parler. Conduisez-nous chez votre oncle et laissez-moi prendre les choses en main, ordonna Nadia.

Les deux hommes se regardèrent. Un sourire courait sur les lèvres de Bernard de Valjoney. Giovanni Massimo ne mit que quelques secondes à se décider. Si la flatterie n'avait aucun effet sur le vieux misanthrope, peut-être le caractère volontaire de la policière française ferait-il des miracles ? Ils n'avaient rien à perdre.

Il replaça les documents dans le carton, remercia le bibliothécaire et se prépara au combat à mener contre Gianluigi Savelli.

44

Gianluigi

La circulation était fluide. La Fiat 500 attaquait déjà les pentes du mont Janicule. Giovanni avait profité du trajet pour tracer un portrait de son oncle de quatre-vingt-douze ans.

Gianluigi Savelli avait mené une vie de capitaine d'industrie jusqu'à l'âge de cinquante ans. Ancien résistant, il avait conduit ses affaires sans états d'âme. Le jour où il fêtait son demi-siècle, il avait décrété au cours de la cérémonie organisée par sa femme qu'il ne supportait plus la médiocrité de l'humanité et porterait dorénavant tout son intérêt à l'histoire de son illustre famille. Il avait alors vendu son entreprise florissante et avait consacré tout son temps et son énergie à rassembler des documents par centaines. Une partie de sa fortune s'était envolée dans des manuscrits séculaires et une autre dans son divorce. Son épouse n'avait pas du tout apprécié cette dernière foucade. Il avait accepté la séparation sans négocier, lui laissant la moitié de son patrimoine. Seuls quatre domestiques habitaient le splendide palais du XIXe siècle qu'il occupait depuis sa naissance. Le salaire qu'ils recevaient compensait largement les excentricités de leur employeur. Il n'avait ni téléphone ni ordinateur, partant du principe que ces objets incongrus ne servaient qu'à être dérangé par des importuns qu'il ne souhaitait pas côtoyer. Il faisait son heure de marche tous les matins au soleil levant, buvait un café en admirant la ville, puis rentrait chez lui pour ne plus en sortir de la journée. Il avait amassé une collection impressionnante, traquant des documents à travers le monde entier. Lorsqu'un haut dignitaire du Vatican était venu le rencontrer pour solliciter l'accès à ses archives privées, il lui avait ri au nez et avait claqué la porte en lui jetant que ce n'était pas à soixante-dix ans qu'il allait commencer à se faire emmerder par des curés. L'ecclésiastique n'était jamais revenu. Cette description haute en couleur n'avait pas entamé la détermination de Nadia. Elle retrouvait un contexte qu'elle connaissait mieux : la confrontation en terrain hostile.

Le véhicule emprunta un chemin privé et s'arrêta devant la façade d'une vaste maison.

— Nous y voilà. Je vous préviens, Nadia, il n'est pas certain qu'il nous reçoive, annonça Giovanni.

— Laissez-moi faire. Votre oncle parle-t-il français ?

— C'est une langue qu'il adore pratiquer quand il daigne s'exprimer. Son personnel le comprend aussi.

Nadia sonna. Comme personne ne semblait avoir entendu l'appel, elle recommença. Une minute plus tard, la porte s'ouvrit. Un majordome aux cheveux clairsemés et à la livrée impeccable les dévisagea d'un regard peu amène. Nadia pénétra sans hésiter dans le vestibule, suivie par ses deux compagnons surpris. Cette entrée en matière déstabilisa le domestique. Nadia ne lui laissa pas le temps de réagir :

— Annoncez à monsieur Savelli qu'il a de la visite.

— Monsieur Savelli ne reçoit plus personne depuis quarante ans, madame, et je vous prie de sortir immédiatement, aboya-t-il agressivement. (Il se radoucit à la vue des deux prêtres.) Je vous saurais gré de ne pas faire de scandale.

— Je n'en ai nullement l'intention. J'attendrai juste que votre employeur soit disponible.

La policière retira son blouson, le posa sur le dos d'une chaise et s'y installa. Le majordome resta interdit. Il réfléchit et appela un homme qui travaillait dans un splendide jardin intérieur. Quelques secondes s'écoulèrent avant qu'un colosse, un sécateur à la main, ne les rejoigne.

— Marcello, madame ne comprend pas que monsieur Savelli n'a aucune envie de l'accueillir. Pourrais-tu le lui expliquer ?

Le jardinier s'approcha de Nadia en roulant son torse musclé. Nadia se leva et le toisa :

— Que comptez-vous faire, maintenant ? Nous attraper par le col et nous jeter dehors ? Ce ne serait pas digne de la maison Savelli, et je ne suis pas certaine que je vous permettrais de me toucher.

L'employé baissa les épaules et soupira. Il avait une carrure d'Hercule, mais aucun gène d'agressivité. Cette femme l'impressionnait et il avait tout de suite compris qu'il ne lui inspirait aucune crainte. Il regarda le majordome avec une moue désolée et retourna dans le jardin, laissant à son collègue le soin de régler ce problème. Après tout, il n'était là que pour s'occuper des fleurs.

— Ne m'obligez pas à appeler la police, madame, lança alors le domestique, à court d'arguments.

— Êtes-vous vraiment certain que M. Savelli serait heureux de voir des carabiniers débarquer chez lui ? Je n'ose imaginer sa réaction à la vue des uniformes.

Le domestique ne savait plus comment se débarrasser de cette étrange femme tombée de nulle part avec deux prêtres comme auxiliaires. Il s'avoua vaincu.

— Dites-lui qu'il a les moyens de sauver plusieurs vies humaines, ajouta gravement Nadia.

Cette annonce troubla le majordome. Il rajusta sa cravate et se dirigea vers un escalier monumental qu'il gravit, ébranlé dans sa dignité.

La métamorphose de Nadia impressionna Giovanni Massimo. Elle s'était transformée en amazone et son autorité naturelle venait de faire un premier miracle auquel il n'osait pas encore croire. Il espéra qu'elle arriverait à convaincre le vieil aristocrate.

Dans un silence de cathédrale, les pas du propriétaire des lieux résonnèrent sur le sol en marbre de Carrare. Grand et sec, il descendit l'escalier avec une souplesse qui ne trahissait pas son âge. Il s'arrêta, observa les importuns, puis se décida à les rejoindre. Une morgue distante se peignait sur son visage. Il reconnut Massimo, mais ne lui adressa pas un mot.

— Ainsi, je pourrais sauver des vies ! déclama-t-il d'une voix ferme. Jamais je n'avais entendu une telle absurdité. Une imagination aussi vive méritait que je me déplace, ajouta-t-il d'un ton moqueur.

— Puisque vous êtes là, profitons-en, enchaîna l'OPJ. Je suis le capitaine Nadia Barka, de la police judiciaire française. J'enquête sur l'assassinat de deux femmes à Grenoble. Les meurtriers utilisent un mode opératoire identique à celui des bourreaux de l'Inquisition. Vous...

— Si vous êtes venue pour me raconter la vilenie de notre siècle, vous perdez votre temps, la coupa sèchement le propriétaire des lieux. J'en suis convaincu depuis des années. Sachez donc, madame, que seul le passé conserve un peu de grandeur.

— Antonio Savelli, le cardinal des pauvres, aura-t-il grâce à vos yeux ? demanda-t-elle.

Le vieil homme ne put cacher un instant de surprise. Il se reprit aussitôt.

— Antonio est pour moi une des plus nobles personnes de la famille Savelli. Bien plus que ne peut l'être mon neveu drogué, même accompagné d'un prêtre bedonnant et d'une furie française. Madame, messieurs, je ne vous retiens pas.

Il salua d'un geste sec de la tête et se dirigea vers l'escalier. Nadia le rejoignit et se campa devant lui, le bloquant dans sa marche. Ses yeux étincelaient de colère :

— Ça y est ? Vous avez assez joué votre rôle de vieux misanthrope aigri ? Que vous le vouliez ou non, vous allez m'écouter ! Deux victimes innocentes ont été massacrées à Grenoble. Nous pensons qu'elles ont un lien avec une femme brûlée en 1615. Au cours de son procès, elle avait été défendue par un jeune Romain, Antonio Savelli lui-même. Nous espérons trouver dans ses Mémoires le mobile des tueries actuelles. Si vous méprisez les hommes, soyez au moins digne de celui que vous respectez !

Le visage de Gianluigi Savelli s'était transformé. Ses traits s'étaient adoucis et il regardait Nadia avec intensité. Surprise par son manque de réaction, la policière se tut. L'aristocrate lui posa délicatement la main sur l'épaule :

— Maria. Tu as l'âme de Maria en toi !

Elle sembla deviner une larme dans l'œil délavé du vieil homme. Le changement était presque effrayant. Il grimpa l'escalier en leur faisant signe de le suivre. Giovanni serra le poing en jetant un regard victorieux à Bernard de Valjoney. Gianluigi Savelli les invita à pénétrer dans son vaste bureau. Des armoires, remplies de livres aux couvertures anciennes, occupaient tous les murs. Il prit une clé dans un tiroir de sa table et se dirigea vers un petit coffre. Nadia et ses compagnons étaient restés sur le pas de la porte, intrigués par la démarche de leur hôte. Il sortit un dossier en carton et en tira religieusement un feuillet. Il revint vers Nadia et lui montra une photographie en noir et blanc :

— Je vous présente Maria Pozzi.

Ils comprirent alors la stupeur du vieil homme. La ressemblance de cette femme avec Nadia était frappante : la mine volontaire, la chevelure noire, les yeux rieurs. Gianluigi Savelli continua :

— Maria était une amie d'enfance. Sa famille habitait une maison à deux pas d'ici. Nous sommes entrés ensemble dans la résistance en octobre 1943, à Rome. Nous avions dix-neuf ans et étions tous les deux membres du *Fronte militare clandestino*. Dans les moments difficiles, Maria nous soutenait grâce à son enthousiasme sans faille. Elle a été arrêtée par la Gestapo en mai 1944 avec de nombreux autres camarades. Ils ont tous été exécutés.

Il laissa le silence s'établir, plongé dans ses souvenirs. Puis il se redressa et reprit sa posture rigide :

— Maria est la seule femme qui ait compté pour moi. Avec le temps, je l'avais presque oubliée… j'en ai honte. Non seulement vous lui ressemblez, mais c'est sa flamme qui brûle en vous. Je vous apporte dès maintenant mon soutien plein et entier. Dans quelle direction devons-nous chercher ?

Les pères Massimo et de Valjoney adressèrent en même temps une courte prière muette de remerciements au ciel avant d'entamer leurs travaux.

Une heure plus tard, Gianluigi Savelli avait posé sur sa table les lettres du jeune Antonio Savelli écrites en l'an 1615. Silencieusement, il étudia la première, puis, regardant ses interlocuteurs, commença à la traduire, un sanglot d'émotion dans la voix.

45

14 septembre 1615

Voilà maintenant près de deux semaines que je n'ai pas écrit, depuis que je suis arrivé à Paris en fait. Je profite de notre halte dans une auberge pour vous narrer les rencontres uniques que j'y ai faites. J'ai suffisamment de chandelles, d'encre et de papier pour occuper ma nuit à raconter mes aventures.

La lettre du souverain pontife ainsi que les recommandations de mon oncle, le cardinal de Sienne, m'ont ouvert les portes de la capitale. J'ai été reçu par un cousin de ma mère dans son hôtel du Marais. Le luxe de son habitation m'a surpris après les semaines que nous avions passées à traverser les provinces de France. Alors que j'ai vécu dans l'abondance pendant plus de dix-huit ans dans ma belle ville de Rome, je l'ai presque trouvé indécent au vu de la misère que nous avons croisée dans certaines campagnes. Je dois tout de même avouer que j'ai aimé la chaleur du bain que ses domestiques m'ont fait couler, ainsi que les repas fins qu'il nous a fait servir. Ils me changeaient du pain de seigle, du lard gras et du fromage à l'odeur parfois infâme que nous mangions jour après jour. Cependant, Luca, qui m'accompagne comme garde du corps depuis maintenant seize mois, m'a appris à apprécier le peu que nous nous procurons et à bénir ceux qui nous l'offrent.

J'ai troqué la robe de bure que je porte régulièrement contre un splendide pourpoint de mon cousin. « Si tu veux exister à Paris, m'a-t-il expliqué, il ne faut pas que tu apparaisses comme un pauvret. » En cela, cette ville n'est guère différente de Rome. Durant la quinzaine passée ici, je n'ai donc plus eu droit au surnom de « moinillon », parfois amical et souvent moqueur. Paris est une cité en mouvement perpétuel. Les nouveaux quartiers se construisent à la vitesse de l'éclair. Elle peut aussi, par endroits, être d'une incroyable saleté et dangereuse pour les voyageurs. Même si je parle couramment le français, je n'aurais pu me diriger correctement dans cette ville sans l'aide d'un Parisien.

Trois jours après mon arrivée, j'ai eu l'honneur d'être reçu par la reine Marie de Médicis. Officiellement, c'est son fils Louis le Treizième, sacré roi l'an dernier, qui préside aux destinées de la France. Cependant, elle s'est proclamée chef du Conseil du Roi et détient *de facto* le pouvoir. J'ai été somptueusement accueilli dans ses appartements du château du Louvre. Florentine, la reine s'est acoquinée avec un aventurier italien, un dénommé Concini. Elle le couvre d'or et d'honneurs. J'ai compris que son épouse était une amie d'enfance de Marie de Médicis. La cour était bruyante et flagorneuse. Les femmes, parées de robes dont je n'ose imaginer le prix, avaient l'art et la manière de mettre en avant leurs charmes, dénudant leur gorge et riant pour un rien. Les hommes tournaient autour et les convoitaient sans aucune retenue. Je n'ai pas trouvé en cette assemblée l'élite d'un pays, mais une basse-cour dorée à l'or fin.

La reine m'a prié de lui raconter les derniers ragots de Rome, même si j'ai quitté la ville depuis près d'un an et demi. Elle y a pris un vrai plaisir. Par contre, à l'instant où j'ai tenté d'orienter la conversation sur l'état politique de la France, j'ai vu son visage se fermer. Concini m'a alors fort abruptement notifié la fin de l'entretien et m'a fait raccompagner chez mon cousin par quatre de ses sbires. Malgré tout le respect que je lui dois, il faut reconnaître que cette femme est assez bornée, et qu'elle est excessivement mal conseillée.

Grâce aux relations de mon parent, j'ai pu obtenir une audience avec le jeune roi. La reine mère n'a pas été mise au courant. C'est avec grande émotion que j'ai pu m'entretenir avec le souverain.

Il n'est âgé que de quatorze ans, mais a déjà une haute opinion de sa fonction. Servir son pays est son unique ambition, et j'ai pu ressentir à travers ses mots le mépris qu'il a pour sa mère et la haine qu'il voue à Concini. Si je devais miser sur l'avenir de cet aventurier, je ne parierais pas plus d'un sol sur sa tête.

Louis m'a demandé de lui narrer ce que j'ai vu dans les campagnes, se désolant à l'évocation de la misère qui règne dans certaines régions. Même si je ne suis pas grand politique, une chose est certaine : le pouvoir central est faible et les parlements et nobles de provinces ne respectent que peu l'autorité royale. Il est temps pour la France que le roi s'émancipe et reprenne les rênes du pays. Cependant, je me rends compte qu'en écrivant cela, je sors de mon rôle et pourrais être poursuivi si cette lettre tombait entre des mains hostiles.

Mon cousin, banquier fort riche mais fort bon chrétien, m'a emmené visiter les hôpitaux de la capitale. Certains hospices accueillent uniquement des personnes ayant perdu la raison. Non, le mot « accueillir » est bien trop flatteur pour leurs conditions de détention. La folie est un sujet qui me préoccupe depuis que j'ai quitté Rome et commencé mon voyage à travers l'Europe. Le sort réservé à ceux que l'on appelle déments ou possédés m'a affreusement choqué. En passant non loin de la ville de Cologne, j'ai vu un asile brûlé par la population, sous prétexte que ceux qui y demeuraient étaient des suppôts de Satan. Des dizaines de pauvres hères y sont morts carbonisés. La visite de cet hospice parisien fut édifiante. Nombre de pensionnaires étaient enfermés à plusieurs dans des pièces, sans soin. On leur jetait la nourriture et les plus affamés se battaient pour ce misérable brouet. Certaines cellules puaient plus qu'une porcherie. Quelques malades hurlaient en se trémoussant sur le sol en terre battue, puis retombaient dans une atonie presque plus effrayante. Alors que nous traversions une courette, une femme a arraché ses guenilles, dévoilant sa maigre nudité. Elle a couru vers moi en poussant des cris à faire frissonner : je croyais entendre une louve de mes montagnes apennines. Mon cousin s'est enfui en faisant moult signes de croix, de peur d'être contaminé par cette sorcière. Deux hommes sont intervenus et l'ont jetée à terre sans ménagement. Elle geignait sans arrêt. J'ai demandé à la sœur qui nous guidait la permission d'aller la voir. Après un instant d'hésitation, elle a accepté. J'ai ramassé le vêtement de la malheureuse et me suis approché d'elle. Ce soir, je peux reconnaître que, face à cette créature si étrange qui avait à peine mon âge, je n'étais pas bien fier.

Je suis resté de longues minutes sans bouger. Je la regardais en souriant, lui tendant sa tunique. Elle avait cessé de hurler et me dévisageait par-dessous, comme une bête apeurée. Mon cousin était revenu, prudemment accompagné d'un garde armé. Deux moniales et le prêtre qui nous escortaient nous observaient en retenant leur souffle. Les traits de la femme se sont peu à peu détendus. Au bout d'un temps qui m'a paru infini, elle a timidement allongé son bras vers moi. Je lui ai donné sa tunique avec toute la douceur dont j'étais capable. Elle l'a vivement attrapée, m'a offert un sourire lumineux, puis est repartie se rhabiller dans un coin de la pièce.

Cette jeune femme avait juste besoin d'attention et de soins. Depuis cette heure, je suis persuadé que le diable n'a rien à voir dans la folie de ces gens. Je ne saurais comment l'expliquer, mais je pense qu'ils souffrent d'une maladie mystérieuse que Dieu, dans sa grande bonté, nous donnera un jour de découvrir et d'apaiser. Cependant, à travers les royaumes d'Europe, tant d'habitants rendent le démon responsable des manifestations naturelles qu'ils ne comprennent pas !

En rentrant à l'hôtel du Marais, j'étais très perturbé par cette rencontre, certain qu'elle n'était pas le fruit du hasard.

46

21 septembre 1615

Voilà une semaine depuis ma dernière lettre que nous chevauchons. Selon le temps que nous rencontrons, nous effectuons des étapes de dix à quinze lieues. Hier, nous avons subi des averses de pluie glacée, et la route a été pénible. J'ai troqué ma vêture de moine contre des bottes, des chausses et un épais manteau de cuir. Mon fidèle Luca est toujours à mes côtés. Mon cousin a aussi insisté pour mettre à notre disposition trois hommes d'armes supplémentaires : des reîtres allemands à la sinistre réputation, taiseux, mais solides combattants. Les régions que nous traversons actuellement sont troublées. Les deux derniers hivers ont été rudes, et des paysans désespérés n'hésitent pas à attaquer les voyageurs pour les dépouiller, les laissant parfois agonisants dans les fossés. La justice fait régulièrement pendre haut et court les malandrins qu'elle attrape, sans autre forme de procès. Cependant, quand les ventres sont vides, la crainte du gibet est surpassée par la peur de voir les siens mourir de faim. Je ne veux toutefois pas passer pour un naïf : certains de ces brigands profitent de la situation pour commettre viols et rapines. Quoi qu'il en soit, l'allure de notre petite troupe a refroidi l'ardeur des voleurs de grand chemin et personne ne s'en est pris à nous.

Je m'aperçois que je n'ai pas encore parlé de ma nouvelle destination. Nous nous rendons dans la province du Dauphiné. Au cours d'un dîner à Paris, j'ai fait la connaissance de Jean de la Croix de Chevrière. Ancien conseiller de la reine Marie de Médicis et représentant du Dauphiné aux états généraux de 1614, il était entré dans les ordres après le décès de son épouse. Il est aujourd'hui évêque de Grenoble. Je l'ai entretenu sur les procès en sorcellerie qui fleurissent en Europe.

Le prélat était assez partagé et m'a avoué que plusieurs cas avaient été rencontrés dans son diocèse. Des dominicains vont prêcher dans les campagnes, notamment durant la période du carême. D'aucuns font preuve d'un zèle particulier et ont juré de débusquer les serviteurs du démon et de les anéantir. Les juges séculiers, seuls habilités à condamner à mort, leur emboîtent souvent le pas : soit ils sont eux-mêmes convaincus du bien-fondé de cette croisade, soit ils profitent de ces occasions pour briser les communautés paysannes trop autonomes à leur goût et imposer le pouvoir royal. J'ai alors pris conscience que cette lutte sanglante avait largement dépassé le contexte religieux.

Monseigneur de la Croix de Chevrière m'a donné le nom d'un couvent où résident plusieurs de ces prêcheurs. C'est dans cette direction que je me rends avec mes compagnons. Je veux voir ce qu'il se passe, enfin comprendre si le diable a effectivement pris possession de ces campagnardes et, si c'est possible, en défendre quelques-unes. Je suis constamment habité par le sourire de la jeune folle du couvent de l'Hôtel-Dieu.

Je l'avoue humblement, cet instant de grâce a semé quelque chose en mon cœur.

47

Denis Saint-Vence

J'écris cette nuit de la propriété du baron de Marbeuf qui nous offre le gîte et le couvert durant le temps de notre mission sur ses terres. C'est un hôte étrange. Il ne m'inspire nullement confiance. Je vais narrer notre soirée.

Je veux d'abord dire un mot de mon premier face-à-face avec le prêcheur Denis Saint-Vence, le jour de mon arrivée au monastère. Nos échanges ont été des plus tendus ; notre conception de l'amour de Dieu prend des voies opposées. Luca m'a reproché de manquer de retenue dans mes propos : « la fougue de la jeunesse », a-t-il dit !

Ce prêtre dominicain, qui aime se faire appeler du titre d'Inquisiteur du Tout-Puissant, est persuadé qu'il est le nouveau prophète venu parmi les hommes pour terrasser le dragon. Il a montré de la réticence en me voyant arriver, mais la recommandation de Jean de la Croix de Chevrière ne lui a pas permis de me laisser à la porte de chez lui. Quand Luca lui a appris l'origine de ma famille et les postes que mes ancêtres ont tenus à Rome, il a fait preuve d'une véritable méfiance à mon égard. Cependant, je ne suis pas venu ici pour me faire des amis. J'ai renvoyé les reîtres à Paris, et je n'ose imaginer les exactions qu'ils commettront sur le chemin du retour.

Nous sommes partis le lendemain de notre arrivée au couvent et avons mis deux jours pour rejoindre une demeure dans la montagne du Vercors. Nos bêtes étaient épuisées par les routes à peine tracées et empierrées. Comme le soleil commençait à décliner derrière les montagnes, les tours du château où nous séjournons désormais se sont soudainement dévoilées au détour d'un virage. Nous venions d'atteindre le plateau, immense et couvert de bois. La chaleur est revenue, et j'ai eu l'impression de retrouver un peu de ma campagne romaine. Le baron Geoffrey de Marbeuf nous offre l'hospitalité. Une sorcière sévit sur ses terres, et l'aristocrate a lui-même fait appel à Denis Saint-Vence pour juger la démence de cette femme. Je sais que Satan existe et qu'il peut apporter le mal en chacun de nous. Un de mes oncles est exorciste au Vatican et je l'ai parfois accompagné. Cependant, contrairement à ce prêcheur, il veille toujours à minutieusement étudier le cas des possédés qui lui sont confiés. Malgré mon jeune âge, j'ai compris à ses côtés que la malice des hommes était souvent pire que celle du diable. Combien d'accusations par vengeance ou intérêt a-t-il dû dénoncer ? Ce Saint-Vence n'a pas l'air fait du même bois !

La bâtisse dans laquelle nous avons pénétré cet après-midi est encore à vocation défensive. Les murs y sont fort épais et les fenêtres bien étroites. Notre petite troupe a mis pied à terre dans la cour. L'inquisiteur Saint-Vence est accompagné de quatre compagnons : deux ecclésiastiques qui le secondent et deux gardes armés qui veillent à sa sécurité. Des domestiques modestement vêtus ont emmené nos montures aux écuries, puis un homme au pourpoint chatoyant nous a accueillis sobrement et amenés jusqu'au maître des lieux. Comme nous approchions du logis principal, des cris et des chants résonnaient dans les couloirs. Lorsque je suis entré dans la grande pièce, je n'ai pu cacher un instant d'étonnement. Attablés, une quarantaine de convives festoyaient déjà. Le volume des conversations prouvait que nos hôtes n'en étaient pas à leurs premiers pichets de vin. En nous voyant immobiles devant la porte, un homme a repoussé sans ménagement une femme assise sur ses genoux et s'est dirigé vers l'inquisiteur, paré de son habit blanc. Je ne peux résister à la tentation de transcrire leur dialogue.

— Vous devez être Denis Saint-Vence, lui a-t-il dit en lui tendant la main. Je ne vous attendais que demain. Je suis très heureux de vous recevoir. Ensemble, nous allons pouvoir rendre à mes terres le calme qu'elles méritent.

Le dominicain a regardé autour de lui, l'air sombre. Avant d'opérer dans les campagnes, il aurait des démons à chasser ici même. Il est vrai que le repas qui se déroulait sous nos yeux n'avait rien d'un tableau de la sainte Cène. Les hommes étaient braillards, et quelques femmes avaient déjà défait les lacets de leur robe, laissant apparaître des poitrines qui n'auraient pas dû être dévoilées au cours d'un dîner. Geoffrey de Marbeuf a fait un geste insouciant du poignet :

— Je fête mon anniversaire. La vie est rude dans les montagnes, et prendre un peu de bon temps ne peut qu'aider à maintenir le moral de mes compagnons. Notre-Seigneur Jésus-Christ lui-même ne festoyait-il pas régulièrement avec ses amis ?

Le regard furieux de l'inquisiteur qui venait de remarquer un homme glissant sans vergogne la main sous les jupes de sa voisine a foudroyé Marbeuf. Je n'ai pas pu m'empêcher de sourire intérieurement au blasphème du propriétaire des lieux. Même si le Christ avait fréquenté des prostituées, il n'avait pas usé de leurs charmes. Le baron a pris conscience de son impair et a changé le cours de la conversation. Il nous a donné rendez-vous pour le souper, nous confiant à l'un de ses serviteurs avant de regagner la compagnie de ses amis.

Je partage une petite pièce avec Luca. Autant la salle à manger est richement décorée, autant les chambres offrent un confort spartiate. Cela ne me dérange nullement, mais, contrairement à ce que j'ai imaginé lorsque je l'ai vu ripailler avec ses compagnons, Geoffrey de Marbeuf ne roule pas sur l'or. Cet homme est de toute évidence un jouisseur, et sa réflexion sur les repas du Christ en est la preuve.

Après nous être rafraîchis et avoir reposé nos fondements endoloris par le voyage, un serviteur est venu nous quérir pour le souper. Le baron nous a reçus dans sa chambre. Il avait momentanément abandonné ses compagnons de beuverie. Rapidement, Denis Saint-Vence lui a demandé des précisions sur la sorcière qui sévissait sur ses terres. Ce que j'ai entendu ressemblait à tout ce qui m'avait déjà été conté par des témoins de ce type de procès. La femme, du nom de Margot Malherbe, était encore jeune, mais veuve. Elle avait vécu seule avec sa fille jusqu'à ce qu'elle prenne un amant venu de nulle part. Elle connaissait les plantes et les potions et tous la craignaient. Des habitants l'accusaient de rendre les troupeaux malades, de jeter des sorts à ceux qui s'opposaient à elle, d'avoir donné la mort à deux enfants en bas âge rien qu'en les regardant et, enfin, de se livrer à des danses obscènes dans les bois. Quatre villageois pourraient témoigner l'avoir vue s'offrir, complètement nue, à un démon invisible.

L'inquisiteur exultait. Lorsque j'ai demandé innocemment à notre hôte pourquoi il ne dénonçait que maintenant un être aussi maléfique, il m'a observé un instant avec agressivité. La suite de son discours était intéressante. Ces sorcières vivaient dans la région depuis des générations. Les femmes de la famille Malherbe avaient toujours été les guérisseuses de la famille Marbeuf. Aux dires du baron Geoffrey, elles avaient usé de leur magie noire pour envoûter ses aïeux et abuser de leur protection. Il avait le même âge que Margot et l'avait vue développer ses pouvoirs maléfiques au cours des années. Il l'aurait dénoncée aux autorités avant s'il en avait eu l'occasion, mais son père couvait cette Margot comme s'il s'était agi de sa fille. À la mort de ce dernier, il avait laissé passer une période de deuil, puis avait décidé de prendre la défense de ses gens en débarrassant le territoire de cette ennemie de Dieu. Saint-Vence se réjouissait du combat qu'il s'apprêtait à mener. Toutes les accusations prouvaient que cette femme était redoutable. Il ferait honneur à sa réputation. La troupe irait la cueillir dès demain. L'inquisiteur nous a assuré que sa science de l'interrogatoire ferait avouer à la sorcière son commerce avec le diable.

Cette discussion m'a consterné. Je ne sais pas qui est cette Margot et ne connais pas ses relations avec les villageois. Peut-être a-t-elle vraiment nui à ses voisins ? Cependant, ces accusations multiples m'ont laissé la désagréable sensation d'assister à un procès à charge joué d'avance. Geoffrey de Marbeuf n'est pas homme à trembler devant une sorcière campagnarde. Il semble vouloir régler une affaire personnelle. Pourquoi des femmes qui ont soigné sa famille pendant tant d'années auraient-elles donné le jour à une démone ? Tout est pourtant envisageable, et c'est la force du diable que d'être là où l'on ne l'attend pas. Néanmoins, les regards haineux que lançait Marbeuf lorsqu'il nous parlait de cette Margot ne plaident pas en la faveur de l'aristocrate. Ce n'est, hélas, pas ce qu'a l'air de penser le dominicain.

48

Attrapée

Cette journée a sans doute été l'une des plus éprouvantes de ma vie. J'ai tourné comme un ours en cage dans ma chambre avant de prendre la plume. Luca a fait tout ce qu'il a pu pour me calmer, mais je n'ai jamais supporté l'injustice. J'ai bien peur de n'être qu'au début d'une bien triste histoire.

Nous sommes partis ce matin procéder à l'arrestation de Margot Malherbe. Maintenant que je l'ai rencontrée, je n'arrive plus à l'appeler « la sorcière ». En descendant dans la cour, j'ai été stupéfait par la troupe qui accompagnait le baron. Une quinzaine de gens d'armes, tous lourdement équipés : avec l'escorte de Saint-Vence, nous sommes plus de vingt pour nous saisir d'une femme seule ! J'ai cru que nous perdions l'entendement, mais je me suis abstenu de tout commentaire. Même si je suis recommandé par des personnes haut placées, inutile de me mettre déjà à dos les deux hommes qui détiennent ici le pouvoir.

Saint-Joseph est une bourgade située à trois lieues du château des Marbeuf. Elle compte près de cinq cents âmes et deux auberges. Nous nous sommes directement rendus dans la taverne au centre du village. Notre entrée a fait grand effet sur la clientèle, réduisant en quelques secondes l'animation joyeuse qui y régnait à un silence glaçant. L'arrivée d'un inquisiteur n'est jamais signe de quiétude. Aux regards que lançaient certains paysans à Geoffrey de Marbeuf, j'ai vite compris qu'il n'était pas non plus en odeur de sainteté. Denis Saint-Vence a laissé planer l'inquiétude, qui s'est doucement muée en peur. Puis, lentement, il a dévoilé la raison de sa présence, prenant possession des lieux, fixant chaque femme et chaque homme comme un potentiel coupable. Ce dominicain a un art consommé de la mise en scène, mais pourquoi le mettre au service d'une si funeste cause ? Un paysan nous a accompagnés à la lisière du village puis nous a guidés jusqu'à la demeure de Margot. J'ai poussé un soupir de soulagement en constatant qu'elle n'était pas chez elle. Furieux de ce contretemps, Geoffrey de Marbeuf a ordonné à ses gardes de fouiller la maison et la petite dépendance. Quand ils y ont découvert des armoires remplies de flacons et de pots d'onguent, Saint-Vence est devenu fou de rage. Je suis entré à mon tour. Je n'y ai contemplé que les remèdes que l'on trouve dans toutes les boutiques d'apothicaires de renom, mais l'inquisiteur n'y a vu que décoctions et formulations diaboliques. Il a donné l'ordre de mettre le feu à la maisonnette afin d'y réduire en cendres toute trace des maléfices de la sorcière. J'étais abasourdi par une telle haine. Pourquoi en voulait-il autant à cette femme qu'il n'avait jamais rencontrée ? Le baron s'est empressé d'exécuter son injonction, prenant un malsain plaisir à détruire tout le mobilier du bâtiment principal.

J'ai croisé plus d'un malheur depuis que j'ai quitté Rome. Nous avons été victimes de brigands qui nous auraient laissés pour morts si des cavaliers ne nous avaient opportunément secourus. J'ai vu des hommes et des femmes se faire pendre pour des motifs qui valaient à peine une bastonnade. Je suis resté impuissant à tenter de consoler des enfants malingres tourmentés par la faim. Cependant, chaque fois, j'ai cru que Dieu aurait pitié de ces malheureux. Mais quand cet inquisiteur répand la terreur au nom de ce Dieu que je vénère, je ne peux garder mon calme. Luca ne me quittait pas d'une semelle, me protégeant de mes propres réactions. Une fois notre forfait perpétré, nous sommes retournés au bourg pour attendre que la femme réapparaisse. J'en ai profité pour me renseigner sur cette Margot. Personne ne m'a répondu. J'accompagnais le dominicain et cela était suffisant pour attiser la méfiance des villageois. Je rentrais, dépité, dans l'auberge, quand un rude gaillard s'est engouffré dans la salle en courant. La sorcière avait regagné son domicile. La nouvelle m'a découragé. J'espérais qu'elle s'était enfuie loin d'ici. Cependant, l'éclair de satisfaction malsaine qui a illuminé simultanément les yeux de Saint-Vence et de Marbeuf a ranimé mon instinct combatif. Je ne sais pourquoi, contrairement à eux, je me voyais voler au secours de la justice et sauver cette femme dont je ne connaissais rien.

Nous avons enfourché nos montures et rejoint au galop la demeure de la guérisseuse. La toiture de la remise se consumait encore. Nous avons mis pied à terre et c'est avec appréhension que je me suis dirigé vers la porte ouverte. Je suis entré en même temps que trois soldats. Une silhouette était penchée sur la table : elle ne s'est pas retournée et a terminé de prodiguer des soins à un nourrisson. Une jeune fille observait la scène, les mains jointes et les yeux remplis de gratitude. Le tableau, d'une beauté biblique, m'a frappé. L'instant n'a pas duré. L'un des soudards s'est précipité pour attraper Margot. Elle s'est débattue, l'apostrophant sèchement. Son autorité a impressionné les gardes. Ils s'attendaient à saisir une sorcière repoussante et se trouvaient face à une femme splendide, un enfant dans les bras.

Quand Denis Saint-Vence est entré dans la pièce, il a vu dans ce respect inconscient une preuve supplémentaire des pouvoirs maléfiques de son adversaire. Elle commandait aux esprits des soldats venus l'empêcher de nuire. Il s'est emparé du garçon, puis, sous prétexte que la guérisseuse l'avait consacré à Satan, l'a condamné à mourir. La jeune fille s'est effondrée en larmes. J'ai compris aussitôt que c'était sa mère. J'ai gardé mon calme et me suis approché de l'oreille de l'ecclésiastique :

— Aussi brutaux que soient nos gardes, ils ont vu Margot Malherbe prendre soin de ce petit. Plus d'un est père de famille. Si vous tuez le garçonnet alors que le procès n'a pas encore eu lieu, l'Église perdra de sa crédibilité. Vous ne pourrez empêcher les hommes de parler et de semer le doute dans l'âme des villageois.

Le dominicain m'a regardé avec fureur. Cependant, il savait que j'avais raison et ne voulait pas prendre le risque que j'aille dénigrer son action auprès des hautes autorités ecclésiastiques. D'un signe sec de la tête, il a accédé à ma requête. Je l'ai remercié poliment et ai saisi l'enfant des mains de l'homme de confiance de Saint-Vence, un géant qui n'ouvrait la bouche que pour répondre à son maître. Je l'ai tendu à sa mère :

— Comment s'appelle ton fils ?

— Louis, monseigneur.

Le titre qu'elle m'a accordé alors que je portais une robe de bure était surprenant, mais la reconnaissance qui a éclairé son visage m'a conforté dans la justesse de ma décision.

— Le même prénom que son roi. Prends bien soin de lui.

Alors que nous partions, mon regard a croisé celui de la guérisseuse que des soldats sortaient sans ménagement. Je lui ai adressé un sourire d'encouragement. Elle m'a observé gravement et j'ai eu l'impression qu'elle lisait en moi comme dans un livre. Je ne pouvais détacher mes yeux d'elle. Jamais une femme ne m'avait envoûté de la sorte. J'ai connu quelques jeunes Romaines avant de décider de consacrer ma vie à Dieu, mais elles me paraissent bien pâles aujourd'hui à côté de Margot. Son corps robuste et généreux en a sans doute troublé plus d'un, quant à moi, c'est la sagesse et la profondeur émanant de son visage qui m'ont profondément marqué.

Nous sommes retournés dans la bourgade, laissant là la mère et l'enfant. L'un des cavaliers avait lié les mains de sa prisonnière et l'avait installée devant lui. Marbeuf a décidé qu'elle serait gardée dans une maison abandonnée en bordure du village. La porte en était solide et il a fait condamner les fenêtres. On y a enfermé la guérisseuse sous la garde de quatre hommes.

Lorsque, durant le dîner, j'ai demandé où se déroulerait le procès, Marbeuf m'a affirmé qu'il avait tout prévu et qu'une grande salle du château ferait office de tribunal. L'enquête préliminaire menée par l'inquisiteur se déroulerait dans la bourgade afin de faciliter les témoignages. L'aristocrate avait réquisitionné l'auberge pour quelques jours. Une fois les chefs d'accusation validés, le procès proprement dit aurait lieu dans son domaine.

Je ne sais de quelle influence il dispose pour convaincre les juges de faire le déplacement de Grenoble jusqu'au château de Marbeuf. Cela me semble contraire à la législation en vigueur, mais je ne suis pas français et ne peux donc condamner ce qui m'apparaît comme un vice de procédure. Peut-être certaines coutumes locales permettent-elles d'agir de la sorte ? Quoi qu'il en soit, cette décision finit de me convaincre que la sentence est connue d'avance : je suis désormais le seul à pouvoir influencer le sort.

49

Enquête

Voici trois jours que Margot est enfermée. Elle n'a pas quitté son cachot improvisé et Saint-Vence mène sa mission avec un zèle qui me révolte. Seuls l'inquisiteur et ses deux hommes de confiance ont accès à la cellule, de peur que la femme n'ensorcelle ceux qui l'interrogeraient. Le curé de la paroisse, le père Guitton, a dû se battre comme un beau diable pour obtenir l'autorisation de confesser la prisonnière. J'ai demandé à Saint-Vence le droit de rencontrer la guérisseuse, son refus a été tranchant. Je n'ai pas insisté. Mon heure n'est pas encore venue.

J'ai donc erré deux jours dans Saint-Joseph, seul ou avec Luca. J'ai passé des heures à l'auberge, dans l'église ou au bord des lavoirs. Les femmes étaient étonnées de voir un moine aller à leur rencontre. Je pense que mon aube et mon visage d'ange – c'est ce que dit Luca quand il veut se moquer de moi – ont aidé certaines habitantes à se confier. Les hommes, eux, se méfient d'un ecclésiastique. C'est surtout le témoignage de la jeune mère qui a débloqué la situation. Je l'ai revue le lendemain de l'arrestation. Pauline, puisque tel est son nom, a attendu que je sois seul pour m'approcher. Elle m'a remercié en pleurant. Elle m'a conté comment Margot avait renoncé à sa fuite pour soigner son garçon.

Cette histoire m'a conforté, s'il le fallait encore, dans le rôle d'avocat que je venais de m'octroyer. Une sorcière aurait-elle fait don de sa vie pour sauver un enfant ? Non, et c'était l'évidence même. Hélas, j'avais peu d'espoir que cette évidence frappe l'entendement de Saint-Vence. Après avoir discuté longuement avec Pauline et gagné sa confiance, elle m'a raconté comment son mari la battait et colportait des mensonges sur Margot avec ses compagnons. Elle a loué la bonté de la guérisseuse qui ne refusait jamais des soins, même à ceux qui allaient la voir en cachette. De nombreuses femmes étaient jalouses de sa beauté et de son charme, et au moins la moitié des hommes de Saint-Joseph rêvaient de la posséder. Elle m'a également confié que certains habitants la soupçonnaient réellement de faire commerce avec le diable.

Pauline avait un sens de l'observation étonnant pour son jeune âge. À ma demande de témoigner en faveur de Margot, elle a honteusement baissé la tête. Si elle le faisait, son mari les tuerait, elle et le petit Louis. Je l'ai remerciée pour ses informations et elle est partie. Discrètement, elle a raconté à celles qu'elle croisait mon intervention pour lui rendre son fils et, moins d'une demi-journée plus tard, les langues ont commencé à se délier.

Le père Guitton avait décelé mon léger accent italien et m'a prié de lui décrire Rome et la papauté. Impatient de l'interroger, j'ai tout de même pris le temps de satisfaire sa demande. Le curé a une soixantaine d'années, et c'est un brave homme. Il a été très correctement formé aux Écritures et sait les interpréter. Il avait rapidement deviné que je ne faisais pas partie de la clique de l'inquisiteur et que je n'en partageais nullement les idées. Nos discussions sont devenues franches, même cordiales. Le sort réservé à Margot l'avait ulcéré. Elle était pour lui plus qu'une simple paroissienne. Ensemble, ils formaient le couple protecteur du village. Il tentait de sauver les âmes et elle guérissait les corps. L'histoire des femmes de la famille Malherbe remontait à des générations. Elles possédaient toutes le don de guérisseuse, pour le bonheur de la population et leur propre malheur. Une terrible malédiction les frappait : les hommes qu'elles épousaient mouraient tous peu après la naissance de leur premier enfant. De plus, elles ne donnaient vie qu'à des filles. Inutile de dire que cette infortune avait suffi pour faire courir sur elles les bruits les plus immondes : on les soupçonnait d'assassiner les géniteurs et de sacrifier au diable les garçons dont elles accouchaient en secret.

Cette histoire avait été rapportée au père Guitton dès son arrivée à Saint-Joseph. Issu d'une famille cultivée, il avait préféré se faire sa propre opinion. Il se méfiait des rumeurs qui frappaient des innocents, sans distinction de classe sociale. Il avait mis plusieurs années avant de pouvoir gagner la confiance de Margot Malherbe et de sa mère. Elles participaient à la messe pour les grandes fêtes, respectant Dieu et le Christ tout en vénérant secrètement la nature. Il avait essayé de les convaincre de cesser leurs rites païens et avait eu de longues discussions avec elles. Quand elles lui avaient cité un passage de l'Évangile de saint Matthieu : « Un bon arbre ne peut pas porter de mauvais fruits ni un mauvais arbre porter de bons fruits. C'est donc à leurs fruits que vous les reconnaîtrez », il avait considéré que les vies qu'elles sauvaient grâce à leur connaissance de la nature compensaient la déviance de leur foi en notre Dieu trinitaire. Jamais il n'avouerait cette hérésie à l'inquisiteur, de peur de finir lui aussi emprisonné, exilé ou, pire, brûlé. Cette confidence m'a touché et j'ai à mon tour ouvert mon cœur et confessé mon trouble face à Margot, mon besoin de lui venir en aide. Il a souri :

— L'apanage de la jeunesse... Mais je pense que ton combat est juste, Antonio Savelli. Margot Malherbe est une des plus belles âmes que j'ai rencontrées. Je l'ai vue bondissant de joie, je l'ai côtoyée frappée par le doute et la douleur.

— Le doute ? demandai-je.

— Elle était très amoureuse d'un paysan qu'elle avait connu enfant. Je me souviens encore d'eux, jouant ensemble dès que les travaux des champs ou de la cueillette leur accordaient un peu de temps libre. François était un orphelin recueilli par une famille de laboureurs. C'était un beau gars, vif et courageux. Ces deux-là étaient nés pour partager leur existence. Un jour, François a demandé la main de Margot. Elle aurait dû être folle de joie, mais la nouvelle l'a transpercée. Elle m'a rencontré en secret pour me confier la malédiction qui poursuivait les Malherbe. Son arrière-grand-père avait été éventré par un sanglier, son grand-père assassiné par des voleurs de grand chemin et son père était mort, frappé par la foudre, juste après qu'elle avait vu le jour. Elle ne voulait pas que son François connaisse le même destin. Le garçon, lui, était prêt à prendre ce risque pour vivre avec Margot. Je ne crois pas aux malédictions, et j'étais persuadé qu'un si beau couple échapperait à une fin aussi tragique.

— Ayant trouvé Margot seule chez elle, j'imagine que le sort ne l'a pas épargnée.

— Vous avez malheureusement raison. Six mois après la naissance de leur petite Mathilde, un berger a découvert François avec trois flèches plantées entre les épaules. Il avait rampé sur une lieue, mais était mort vidé de son sang avant d'avoir pu atteindre le village. En apprenant la nouvelle, Margot a failli devenir folle. Sa mère était décédée un an plus tôt et elle se retrouvait seule avec Mathilde, sa fille. Elle s'est renfermée sur elle-même et n'a vu personne pendant une demi-année, fuyant toutes les rencontres. Plutôt que de lui porter secours, certains habitants ont inventé la pire fable à son sujet : elle avait tué son mari pour pouvoir copuler nuit et jour avec le Grand Bouc. Je dois t'avouer avoir dû menacer en chaire pour faire taire ces ragots. Cependant, je pense que c'est surtout la peur de la maladie qui a calmé les rumeurs. Saint-Joseph et les campagnes environnantes n'avaient plus de guérisseuse. C'est dans le manque que l'on reconnaît la valeur de ce que l'on a perdu. Des notables se sont donc rendus chez elle. Elle ne les a pas reçus : ils lui ont promis de l'argent, alors qu'elle les avait toujours soignés gratuitement. Elle n'a ouvert sa porte que lorsque deux enfants se sont timidement présentés avec un chevreau blessé. Depuis, elle ne l'a plus jamais refermée.

Plus j'écoutais le père Guitton chanter les louanges de sa paroissienne, plus j'avais envie de la connaître.

— Que pensez-vous du baron de Marbeuf ?

Mon interlocuteur s'est rapproché de moi en baissant la voix :

— La famille Marbeuf s'est toujours intéressée à ses gens. Je n'irai pas jusqu'à dire que les conditions de vie étaient simples dans nos montagnes, mais ils rendaient justice avec équité. Geoffrey est différent. Je connaissais bien le baron Émile, son père, et avais l'occasion de philosopher avec lui lorsqu'il m'invitait au château. Il protégeait d'ailleurs la famille Malherbe, conscient de la chance de disposer de telles guérisseuses. Geoffrey, lui, ne pense qu'à profiter. C'est un jouisseur. En trois ans, il a déjà dilapidé une partie de la fortune de ses ancêtres. Ce ne sont que fêtes au château ou escapades à Grenoble. Je sais par un chanoine qu'il s'est encanaillé avec des membres du parlement et qu'il fréquente régulièrement les cabarets les plus mal famés. Il va juste à la messe à Noël, à Pâques et à la Toussaint pour ne pas passer pour un impie. Dire que son père était un compagnon d'armes du roi Henri le Quatrième et du connétable de Lesdiguières !

J'ai décidé de l'interroger plus avant :

— Alors pourquoi un homme sans foi ni loi fait-il appel à un inquisiteur pour juger une sorcière ?

— Dès l'adolescence, ses relations avec Margot ont été exécrables. Il ne cherchait qu'à l'emmener dans un coin pour abuser d'elle, mais elle l'a toujours rejeté.

— Avec tout le respect que je vous dois, il aurait pu la violenter. Elle est souvent dans les bois et cela ne l'aurait pas arrêté.

— Tu as raison, Antonio, mais il craignait sans doute sa vengeance. Il ne s'est pourtant pas privé de lui faire du mal. J'ai mené une enquête discrète sur l'origine des flèches qui ont tué le mari de Margot. Ce sont des carreaux d'arbalète. Je ne connais qu'une personne qui s'en sert dans la région.

— La justice n'est-elle pas intervenue ? Tout baron qu'il soit, il n'est pas intouchable !

— Est-ce ainsi que se passent les choses à Rome ? C'est par le fauconnier de Geoffrey de Marbeuf que j'ai eu cette révélation. Je dois garder le secret. Même si j'en avais eu une preuve formelle, je ne sais pas si j'aurais eu le courage de saisir une justice qui fait si peu de cas du pauvre. Pour elle, François n'était qu'un paysan sans valeur.

Je n'ai pas commenté : sans doute n'aurais-je pas été plus brave dans une situation identique. Je l'ai cependant relancé :

— Que concluez-vous donc de cette arrestation ?

— Qu'il a fallu un motif très fort pour pousser Marbeuf à faire appel à ce qu'il exècre : un inquisiteur ! Mais je ne connais pas ce motif.

50

Question

Margot regarda le mur de sa prison sans le voir. Le père Guitton venait de quitter sa cellule, lui laissant peu d'espoir. Il allait contacter l'évêché, mais elle savait qu'il n'avait pas assez de relations pour mettre fin au procès d'une paysanne accusée par l'héritier d'un compagnon de Lesdiguières. L'affaire était d'ailleurs entre les mains des magistrats du parlement de Grenoble. Seule l'évocation du dernier éclat de rire de sa fille Mathilde lui donnait envie de continuer à se battre. L'engagement du jeune moine à ses côtés avait soulevé sa curiosité et renforcé sa décision. Celui qu'elle avait pris quelques instants pour un assistant de l'inquisiteur avait sauvé le petit Louis d'un destin funeste. Elle avait décelé en lui une pureté qu'elle avait rarement rencontrée. Quand le curé lui avait annoncé que ce moine voulait la tirer des griffes de Saint-Vence, elle avait souri tristement. Comment un moinillon pourrait-il s'opposer aux desseins de deux hommes aussi noirs que Saint-Vence et Marbeuf ? Cependant, elle avait choisi de faire confiance à son étoile. Peut-être n'était-elle pas destinée à se faire condamner au bûcher par une cour de justice excitée par un prêcheur hystérique ?

L'inquisiteur était venu l'interroger plusieurs fois, accompagné de son garde du corps et d'un greffier. Décidée à ne pas lui répondre, elle avait fini par céder face aux coups. Le géant qui ne le quittait pas l'avait frappée avec minutie, sans créer une seule plaie. L'ecclésiastique n'avait pas le droit de faire couler le sang. Il la livrerait à la justice civile quand il voudrait la passer à la question. Elle savait que Marbeuf ou un juge à sa solde ne se priverait pas de lui infliger des souffrances.

Pendant deux jours, Saint-Vence l'avait interrogée sur ses pratiques. Elle ne savait pas qui avait témoigné contre elle, mais elle avait longuement pleuré quand il était parti. Elle, qui avait consacré sa vie entière à soigner tous ceux qui venaient lui demander son aide, était traitée comme la dernière des parias. Qu'avait-elle fait pour mériter de telles accusations ?

Le lendemain, le dominicain lui avait exposé une nouvelle salve de déclarations mensongères. Plus elle niait, plus il voyait l'œuvre du démon qui la poussait à ne pas avouer ses fautes. Qu'elle reconnaisse les faits, et le tribunal saurait faire preuve de clémence ! Reconnaître qu'elle avait fait avorter deux femmes d'un village voisin en leur jetant un sort, qu'elle avait volé leur fœtus et utilisé leur graisse pour confectionner des onguents maléfiques ? Non seulement il n'était pas question qu'elle salisse son image et celle de ses aïeules, mais qui aurait pitié d'une sorcière prête à s'adonner à de telles ignominies ? Après avoir déroulé la liste de ses crimes, il l'avait interrogée sur sa foi. Quoi qu'elle réponde, elle était hérétique ! Quand elle avait expliqué aimer écouter le chant apaisant du vent dans les branches, l'inquisiteur avait sauté de son siège, comme fou :

— Tu avoues donc ! Tu communies avec la nature, peuplée de créatures du diable ! Sorcière, sorcière !

Margot l'avait toisé, ne craignant plus les coups :

— Le monde n'a-t-il pas été créé par Dieu en six jours ? Le premier livre de la Bible rapporte : « Dieu dit : Que la terre verdisse de verdure : des arbres portant semence et des arbres fruitiers donnant sur la terre selon leur espèce des fruits contenant leur semence… et Dieu vit que cela était bon. » Rendre gloire à la nature, c'est rendre gloire à mon Créateur.

— Note, greffier, note ! avait-il ordonné.

Puis, s'adressant à Margot :

— Tu viens de te trahir une nouvelle fois, sorcière. C'est le Malin qui a inspiré ta réponse en détournant les textes des Saints Livres. Paysanne, tu ne devrais pas en être instruite. C'est donc Lucifer qui te les a enseignés.

— Non, s'était insurgée Margot. J'ai appris à lire et à écrire avec le curé et le précepteur des Marbeuf, selon les souhaits du baron Émile. Quant à la Bible, je la connais aussi bien que toi et la comprends sans doute mieux.

L'inquisiteur avait tremblé sous l'insulte.

— Blasphème, blasphème !

Puis, d'un geste de la tête, il avait fait signe à son homme de main. Le géant s'était penché sur Margot et l'avait martelée méthodiquement de coups. Margot serrait les dents, retenant ses gémissements et ses larmes malgré la douleur qui envahissait chaque parcelle de son corps. Le bourreau l'avait laissée pantelante. L'inquisiteur s'était levé et adressé, satisfait, à sa prisonnière :

— Tu viens de me livrer la dernière preuve qui convaincra le tribunal de tes actes de sorcellerie. Sous les coups, tu n'as pas pleuré : tu as donc été frappée du maléfice de taciturnité par Satan, ton maître. Ce soir, je demanderai au juge de faire rechercher sur toi la trace de ton pacte diabolique.

Margot pensait encore à sa fille quand la porte s'ouvrit soudainement, faisant place à un magistrat en robe noire. Deux individus le suivaient, portant un lourd plateau de bois. Ils le posèrent sur deux tréteaux. Margot s'était réfugiée dans un coin de la pièce. Elle avait entendu parler de cette pratique. Lorsqu'un pacte maléfique était conclu, le démon marquait le corps de ses adeptes d'un signe distinctif. Trouver ce *stigma diaboli* était la preuve incontestable de la collaboration de la sorcière avec les forces du mal. Richard de Virieu, magistrat à Grenoble, s'installa sur une chaise, ses deux assesseurs debout derrière lui. Puis il invita un troisième personnage à entrer. Un vieil homme bossu pénétra dans la pièce. Avant même de découvrir son visage, Margot trembla. Elle ressentait la perversité de son bourreau. D'une voix froide, le magistrat rompit le silence :

— Le grand inquisiteur Denis Saint-Vence, connu pour son art à traquer le démon et ses serviteurs, est fermement convaincu que vous avez conclu un pacte avec ce dernier. Afin de vous aider à reconnaître vos péchés et ainsi sauver votre âme, il nous a demandé de découvrir votre signe diabolique. Pour conduire cette enquête, nous avons fait appel à maître Philippe, qui a démasqué à ce jour six cent soixante sorcières à travers l'Europe.

Paniquée, Margot attendit, roulée en boule. Les deux assesseurs s'approchèrent d'elle pour la saisir. Le contact de la main sur son bras nu l'électrifia. Elle ne se laisserait pas malmener par cette justice d'opérette. Elle se leva d'un bond et bouscula son premier adversaire. Il chuta lourdement. Elle continua sur son élan et, paume en avant, enfonça le nez du second bourreau, pas encore remis de sa surprise. Elle se précipita ensuite sur la porte et l'ouvrit. Personne n'avait pris le soin de la refermer. Alors qu'elle s'apprêtait à s'enfuir vers la forêt, ses jambes se dérobèrent sous elle. Elle se releva, mais tomba encore. À cause des coups portés par l'âme damnée de Saint-Vence, ses muscles ne la portaient plus. Déjà, les cris du magistrat ameutaient des habitants et des gardiens. Sans force, elle resta allongée sur le sol. Une main la souleva violemment.

— Alors, belle Margot, tu ne te plais pas en notre compagnie ?

Elle reconnut la voix de Geoffrey de Marbeuf. Elle ouvrit les yeux et le toisa :

— Tu demandes à des curés et des vieillards de faire ce que tu n'as jamais eu le courage de faire toi-même. Tu es méprisable, baron de Marbeuf.

Il la regarda avec un sourire ironique.

— Garde ton énergie pour ce que tu vas vivre plutôt que de la perdre à m'insulter. Ou dis-moi ce que je veux savoir, et je pourrai faire cesser ce procès.

— Tu ne maîtrises plus la situation. L'inquisiteur et tes amis du parlement ne lâcheront plus l'affaire… et je n'ai aucune idée de ce que je suis censée t'apprendre.

Il approcha son visage à quelques centimètres du sien et lui susurra :

— Oh que si, tu le sais très bien. Et si tu ne me le dis pas tout de suite, je te promets que ces messieurs auront l'art de te mettre dans un état qui te fera même avouer que ta mère et toi couchiez avec des boucs, des béliers et des ânes.

Margot lui cracha à la face.

Furieux, il lui envoya son poing sur le visage. Sa lèvre éclata, mais elle le fixait toujours :

— Si je meurs, Geoffrey, tu mourras peu après moi.

51

Stigma diaboli

Margot respira lentement pour tenter de calmer les tremblements qui parcouraient son corps. Nue, elle était allongée sur le ventre sur la table apportée par les bourreaux. Ses mains et ses pieds étaient attachés à des crochets vissés dans le bois. Les bras et les jambes écartés, elle était offerte aux regards de ses tourmenteurs dans cette position humiliante. Marbeuf et Saint-Vence avaient rejoint la cellule, troublés par le corps frémissant de peur. Si le baron cachait à peine sa convoitise en ne lâchant pas des yeux les fesses fermes et arrondies de sa prisonnière, le dominicain menait un combat intérieur contre ce désir lubrique qui s'infiltrait en lui. Rarement il avait eu une si belle femme devant lui : encore une preuve de l'œuvre du diable cherchant à attirer à lui-même les plus saints serviteurs de Dieu. Deux greffiers étaient assis, prêts à noter le moindre commentaire du tourmenteur.

— Maître Philippe, annonça le juge, à vous de procéder.

Le vieil homme s'approcha de sa proie et regarda le corps comme s'il n'avait devant lui qu'un simple amas de chair. Il posa ses doigts recroquevillés sur l'épaule de Margot puis descendit le long du dos. Margot se débattit, cherchant à se débarrasser de cet insupportable contact. Le tourmenteur n'en eut cure. Le visage à quelques centimètres de la prisonnière dénudée, il auscultait sans un mot chaque parcelle de peau. Il écarta les fesses à la recherche d'une marque cachée, puis continua sur les jambes et les pieds. Les effleurements des ongles jaunis sur son épiderme causaient à Margot une terreur indicible. L'homme s'adressa au juge :

— Vous m'avez dit que cette femme a trente-deux ans. Son corps est étonnamment jeune et souple. J'y vois là un appel à la convoitise, une ruse du Malin pour amener à lui des complices par le vagin insatiable de cette magicienne. De nombreux hématomes couvrent ses bras et ses jambes. Quand une sorcière est prisonnière, le diable vient souvent lui rendre visite et la bat, pour la punir de s'être fait attraper. Personne ne l'aperçoit, mais vous avez devant vous la preuve que les coups sont réels. Il l'aide ensuite en lui inspirant des paroles mensongères pour tromper l'enquêteur. J'ai aussi remarqué de nombreuses taches suspectes que j'examinerai. Avant de me prononcer, je dois cependant terminer mon inspection. Rasez-lui les cheveux, les sourcils ainsi que les poils des aisselles et du pubis. Le démon aime à cacher ses forfaits aux yeux des bons chrétiens.

Margot fulminait. Si son corps était encore jeune, c'est parce qu'elle passait une partie de ses journées à marcher dans la nature, et elle n'était pas responsable des pulsions sexuelles de certains des habitants de la région. Les bleus n'étaient que le résultat des séances que lui avait infligées Saint-Vence, mais le tourmenteur en avait décidé autrement. La guérisseuse savait qu'elle était désirable, pourtant elle n'en avait jamais joué, bien au contraire. Elle était consciente qu'elle vivait à la marge de la société, même si elle en était un rouage essentiel. Les deux seuls hommes qu'elle avait séduits étaient François et Olivier, uniquement parce que son cœur avait battu plus fort pour eux. Quand elle sentait son désir devenir trop pressant, elle partait dans les bois et, à l'abri des regards, s'octroyait des caresses qui apaisaient le feu en elle. Le métal froid du rasoir sur sa peau interrompit aussitôt ses songeries.

— Doucement, commanda maître Philippe, doucement. Ne faites pas couler le sang. Une plaie pourrait nous cacher une marque suspecte.

Margot se força à ne pas pleurer. Elle aimait le corps que lui avait offert la nature et la nudité ne la choquait pas. Cependant, se retrouver ainsi exposée au regard de ses bourreaux qui ne voyaient en son physique que l'image du diable lui était insupportable. Quand l'un des assesseurs du juge rasa ses cheveux puis la retourna pour s'attaquer à sa toison intime, elle se sentit plus que nue. Ils lui retiraient une partie de sa féminité.

Le tortionnaire ouvrit le sac en cuir qu'il avait apporté avec lui, en sortit un ustensile et l'exhiba à l'assemblée. Puis il le passa sous les yeux de sa victime.

— Cette longue épingle me permettra d'établir que cette femme est une sorcière. Je vais la planter dans les zones suspectes que j'ai détectées, notamment sur ce tatouage caché entre ses cuisses. Soyez certains que je n'en oublierai aucune, précisa-t-il en montrant le sexe de Margot. Dans sa perversité, le démon dissimule souvent son signe dans les parties où se cache le péché. Si une plaie ne saigne pas ou si la drôlesse ne ressent pas de douleur, nous aurons alors la preuve de sa complicité avec Satan.

La guérisseuse retint ses sanglots lorsque le bourreau enfonça son aiguille dans les premières marques qu'il avait repérées. Elle regarda le sang qui coulait par filets de ses mollets, de ses cuisses. Quand il mutila son clitoris, elle hurla sous l'effet du calvaire. Il continua, méthodiquement. Elle ne savait plus si elle criait ou si les sons n'arrivaient plus à passer le barrage de sa gorge. Pervers, le bourreau ne se contentait pas de piquer. Il fouillait les points les plus sensibles en enfonçant profondément son instrument de torture. Les deux greffiers notaient scrupuleusement les commentaires de maître Philippe. Le tourmenteur poussa soudain un râle de victoire :

— Nous l'avons trouvé !

Il planta de nouveau son épingle dans l'avant-bras gauche de Margot. Elle ne réagit pas, encore anesthésiée par la douleur. Sortie de sa torpeur par les cris conjugués du bourreau et du dominicain, elle comprit la situation. Enfant, elle s'était gravement brûlée et, malgré les traitements de sa mère, en avait gardé une insensibilité.

— Je vous l'annonce officiellement, messieurs, cette femme a bien pactisé avec le Grand Bouc.

Margot entendit cette sentence avec un soulagement qu'elle n'aurait jamais envisagé une heure plus tôt. Sans doute des souffrances bien pires étaient-elles à venir, mais elle en avait au moins terminé avec ce sadique.

52

Avocat

Antonio Savelli avait réagi comme un dément au récit de Saint-Vence durant le dîner. Le fougueux aristocrate romain avait pris le dessus sur le pacifique homme d'Église qu'il voulait devenir. Marbeuf avait ajouté quelques précisions techniques, ce qui avait amplifié la haine qu'Antonio vouait à ces deux tortionnaires.

— Ce que vous avez fait subir à cette femme est indigne du Dieu que vous vénérez ! hurla-t-il à l'ecclésiastique.

Le dominicain le regarda avec morgue :

— Que connaissez-vous des sorcières et des préceptes de Dieu à leur égard ? Les pères Institoris et Sprenger, inspirés par le Seigneur, nous ont enseigné l'art de démasquer ces créatures du diable !

— *Tutta questa cosa è una stronzata !* J'ai lu votre *Marteau des sorcières* en venant de Paris. Ce n'est qu'un ramassis de stupidités théologiques et de mensonges que notre mère l'Église a dénoncé quelques années à peine après sa parution. Mais, depuis plus d'un siècle, des gens comme vous salissent le Christ en torturant des innocents et en les condamnant en son nom.

— Notre jeune ami est bien vindicatif, se moqua le baron. Seriez-vous tombé sous le charme de notre belle sorcière ? Son état après la question aurait refroidi vos ardeurs. Passez donc la nuit avec l'une de mes domestiques. Elle saura vous purger de votre liqueur séminale et de vos humeurs.

Antonio ne prit même pas la peine de répondre à l'aristocrate. Il s'approcha de Saint-Vence et l'apostropha :

— Puisque vous ne conduisez pas un procès, mais une condamnation à mort, je vais demander dès ce soir au magistrat le droit de la défendre !

— Vous ne pouvez pas, Savelli, bafouilla l'inquisiteur. Le *Malleus Maleficarum* l'interdit. Tout le monde sait que le Malin vous habitera.

— L'avocat serait possédé, mais non les juges et les procureurs ? ironisa le jeune Italien.

— Dieu protège ses serviteurs des tours du démon et leur inspire de justes sentences. Par contre, qui veut défendre une sorcière prend le parti du diable et se retrouve *de facto* coupable lui aussi de maléfice. Je demanderai que l'on étudie votre cas, menaça-t-il.

— L'an dernier, à Paris, une femme accusée de magie noire a été défendue par un avocat du barreau... avec l'accord du roi, expliqua calmement Antonio. Seriez-vous donc au-dessus des avis rendus par votre souverain lui-même ?

— Je ne permettrai pas que le diable s'invite à ce procès ! répondit l'inquisiteur en frappant du point sur la table.

— Si c'est ce que vous craignez, je me confesserai matin et soir au père Guitton. Si vous n'avez pas confiance en moi, ayez au moins foi en celui qui conduit les âmes de Saint-Joseph depuis des décennies, le provoqua Savelli.

Le dominicain enchaîna plusieurs signes de croix. Pourquoi ce garçon, qui avait prononcé ses premiers vœux deux ans plus tôt, s'acharnait-il à défendre cette ensorceleuse ? Maître Philippe venait de présenter la preuve que cette Malherbe avait pactisé avec le diable et cela avait plongé Savelli dans une colère folle. Il était envoûté, c'était certain. Si son adversaire du soir n'avait été qu'un moinillon, il l'aurait accusé et fait condamner sans vergogne. Mais l'Italien était membre de la famille d'un pape, il avait rencontré le roi et avait dîné avec Monseigneur l'évêque de Grenoble. Il devait agir avec ruse.

Richard de Virieu entra dans la salle, suivi d'une jeune femme. Il réajusta sa perruque et adressa un clin d'œil à Geoffrey de Marbeuf. Le baron avait tout préparé pour accueillir ses invités dans les meilleures conditions. La dépense ne l'avait pas arrêté : sans doute espérait-il en retirer quelques avantages politiques ou charges rémunératrices. Son hôte lui désigna Antonio Savelli :

— Notre ami à une requête à vous faire !

— Tiens donc, s'étonna le juge en lissant d'une main distraite un pli de son habit, visiblement froissé par les quelques minutes qu'il venait de passer avec la courtisane. Je vous écoute.

— Je vous remercie de m'accorder votre attention, monsieur de Virieu, commença Antonio en marquant une discrète révérence. Je vous demande humblement, mais instamment, d'accepter que j'assure la défense de madame Margot Malherbe.

Le magistrat éclata d'un rire sonore :

— Voyez cela ! Ne savez-vous pas, jeune homme, qu'une sorcière ne peut avoir d'avocat ? Pourquoi voudriez-vous que je change les règles pour vous ?

— Sans doute parce que votre souverain lui-même a accordé cette grâce à la marquise de Beaubourg lors de son procès à Paris l'an dernier. Ainsi pourriez-vous faire preuve de la même mansuétude que Louis le Treizième !

Virieu regarda Saint-Vence, puis Marbeuf, indécis. Il n'avait jamais entendu parler de cette affaire, mais Grenoble était loin de la capitale. Pouvait-il refuser ce que le roi avait agréé ? Il nota l'air outré du dominicain et choisit d'accepter. Ce jeune Romain n'avait pas sa langue dans la poche. La confrontation entre les deux hommes pourrait être plaisante et apporter un peu d'animation. En fin de compte, le verdict lui appartenait, et il le connaissait déjà.

— Convainquez-moi que vous êtes digne de défendre cette femme, vous qui n'avez pas l'âge pour avoir la charge d'avocat, et j'accéderai à votre requête.

— Dans sa grande sagesse, Notre-Seigneur Jésus-Christ a accueilli au ciel l'un des larrons qui l'entouraient sur la croix. Il a pardonné à une prostituée et l'a protégée de la foule qui voulait la lapider. Il a accepté une mort horrible pour sauver tous les hommes, jusqu'au plus misérable. Même si des accusations terribles se sont abattues sur Margot Malherbe, elle a aussi guéri des enfants, des habitants des bourgs environnants et de ce manoir. Laissez-moi vous présenter ses œuvres avant que vous ne rendiez votre jugement. Vous pourrez ainsi, en toute connaissance des faits, prendre votre juste décision, plaida Antonio Savelli.

— Vous avez la langue bien pendue pour votre âge. Vous parlez de sagesse, mais qui est sage ?

— Est sage celui qui apprend de chaque homme… ou de chaque femme.

— J'espère que vous saurez faire preuve de cette intelligence pour que je n'aie pas, à mon tour, à vous pourchasser pour des actes ou paroles blasphématoires.

— Je vous remercie pour votre discernement, monsieur.

53

Rencontre

Le garde décrocha la clé de sa ceinture, la glissa dans la serrure installée à la hâte et poussa la porte. Intimidé, Antonio Savelli pénétra dans la pièce. Il cligna des yeux et attendit quelques secondes pour s'acclimater à l'obscurité. L'odeur lui agressa les narines : un mélange de paille humide, d'urine et d'excréments qu'il s'efforça de chasser. Il frissonna en devinant devant lui une table en bois dont il comprit instantanément la finalité. Dans le coin opposé, un corps immobile. Le garde referma la porte. Seule la lumière filtrant à travers les rainures des volets disjoints éclairait la salle. Gêné, le jeune homme se racla la gorge.

— Bonjour, Margot, je suis Antonio Savelli. Le père Guitton vous a parlé de moi.

La forme se redressa et s'assit. Une voix étonnamment claire l'appela :

— Approche, Antonio.

Impressionné, il se dirigea vers elle. Il était à la fois heureux de connaître la guérisseuse et inquiet de découvrir dans quel état l'avaient laissée les bourreaux. Il ne réussit pas à maîtriser un sursaut quand il vit sa tête rasée. Margot s'en aperçut.

— Voici le travail de tes semblables, moinillon, le provoqua-t-elle.

Dans l'instant, Antonio retrouva son caractère entier :

— Je n'ai rien en commun avec cet inquisiteur ! Sa vision de Dieu est polluée par le diable. J'aime Dieu et ses créatures, et ne suis pas là pour les condamner.

— Le père Guitton avait raison, tu n'es pas comme les autres. Pourquoi voulais-tu me rencontrer ?

Antonio ne répondit pas tout de suite. Il s'approcha de la prisonnière et s'assit à ses côtés. Il la regarda avec attention. Il ne vit plus le visage humilié, mais la flamme qui dansait encore au fond de ses prunelles. Elle le laissa la contempler. Le jeune homme la trouva plus belle que lors de l'arrestation. C'était sans doute ce qui effrayait tant Denis Saint-Vence.

— Je vous ai d'abord vue sauver cet enfant plutôt que d'échapper à vos poursuivants. Ensuite, le père Guitton, Pauline et quelques habitantes plus courageuses que les autres m'ont parlé des soins que vous n'avez cessé de leur prodiguer. J'ai croisé à Paris une femme accusée de sorcellerie alors qu'elle était seulement victime de maltraitance. Vous êtes quelqu'un de bien, Margot, de très bien. J'ai demandé au magistrat le droit de prendre votre défense durant le procès. Il m'a donné son accord. Accepterez-vous à votre tour ?

Margot le regarda, interloquée. Il avait fallu que le père Guitton insiste pendant deux jours pour qu'elle veuille bien recevoir Antonio Savelli. Elle n'était pas une bête de foire. Cependant, jamais il ne lui avait parlé de cette histoire d'avocat. Elle prit alors le temps de le dévisager à son tour. Elle pénétra peu à peu son âme, et il n'opposa aucune résistance. Elle n'y décela que de bonnes intentions. Puis elle regarda son visage : il était bel homme et devait sans aucun doute plaire au sexe faible, puisque c'est ainsi qu'étaient considérées les femmes. Sexe tellement faible, au dire des grands esprits du moment, qu'elles n'étaient pas capables d'en contrôler les pulsions. Elle chassa ces pensées, observa une dernière fois le garçon attentif et lui offrit un sourire, le premier qui eut franchi le coin de ses lèvres depuis des jours.

— Et comment veux-tu me sauver, Antonio ? demanda-t-elle.

Il fit un geste de la main pour marquer une pause et tira de sous sa robe de bure un sac en toile qu'il avait caché aux yeux du garde. Il en sortit un morceau de pain blanc, du jambon cru, un gâteau au miel confectionné par Pauline et une bouteille de vin rouge de la cave du père Guitton. Il les tendit à la prisonnière.

— Avant que nous ne préparions votre défense, il vous faut reprendre des forces.

Malgré sa situation dramatique, Margot éclata de rire :

— Avec toi, je suis certaine de ne pas être au bout de mes surprises. Partage ce repas avec moi et arrête de me vouvoyer. Ne sommes-nous pas compagnons de geôle pendant quelque temps ? Il ne reste qu'à espérer que le gardien n'interrompra pas ce festin.

— Je lui ai donné un écu, lui en promettant un autre à la sortie s'il veillait sur notre tranquillité.

— Tu es plein de ressources, mon ami.

La guérisseuse dégusta doucement le repas, profitant de chaque bouchée, consciente qu'elle ne remangerait sans doute jamais de tels mets.

Antonio rangea les reliefs du déjeuner puis entra dans le vif du sujet :

— Marbeuf et Saint-Vence ont raconté à tous les tourments qu'ils t'ont infligés. Ils ont jubilé en claironnant qu'ils avaient trouvé sur toi une improbable marque et qu'ils te faisaient admettre tes forfaits avec le diable.

Le visage de Margot se referma. Les instants d'oubli qu'elle s'était accordés en devisant avec Antonio s'évaporèrent.

— La douleur peut être supportable quand elle n'est que le fruit du hasard. La nature offre toujours un moyen pour l'apaiser, ou au moins la réduire. L'acharnement avec lequel ils me forcent à confesser des crimes que je n'ai pas commis est insoutenable. Sous l'effet de la souffrance, j'ai reconnu ce qu'ils voulaient.

— Ces aveux n'auront de valeur que si tu les réitères durant le procès.

— Si je me renie, ils me passeront de nouveau à la question, avec plus de férocité si c'est possible. Je ne le supporterai pas.

Elle hésita un instant, puis remonta sa robe de toile. Elle lui montra ses jambes, son ventre, ses seins. Antonio ne put retirer son regard de la chair suppliciée. Comment pouvait-on infliger de telles horreurs à un être humain, qui plus est au nom de Dieu ? Les pieds avaient été brûlés au fer, des marques de tenaille barraient le dos et la poitrine de Margot. Des cordages avaient laissé de profonds sillons sur ses membres. Comment faisait-elle pour être encore capable de discuter avec lui ? Comme si elle lisait dans ses pensées, elle continua :

— Les tourmenteurs possèdent l'art de torturer leurs victimes. Ils savent s'arrêter avant de commettre des dommages irréversibles. Rien ne peut me sauver, Antonio, j'ai avoué que j'étais une sorcière et ils doivent déjà être en train d'entasser les fagots.

L'abattement de Margot tira le jeune homme de sa torpeur.

— Que nenni ! Je ne suis pas resté inactif. Pendant trois jours, j'ai cherché des gens prêts à témoigner en ta faveur.

— Autant chercher une aiguille dans une botte de foin.

— Laisse-moi te raconter, Margot. Au village, le père Guitton, une vieille du nom d'Henriette ainsi que Pauline viendront déposer pour toi durant le procès.

— N'implique pas Pauline dans cette affaire, Antonio. Son mari la tuerait.

— C'est aussi ce que m'a dit ton curé, mais sa détermination s'affirme de jour en jour. Tu es la seule personne à avoir pris en compte sa détresse. Elle est prête à tout pour t'aider.

Une larme coula subrepticement sur la joue de la guérisseuse. Elle la chassa du revers de la main. Le jeune homme continua :

— Juste après que le juge eut accédé à ma demande, je suis descendu à Grenoble. Le père Guitton m'avait donné le nom de plusieurs des notables que tu avais soignés. J'y ai passé deux jours et suis rentré ce matin même. L'un d'entre eux participera au procès et parlera en ta faveur.

— Qui ça ? interrogea Margot qui n'en croyait pas ses oreilles.

— Un certain Martin Béasse, conseiller à la chambre des requêtes.

— Je m'en souviens bien, murmura la guérisseuse pour elle-même. J'ai soigné ses deux enfants qui se mouraient de troubles des intestins.

— J'ai aussi payé le greffier pour voir les actes d'accusation. Je les ai recopiés et m'apprête à les battre en brèche.

— Tu es un maître de l'intrigue, petit moine. Mais tu n'as pas l'air bien riche. Où as-tu trouvé tout cet argent ?

— Quand je suis parti de Rome, j'ai emporté avec moi quelques monnaies d'or à n'utiliser qu'en cas d'urgence. Pendant un an et demi, je n'en ai pas eu besoin. Je sais maintenant que le Seigneur me les a fait économiser pour pouvoir te sauver.

L'enthousiasme du jeune homme gagnait tout doucement la guérisseuse. Et si tout n'était pas perdu ?

— Voilà pourquoi tu devras dire à la cour que tu rejettes tes aveux extorqués sous la torture. Ils n'ont de valeur que si tu les confirmes devant le tribunal. Les témoignages que j'apporterai seront alors recevables. Le juge sera finalement le seul décisionnaire.

Margot le fixa d'un air reconnaissant. Quel que soit le verdict du procès, elle se sentait redevenir une femme libre. Elle leva les yeux et demanda à son nouvel ami :

— Même si tu as prononcé des vœux, acceptes-tu de réchauffer quelqu'un dont le corps et l'âme ont été saisis par la peur ?

Surpris par la question, Antonio ne répondit pas tout de suite. Margot se méprit sur son hésitation :

— Excuse ma hardiesse. Tu es un futur moine et je pue comme mille boucs, moi qui courais autrefois dans la campagne et me baignais dans chaque ruisseau.

— Non, ce n'est pas ça ! Jamais je n'ai rencontré une personne aussi belle que toi, réagit-il en passant délicatement son bras au-dessus de son épaule.

La chaleur de Margot qui se colla lentement contre lui troubla Antonio. Elle était à la fois sœur, mère et amante. Prenant conscience qu'elle s'en remettait à lui, une immense tendresse l'enveloppa. Quand elle sentit que le corps musclé du jeune Italien ne la laissait pas totalement insensible, elle se réjouit. Malgré tout ce que ses tortionnaires lui avaient fait subir, ils ne lui avaient pas arraché sa personnalité de femme. Sans un mot, elle se lova contre lui et profita de ces parcelles d'humanité qu'on lui refusait depuis près d'une semaine.

Son esprit vagabonda, jusqu'à ce que les paroles d'Antonio la ramènent à lui :

— Pourquoi Geoffrey de Marbeuf t'en veut-il au point de t'envoyer à la mort ?

Elle rassembla ses idées. Ce qu'elle aurait pensé impossible deux heures plus tôt lui semblait naturel. Elle allait confier son secret.

54

Le secret

— Me promets-tu de garder le secret ?

— Oui, sauf si cela m'aide à te sortir de ses griffes.

— Non, Antonio, je t'en supplie, ne l'utilise pas. Cela pourrait mettre ma fille en danger de mort !

— Alors, tu as ma parole.

— Je sais que je peux y croire. Voilà, Geoffrey a le même âge que moi. Depuis des générations, les Malherbe soignent les Marbeuf qui leur ont accordé en retour leur protection. Une de mes aïeules a pour père François de Marbeuf. Elle est née de l'amour, et non d'un sordide viol. Il n'a jamais officiellement reconnu cet enfant, mais a offert à notre famille un blason que toutes les filles portent à l'aine, ajouta-t-elle en soulevant sa robe et montrant un tatouage couvert de cicatrices récentes. Ce sceau nous a protégées pendant plus d'un siècle, jusqu'à ce que cet inquisiteur en fasse une nouvelle preuve démoniaque.

— Tu es donc de la même lignée que Geoffrey de Marbeuf.

— Nous sommes des cousins lointains, mais il ne le sait pas. Alors que je n'étais qu'un nourrisson, ma mère m'emmenait déjà au château. Quand j'ai eu douze ans, Geoffrey a commencé à me tourner autour. Je voyais comment il traitait en cachette les filles au service de sa famille, et plus d'une paysanne était allée se plaindre de sa violence au baron. Son père, qui était pourtant un homme épris de justice, n'a jamais su s'opposer aux caprices de son enfant unique. Sa femme était morte en couches, et son fils était le cadeau de celle qu'il avait adorée. Geoffrey était un terrible manipulateur, tout miel devant son père et follement arrogant dès que ce dernier avait quitté les lieux. Un jour, il m'a coincée dans un couloir du château et, enhardi par le vin qu'il avait bu, a soulevé ma robe. J'ai crié en sentant ses mains agripper mes fesses, mais il n'en avait cure ; heureusement pour moi, ma mère était dans la pièce attenante. Quand elle a compris ce qui se jouait, elle a couru vers nous, m'a arrachée à lui et l'a menacé de lui nouer l'aiguillette s'il tentait d'abuser de moi. Geoffrey a éclaté de rire puis est reparti, mais il a pris l'avertissement au sérieux.

— Ta mère aurait-elle pu le rendre impuissant ?

— Je ne l'ai jamais vue jeter un sort ou faire absorber à quelqu'un une potion maléfique, tout comme je ne l'ai jamais fait. Tous les rebouteux n'étaient pas aussi scrupuleux que nous. Mais qui sait ce qu'elle aurait fait pour me protéger ? Geoffrey ne m'a plus harcelée. Pourtant, année après année, son désir se faisait plus ardent et sa haine grandissait d'autant. Quand ma mère est morte, je maîtrisais totalement mon art.

— As-tu continué à le soigner ?

— Oui, car c'était ma mission. Après le décès de son père, il a laissé libre cours à ses pulsions. Il a toujours échappé à la justice grâce à ses relations. Il s'encanaille avec ses « amis » et les traite suffisamment bien pour qu'ils aient envie de le protéger.

— Est-ce par haine qu'il t'a fait arrêter et torturer ?

Margot s'octroya un long moment de réflexion que respecta Antonio. Il pressentait des révélations.

— J'imagine qu'il doit jouir de ma souffrance, mais ce n'est pas la raison de sa dénonciation.

— Quelle en est la cause alors ? demanda Antonio dans un souffle.

— François de Marbeuf a offert le blason à mon aïeule, mais lui a aussi fait don d'un fabuleux trésor.

— De l'or, des pierreries ?

— Un trésor, Antonio, pas du métal ou des cailloux ! le rabroua gentiment Margot.

— Ne me fais pas languir.

— Une relique de grande valeur, les ossements d'un grand saint, d'un des douze apôtres du Christ : saint Jacques.

Antonio ne s'attendait pas à une telle annonce. Cet objet avait une valeur inestimable. Néanmoins, une question le tarabustait :

— Je ne remets nullement en doute ta parole, Margot, mais es-tu certaine qu'il ne s'agit pas d'un os ramassé dans une quelconque fosse commune ?

— Ta question est très juste, Antonio. Adorer des idoles ou de fausses reliques est stupide. Mais cet ossement nous a permis de sauver des malades que notre connaissance des simples n'avait pas réussi à guérir. En priant le Christ, la relique de saint Jacques à mes côtés, j'ai vu des mourants reprendre vie. Toutes les femmes de la famille Malherbe ont vécu ce type d'expérience.

Antonio était écrasé par le poids de la révélation. Il savait que Margot ne mentait pas. D'ailleurs, quel intérêt aurait-elle eu à inventer une telle fable ?

— Le plus ironique, c'est que ma mère a sauvé Geoffrey grâce à la relique, ajouta-t-elle.

— Les ossements du grand saint Jacques, frère de Jean et l'un des plus proches du Christ ? répéta Antonio. Quel trésor, en effet ! Geoffrey voudrait donc s'en emparer ?

— Hier, alors qu'on me tourmentait, il m'a ordonné de lui rendre ce que ma famille lui aurait dérobé.

— Comment cela ?

— Geoffrey ne peut pas directement parler de la relique. Les autorités de l'Église lui demanderaient alors de la leur confier et l'exposeraient ensuite dans un sanctuaire. Il m'a discrètement mis en main un marché. Je lui dévoile où est la relique et il retire son accusation.

— Sa proposition est stupide. Il ne maîtrise pas l'issue du procès. Elle lui a échappé.

— Soit il croit encore qu'il peut influencer la décision du juge, soit il pense que je craquerai sous l'effet de la souffrance. Quoi qu'il en soit, jamais je ne parlerai, cela condamnerait ma fille.

— C'est donc elle qui possède maintenant ce trésor.

— Oui. Elle est partie avec Olivier, l'homme que j'avais choisi comme nouveau compagnon. Ne sachant pas où il l'a emmenée, je ne pourrai pas les trahir.

Antonio poursuivit sa réflexion :

— Ces miracles n'ont eu lieu que parce que toi et tes ancêtres aviez confiance dans la puissance du Christ. *Va, ta foi t'a sauvé*, disait-il à tous ceux qu'il a guéris. Un mécréant comme Geoffrey de Marbeuf n'en tirerait rien de plus que d'un vulgaire os à moelle.

— Tu as raison, Antonio, mais tu connais le monde bien mieux que moi. Ne crois-tu pas que des hommes seraient prêts à payer une fortune pour mettre la main sur ce joyau ? Par ailleurs, cette relique est conservée dans un coffret serti de pierres précieuses.

— C'est donc pour de l'argent qu'il t'a condamnée. Et pourquoi aujourd'hui ?

— D'après le père Guitton, il dépense des sommes inconsidérées en ripailles et au jeu. Il ne veut pas diminuer son train de vie et fait face à un cruel besoin d'écus... Voilà, tu connais la raison de ma présence ici.

Le bruit de la porte qui s'ouvrait les tira de leurs échanges. Margot s'éloigna rapidement d'Antonio et se jeta dans un coin. Le jeune homme se releva alors que les nouveaux arrivants entraient en parlant fort.

— Tiens, notre avocat est venu réconforter sa sorcière. L'as-tu vue forniquer avec le Cornu ? Le spectacle était-il plaisant ? se moqua Marbeuf.

Saint-Vence, le juge, deux greffiers et deux bourreaux le suivaient.

— Le procès n'est-il pas imminent ? N'a-t-elle pas déjà tout reconnu ? demanda Antonio.

— Elle a reconnu son commerce avec Satan, lui répondit Richard de Virieu. Cependant, le baron de Marbeuf l'accuse de lui avoir volé un précieux bien de famille. La sorcière a certes nié, mais entre la parole d'un gentilhomme et celle d'une traînée qui copule avec le diable, le doute n'est pas permis.

— Que vous a-t-elle dérobé, monsieur le baron ? questionna le jeune homme.

— Un objet très personnel que vous n'avez pas à connaître, répondit hargneusement l'aristocrate.

— Ces messieurs sont-ils au courant du corps du délit ? insista l'avocat en prenant à partie le groupe.

— Non, et d'ailleurs, j'aimerais savoir ce que cette ensorceleuse a pu lui friponner, jeta Denis Saint-Vence, visiblement frustré.

— Cela suffit, calma le juge. Respectez la pudeur de monsieur de Marbeuf qui souhaite garder pour lui cette affaire familiale.

La pudeur de monsieur de Marbeuf ! Antonio crut cauchemarder, mais quand il vit les bourreaux traîner Margot vers la table des supplices, il comprit que tout cela était, hélas, bien réel.

— Vous resterez bien avec nous pour découvrir de quoi est coupable votre sorcière, proposa le magistrat avec une pointe de moquerie.

Antonio Savelli allait quitter la pièce, mais il croisa le regard suppliant de Margot. Même dans ces conditions, elle avait besoin de sa présence pour ne pas révéler l'information qui condamnerait sa fille.

— Je veux effectivement assister à la preuve de son innocence.

Le cri de douleur de Margot que les sbires du juge venaient d'attacher avec une violence sadique retourna le cœur d'Antonio. Il ferma les yeux et pria pour son amie.

55

Le procès

La cour du château des Marbeuf avait été transformée en salle de tribunal en plein air. La renommée de Margot Malherbe ainsi que la publicité faite à l'événement faite par le baron avaient attiré plusieurs centaines de curieux. Ils étaient avides de voir une sorcière ou anxieux de découvrir la personnalité de cette femme qui avait soigné leur famille pendant des années.

Deux jours plus tôt, Margot avait été transférée de la prison du village à une geôle du château. La dernière séance de torture, d'une violence sans précédent, l'avait épuisée, mais elle n'avait pas parlé. Le juge avait fait cesser l'interrogatoire quand elle avait perdu connaissance pour la seconde fois. Geoffrey de Marbeuf était ressorti fou de rage et Antonio Savelli fou de haine. Malgré ses efforts, il n'avait pu retenir ses larmes en entendant les plaintes de la guérisseuse. Lui qui avait toujours recherché dans son prochain des raisons d'espérer avait été submergé par des envies de meurtre.

Accompagné du père Guitton et d'une femme de Saint-Joseph, il avait obtenu la permission de soigner les blessures de la prisonnière. Malgré le traitement qu'elle avait subi, Margot reprenait des forces. Une partie d'elle-même voulait croire en une possible libération et se battait pour rester debout. Il était ensuite reparti à Grenoble pour préparer sa défense.

Avec l'accord exceptionnel du parlement, Marbeuf avait tenu à faire un succès de ce procès déporté. Il avait invité quelques membres influents de la cité grenobloise et veillé sans discontinuer à leur confort. Pour les notables présents, cette affaire judiciaire devait permettre d'imposer un peu plus le pouvoir de l'État aux paysans, eux qui avaient trop tendance à régler leurs divergences sans intermédiaires. Que cette femme soit sorcière ou non leur importait peu, elle devait finir sur le bûcher.

Les charpentiers avaient travaillé sans interruption depuis plus de trois jours. Les membres du tribunal siégeaient sur une estrade dominant l'assistance. Une loge avait été construite pour les invités d'honneur. Recouverte d'un dais, elle protégeait de la chaleur les notables confortablement assis. Le public s'amassait dans la cour de la demeure. Quelques bancs permettaient aux premiers arrivés de ne pas passer des heures debout. La plupart des curieux suivraient les débats sous le soleil de cet automne caniculaire. Le baron de Marbeuf avait fait venir des commerçants des environs. Nourrir près de cinq cents personnes nécessitait une bonne organisation. Il avait imposé de fortes redevances aux marchands ambulants, couvrant ainsi une partie de ses frais. Les habitants auraient presque pu se croire à une foire, avec, comme clou du spectacle, la condamnation d'une sorcière.

Le procès avait commencé dès le matin. La foule s'était tue quand la cour s'était installée. Le juge avait rapidement expliqué le déroulement des débats puis avait fait appeler l'accusée. L'arrivée de Margot avait impressionné le public. Habillée d'une simple tunique blanche, elle avait dépassé sa douleur pour avancer avec dignité jusqu'à l'emplacement qui lui était réservé. Elle avait regardé les badauds venus jouir du spectacle, et s'était fermement accrochée à la barre en bois devant elle. Antonio Savelli aurait aimé rester à ses côtés, mais le magistrat le lui avait interdit. Il avait donc pris place sur l'estrade, non loin de Denis Saint-Vence. Geoffrey de Marbeuf, quant à lui, était assis avec ses invités, un verre de vin à la main. Le juge commença par rappeler les motifs de condamnation, puis énuméra les forfaits avoués par l'accusée sous la torture. Un murmure parcourut la foule. Ainsi, cette créature à qui ils avaient confié leur santé, celle d'un fils, d'une épouse ou d'un mari, avait pactisé avec le diable. Richard de Virieu mit quelques minutes avant de réussir à calmer les esprits et obtenir le silence.

— Je vais maintenant demander aux témoins de venir se présenter.

Une femme entre deux âges grimpa peureusement l'escalier qui menait à la barre. Elle accéléra sous le regard sévère de l'homme de loi.

— Vous donnerez votre nom, jurerez sur la Bible que vous dites la vérité et expliquerez quelle accusation vous portez envers Margot Malherbe, énonça le juge d'une voix forte.

— Je suis Germaine, celle du Raymond Rivière, commença-t-elle. C'était il y a trois étés. Elle était près de la fontaine de la roche aux fées. J'étais derrière un arbre et j'attendais qu'elle s'en aille pour puiser de l'eau à mon tour. Je voulais pas fricoter avec cette catin du diable. Et qu'est-ce que j'y ai vu avant qu'elle parte ? Elle a tourné la tête vers moi et m'a méchamment regardée, puis a pris de la sauge pourrie dans son sac et l'a jetée dans la fontaine. Pas plus tard que le lendemain, un orage s'est abattu juste sur notre maison et a tué une de mes chèvres. C'est elle, c'est certain ! dit-elle en tendant le doigt vers la guérisseuse.

Antonio leva la main et demanda la parole au juge. Surpris, il la lui accorda :

— Germaine, quelle était la distance entre la fontaine et l'endroit où vous vous cachiez ?

— Oh, au moins vingt pas. Pas question que cette putain me maléficie !

— Vous aviez raison de mettre un tel espace entre elle et vous… mais comment avez-vous pu reconnaître que la plante qu'elle jetait dans l'eau était de la sauge et, de plus, qu'elle était pourrie ?

Germaine fut prise au dépourvu et lâcha quelques borborygmes inaudibles.

— Inutile de chercher à embrouiller cette pauvre femme avec vos méthodes perverses, coupa le procureur. La Malherbe a avoué ce forfait lors de la question.

Antonio n'insista pas, attendant la déposition suivante. Une autre femme monta témoigner. Elle attaqua avec agressivité :

— Cette ensorceleuse a tué mon fils, uniquement parce qu'elle désirait mon homme et qu'il a toujours refusé de forniquer avec elle.

— Présentez-vous d'abord et racontez-nous cela, demanda le juge en voyant la foule avide de révélations.

— Hélène, je m'appelle Hélène et je jure que tout ce que je vais dire est la sainte vérité. C'était l'an dernier. Il faut savoir, Monseigneur, que cette fille du démon tournait sans cesse autour de mon mari. Le diable a mis un feu ardent entre ses cuisses, et seule la semence d'un homme peut la calmer. Mais lui n'est jamais tombé dans le piège de cette catin, même si elle sait balancer son cul et agiter ses tétins pour attirer les mâles. Le jour de la naissance de mon Jules, elle a débarqué à l'aube avec toutes ses maudites potions. Je l'y avais fait appeler, car je n'avais pas d'autre choix. Depuis deux jours, mon ventre me brûlait comme s'il était en feu, alors que jusque-là j'avais mis au monde deux beaux gars et une jolie fillette. Quand elle s'est amenée, elle m'a longtemps auscultée, trop longtemps pour que ce soit honnête. Elle prononçait des paroles étranges qui me faisaient froid dans le dos. Elle a ordonné à mon mari de sortir, pour être seule avec moi et faire ses diableries. Pendant toute une matinée, elle m'a fait souffrir comme une damnée, moi qui avais toujours donné vie à mes enfants dans le bonheur. Quand le garçon est né, il était mort, Monseigneur, mort ! J'ai demandé à mon homme de garder avec lui le corps du Jules pour qu'elle ne l'offre pas à Lucifer. Après le départ de la Malherbe, j'ai eu des maux de ventre pendant une semaine. Ils ont duré jusqu'à ce que mon mari trouve, accroché par un clou à une porte de l'étable, un petit sac en toile. Il l'a ouvert et y a découvert des horreurs : des osselets de serpent, une patte de poule, un crapaud séché et des graines de plantes que je ne connaissais pas. Quand il me l'a montré, je l'ai supplié de jeter le sac dans le feu. Une heure, ou peut-être un quart d'heure plus tard, mes douleurs avaient disparu.

Puis, s'adressant à Margot qui ne perdait pas son calme, elle l'apostropha :

— Tu as tué mon fils, tu m'as envoûtée et tu as voulu me prendre mon mari. Brûle, maudite sorcière !

La foule était partagée. Des femmes invectivaient la guérisseuse alors que certains hommes lançaient des plaisanteries grivoises sur les formes attirantes de l'accusée. Antonio se pencha vers le magistrat et échangea quelques mots avec lui. Puis, d'une voix forte, il s'adressa à la villageoise :

— Madame !

Surpris par l'intervention du moine aux yeux si noirs, le public baissa d'un ton. Antonio en profita pour commencer sa plaidoirie :

— Je veux d'abord vous dire toute ma sympathie pour ce fils que vous avez perdu. J'ai cependant deux ou trois points à vous faire préciser. Avant la mort de Jules, vous avez eu trois enfants.

— Oui, et ils sont encore bien gaillards, répliqua la villageoise.

— Qui était alors la sage-femme qui vous a délivrée ?

— La Malherbe...

— Et vous nous avez expliqué que vous aviez accouché dans le bonheur. Pourquoi aurait-elle voulu tuer votre dernier garçon ?

— À cause de mon homme, hurla la femme, elle était jalouse de moi.

— J'ai discuté avec des habitants du village de Saint-Joseph, et l'on m'a dit que c'était votre mari qui harcelait Margot et ne rêvait que de la culbuter.

— Ce ne sont que des menteries !

— Vous n'accordez donc que peu de crédit à la parole du père Guitton, qui me l'a lui-même confirmé. Quant à ressentir des douleurs après l'arrivée d'un enfant mort-né, cela n'a rien d'extraordinaire. Un médecin de Grenoble m'a même assuré hier que Margot Malherbe vous a sauvé la vie en vous permettant d'expulser le cadavre du nourrisson.

— Et pour le sac en toile, hein, pour le sac en toile ?

— Il est depuis longtemps réduit à l'état de cendres. Merci pour vos réponses, madame.

56

Le forgeron

La litanie des accusations se poursuivit. Antonio avait bien préparé son argumentaire, et même s'il ne faisait pas mouche à chaque fois, ses questions commençaient à semer le doute chez une partie des habitants et à agacer la cour. Néanmoins, le magistrat avait annoncé devant tous que la femme Malherbe, sur proposition du roi, avait droit à un avocat. Il ne pouvait plus revenir en arrière. La cloche de la chapelle venait de sonner l'heure de midi lorsque le juge appela le dernier témoin. Antonio reconnut le forgeron, le mari de Pauline. Il jura sur la Bible et commença son discours :

— Ce que j'ai vu, mes amis, je ne souhaite à personne de le voir. J'en ai fait des cauchemars des nuits entières. Moi qui pratique un métier rude, je tremble encore.

Le jeune Romain s'inquiéta du ton employé par le témoin. L'homme n'apparaissait pas dans la liste qu'il avait achetée. Sous des aspects rugueux, il avait captivé l'assistance en quelques mots. Saint-Vence avait sans doute eu ses raisons de le garder pour la bonne bouche.

— Vous savez qu'une belle paire de fesses ou des cuisses vigoureuses ne m'ont jamais fait baisser les yeux. Elles me font même systématiquement dresser le braquemart.

La foule rit à la plaisanterie. L'appétence du forgeron pour tout ce qui portait un jupon était connue dans la région.

— Eh bien, sous la femme qui est en face de vous et paraît si douce dans sa robe blanche se cache une véritable démone ! Moi, Armand, je vais vous raconter qui elle est vraiment !

Quelques applaudissements clairsemés s'élevèrent de la foule.

— Quand mon travail me laisse quelques instants libres, j'aime chasser en forêt... avec la permission de messire le baron, évidemment. Un jour de cet été, j'étais parti plus loin que d'habitude, dans les bois de Sainte-Agathe. J'avais repéré les traces de passage de plusieurs lièvres. J'avais donc placé mes pièges et j'attendais. Fatigué par ma journée de dur labeur, je me suis endormi sous une futaie. Alors que la nuit était tombée, je me suis réveillé. J'allais me lever pour récupérer mes lièvres quand un bruit étrange m'a fait dire : « Mon gars, sois prudent ! » Je me suis caché sous les arbres, et qu'est-ce que j'ai vu... ? Trois femmes ! Elles avançaient à la lueur de la lune qui était pleine. Deux nains les suivaient. Ils soufflaient chacun dans une flûte dont ils tiraient des notes stridentes. Jamais on n'aurait laissé jouer au cabaret d'aussi mauvais musiciens. La diablerie a alors commencé. La musique est devenue de plus en plus forte, au point que je devais me boucher les oreilles. Sur un ordre magique, les trois femmes se sont déshabillées. Elles ont d'abord dégrafé leur corsage, puis l'ont jeté au sol. Elles se sont mises à danser. Je l'avoue, et que Dieu pardonne le pécheur que je suis, j'étais fasciné par ces seins laiteux qui s'agitaient en rythme. Ensuite, elles ont retiré leur jupon. Elles étaient totalement nues et se trémoussaient sans aucune gêne. La Margot était l'une de celles-là. Oh, elle fait sa sainte-nitouche, mais si vous aviez vu comme elle bougeait son cul au son du pipeau ! Au début, je dirais pas que j'ai pas profité du spectacle. Si vous aviez vu ces trois femmes qui dansaient en se frottant, ces poitrines qui se balançaient et ces fesses blanches qui me provoquaient sous les rayons de lune ! Ces putains m'ont donné envie d'aller leur faire goûter le feu qu'elles avaient allumé entre mes jambes. À cause de ces sorcières, mon vit avait pris des proportions gigantesques, mes amis.

Les femmes montraient leur désapprobation en lançant des quolibets à la guérisseuse. Les hommes riaient grassement en attendant la suite. Le forgeron savait tenir son auditoire. Margot, elle, ne bougeait pas, le visage impassible. Le conteur laissa un temps de silence et continua d'un ton inquiet :

— Mais ce n'était pas moi qu'elles espéraient, ces chaudes garces. Un grand craquement, bruyant comme la foudre qui tombe les soirs d'été, a déchiré mes oreilles. Une odeur de soufre a aussitôt envahi la clairière.

Des cris s'échappèrent de la foule.

— Devant moi, au milieu de la clairière, le Grand Cornu est apparu. Je me suis enfoui sous les branches les plus basses en faisant le signe de croix et en priant la Vierge et ses saints de me protéger. Ce démon avait des pieds de bouc, des cornes et était velu comme un ours. Il devait être plus grand que moi, qui suis déjà de bonne taille. Mais ce sont surtout ses yeux rouges comme de la braise qui m'ont terrifié. Les trois sorcières sont devenues folles en le voyant s'approcher. La plus vieille s'est agenouillée devant lui et a englouti son sexe dans sa bouche. Elle s'acharnait dessus comme une démente. Une fois l'affaire terminée, le diable s'est dirigé sans hésiter vers la Malherbe. J'entendais cette catin pousser des gémissements. Elle se touchait pendant que sa compagne avalait le Cornu. Elle s'est retournée, a calé ses mains sur un tronc d'arbre. Puis elle a cambré sa croupe et l'a offerte au Cornu. Le bougre était équipé d'un engin qui aurait donné des complexes à mon cheval. Il a enfilé la sorcière d'un seul coup et la garce a aimé ça. Il fallait l'entendre gueuler quand il lui défonçait son orifice honteux. Les nains, après avoir déposé leur flûtiau d'enfer, ont copulé avec les deux autres sorcières. Plus ils s'acharnaient sur les ensorceleuses, plus l'odeur de soufre me prenait à la gorge. Leurs cris me déchiraient la tête. Ça n'en finissait pas. Je n'osais pas bouger de peur que ces démons me découvrent et me transforment en une créature hideuse. Leur sabbat s'est arrêté d'un coup. Le Cornu s'est évaporé dans un nuage de cendres et les nains sont repartis.

Le forgeron marqua une pause pour laisser à l'assistance le temps d'assimiler son récit.

— Et Margot Malherbe ? relança Saint-Vence.

— Elle s'est rhabillée en riant avec les autres. Oh, pas d'un rire comme ceux que l'on entend au lavoir, non, le rire de celles qui ont fait un mauvais coup. Et, à ce moment, j'ai eu la preuve finale que la Malherbe est bien fille du diable. Elle s'est approchée d'un grand chêne et là il y avait... un balai ! Elle l'a attrapé, a lancé une longue incantation en regardant les étoiles, puis s'est envolée à califourchon sur son maudit cheval de bois. Ses deux complices l'ont suivie, formant avec elle une foutue sarabande. Mes poils se sont dressés de la tête aux pieds. Je me suis recroquevillé, mais je ne pouvais pas les quitter des yeux. J'ai attendu que l'aube se lève avant d'oser bouger. Voilà, c'est tout ce que j'ai à dire, et que Dieu me châtie si je mens.

Le récit avait ébranlé toute une partie de l'auditoire. Voir le forgeron trembler devant des femmes était au moins aussi effrayant que la description qu'il avait faite du Cornu. Marbeuf regarda le juge en souriant. Denis Saint-Vence se frottait convulsivement les mains. Antonio eut une révélation : le dominicain croyait en l'histoire du forgeron. Comment un homme qui avait reçu une éducation poussée pouvait-il gober cette histoire insensée ? Il était donc persuadé que Margot était une sorcière ! Comme le juge s'apprêtait à mettre l'audience en pause pour aller se restaurer, Savelli demanda la parole. Particulièrement excédé, le magistrat la lui accorda.

— Maître Armand, je vous remercie pour ce récit aussi détaillé et vivant. J'aimerais en savoir plus.

Le forgeron le regarda d'un air de défi, serra imperceptiblement les poings et hocha la tête en signe d'assentiment.

— Aviez-vous déjà croisé les deux femmes et les deux nains qui accompagnaient Margot Malherbe ?

— Non, jamais.

— Étonnant, vous passez pourtant beaucoup de temps à l'auberge à boire et discuter avec vos amis. Y a-t-il beaucoup de nains dans la région ?

— Je n'en sais rien et, de toute façon, c'était des créatures qui venaient droit des enfers.

— Bien sûr. J'ai compris que vous étiez un homme à femmes et que plus d'une avait eu l'honneur de goûter à votre vigueur... d'étalon.

— Si vous voulez dire que seules quelques matrones m'ont bien senti entre leurs cuisses, vous êtes encore loin de la vérité. Mon vit est aussi connu que mon enclume sur les terres de messire le baron.

Les grognements de l'assemblée confirmèrent l'annonce. Antonio eut une pensée pour le calvaire que devait vivre Pauline avec cette brute dénuée de scrupules. Il reprit :

— Pourquoi n'avez-vous pas raconté cette aventure hors du commun à vos compagnons ? Assister à une telle scène orgiaque, décrire comment la guérisseuse que vous rêvez tous de posséder s'était fait sodomiser par un diable monté comme un âne, cela avait de quoi vous assurer un beau succès, non ?

— C'est vrai que cette garce chauffe tous les hommes avec ses manières et ses regards, mais j'ai eu trop peur de la vengeance de cette démone.

— Vous n'avez plus peur, aujourd'hui ?

— Non, la présence de messire l'inquisiteur est preuve que Dieu voulait que je témoigne.

Le forgeron était un homme malin. Antonio, voyant la patience du juge à bout, posa une dernière question.

— Avez-vous rapporté vos lièvres ?

— Quelle question, nom de Gu ! Quatre belles bêtes de trois livres chacune, j'allais pas laisser passer l'aubaine.

— Je constate avec joie que Lucifer ne vous avait pas fait perdre tous vos moyens. Votre peur est sélective. Je vous remercie et ne veux pas priver plus longtemps l'assemblée d'un déjeuner bien mérité.

Antonio avait réussi à rejoindre Margot pendant que la cour et l'assistance se restauraient. Le brouhaha satisfait des estomacs qui se remplissaient couvrait leurs discussions.

— Tu as posé les bonnes questions, Antonio. Je suis très fière que tu aies pris ma défense, l'accueillit Margot.

— Ces accusations sont insanes, pesta Antonio. Comment un juge digne de ce nom pourrait-il les considérer comme sérieuses ?

— J'ai soigné en secret la femme de ce magistrat. Cet homme est une canaille sans vergogne, mais il est fort influent.

— Martin Béasse m'a confirmé hier qu'il viendrait témoigner en ta faveur. Il m'a dit qu'il partirait à l'aube. Il ne devrait plus tarder à arriver. Virieu ne pourra le considérer comme un paysan crédule.

— De nombreux habitants de la ville sont aussi crédules que ceux des campagnes, Antonio, crois-en mon expérience.

Puis elle le regarda avec un sourire qui lui fit chaud au cœur.

— Tu m'as fait reprendre confiance, Antonio. Je te remercie.

Le jeune homme lui rendit une grimace espiègle et, semblant soudain se souvenir d'un point important, il tira de sa sacoche un morceau de pain sorti du four et le tendit à son amie :

— Il te faut reprendre des forces pour l'après-midi.

57

Béasse

Le tribunal venait de reprendre place sur l'estrade. Repue et assommée de soleil, l'assemblée avait rejoint la cour du château pour assister à la suite des débats. Ils attendaient le réquisitoire de l'inquisiteur, désigné procureur par le magistrat. Même si la majorité de la foule silencieuse croyait en la culpabilité de la sorcière, les arguments du jeune moine avaient troublé quelques esprits. Par ailleurs, la dignité de Margot Malherbe ne reflétait pas le vice qui aurait dû sourdre de cette fille du diable.

Antonio remarqua avec soulagement un cavalier qui approchait au galop : un messager envoyé par Martin Béasse qui suivrait sans tarder ! La première phase de sa stratégie avait été de mettre en doute la bonne foi des témoins appelés par l'accusation. Il devait pousser son avantage en présentant à l'auditoire la plaidoirie d'un notable riche et cultivé. Entendre ce grand monsieur de la ville défendre Margot avec humilité secouerait le public, mais placerait surtout le tribunal dans une situation embarrassante. Antonio ne croyait pas en l'acquittement, mais voulait obtenir une peine de prison. Cela leur offrirait le temps nécessaire à l'organisation de l'évasion de Margot. Il avait pris cette décision lorsqu'il avait vu la guérisseuse se tordre de douleur sous les sévices de ses bourreaux.

Il ne l'abandonnerait pas à ce village et au danger permanent que ferait planer sur elle Geoffrey de Marbeuf. Il l'aiderait à retrouver son ami et sa fille Mathilde.

Le messager arrêta brusquement son cheval et, essoufflé et couvert de poussière, sauta à terre. Il se dirigea vers l'estrade, grimpa les quelques marches en bois. Il se pencha vers le baron de Marbeuf et s'entretint discrètement avec lui. Un rictus mauvais aux lèvres, l'aristocrate s'adressa au magistrat. Monsieur de Virieu se leva, puis étendit les bras en attendant que les discussions se terminent.

— Je vais vous faire part d'une triste nouvelle. Monsieur Antonio Savelli avait fait appel à l'un de mes amis, Martin Béasse, membre du parlement de Grenoble. Il devait, paraît-il, prendre la défense de Margot Malherbe. Il ne pourra nous conter son histoire, étant tombé ce matin sous les coups de malandrins en quittant sa maison. Il est gravement navré.

Il ajouta, comme en aparté :

— Il semblerait que sa décision ait attiré le mauvais œil sur lui.

Comme il retournait à sa place, Antonio eut l'impression que le sol s'effondrait sous lui. Comment Virieu avait-il eu vent de la décision de Martin Béasse ? Le Grenoblois avait prévu de créer la surprise en s'invitant à l'improviste au cours de l'après-midi. L'un de ses proches l'avait sans doute dénoncé. En revoyant le sourire de Marbeuf, Antonio se rendit à l'évidence. L'agression du parlementaire avait été commanditée par le baron. Le juge le sortit de son abattement :

— Monsieur l'Avocat, souhaitez-vous appeler quelqu'un à la barre pour défendre la cause de Margot Malherbe ?

Antonio répondit fermement :

— Non, monsieur le Juge.

Il avait décidé pendant l'interruption du midi de ne plus impliquer Pauline dans cette affaire. Son témoignage, aussi poignant soit-il, ne serait pas écouté et pourrait lui coûter la vie. Il avait jaugé le forgeron et l'avait estimé capable de tuer sa femme pour lui avoir tenu tête. Le village aurait donné raison à l'assassin en criant sur tous les toits que Pauline avait été envoûtée par la sorcière. Pauline était trop jeune pour mourir et Louis avait besoin de sa mère. Quant au curé, il n'était pas à l'abri du lynchage d'une foule que l'inquisiteur n'hésiterait pas à monter contre ce mauvais chrétien.

Car quelle pire engeance que celle d'un homme de Dieu tombé dans les filets du diable ? Il ne lui restait plus que la force de sa plaidoirie et l'aide de l'Esprit saint pour tenter de sauver l'accusée. Mais avant cela, Margot allait participer aux débats.

— Je n'ai aucun témoin à présenter, mais, avant que monsieur Saint-Vence ne nous décrive sa vision de l'enfer, je souhaite que Margot Malherbe puisse s'adresser à la cour.

Surpris, Virieu accepta. Son intervention ne changerait pas le cours de son destin. Margot fit un pas en avant et regarda longuement l'assistance. Nombre d'entre eux baissèrent les yeux. Cette femme, pourtant humiliée, les impressionnait… et pas uniquement à cause de ses dons présumés de sorcière. Elle prit la parole d'une voix ferme :

— Je connais la plupart d'entre vous. Rares sont ceux que ma mère ou moi n'avons pas soignés, ou même aidés de nos pauvres moyens les hivers où sévissait la famine. Certains ont décidé que le diable a inspiré mes œuvres, alors que ce n'était que l'amour que je vous portais. D'autres m'ont inventé des aventures sexuelles à la hauteur de leur frustration. Le juge vous a annoncé ce matin que j'ai avoué ma complicité avec Lucifer. L'inquisiteur vous le répétera sans aucun doute jusqu'à vous dégoûter de moi. Mais j'ai moi aussi une révélation à vous faire.

Elle se tut, laissant l'assistance dans l'expectative. Aucun des participants n'osa troubler le fragile silence posé par Margot. Elle releva ses manches et remonta sa robe jusqu'à mi-cuisses.

— Rassurez-vous ! Je vous montre seulement mes bras et mes jambes, suppliciés par ces messieurs. Pendant des heures, ils se sont acharnés sur ma chair. Ceux qui ont connu une vraie douleur me comprendront : j'ai dit tout ce qu'ils voulaient entendre pour que cesse ce tourment.

Elle laissa retomber sa tunique.

— Devant chacun d'entre vous et devant Dieu tout-puissant, je le jure, jamais je n'ai eu de commerce avec le diable, et je renie toutes les horreurs que les bourreaux m'ont forcée à avouer sous la torture.

Elle recula d'un pas et se tut. Seul le murmure du vent du sud répondit à la confession de Margot. Elle avait persuadé les plus sceptiques de son innocence, ses plus virulents opposants n'osaient affronter un tel discours et pour la grande majorité la sorcière s'était transformée en fée. Denis Saint-Vence sentit que la foule était sur le point de basculer. Était-il donc le seul à ne pas être frappé par le maléfice que venait de lancer cette harpie ? Sans demander la parole, il se leva et hurla :

— Malheur à vous qui êtes possédés par le charme de ce succube ! Ne comprenez-vous pas qu'elle a appelé son maître pour vous retirer votre entendement ? Malheur à toi, maudit moine italien, qui fais passer les œuvres du démon pour des témoignages d'honnêtes chrétiens ! Et toi, sorcière, puisque tu es relapse, tu subiras la vengeance de Dieu ! prévint-il en brandissant une copie du *Malleus Maleficarum* au-dessus de sa tête. Quant à vous, misérables, reprenez-vous avant que Dieu n'envoie sur vous le fruit de sa sainte et juste colère.

L'accès de rage de l'inquisiteur ne resta pas sans effet. La menace de la foudre divine affola les plus crédules. Ne les avait-on pas élevés dans la peur du péché et de l'enfer ? Avec l'assentiment discret du juge, le dominicain entama son accusation.

Pendant une heure, il déversa un flot de haine sur Margot, sur les femmes, sur le monde. Sans s'en rendre compte, il cria sa phobie de l'autre, son angoisse d'une société en plein bouleversement, son effroi de la liberté, sa terreur de l'amour, son incompréhension d'un Dieu miséricordieux. Les paysans, les marchands et bourgeois venus prendre part à ce procès furent emportés par ce torrent d'imprécations, par cette vision si noire de l'humanité. Consciemment, ou inconsciemment, Saint-Vence avait réussi à emprisonner l'assistance dans sa bulle de peur. Virieu lui-même semblait touché par le discours enflammé. Même s'il l'exprimait différemment, il faisait siennes les inquiétudes du dominicain. L'inquisiteur conclut, la voix cassée :

— Moi, Denis Saint-Vence, inquisiteur et procureur du tribunal présidé par monsieur de Virieu, désire que la population de Saint-Joseph et des terres environnantes ne soit plus victime des maléfices de la sorcière Malherbe, compagne du grand Satan. Puisqu'elle a renié ses aveux et ainsi refusé le pardon de Dieu, je demande instamment aux magistrats éclairés de la condamner à être brûlée par le feu jusqu'à ce que son corps ne soit plus que cendres.

58

Verdict

En rejoignant la barre où il allait plaider, Antonio Savelli marqua un temps d'arrêt. Le discours de l'inquisiteur avait retourné la foule. Il ressentait dans les pores de sa peau l'hostilité qui émanait des plus proches participants. Il reprit courage dans le regard implorant de Margot. De ses mots dépendait peut-être le sort de son amie. Si le dominicain avait hurlé sa haine, il devait affirmer la paix. Il leva les yeux au ciel et commença, lentement :

— Il a guéri des malades. Il a donné à manger à ceux qui avaient faim. Il a pardonné à ses ennemis. Quand on l'a frappé, il n'a pas rendu de coup.

La foule s'était calmée, hypnotisée par les premiers mots du jeune avocat, si différents de ceux du procureur. Antonio continua :

— Lui, c'est le Christ, mon Seigneur et le vôtre : un homme qui a aimé ses frères et ses sœurs, un Dieu qui a toujours offert son pardon.

— Il a aussi chassé les démons, interpella Saint-Vence, ulcéré. Henri Institoris et Jacob Sprenger nous l'enseignent avec clarté.

Antonio Savelli attendit la fin de la phrase et répondit avec douceur :

— Il a effectivement chassé les démons, mais a-t-il une seule fois tourmenté ceux qui étaient possédés ? Il a soigné les âmes et non torturé les corps à la recherche d'un éventuel ennemi. Vos maîtres sont deux dominicains qui ont écrit un livre en l'an 1486, les miens sont Jean, Luc, Marc et Matthieu qui ont rédigé les Saints Évangiles.

— Tu essaies à nouveau de nous embrouiller l'esprit, s'énerva l'inquisiteur.

— Si j'ai mal parlé, montre ce que j'ai dit de mal.

Le juge arrêta Saint-Vence qui allait reprendre sa diatribe et rendit la parole à Antonio.

— Certains croient peut-être que je veux mettre sur un pied d'égalité Margot Malherbe et le Christ. Loin de moi cette idée sacrilège ! Ce que je souhaite vous rappeler, c'est que, chaque jour que Dieu a fait, elle a aidé les habitants de Saint-Joseph et des environs.

Il sortit une feuille de papier de sa poche et s'adressa à l'assemblée :

— Voici quelques témoignages que j'ai recueillis auprès de vous. Margot Malherbe a guéri Louise Laboureur d'une vilaine tumeur au ventre qui manqua de la faire passer de vie à trépas. Elle a réparé la jambe de Jocelyn Dumoulin, écrasée par son charroi. Elle a sauvé le pied de Robert Romain, mangé par la gangrène. Elle a chassé du corps de Charles et Henriette Dumas le mal des ardents.

Il replia ses notes, les rangea et continua :

— Je suis un étranger au village, et vous connaissez mieux que moi les plaies qu'elle a pansées, les femmes qu'elle a délivrées. J'ai même entendu dire que sa mère avait vaincu une fièvre maligne qui s'était emparée du baron Geoffrey de Marbeuf lui-même.

Un brouhaha accueillit cette nouvelle. Le jeune homme attendit quelques secondes et reprit :

— Ces actes de bonté pourraient-ils être l'œuvre du diable ? Ou l'œuvre de Satan n'est-elle pas au contraire de la faire condamner parce qu'elle refuse de se donner à lui ?

L'inquisiteur sauta de sa chaise et hurla :

— Créature du démon ! Tu m'accuses et tu accuses la cour d'organiser de faux procès, nous qui protégeons la vraie foi !

Antonio le coupa sèchement :

— Vous avez pu exposer votre point de vue, monsieur le Procureur, laissez-moi terminer. Jamais je ne mettrais en cause la probité de monsieur de Virieu et de ses assesseurs. Ce que je veux exprimer, c'est que vous connaissez tous la générosité de Margot Malherbe. Par contre, les accusations de ce matin ressemblaient beaucoup à des vengeances personnelles. Vous avez tous eu un parent guéri dans votre famille, mais qui a vu de ses propres yeux l'un des sacrilèges qui lui sont reprochés ? Je ne parle même pas du récit de maître Armand, votre forgeron, à peine digne d'un conte pour sodomites ivres de mauvais vin !

Il entendit un cri de rage dans l'assemblée, mais ne se laissa pas distraire.

— C'est pourquoi, monsieur le Juge, messieurs les magistrats, je vous supplie de prendre en considération tous les actes bénéfiques de Margot Malherbe, et de vous demander, en votre âme et conscience, s'ils viennent de Dieu ou du diable. J'ai confiance en votre clairvoyance.

Il les regarda longuement et se retourna vers la foule.

— Habitants de Saint-Joseph et des pays environnants, je vous remercie pour l'attention que vous avez portée à mes propos. Soyez certains que je prierai pour vous et vos familles quand mes pas me ramèneront vers ma ville de Rome et auprès du Saint-Père.

Il recula et rejoignit son siège. La foule était perturbée. Prise en étau entre la logorrhée agressive de l'inquisiteur et les paroles apaisantes du jeune avocat, elle passait d'une opinion à l'autre. Les discussions allaient bon train et les esprits commençaient déjà à s'échauffer. Denis Saint-Vence était encore écarlate : ce coq italien venait de lui donner une leçon de morale. Dieu n'était pas un faible ; dans sa grande bonté, il avait accepté la présence du diable, mais avait missionné ses plus fidèles serviteurs pour ramener ses brebis à lui, par tous les moyens. Monsieur de Virieu et ses amis avaient apprécié l'intervention de Savelli. Malgré ses vingt ans, l'avocat de fortune avait brillamment semé le trouble dans les esprits d'une population acquise quelques minutes plus tôt aux thèses de l'inquisiteur. Ils appréhendaient cependant la situation sans inquiétude. Ils étaient la justice et rendraient leur sentence dans l'intérêt du roi et du parlement. Ils levèrent la séance, quittèrent l'estrade et se retirèrent dans la fraîcheur du château pour délibérer et apaiser leur soif.

Antonio descendit à son tour pour rejoindre Margot. À peine avait-il posé le pied à terre qu'un groupe d'hommes échauffés par le vin et la colère se dirigea vers lui. Le premier le poussa d'une rude bourrade.

— Alors, nous sommes des sodomites ivrognes, moinillon escouillé ? rugit Armand, le forgeron. Moi, ce que j'ai entre les jambes ne me sert pas uniquement à pisser.

Antonio remarqua que la foule s'était légèrement écartée de ses cinq adversaires et de lui. Elle leur avait offert l'arène propice au spectacle qui se profilait. L'Italien observa ses agresseurs. Ils étaient déjà largement imbibés d'alcool et les sermonner serait inutile. Même si Savelli était plutôt grand, la carrure du forgeron, habitué à manier le marteau, ne laissait pas de doute sur l'issue d'un combat rapproché. Armand se jeta sur Antonio. Le jeune homme s'écarta brusquement et tendit la jambe. Emporté par son élan, le forgeron trébucha, chuta et s'effondra dans la poussière sous les rires des spectateurs. Entraîné durant leurs mois de voyage par Luca, Antonio avait de nouveau reporté toute son attention sur ses adversaires. Il évita le premier qui tentait de lui saisir la gorge et le cueillit d'un crochet à la mâchoire. Il ne put cependant échapper à deux autres gaillards qui s'emparèrent de lui. Ils le maintinrent fermement, l'empêchant de bouger. Le forgeron s'était relevé. Il s'approcha, les yeux fulminants de haine. La foule, lâche, s'était encore légèrement éloignée. Quelques personnes qui voulurent lui venir en aide furent réduites au silence par la force de la majorité. Enfin un peu de spectacle ! Dans un silence de cathédrale, le forgeron cracha au visage d'Antonio, serra son poing et arma un coup qui allait détruire la belle gueule de ce petit salopard.

— Ne touche pas à cet homme !

L'ordre arrêta net le geste d'Armand.

— Je n'ai jamais participé au sabbat que tu as inventé, mais je peux donner au vit dont tu es si fier la consistance d'une limace.

Les têtes se retournèrent instantanément vers Margot. Imposante, elle ne quittait pas le forgeron du regard. Elle n'eut pas à ajouter un mot. Paniqué à l'idée de perdre l'objet de sa réputation, il baissa son bras et fit signe à ses complices de lâcher Antonio. Puis, pointant Margot, il rugit à l'adresse des villageois :

— Vous voyez bien que c'est une sorcière ! Elle m'a menacé devant tous. Qu'elle soit brûlée vive !

Partagée, la foule hésitait à réagir. Cependant, les plus vindicatifs prirent le dessus en hurlant leurs imprécations :

— À mort, au bûcher !

Prêt à joindre l'acte à la parole, un groupe se dirigea vers la cage qui abritait la guérisseuse. Antonio tenta de se mettre sur son chemin, mais il fut balayé par la meute vociférante. Comme les attaquants s'approchaient dangereusement, le chef de la garde ordonna à ses hommes de prendre position autour de l'accusée. Il n'était pas question qu'il se laisse déborder par une bande de manants pouilleux. Les agitateurs hésitèrent, mais continuèrent à avancer. Deux coups de feu stoppèrent leur élan. Un cri de douleur calma les ardeurs naissantes. Les émeutiers reculèrent. Le lieutenant ordonna l'évacuation de la place, et la populace se dispersa dans la confusion.

Antonio Savelli se rapprocha de Margot.

— Tu n'aurais pas dû ! lui reprocha-t-il doucement. Ils commençaient à basculer de ton côté.

Elle l'enveloppa d'un regard bienveillant. Il se sentit comme un nouveau-né en découvrant la sagesse au fond de ses prunelles.

— Cet homme t'aurait tué, Antonio. Il a déjà occis plusieurs villageois au cours de rixes nocturnes. C'est une bête.

Puis une vague de tristesse ternit l'éclat de ses yeux.

— Regarde-les. Le discours de haine de l'inquisiteur les a plus marqués que tes mots apaisants. Ce maudit ecclésiastique a révélé en eux leurs plus bas instincts et leur lâcheté. Tu as fait tout ce que tu as pu, Antonio, et je pense même que tu as convaincu certains esprits. Mais, en vivant à l'écart de leur monde, les membres de ma famille ont toujours été des condamnés en sursis.

— Ce n'est pas le peuple qui juge, se révolta Antonio, mais Virieu. Il a un entendement supérieur à celui des villageois.

— Tu es encore bien naïf, Antonio. La seule chose qui différencie Virieu et Marbeuf du commun des mortels, c'est le pouvoir dont ils disposent. Virieu va rendre un verdict, non en recherchant la vérité, mais en fonction de ses intérêts, de ceux de ses amis, et éventuellement de ceux du roi.

— Ils peuvent justement te sauver pour profiter de tes dons ! espéra le jeune homme.

— Quand ils ont levé la séance, ils ont discouru avec des sourires entendus. Avant de disparaître, Geoffrey m'a regardée avec un air satisfait, et j'ai lu sur ses lèvres cette phrase : « Tu es finie. » En me condamnant, ils montreront que le pouvoir est entre leurs mains et ils maintiendront le peuple sous leur coupe.

— Je t'aiderai à t'évader cette nuit ! Nous partirons avec Luca et je t'emmènerai en Italie. Ensuite, quand les choses se seront calmées, nous irons à la recherche de ta fille.

Le ton décidé d'Antonio rasséréna Margot, même si elle ne croyait pas trop en cette issue favorable.

L'agitation avait cessé depuis une bonne heure. Le baron avait ordonné l'arrestation du forgeron et de ses complices, coupant court aux velléités de nouveaux fauteurs de troubles. Le soleil commençait à basculer derrière les montagnes quand Virieu se leva pour annoncer son verdict. D'un air important, il toisa la foule.

— Moi, Richard de Virieu, membre du parlement de Grenoble et représentant de la justice du roi, vous fais part de la décision que nous avons prise concernant les accusations portées contre Margot Malherbe. À l'unanimité, nous l'avons reconnue comme sorcière. Elle a renié les aveux faits en ma présence, renonçant de cette manière à la miséricorde de Dieu. La question ne lui sera plus appliquée, la privant ainsi de la dernière chance de trouver le salut de son âme. Elle sera donc brûlée vive demain dimanche, après la grand-messe. Son exécution aura lieu sur la place principale du bourg de Saint-Joseph.

59

Dernier courrier

Si j'ai pris la plume ce soir, c'est pour coucher sur le papier la mémoire de ma dernière journée à Saint-Joseph. C'est aussi pour me rappeler, si j'arrive un jour à sortir de l'état de honte qui me submerge, que jamais plus je ne jugerai le comportement de l'un de mes semblables.

Voilà cinq jours que j'ai quitté les montagnes du Vercors et que je suis entré en territoire piémontais. Le procès de Margot était un simulacre de justice. J'étais sans doute le seul à penser que je pouvais infléchir un verdict connu dès le jour de l'arrestation. J'étais dévasté. Margot semblait avoir fait le deuil de ses espoirs et n'avait laissé paraître aucune émotion lors de l'énoncé de sa condamnation. Les gardes l'avaient ramenée à son cachot. Elle devait y passer la nuit avant d'être transférée le lendemain à Saint-Joseph pour son exécution. Le père Guitton avait pu l'accompagner pour la confesser. J'avais harcelé Richard de Virieu pour la rencontrer à mon tour, et le magistrat avait cédé devant mon insistance. Que risquait-il ? Quand je suis entré dans la cellule, Margot était assise contre le mur et mâchait un morceau de pain. Elle m'a regardé avec un calme étrange. Pour elle, la vie s'arrêtait le lendemain. Je lui ai juré que je ne partirais pas sans elle, quitte à l'accompagner dans la mort. Exalté, je l'ai rapidement quittée pour préparer son évasion. Comme je regrette de ne pas avoir profité de ces dernières heures plutôt que de jouer les matamores !

Luca a tenté, en pure perte, de m'ôter ce projet de la tête. Je me suis procuré une troisième monture et j'ai réfléchi au moyen de me débarrasser de son geôlier. J'ai pensé un instant à une action violente, mais j'ai vite abandonné cette idée. Luca a finalement décidé de m'aider. Après quelques jours passés au château, il avait noué de nombreuses amitiés, tout particulièrement avec une jolie femme de chambre rousse. Il a réussi à trouver un puissant somnifère que j'ai versé dans un pichet de bon vin. J'ai fait le pari que le gardien ne se méfierait pas de moi. Comme je m'approchais du cachot pour lui offrir le flacon, j'ai entendu des hurlements. Je me suis précipité, reconnaissant les cris de Denis Saint-Vence. Qu'allait-il encore tourmenter sa victime à cette heure avancée de la soirée ? Une seconde voix, plus grave, s'est élevée, puis une violente dispute a éclaté. L'inquisiteur rameutait ceux qui se trouvaient à distance. À ses côtés, Geoffrey de Marbeuf fanfaronnait, la chemise dépassant de son haut-de-chausses. Par la porte ouverte du cachot, j'ai aperçu Margot, allongée, la robe relevée jusqu'à la poitrine, révélant ses cuisses martyrisées et son bas-ventre rasé. Mon sang s'est mis à bouillir. Je me suis précipité sur le baron et l'ai saisi au cou. Emporté par une haine terrible, j'ai serré comme un damné. Si l'ordre de Margot n'avait pas claqué, je crois que je l'aurais tué… et que les soldats m'auraient exécuté dans les secondes qui suivaient. « Lâche-le », avait-elle supplié. Luca m'a tiré en arrière et écarté de Marbeuf. J'ai eu le temps d'apercevoir le regard intense de Margot. J'y ai lu du désespoir, mais aussi un éclair de triomphe. Je n'ai compris cette lueur victorieuse qu'en écoutant les récriminations de l'inquisiteur : en ayant des relations sexuelles avec une sorcière, le baron prouvait aux yeux de tous que le démon avait pris possession de son âme. Il était donc autant coupable que celle qu'il venait de faire condamner à mort. Je ne sais pas si Margot y a mis quelque magie, mais elle a transformé son bourreau en complice. Sa vengeance était terrible !

Nous nous sommes retirés dans nos appartements. Comme j'essayais désespérément de trouver un moyen pour libérer mon amie, j'ai vu Luca arriver en courant. La jeune femme rousse le suivait, essoufflée. Geoffrey de Marbeuf me cherchait, persuadé que j'avais décidé la guérisseuse à lui jouer ce mauvais tour. Tout à ma fièvre, j'ai alors saisi mon couteau, prêt à défendre ma vie et l'honneur de Margot. Luca n'a pas longtemps tenté de me convaincre. Il m'a porté un violent coup à la tempe, me laissant évanoui. C'est lui qui m'a raconté la suite des événements. Aidé de la femme de chambre, il m'a retiré ma robe de bure pour m'enfiler des vêtements passe-partout. Il m'a pris sur son dos et a emprunté un escalier dérobé que lui a indiqué son amie. Il a profité de la cohue qui régnait dans la cour pour rejoindre discrètement nos chevaux. Il m'a installé devant lui et nous avons quitté le château. J'ai repris connaissance quelques minutes plus tard : nous étions en train de fuir. Malgré mes promesses, j'avais abandonné aux flammes une femme d'exception. Chaque lieue qui m'éloignait de la demeure des Marbeuf arrachait un pan de mon âme et de ma dignité.

Si quelqu'un lit un jour cette lettre, preuve de ma faiblesse, il découvrira sur le papier la trace de mes larmes. À cette heure, Margot est morte. J'ai failli à mon serment et ne l'ai pas accompagnée jusqu'au bûcher. Puisse-t-elle, de là-haut, pardonner ma conduite et m'aider à mettre en pratique la dernière phrase qu'elle m'a adressée : « Tu es un homme de grande valeur, Antonio, prends soin des pauvres qui auront besoin de toi. »

60

Fin de l'histoire

Gianluigi reposa la dernière lettre. Une émotion palpable avait envahi la pièce. Nadia s'était inconsciemment identifiée à Margot. Perturbée par sa récente histoire personnelle, elle avait vécu dans sa chair l'injustice du procès intenté à la guérisseuse. Chacun était perdu dans ses pensées et personne n'osait briser le silence quasi religieux qui s'était installé. Puis, la voix cassée par des heures de lecture, le vieil aristocrate murmura :

— Dire que j'avais ces manuscrits chez moi depuis plus de trente ans et que j'en avais oublié l'existence. Ces lettres expliquent la soudaine décision d'Antonio de s'occuper des plus démunis. C'est donc en hommage à cette sorcière française qu'il est devenu le cardinal des pauvres…

— Voulez-vous les publier, oncle Gianluigi ? demanda Giovanni.

Le vieil homme le regarda avec une bienveillance bien différente de l'accueil moqueur qu'il lui avait réservé.

— Ces confessions resteront notre secret. Antonio n'a pas ouvert son cœur pour partager ses états d'âme avec les historiens du monde entier.

Trois têtes acquiescèrent. Page après page, Antonio était devenu plus proche, et son doute ne le rendait que plus attachant. Nadia leva la main et prit la parole :

— Je suis désolée de revenir à un débat prosaïque, mais il apparaît clairement que l'un des motifs du meurtre de ces femmes pourrait être le trésor dont a parlé Margot. Nous pouvons considérer, au vu de leur tatouage, qu'Isabelle Desmondières et Pascaline Morseaux sont les descendantes de Margot et de sa fille Mathilde. Les assassins les auraient retrouvées je ne sais comment, espérant que l'une d'elles soit en possession de ce mystérieux coffret. S'il existe, quelle en serait la valeur, messieurs ?

Gianluigi fit un signe à Giovanni Massimo, lui laissant la parole.

— D'un point de vue purement théologique, commença le prêtre romain, ce n'est qu'un ossement. Rien n'a la grandeur de l'eucharistie, présence réelle du Christ qui s'offre à tous les hommes. Si l'on considère par contre la relique, elle serait d'une immense valeur. Saint Jacques était l'un des dirigeants primitifs de l'Église et a accompagné le Christ dès le début de sa vie publique. Il était l'un de ses plus proches apôtres. D'après la tradition de l'Église, Jacques serait mort décapité à Jérusalem. Imaginons que cette relique soit vraie, même si je n'y crois pas une seconde. Elle aurait été la propriété des plus grands princes ou évêques. Comment peut-on envisager qu'elle ait pu tomber entre les mains d'un soldat, qui l'aurait remise à un nobliau de province, qui l'aurait lui-même offerte à une obscure paysanne vivant au fin fond des Alpes françaises ?

— Le pourcentage de chances pour qu'il s'agisse d'un os de l'apôtre Jacques est donc faible, conclut Nadia.

— Plus que minuscule, confirma Giovanni.

— Margot a pourtant raconté à Antonio qu'il lui a permis d'obtenir des guérisons miraculeuses, nota la policière.

— Inexpliquées, pas miraculeuses, corrigea le prêtre.

— C'est le monde à l'envers, sourit Nadia. C'est moi, pourtant athée, qui essaie de vous faire émettre l'hypothèse que ce coffret aurait pu avoir un quelconque pouvoir surnaturel. Bien, considérons maintenant que cette histoire soit arrivée aux oreilles d'une autre personne, disons… sans scrupule. Pensez-vous qu'elle pourrait tuer pour tenter de récupérer cette relique ?

Gianluigi intervint à son tour :

— Si vous tombez sur un illuminé, oui. Prenez le célèbre exemple de Heinrich Himmler, chef des SS. Il courait comme un dément après tout ce qui avait trait à la soi-disant culture aryenne et hyperboréenne. Il a dépensé des fortunes pour rapporter des objets dont la seule évocation ferait rire n'importe quel étudiant en première année d'histoire. Tout comme mon cher neveu, je ne crois pas un instant en cet ossement de Jacques, mais il peut attirer du monde. Par ailleurs, Margot a précisé que le coffret était serti de pierres précieuses.

— Nous nageons tout de même dans les suppositions, intervint le père de Valjoney.

— Laissez-nous rêver, mon ami. Cependant, l'hypothèse de Nadia tient la route…

L'aristocrate se tut soudain. Il fronça les sourcils en regardant un horizon imaginaire. Il haussa la main pour éviter que l'on vienne interrompre sa réflexion. Après de longues secondes, il annonça lentement :

— J'avais totalement oublié cette visite… Tant de pique-assiette veulent piller les informations de la collection que j'ai assemblée ! Mais ceux-là étaient différents. Comme il est surprenant que cela me revienne avec tant de précision !

— Puis-je vous demander, cher Gianluigi, ce qui suscite ainsi votre étonnement ? l'interrompit Nadia avec douceur.

— Il y a vingt ans, non, un peu plus sans doute, une femme est venue me solliciter. Elle voulait parler de la jeunesse d'Antonio Savelli. J'ai bien sûr répondu négativement à sa requête : si j'avais accepté, cela se serait su et mon palais aurait été envahi par toutes sortes de pseudo-historiens. Cependant, cette femme n'était pas seule. Deux enfants l'accompagnaient, une fille et un garçon. Je ne suis pas très doué pour les âges, mais je dirais qu'ils avaient une dizaine d'années. Je les avais oubliés… jusqu'à aujourd'hui.

— Pouvez-vous me décrire leur allure, leur comportement ?

— Ce sont de vieux souvenirs, mais je revois la mine fiévreuse de la mère ; enfin, je suppose que c'était leur mère. Elle était grande, très mince, avec les traits hâves et d'immenses yeux qui semblaient sortir de leurs orbites. Les enfants avaient l'air anxieux de connaître ma réponse, et j'ai lu de la colère dans leurs regards quand je les ai renvoyés. Cela m'avait surpris, mais pas perturbé, rassurez-vous.

— Vous a-t-elle donné son nom ? insista Nadia.

Elle remarqua et apprécia l'effort de concentration que fit le vieil homme pour se remémorer cette scène anodine.

— C'est trop loin. Elle m'a interrogé en italien, mais leur a parlé en français. Je ne peux pas vous en dire plus.

— Je vous remercie, conclut Nadia. Vous nous avez offert beaucoup de votre temps, et nous ne voulons pas en abuser.

— Il est à peine vingt heures, et la découverte de ces lettres mérite d'être fêtée. Je n'ai pas mangé au restaurant depuis des années, mais il y avait autrefois une excellente pizzeria au sommet du mont. Allons voir si elle existe encore : vous êtes mes invités.

61

Les Lyonnais

Étienne quitta la rue Saint-Jean pour emprunter une voie perpendiculaire. Il leva les yeux et reconnut l'enseigne moyenâgeuse patinée. D'après l'homme qu'il allait rencontrer, lyonnais de souche, La Licorne verte était l'un des rares bouchons autour de la cathédrale qui n'avaient pas encore vendu leur âme aux touristes. Il poussa la porte en fer forgé et s'approcha du comptoir. À tout juste dix-neuf heures, quelques clients asiatiques avaient déjà pris place dans le petit restaurant. Comme le serveur le saluait, une voix puissante jaillit du fond de la salle :

— Norbert, apporte un ballon de brouilly pour mon ami, et tu l'accompagneras de quelques tranches de jésus. Pas celui que tu sers aux Niaks !

— Bien évidemment, m'sieur Dubouste ! Cela me fait presque de la peine que vous le précisiez.

Étienne Fortin se retourna et sourit en voyant la face joviale de son ami, le commandant Boris Dubouste. Étienne le connaissait depuis plus de quinze ans sous le surnom « le Gone », en hommage à sa jeunesse difficile de gamin des rues. Lyonnais depuis des générations, il portait à la capitale des Gaules le même amour qu'à sa femme… ou peut-être le contraire. Capable de se diriger les yeux bandés dans n'importe quelle traboule, il était l'un des piliers de la PJ lyonnaise. Étienne l'avait rencontré lors de sa première affectation entre Saône et Rhône. Dubouste, paternel, avait pris sous son aile ce grand gars à l'allure dégingandée et lui avait appris les ficelles du métier. Fortin avait observé, mais n'avait pas appliqué toutes les méthodes du Gone, parfois éloignées des cours encore frais de l'école de police. Ils n'en avaient pas moins gardé une forte estime mutuelle et une vraie amitié. Boris Dubouste se leva et écrasa Fortin dans ses bras.

— Quel plaisir de te revoir, gamin ! Ça fait combien ? Au moins deux ans ?

— Trois ans, Boris ! Je suis en dessous de tout !

— J'aurais pu te bigophoner aussi. Assieds-toi, on va s'envoyer le tablier de sapeur de Norbert. Tu aimes toujours ça ?

Il ne lui offrit pas l'occasion de répondre et passa commande d'un claquement de doigts et d'un signe cabalistique que le serveur sembla comprendre. Il le laissa ensuite apporter la charcuterie et les verres de vin, puis relança Étienne :

— On m'a dit que tu as été nommé capitaine. Félicitations ! C'est ça qui te bouffe ton temps ?

— On est de moins en moins nombreux et les criminels se multiplient, mais ce n'est pas à toi que je vais apprendre ça. La différence, c'est qu'aujourd'hui il faut être polyglotte pour les coincer. C'est plutôt ma fille qui perturbe mes nuits ces derniers mois.

— Non ! Le gamin, père de famille ? Génial, raconte-moi ça.

Les deux policiers rattrapèrent le temps perdu, passant en revue les facéties de leurs enfants, la carrière de leurs anciens collègues et les manies agaçantes de leurs femmes. Une fois le café avalé, Dubouste laissa un billet de cinquante euros sur la table et les deux hommes quittèrent le restaurant.

Arrivé sur les quais de la Saône, le Lyonnais s'accouda à la rambarde de pierre. Il jeta un coup d'œil périphérique et demanda :

— Alors, gamin, qu'est-ce que je peux faire pour toi ?

Étienne connaissait suffisamment son interlocuteur pour savoir qu'il pouvait s'ouvrir à lui sans risque. Il raconta l'intervention de Nadia lors du viol de Simone Koné, l'enquête menée par le juge

Napoléon Ledoyen, la campagne de harcèlement lancée par Jacques Vertufoy. Boris Dubouste ne l'interrompit pas une fois.

— Si je ne mets pas fin à ce jeu malsain, conclut Étienne Fortin, Nadia va plonger. Et ça, il n'en est pas question.

Le Gone l'invita à marcher le long de la rivière, rassemblant ses idées. Comme ils empruntaient la passerelle du palais de justice, Dubouste rompit le silence :

— Vertufoy est un sacré trou du cul, mais il s'est tissé un réseau d'amitiés locales et nationales conséquent. On l'appelle « Iznogoud », tu sais, le personnage de BD qui veut être calife à la place du calife. Il se prend régulièrement pour le préfet. Ce qui m'étonne, c'est que personne ne l'a jamais recadré, du moins officiellement. Tout ça pour dire, Étienne, qu'il ne va pas être simple de lui mettre des bâtons dans les roues.

— Et si on lui découvre des histoires de cul ? Il est marié avec une grande bourgeoise du coin, non ?

— Il ne mange plus dans la main de son beau-père depuis longtemps. Il trompe son épouse sans vergogne, et j'imagine que sa rombière en fait tout autant. Ce type-là pense avec sa bite, et l'accuser de coucher avec de jolies femmes ne ferait que flatter son ego.

— Et si les jolies filles en question étaient mineures ?

Le visage de Dubouste se crispa.

— Tu sors ça d'où ?

Étienne lui raconta la rencontre fugace de Nadia avec Vertufoy et une gamine habillée en pute de luxe sur un trottoir lyonnais.

— Nadia mettrait sa main au feu que la petite n'avait pas dix-huit ans.

Boris Dubouste serra les poings. Il avait travaillé à la mondaine avant la naissance de ses trois filles. Il les avait toujours surprotégées, quitte à affronter de mémorables disputes avec sa progéniture. Il avait une aversion toute particulière pour les pédophiles.

— Je n'ai jamais entendu dire cela de lui. Ta femme en est certaine ?

— Elle me l'affirme et elle se trompe rarement. Si ça t'intéresse, j'ai réussi à récupérer l'adresse de l'immeuble duquel ils sortaient.

Le Gone partit d'un rire franc.

— Tu n'as pas perdu ton sens de l'observation.

Puis, redevenant sérieux :

— Vertufoy est un serpent à sonnette. Il veut tout contrôler et rien ne lui résiste. Ce viol, c'est une grosse tache sur l'image de sa famille, mais surtout un possible talon d'Achille. Ses adversaires politiques ne feront jamais éclater l'affaire dans les journaux, mais cela le poursuivra en permanence, comme une bombe prête à péter sans prévenir. En prouvant que le flic qui a arrêté son fils est psychiquement instable, il décrédibilise son témoignage et désamorce la bombe. Il ira jusqu'au bout.

— Moi aussi. Déjà, devoir supporter qu'un arriviste censé servir la France attaque une policière d'élite pour couvrir ses saloperies familiales, ça me met les boules. Mais voir la femme que j'aime sombrer à cause de ces deux fils de pute, il n'en est pas question. D'une façon ou d'une autre, je me les ferai.

Le Gone posa sa main sur l'épaule d'Étienne Fortin :

— Doucement, gamin. Si tu te la joues vendetta et que tu pars en solo, tu es certain de perdre la partie.

— Vertufoy est juste un fonctionnaire de la République, pas un chef mafieux !

— Tu penses vraiment ce que tu dis ? Il n'est pas entouré de porte-flingues, mais il a accès à toute une armée de journaleux, de politiciens, d'avocats et autres genres de lèche-boules bien plus efficaces. Et s'il a besoin d'une gâchette, il la trouvera…

Puis, regardant Étienne droit dans les yeux, il ajouta :

— Je vais t'aider, Étienne. Je vais t'aider parce que le comportement de Vertufoy est méprisable, mais surtout parce que tu es mon ami. À une seule condition : ne prends pas d'initiative personnelle. Je fréquente ce milieu depuis trente ans et négocie régulièrement avec la pègre, sans pour autant être un ripou, comme certains aiment le faire croire. Je peux donc t'affirmer que nous partons sur une opération à risques. Si Vertufoy baise des mineures, c'est qu'il s'adresse à un réseau. Il faut le localiser. Cela peut prendre deux jours avec de la chance, deux mois si le destin n'est pas avec nous. Ensuite, il faut un flag pour le tenir par les couilles. C'est loin d'être gagné. Tout ce que je peux te promettre, c'est que ça va être ma priorité et que je vais mettre quelques bons potes sur le coup.

Étienne ne posa pas de question sur les potes, mais se sentit soulagé. Avec le Gone à ses côtés, il avait une bonne chance d'y arriver.

— Cela m'a fait super plaisir de te revoir, mais maintenant, il faut que je rentre, conclut Boris Dubouste. Cécile m'attend et je lui ai promis de réparer la douche ce soir.

— Je suis désolé de t'avoir retenu si longtemps.

— Ce n'est pas un problème, c'est une couche-tard. Embrasse ta femme et ta petite de ma part. Je te tiens au jus dès que j'ai du nouveau. Au fait, demanda-t-il avant de partir, elle est au courant de ta démarche ?

— Non, Nadia est du genre « si je suis dans la merde, je m'en sors seule », à un niveau presque maladif. Alors je ne veux pas nous rajouter une raison supplémentaire de nous prendre la tête.

— Sacré carafon ! J'ai déjà envie de la connaître, surtout si elle est aussi jolie que ce que tu en dis. Vous viendrez déjeuner quand on aura tout réglé. Cécile sera contente de te revoir.

Étienne apprécia l'optimisme de son ami. Il lui serra longuement la main et disparut dans une ruelle à peine éclairée.

62

Sélection

La nuit était fraîche. Le vent qui soufflait de long de l'Isère rendait le froid encore plus piquant. Marco Della Rocca rajusta son manteau et resserra son écharpe. À minuit, il devrait trouver la personne qu'il cherchait. Il avait arpenté les rues désertes des dizaines de fois depuis son arrivée à Grenoble, pensant que le temps effacerait sa peine, ou au moins l'adoucirait. C'était hélas tout le contraire. De façon ironique, il la comparait à un bon vin ! Léger au début, puis de plus en plus puissant, s'enrichissant d'arômes subtils. Tous les détails de ses courts mois de bonheur remontaient à la surface, le laissant sans force certains matins. Dans un moment de déprime, il s'était ironiquement identifié à la chèvre de monsieur Seguin. Il combattait son monstre personnel en espérant voir le jour se lever. Combien de nuits résisterait-il encore ?

Il revint à sa quête de la soirée. Un groupe de trois filles attendait à l'abri d'un muret, tapant des talons pour se réchauffer. Della Rocca les observa. Elles faisaient la fortune d'une mafia de l'Est en vendant leurs charmes pour quelques dizaines d'euros la passe. Ce soir, ce n'était pas le hasard qui avait poussé l'OPJ vers les quais de l'Isère. Il faisait régulièrement appel aux services de prostituées depuis qu'il était arrivé dans les Alpes. Il avait besoin d'évacuer la tension qui l'habitait depuis l'assassinat de Fanny. Il les choisissait à l'instinct, s'assurant juste qu'elles étaient majeures, ce qui était loin d'être toujours le cas sur les trottoirs grenoblois. Un mois plus tôt, il avait couché avec une fille différente des autres ; cette femme avait réussi à ériger une barrière mentale entre son activité forcée et sa vraie personnalité. Elle lui avait dit s'appeler Marina, et elle avait un léger et charmant accent slave. C'était bien elle qui attendait le chaland sur le quai Xavier-Jouvin. Elle s'était écartée des deux autres filles qui bavardaient et semblait perdue dans ses pensées. Il s'avança vers le petit groupe. Les deux prostituées se turent, surprises par ce client en manteau de cachemire et chaussures Weston. Elles le hélèrent, flairant le pigeon :

— Toi faire l'amour ? Moi suce très bien.

D'un geste de la main, Della Rocca les éloigna et s'approcha de Marina :

— Tu veux faire l'amour avec moi ? demanda la jeune femme, l'air absent.

— Non, je souhaite avoir une petite conversation privée avec toi.

— Tu es bizarre, toi, mais comme dit Alex, le client est roi s'il paie. C'est trente euros la fellation, cinquante l'amour et soixante-dix la discussion.

Comme Marco sortait des billets de sa poche, elle l'observa avec une soudaine curiosité. En récupérant l'argent, la mémoire lui revint :

— Je te connais pas, toi ? demanda la prostituée.

— Si. Tu es Marina.

— Tu t'en souviens ?

— Tu es la seule Marina que j'aie rencontrée.

Elle l'inspecta des pieds à la tête. Elle avait malheureusement assez d'expérience de la rue pour pouvoir juger les hommes au premier regard. Timide, violent, macho, pervers... Elle avait inventé huit catégories. Ce client la perturbait : il n'entrait dans aucune d'elles. Son allure de portefeuille sur pattes était démentie par ses yeux sans cesse en mouvement.

— De quoi tu veux parler ? demanda-t-elle.

— J'ai une proposition à te faire, mais nous discuterons en marchant.

Le policier jeta un regard vers une berline garée à proximité. Le proxénète commençait à s'agiter, agacé de voir une transaction qui ne se concluait pas.

— Il est toujours aussi nerveux, ton mac ? interrogea l'Italien.

— T'es flic ? s'étonna la prostituée.

— Non, mais j'espère juste qu'il ne nous dérangera pas pendant notre petit entretien.

La fille leva le bras et le secoua en montrant l'argent qu'elle venait de recevoir, calmant les angoisses de l'encaisseur. Ils déambulèrent dans la rue Saint-Laurent.

— Pour ce prix, tu peux discuter quinze minutes avec moi.

— Tu es plus chère que mon psychiatre, mais peut-être plus efficace. Je te donnerai plus d'argent si nos bavardages nous amènent à dépasser le quota que tu m'accordes.

— Alors, qu'est-ce que tu as de si important à me demander ?

— J'aurais besoin de toi pendant deux jours.

— Pour faire quoi ?

— Rien de plus que ce que tu fais d'habitude.

Marina le regarda avec méfiance.

— Si tu organises une fête pour me donner à tous tes amis en même temps, je ne fais pas. Si tu veux mon cul, c'est plus cher, et si tu…

Della Rocca lui posa la main sur le bras pour l'arrêter :

— Si notre deal se fait, tu devras m'accompagner à une soirée libertine. Tu seras ma compagne. Rien n'est imposé dans ce genre de festivités, même si j'attends de toi une participation… normale. Ça, c'est le programme de la seconde journée.

— Et celui de la première ? demanda la fille.

— Le premier jour sera mis à profit pour faire connaissance, passer chez une esthéticienne, et te constituer la garde-robe nécessaire.

— Tu es prêt à dépenser une fortune pour une nuit de baise ? commenta Marina déboussolée.

— Quelle est ta réponse, Marina ? À cinq euros la minute, je voudrais la connaître avant qu'on arrive au bout de la rue.

La jeune femme n'hésita pas un instant. Elle ne savait pas qui était cet homme, mais elle avait confiance en lui. Il était sans aucun doute tordu, mais son sixième sens l'avait évacué de la catégorie des pervers.

— Moi, je suis d'accord, mais il faut que j'en parle à Alex. Il demandera sans doute beaucoup d'argent.

— T'inquiète pas pour ça, je négocierai directement avec lui.

Le lieutenant Marco Della Rocca avait insisté pour que Marina regagne son poste de travail. Seul, il s'approcha de la BMW. Il remarqua la nervosité du proxénète qui fouillait dans sa boîte à gants. Il frappa la carrosserie avec un sourire de façade. Le truand hésita quelques secondes, puis activa l'ouverture de la fenêtre. Ce n'était pas un bourgeois qui allait le faire flipper. Il devait continuer à travailler son image de dur, surtout sous le regard des filles qui les observaient.

— Qu'est-ce qu'il y a ? aboya-t-il. Si tu veux tirer ton coup, tu paies directement la gonzesse et tu viens pas me casser les couilles !

— L'accueil du client laisse à désirer, commenta Della Rocca.

— Si t'es juste là pour faire le mariole, je te jure que tu vas le regretter.

— Je ne m'amuse qu'avec des gens de bonne compagnie. Par contre, je souhaite vous demander une offre de service.

— Demander une quoi ?

— Parler business.

— T'as une minute, pas plus.

— Nous prendrons le temps nécessaire à la conclusion d'un accord. Je veux louer les services de Marina pendant deux jours.

Le maquereau éclata d'un rire moqueur :

— C'est parce que tu te prends pour Rocco Siffredi ou parce que tu peines à jouir qu'il te faut tant de temps ?

Della Rocca respira lentement, réfrénant l'envie de mettre son poing dans la mâchoire de l'homme.

— Ce n'est pas votre problème. Marina sera avec moi demain, pour une durée de vingt-quatre heures. Je veux ensuite l'avoir à disposition une seconde fois, la date n'étant pas encore fixée.

— Tu te crois chez Kiloutou, mon pote ?

L'OPJ continua, sans tenir compte du commentaire d'Alex :

— J'ai étudié les tarifs sur Internet : une prostituée rapporte en moyenne entre trois cents et quatre cents euros par nuit. Je vous propose donc un très confortable dédommagement de mille cinq cents euros en échange des services de votre protégée.

Alex n'arrivait pas à savoir si son interlocuteur était vraiment niais ou s'il se foutait ouvertement de sa gueule. Néanmoins, l'offre valait le coup d'être considérée.

— Les filles, chez moi, c'est de la qualité. Marina est une bonne petite pute polak et elle fait nettement plus que la somme de merde que tu annonces. Tu me prends pour un mac qui fait dans la seconde zone africaine ou dans la pouffiasse pour SDF. Il va falloir faire un sacré effort, mon grand.

Della Rocca sut que c'était gagné.

— Mon offre est déjà très compétitive.

— J'ai dit qu'il fallait allonger plus, tête de nœud, insista Alex.

La voix du policier claqua net :

— Mille cinq cents euros ou rien. Ta gonzesse n'est pas la seule à tapiner sur Grenoble. Si dans dix secondes tu ne m'as pas donné ta réponse, je me casse et tu ne me revois plus.

Le proxénète fut saisi par la transformation du client. Pour la première fois, il le regarda dans les yeux. Son instinct de bête sauvage lui fit comprendre que le type en face était dangereux. Comme Della Rocca faisait demi-tour, il l'appela :

— Ça marche, mais si tu me l'abîmes, il faudra payer.

— Je n'ai pas l'habitude de frapper les femmes. Rendez-vous ici demain à quatorze heures.

— Faudrait pas oublier un acompte, aboya le proxénète.

Della Rocca le dévisagea, puis sortit de sa poche une liasse de billets de cinquante euros.

— Il y a là cinq cents euros.

Le maquereau tendit la main pour profiter de l'aubaine. Le policier déchira la liasse en deux et en donna la moitié à Alex.

— Voilà l'acompte. Tu auras l'autre partie du puzzle et le reste à la fin de notre deal.

Sans lui laisser le temps de répondre, Marco s'écarta de la voiture et repartit dans la nuit grenobloise.

63

Bilan

Après l'atterrissage à l'aéroport de Lyon-Saint-Exupéry dans la matinée, le capitaine Nadia Barka s'était précipitée à l'hôtel de police et avait convoqué son équipe pour une réunion exceptionnelle.

Une quinzaine de policiers attendait dans la salle de briefing. Nadia avait posé sur une table basse deux paquets de gressins aux olives. Ses collègues s'étaient jetés dessus comme des morts de faim. Mazure entra dans la pièce, se cala contre le mur et fit signe à sa collaboratrice de lancer les débats.

Elle leur résuma ses aventures romaines, concentrant tous les regards passionnés par la vie de Margot Malherbe. L'allusion à la famille française fit passer un murmure.

— Les conclusions que je vais vous présenter sont bien évidemment sujettes à caution. J'en ai longuement parlé avec Bernard de Valjoney pendant le vol de retour, et nous sommes persuadés qu'elles sont crédibles, même si nous n'avons aucune preuve pour les étayer.

— Nous sommes à votre écoute, Nadia. Votre intuition a souvent été bonne, l'encouragea Mazure.

— Première question : quel est le mobile du crime ? La seule hypothèse que nous ayons fouillée est celle d'une bande de psychopathes. Même si la plupart du temps ce genre d'actes est le fait d'un individu isolé et non d'un groupe, c'était la plus probable. À ce jour, nous n'avons rien trouvé. Je sais que vous avez continué à interroger tous les proches des victimes durant mon absence et que vous avez travaillé avec la police scientifique, mais nous sommes dans le flou. Jérôme Garancher et les analystes explorent quotidiennement tous les fichiers de meurtres crapuleux qui ont eu lieu depuis vingt ans, mais rien. De son côté, Marco et son groupe tentent d'exploiter la piste du Gant de Velours, mais pas de nouveaux indices non plus. Même s'il est indéniable que les meurtriers font preuve d'une cruauté sans pareille, ils peuvent cependant avoir un mobile précis. Quels sont les mobiles les plus fréquents dans les affaires criminelles ?

— Le cul et le fric, intervint Rodolphe Drancey.

— Effectivement, l'argent et le sexe. Si l'on revisite les Mémoires d'Antonio Savelli, on retrouve ces deux ingrédients. L'argent, c'est le mystérieux trésor des Malherbe : les ossements de l'apôtre Jacques, un coffret précieux, ou autre chose, qui sait ? Le sexe, lui, est omniprésent. Isabelle Desmondières était une libertine assumée et a fait l'amour juste avant d'être torturée. Quant à Pascaline Morseaux, beaucoup plus sage, nous lui avons découvert un amant. Elle a également eu des relations sexuelles consenties avant son exécution. Margot a eu des relations sexuelles avec son bourreau juste avant d'être envoyée au bûcher. Victime de son obsession, Geoffrey de Marbeuf l'a violée, se condamnant ainsi lui aussi aux yeux de la société.

— Tu penses donc, enchaîna le lieutenant Marie Woessner, que des fous sont en train de rejouer la scène du Vercors près de quatre cents ans plus tard ?

— Cela s'est passé il y a exactement quatre siècles. Ce n'est certainement qu'une coïncidence, mais oui, je suis persuadée que des individus ont eu connaissance de ce procès d'une manière ou d'une autre et s'amusent à le reproduire, avec l'espérance d'un joli gain à la fin. La visite des inconnus chez Gianluigi Savelli il y a vingt ans n'est sans doute pas le fruit du hasard. Pour quelle raison une femme seule viendrait-elle, accompagnée de ses enfants, parler d'un moine italien inconnu à un vieux misogyne dont la réputation n'est plus à faire ? Le garçon et la fille ont maintenant entre trente et trente-cinq ans.

— Mais qui ? Et pourquoi ces mises en scène macabres ? insista la jeune policière.

— Qui ? Je n'en sais hélas rien pour le moment, mais j'ai quelques pistes que nous allons creuser. Laissez-moi juste le temps de me poser. Quant au pourquoi ? Peut-être pour que nous nous lancions sur la trace de cinglés et pour nous éloigner du but final : l'argent ! Mais certainement aussi pour faire parler les victimes. Si ce trésor existe, celle qui le possède n'est sans doute pas prête à le lâcher. Si nous suivons cette hypothèse, Isabelle ne le détenait pas. Pascaline leur a-t-elle livré des informations intéressantes ? Sinon, combien y en a-t-il encore sur leur liste ?

— Vous imaginez donc, conclut Mazure, que les meurtriers ont descendu l'arbre généalogique de Margot Malherbe ?

— Oui. Si la famille qui a rencontré Savelli il y a plus de vingt ans était déjà sur la trace des descendantes de Margot, ils ont eu le temps de travailler sur le sujet.

— C'est tout de même une intuition tirée par les cheveux, capitaine, remarqua le commissaire.

— J'en suis consciente, et si je n'avais pas découvert moi-même ces informations à Rome, j'aurais du mal à y adhérer. Cependant, les trois hommes qui m'accompagnaient ont partagé cette hypothèse. Nous sommes peut-être à mille lieues de la vérité, mais il faut creuser cette piste.

— Quelles actions envisagez-vous de mener ?

— Il faut continuer à chercher du côté du passé. Par contre, je veux que l'on remonte jusqu'à trente-cinq ans en arrière.

— Dans la région ? s'inquiéta Garancher.

— Non, sur toute la France, voire en Italie. Il faut comprendre pourquoi une femme s'est retrouvée seule avec deux gamins à Rome à frapper à une porte sur le mont Janicule.

— Elle a pu tout simplement divorcer, remarqua l'archiviste.

— Peut-être, mais les divorces étaient moins fréquents à l'époque. Son mari a très bien pu disparaître ou mourir de mort violente. Même si cela ne représente qu'une infime possibilité, je ne veux pas la négliger. Trouvez-moi son identité.

— C'est un boulot de dingue !

— Je suis certaine que notre commissaire saura dénicher les ressources pour t'aider à mener ces recherches. Et pour conduire ce genre d'enquête, tu es le meilleur, Jérôme !

Le lieutenant Garancher rosit sous le compliment et accepta la mission d'un hochement de tête. Nadia continua :

— Il faudra aussi évaluer plus précisément la piste libertine. Ce n'était pas dans la nature de Pascaline de découcher. Elle a eu un coup de foudre avec un homme très beau. Il faut essayer de retrouver ce type. Il n'est pas forcément l'assassin, mais il a sans doute des connexions avec les meurtriers.

— Tu veux que je me tape tous les beaux mecs de la région ou on se les partage ? lança le lieutenant Woessner d'un air entendu.

— Je ne t'imposerai pas un tel sacrifice, Marie. Marco est sur le coup.

Un murmure parcourut l'assemblée. La réputation sulfureuse du policier avait fait le tour des services. Sans s'en offusquer, il se leva et expliqua son action :

— Comme vous le savez, Isabelle Desmondières participait à des soirées privées. Mon objectif est d'en connaître les participants, voire de les infiltrer. Si nous avons vraiment affaire aux assassins, ce ne sera pas qu'une partie de plaisir… loin de là, même.

Son visage soudain empreint de tristesse lui évita des questions ou remarques scabreuses.

— Penses-tu que les gamins romains puissent être aujourd'hui des membres de ces soirées ? s'enquit Garancher.

— Je n'en ai aucune idée. Je ne connaissais pas leur existence il y a une heure. Nous accumulons les informations, et nous ferons le tri ensuite.

— De mon côté, avoua le commissaire, mon entretien avec Vertufoy a été un désastre. Quand je lui ai montré la photo prise par Charlotte Corona à Grenoble, il est monté sur ses grands chevaux et m'a joué la scène du citoyen persécuté. Sinon, vous voyez d'autres pistes à fouiller, Nadia ?

— Une dernière, et je vous libère. Je vais demander au professeur Antoine Dupas d'enquêter sur la relique des Malherbe. Il a un réseau suffisamment étendu pour trouver le spécialiste qui pourrait nous renseigner… si jamais cette fameuse relique a une existence réelle. Allez, au boulot !

64

Nelly

Nelly roulait doucement, les yeux rivés sur le fossé qui bordait la route. La lune éclairait les arêtes blanches des sommets calcaires du Vercors. Le faisceau des phares de la vieille Polo illumina soudain un lapin, tétanisé, incapable de s'enfuir devant le véhicule. Nelly écrasa la pédale de frein, évita de justesse le fossé, puis cala. Elle s'enfonça dans son siège et jura. Puis elle bâilla longuement et regarda le village qui se découpait au loin. Elle allait se faire tuer ! Elle avait promis de rentrer de sa soirée au plus tard à trois heures du matin, et il était déjà quatre heures. Pour couronner le tout, elle avait bu plus que de raison et était loin du demi-gramme d'alcool par litre de sang autorisé par la législation française. Elle essaya de faire le compte des verres qu'elle avait avalés, mais perdit le fil en arrivant à cinq. Pas de doute, elle était bourrée, et ses parents allaient la mettre en pièces... verbalement, évidemment. Si en plus elle balançait la caisse de sa mère dans le fossé, ce n'était même pas la peine de rentrer chez elle. Elle ouvrit la fenêtre et respira l'air frais de la nuit. Elle espérait, sans trop y croire, déchirer le voile éthylique qui l'enveloppait. Elle évitait toujours de prendre la voiture lorsqu'elle avait bu. Un ami, qui habitait Autrans comme elle, devait la ramener. Mais il était encore plus imbibé qu'elle, et la lueur lubrique qu'elle avait devinée au fond de ses yeux quand il lui avait annoncé son départ l'avait effrayée. Pas question de risquer une étreinte rapide et forcée sur la banquette arrière. Glauque ! Elle redémarra et reprit la route.

La jeune femme arrêta le véhicule à l'entrée du chemin empierré qui menait à la maison. Elle voulait toujours croire au miracle. Peut-être que sa mère s'était assoupie et n'avait pas remarqué l'heure tardive ? Inutile de la réveiller. Son père, lui, dormait sans doute d'un profond sommeil. Elle quitta la voiture, veilla à ne pas claquer la portière et avança en titubant sur l'allée. Première épreuve : éviter les aboiements de Titus. Si le chien hurlait avant de l'avoir reconnue, elle était cuite. Elle se sourit à elle-même en se disant qu'avec ce qu'elle avait ingurgité, elle l'était déjà, cuite. Elle reprit sa marche hésitante, l'oreille aux aguets. En s'approchant de la niche, elle murmura : « C'est moi, Titus, tout va bien. » Pas un bruit. Le miracle était-il en train de s'accomplir ? Elle poursuivit son chemin jusqu'à la porte d'entrée. Arrivée devant le perron, elle remarqua une masse sombre sur sa droite. Bizarre : elle n'était pas saoule au point d'avoir des visions. Elle fit quelques pas vers la forme étrange, s'agenouilla et la toucha avec précaution. Le contact de poils la surprit. Quelle bestiole était donc venue dormir ici ? Elle caressa l'animal avec plus de vigueur et le retourna. Titus ! Qu'est-ce qu'il foutait là ? Elle le secoua carrément : le chien ne bougeait pas. Elle le lâcha et regarda sa main. Un liquide noir et visqueux la recouvrait. Mais que se passait-il ce soir ? La jeune femme fit un effort de concentration, puis, paniquée, eut une révélation. Du sang, c'était du sang… le sang de Titus ! Elle le retourna, approcha sa tête de lui et remarqua la gorge tranchée de l'animal. Elle hurla de terreur : « Titus ! »

Son cri résonna dans la cour de l'ancienne ferme. L'adrénaline avait réveillé une partie de ses sens. Ses parents ! Ils devaient savoir, et tant pis s'ils l'engueulaient ! Elle frappa la porte d'entrée à grands coups en appelant. Seuls le silence et le noir lui répondirent. Pourquoi étaient-ils partis ? Étaient-ils à sa recherche ? Sa mère, qui ne s'était pas encore aperçue qu'elle avait presque vingt ans, en était capable. Et si ce n'était pas ça ? Elle récupéra la clé dans son sac, puis, tremblante, mit plusieurs secondes avant de l'introduire dans la serrure. Elle continuait à crier. Elle se dirigea vers l'interrupteur et l'actionna. Elle traversa le vestibule et se précipita dans le salon. Ses appels cessèrent brusquement. Nelly tomba à genoux et son hurlement de détresse se perdit dans la montagne.

65

Nuit lugubre

D'un pas lourd, le gendarme regagna la fourgonnette. Il ouvrit la porte du véhicule et s'installa sur le siège passager.

— Alors, mon adjudant, demanda l'homme assis derrière le volant. Elle a parlé ?

— Toujours pas, Nichols, toujours pas… elle est encore sous le choc, répondit l'adjudant Chris Guérin.

— Bah, c'est sûr. Avec ce qu'elle vient de vivre, la pauvre gamine ! Qui sont les salopards qui ont pu s'en prendre comme ça aux Blanchard ? Y avait pas plus serviables qu'eux, nom de Dieu !

— C'est vrai. Ils ne méritaient vraiment pas ça. Personne ne le mérite, d'ailleurs… Sinon, Grenoble a répondu ?

— Oui, une équipe technique devrait arriver d'ici une demi-heure. Ils auront du boulot pour trouver des indices.

— C'est leur job, Nichols. Maintenant, je vais retourner dans la maison. Contactez-moi quand les collègues seront là.

Guérin redescendit du véhicule. L'aube venait de poindre et le soleil se levait derrière les montagnes du Vercors, nimbant les sommets d'une apaisante lueur orangée. Cependant, la journée qui s'annonçait serait tout sauf réjouissante. Il ne pouvait chasser de son esprit l'image encore brûlante des corps torturés de Benoît et

Christine Blanchard. Leurs assassins s'étaient acharnés sur eux avec une sauvagerie incompréhensible. Le gendarme avait fait un tour rapide de la maison mise sens dessus dessous. *A priori*, un cambriolage ! Les tiroirs avaient été arrachés, le linge des armoires jeté au sol, les matelas éventrés. Cela ressemblait à une agression crapuleuse. Pourtant, les Blanchard n'avaient pas la réputation d'être une famille aisée. Ils vivaient simplement et n'étaient pas du genre à cacher des liasses de billets sous les matelas. Depuis quelques années, les délinquants étaient, hélas, de plus en plus violents, et des bandes organisées venues de l'étranger commençaient à sévir dans la région : des femmes et des hommes sans foi ni loi, qui n'hésitaient plus à tuer pour quelques euros.

Chris Guérin sortit un paquet de cigarettes de sa veste. Il avait promis à sa femme qu'il arrêterait de fumer, mais cela attendrait encore quelques jours. Il en alluma une et aspira la première bouffée en regardant le pas de Pertuson. La splendeur de la nature rendait le crime encore plus horrible. Il savait que l'on trouvait autant de tarés dans les campagnes que dans les grands centres urbains, mais il ne pouvait s'empêcher de penser que la beauté d'un lieu devait apaiser l'âme humaine. Il haussa les épaules : de la psychologie à deux balles qui, une fois de plus, ne s'avérait pas. Il prit lentement la direction de la vieille bâtisse où Nelly Blanchard avait trouvé refuge. Il connaissait bien la jeune femme ; elle faisait partie de la même association de protection de la nature que sa propre fille Lucie. Nelly, la grande gueule, toujours prête à rendre service ! Pauvre gamine… Voir ses parents mourir comme ça à vingt ans, cela ne devrait pas exister !

L'adjudant Guérin éteignit sa cigarette et frappa à la porte. Mathieu Forestier, un homme dans la force de l'âge, la quarantaine encore séduisante, vint lui ouvrir.

— Alors ? demanda le gendarme.

— Elle n'a toujours pas ouvert la bouche. Elle m'inquiète. C'est comme si le monde extérieur ne l'intéressait plus. Son regard traverse les murs.

— Après ce qu'elle vient de vivre, ça n'a rien d'étonnant. J'ai appelé la toubib d'Autrans. Elle ne devrait pas tarder à arriver. Elle lui donnera ce qu'il faut.

— Ça me rassurera, acquiesça l'homme en laissant le gendarme entrer.

La vieille ferme avait été rénovée avec beaucoup de goût. Un mélange de modernité et de tradition parfaitement dosé. Dans le salon, une femme, les cheveux relevés en un chignon rapidement confectionné, était assise à côté de Nelly Blanchard et prenait soin d'elle. D'une pâleur cadavérique, la jeune fille à la tignasse rousse se tordait les mains, les yeux secs, fixés sur une gravure qui lui faisait face : les ruines d'un château médiéval aux teintes pastel. Chris Guérin s'approcha et s'accroupit :

— Nelly, c'est Chris, le père de Lucie. Comment vas-tu ?

— Elle ne vous entend pas, répondit doucement sa voisine. Elle est dans son cauchemar. De temps en temps, elle pousse un cri. Puis elle retombe dans une sorte d'état cataleptique.

Révolté, Guérin se jura qu'il donnerait tout pour retrouver les fumiers qui avaient ainsi torturé ses amis. Il se releva et se tourna vers le propriétaire de la maison. Mathieu Forestier, silencieux, observait lui aussi Nelly, ému de la voir dans cet état. Sa femme Veronika, le bras doucement posé sur les épaules de la jeune fille, tentait d'apaiser les tremblements qui la saisissaient à intervalles réguliers. Le gendarme rompit le silence :

— Les équipes seront sur place dans quelques dizaines de minutes. D'ici là, racontez-moi de nouveau ce qui s'est passé cette nuit.

— Bien sûr, répondit Mathieu Forestier. Asseyons-nous à la table, cela sera plus pratique... surtout si vous voulez prendre des notes, ajouta-t-il quand il vit le gendarme sortir un carnet.

Forestier alla à la cuisine et rapporta une cafetière à moitié pleine. Il servit trois tasses, en apporta une à sa femme, puis revint s'installer.

— Du sucre ?

— Non merci. Dites-moi tout. Prenez votre temps, pour être certain de ne rien oublier. L'officier en charge de l'enquête vous reposera les mêmes questions, mais je veux avoir votre version des faits pendant qu'ils sont encore frais dans votre mémoire.

— Vous pouvez compter sur nous... Les Blanchard étaient nos meilleurs amis.

— Alors, allez-y.

Mathieu Forestier s'accorda quelques secondes pour remettre ses idées en place. Les yeux humides, il commença :

— Nous nous étions couchés assez tard hier soir. J'avais travaillé sur un projet que je devais rendre aujourd'hui et Veronika lisait un roman de Jacques Vandroux. Elle ne pouvait pas le lâcher. Au milieu de la nuit, j'ai entendu hurler et tambouriner à la porte. Inutile de vous dire que mon réveil a été rapide.

— Avez-vous une idée de l'heure qu'il était ?

— 4 h 17. J'ai regardé mon téléphone. J'ai enfilé un jean et un pull à toute vitesse, et j'ai dévalé l'escalier pour aller ouvrir.

— Et votre femme ?

— Veronika s'est levée et habillée aussi. En ouvrant la porte, j'ai découvert Nelly, toujours en train de crier. Elle racontait des trucs incompréhensibles. Elle était comme folle. Voyant que je ne comprenais rien, elle a fini par se calmer un peu. Alors, elle m'a dit textuellement : « Mes parents sont morts ! On les a tués ! » Vous imaginez le choc ! Veronika s'est occupée de la gamine. Moi, j'ai mis mes chaussures, j'ai pris une lampe torche…

— Et vous avez couru chez les Blanchard.

Forestier sembla hésiter, puis se lança :

— Je suis d'abord passé à la cave chercher un fusil.

— Vous chassez ?

— Non… c'est un souvenir de famille. Je ne l'ai jamais utilisé, mais je l'avais gardé, sans trop savoir ce que j'en ferais.

— Continuez, je ne suis pas là pour vous verbaliser parce que vous n'avez pas de permis de port d'arme.

— J'ai couru en direction de chez les Blanchard.

— Quelle est la distance entre leur maison et la vôtre ? Cent mètres ?

— À vol d'oiseau, c'est à peu près cela. Même si j'avais une lampe, j'ai préféré passer par la route plutôt que de couper à travers champs. Quand je suis arrivé chez eux, j'ai d'abord vu le cadavre de leur chien Titus. Les meurtriers l'avaient égorgé.

— Ils savaient donc qu'il y avait un chien et qu'il pourrait donner l'alarme. Titus n'est pas du genre à se laisser amadouer, remarqua le gendarme.

— Je n'en sais rien. En tout cas, cela n'a pas sauvé les Blanchard.

— Avez-vous entendu des cris ou quelque chose de suspect avant de vous coucher ?

— Rien. On était dans la maison et la soirée était fraîche. Toutes les fenêtres étaient fermées. D'ailleurs, entre nous, je n'aurais pas réagi si j'avais entendu un chien aboyer au loin. Il y en a pratiquement dans chaque maison.

— OK. Vous voyez le cadavre du chien. Ensuite, que se passe-t-il ?

L'homme ferma les yeux et respira longuement.

— La porte était ouverte. J'ai hésité avant d'entrer. Les volets étaient fermés, mais la lumière était encore allumée à l'intérieur. J'étais terrifié à l'idée de ce que j'allais y trouver. Nelly m'avait dit que ses parents étaient morts, mais sans donner de détails. Je me suis accroché à mon arme, comme si elle pouvait m'aider à conjurer le sort. J'ai d'abord traversé le vestibule, puis j'ai pénétré dans le salon.

Mathieu Forestier suspendit son récit et, la face cachée entre les mains, renifla.

— Excusez-moi.

— Prenez votre temps.

— J'ai fait deux pas… Je me suis arrêté net. Je me souviens avoir lâché mon fusil. Je ne sais pas comment je suis resté debout. Allongés par terre, les corps de Benoît et Christine, ligotés… La scène était surréaliste. Benoît portait juste un caleçon avec des lapins, offert par Nelly j'imagine. Ses pieds avaient été brûlés vifs… Une odeur de chair brûlée flottait encore dans la pièce. Ensuite, j'ai regardé Christine : elle était nue. La scène avait un aspect obscène. Elle était à la fois tourmentée et… belle. C'est con, n'est-ce pas ? Presque indigne ! Mon amie était à mes pieds, morte, et c'est ce que j'ai ressenti. J'en ai honte maintenant. Mon regard est descendu. J'avais peur de ce que j'allais découvrir… Ses plantes de pied étaient elles aussi carbonisées. Je ne pouvais pas détacher mes yeux de ses orteils calcinés. Pendant quelques secondes, ou minutes, je ne sais plus, j'ai contemplé mes amis avec un regard extérieur. Je notais tous les détails, incapable d'admettre la réalité qui s'imposait à moi… Et le pire, c'était leurs yeux. Un mélange de terreur, de supplique, de douleur. Putain, les enfoirés !

Mathieu Forestier se releva soudainement, frappa du poing sur la table. Il fixa le gendarme d'un regard fiévreux.

— Promettez-moi que vous m'aiderez à les venger, promettez-le-moi !

— Moi aussi, je connaissais bien les Blanchard. Je vous jure que nous ferons tout pour retrouver leurs assassins. Rasseyez-vous et continuez votre récit. C'est comme ça que vous nous aiderez. Ces tueurs sont toujours dans la nature, et nous devons récupérer le maximum d'indices pour les attraper.

Forestier frissonna, réalisant soudain le danger qui rôdait peut-être encore.

— Vous pensez qu'ils étaient là pour l'argent ?

— Je n'en sais rien, mais c'est la piste la plus probable. À moins que vous n'ayez une autre idée ?

— Non, aucune... À vrai dire, je ne m'étais pas posé la question. Les Blanchard n'avaient aucun ennemi. Mais s'ils ont été agressés pour une question de fric, les tueurs n'ont pas frappé à la bonne porte.

— Pourquoi ? Où auraient-ils dû aller ?

L'homme devint blanc comme un linge :

— Nous avons beaucoup plus d'argent qu'eux... Vous pensez que leurs assassins pourraient revenir, adjudant ?

— Je ne pense pas. Mais nous mettrons en place les moyens nécessaires à votre protection, rassurez-vous.

— Merci.

Forestier replongea dans ses souvenirs :

— C'est le visage de Christine qui m'a ramené dans le présent. Je me suis agenouillé à ses côtés et je l'ai prise dans mes bras... comme si je pouvais la consoler. Puis je me suis approché de Benoît. Je l'ai saisi par les épaules, je voulais le réveiller. Et là, j'ai vraiment pris conscience de ce qui s'était passé, de l'horreur de la situation. Alors je me suis relevé et je suis sorti. Dans leur cour, j'ai dégueulé tout ce que je pouvais, jusqu'à en avoir la gorge en feu. Je suis ensuite rentré chez moi en courant. Et là, je vous ai prévenus.

— Avez-vous visité d'autres pièces, déplacé des objets ?

— Non, hormis mes deux amis, je n'ai touché à rien. Je n'aurais sans doute pas dû les prendre dans mes bras, mais...

— Ne vous inquiétez pas, les enquêteurs ne vous en tiendront pas rigueur. Qu'a fait votre épouse durant tout le temps où vous étiez dehors ?

— Elle s'est occupée de Nelly. Voulez-vous aussi l'interroger ?

Le gendarme se retourna vers les deux femmes. Nelly était abandonnée dans les bras de Veronika Forestier et sanglotait.

— Ce sera inutile pour le moment.

66

Premières constatations

L'adjudant Guérin étouffa un bâillement de fatigue. C'était la première fois qu'il se retrouvait confronté à un meurtre digne du Moyen Âge. Quoique, à la réflexion, brûler les pieds de ses victimes pour les faire parler était une méthode qui avait traversé les siècles. L'équipe technique terminait la prise d'empreintes. Les photographes étaient toujours en action et les ambulanciers s'apprêtaient à évacuer les corps en direction de l'institut médico-légal.

Guérin avait visité la maison, en veillant à ne pas perturber les travaux des spécialistes. Il connaissait cette demeure coquette et bien tenue : des meubles anciens, hérités des générations précédentes, un ensemble de canapés bon marché. Quelques vieux outils montagnards étaient accrochés au mur, une paire de skis en bois trônait au-dessus de la cheminée. Au premier étage, Guérin avait exploré trois pièces. En face de l'escalier, celle du couple Blanchard, qui ressemblait plus à une chambre à dormir qu'à une chambre à coucher. Tout y était propre et sage. Enfin, propre et sage avant d'avoir été saccagé : le matelas avait été éventré, le contenu des armoires traînait par terre et deux croûtes représentant un village de montagne avaient été lacérées. Puis une pièce de travail : une table, un vieux PC et une imprimante-scanner d'un autre âge. Des papiers étaient dispersés sur le plancher et les tiroirs d'une commode débordant de combinaisons de ski gisaient sur la moquette. Enfin, une chambre féminine qui détonnait : des vêtements éparpillés sur le sol, des chaussures posées au petit bonheur la chance, le lit pas fait, un bureau recouvert d'une pile de classeurs, de magazines de montagne et d'un ordinateur portable. À un portemanteau pendaient une bombe de cavalière, un blouson en cuir usé et une longue jupe, façon hippie.

Le gendarme était redescendu. Il avait lentement traversé chaque pièce : un salon qui faisait office de salle à manger, une cuisine et une salle de bains, étonnamment située au rez-de-chaussée. Chaque tiroir avait été minutieusement fouillé. Les assassins avaient pris leur temps.

Une fois son investigation terminée, il avait fait le point avec le médecin qui venait d'ausculter les cadavres.

— Alors, toubib, votre analyse préliminaire ?

— En observant l'hypostase, ou la lividité cadavérique si vous préférez, et vu la température des corps, j'estime que leur décès remonte à six ou sept heures.

— Il est huit heures. Ils sont donc morts vers deux heures du mat. Qu'est-ce que ces corps racontent ?

— Ce sont les autopsies qui nous permettront de conclure, mais on peut imaginer que l'homme a été agressé en premier.

— Pourquoi ?

— Regardez, il porte les traces de nombreux coups sur le haut du corps et derrière la tête. Il est costaud et ne se serait pas laissé ligoter sans s'en prendre violemment à ses adversaires. Il a dû perdre connaissance un temps, pendant lequel on lui a retiré ses vêtements.

— Et sa femme ?

— Elle a des hématomes sur les bras et les chevilles. Ils l'ont maintenue fermement. Elle a dû résister pendant qu'on la déshabillait.

— Il y avait combien d'agresseurs à votre avis ?

— Au minimum deux, bien évidemment. Peut-être trois… ou plus.

— Christine Blanchard a-t-elle été violée ?

— Je n'ai pas remarqué de liquide séminal, mais il y a des contusions autour du sexe. Il se peut qu'elle ait été pénétrée de force. Par ailleurs, sous l'effet de la douleur, les muscles des deux victimes se sont relâchés. Voyez les nombreuses traces d'urine sur le sol, ainsi que de matière fécale, continua le médecin.

— Vous avez une idée du mode opératoire des assassins ? demanda le sous-officier.

— Regardez les taches violettes autour de la bouche des deux victimes. Ce sont des marques de bâillons. Par ailleurs, les pieds n'ont pas été brûlés en une fois, mais en plusieurs fois. Celui qu'on torturait était sans doute bâillonné afin d'étouffer ses hurlements. L'autre était interrogé dans le même temps.

— D'après vous, ils ont pu garder le silence ? questionna le gendarme.

— Entre la douleur ressentie et la culpabilité de laisser souffrir son conjoint, je dirais que c'est pratiquement impossible, répondit le médecin.

— La maison a été mise à sac. On pourrait en conclure que les tueurs n'ont pas obtenu les renseignements qu'ils cherchaient... Mais il est tout aussi probable que les Blanchard aient déballé tout ce qu'ils savaient et que leurs bourreaux aient continué à les torturer juste pour le plaisir.

— Quand on voit le soin avec lequel ce couple a été tourmenté, j'ai du mal à croire qu'il s'agisse de l'œuvre de quelques rôdeurs passant par hasard. Ceux qui les ont torturés savaient pertinemment ce qu'ils faisaient et comment le faire.

— Sauriez-vous me préciser comment ils sont morts ?

— Peut-être par étouffement externe. À moins que ce ne soit le cœur qui ait d'abord lâché. Nous en apprendrons plus dans la journée, dès que nous aurons réalisé l'autopsie.

67

Collaboration

Mazure raccrocha son téléphone d'un geste brusque. Ce qu'il craignait par-dessus tout était arrivé. Les tueurs avaient remis cela ! Il sortit la tête dans le couloir et aperçut sa collaboratrice.

— Capitaine Barka, rejoignez-moi tout de suite.

Surprise par le ton de la convocation, Nadia mit fin à sa conversation avec Jérôme Garancher et se dirigea vers le bureau de son supérieur.

— Fermez la porte et installez-vous.

Sans un mot, Nadia obéit à l'injonction.

— Je viens de passer un quart d'heure avec le procureur Bertrand Reinhardt. Deux nouveaux cadavres ont été découverts cette nuit à Autrans. Une femme et son mari, assassinés et torturés !

— Et merde, lâcha Nadia en pâlissant.

— Comme vous le dites. C'est Henri Blavet qui s'occupe des autopsies. Vous vous rendrez au CHU dès que vous aurez quitté ce bureau.

— Lors des constatations, les gendarmes ont-ils remarqué le sceau des sorcières tatoué sur l'aine de la victime ?

— Je ne sais pas, mais le *modus operandi* ressemble trop à celui des précédents meurtres pour laisser planer le doute. Vous en aurez la confirmation dès que vous aurez rencontré Blavet.

— Comme le crime s'est déroulé sur la commune d'Autrans, c'est la gendarmerie qui est chargée de cette affaire. Comment allons-nous opérer ? interrogea Nadia.

— Le plus simplement du monde. Le procureur vient de vous confier l'enquête sur l'homicide des... Blanchard, précisa-t-il en jetant un œil sur des notes griffonnées dans un carnet. Quand vous en aurez terminé avec l'autopsie, vous filez à Autrans pour rencontrer l'adjudant Chris Guérin. Il est responsable de la brigade territoriale de Villard-de-Lans et était sur place cette nuit. Le bureau du procureur les a informés de votre passage. Je discuterai directement avec son patron à Grenoble. S'ils font preuve de la plus petite once de mauvaise volonté, prévenez-moi aussitôt. Ne rentrez pas en conflit avec eux, nous n'en avons pas le temps. Je ferai directement intervenir le proc.

— C'est clair, commissaire. Je n'ai pas envie de jouer à la guerre des services.

— Parfait. Le procureur m'a signalé que des journalistes étaient déjà sur les lieux. Les gendarmes les ont maintenus hors du périmètre, mais ils ne pourront les retenir longtemps. Ce qui signifie qu'à partir de midi nous aurons tous les médias nationaux sur le dos ! Je ferai le point avec le proc et le préfet pour maîtriser au mieux l'information, mais ils foutront clairement le merdier. Je compte sur vous, Nadia.

— Bien, commissaire. Nous avons les constatations de la nuit ?

Alain Mazure ne répondit pas directement, mais pianota sur le clavier de son ordinateur.

— La gendarmerie vient de m'envoyer une copie du rapport préliminaire. Ils n'ont pas chômé. Je vous en imprime un exemplaire. Vous le lirez dans la voiture en allant au CHU. Drancey vous y accompagne.

68

Autrans

Nadia était montée à Autrans avec Rodolphe Drancey. Une voiture avec trois de leurs collègues les suivait. Ils venaient en renfort des gendarmes qui menaient les enquêtes de voisinage à Autrans. Mazure avait renforcé l'équipe du capitaine Barka. L'élucidation d'autres affaires allait prendre du retard.

L'autopsie avait confirmé ce qu'ils avaient imaginé. La femme portait bien le *sigillum maleficarum* tatoué dans le creux de l'aine et des traces de piqûres avaient été relevées sur son cadavre. Le docteur Blavet savait maintenant ce qu'il avait à vérifier : les assassins avaient recherché le *stigma diaboli* sur le corps de leur victime. Le meurtre était signé ! Par contre, pourquoi son mari avait-il été tué en même temps qu'elle ? Était-ce volontaire ou simplement parce que les meurtriers n'avaient pu la rencontrer seule ? Autre changement important : Christine Blanchard avait eu des relations sexuelles, mais non consenties. Plusieurs agresseurs l'avaient violée. En parcourant le rapport, Nadia avait découvert la description d'un couple à la vie rythmée par le travail et les habitudes, apprécié de tous ses voisins. Pas du genre à passer leurs soirées au Gant de Velours. Enfin, le point nouveau de l'enquête était l'existence d'une fille de dix-neuf ans, Nelly. Si elle aussi portait sur elle le sceau de la famille Malherbe, elle était en danger !

Quand ils débouchèrent devant la maison des Forestier, deux voitures de gendarmerie les attendaient. Nadia descendit et se dirigea vers le plus gradé.

— Adjudant Guérin, salua l'homme.

— Capitaine Barka. C'est moi qui reprends l'enquête, lui répondit-elle en lui tendant la main. Comme je vous l'ai demandé au téléphone, j'attends une parfaite coopération de vos hommes. De mon côté, je m'engage à vous tenir au courant de son déroulement.

— Notre unique objectif est d'arrêter les assassins, capitaine. Vous pouvez compter sur la gendarmerie.

Satisfaite de l'entrée en matière, Nadia résuma à l'adjudant Guérin les conclusions de l'autopsie. Le gendarme marqua sa surprise. Alors que tout portait à croire qu'il s'agissait d'un crime crapuleux, les informations de la police changeaient complètement la donne. Les Blanchard, ou au moins l'un des deux membres du couple, connaissaient sans doute leurs meurtriers. Aucune trace d'effraction n'avait été relevée. Cela réduisait *a priori* la liste des suspects. Autrans était un petit village et les interrogatoires seraient plus rapides à mener, même si les meurtres précédents laissaient à penser que les assassins venaient de Grenoble. Nadia espérait que les tueurs avaient commis des erreurs.

— D'après ce que vous m'avez rapporté, reprit-elle, Nelly est rentrée vers quatre heures du matin, soit deux heures après le moment estimé du décès de ses parents. Elle a eu de la chance de rentrer si tard, ça lui a sauvé la vie. Dix minutes plus tard, Mathieu Forestier est arrivé sur les lieux. La scène de crime était encore chaude. Il a forcément vu des choses qu'il a oublié de vous raconter cette nuit. Vous savez comment cela fonctionne, n'est-ce pas ?

— Oui, je sais. J'ai plus de vingt ans d'enquêtes derrière moi. Allons-y. C'est vous qui menez l'interrogatoire.

— On ne lâche pas un mot sur le sceau des sorcières. Nous sommes officiellement sur l'hypothèse d'un crime crapuleux.

— Ça marche, conclut Guérin en appuyant sur la sonnette d'entrée.

Nadia entendit la légère vibration d'une caméra. Elle leva les yeux et aperçut l'engin de surveillance. Le propriétaire était prudent, mais elle ne pouvait que lui donner raison. Trois tours de clé et la porte s'ouvrit. Un homme les accueillit sur le seuil. La fatigue se lisait sur ses traits. Il observa le soldat en uniforme.

— Entrez, je vous en prie.

— Capitaine Barka, de la police judiciaire, se présenta Nadia. Je suis chargée de l'enquête sur le meurtre de Christine et Benoît Blanchard.

Mathieu Forestier hocha la tête sans poser de questions et les installa dans son salon. Il leur proposa un café de façon automatique et s'assit en face d'eux.

— Je vous remercie de nous recevoir alors que la journée commence à être longue pour vous, entama Nadia.

— Je vous recevrai autant qu'il le faudra pour aider à venger mes amis, affirma Forestier.

— Merci. Votre femme est-elle dans la maison ?

— Elle est en haut, avec Nelly.

— Nelly est encore là ? intervint Guérin. J'avais demandé à ce qu'elle soit emmenée à Grenoble pour voir une psychologue. Personne ne vous a contactés ?

— Si, mais dans son état elle a préféré rester avec nous, expliqua le témoin. Le médecin a accepté.

— Je ne vous demanderai pas de raconter une nouvelle fois la découverte des corps, coupa Nadia. J'ai lu le rapport de l'adjudant Guérin. Par contre, j'ai besoin que vous me parliez des Blanchard. Quelles relations entreteniez-vous avec eux ?

— Elles sont excellentes… ou plutôt étaient. Nous les connaissons depuis notre installation à Autrans, il y a près de cinq ans. Nous habitions Grenoble et nous en avions assez de la ville et de son insécurité. Un soir, en rentrant à la maison, Veronika a été violemment agressée. Nous avons alors décidé de déménager vers des lieux plus accueillants. J'ai acheté une ferme en ruine. Je suis architecte d'intérieur et j'ai réalisé l'un de nos rêves. Je l'ai rénovée et j'en ai fait notre refuge.

Nadia jeta un œil à la pièce, admirative. Le moindre détail avait été travaillé, et l'intégration de matériaux modernes dans cette ferme centenaire était très réussie. Elle soupira un instant en pensant à son petit trois-pièces et revint à son entretien :

— Dès le premier soir, ils nous ont invités à dîner chez eux, reprit Mathieu Forestier. C'était des gens d'une grande simplicité et loin de l'image un peu vieux jeu ou casanière que certains villageois avaient d'eux.

— Dans le rapport préliminaire de la gendarmerie, ils apparaissent comme une famille sans histoires.

— Je ne dis pas qu'ils défrayaient la chronique, mais au cours de ces cinq années, ils nous ont peu à peu livré leur vraie personnalité. J'adore la montagne et Benoît me l'a fait découvrir en toutes saisons, me dévoilant même le secret de ses coins à champignons, ce qui est une belle marque de confiance et d'amitié, ajouta-t-il avec un sourire triste. Ma femme Veronika est peintre et a un talent certain. Elle a beaucoup aidé Nelly pendant son adolescence. Ce n'était pas vraiment une rebelle, mais elle avait tout de même ses périodes de révolte. Plus d'une fois, elle est venue chez nous et s'est enfermée avec Veronika dans son atelier pour jeter ses interrogations et sa colère sur la toile. D'après ma femme, elle est assez douée.

— Parlez-moi aussi de Christine, demanda la policière.

Il lui sembla qu'il rosissait légèrement, mais Nadia mit ce trouble sur le compte de la fatigue et de l'émotion.

— Christine était étonnante. C'était quelqu'un de solide, qui travaillait avec son mari à la coopérative d'Autrans l'été et était monitrice de ski l'hiver. L'image de femme simple et heureuse qu'elle renvoyait lui convenait parfaitement. Néanmoins, elle était beaucoup plus profonde que cela. J'ai eu l'occasion de partager une soirée et une nuit avec elle dans un refuge.

Il s'arrêta, hésitant, et noua ses doigts à s'en faire blanchir les jointures.

— Je ne sais pas si je peux vous raconter cela. Christine vient de mourir, et j'ai peur de passer pour quelqu'un d'indigne.

Nadia envoya un léger signal de la tête à son collègue. Guérin se leva et se dirigea vers la porte en sortant un paquet de cigarettes de sa poche. Mathieu Forestier lui jeta un regard reconnaissant.

— Ce que vous allez me raconter ne figurera dans aucun rapport si ce n'est pas utile à l'enquête, le rassura Nadia.

— Merci. Nous étions partis en randonnée. Comme cela arrive parfois, le temps était correct, puis la météo s'est dégradée bien plus vite que prévu. Un vrai blizzard ! Comble de malchance, je m'étais vrillé le genou. Christine était restée avec moi à la queue du groupe. La tempête de neige nous a séparés des autres. Je dois reconnaître que j'étais très inquiet ; même Christine ne semblait pas à l'aise. Quand elle a vu que nous ne pourrions pas retourner aux voitures, elle a obliqué vers la forêt et a trouvé, je ne sais comment, une cabane dont je n'avais jamais remarqué l'existence. La tradition veut que ceux qui quittent un refuge laissent du bois pour les suivants : cela nous a sauvé la mise. Elle a fait un feu et s'est occupée de moi comme un vrai médecin. Ensuite, nous avons discuté en mangeant nos vivres de course et en vidant une demi-bouteille de chartreuse. J'en emporte toujours avec moi en randonnée. Elle a tombé le masque. Cette femme que je prenais pour une brave mère de famille s'est transformée en érudit. En plus, j'avais l'impression… qu'elle se métamorphosait physiquement devant moi. Plus les heures passaient, plus elle devenait envoûtante.

Mathieu Forestier se tut quelques secondes, noyé dans ses souvenirs. Il regarda l'escalier qui montait à l'étage et continua en baissant la voix :

— Elle m'a emmené dans un autre monde en me racontant des légendes de la région avec l'art consommé d'un conteur. Elle parlait avec une sagesse rassérénante et n'en était que plus fascinante. Heure après heure, elle m'a ensorcelé. Au milieu de la nuit, nous avons décidé d'essayer de dormir. Le feu avait bien réchauffé la petite pièce. Il y avait une banquette pour deux. J'ai enlevé ma fourrure polaire et mon pantalon. Quand Christine s'est déshabillée, ça a été quelque chose d'exceptionnel. Elle n'avait plus qu'un pull qui moulait ses formes généreuses et une culotte. Je n'ai jamais désiré une femme avec tant d'ardeur. Elle a marché doucement vers moi, nos bouches se sont rejointes… et nous avons fait l'amour. Je n'avais jamais trompé Veronika, et je n'ai jamais recouché avec Christine. Nous avons rangé ces instants dans la case des souvenirs magiques, enfin au moins magiques pour moi. Christine était cette nuit-là la femme dans toute son essence.

— Vous en avez reparlé avec elle ?

— Non, jamais ! J'ai compris que ce moment avait été unique et qu'il ne se reproduirait jamais.

— Et vos conjoints ?

— Pas au courant. J'aime Veronika et cet accroc n'était qu'un délicieux égarement.

— Je vais vous poser des questions plus abruptes. Christine Forestier aurait pu pratiquer avec d'autres ce qu'elle a fait avec vous ?

— Je serais tenté de vous dire non, mais qui aurait pu prévoir cette aventure ?

— L'hypothèse est sans doute sans fondement, mais pensez-vous qu'il pourrait y avoir un rapport entre une autre infidélité de votre amie et son viol cette nuit ?

— Christine a été violée ? s'effondra Forestier.

— Oui, désolée de vous l'apprendre aussi crûment.

— Elle s'est offerte à moi dans la cabane. J'avais une envie d'elle qui me prenait aux tripes, mais jamais je n'aurais osé abuser d'elle. Elle menait la danse. Je n'imagine pas qu'un individu avec lequel elle aurait eu de telles relations amoureuses puisse lui faire du mal… mais je ne concevais pas non plus que l'on puisse torturer deux personnes avec autant de vice et de sadisme.

Nadia rassembla ses idées et poursuivit son interrogatoire. Guérin était rentré du jardin et s'était réinstallé dans le siège.

— Comment votre femme a-t-elle réagi quand vous lui avez appris le meurtre des Blanchard ?

— Elle a été terriblement choquée. On en a à peine reparlé. Elle console Nelly depuis ce matin. J'imagine que c'est aussi pour elle une façon de rejeter la réalité de leur mort.

— Avez-vous des enfants, monsieur Forestier ?

— Non, hélas, notre couple est stérile : la sécheresse de ce mot médical reflète la difficulté de notre situation. Veronika a reporté une partie de son affection sur Nelly. Elle est pour ma femme à la fois une amie et la fille que nous ne pourrons jamais avoir.

— Je vais vous poser une dernière question, et prenez tout votre temps pour répondre. Voyez-vous une raison, même futile, qui aurait pu conduire une personne à assassiner les Blanchard ?

— J'y pense depuis ce matin… mais rien. Ils n'avaient aucun ennemi dans la région. D'ailleurs, même s'ils s'étaient disputés avec un collègue ou un voisin, cela n'aurait jamais justifié un tel traitement.

— Est-ce qu'ils vous avaient parlé de problèmes d'argent, ou au contraire d'économies conséquentes ? insista Nadia.

— Non, je ne suis au courant de rien, quoique...

— Allez-y, le relança Nadia.

— C'est un détail, mais il me revient à l'instant. L'été dernier, au cours d'une balade, nous discutions de vacances dans les îles. Benoît a dit en riant qu'ils pourraient avoir de quoi se payer quelques semaines en Martinique. Christine l'a vivement rabroué, ce qui ne lui arrivait jamais. Nous n'avons donc pas osé pousser le sujet plus loin. Ils n'en ont jamais reparlé, et j'avais totalement oublié cette anecdote.

— Qui était avec vous ?

— Quelques amis d'Autrans et de Grenoble.

— J'ai besoin que vous me donniez les noms et coordonnées. Je souhaite les faire interroger.

— Je les connais bien. Aucun d'eux n'aurait été capable de s'en prendre ainsi aux Blanchard.

— Je veux bien vous croire, mais permettez-moi de m'en assurer moi-même.

Comme Mathieu Forestier se dirigeait vers une petite table pour se saisir d'un stylo et d'un morceau de papier, Nadia conclut :

— Merci pour votre témoignage, monsieur Forestier. Maintenant, je souhaite m'entretenir avec Nelly.

69

Sous les toits

Accompagnée de Mathieu Forestier, Nadia Barka grimpa l'escalier qui conduisait au premier étage. Le grenier avait été réaménagé en trois vastes chambres. L'homme se dirigea vers la plus proche, frappa à la porte et pénétra sans bruit. Dans la pénombre, Nadia découvrit une silhouette allongée sur un lit, veillée par une femme qui lui caressait le front.

— Qui est-ce ? demanda Veronika.

— C'est moi, chérie. Je suis avec la police. Le capitaine Barka souhaite s'entretenir avec Nelly.

Veronika Forestier se retourna vivement, comme si elle avait été mordue par un serpent. Elle fixa l'OPJ d'un regard hostile.

— Nelly est assez traumatisée comme cela. Il n'est pas question qu'elle subisse un interrogatoire.

— Bonjour, madame Forestier. J'ai bien peur de vous décevoir. Nelly est le premier témoin du meurtre de ses parents. Nous n'avons pas pu l'entendre ce matin. Vous imaginez bien l'importance de sa déposition. Cependant, rassurez-vous, je ferai preuve d'une extrême délicatesse.

Nadia observa la réaction de la femme. L'ironie de la dernière phrase n'avait pas échappé à Veronika Forestier. Ses lèvres se crispèrent et elle plissa les paupières. Son visage, aux traits pourtant harmonieux, exprimait la dureté. Nadia était habituée à l'agressivité de ses interlocuteurs et ne se laissa pas impressionner.

— Je veux m'entretenir en tête à tête avec Nelly.

Mathieu Forestier saisit son épouse par la main et l'emmena hors de la chambre.

— Faites attention à elle, ajouta-t-il, elle est très fragile.

— Ne vous inquiétez pas. Fermez la porte en partant, s'il vous plaît.

Le silence avait repris possession de la pièce. Nadia détailla la jeune femme allongée sur le lit, la tête enfoncée dans un oreiller. Instinctivement, elle sut qu'elle devrait attendre, attendre jusqu'à ce que Nelly Blanchard entame le dialogue. Dix minutes plus tard, une voix étouffée s'adressa à elle :

— Pourquoi vous l'avez jetée ?

— Je suppose que vous faites allusion à madame Forestier.

— Ben oui, Veronika ! De qui voulez-vous que je parle ?

Nadia ne s'offusqua pas de la réaction de Nelly. Elle avait aussi vécu des situations douloureuses et savait qu'une manière de s'en sortir était de rejeter une partie de sa peine sur les autres. Elle répondit avec calme :

— Je n'ai rien à reprocher à madame Forestier, mais je dois absolument vous parler. Je ne souhaitais pas qu'elle participe à notre conversation.

— J'ai toute confiance en elle, et pas vraiment en vous, cracha Nelly.

— Vous avez raison, la confiance ne se décrète pas.

— Vous voulez que je vous raconte ce que j'ai vu, c'est ça ? Moi, tout ce que je veux, c'est oublier ces horreurs !

— Vous ne les oublierez pas facilement, hélas. Pour répondre à votre question, c'est « non ». Je ne vous demande pas de revivre ce moment.

Surprise, Nelly se retourna pour la première fois. La tignasse rousse, les traits creusés et le visage marqué à force d'avoir trop pleuré émurent l'OPJ.

— Vous voulez que je vous parle de quoi, alors ?

— De toi.

Inconsciemment, Nadia était passée au tutoiement. La jeune femme ne semblait pas s'en être rendu compte.

— En quoi je vous intéresse ?

— Es-tu prête à m'écouter, juste m'écouter dans un premier temps ?

Nelly laissa défiler les minutes, puis s'assit lentement sur le lit. Elle renifla, chercha un mouchoir et fit face à Nadia.

— Allez-y !

À mots choisis, Nadia résuma son enquête. Plus elle déroulait son histoire, plus Nelly se concentrait sur ses paroles. Volontairement, l'OPJ ne parla pas de Margot Malherbe. Elle ne voulait pas influencer le futur témoignage de son interlocutrice.

— Voilà, Nelly. Le meurtre de tes parents n'est pas le fruit d'un terrible hasard. Depuis plusieurs jours, vingt-quatre heures sur vingt-quatre, on traque les assassins. Malheureusement, les tueurs n'ont commis aucune erreur jusque-là.

La jeune femme se leva comme un ressort. La colère venait de faire place à l'abattement.

— Mais vous vous entendez, bordel ! Vous m'annoncez cela comme si c'était un jeu ! « Ils n'ont commis aucune erreur ! » Dites plutôt : « On n'a rien trouvé et tes parents en sont morts. » Mais vous les avez vus, putain ? Ils ne ressemblaient plus à rien ! Mais merde ! Qui peut être assez détraqué pour faire subir ça à des êtres humains ? Et pourquoi ?

Elle hurla toute sa rage. Nadia s'était levée et restait à côté d'elle, silencieuse. Tenter de la raisonner ne servirait à rien. Elle regarda sa montre et se rendit compte de l'heure avancée. Cependant, pas question de partir maintenant ! La nounou ferait à nouveau des heures supplémentaires, mais, cette fois, c'est Mazure qui allait les payer. Nadia attendit encore un peu, puis lui parla d'une voix douce :

— Je te promets que je me battrai jusqu'à ce que les meurtriers soient arrêtés. Ce que je te demande, Nelly, c'est de m'aider à les envoyer derrière les barreaux pour trente ans.

Nelly se retourna. Leurs visages n'étaient qu'à trente centimètres de distance. Elle inspecta les traits de la policière. Nadia ne bougea pas. Dans un sanglot, Nelly hoqueta :

— Quand j'étais petite, ma mère me racontait une histoire chaque soir. Je lui ai souvent réclamé d'en faire un livre, mais sa seule réponse était un sourire… Vous me faites penser à l'héroïne d'un conte persan qu'elle aimait beaucoup.

Nadia lui entoura doucement l'épaule et l'approcha d'elle. La jeune femme sanglota. Sa colère s'était momentanément évaporée, et une immense tristesse l'engloutit. Nadia la serra contre elle, imprégnée de mélancolie.

— Qu'est-ce que vous voulez savoir ? demanda Nelly après s'être essuyé les yeux.

— Le point commun entre ta mère et les deux autres victimes est le tatouage qu'elles portaient toutes les trois. Ma première question est simple : tu as le même ?

Nelly baissa son pantalon. Le *sigillum maleficarum* ressortait sur la peau blanche.

— Si l'assassin apprend que je suis marquée, ma vie sera en danger, n'est-ce pas ? comprit la jeune femme.

— S'il n'a pas trouvé ce qu'il cherche, oui. Nous en reparlerons. Avant, tu peux m'expliquer comment tu as été tatouée ?

— Petite, j'avais demandé à maman l'origine de son tatouage ; elle m'avait répondu en riant, disant que c'était une erreur de jeunesse. Bien évidemment, je l'avais crue et je ne m'en étais plus préoccupée. Juste avant mes treize ans, ma mère est venue me voir dans ma chambre. Ce soir-là, mon père n'était pas à la maison. Elle m'a expliqué que c'était une tradition familiale, et que toutes les filles devaient y passer. J'ai trouvé son histoire assez flippante. Alors elle m'a raconté un truc, comme quoi une de nos ancêtres avait reçu ce sceau et qu'il nous protégeait. Tu parles ! Quand on voit comment elle a fini !

Nadia attendit quelques instants.

— Bref, j'ai accepté. De toute façon, je n'avais pas le choix. On est descendues à Grenoble chez un tatoueur. Ma mère lui avait dessiné le motif.

— Tu pourrais me donner son adresse ? demanda Nadia, la curiosité en éveil.

— Je peux vous dire où était sa boutique.

Nelly fit un rapide croquis et décrivit l'échoppe.

— Merci. Ta mère t'a dit si elle connaissait d'autres personnes marquées du sceau des sorcières ?

— Du quoi ? sursauta Nelly.

Nadia se rendit compte qu'elle avait parlé un peu plus qu'elle n'aurait dû. Elle décida donc de résumer la vie de Margot Malherbe, épargnant à Nelly les pires détails. Aux yeux qu'ouvrait la jeune femme, l'histoire était nouvelle pour elle. Sa mère ne la lui avait jamais racontée. Nadia lui dévoila la mort de Margot et la légende du trésor. Nelly était bouleversée. Le traumatisme de la nuit précédente, la découverte de ses ancêtres, la menace qui planait maintenant sur elle : cela faisait beaucoup !

— C'est du délire, c'est juste du gros délire. On aurait tué mes parents pour une histoire qui se serait passée il y a quatre siècles ?

— Ça paraît fou, mais c'est l'hypothèse la plus probable. Cette histoire de trésor, ta mère l'a évoquée avec toi ?

— Non, rétorqua Nelly. On avait à peine de quoi partir en vacances. Alors un trésor...

Nadia n'insista pas. La petite était sur le point de craquer et l'OPJ l'avait assez sollicitée. Elle lui posa une dernière question :

— J'imagine que tu as de la famille chez qui loger dans les jours qui viennent. Tu as réfléchi où tu dormiras ce soir ?

— Les Forestier m'ont proposé de rester chez eux autant que je le souhaiterai. Mes parents étaient enfants uniques, et je n'ai plus que ma grand-mère paternelle, qui habite en Chartreuse. Sinon, j'ai des amis ici et à Grenoble.

— J'aimerais que tu t'éloignes de ta maison. Si les assassins n'ont pas trouvé ce qu'ils cherchaient, ils pourraient s'en prendre à toi. Et ça, il n'en est pas question.

— Pas question non plus que je parte d'ici ce soir. Si Veronika vous a paru dure, c'est parce qu'elle est super inquiète. Elle a toujours été adorable avec moi. Je veux rester là, martela Nelly, la voix angoissée... S'il vous plaît.

— D'accord, temporisa Nadia. Je vais demander à la gendarmerie de poster des gardes devant la maison des Forestier cette nuit.

Le regard plein de gratitude de Nelly rasséréna la policière.

— Essaie de te reposer. Les gendarmes passeront officiellement recueillir ton témoignage demain. Et dès que tu le souhaiteras, tu pourras rencontrer l'unité de soutien psychologique. Si tu as le moindre souvenir qui pourrait m'aider, appelle-moi, dit-elle en notant son numéro de téléphone sur un papier. Une dernière chose : ne parle à personne, absolument à personne, de cette histoire de sceau des sorcières.

— Même pas à Veronika ?

— Même pas. Pour le moment, considère l'information que je t'ai donnée comme ultraconfidentielle.

La jeune femme haussa les épaules. Si cela pouvait faire plaisir à la policière ! Nadia se leva et se dirigea vers la porte. Puis, instinctivement, elle se retourna vers Nelly, la prit dans ses bras et l'embrassa sur les deux joues. Elle retrouvait en elle la détresse qu'elle avait connue quand, près de vingt ans plus tôt, son petit ami avait été poignardé. La jeune femme, surprise, se laissa faire.

— Il va falloir te battre, Nelly. Te battre pour accepter ce que tu as vu, et te battre pour aider à débusquer les tueurs. N'hésite pas à me contacter si tu en ressens le besoin.

70

Lyon

Étienne Fortin regarda son reflet dans la vitrine d'une boutique de la rue de la République avant de poursuivre son chemin. L'homme qu'il admira lui plaisait. Grand et mince, un élégant costume italien à la coupe impeccable : il passerait inaperçu dans le monde qu'il allait côtoyer le temps d'une soirée. Seules les chaussures, un peu étroites, lui procuraient une légère gêne. Mais quand Marco Della Rocca lui avait proposé une paire de bottines Weston, il n'avait pas fait le difficile. « On juge l'homme à ses chaussures », lui avait martelé l'Italien.

Le commandant Boris Dubouste avait été redoutablement efficace. Le policier lyonnais avait en effet récupéré une invitation à une soirée privée pour Étienne. Thierry Lecomte, un galeriste lyonnais de renom, avait décidé de propulser un jeune peintre dont la cote ne cessait de monter. Il avait organisé chez lui une réception qui tenait lieu de vernissage. Il y avait convié le gratin de la bourgeoisie locale, des amateurs d'art et quelques nouveaux riches en mal de reconnaissance et prêts à investir dans les œuvres de son poulain. C'est à ce titre qu'Étienne avait obtenu son carton. Jacques Vertufoy, figure de la jet-set lyonnaise, participait aussi à cet événement.

Thierry Lecomte, fils unique d'un ancien baron lyonnais de la soie, avait accru sa fortune sur le marché de l'art. Dans un excès d'enthousiasme, il avait mis sur pied quelques années plus tôt un florissant trafic de peintures volées. Un client mécontent l'avait dénoncé, et il n'avait évité la prison qu'en s'entendant avec le policier chargé de l'affaire. Boris Dubouste avait rapidement compris qu'envoyer Lecomte à la maison d'arrêt de Corbas déclencherait un maelstrom juridique à l'issue incertaine. Quelques personnages en vue de la région avaient trempé dans la combine ! Un ténor du barreau, mandaté par l'OPJ, avait donc officieusement négocié avec l'amateur d'art. S'il mettait fin à son trafic et créait une fondation de bienfaisance, les pièces compromettantes de son dossier disparaîtraient. Le Gone avait longtemps hésité avant de proposer cet arrangement, à l'opposé des procédures classiques : il prenait d'énormes risques avec la justice. Depuis lors, Dubouste avait des obligés dont les informations se révélaient souvent précieuses. Il avait toutefois refusé de toucher le moindre euro en remerciement de son « attitude compréhensive ». Il ne voulait pas devenir, comme il le disait fréquemment, une pute supplémentaire du milieu.

Cependant, Lecomte avait un dossier autrement plus lourd sur les épaules. Pour occuper ses nuits, le galeriste était aussi un amateur de chair fraîche. Dubouste, malgré de nombreuses pistes, n'avait jamais réussi à le coincer en flag. Le jour où il rassemblerait assez de preuves pour l'inculper, il offrirait au violeur un aller direct chez le juge avec photo en première page du *Progrès*.

Un indicateur avait signalé un projet de livraison de jeunes prostitués dans la rue où habitait Lecomte : une quinzaine de garçons et de filles, de différentes origines ethniques. Le commandant Boris Dubouste avait compris que le marchand d'art prévoyait de pimenter le vernissage pour quelques-uns de ses amis pédophiles. Il pouvait faire coup double : aider Étienne et coffrer Lecomte et ses clients. L'avant-veille, il avait réuni son équipe pour imaginer un plan d'action. Dans un laps de temps aussi court, ils n'avaient trouvé qu'une solution : introduire dans la place un homme à eux, capable de rapporter des preuves du trafic. Il faudrait de la chance et la chance était souvent un mauvais allié, mais ils n'avaient pas le choix.

Quelques personnes attendaient en discutant au pied d'un immeuble haussmannien. Le service de sécurité vérifiait les invitations et l'identité des participants au vernissage. Dubouste s'y était joint afin de faciliter l'entrée d'Étienne et de la femme qui l'accompagnait. Il avait jugé plus sûr de le faire venir en couple plutôt que de le voir arriver en célibataire : le Grenoblois n'était pas un spécialiste des soirées mondaines. Étienne jeta un œil sur sa compagne, ravissante dans un tailleur crème. Elle lui sourit, il lui offrit une grimace qu'il tenta de rendre amicale. Il s'en voulait terriblement d'avoir accepté cette solution. Maintenant, il était trop tard pour reculer.

— Monsieur et madame Étienne Duchaussois ! annonça un portier en costume.

Étienne tendit sa carte d'identité à Boris Dubouste.

— C'est bon, lança ce dernier au gardien. Vous pouvez les laisser entrer.

Puis il glissa au couple qui venait de pénétrer dans un hall luxueux :

— À vous de jouer. Les gamins sont arrivés. Les chambres sont au quatrième étage. S'il se passe quelque chose, ce sera là. Par contre, si ça sent le roussi, vous vous tirez avant que la situation ne s'envenime. Ces types-là sont dangereux.

Étienne et sa compagne se dirigèrent vers l'ascenseur. L'immeuble appartenait à la famille Lecomte depuis plus d'un siècle. Sur la droite, un escalier monumental permettait de rejoindre les étages supérieurs. Accompagnés de deux hommes jeunes, sans doute amis du peintre, ils montèrent dans la cabine où les attendait un groom.

Une cinquantaine de personnes étaient déjà présentes dans l'immense salon où étaient exposées les toiles. Un quadragénaire à la silhouette empâtée s'approcha du petit groupe. Il embrassa les deux éphèbes et se tourna vers le couple.

— Bienvenue à cette exposition qui va révéler au monde l'un des artistes les plus prometteurs de sa génération.

Il salua Étienne et fit un baisemain à sa compagne.

— Je me présente : Thierry Lecomte, le protecteur de ce génie, si je peux me permettre. Ma mémoire me joue parfois des tours, mais je n'arrive plus à mettre un nom sur votre visage, si séduisant au demeurant, ajouta-t-il avec une courbette.

— Je suis Sophie Duchaussois. J'ai eu l'occasion d'admirer une toile de Gregorz au cours d'une exposition lilloise et je suis tombée sous son charme. Quand j'ai entendu parler de ce vernissage, j'ai absolument voulu y participer. Je suis folle de joie à l'idée de découvrir son œuvre. Entre nous, mon mari n'a pas le même amour que moi pour l'art contemporain, mais il n'a pas pu me refuser ce petit plaisir, conclut-elle en posant la main sur son ventre qui s'arrondissait.

Lecomte ne put s'empêcher de sourire à la jeune femme. Son enthousiasme était communicatif. Il observa rapidement son époux, bel homme, mais plus rustre. Il avait des vêtements de marque, cependant il lui manquait l'élégance naturelle. Par ailleurs, le nom de Duchaussois ne lui rappelait rien. Sophie nota le manège.

— Étienne a fait fortune dans l'informatique et ne sait plus quoi faire de ses revenus. Alors je l'aide à investir en promouvant l'art et la création.

La réponse rassura le galeriste. Il avait en face de lui un nouveau riche qui tentait d'acheter de la culture avec son argent. Grand bien lui fasse, et qu'il vienne le dépenser chez lui !

— Je vous souhaite de belles découvertes et de bonnes acquisitions. Profitez de la soirée.

Il les salua et se dirigea vers un autre groupe d'invités.

— Alors, lança Sophie Dupas avec un clin d'œil, regrettes-tu toujours de m'avoir amenée avec toi ?

— Tu veux que je te remercie de me donner le rôle du gros bourrin qui se la joue en achetant des croûtes qui n'auront jamais de valeur ? s'insurgea Étienne.

Il reconnut néanmoins en son for intérieur qu'elle leur avait permis de passer l'examen d'entrée.

— Aucune valeur ? Tu n'en sais rien. Au lieu de râler, conduis-moi au buffet et offre-moi une coupe de champagne.

— De l'alcool, dans ton état ?

— Ah non, tu ne vas pas me chanter le même refrain que Julien. Sous prétexte que je porte son héritier, je devrais marcher aux graines et à l'eau claire. Vous voulez tous faire de ce bébé un dépressif ?

Elle regarda la table chargée de verrines, canapés et autres appétissantes créations culinaires.

— Une flûte de Cristal Roederer s'accordera parfaitement avec quelques toasts au foie gras. Lecomte a mis les petits plats dans les grands.

Étienne transmit la demande à un serveur et s'octroya un Chivas.

— Il ne nous reste plus qu'à observer cette faune friquée. Que proposes-tu pour tuer le temps ?

— Nous sommes venus pour acheter des toiles, mon ami, alors nous allons les idolâtrer, nous extasier, en discuter avec les autres admirateurs de Gregorz.

— Bravo pour la discrétion !

— La meilleure façon de passer inaperçus est de se faire remarquer, à bon escient évidemment. Deux inconnus plantés au pied du buffet sans rien dire attireraient l'attention, alors que deux nouveaux riches qui tombent en pâmoison devant un peintre dont le génie reste à démontrer feront sourire les élites ! Qui se méfiera de deux bons pigeons ? Personne. Qu'est-ce qu'on vous apprend dans votre métier ? ajouta-t-elle doucement en prenant Étienne par la taille et en l'embrassant dans le cou.

Embarrassé, Étienne n'osa la repousser, mais la morigéna :

— Arrête, Sophie, on se donne en spectacle !

— Tu parles, personne ne nous regarde. Et il est normal que je fasse un petit bisou à mon adorable mari qui va claquer des dizaines de milliers d'euros pour assouvir mon amour de la peinture.

Sophie avait pris la direction des opérations, au moins pour la première partie de la soirée. Lorsque Étienne lui avait raconté la proposition de Boris Dubouste, elle avait sauté sur l'occasion. Il lui avait fallu deux heures pour convaincre Étienne qu'elle était la partenaire dont il avait besoin. Le policier ne doutait pas de ses capacités à évoluer dans le milieu de l'art : elle était à l'aise partout. Mais il ne voulait pas la mettre en danger. C'est quand Sophie l'avait supplié d'accepter par amitié pour Nadia qu'il avait cédé. Ils avaient toutefois décidé d'un commun accord de ne pas lui en parler. Nadia aurait filé droit chez son amie, capable de lui signifier une garde à vue pour la protéger. Étienne avait prévenu le Gone venu à Grenoble pour rencontrer Sophie : l'entrevue avait été positive et ils avaient construit leur couverture. Puis la jeune femme avait passé une demi-journée complète avec l'une de ses connaissances, collaboratrice du musée de Grenoble. Elle s'était renseignée sur Gregorz et son œuvre. Passionnée d'art moderne, elle n'était pas particulièrement férue de peinture contemporaine. Cependant, elle avait acquis un vernis qui avait parfaitement fait illusion jusqu'à maintenant. Personne ne se méfiait d'une femme enceinte discourant sur le génie de Gregorz.

Jacques Vertufoy était arrivé peu après eux, en célibataire. Son réseau était impressionnant. Il avait discuté avec pratiquement tous les invités. Quand il avait croisé les Duchaussois, il s'était longuement entretenu avec Sophie, faisant peu de cas d'Étienne. Le policier avait remarqué le regard de Vertufoy qui détaillait sans vergogne les courbes épanouies de cette dernière. Puis Vertufoy les avait quittés pour continuer ses pérégrinations mondaines.

— S'il avait pu te déshabiller avec les yeux, il l'aurait fait, s'insurgea Étienne.

— Mon petit mari serait-il donc jaloux ? le taquina Sophie. Vertufoy est mon premier maïeusophile, c'est fou, non ?

— Qu'est-ce que c'est que ça ?

— Pour parler crûment, c'est un mec dont le fantasme est de se taper une nana enceinte. Plus sérieusement, à partir de maintenant, on ne le lâche plus.

Le temps passa nettement plus vite pour Sophie que pour Étienne. Ils avaient prétexté de nombreuses envies fréquentes de la future mère pour faire un repérage des lieux. Les hommes de Dubouste avaient récupéré un plan de l'immeuble des Lecomte, mais rien ne valait une vérification visuelle. Ils avaient noté trois moyens pour accéder aux étages. L'ascenseur par lequel ils étaient arrivés, un escalier de service ou l'escalier principal en marbre. Leur stratégie était simple. Sophie feindrait une fatigue et demanderait à pouvoir s'allonger : soit le maître des lieux lui offrait une chambre, soit ils échouaient et attendaient une heure décente pour quitter le vernissage.

71

Dans la place

La soirée s'était animée à l'arrivée de Gregorz. Âgé d'une petite quarantaine d'années, l'artiste avait disserté sur la genèse de ses toiles. Sophie n'avait pu s'empêcher de sourire en voyant la mine parfois effarée de son ami. Le prix des peintures proposées s'étendait de dix mille à plus de cinquante mille euros. Les potentiels acheteurs avaient maintenant le temps de faire le tour des œuvres exposées, de discuter avec un commissaire-priseur spécialement invité et de chercher la toile qui prendrait le plus de valeur. La plupart des acquisitions du jour finiraient au coffre en attendant une plus-value plutôt que sur les murs d'un appartement.

Alors que Sophie piochait allégrement dans une assiette de brochettes de noix de Saint-Jacques, le regard d'Étienne se posa sur un nouvel arrivant. Il fronça un instant les sourcils, puis pâlit et se retourna vers sa compagne. Sophie nota son trouble.

— Qu'est-ce qui t'arrive ?

— Le type qui vient d'entrer, avec les cheveux bruns et une moustache.

— Plutôt costaud, une claudication certaine, costume de mafieux et tête du meilleur sosie de Freddie Mercury ? continua Sophie en dégustant les coquillages.

— C'est ça. Il s'agit de Bachar Kerouad.

Sophie réfléchit quelques secondes, s'empara de la dernière brochette et, soudain, marqua un temps de surprise.

— Kerouad ? Le criminel recherché par la police ?

— Oui, et c'est moi qui ai flingué son frère.

— Là, ça craint. Tu crois qu'il peut te reconnaître ? s'inquiéta Sophie.

— Je ne pense pas, mais putain, qu'est-ce qu'il vient faire ici ?

— Il est complètement con ton Kerouad, il va se faire attraper !

— Avec sa perruque et sa moustache, il a complètement changé son allure. J'ai bossé plusieurs mois sur son dossier pour le coincer : c'est pour ça que je l'ai identifié. Mais j'étais persuadé qu'il était en train de se terrer. Je ne sais pas s'il a des couilles ou s'il est totalement inconscient du danger.

— Il s'est approché de Lecomte, commenta Sophie. Ils commencent à discuter.

Étienne se retourna lentement et attrapa une verrine au hasard pour se donner une contenance. Il fit le tour de la salle du regard, cherchant Vertufoy des yeux. L'arrivée de Kerouad n'avait pas échappé au haut fonctionnaire, visiblement contrarié. Il connaissait donc le truand !

— Quelle est sa spécialité ? demanda Sophie, qui avait maintenant en main un grand verre de jus de fruits pressés.

— Trafic d'armes et prostitution.

— Je serais étonnée qu'il vienne vendre des kalachnikovs à notre hôte, conclut Sophie.

Le capitaine Fortin n'en revenait pas. Les relations de Kerouad étaient suffisamment étendues pour que, à peine remis d'une blessure, il ose se présenter en plein milieu d'une réunion qui concentrait ce que Lyon comprenait de grosses huiles. Sans doute participait-il à l'organisation de la soirée pédophile offerte par Lecomte. Étienne s'éloigna et sortit son téléphone. Il prit discrètement une photo des deux hommes, puis il composa un numéro. Ils ne pouvaient pas manquer cette occasion. Son interlocuteur répondit dès la première sonnerie.

— Le Gone ? C'est Étienne, chuchota le Grenoblois.

— T'as un problème ?

— Non, pas encore, dit-il voyant Lecomte congédier Kerouad d'un geste de la main et s'approcher de Vertufoy, mais des emmerdements potentiels.

Avant de répondre, il fit un signe de tête à Sophie qui se dirigea lentement vers les deux hommes.

— J'ai Bachar Kerouad en ligne de mire.

— « Le » Kerouad ? Tu déconnes ? On ne l'aurait pas raté !

— Il n'est peut-être pas entré par le hall principal. Par ailleurs, il s'est grimé, mais je suis certain que c'est lui. Costard gris, cheveux bruns et moustache, démarche claudicante, sans doute suite à sa blessure. Faites attention, ce type n'hésitera pas à tuer.

— OK, j'appelle des renforts. On va le cueillir dès qu'il sort.

— Non, fais-le suivre plutôt. Son arrestation pourrait compromettre notre plan.

— Ça marche. Et de ton côté ?

— L'arrivée de Kerouad semble faire bouger les choses. Je te laisse.

Étienne respira lentement et tenta de chasser l'excitation qui l'avait gagné. Sophie revenait vers lui, toujours souriante.

— Lecomte a proposé à Vertufoy la chambre rouge. Je n'ai compris que ça, mais je pense que c'est clair, lui apprit la jeune femme en conservant un air anodin.

Thierry Lecomte avait eu le même genre d'échanges avec quatre autres invités, des hommes, non accompagnés.

— À moi d'entrer en scène, annonça Sophie, soudain nerveuse. On va voir si les cours de théâtre que j'ai suivis au lycée m'ont servi à quelque chose, ajouta-t-elle en s'efforçant de plaisanter.

Sans un bruit, elle s'effondra dans les bras d'Étienne, surpris par la rapidité de sa mise en action. Puis elle s'agrippa à son « mari » et se releva doucement. Avec un sourire fatigué, elle s'accrocha à lui pour reprendre une position digne. Comme leurs voisins s'approchaient d'eux, elle feignit un nouvel étourdissement.

— Cela ne va pas, chère amie ? lui demanda une femme dont la rigidité du visage fraîchement lifté n'était atténuée que par l'éclat de la parure de brillants qu'elle portait.

Sophie la regarda, l'air épuisé.

— Je suis désolée de me donner en spectacle. C'est juste une fatigue passagère. J'ai un peu surestimé mes forces, dit-elle en posant la main sur son ventre.

— Doux Jésus, vous êtes enceinte ! C'est votre premier enfant ?

— Oui, et je suis moins solide que je ne le pensais.

— J'ai moi-même eu deux garçons, et je comprends tout à fait votre état. Il faut absolument vous reposer.

— Je ne veux pas créer de problème, se défendit faiblement Sophie.

— Tsss, tsss, avec moi, vous êtes entre de bonnes mains.

Elle héla Thierry Lecomte qui se hâta vers elle.

— Comment puis-je vous être utile, chère baronne ? demanda l'amateur d'art d'un ton mielleux.

— Cette jeune femme vient de faire un malaise.

— Est-ce grave ?

— Enfin, mon ami, vous voyez bien comme elle est pâle ! Il est évident que vous, les hommes, ne comprenez rien à ces choses. À croire que vous pensez encore que les enfants naissent dans les choux ou dans les roses ! Allez, emmenons-la se reposer dans l'une de vos chambres du haut.

Étienne remarqua l'éclair d'inquiétude qui passa dans les yeux de leur hôte. La baronne prit son hésitation pour de la mauvaise volonté.

— Thierry, je ne supporterai pas une seconde de plus qu'une future mère ne soit pas dignement secourue en votre maison.

Lecomte réagit rapidement. La baronne Hildegarde de la Motte était apparemment quelqu'un avec qui il devait compter.

— Nous allons bien évidemment lui offrir un endroit où se reposer. Suivez-moi s'il vous plaît.

— Je vous accompagne, ordonna l'aristocrate. Je veux être certaine que cette pauvre jeune femme sera parfaitement installée.

Étienne se frotta mentalement les mains. Sophie, très digne, marcha d'un pas lent jusqu'à l'ascenseur. Elle tenait son rôle à merveille et impressionnait le policier. Cependant, le plus difficile allait commencer maintenant. Le gardien s'écarta devant le propriétaire des lieux et se joignit à eux dans la cabine.

— Cinquième étage, annonça Lecomte.

— Non, nous nous arrêterons au quatrième, mon brave. Les chambres y sont nettement plus spacieuses et confortables.

Une lueur de panique traversa les yeux de Lecomte. De quoi s'occupait cette vieille folle ? Pourquoi fallait-il que le baron de la Motte soit son principal partenaire et bailleur de fonds ?

— Les pièces du quatrième ne sont pas prêtes, très chère Hildegarde.

— Eh bien, faites-en apprêter une ! Ce n'est pas le personnel de maison qui manque ! se révolta l'aristocrate. Quand on a la chance d'avoir chez soi une jeune femme aussi jolie et férue de peinture, on se doit de lui offrir ce qu'on a de meilleur.

— Je ne voudrais pas créer de problème, intervint Sophie.

— Ta, ta, ta. Ce soir, Thierry a l'esprit très occupé par son vernissage, mais c'est un gentleman. Il vous trouvera une chambre. N'est-ce pas, mon ami ?

— Bien évidemment, ma chère baronne. Je souhaitais juste éviter de faire attendre une future mère.

Sophie devina une pointe d'agacement dans les propos, mais ne réagit pas.

Ils quittèrent l'ascenseur pour pénétrer directement dans un couloir à l'épaisse moquette bordeaux. Sur la gauche, un mur d'un blanc immaculé était recouvert de toiles de maîtres, alors que plusieurs portes en enfilade s'alignaient sur celui de droite.

— La chambre rouge sera parfaite, décida l'aristocrate en se dirigeant vers la première pièce.

— Celle-là est déjà réservée, se dépêcha d'annoncer Lecomte. Mais la chambre parme du fond doit être disponible. Laissez-moi vérifier.

Il marcha d'un pas rapide et ouvrit la porte. Il fit signe à ses invités de le suivre. Une splendide chambre de style Louis XVI s'offrit à leur regard.

— C'est magnifique, s'exclama Sophie.

— Notre hôte a un goût très juste. Prenez le temps qu'il vous faudra pour vous reposer, ma jeune amie. Vous nous rejoindrez quand vous vous sentirez de nouveau prête à faire face à notre petit groupe, ajouta-t-elle en riant de sa propre plaisanterie.

— Vous trouverez une sonnette sur la table de nuit. Activez-la dès que vous souhaiterez redescendre. Quelqu'un viendra vous chercher. Avec toutes les œuvres que je possède dans cet immeuble, j'ai été obligé de mettre en place une certaine surveillance, expliqua l'amateur d'art.

— Je vous remercie pour tout le mal que vous vous donnez pour moi. Je vais m'allonger une petite demi-heure, et je vous rejoindrai en pleine forme, répondit Sophie.

— Nous vous laissons, mon amie. Nous avons d'autres toiles à admirer, conclut la baronne. Je vous emprunte votre mari pendant que vous vous reposez, ajouta-t-elle en couvant Étienne d'un regard plein d'intérêt.

Et, alors qu'elle quittait la pièce avec Étienne, Sophie l'entendit dire à celui-ci :

— Maintenant, vous pouvez m'appeler Hildegarde.

72

La chambre rouge

Sophie regarda la porte se refermer. Elle n'avait pas remarqué de caméra dans le couloir. Les pervers qui montaient abuser d'enfants n'avaient sûrement pas envie d'être immortalisés au cours de leurs déplacements dans l'immeuble. Elle s'allongea cinq minutes sur le lit et se mit à trembler. Même si elle avait feint son étourdissement, n'était-elle pas en train de surestimer ses forces ? Elle se retrouvait seule, dans une propriété privée qui regorgeait de vigiles, sans savoir exactement ce qu'elle devait faire. Elle se massa les tempes et respira profondément. Peu à peu, un semblant de calme revint. De toute façon, il était trop tard pour se poser des questions existentielles.

Sophie retira ses chaussures et les rangea au pied du lit. Elle entrouvrit la porte et glissa la tête : le couloir était vide. Son plan était simple. Sans doute irréalisable, mais simple ! Elle espérait trouver les jeunes filles dans la chambre rouge, les photographier avec le portable anonyme que lui avait confié Boris Dubouste, ressortir, puis discrètement shooter Vertufoy quand il entrerait dans la pièce. Avec les détails et les heures d'enregistrement, il y aurait probablement de quoi le mettre sous pression. Ensuite, elle sonnerait et redescendrait tranquillement dans la salle de réception.

Dans le couloir, une vague de panique la submergea à nouveau. Qu'adviendrait-il d'elle si Kerouad ou l'un de ses complices attendait dans la pièce ? Le bruit de l'ascenseur qui s'arrêta ne lui offrit pas l'occasion de mener plus loin ses réflexions. Comme il s'ouvrait, elle reconnut le timbre de la voix de Vertufoy. Pitié, il ne fallait pas qu'il la voie ici ! Elle poussa la porte de la chambre rouge et, sans hésiter, se précipita à l'intérieur. Elle venait de plonger dans un décor colonial de pacotille. Un grand lit à baldaquin blanc recouvert d'une sorte de voile transparent, des meubles en rotin, un bar rempli de bouteilles de rhum, quelques plants de bambous et une température qui devait largement dépasser les vingt-cinq degrés. Dehors, les voix se rapprochaient. Près de l'entrée, une penderie avec des battants ajourés. Elle n'eut que le temps de s'y engouffrer avant que la porte ne s'ouvre. Elle se blottit dans le fond du placard, misérablement protégée par deux peignoirs. Et si on la trouvait ici ? Quel réflexe stupide ! Quelle excuse pourrait-elle bien inventer ? Elle trembla en entendant les hommes parler à quelques pas de sa cachette dérisoire.

— Voici la pièce, Jacques.

Elle identifia la voix de Lecomte.

— Je vous ai dégotté deux gamines des îles, comme vous me l'avez suggéré. L'une d'elles a déjà servi, mais vous aurez le plaisir de déflorer la plus jeune. Vous connaissez la maison. Je vous laisse vous installer, il vous suffira d'appeler quand vous serez prêt à entrer en action.

— Envoyez-les tout de suite. J'y ai pensé durant toute la soirée, et je peux vous assurer qu'elles se souviendront de cette expérience.

La discussion des deux hommes révulsa Sophie.

— Veillez à ce que l'on me laisse tranquille, conseilla Vertufoy.

— Tout mon personnel de surveillance s'assure de la discrétion de ce qui se déroule en ces lieux. Pas de caméra, mais uniquement des hommes triés sur le volet et dont je réponds personnellement.

— J'y compte bien. Maintenant, envoyez-moi vos petits culs.

La demi-heure qui suivit fut un cauchemar pour Sophie. Plus d'une fois, elle se mordit le poing pour ne pas hurler quand elle entendait les cris des deux victimes de Vertufoy. L'adulte abusait des deux fillettes terrorisées. Des larmes avaient coulé le long des joues de la future mère, mais elle s'était forcée à garder le silence. À un moment, elle avait failli sortir de sa cachette pour mettre fin à ce drame, mais cela aurait été inutile. Elle aurait risqué sa vie et n'aurait que provisoirement interrompu le coït de Vertufoy. Malgré l'horreur de la scène qui se jouait sous ses yeux, elle avait pris des photos de l'orgie à travers les persiennes de la porte. Elle avait même tourné une vidéo qui pourrait envoyer le violeur droit en prison, avec traitement spécial réservé par les autres détenus. Une fois ses pulsions assouvies, Vertufoy s'engouffra dans la salle de bains. Le bruit de la douche sortit Sophie de sa torpeur. Attendre que l'homme quitte la chambre ou partir tout de suite ? Elle regarda sa montre et hésita longuement. Cela faisait quarante-cinq minutes qu'elle était censée se reposer : il était temps de redescendre. Alors qu'elle avait pris sa décision, elle entendit le ruissellement de l'eau cesser. Un sifflotement, totalement déplacé, brisa le silence. Soudain, la porte de la penderie s'ouvrit. Une main saisit un peignoir puis une voix, abasourdie, résonna dans ses oreilles :

— Qu'est-ce que vous foutez là, bon Dieu ?

Sophie bredouilla une explication inintelligible.

— Mais je te reconnais, petite salope, hurla-t-il en l'attrapant par le pan de sa veste de tailleur et en la secouant sans ménagement.

La violence du geste replongea Sophie dans la réalité de l'instant. Le contact de cet immonde violeur la révulsa. Brusquement, elle projeta le pied dans l'entrejambes de Vertufoy, nu face à elle. Sous l'effet de l'intense douleur qui irradiait tout son corps, l'homme s'effondra sur les genoux et se recroquevilla, les mains en protection dérisoire sur ses testicules écrasés. Sophie s'approcha, arma son bras et asséna un terrible coup de coude dans la tempe de son agresseur. Il s'écroula sans un bruit. Les deux fillettes n'avaient pas bougé. Elle remercia Nadia pour les cours de self-défense qu'elle lui avait prodigués et saisit la ceinture des peignoirs. Elle lia solidement les pieds et les mains de Vertufoy. Puis elle ramassa une serviette et l'enfourna dans la bouche de l'homme évanoui. Il serait silencieux jusqu'à ce qu'on le retrouve. Au prix d'un effort conséquent, elle le traîna jusqu'à la salle de bains et fit couler la douche. Cela leur offrirait peut-être quelques minutes supplémentaires pour quitter l'immeuble. Les deux enfants l'avaient regardée, inertes, assises sur le lit aux draps en bataille.

Puis elle sortit de la pièce, emprunta le couloir désert et regagna la chambre parme. À peine arrivée, elle sonna pour qu'on vienne la chercher. Chaque minute était précieuse. Ils devaient évacuer les lieux dès que possible, sans se faire arrêter par les vigiles à cause d'une précipitation trop visible.

73

La fuite

Étienne vit apparaître Sophie avec soulagement. La baronne, qui ne l'avait pas quitté un instant, accueillit la jeune femme en la prenant dans ses bras.

— Alors, ma douce amie, vous sentez-vous mieux ?

— Je vous remercie, Hildegarde, cette petite sieste m'a revigorée, répondit poliment Sophie.

— Vous avez retrouvé une mine resplendissante !

Sophie envoya un sourire forcé, puis adressa un geste d'excuse et s'écarta en entraînant Étienne à sa suite.

— Il faut que l'on parte rapidement.

— Attendons quelques minutes, je me suis engagé auprès de Lecomte à acheter un tableau de son protégé. Il m'a entrepris avec la cougar, et j'ai promis n'importe quoi pour tenir mon rôle et ne pas les contrarier.

— Vertufoy est ligoté sur le sol d'une salle de bains. Dès que quelqu'un le trouvera, on aura leur armée sur le dos.

Le policier ne demanda pas de détails.

— OK, on dégage. Bon, tu as réussi ?

— Tout est dans le téléphone.

Alors que le couple se dirigeait vers l'ascenseur, Lecomte les rejoignit d'un pas pressé.

— Vous partez déjà ? Étienne, vous m'avez promis d'acquérir une œuvre de Gregorz. Il vous attend pour vous présenter celle dont il est le plus fier.

— Nous sommes désolés, mais Sophie ne se sent pas bien. Je repasserai vous voir dès que possible et respecterai mon engagement.

— Cela ne prendra que cinq minutes. Sophie, installez-vous quelques instants dans ce fauteuil. C'est un Groult et il est extrêmement confortable. Je vous emprunte votre mari.

— Je vais me joindre à vous, répondit la jeune femme. J'ai très envie d'écouter les explications de l'artiste.

— Non, reposez-vous, insista Lecomte dont le ton se durcit imperceptiblement.

Surprise, Sophie s'assit alors qu'Étienne suivait le galeriste. Ils pénétrèrent dans une petite pièce, décorée d'un mobilier Empire.

— Je pensais que Gregorz me ferait l'article de son travail devant le tableau, s'étonna le policier.

— Ce n'est pas Gregorz que je veux vous présenter, répondit Lecomte dont la voix n'avait plus rien d'amical. Il y a ce soir une autre personne qui souhaite vous rencontrer, monsieur Duchaussois… ou capitaine Fortin, devrais-je peut-être dire.

Lecomte saisit son téléphone et entama une courte conversation. Le policier en profita pour attraper le portable dans la poche de son pantalon et, en quelques clics, envoya un texto préenregistré. Sophie l'attendrait près de l'escalier de service. Comme le marchand d'art raccrochait, il se décida à passer à l'action. Le moment n'était plus aux négociations ou aux justifications. Pas question de s'offrir un face-à-face avec Bachar Kerouad, comme il le pressentait. Il se précipita sur Lecomte qui, surpris, ne réagit pas. D'un violent coup de poing, il le projeta contre le mur. Étourdi, l'homme s'effondra. Sans se retourner, Étienne quitta le bureau et traversa la pièce à grands pas. Sophie l'attendait, en grande conversation avec un gardien, visiblement nerveux.

— Je vous répète qu'il est interdit d'emprunter cet escalier, madame.

Ils ne pouvaient pas descendre par l'ascenseur principal. Plusieurs vigiles étaient encore dans le hall d'entrée, et Boris Dubouste avait déjà évacué les lieux. Lecomte les avait sans aucun doute prévenus et ils ne laisseraient pas sortir les fuyards. Cet escalier était leur seule chance. Alors que Sophie tentait de négocier leur passage, un brouhaha s'amplifia dans la salle de réception. Ils n'avaient plus le temps d'être discrets.

Étienne écarta violemment le gardien, qui s'effondra lourdement sur le sol. Il ouvrit la porte, attrapa Sophie par la main et plongea dans l'escalier. Sportive émérite, Sophie retira ses escarpins et dévala les marches des trois étages. Ils débouchèrent dans une ruelle mal éclairée.

— À gauche, cria Sophie, en direction de la Saône. Il y aura du monde et nous serons en sécurité.

Ils se lancèrent dans une course effrénée. Très rapidement, les bruits de pas qui claquaient derrière eux les informèrent sur leur situation : plusieurs hommes les avaient pris en chasse. Il ne restait qu'une centaine de mètres à parcourir dans ces rues obscures avant d'atteindre la lumière des quais de Saône. Un cri arrêta net Étienne dans son élan. Il se retourna : Sophie s'était effondrée et se tenait la cheville. Elle se releva aussitôt, mais la grimace qui déforma son visage valait toutes les explications : elle venait de se faire une entorse.

— Accroche-toi à moi, ordonna Étienne.

Leurs poursuivants n'étaient plus qu'à une trentaine de mètres.

— Prends ça et enfuis-toi, le pria-t-elle en lui tendant son téléphone. Je m'en sortirai.

— Avec Kerouad ? Je reste avec toi.

Il attrapa tout de même le smartphone et le jeta discrètement avec le sien sous une voiture garée le long du trottoir. Les vigiles de Lecomte étaient maintenant là. Même si le capitaine Fortin n'était pas un spécialiste du combat rapproché, il savait se battre. Ses adversaires aussi. Il fonça sur le premier homme et lui asséna un brutal coup de pied à l'aine. Celui-ci se plia sous l'effet de la douleur. Étienne n'eut pas le temps de se retourner. Le second gorille l'avait ceinturé. Sophie hurla un appel au secours, rapidement éteint par deux violentes gifles. Puis le troisième individu frappa plusieurs fois Étienne au ventre. Il remarqua tout de même un quatrième homme qui arrivait en boitant. Les trois vigiles l'interrogèrent du regard. Kerouad indiqua un porche sombre d'un geste de la tête.

Ils poussèrent la porte cochère et s'introduisirent dans ce qui ressemblait à un petit atelier d'ébénisterie. Aucune fenêtre ne donnait sur la cour. Sophie et Étienne y furent traînés sans ménagement.

— Ici, on sera tranquilles pour discuter. Alors, que faisait un putain de flic à une soirée artistique ? On aura tout vu, ironisa Bachar Kerouad en saisissant violemment le menton d'Étienne Fortin. Je ne sais pas où t'as trouvé ta pétasse, mais Vertufoy a la haine contre elle. Qu'est-ce qu'elle foutait dans le placard de sa chambre ?

— Le ménage, répondit calmement Sophie. J'avais remarqué de la poussière.

Kerouad s'agenouilla devant elle, le regard vide.

— Tu fais la fière, petite chienne. Profites-en pendant que tu peux encore. Quand on aura fini de parler, tu me supplieras de te pardonner de m'avoir manqué de respect. Et puis, comme t'as un beau cul, je te prédis ton avenir : je vais t'expédier en Syrie chez des gars à qui tu changeras les idées. Je ne pense pas que tu prendras ton pied, mais la quantité remplacera la qualité.

— Pauvre taré, tu es la lie de l'humanité, répondit Sophie en lui crachant au visage.

Furieux, Kerouad lui envoya un violent coup de poing dans la poitrine. Sophie cria de douleur, mais le truand qui la maintenait au sol lui mit fermement la main sur la bouche.

— Allez, trouvez-moi leurs portables, je veux connaître leurs contacts et voir s'ils ont pris des photos.

Les trois vigiles les fouillèrent brutalement. Ils étaient à la solde de Kerouad et peu regardants sur les méthodes. Kerouad s'occupa particulièrement de Sophie. Il la palpa sans ménagement, lui arrachant presque ses vêtements.

— Oh, la petite pute est enceinte ! Un futur bâtard de flic à venir ?

Il se releva.

— Maintenant, je vais être cash. Vertufoy est persuadé que vous voulez le faire chanter. Il veut être rassuré et j'ai les mains libres pour le faire. Donnez-moi vos preuves et nous pourrons commencer à discuter de votre avenir.

Sophie avait compris dans sa chair qu'elle ne devait plus provoquer le proxénète. Les coups de Kerouad avaient fait naître la peur en elle. Pas pour elle, mais pour son bébé.

— Je suis montée me reposer, parce que j'étais fatiguée. J'ai voulu aller faire pipi et je me suis trompée de chambre en revenant. Comme quelqu'un arrivait, je me suis cachée. Ensuite, ce qui s'est passé m'a terrifiée et je n'ai pas osé sortir.

Kerouad regarda ses hommes qui éclatèrent d'un rire gras.

— Tu me prends vraiment pour un lapin de six semaines. On voit que tu ne sais pas qui je suis. Je vais donc t'aider à retrouver la mémoire.

Il observa la jeune femme, puis lui décocha un violent coup de pied dans le bas-ventre. Le hurlement de Sophie se perdit dans la paume du vigile qui la tenait. Avec l'énergie du désespoir, elle se tortilla pour tenter d'amortir les deux impacts suivants. Son agresseur la bloqua sur le côté. Kerouad posa un regard vicieux sur le ventre arrondi et arma son coup.

— C'est moi qui ai tué ton frère, Kerouad !

La phrase paralysa le criminel dans son geste. Après quelques secondes de silence, il se retourna vers le policier. Étienne Fortin le fixait d'un air de défi.

— C'est moi qui l'ai abattu. Il est tombé sous mes balles alors que tu t'enfuyais comme une merde, Bachar Kerouad.

Puis il s'adressa aux trois autres individus qui regardaient la scène, comprenant que l'irréparable allait se produire :

— Tu as toujours joué les durs avec les filles que tu prostituais, Kerouad, mais quand il aurait fallu prendre de vrais risques pour sauver Nabil, t'as pas eu les couilles pour le faire.

Blanc de rage, le proxénète saisit un pistolet dans la poche de sa veste. En tremblant, il y vissa un silencieux. Seuls les sanglots étouffés de Sophie traversaient la nuit. Étienne savait qu'il s'était condamné, mais il n'avait pas hésité un instant. Il ne chercha pas à se débattre. Les deux autres hommes étaient des professionnels. Il eut une pensée pour Nadia et Adèle et attrapa de nouveau le regard fou de Kerouad. Le tueur posa l'arme sur le ventre du policier. Il allait l'abattre, mais il souffrirait. Avec un rictus déchiré par la haine, Kerouad pressa lentement la détente.

74

Intervention

Un bruit sourd déchira le silence de la cour. Kerouad se retourna vers la porte cochère qui venait de s'ouvrir brutalement. Étienne Fortin profita de ce moment qu'il n'espérait plus. Dans un effort surhumain, il échappa à la poigne des vigiles qui le maintenaient et se précipita sur le proxénète. Avant que le truand ait eu le temps de réagir, il lui arracha son pistolet.

Un groupe d'hommes arrivait déjà sur eux :

— Police, on ne bouge pas !

Les trois acolytes de Kerouad n'opposèrent aucune résistance. Leurs adversaires étaient armés, plus nombreux, et il n'y avait aucune issue possible. Étienne roula à terre avec Kerouad. Il prit rapidement le dessus, l'étala sur le dos et se cala sur lui, ses genoux écrasant la poitrine du maquereau. De la main gauche, il attrapa le haut de sa cravate et, de la droite, il commença à le frapper méthodiquement au visage, éclatant la chair sous ses coups. Il ne semblait pas entendre les cris de sa victime. Le policier se vidait de sa peur, de sa haine, de ce que ce salopard avait infligé à Sophie. C'est quand Kerouad cessa de se débattre qu'il reprit conscience de la situation. Il tourna la tête et reconnut Boris Dubouste accompagné de cinq hommes. Personne n'avait bougé.

— Il semblerait que nous soyons arrivés à temps, remarqua le Gone.

— Occupe-toi de lui, demanda Étienne en se relevant.

— Dans l'état où tu l'as mis, il ne partira pas en courant, commenta le commandant Dubouste.

Étienne se précipita vers Sophie. Elle était toujours allongée sur les pavés disjoints de la cour et peinait à retenir ses gémissements. Un policier était à ses côtés, impuissant. Étienne s'agenouilla et la prit dans ses bras.

— Comment vas-tu ?

— Pas bien. J'ai mal au ventre ! Qu'est-ce qu'il a fait à mon bébé ? demanda-t-elle en larmes.

L'OPJ baissa les yeux sur son ventre, puis une tache sombre attira son regard. La jupe relevée de Sophie laissait apparaître le haut de ses cuisses. Il posa doucement sa main sur la peau et la retira, tachée d'un liquide chaud et visqueux : du sang ! Miné par l'inquiétude, il n'en parla pas à son amie : elle aurait bien le temps de s'en rendre compte.

— Boris, appelle une ambulance, vite. Il faut emmener Sophie aux urgences, tout de suite.

Alors que les trois vigiles avaient été embarqués menottes aux poignets, Étienne attendait dans une cour sans âme, la jeune femme blottie au creux de ses bras, tremblante. Il tentait de la rassurer en chuchotant des mots maladroits. Boris Dubouste était resté avec lui et surveillait Kerouad, bâillonné et attaché à un anneau de fer scellé dans l'un des murs. Les secondes s'égrenaient, poussant l'une après l'autre l'inquiétude et la culpabilité d'Étienne à son paroxysme. Soudain, une lumière clignota dans l'entrebâillement de la porte. Deux ambulanciers entrèrent, portant un brancard. Un médecin les suivait. Il serra la main de Dubouste en le reconnaissant.

— Bonsoir, Boris. Qu'est-ce que tu as pour moi cette nuit ? Un gars qui s'est explosé un genou en jouant avec son flingue ? Un type qui s'est pété les deux jambes parce qu'il est tombé en marchant sur son lacet défait ?

— Non, toubib, moins amusant. Une jeune mère qui vient de perdre son gamin parce qu'un connard l'a rouée de coups.

Le médecin se dirigea aussitôt vers Sophie. Il l'ausculta rapidement, puis les deux ambulanciers l'allongèrent et l'évacuèrent vers leur véhicule.

— Alors ? demanda anxieusement Étienne.

Le médecin lui tapota doucement l'épaule et le regarda sans équivoque.

— Si vous voulez le lui faire payer, c'est maintenant ou jamais, répondit-il en montrant Kerouad de la tête.

Puis il s'éloigna.

— Je vous accompagne, cria Étienne en lui emboîtant le pas.

— C'est inutile pour le moment. Nous allons la mettre sous sédatif. Par contre, soyez là demain matin à son réveil. Elle aura besoin d'une présence amie.

— Où l'emmenez-vous ?

— Aux urgences de Saint-Joseph.

Étienne s'assit par terre, écrasé par son irresponsabilité. Pourquoi avait-il accepté la proposition de Sophie, pourquoi ? Il ne se le pardonnerait jamais !

— Tu as vu ce qu'elle a récupéré ? lui demanda le Gone en agitant le téléphone qu'il avait en main.

Étienne sortit de sa torpeur.

— Là, je t'avoue que je m'en fous complètement.

— Tu as tort, gamin. Elle savait les risques qu'elle prenait, et tout ce que tu peux faire pour elle à cette heure, c'est respecter son travail.

— Tu as raison, reconnut Étienne en se levant lentement. D'ailleurs, je ne t'ai même pas remercié pour ton intervention. Sans vous, je serais en train de me vider de mon sang. Comment nous as-tu localisés ?

— Je suis d'abord arrivé devant chez Lecomte, mais tout était calme dans le hall. J'ai vite compris que tu avais dû trouver une sortie de secours. C'est à ce moment qu'on a récupéré le signal du portable de Sophie. On a fait fissa et on a retrouvé vos téléphones sous une bagnole. Mais plus personne !

— Comment as-tu deviné que nous étions derrière cette porte cochère ?

— Parce que deux escarpins avaient été jetés juste devant ! Sophie vous a sauvés.

Le Gone ne laissa pas à son ami le temps de s'apitoyer sur son sort et poursuivit :

— J'ai regardé les photos qu'elle a prises pendant qu'on attendait le toubib. Avec ça, on tient Vertufoy par les couilles, et on pourra les lui serrer suffisamment fort pour qu'il reprenne le rôle de soliste chez les Bee Gees.

Le Grenoblois attrapa l'appareil que Dubouste lui tendait. Il fit défiler les photos sans un mot et rendit le téléphone.

— Elle a aussi fait un film qui vaudra à Vertufoy le titre de « pédophile d'or » de l'année, ajouta Boris.

— Ce mec est un vrai porc. Je ne peux pas négocier avec lui. On doit balancer ça à la justice. Tant pis pour la procédure en cours contre Nadia…

— À la justice et aux médias, précisa le Lyonnais. En plus, j'ai de quoi faire tomber Lecomte avec lui. Quant à Nadia, ne t'inquiète pas pour elle. Je connais quelques journalistes qui vont se faire un plaisir de tailler un costard haut de gamme à cet enculé. Son parti et l'Administration le largueront en quelques heures. Et une fois qu'il sera bien mûr, je lui rendrai une petite visite. Il mettra fin à ses poursuites.

— Tu as sans doute raison.

— J'ai sûrement raison. Sinon, tu sais comment Sophie a réussi à prendre ces photos ? C'est inespéré.

— Elle n'a pas eu le temps de me l'expliquer. Sincèrement, je n'arrive pas à me réjouir, soupira Étienne. J'ai brisé sa vie.

— Non, ce n'est pas toi. Ce n'est pas toi qui as décidé de la frapper comme un sauvage pour tuer son gosse. On va s'occuper de ce fumier. Il a sûrement plein de choses à nous raconter.

Le capitaine Étienne Fortin et le commandant Boris Dubouste s'approchèrent de Bachar Kerouad, des papillons de haine au fond du ventre. Le truand avait récupéré des forces et les regarda arriver avec morgue.

— Alors, on veut se faire un Arabe sans défense, les fachos ? Venez, vous gênez pas !

Étienne se passa la main dans les cheveux et tenta de calmer l'énervement qui s'emparait de lui.

— Trafic d'armes, proxénétisme, meurtre. Tu vas prendre perpète, pauvre con !

— Oh ! Du calme le poulet. J'ai un peu joué avec deux ou trois filles et j'avoue que j'ai une passion pour les armes à feu. D'autres collectionnent les voitures ou les strings des nanas qu'ils baisent. Et puis j'ai jamais tué personne.

— Te fatigue pas, Kerouad, j'ai étudié ton dossier pendant des semaines. Aucun avocat ne pourra sauver ta sale gueule, cracha Fortin.

— Pauvre petit flic de mes deux, je connais suffisamment de monde pour te faire muter aux îles Kerguelen. Tout ce que tu pourras y faire, c'est te branler ou enculer les pingouins, s'ils veulent bien de toi.

Le policier envoya son poing dans la figure de son prisonnier. Kerouad ne détourna pas le regard.

— Quant au meurtre dont tu parles, si c'est le fœtus que j'ai écrasé comme une merde dans le bide de ta gonzesse, laisse-moi rire. J'ai juste épargné à la planète l'arrivée d'une raclure de flic dans vingt ans !

Fou de rage, Étienne roua le truand de coups. Dubouste l'arrêta en lui retenant le bras.

— Tu vois, tu es comme moi, éructa Kerouad. Tu joues au gentil, mais tu frappes sur un mec sans défense. Vas-y, continue, tue-moi si ça te défoule ! le provoqua le proxénète.

Étienne s'éloigna et respira longuement pour se calmer. Son comportement lui faisait peur. Il agissait exactement comme l'homme qu'il détestait et se sentit démuni. Le Gone s'approcha de lui. Il lui tendit les deux téléphones.

— Va au commissariat. Mes gars t'expliqueront où est mon bureau. Tu feras télécharger les photos sur mon disque dur et tu en garderas une copie sur une clé. Ensuite, tu partiras retrouver Sophie. Elle a besoin de toi.

— Et lui ?

— Je m'en occupe. Je suis certain qu'il peut nous cracher quelques informations sur ses bons amis du gotha lyonnais. Tu peux y aller. Dis-toi qu'une sacrée bande de pédophiles sera dès demain sous les verrous et que vous avez permis de sortir quelques gamins de l'enfer.

75

Entre gens du monde

Comme Étienne avait quitté la cour, Boris Dubouste s'approcha de Kerouad. Il sortit un cigarillo de son blouson, l'alluma et le fuma en observant son vis-à-vis. Les provocations du proxénète glissaient sur lui.

— Tu peux au moins m'en filer un, connard de flic.

Dubouste regarda son mégot encore rougeoyant et sembla réfléchir.

— Tu as raison, Bachar, il faut partager, commenta-t-il en écrasant la braise sur la joue du criminel.

Le cri de douleur fut stoppé net par une gifle sonore.

— Ne réveille pas les bons Lyonnais qui dorment à cette heure avancée ! Toi, tu travailles la nuit en livrant des petites filles à de gros bourgeois friqués, mais la plupart des gens doivent travailler dur, Bachar… pour peu que tu connaisses la signification de ce mot. On va discuter, toi et moi. Pas ici, parce que, sincèrement, tu aurais pu trouver un lieu un peu plus convivial. Moi, j'aime bien mon confort. Je suis certain que tu as plein de choses à me raconter.

La morgue de Kerouad commençait à se dissoudre. Il avait vite compris qu'Étienne Fortin, malgré ses pulsions violentes, ne serait pas capable de dépasser certaines limites. L'autre flic aux cheveux gris était par contre imprévisible. Son instinct lui disait de se méfier de celui-là.

Dubouste passa un appel rapide. Cinq minutes plus tard, un homme large d'épaules et au crâne rasé pénétra dans la cour.

— Bachar, je te présente Manu. Manu, voici Bachar.

Manu serra la main du policier, s'approcha de Kerouad et l'observa comme une bête de foire. Il n'avait pas ouvert la bouche. Puis Dubouste s'adressa de nouveau au proxénète :

— Manu n'est pas très bavard, mais il adore qu'on lui raconte des histoires. Attention, lorsqu'il estime que l'on se moque de lui, il perd patience… un peu comme moi. Il est aussi très méfiant quand il fait face à des gars comme toi. Manu, tu me permets d'expliquer à Bachar l'origine de ta vocation ?

Le nouvel arrivant opina.

— Manu avait une petite sœur, Sylvie. Un jour, Sylvie a fait la rencontre d'un homme pas fréquentable. Plutôt beau gosse, il lui a mis des paillettes plein les yeux en l'emmenant dans des fêtes. Elle se prenait pour la reine des soirées, la pauvrette. Il l'a poussée à consommer de la drogue. Ensuite, il l'a installée sur le trottoir pour qu'elle puisse se payer ses doses. Ce qu'elle rapportait a permis à son souteneur de vivre largement sans travailler. Manu a tenté de raisonner sa sœur, de la sortir des mains de ce type, mais elle ne voulait rien entendre. Les femmes sont souvent têtues. Un jour, Sylvie a été découverte morte d'une overdose dans un hôtel sordide. Manu a souhaité prendre contact avec l'ami de sa sœur. Il avait besoin de parler des dernières heures de Sylvie, mais le don Juan avait disparu de la circulation. Alors, il est venu raconter sa peine à la police et il est tombé sur moi. J'ai enquêté et j'ai retrouvé la trace du garçon indélicat. Il n'en était pas à son coup d'essai. Il avait fait quelques séjours en prison, mais en était toujours vite ressorti. Ce soir-là, j'étais fatigué de courir après des gens comme lui. Comme j'étais sur un autre dossier, j'ai décidé de donner son adresse à Manu. Crois-moi ou non, on n'a jamais revu l'amoureux de Sylvie dans une cellule. On n'en a même plus jamais entendu parler. Je pense que Manu a réussi à le persuader de reprendre le droit chemin. Depuis, c'est devenu sa vocation : remettre ceux qui pèchent sur la voie de la vérité. Il a une passion particulière pour ceux qui n'ont pas compris que les femmes étaient des êtres respectables. Nous faisons une excellente équipe tous les deux.

Kerouad commença à transpirer. Nom de Dieu, ce flic était taré. Il pensait au début que le poulet tentait de l'intimider, mais il savait reconnaître la folie pour l'avoir régulièrement croisée au cours de sa carrière déjà chargée.

Dubouste le détacha et Manu le tira à lui. Ils quittèrent la cour et Manu le jeta dans une voiture garée en double file. Il s'assit à ses côtés alors que le policier prenait le volant.

— Putain, vous m'emmenez où ? s'alarma le truand qui ne maîtrisait plus du tout la situation.

— Nous partons discuter de ta rédemption dans un endroit tranquille, répondit calmement Dubouste.

— Comment ça, tranquille ?

— Je connais une petite maison où tu pourras tout nous raconter sans déranger les voisins.

La panique s'empara du proxénète. Ces deux malades allaient s'acharner sur lui.

— Arrêtez vos conneries, j'ai droit à un avocat ! hurla Kerouad.

— Un avocat ? Tu en as proposé un à Sophie avant de tuer son enfant ? Si je t'accordais quelque chose, Bachar, ce serait l'absolution d'un prêtre. Mais j'ai perdu la foi à force de rencontrer des gens comme toi.

— Putain, je vous dirai tout ce que vous voulez savoir. Je peux vous aider à faire tomber Lecomte et ses potes.

— C'est très bien, Bachar, tu es déjà sur le chemin de la rédemption. Je peux t'assurer que nous allons en tenir compte dans notre évaluation de ton cas.

76

Hôpital

Huit heures et demie du matin. Étienne avait fini par s'endormir dans le fauteuil de la chambre d'hôpital. Quand il était arrivé, on lui avait interdit de voir Sophie. Le stress et la douleur avaient eu raison d'elle et elle était sous médication. Puis, à cinq heures, sur son insistance, il avait été admis dans la chambre de la jeune femme. Elle dormait, mais son visage était blanc et pincé. Une vraie pietà qui, au lieu d'avoir son fils mort dans les bras, l'avait dans les entrailles. Il lui avait pris la main et l'avait caressée jusqu'à ce qu'une infirmière l'emmène au bloc opératoire. Il s'était endormi sans oser appeler Nadia ou Julien. Il le ferait dès que Sophie reviendrait de son opération. Son ami ne lui pardonnerait sûrement pas de ne pas l'avoir prévenu. C'était à Julien d'être auprès de sa femme, pas à lui, lui qui l'avait entraînée dans ce traquenard. Mais Étienne avait été lâche. Jamais il n'avait connu un tel sentiment d'échec et de détresse au cours de sa carrière.

Le bruit du lit poussé par un brancardier le sortit de ses cauchemars. Une femme médecin suivait. Sophie revenait du bloc. Son visage était paisible, comme si rien ne s'était passé.

— Vous êtes le mari de madame Dupas-Lombard ?

— Un ami très proche.

— Alors, faites un détour par Fourvière en rentrant à Grenoble.

Étienne la regarda, perdu par l'allusion.

— Vous pourrez brûler un cierge à la basilique, ou même investir dans tout le carton. Je n'y croyais pas, mais l'enfant que porte madame Dupas est vivant et les lésions qu'elle a subies ne l'empêcheront pas de poursuivre une grossesse normale. C'est un miracle.

Sans un mot, Étienne regarda la doctoresse puis la serra dans ses bras. Elle ne bougea pas, gagnée elle aussi par l'émotion.

— Par contre, il faudra sans doute un gros travail psychologique pour qu'elle arrive à évacuer le traumatisme de cette agression.

— Nous ferons tout ce qu'il faut. Merci, docteur.

— Je n'y suis pour rien. Je garde madame Dupas en observation au moins jusqu'à demain. Ah, une dernière chose. Si vous n'étiez pas au courant, c'est un garçon.

Elle repartit d'un pas léger en lui offrant un sourire complice. Étienne ne bougea pas. Le poids qui l'oppressait venait de disparaître. Il plongea dans une douce euphorie. Pendant ces heures de la nuit, il avait veillé sur Sophie comme un père aurait veillé sur sa fille à l'agonie, et toute cette angoisse poisseuse venait de s'évanouir en une phrase. Certes, il allait se prendre une sacrée engueulade par Nadia, mais il était maintenant prêt à y faire face. Une infirmière entra et lui demanda gentiment de laisser Sophie se reposer. Il quitta la pièce. Il devait prévenir Julien, mais ce serait tellement plus facile en lui expliquant que sa femme serait remise sur pied en quelques heures.

Alors qu'il était en train de se battre avec un distributeur de barres chocolatées dans le hall d'accueil de l'hôpital, son téléphone sonna.

— Étienne, c'est Boris. Comment va Sophie ?

— Un miracle, mon vieux. Le bébé est vivant.

— Excellente nouvelle. Tu l'embrasseras de ma part. Retrouve-moi dans mon bureau. J'ai quelques infos pour l'enquête de ta femme. Kerouad s'est mis à table.

Boris Dubouste accueillit Étienne avec le sourire. Il avait les traits tirés et une barbe naissante : sa nuit aussi devait avoir été courte. Il se leva en voyant arriver Étienne et lui adressa une sincère accolade.

— Allez, viens boire un café avec moi. Entre la fatigue et la branlée que m'a passée ma femme parce que j'ai découché sans la prévenir, j'en ai bien besoin. Toi aussi d'ailleurs. On a des tronches à doubler Droopy.

— Avec plaisir. Si tu veux, on peut aller se le boire dans un bar. J'ai une résurrection à fêter !

— J'accepterai ton invitation une prochaine fois. Pour le moment, je préfère qu'on reste peinards dans mon bureau. Kerouad m'a fait quelques confidences. Ce garçon est devenu très loquace cette nuit.

Le commandant Dubouste résuma les informations qu'il avait arrachées au truand. Kerouad avait été l'un des pourvoyeurs de filles de Vertufoy. Étienne découvrait l'influence de Bachar Kerouad sur les réseaux de prostitution de mineures dans la région Rhône-Alpes. Elle était bien plus étendue qu'il ne l'avait supposé durant sa traque. Au cours de la nuit, le proxénète avait livré une ribambelle de noms. Cette liste n'avait évidemment aucune valeur légale, mais le Gone allait mettre toute cette bande de prédateurs sous surveillance rapprochée. Kerouad avait aussi des parts dans certains clubs de rencontres grenoblois et lyonnais. Isabelle Desmondières était une star dans ce milieu. Vertufoy avait eu vent des exploits de la chef d'entreprise et avait demandé à la rencontrer. Entre deux personnages comme eux, le vernis social avait vite explosé. Le haut fonctionnaire avait facilité l'implantation de la société Nina Lumina et Isabelle avait accédé aux fantasmes de Jacques Vertufoy. Sous l'insistance du Gone, Kerouad avait fini par lâcher une information majeure : quelqu'un avait filmé le meurtre d'Isabelle Desmondières et la vidéo courait actuellement sur le Darknet. Dubouste n'avait malheureusement pas réussi à récupérer les codes d'accès. Kerouad s'était « évadé » entre-temps. Ils décidèrent de mettre leurs services informatiques sur le coup. Retrouver le film aiderait sans doute à identifier les assassins.

Comme Étienne se levait pour prendre son blouson, il demanda :

— Tu as mis Kerouad en cellule ?

Le Gone eut soudain le regard vide.

— Je n'ai pas pu. À la fin de notre entretien, il s'est enfui… J'ai notifié sa disparition.

Le capitaine Fortin n'insista pas. Il n'osait imaginer la fin du proxénète. Il le chassa de son esprit, fixa rendez-vous à Nadia et se dirigea vers l'hôpital.

77

Traces niçoises

Nadia entra, passablement agacée, dans la salle de réunion. Elle avait d'abord rembarré des journalistes trop insistants qui faisaient le pied de grue devant l'hôtel de police. Comme si elle allait livrer des indices à des chaînes de télévision incapables de gérer correctement la confidentialité d'une information ! Elle avait ensuite reçu un appel d'Étienne qui lui avait donné rendez-vous à la gare de la Part-Dieu avant de raccrocher sans aucune autre explication. Nadia était prête à accepter qu'il parte pour une mystérieuse raison à Lyon et la laisse se débrouiller avec leur fille, mais il ne fallait pas trop la chercher ! Par ailleurs, elle avait passé une sale nuit à cause de cette enquête et de la rhino-pharyngite tenace d'Adèle. Ce coup de fil était la goutte d'eau qui avait fait déborder le vase.

Près d'une quinzaine de participants l'attendaient. L'assemblée était particulièrement concentrée et aucune plaisanterie ne fusa. L'OPJ ne l'aurait pas supporté. Elle fit un résumé circonstancié des conditions du meurtre ainsi que de son entretien avec les Forestier.

— Nous avons affaire aux mêmes assassins et le lien avec les premiers homicides se confirme : le sceau des sorcières. À la différence des deux autres, Christine Blanchard a été violée. Information positive que vient de me transmettre l'identité judiciaire : des traces d'ADN ont été trouvées sur le corps de la victime. Il peut très bien s'agir de celles de son mari, mais on ne peut pas écarter l'hypothèse qu'il provienne aussi des agresseurs.

— Combien de temps pour avoir les résultats ? demanda un jeune enquêteur.

— Deux jours. J'ai obtenu que les analyses passent en priorité, répondit Nadia.

— Sommes-nous totalement certains qu'il ne s'agit pas d'un crime crapuleux ?

— Nous avons retrouvé les portefeuilles des deux époux. Il y avait du cash et les cartes de crédit.

— Tu en sais plus sur la fameuse relique ? s'informa Rodolphe Drancey.

— Antoine Dupas continue de travailler dessus avec des collègues. Ils appellent tout ce que la région compte d'historiens et d'érudits. Je n'ai rien de nouveau à ce jour.

— Si on reprend l'hypothèse que tu nous as exposée hier, intervint Marco Della Rocca, se pose alors « la » question : combien de nouveaux cadavres risquons-nous de découvrir dans les jours qui viennent ? Dans la famille Malherbe, seules les filles étaient tatouées. Cependant, si on remonte au XVIIe siècle, on peut se retrouver avec un sacré paquet de victimes en puissance sur les bras !

— Tu as raison, Marco. À côté de cela, combien de familles ont perpétué cette tradition de tatouage ? Soyons clairs, nous n'avons aucune idée du nombre de femmes portant la marque du *sigillum maleficarum* en France.

— Ou à l'étranger, ajouta une enquêtrice.

— Exact, reprit Nadia. Avec le commissaire Mazure, nous avons envisagé de lancer un appel pour demander aux personnes portant ce tatouage de se présenter aux autorités. Le procureur a fermement refusé. Il craint que nous ne soyons submergés par les appels de mythomanes, en plus d'être la risée des médias. Bref, aucun moyen de connaître le nombre de proies potentielles. Il faut continuer à enquêter pour coincer les tueurs le plus rapidement possible.

— Et qu'est-ce que nous avons, à part des traces d'ADN ?

— Une autre femme marquée du sceau.

Un murmure répondit à l'annonce.

— Nelly Blanchard, la fille des victimes. Je l'ai rencontrée hier soir.

— Et alors ? interrogea Marie Woessner, impatiente.

— Elle n'a pas été bavarde. Elle était sous le choc. Elle ne connaissait apparemment pas l'histoire de Margot. J'irai la revoir.

— Et tu l'as laissée seule à Autrans avec le risque qu'elle court ? s'indigna le lieutenant Drancey.

— Tu me prends pour une buse, Rodolphe ? La maison des Forestier est sous la garde des gendarmes.

— Quels sont les ordres, capitaine ? s'enquit un nouveau venu dans l'équipe.

— On continue les enquêtes de proximité à Autrans et on les étend jusqu'à Méaudre. Par ailleurs, nous disposons d'un autre indice, même s'il est ténu. Les gendarmes ont repéré différentes marques de pneus dans la cour des Blanchard, dont celles d'une grosse berline. Des sculptures identiques à celles relevées sur le campus, la nuit de la crémation de Pascaline Morseaux. Je veux qu'on demande à tous les habitants s'ils ont vu passer une bagnole de luxe dans la soirée qui a précédé le meurtre d'Autrans.

— Putain, c'est pas gagné ! nota Drancey.

— C'est comme ça, Rodolphe. Le lieutenant Woessner prendra la direction des opérations. Avec les gendarmes, vous serez plus d'une vingtaine pour couvrir le plateau. Débrouillez-vous pour vous entendre avec eux. Ils connaissent mieux la population que nous. Surtout, méfiez-vous des journalistes. Il y en a de partout et vous allez les avoir dans les pattes.

— Effectivement, Autrans est devenu le village du jour, constata Marie. J'ai allumé la télé ce matin, et il n'y en a que pour l'assassinat des Blanchard. Heureusement qu'ils ne connaissent pas encore les conditions de la tuerie !

— Pas un mot à ces cocos-là ! S'ils vous harcèlent, vous menacez de les embarquer pour entrave à l'exercice de la justice, intervint Alain Mazure. Je ne suis pas certain que cela marche avec les plus chevronnés, mais cela les calmera quand même. Demandez-leur aussi de vous transmettre en priorité toutes les informations dont ils pourraient disposer.

— Jérôme, reprit Nadia en s'adressant au lieutenant Garancher, tu me passes l'existence de Veronika et Mathieu Forestier au crible. Je veux tout savoir d'eux, vie professionnelle, vie privée, dépenses.

— Des soupçons ?

— Pas à ce jour. Mais ce sont leurs plus proches voisins et chaque piste doit être étudiée à fond. Tu te coordonneras avec Marie pour fouiller le passé de tous les collègues de Christine et Benoît. Ils sont peut-être au courant de cette histoire de *sigillum.*

— Mes nuits vont être courtes !

— Estime-toi heureux d'en avoir encore, Jérôme. On a renforcé ton équipe, tu devrais t'en sortir. De toute façon, vous pouvez déjà tous commencer à compter vos heures de sommeil.

Personne ne fit de commentaire. Entre l'urgence de l'enquête, les pressions politiques et les journalistes qui ne les lâcheraient pas, ils étaient condamnés à réussir. Condamnés était peut-être le juste mot...

— Une dernière question ? lança Nadia en rangeant son dossier.

Un homme brun à la chevelure qui lui tombait sur les épaules regarda Jérôme Garancher en levant la main. Le policier hocha la tête.

— Oui, Nikola, tu as quelque chose à rajouter ? s'enquit Nadia.

Nikola Jojic, affalé sur sa chaise, se redressa avant de prendre la parole :

— Hier, vous nous avez demandé de passer en revue les vieilles affaires susceptibles d'avoir laissé sur le carreau une veuve et deux orphelins. J'ai trouvé quelque chose, annonça le stagiaire de Garancher.

— Et ce n'est que maintenant que tu nous le dis ? T'attendais quoi ? s'agaça Nadia.

— Je ne voulais pas vous interrompre, répondit Nikola que la rebuffade de l'OPJ n'avait pas ému.

La policière regarda le jeune homme. Même s'il semblait en permanence vivre avec huit de tension, il était très efficace et toujours sur le pont. Elle radoucit le ton :

— Nous t'écoutons, Nikola.

— Il y a vingt-quatre ans, Anton Stiven, un homme de quarante ans, a été retrouvé mort à Nice. Les conditions n'étaient pas explicites, mais, d'après ce que j'ai réussi à pêcher dans le dossier, il aurait été poignardé au cours d'une soirée un peu chelou. D'après les conclusions de l'enquête, Stiven se serait lui-même mutilé.

— Je me souviens de cette histoire, intervint Mazure. C'est une de mes collègues de l'époque qui était chargée de l'affaire. Mais continue, je ne suis pas là pour vous embêter avec le passé.

— L'expérience des anciens est toujours intéressante, commenta le stagiaire. Pour revenir à Stiven, il avait une femme, du nom de jeune fille de Sophia Piacenza, et deux enfants, Victor et Nina. Victor avait neuf ans au moment des faits, et Nina onze.

Nadia sentit un frisson parcourir sa colonne vertébrale, persuadée que Nikola venait de soulever une partie du rideau si sombre qu'elle n'arrivait pas à franchir.

— J'imagine que tu as poussé tes investigations plus loin…

— Effectivement. Anton Stiven avait des parts dans une entreprise de communication qui tournait bien. Étonnamment, ses héritiers n'ont hérité quasiment de rien. Pendant deux ans, Sophia Stiven a travaillé comme assistante dans une boutique de vêtements à Nice, puis, du jour au lendemain, elle a disparu avec ses gamins.

— Comment ça, elle a disparu ? s'étonna Nadia.

— Elle a quitté son logement, Nina et Victor ne sont jamais réapparus à l'école. Plus aucune nouvelle de la famille Stiven depuis vingt-deux ans ! confirma Nikola.

— Qu'est-ce que tu en déduis ?

— Soit ils sont partis à l'étranger, soit ils ont changé de nom.

— Qu'est-ce qui l'aurait amenée à faire cela ?

— Je n'en suis qu'au stade des hypothèses, mais, une semaine plus tôt, la police avait retrouvé dans un appartement de Nice le cadavre d'une certaine Angeline Dupraz. Ce nom m'a interpellé, et je me suis souvenu qu'il était apparu lors de l'enquête sur le suicide, ou le meurtre, d'Anton Stiven.

— Pourquoi penses-tu que son départ et cette mort seraient liés ?

— Angeline Dupraz a été assassinée. D'après ce que j'ai pu gratter, c'était plus ou moins une prostituée de luxe, et le crime a été mis sur le compte d'un client qui se serait enfui.

— Mais ?

— Mais la fille avait été torturée.

Avant qu'une nouvelle question ne fuse, Nikola Jojic conclut :

— Je n'ai pas réussi à avoir plus de détails. Même si je suis un geek, comme se plaît à le rappeler régulièrement Jérôme, les infos ne tombent pas comme ça. D'autant plus qu'une partie des pièces administratives de l'époque sont encore sous forme papier. Si vous m'ouvrez l'accès aux dossiers de la police et de la justice, je me remets au boulot... après avoir mangé un kebab.

Excitée par l'information, le capitaine Barka s'adressa à son supérieur :

— Alain, on va avoir besoin de vous.

Surpris que sa collaboratrice l'appelle pour la première fois par son prénom, le commissaire l'invita à poursuivre.

— C'est le moment de faire jouer vos relations. Je suis convaincue que si nous retrouvons les Stiven, nous ferons un grand pas. Une mère italienne, deux enfants de l'âge de ceux qu'a rencontrés Savelli, une fille torturée, cela commence à faire un faisceau d'indices plus qu'intéressant. Par ailleurs, il faut que vous remettiez la main sur votre collègue niçoise. Elle pourra vous en dire plus.

— Je m'y emploie, capitaine. Attention cependant à ne pas nous emballer !

— Nous emballer, commissaire ? Mais cela fait des jours que nous pataugeons, et on tient enfin quelque chose qui a l'air vraiment sérieux ! Allez, tout le monde au travail ! On va se les faire, je vous le promets.

78

Discussion entre amis

L'ambiance qui régnait dans le couloir de l'hôpital était glaciale. Nadia savait qu'Étienne voulait mettre en place une stratégie pour tenter de coincer Vertufoy, mais jamais elle n'avait imaginé qu'il puisse aller aussi loin. Il avait pris des risques insensés ! Quand elle avait appris que Sophie avait participé à l'opération, elle n'avait pas eu assez de mots pour exprimer son indignation. Et enfin, quand Étienne lui avait annoncé que sa meilleure amie reposait sur un lit d'hôpital, elle avait cru devenir folle.

La main d'Étienne se crispa sur le bouquet qu'il avait acheté juste avant d'arriver. Il était conscient d'avoir fait une connerie en acceptant l'aide de Sophie, mais l'agressivité dont faisait preuve sa compagne depuis qu'elle l'avait rejoint lui pesait lourdement. Nadia frappa, puis poussa la porte de la chambre. Julien les accueillit en souriant, soulageant la culpabilité d'Étienne.

— Le médecin vient de passer. Sophie pourra sortir dans deux jours. Elle devra se reposer, mais n'aura aucune séquelle, annonça le futur père.

Étienne tendit le bouquet à Julien et embrassa son amie. Sophie avait retrouvé un visage serein. Seul un hématome gonflait sa joue, souvenir de son agression de la veille. Ils discutèrent quelques instants, puis Sophie demanda gravement :

— Étienne, les photos que j'ai prises permettent-elles de tirer Nadia d'affaire ?

— Tu as fait un travail génial, Sophie. Vertufoy est déjà mort, politiquement, médiatiquement et judiciairement. Demain, Boris balancera anonymement le dossier à un juge d'instruction, à des blogueurs en vue et au ministère de l'Intérieur. Personne ne pourra cacher l'information. C'est une exécution, mais ce pourri ne mérite pas mieux. Quant à la plainte contre Nadia, Boris va s'en occuper.

— Et le salopard qui a voulu tuer mon bébé ? s'enflamma-t-elle avec une pointe de haine dans la voix.

— Il ne nuira plus, éluda le policier.

Sophie ne posa pas de question supplémentaire. Elle se tourna vers Nadia.

— C'est cool. On pourra se promener ensemble sans que ton juge vienne chercher un soutif ou un string dans la poussette des enfants.

Nadia lui sourit un instant, mais redevint aussitôt sérieuse :

— Je dois te remercier Sophie, mais aussi te... sermonner.

La blessée regarda son amie avec étonnement.

— Tu n'avais pas le droit de prendre un tel risque, surtout dans l'état où tu es. J'ai déjà passé un savon à Étienne pour t'avoir attirée dans ce traquenard.

— Mais..., tenta de répondre Sophie.

La policière ne lui offrit pas l'occasion de se justifier :

— Vous aviez en face de vous des éléments du grand banditisme, des types pour lesquels une vie n'a aucune valeur. Tu as failli mourir, et tout cela à cause de ton inconscience et de l'irresponsabilité d'un OPJ.

— Nadia, ça suffit ! intima soudainement Sophie. Je suis majeure et j'ai le droit de faire mes propres choix. C'est sûr que je n'imaginais pas devoir faire face à des tueurs, mais c'est moi qui ai tout fait pour convaincre Étienne d'accepter mon aide.

— Et toi, Julien, qu'est-ce que tu en as dit ? aboya la policière en se retournant.

— Je n'étais pas enthousiaste, mais j'ai respecté la décision de ma femme. Elle voulait faire cela pour toi.

— Par ailleurs, ajouta Sophie, Étienne aussi a frôlé la mort.

Surprise, Nadia regarda son compagnon pendant que Sophie continuait sa diatribe :

— Pour me sauver, il a balancé à Keroua qu'il avait tué son frère. Même dans l'état où j'étais, j'ai vu toute la scène. Ça a rendu l'autre fou de rage. Si Boris Dubouste n'était pas intervenu à temps, tu serais veuve. Alors on ne te demande surtout pas une reconnaissance éternelle, mais évite de nous pourrir.

Nadia garda le silence, puis se leva.

— Vous avez raison. Je dois vous remercier de m'avoir tirée des griffes de Vertufoy. Sophie, je vais te laisser te reposer. On se revoit à Grenoble.

Nadia n'avait pas ouvert la bouche durant le trajet du retour. En arrivant près du péage de Voreppe, elle hurla soudain :

— Putain, je ne vous avais rien demandé ! Pourquoi est-ce que vous avez eu besoin de vous mêler de mes affaires ?

Étienne sursauta, stupéfait de l'agressivité de sa compagne.

— Tu déconnes, Nadia ? On t'aime, on veut t'aider à t'en sortir.

— Est-ce que vous vous êtes une seule seconde posé la question de savoir si j'avais envie que vous interveniez dans ma vie privée ?

Étienne ralentit en arrivant à la barrière du péage. Il respira longuement en payant puis accéléra violemment.

— Écoute, Nadia, je comprends que tu aies mal vécu les derniers événements. Je sais que tu as eu des moments difficiles après la naissance d'Adèle. Même si je n'ai pas été aussi présent que je l'aurais souhaité, j'ai fait le maximum pour les partager avec toi. Tu es revenue en pleine forme de Rome, et là, tu nous traites comme des merdes. Je ne fais pas partie de ta vie privée ? C'est quoi ton problème ?

— Mon problème, c'est que je ne supporte pas la pitié. Sophie et sa reconnaissance éternelle, prête à mettre sa vie et celle de son gosse en jeu pour des conneries ! Et qui aurait été la fautive s'il était arrivé un drame ? Moi !

— Tu nages en plein délire, ma pauvre. Sophie a pris cette décision par amitié pour toi. Tu sais ce que cela veut dire, par amitié ? Cela signifie que tu comptes pour elle. Ce n'est pas de la pitié, c'est uniquement parce qu'elle t'aime et qu'elle a envie que tu sois heureuse, nom de Dieu ! Et toi, quand tu as agressé les quatre connards dans le parking, tu n'as pas pris des risques de folie ? Si l'un d'eux avait eu un flingue, Adèle n'aurait plus de mère !.... Et moi, j'aurais perdu ma femme. Alors ça va bien, tes crises existentielles ! Il serait peut-être temps de les assumer, d'évacuer tes traumatismes de jeunesse et de passer à autre chose, rétorqua son compagnon.

— Tu me fais chier, Étienne. Vous me faites tous chier avec vos sentiments mielleux. Vous ne savez pas ce que je vis.

— Mais putain, dis-le-nous ! Je ne demande que cela. Je t'aiderai à t'en sortir.

— Tu m'emmerdes avec tes postures de bon samaritain. J'ai besoin que l'on fasse une pause, tous les deux !

— Une pause ? s'exclama Étienne.

— Que l'on se sépare quelques jours, ou quelques semaines. Je dois y voir plus clair dans ma vie et dans nos relations.

— C'est moi qui suis l'obstacle à ton introspection ?

— Oui, en partie. Tu m'étouffes !

— Parfait, allons-y ! Pars quand tu veux ! Je m'occuperai d'Adèle pendant que tu feras ton point. Moi aussi je suis à bout, Nadia ! Toujours à me faire engueuler alors que j'essaie de faire de mon mieux, même si je me plante parfois. Tu décides quoi pour l'appart ?

— Garde-le et reste avec Adèle. Je mettrai quelques affaires dans une valise en arrivant et je trouverai quelqu'un pour me loger.

— Ah ouais, de mieux en mieux ! Et à notre fille, qu'est-ce que je lui raconte ?

— Dis-lui que j'ai dû partir pour le travail. On verra ensuite comment tout cela évolue.

79

1993

La femme s'assit sur le bord du lit et s'étira. Elle bâilla comme un chat et s'examina rapidement dans le miroir. Elle se sourit. Elle était belle et plaisait encore à de nombreux hommes. Elle retira sa perruque blonde et secoua la tête pour remettre ses cheveux en place. Une brunette aux yeux verts, avec de longues cuisses, des hanches menues et une petite poitrine ferme, cela faisait toujours son effet. Elle se leva et, nue, traversa la chambre. Elle entra dans la salle de bains, prit une serviette-éponge puis se dirigea vers la cabine de douche. Elle avait encore sur la peau les traces des sueurs mêlées et l'odeur de stupre. Elle voulait maintenant s'en détacher.

Elle tourna le robinet d'un geste sec. Frappée par un jet d'eau brûlante, elle respira longuement, profitant de la chaleur de la vapeur qui l'enferma dans un cocon rassurant. Dans un flash, elle revit le corps de son mari. Quand, deux ans plus tôt, un policier était venu au petit matin lui annoncer le décès d'Anton, elle avait été terrassée de douleur. Anton, l'homme avec qui elle vivait depuis quinze ans et à qui elle avait tout consacré ! Anton qui l'avait élevée au rang de princesse ! Anton, par qui elle voyait le monde ! Anton ne pouvait pas avoir disparu. Après de longues heures dans un état de quasi-inconscience, elle s'était précipitée à l'hôpital. Elle s'était pratiquement battue avec le personnel pour avoir le droit de veiller le corps. Il venait d'être autopsié par le médecin légiste. Elle avait pu discuter quelques minutes avec le praticien qui avait eu pitié de sa détresse. D'après lui, Anton s'était poignardé dans un acte de démence au cours d'une soirée privée. Sophia s'entendit encore éclater de rire. Ce médecin ne connaissait pas son mari. C'était un homme sérieux, aimant, qui la respectait comme une déesse. S'il n'était pas chez eux ce soir-là, c'était uniquement parce qu'il était responsable d'une grande agence de communication et qu'il avait dû boucler une campagne pour le lendemain. Anton avait été enlevé et assassiné. Elle ne voyait aucune autre raison possible.

Le procès avait été un simulacre de justice. Plutôt que de rechercher les meurtriers de son mari, le juge avait conclu à une automutilation liée à une absorption excessive de drogue au cours d'une fête. Aux dires du magistrat, il avait même une maîtresse.

En se rendant chez le notaire pour l'héritage, Sophia avait appris qu'elle ne toucherait jamais les parts de société que détenait son époux. Anton n'aurait jamais fait cela à Nina et Victor... ni à elle.

C'est pour ses enfants qu'elle n'avait pas sombré dans la dépression. Elle avait trouvé un emploi dans une boutique de luxe pour compléter ses économies. Cela leur permettait de vivre dignement. Elle avait eu plusieurs propositions plus ou moins honnêtes pour se remettre en couple. Si elle avait parfois accepté quelques soirées pour tromper sa solitude, jamais elle ne remplacerait Anton Stiven.

Quelques semaines après le décès de son mari, elle avait découvert un document étrange en rangeant l'un de ses dossiers : une lettre datée de 1617 écrite sur parchemin. Quand elle l'avait lue, sa vie avait été bouleversée. Tout devenait lumineux. Son mari, lointain descendant de Geoffrey de Marbeuf, avait été tué par intérêt. Il n'avait pas fait une overdose pendant une partouze, comme le lui avait dit un policier particulièrement mufle, mais on l'avait assassiné pour lui arracher le secret du trésor évoqué dans ce document. Une relique sans prix dans un coffret serti de pierreries ! Elle avait aussitôt dévoilé le contenu de cette lettre à Nina et Victor. C'était maintenant à eux qu'elle appartenait. Pourquoi Anton ne lui en avait-il jamais parlé ? À part eux, qui était au courant de l'existence de ces richesses ?

Semaine après semaine, mois après mois, les mots écrits sur le parchemin avaient pris possession de son esprit. Chez elle, elle n'était plus Sophia Piacenza, épouse Stiven, mais Sophia de Marbeuf. Tous les soirs, elle racontait l'histoire de Geoffrey de Marbeuf à ses enfants, l'embellissant à chaque nouveau récit. Elle avait réussi à leur transmettre sa fièvre, gravant dans leurs jeunes cerveaux la fin tragique de Geoffrey ainsi que sa spoliation par Mathilde Malherbe.

Un matin, elle s'était décidée à agir. Son objectif était encore flou, mais la première chose à faire était de venger Anton. C'était impératif ! En séduisant l'un des policiers qui avaient participé à l'enquête, elle avait obtenu le nom de la prétendue maîtresse de son mari : Angeline Dupraz. Cette femme n'avait pu qu'ensorceler Anton pour l'écarter de la maison. Elle était hôtesse d'accueil dans une société et escort-girl à temps perdu. Sophia avait pris son temps. Elle avait approché sa cible. De rencontre fortuite en retrouvailles inopinées, elles avaient lié connaissance. Tout comme Angeline, Sophia adorait jouer du piano. Elle avait saisi l'opportunité de cette passion commune pour approfondir leur relation. Elles avaient déjeuné ensemble plusieurs fois. Surprise, Sophia avait remarqué qu'elle ne laissait pas sa nouvelle amie insensible. Son projet avait alors pris forme. À chaque rendez-vous, elle mettait une tenue un peu plus affriolante et se faisait plus charmante. Au cours de leur dernier dîner, Angeline l'avait mangée des yeux, tout comme quelques mâles présents dans le restaurant et régulièrement rappelés à l'ordre par leurs épouses ulcérées.

Sophia coupa le jet d'eau chaude. Un épais brouillard avait transformé la salle de bains en hammam. Elle attrapa la serviette et se sécha lentement. Toujours nue, elle retourna dans la chambre, s'approcha du lit, s'assit sur le rebord et regarda le corps langoureusement étendu. Une masse de cheveux roux entourait le visage étonné d'Angeline. Elle posa la main sur la nuque tiède, puis, d'un doigt léger, caressa son épaule et descendit le long du buste. Elle fit le tour du sein, s'attarda sur l'aréole et s'arrêta sur la plaie béante qui s'ouvrait sous la poitrine. Le sang avait coulé, recouvrant le ventre de la femme d'une jolie couleur carmin avant de maculer les draps. Sophia étendit le bras pour saisir le sex-toy qui avait animé une partie de leurs ébats. Cette relation avait été sa première expérience homosexuelle. Elle ne saurait dire si c'était l'idée de tuer sa rivale qui l'avait excitée, mais elle avait connu un orgasme incroyable. Cela n'avait en rien écorné sa volonté. Comme Angeline était allongée sur le dos, les yeux fermés et le souffle court, elle avait sorti un couteau de chasse de son sac. Elle n'avait frappé qu'une seule fois, touchant directement le cœur, puis elle l'avait regardée mourir en pensant à son Anton.

Elle rangea le jouet. Inutile de laisser traîner des preuves ! Elle continua à caresser le corps de sa victime. Son index reprit son chemin, parcourut le ventre musclé, effleura son sexe encore humide et glissa sur l'aine. La vue d'un tatouage arrêta net son mouvement. Ce n'était pas possible ! Elle saisit son sac et en sortit trois feuilles de papier. Elle connaissait la lettre par cœur, mais en avait toujours une copie sur elle. Elle avait l'impression qu'ainsi Anton l'accompagnait. Elle relut les deux phrases concernant la marque diabolique des Malherbe. À côté, un dessin, tracé rageusement par Geoffrey de Marbeuf. Cette femme avait sur son corps le *sigillum maleficarum* ! Électrisée, Sophia retira sa main. Elle avait devant elle une fille de la race de la sorcière qui avait condamné l'aïeul d'Anton ! L'histoire se répétait donc. Sa décision fut immédiate. Elle, Sophia Piacenza, retrouverait les descendantes de Margot Malherbe, les éliminerait et rapporterait la relique dans sa famille. Elle commencerait son travail dès maintenant.

Elle saisit le couteau de chasse, vérifia le tranchant de la lame sur son doigt et entailla le corps de son ennemie. Le sang ne coulait presque plus. Elle mutila les chairs avec patience, laissant indemnes le visage et les organes sexuels. Puis elle essuya le poignard dans les draps et se rhabilla tranquillement. Elle sortit trois cents francs de son sac et les posa sur la commode du hall d'entrée. Après tout, sa victime était une prostituée. Il était normal qu'elle la paie pour la satisfaction qu'elle lui avait procurée. Non pas le seul plaisir physique, mais le plaisir d'avoir vengé Anton et découvert sa vocation : annihiler les Malherbe. Elle allait accepter la proposition que lui faisait ce millionnaire libanais depuis des semaines. Dans quelques jours, elle aurait disparu avec ses enfants et aurait alors tout le temps nécessaire pour préparer son plan.

80

Appel dans le passé

Alain Mazure respira lentement avant de saisir le combiné. Il regarda une dernière fois les dix chiffres qui dansaient devant ses yeux et les composa. Il ne pensait pas qu'il la rappellerait un jour. La voix froide du commissaire divisionnaire Gascouët le sortit de sa rêverie :

— Valérie-Anne Gascouët. À qui ai-je l'honneur ?

Elle avait gardé de vieux réflexes de présentation, même sur son téléphone portable.

— Alain Mazure, commissaire à la PJ de Grenoble.

Après deux secondes de silence qui parurent des siècles au Grenoblois, une voix beaucoup plus chaude lui répondit :

— Alain, mais si je m'attendais à ça ! Quelle surprise de t'avoir en ligne ! Cela fait combien de temps que nous n'avons pas discuté ?

— Plus de vingt ans.

— Que le temps passe vite. Alors comme ça, tu exerces tes talents de patron dans les Alpes. Félicitations !

— Et toi alors ! Commissaire divisionnaire au 36 ! J'ai toujours dit que tu étais la plus douée d'entre nous, Valérie-Anne.

— Tu es trop modeste, Alain. Disons que la chance m'a aidée au bon moment, même si mon boulot n'est pas de tout repos au quotidien… comme le tien d'ailleurs. J'ai à peine eu le temps de voir grandir mes deux filles. Heureusement que mon mari a assuré.

Un pincement saisit Alain Mazure. Ainsi, Valérie-Anne s'était mariée et avait fondé une famille. Il avait été follement amoureux d'elle durant leur formation, mais n'avait jamais osé lui avouer ses sentiments. À la place, il avait construit avec elle une franche amitié, qui s'était dissoute avec le temps.

— Même si cela me fait plaisir de t'entendre, je suppose que tu n'as pas récupéré mon numéro de téléphone perso uniquement pour prendre de mes nouvelles, recentra le commissaire Gascouët. Comment puis-je t'aider ?

Mazure évacua sa mélancolie et redevint professionnel.

— La mort d'Anton Stiven à Nice en 1991, cela te rappelle quelque chose ?

Son interlocutrice ne prit que quelques instants pour répondre.

— Oui, je me souviens de cette affaire-là. Qu'est-ce que tu veux savoir ?

Mazure dévoila une partie de son enquête à sa collègue.

— Tu penses donc, conclut la femme, que les enfants de Stiven pourraient être de mèche avec les fameux inquisiteurs grenoblois…

— C'est une hypothèse qu'a soulevée un de mes meilleurs agents. J'étais sceptique au début, mais j'ai tendance à la croire. Tu peux m'apporter ton éclairage sur ce meurtre ?

— Pas de problème, Alain. Laisse-moi juste remettre mes idées en ordre. Il faut que je sorte tout cela de ma case mémoire.

Valérie-Anne Gascouët était un élément d'élite de la police nationale. Très à l'aise sur le terrain, elle avait également une mémoire phénoménale et une capacité d'analyse qui lui avaient toujours donné un coup d'avance sur ses collègues.

— Anton Stiven s'est suicidé, commença-t-elle. Il avait absorbé des doses importantes de psychotrope et avait fait un bad trip. Il s'était frappé à coups de poignard et n'avait pas survécu à ses blessures. D'après le légiste, la forme des entailles ne laissait planer aucun doute sur le suicide. L'affaire a donc été classée rapidement. Stiven avait participé à une soirée avec quelques collègues et quelques prostituées, consommé de la drogue, et l'histoire avait mal tourné. Rien de bien original, hélas. Par contre, sa femme n'était pas du même avis.

— Comment était-elle ?

— Sophia Stiven était une très belle femme exaltée. Elle était follement amoureuse de son mari, persuadée qu'il ne vivait que pour elle. S'entendre dire qu'il était mort dans les bras d'une pute était inacceptable ! Elle était persuadée qu'il avait été assassiné. Par ailleurs, Stiven avait vendu toutes les parts de sa société avant de mourir ; sa femme et ses enfants se retrouvaient sans le sou. Elle venait me voir tous les mois pour savoir si l'enquête avançait, parfois seule, parfois avec ses gamins. Je ne sais pas pourquoi, mais elle me faisait de la peine. Du coup, j'ai poussé mes investigations un peu plus loin.

— Et ?

— Son mari était un joueur invétéré. Quelques semaines avant de mourir, il avait perdu une somme considérable dans un club de jeu. Ses associés avaient accepté de racheter ses parts pour qu'il puisse rembourser ses dettes. Tout a été fait dans les formes devant notaire : pas d'arnaque. Anton Stiven n'en a rien dit à sa femme, persuadé qu'il allait se refaire. Puis il y a eu cette soirée… Sa situation financière a-t-elle été un facteur déclenchant de son suicide ? On ne le saura jamais.

— Les dernières fois que tu as rencontré Sophia Stiven, as-tu remarqué un changement chez elle ?

— Non. Du jour au lendemain, elle m'a lâchée pour entreprendre un collègue qui avait directement travaillé sur l'affaire. Je ne l'ai jamais revue.

— Je passe sur un sujet connexe. Pourrais-tu me donner des informations sur la mort d'Angeline Dupraz ? insista Mazure.

— La prostituée dont tu m'as parlé ? Là, ma mémoire est prise en défaut. Je me souviens juste que l'on avait conclu à une fille assassinée par un client sadique.

— Enfin quand même, Valérie-Anne, la fille avait été torturée !

— À l'époque, tous les services étaient sur l'affaire Mancini. L'assassinat d'une pute passait au second plan. Comme il n'y a jamais eu de récidive, l'affaire a été bâclée et bouclée… trop vite, je te le concède. On avait les boules, mais pas le choix, regretta le commissaire Gascouët.

— J'ai appris que Sophia Stiven avait disparu peu de temps après avec ses enfants. Penses-tu qu'elle aurait pu être l'assassin ?

— Pour se venger deux ans après la mort de son mari ? Elle était parfois étrange, mais de là à aller ciseler le corps d'une femme au couteau, il y a quand même un fossé que j'hésiterais à franchir.

Le commissaire Alain Mazure se laissa le temps de la réflexion.

— Je suis désolée de ne pas pouvoir t'apporter plus d'éléments, reprit sa collègue.

— Tu m'as déjà consacré beaucoup de temps, Valérie-Anne, et je t'en remercie. Pourrais-je cependant te demander une dernière faveur ?

— Accordée, en souvenir de cette séance de tir où tu avais triché pour m'aider, en annonçant ma dernière balle dans le centre de la cible alors qu'elle n'y était pas ! s'amusa la commissaire.

— Ah, tu t'en étais rendu compte... Bien, vu tes relations à très haut niveau, je voudrais savoir ce qu'est devenue Sophia Piacenza-Stiven après sa disparition.

— Ah oui, quand même ! Une disparition, sans aucune procédure de recherche, qui a eu lieu il y a plus de vingt ans ! Je sais que tu me prends pour quelqu'un d'exceptionnel, mais là, tu me demandes de toucher au sublime !

— J'en suis conscient, Valérie-Anne. Mais j'ai déjà quatre cadavres sur les bras et des assassins toujours dans la nature. Je ne te parle même pas du cabinet du ministère de l'Intérieur que j'ai en permanence sur le dos, même si c'est loin d'être mon souci principal.

— D'accord, Alain, compte sur moi. Mais si j'ai trop de cernes le jour où nous nous reverrons, tu en seras en partie responsable. Je te recontacterai. En attendant, je dois te laisser. Notre cher ministre m'attend. *Ciao bello.*

Alain Mazure raccrocha, ému. Il savait qu'il avait frappé à la bonne porte. Si quelqu'un avait assez de relations et de persévérance pour lui apporter l'information, c'était bien Valérie-Anne Gascouët. Il chassa de sa tête son amour secret de jeunesse et quitta son bureau. Il avait un service à faire tourner. Les inquisiteurs n'avaient pas mis fin aux actes de banditisme qui rythmaient son quotidien.

81

Soirée sur le plateau

Alors qu'ils arrivaient sur les quais de l'Isère, le téléphone de Nadia sonna. Nelly Blanchard souhaitait lui parler de toute urgence, mais en tête à tête. Une bonne raison pour aller à Autrans et abandonner Étienne !

Elle était montée avec lui, avait jeté quelques affaires dans un sac, puis avait quitté l'appartement. Étienne l'avait saluée d'un bref mouvement de tête, les mâchoires crispées. Elle ne l'avait jamais vu dans cet état d'énervement, mais il ne pouvait s'en prendre qu'à lui-même. Elle avait tout de même été surprise qu'il accepte aussi facilement son départ. « Vertufoy n'est plus une menace, j'ai accompli ma mission. Si tu ne te sens pas bien ici, va faire ton introspection ailleurs. Je m'occuperai de notre fille », avait-il lâché pendant qu'elle préparait ses bagages. Son manque de pugnacité l'avait presque vexée. Lucide, elle avait reconnu qu'elle pouvait difficilement lui tenir rigueur de ne pas la supplier de rester alors qu'il savait pertinemment qu'elle refuserait.

Nadia avait pris tous les risques en empruntant la combe qui montait jusqu'au plateau du Vercors. Elle avait conduit à une vitesse excessive, concentrée sur le prochain virage ou les véhicules trop lents qu'elle doublait, pied au plancher. Cette journée l'avait bien plus affectée qu'elle n'était prête à l'admettre. Elle s'était violemment fâchée avec les deux seules personnes qui comptaient pour elle. Elle évacua cette vague de culpabilité qui tentait de percer ses défenses : s'ils n'avaient pas mené cette opération foireuse pour la sauver à son insu, la situation n'aurait pas dégénéré.

En arrivant en vue de la propriété des Forestier, elle se focalisa de nouveau sur l'enquête. Ses états d'âme ne devaient pas perturber sa recherche des tueurs. Elle gara sa voiture dans la cour, coupa le moteur et descendit. Sensible à la fraîcheur de la fin de journée, elle ferma son blouson. Les deux gendarmes en faction s'approchèrent et la saluèrent en la reconnaissant. Nadia leur donna congé. Elle assurerait la sécurité pour la soirée et téléphonerait à Guérin pour organiser la garde de nuit. La porte s'ouvrit avant qu'elle frappe. Mathieu Forestier l'accueillit avec un sourire chaleureux… Plutôt beau gosse. Nadia se détendit en pénétrant dans le hall.

Veronika avait perdu son agressivité de la veille et Nelly semblait avoir retrouvé quelques couleurs. Ils l'invitèrent à se joindre à eux devant une assiette de bugnes et un thé encore frémissant. Après avoir partagé leur collation, Nadia s'adressa à Nelly :

— Monsieur Forestier m'a dit que tu souhaitais me confier quelque chose.

— Oui, confirma la jeune femme. Cela va vous paraître irréaliste, mais j'ai fait un rêve étrange la nuit dernière… Pas un rêve en fait, mais j'ai plutôt eu une vision. Ma mère m'a transmis un message.

— Je t'écoute, l'encouragea Nadia sans montrer son scepticisme pour ne pas prendre le risque de bloquer Nelly. Que t'a-t-elle révélé ?

— Le trésor. Le trésor de ma famille…

L'OPJ se crispa et regarda les Forestier à la dérobée. Ils n'étaient pas surpris par la tournure que prenait la discussion.

— Je désire en parler en tête à tête avec toi, Nelly. Ce rêve peut avoir un rapport avec l'assassinat de tes parents.

— Je l'ai déjà raconté à Veronika et Mathieu, lança, presque provocatrice, la jeune femme.

Avant que Nadia ne lui fasse part de son mécontentement, elle poursuivit :

— Je les connais depuis plus de cinq ans. Ils ont toujours été avec moi quand je m'engueulais avec maman ou papa, Veronika s'est super bien occupée de moi et ils étaient les meilleurs amis de mes parents. Je crois que ça leur donne le droit d'être au courant de ce qui se passe. Aujourd'hui, eux aussi sont sous la menace des tueurs !

Nadia ne cacha pas son irritation.

— C'est entre autres pour cette raison que je t'avais demandé de ne pas parler de nos discussions.

Puis, voyant Nelly se refermer sur elle-même, la policière prit sur elle et adoucit le ton :

— Vu ce que tu vis, je peux comprendre ton besoin de t'épancher auprès de proches.

Elle se retourna vers les Forestier.

— Dans le cadre de cette enquête, je vous demande de traiter tout ce que vous avez pu apprendre ou que vous entendrez ce soir comme strictement confidentiel. Si vous divulguiez la moindre information à un tiers ou, pire encore, à la presse, je considérerais cela comme un délit d'entrave à la justice… avec toutes les conséquences qui pourraient en découler. Est-ce clair ?

— C'est limpide, capitaine, répondit Veronika. Mathieu et moi sommes conscients de notre rôle et je vous remercie de la confiance que vous nous accordez. Soyez certaine que nous serons muets comme des tombes.

82

Rêve

— C'était la nuit dernière. Je n'arrivais pas à dormir. Je n'arrêtais pas de pleurer. Impossible de m'enlever de la tête l'image de mes parents allongés… C'était atroce ! Pourtant, après avoir passé des heures à tourner dans le lit, j'ai fini par sombrer dans un sommeil agité.

La jeune femme se tut et regarda par la fenêtre. Les dernières lueurs du crépuscule s'évaporaient derrière les sommets, laissant place aux premières étoiles de la nuit. Nadia l'observa. Malgré la fatigue, Nelly semblait plus apaisée que la veille. Son visage avait pris un air grave.

— J'étais dans une forêt sombre, un endroit inconnu. J'étais redevenue une petite fille. J'étais seule, j'avais froid et j'avais peur. Je me souviens parfaitement de cette sensation qui me comprimait le ventre, une douleur à en pleurer. J'étais perdue et je n'osais pas bouger. Pour aller où ? Tout était hostile et personne n'était là pour m'aider. Soudain, plus loin sur le sentier, j'ai vu un truc super brillant. On aurait dit une boule de feu tombée du ciel ! J'ai couru vers la lumière. Plus j'avançais, plus je me sentais bien. Une femme m'attendait, les bras tendus vers moi. Quand je suis arrivée à ses côtés, j'ai reconnu maman. J'étais folle de joie. Toute ma peur avait disparu. Nous n'avons pas échangé un seul mot et, comment dire… Ça va vous paraître con, mais j'entendais les animaux me parler et les arbres chuchoter. Vous devez vous demander ce que j'avais fumé, n'est-ce pas ?

Nelly était maintenant transformée. Nadia lui répondit par un demi-sourire, mais ne l'interrompit pas. La jeune femme continua :

— Nous avons randonné, comme lorsque nous partions en balade le mercredi. J'étais bien. J'avais envie que le chemin ne se termine jamais. Nous avons fini par rejoindre une clairière. Ma mère a tendu le bras pour me montrer un animal plein de grâce. Une biche nous avait rejointes. Nous l'avons suivie et elle nous a menées jusqu'à un pan de montagne. Au-dessus de nous, j'ai remarqué une sorte de replat. Nous avons escaladé les quelques mètres qui nous en séparaient, et là…

Nadia était suspendue aux lèvres de Nelly. Même s'ils avaient déjà entendu l'histoire, les Forestier étaient, eux aussi, envoûtés par le rêve fantastique.

— Sur ce replat, cachée par quelques arbres, il y avait une vieille baraque en ruine. En fait, pas une baraque, mais une seule pièce, dont le toit avait dû s'effondrer depuis des années. Du genre refuge de berger, si vous voyez ce que je veux dire. Derrière, j'ai découvert l'entrée d'une grotte. Ma mère est restée à l'extérieur et m'a invitée de la main à pénétrer dans la montagne. J'ai fait quelques pas. Je ne sais pas comment, mais j'ai su que je devais suivre un corridor étroit qui bifurquait sur la gauche. Je me suis mise à quatre pattes et j'ai avancé. Je n'avais aucune lampe, mais j'y voyais parfaitement. Je suis arrivée à un croisement. Là, sans que je réfléchisse, mon esprit m'a ordonné de prendre la galerie qui partait à ma droite. Je l'ai empruntée et j'ai débouché dans une petite salle. C'est là que je l'ai découvert.

L'OPJ accompagnait la descendante de la guérisseuse dans son rêve. Elle était, elle aussi, dans les entrailles de la terre.

— Sur une sorte d'autel calcaire, j'ai vu le coffre. Un vieux coffret en bois, décoré de plein de pierres précieuses qui scintillaient sous une lumière venue de nulle part. Mais ce n'était pas ça qui m'attirait. Ce coffret m'appelait. Je me suis approchée et j'ai su que plus rien ne pourrait m'arriver. Quand je l'ai pris dans mes mains, une immense vague de chaleur m'a balayée. J'étais… Comment dire ? Immortelle ! Puis je me suis réveillée. Voilà, Nadia, ce que je voulais raconter.

L'OPJ mit quelques secondes à revenir dans la réalité. Nelly avait partagé son rêve avec une sincérité saisissante. Cependant, le récit de Nelly lui paraissait un peu trop magique pour être considéré comme « crédible ». La jeune femme était sûrement sincère, mais le drame de la veille ainsi que les mémoires d'Antonio Savelli avaient dû tourner dans son cerveau pour en resurgir sous la forme de ce rêve. Nadia devait en savoir plus et l'interroger. Comme s'il avait deviné les intentions de la policière, Mathieu Forestier intervint :

— Capitaine Barka, je pense que vous souhaitez discuter avec Nelly. Il fait déjà nuit. Je vous propose de rester dîner avec nous... si cela ne s'apparente pas à de la corruption de fonctionnaire, ajouta-t-il avec un clin d'œil.

La chaleur du feu, le confortable canapé en cuir et l'hospitalité de ses hôtes eurent rapidement raison de ses réticences professionnelles. Même si quitter l'appartement avait été son choix, elle n'avait aucune envie de manger seule dans une cafétéria triste. Elle imagina un instant un don Juan de seconde zone la draguer en lui offrant généreusement un expresso et insister lourdement pour se faire tailler une pipe sur le siège de sa voiture. Tout sauf ça !

— J'accepte votre invitation, monsieur Forestier.

— Vous m'en voyez ravi. Mais appelez-nous Mathieu et Veronika, au moins pour la soirée. Soupe, œufs brouillés aux truffes et quelques fromages de la coopérative d'Autrans... avec un petit gevrey-chambertin. Ça vous convient ?

— C'est bien mieux que tout ce que j'aurais pu envisager.

La conversation dura plusieurs heures. Nelly était totalement convaincue que sa mère était vivante en elle, chassant ainsi une grande partie de la douleur du décès de ses parents. Elle était la dernière descendante de Margot Malherbe et avait une mission : retrouver le trésor qui l'avait si intimement transformée. La policière était perturbée par la métamorphose de la jeune femme. Si elle était persuadée au début du repas que Nelly avait inconsciemment construit une barrière psychique pour lutter contre sa peine, sa position avait évolué au cours de la soirée, et peut-être grâce aux verres de bourgogne. Nelly avait décrit le coffret avec une précision qui n'apparaissait pas dans les lettres de Savelli. C'est ce point qui avait ébranlé Nadia. Ils avaient tenté d'aider Nelly à situer la grotte. Le paysage lui était familier, mais elle n'avait pas été capable de le localiser géographiquement. Les lieux traversés étaient-ils représentatifs de la réalité, ou fallait-il en tirer des indices qui permettraient de découvrir le berceau de la relique ?

La fatigue s'abattit lourdement sur les épaules de Nadia. Le stress des journées précédentes, de sa dispute avec Sophie et de sa rupture avec Étienne lui retombait dessus. Enfoncée dans le canapé, elle bâilla longuement. Elle se sentait attirée par ses hôtes. Ce soir, ils avaient su lui apporter la chaleur qui lui manquait ces dernières semaines. Elle croisa le regard de Mathieu et crut y déceler une invitation qui la troubla. Veronika était devenue charmante, et les yeux de Nadia glissèrent inconsciemment sur les courbes de l'artiste mises en valeur par un legging et un pull qui épousaient sa poitrine menue et sa taille fine. Elle chassa ces images de sa tête et se leva. Sans doute abrutie par le vin, elle s'appuya à l'accoudoir du canapé pour ne pas retomber.

— Il ne serait pas sérieux de reprendre le volant dans cet état, Nadia. Nous avons une chambre d'amis. Elle est à vous, proposa Veronika.

Même si elle était consciente d'être borderline dans sa relation avec des témoins majeurs, Nadia accepta l'invitation. Elle n'était pas en état de redescendre en voiture.

— Je vais abuser de votre hospitalité, merci beaucoup.

— Vous êtes sage, Nadia, sourit Veronika. Allons préparer votre lit.

Avant que Nadia ne s'engage dans l'escalier, Nelly la héla :

— Merci pour ce que tu fais pour moi, Nadia. Tu es vraiment cool.

La policière se retourna et l'émotion l'envahit quand elle remarqua les larmes qui perlaient sur les joues de la jeune femme. Elle tenta de se ressaisir. Décidément, il était temps qu'elle aille se coucher.

83

Rendez-vous

Marco Della Rocca entra dans son bureau et alluma son ordinateur. Il eut le temps de ranger ses affaires et de se préparer un café avant que Windows lui laisse la main. Il travaillait avec du matériel high-tech des années 2000. L'OPJ consulta ses messages. Il était devenu en peu de temps un expert des cercles libertins isérois, poussant même, la veille, jusqu'à la banlieue lyonnaise. Il avait entendu deux fois parler de la légende d'Abel, l'homme qui offrait des orgasmes aux femmes et des sueurs froides à leurs compagnons. Malheureusement, il n'avait pas réussi à récupérer plus d'informations. Le milieu était naturellement fermé et, pour une raison qu'il n'avait pas encore élucidée, Abel était aussi craint qu'adulé. Par ailleurs, même s'il se grimait pour faire ses virées, il devait faire preuve d'un minimum de discrétion. Il attendait toujours l'appel de Michel Plantain, alias Roland Khuleur, et ne devait pas apparaître trop ostensiblement au grand jour. Les libertins n'apprécieraient pas de voir un flic se mêler à leurs jeux. Marie Woessner l'épaulait régulièrement, mais il était vigilant et ne l'envoyait que dans les clubs classiques, lui évitant les groupes underground. Enfin bref, il n'avançait pas et cette attente finissait par le miner. Son téléphone sonna, affichant un numéro inconnu. Surpris, il décrocha.

— Plantain à l'appareil.

Della Rocca sourit intérieurement. Quand on parle du loup !

— Je commençais à croire que tes amis avaient arrêté de se rencontrer… ou que tu m'avais oublié.

— Pour ça, lieutenant, y a pas de risque. Vu la pression que vous me mettez.

— J'espère que tu m'appelles pour m'annoncer une bonne nouvelle.

— Oui. La rencontre aura lieu ce soir, rétorqua le réalisateur.

— On ne peut pas dire que tu préviennes vraiment à l'avance.

— Qu'est-ce que vous croyez ? Qu'on envoie des cartons d'invitation et que vous avez une semaine pour répondre ? Soyez à vingt et une heures à l'angle du boulevard Clemenceau et de l'avenue Jean-Perrot. Une voiture passera vous chercher.

— Où a lieu la soirée ? demanda le policier.

— Ça, c'est secret, parole. Vous ne saurez pas où vous vous rendrez. Ça fait partie du jeu : à prendre ou à laisser.

— Je prends ! Abel sera bien là ?

— Oui, attesta Plantain. J'ai attendu qu'il confirme sa présence avant de vous bigophoner.

— Combien de participants ?

— Une douzaine. Bon, j'espère que vous assurerez : j'ai mis ma crédibilité en jeu. Je ne veux pas avoir envoyé une demi-molle à ce qui se fait de mieux dans le milieu.

— Ce souci du détail t'honore, Plantain, ironisa Della Rocca. Ne t'inquiète pas pour mon érection. Si tes amies sont aussi imaginatives que ce que tu me racontes, tout se passera bien.

— Et Fanny, votre copine ? insista le réalisateur.

— Elle ne vous décevra pas. Je te vois ce soir ?

— Non, j'avais d'autres engagements. Dommage, parce que j'aurais bien aimé voir comment ça baise, un flic !

— Tu m'en diras tant, siffla l'OPJ. Je te rappelle à tout hasard que la suite de notre coopération dépendra largement du bon déroulement de cette petite fête.

— Je sais, lieutenant, mais je n'ai qu'une parole. Amusez-vous bien. Je vous promets que vous allez bander !

— Un jour, Plantain, il faudra que tu arrêtes de penser uniquement avec ta bite. Je te recontacte demain dans la matinée.

Marco Della Rocca raccrocha, parcouru par un frisson d'excitation. Ce soir, il allait sans aucun doute se rapprocher du meurtrier, mais d'un meurtrier pervers. À lui d'être suffisamment vigilant pour transformer la soirée en succès et non en fiasco.

84

La lettre – Nice, 1617

Cette lettre est sans doute la dernière que je suis capable d'écrire. J'endure le calvaire depuis que le mal des ardents s'est emparé de ma chair. Mes pieds sont gangrenés. Ma peau noircit et dégage une odeur que Satan lui-même ne renierait pas. Mon esprit devient fol et la sorcière me possède chaque nuit. Mes quelques amis niçois m'ont fui. Comme un pestiféré, je suis seul, je souffre seul et je me meurs seul. Dans quelques jours, ou peut-être quelques heures, mes doigts ne pourront plus tenir la plume. Je me traînerai alors hors de ce logis misérable et irai me jeter à la mer. Mes enfants, je ne veux pas que vous gardiez de moi l'image d'un cadavre en putréfaction, mais celui d'un père qui a toujours travaillé à votre succès dans le monde.

Depuis six mois, grâce à la bonté de la maison de Savoie, vous avez été accueillis dans un couvent qui vous offrira l'éducation nécessaire à la reconquête d'une position enviable. Comme vous le savez, je n'ai plus rien à vous léguer depuis l'injustice dont nous fûmes victimes. C'est la rage au ventre que je vis cet inquisiteur de malheur monter un procès contre nous pour sorcellerie, moi qui me battis pour débarrasser nos terres de celles qui y apportaient terreur et désordre. Virieu, que je crus être mon ami, me condamna sans vergogne, suivi par le parlement de Grenoble qui ne daigna pas écouter mes appels. Nos propriétés furent confisquées au nom du roi, et nous dûmes fuir comme des voleurs pour échapper à une arrestation humiliante. Quelle folie les avait donc emportés ? Malgré votre jeune âge, vous connaissez les conséquences de cette histoire puisque vous en êtes les victimes. Ce n'est pas pour raviver votre juste colère que je vous écris, mais pour accuser celle qui a causé notre perte : la diabolique Margot Malherbe. Elle nous a apporté l'infortune, mais a laissé derrière elle un magot qui vous revient de droit. Puissiez-vous être capables de le retrouver !

La famille Malherbe a toujours habité sur nos terres de Saint-Joseph. Depuis des générations, les femmes étaient sorcières et utilisaient leur pouvoir pour guérir, prenant peu à peu possession des âmes simples de nos paysans. Leur influence sur nos gens s'accroissait de saison en saison, et je décidai d'y mettre fin en mandant un inquisiteur. Avec l'appui de mes amis du parlement, je voulus chasser le diable de nos montagnes.

Margot Malherbe, forte de son pacte avec le démon et du soutien d'un moinillon du nom d'Antonio Savelli, résista longtemps après son arrestation. Sous la question habilement administrée, elle avoua ses crimes, avant de se rétracter pendant le procès. Je n'eus pas un instant de doute. La marque du diable, le *stigma diaboli,* l'avait démasquée. Par contre, j'ai échoué à recouvrer le trésor qui appartient à notre famille. De honte, je ne vous en ai jamais parlé. C'est aujourd'hui l'heure de vous dévoiler cette histoire.

La famille Malherbe avait en sa possession une sainte relique rapportée des croisades par un seigneur bourguignon. Ce noble chevalier du Christ tomba gravement malade sur le chemin du retour et demanda asile à l'un de mes aïeux. En guise de remerciement, l'homme lui offrit une récompense qui aurait eu sa place dans les plus belles des cathédrales : un magnifique coffret en bois serti de pierres précieuses à foison. Ce coffret renferme un trésor plus exceptionnel encore : la sainte relique. Hélas, bien plus tard, mon ancêtre François tomba amoureux d'une femme Malherbe, l'engrossa et lui offrit ce fabuleux trésor qui quitta donc notre famille pour rejoindre celle de ces sorcières. Mon père me raconta une histoire qui confirma ce récit. Alors que je n'avais que trois ans et qu'une fièvre maligne me rapprochait du trépas, la mère de Margot se présenta au château avec le coffret. C'est la seule fois que mon père eut l'occasion de l'admirer. Elle s'installa au pied de mon lit, invoqua les esprits en serrant la relique dans ses mains. Ma fièvre disparut dans l'instant. Si j'avais possédé ce trésor, le mal des ardents ne m'aurait jamais saisi et je ne serais pas en train d'agoniser sur cette triste paillasse.

Le temps a passé pour moi, mais pas pour vous. Les Malherbe étaient des sujets de mon aïeul, et un tel cadeau aurait dû revenir de droit aux Marbeuf. De quelle faiblesse fit preuve François en abandonnant un bien si précieux aux mains d'une famille de sorcières ? Fut-il lui aussi victime d'un maléfice ? Les pierres qui le décorent valent une fortune que je ne pourrais estimer, et la relique qu'elle contient offrira à son détenteur le pouvoir de guérir et de s'élever dans la société. Il aura le monde à ses pieds et les puissants lui mangeront dans la main. Ne serais-je pas prêt moi-même à donner tout ce que j'ai, jusqu'à mon âme, pour me débarrasser de cette putréfaction qui me grignote inexorablement ?

Margot Malherbe a une fille dont j'ai oublié le prénom. Sans doute avertie par un démon, elle l'a abandonnée à l'un de ses amants de passage avant son arrestation. Ce n'est que plus tard que j'ai compris qu'elle lui avait aussi confié le coffret. Elle a gardé le silence pour leur donner le temps de s'enfuir. À vous de retrouver cette engeance satanique. Si vous n'y parvenez pas, que vos enfants et les enfants de vos enfants traquent sans cesse sa descendance ! Ce coffret récompensera au centuple tous les efforts que vous déploierez. Vous reconnaîtrez les femmes Malherbe à un sceau tatoué sur leur aine. Mon ancêtre François, en plus du coffret, a eu la folie d'offrir ce signe de protection à la bâtarde que lui a donnée la sorcière. Ce blason a la forme d'un pentagramme, gravé dans un écu. Dans la partie basse de l'écu, il a ajouté une fleur de lys. En voici une représentation. Cherchez, cherchez, et vengez-moi.

Enfin, je dois vous narrer par quel sortilège cette femme m'envoûta, nous entraînant avec elle dans son funeste destin. Le diable avait doté Margot Malherbe d'appâts à damner même un saint homme. Elle ne les offrait qu'à des amants de passage et se nourrissait, d'après ce qu'elle a confessé sous la question, de leur vigueur masculine. Plus d'un est reparti exsangue après avoir goûté aux charmes de ce succube. Le jour de sa condamnation, la Malherbe fut écrouée dans l'une des pièces de notre château. Son exécution était prévue le lendemain, sur la place du village. Je voulais la rencontrer une dernière fois avant qu'elle ne soit consommée par les flammes du bûcher. Je ne désespérais pas de lui faire avouer où était caché son trésor. Je demandai au geôlier de s'éloigner. J'entrai et tirai la porte derrière moi. La sorcière était vêtue d'une robe blanche, apportée par Antonio Savelli pour le procès. Peut-être désirait-il lui offrir une virginité qu'elle avait volontairement jetée aux orties depuis longtemps ? En dépit des journées passées à subir la question, elle avait gardé son charme vénéneux. Elle me dévisagea en dénudant lentement ses jambes. Malgré les cicatrices laissées par le bourreau, ses cuisses étaient encore fermes et pleines de vie. Puis elle dévoila le sexe que nous lui avions rasé pour y trouver le *stigma diaboli*. Les chairs étaient tourmentées, mais invitaient à la luxure. Je ne pouvais en décrocher mon regard. Je m'approchai d'elle, incapable de résister à son appel. En dépit de l'effroi et du danger, mon vit était roide comme la branche d'un chêne. J'étais en son pouvoir. Je le confesse, copuler avec une créature de Satan a perturbé mes esprits. Elle était muette quand je commençai à la besogner. Mon plaisir montait au rythme de mes coups de reins, lorsque la chaude garce cria. J'aurais dû me retirer d'elle et l'accuser de transe infernale. Cependant, mes sens étaient sous l'emprise de cette démone, et je continuai à la posséder. Comme je me libérais en elle, la porte s'ouvrit violemment. Les hurlements de l'inquisiteur remplacèrent ceux de la Malherbe. Dès qu'il nous vit, il m'accabla pour complicité en diablerie. Malgré mes dénégations, je ne pus jamais le convaincre de mon innocence. Au lieu de garder un silence compatissant, ce maudit prêtre colporta à la ronde ma mésaventure, m'accusant vertement de fornication. Échauffée par le procès de la sorcière, la populace gronda, et mes amis de Grenoble préférèrent m'abandonner plutôt que de mécontenter le peuple. La sanction tomba : confiscation de nos biens et emprisonnement. Tout juste nous laissèrent-ils l'occasion de nous enfuir ! Vous étiez trop jeunes pour comprendre ce drame que je vous livre ce jour.

Alors, en mémoire de moi et de notre glorieuse famille qui s'illustra au cours des siècles, respectez mes dernières volontés. Retrouvez ce coffre et anéantissez les descendantes de Margot Malherbe. Elle m'a ensorcelé par la chair, punissez-les par la chair.

Votre père qui vous aime.

Geoffrey de Marbeuf

Le vingt-quatre octobre de l'an de grâce mil six cent dix-sept

85

Rendez-vous en montagne

Nadia posa les coudes sur son bureau et se prit la tête entre les mains. La nausée qui l'avait saisie dès le matin ne l'avait pas lâchée. Elle avait rarement connu une sensation aussi désagréable, même lors de sa grossesse. Depuis le réveil, elle ne maîtrisait plus rien. Déjà, elle avait oublié d'activer l'alarme de son téléphone la veille au soir et s'était levée à neuf heures. Dix heures de sommeil qui auraient dû la revigorer. Cependant, elle s'était réveillée épuisée. Si maintenant dormir ne la reposait plus ! Les Forestier s'étaient aussi octroyé une grasse matinée, à la différence qu'ils n'avaient pas une enquête à mener et une quinzaine de personnes qui les attendaient pour le briefing quotidien. Elle avait pris une douche express, avalé un café et dévalé la route départementale qui descendait à Grenoble.

À son arrivée, personne ne lui avait posé de questions. Elle avait animé sa réunion. Marco avait annoncé l'appel de Plantain. Les choses bougeaient enfin sérieusement.

Quelques jours plus tôt, elle avait passé plus de deux heures dans le bureau du commissaire pour qu'il valide la mission de Marco. Trop risquée selon lui ! Elle avait combattu chacun de ses arguments, sans nier le danger potentiel qu'il soit démasqué. Michel Plantain ne le balancerait pas. Il avait trop à perdre en dénonçant l'Italien aux participants de la soirée. Se mettre à dos la police grenobloise n'était pas dans ses moyens. De mauvaise grâce, Mazure avait fini par se ranger à son avis. Aucune autre information intéressante n'était ressortie du briefing. Ils avaient retrouvé le tatoueur, mais l'homme ne se souvenait de rien. Le porte-à-porte s'intensifiait sur le plateau du Vercors, et chaque renseignement livré par un témoin était passé au crible par une équipe basée à l'hôtel de police. Le commissaire Mazure avait obtenu le renfort d'effectifs lyonnais pour accélérer les vérifications. Le professeur Dupas et ses collègues n'avaient toujours pas trouvé trace du trésor des Malherbe. S'il n'y avait eu les visions de Nelly, l'OPJ aurait abandonné cette piste. Bref, à ce jour, la plus sérieuse chance de progresser reposait sur l'action qu'allait mener Marco Della Rocca avec l'aide d'une prostituée polonaise.

Dans la situation où elle se trouvait aujourd'hui, Nadia regrettait presque de ne pas accompagner Marco elle-même. Elle était certaine qu'elle aurait démasqué les tueurs, si jamais ils participaient à cette partie fine. Par ailleurs, l'idée de faire l'amour avec des inconnus l'aurait presque tentée. Ses sens étaient à vif. Elle chassa ses fantasmes d'un geste de la main et se plongea longuement dans les dossiers déposés sur son bureau.

Sa rencontre avec Étienne lors du briefing avait été purement professionnelle. Il avait suivi ses explications sur l'avancement de l'enquête, posé deux ou trois questions puis s'était éclipsé à la fin de la réunion. Elle avait hésité à lui demander des nouvelles d'Adèle, mais ne se sentait pas d'humeur à supporter les reproches du père de sa fille. Nadia ne se reconnaissait pas. Tous ses proches lui tapaient sur les nerfs. Elle repensa à sa soirée de la veille. Un sentiment de satisfaction l'envahit. Cela faisait longtemps qu'elle ne s'était pas sentie aussi bien. Elle croisait les doigts pour que la mémoire revienne à Nelly. Avant qu'elle quitte Autrans, les Forestier l'avaient invitée à dîner le surlendemain. Elle avait accepté sans hésiter. Après la réception libertine à laquelle allait participer Marco Della Rocca, Nelly Blanchard était sa piste la plus sérieuse. Elle avait contacté la gendarmerie. Ils reprenaient la surveillance de la propriété.

La sonnerie de son téléphone la tira de ses divagations.

— Capitaine Barka, jeta-t-elle sèchement.

— Bonjour, Nadia, ici le père Bernard de Valjoney.

Surprise, l'OPJ répondit plus calmement.

— Bonjour, Bernard. Que puis-je faire pour vous ?

— M'accompagner de nouveau en voyage...

Nadia marqua son incompréhension. Le prêtre enchaîna :

— Lorsque vous avez chargé Antoine Dupas de s'informer sur le trésor des Malherbe, il est entré en relation avec moi. Qui, mieux qu'un homme d'Église, pourrait mettre la main sur une relique ? Pour tout vous avouer, cette idée trottait déjà dans ma tête. J'ai sollicité un rendez-vous auprès de mon évêque qui a pris le temps d'écouter l'histoire des Savelli avec beaucoup d'intérêt. Travailler à l'arrestation de ces meurtriers lui est apparu comme une évidence.

L'OPJ tapota nerveusement sur la table, attendant que son interlocuteur en arrive aux faits. Comme s'il s'en était rendu compte, Bernard de Valjoney recentra ses propos.

— Je vous passe les détails de nos investigations, mais nous avons retrouvé un prêtre qui a connu Marie Bret.

— Qui est Marie Bret ?

— La grand-mère maternelle de Christine Blanchard, l'arrière-grand-mère de Nelly, donc.

— Vous a-t-il fourni des informations intéressantes ? demanda l'officier, soudain sur le qui-vive.

— Pas encore, et c'est la raison pour laquelle nous avons besoin de votre présence, continua l'ecclésiastique.

— Je ne vois pas en quoi je peux vous aider, s'agaça Nadia. Nous avons ce soir une opération périlleuse et...

Bernard de Valjoney la coupa dans ses récriminations :

— Laissez-moi terminer, Nadia. En 1990, le père Maurice Normand a rencontré Marie Bret juste avant sa mort. Elle s'est confiée à lui. Notre évêque l'a appelé lui-même ce midi pour lui demander de nous rapporter les dernières paroles de la défunte. Le prêtre a accepté, mais à une condition : vous devez être présente lors de son récit.

— J'imagine que c'est non négociable, conclut la policière.

— J'en ai bien peur.

— Et pourquoi moi ? Je pourrais envoyer l'un de mes collègues.

— Vous savez tout comme moi que vous êtes la plus apte à recueillir ses confidences. Vous connaissez parfaitement l'histoire d'Antonio Savelli et de Margot Malherbe. Par ailleurs, les événements récents ont prouvé que…

— … que j'ai un don pour faire parler les vieux messieurs, c'est bien cela ? interrompit-elle avec un brin d'ironie amusée dans la voix.

— C'est une façon de le dire, effectivement.

— Laissez-moi une petite heure et je vous rejoins. J'imagine que l'entretien aura lieu dans les locaux de l'évêché, place Lavalette.

— Pas vraiment, tempéra le prêtre. Le père Maurice habite à La Salette.

— La Salette ? C'est en pleine montagne, non ?

— Entre Grenoble et Gap. Pour être plus précis, le sanctuaire est situé au-dessus du village de Corps, à mille huit cents mètres d'altitude. Je vous propose de vous y conduire.

— Je vais perdre un temps fou, s'énerva Nadia. Il n'y a pas moyen de faire ça au téléphone ou par Skype ?

Comme Bernard de Valjoney tardait à répondre, elle reprit une posture plus professionnelle :

— Je suis prête à partir. Si les révélations de cet homme sont vraiment intéressantes, cela nous aidera à faire avancer l'enquête. Pensez-vous que nous serons rentrés en début de soirée ?

L'ecclésiastique se racla la gorge.

— Je ne peux pas me libérer avant dix-huit heures trente, et le père Maurice se couche à dix-neuf heures. Il a quatre-vingt-dix ans et un rythme de vie très régulier. Je vous propose de partir en début de soirée. Nous dormirons sur place et le rencontrerons dès l'aube.

Nadia ne s'attendait pas à de telles complications. L'entretien avec ce curé valait-il le sacrifice de sa soirée ? Elle évacua sa colère et tenta de réfléchir posément. Sa présence n'était pas indispensable pour suivre l'opération de Marco, et son équipe pourrait parfaitement prendre le relais l'espace d'une nuit. D'un autre côté, qu'allait leur raconter ce vieux prêtre ? D'après les propos sibyllins de Bernard de Valjoney, la dénommée Marie Bret lui avait fait des révélations. S'ils retrouvaient la relique, ils pourraient annoncer officiellement la nouvelle par le canal des médias. Cela mettrait sans doute un coup d'arrêt aux activités criminelles des inquisiteurs et accorderait plus de temps à la police pour remonter leur piste. Même si elle n'avait aucune envie de se rendre cette nuit au fin fond des montagnes, Nadia soupira finalement :

— À quelle heure partons-nous ?

— Venez me rejoindre à l'évêché à vingt heures. Nous serons là-haut en une grosse heure. N'oubliez pas de prendre quelques vêtements chauds. La route d'accès est dégagée, mais on m'a dit qu'il n'y avait pas loin d'un mètre de neige sur les versants.

— J'y serai. À tout à l'heure, conclut Nadia en raccrochant.

86

Vertufoy

Assis sur un siège inconfortable, Jacques Vertufoy se prit la tête à deux mains. Comment les choses avaient-elles pu déraper pour qu'il en arrive à se retrouver en garde à vue ? Son appel téléphonique avait été un fiasco. Le préfet venait de le lâcher. Durant ces quatre dernières années, Vertufoy l'avait fidèlement servi, grimpant tous les échelons pour devenir le numéro deux de la préfecture de Lyon. Aujourd'hui, alors qu'il était en droit d'attendre un retour d'ascenseur, on lui avait raccroché au nez avec un simple : « Je ne peux rien faire pour vous, mon cher, il fallait réfléchir avant de vous livrer à vos petits jeux. » Tous ses amis politiques lui avaient tourné le dos en moins de douze heures. Vertufoy n'imaginait pas qu'ils le soutiendraient haut et fort, mais cela virait au désastre. Les plus fidèles s'étaient contentés de se taire et les autres le traînaient déjà dans la boue.

La soirée de l'avant-veille s'était mal déroulée. Comment avait-il pu se faire agresser par une femme enceinte, mystérieusement sortie du placard de la chambre ? Thierry Lecomte avait envoyé des hommes à sa poursuite. Il ne s'était donc que modérément inquiété. Il avait les appuis nécessaires pour écraser l'affaire si jamais elle prenait trop d'ampleur. La journée de la veille s'était passée sans problème. Seul bémol, Lecomte n'avait aucune nouvelle des hommes lancés à la recherche de cette Sophie Duchaussois. Mais peut-on vraiment faire confiance à cette racaille ? Quand, après le petit déjeuner, il avait entendu tambouriner à sa porte, il avait envoyé sa femme ouvrir. Elle avait à peine eu le temps de demander leur identité aux visiteurs qu'une meute de flics avait envahi son salon. Ils lui avaient passé les menottes avant même qu'il ne puisse appeler son avocat. Comme seule réponse à ses protestations, ils lui avaient montré une photo. Il était nu à côté d'une fillette, nue elle aussi. Il était devenu transparent. Sa femme s'était chargée de le faire revenir à lui en lui administrant une gifle magistrale. Comment les flics pouvaient-ils avoir un tel cliché en main ? Il s'était tu, attendant son avocat pour mettre en place une stratégie. L'image était floue, et le complot au photomontage serait leur première ligne de défense. Même si cela ne permettrait pas d'éviter sa mort politique, il devait à tout prix s'en tirer judiciairement.

— Jacques Vertufoy, il y a quelqu'un qui veut vous parler.

Le haut fonctionnaire releva la tête. L'homme qui pénétrait dans la pièce lui était inconnu. Le nouvel arrivant regarda autour de lui, saisit une chaise et s'installa face au prévenu.

— Ça doit vous changer du luxe des palaces que vous fréquentez aux frais de la princesse, ou des chambres douillettes de l'hôtel particulier de votre ami Lecomte.

Vertufoy bondit sur son siège. Le lion n'était pas mort et il n'accepterait pas qu'on le provoque sous prétexte qu'il traversait une passe difficile.

— T'es qui, connard, pour venir m'insulter ici ? Je vais te faire dégager vite fait !

— Ah ! On se tutoie ? OK, si tu veux. Je suis le commandant Dubouste de la police judiciaire de Lyon.

Vertufoy se raidit. Il n'avait jamais eu affaire à ce flic, en revanche il en avait entendu parler. Le type toujours à la limite, mais bien utile dans un service.

— Qu'est-ce que vous voulez ? le vouvoya-t-il de nouveau.

— Il ne faut pas que le grade t'impressionne. Après tout, tu es encore officiellement le numéro deux de la préfecture… sans doute pas pour longtemps, vu les images qui circulent sur le Net.

Je pense que tes exploits auraient pu te valoir l'admiration de tes amis les plus phallocrates si les gamines n'avaient pas eu treize et quatorze ans. T'es mort, Vertufoy.

— Ces photos sont des trucages honteux. Vous allez voir ce qui se passera quand je le prouverai à la presse et au monde !

— Le monde s'en fout et la presse n'est pas dans le coup. Par contre, les blogs et les réseaux sociaux… c'est incontrôlable. Même ta femme ne croit pas à des faux. Elle sort juste d'ici. J'imagine qu'elle est venue t'annoncer un divorce. Par ailleurs, te casse pas la tête pour essayer de me convaincre. J'ai eu les originaux en main.

Jacques Vertufoy marqua le coup. Les choses s'éclaircissaient. Il s'agissait d'un véritable complot. La femme enceinte avait simulé un malaise et s'était installée dans le placard pour prendre les photos pendant qu'il baisait les fillettes. Comment avaient-ils pu arriver à le coincer ?

— Qu'est-ce que tu veux ? demanda agressivement le haut fonctionnaire. Qu'est-ce que tu veux pour calmer le coup ? Du fric ?

— Du fric… du cul… Tu sais qu'il y a autre chose dans la vie, Vertufoy. Avoir fait tomber un réseau de pédophiles, et toi avec, suffit largement à mon bonheur.

— Alors tu viens juste me narguer, sale flicard ?

— Non, je viens te proposer un deal.

Surpris, Vertufoy attendit. Il avait suffisamment négocié pour savoir qu'il ne devait pas renvoyer son interlocuteur avant de connaître sa proposition. Prenant son silence comme une approbation, Boris Dubouste sortit son téléphone de sa poche, le manipula quelques secondes et le tendit à Vertufoy.

— Ce n'est qu'une copie, bien sûr. La vidéo dure vingt-trois secondes.

Inquiet, le prévenu saisit l'appareil et regarda le film.

Il était effondré en lui rendant le portable.

— C'est fou la qualité de ce qu'on arrive à réaliser avec ce type de téléphone. On voit très bien que tu la sodomises. T'es vraiment un porc immonde, Vertufoy !

— C'est bon, qu'est-ce que vous voulez ?

— Rien de bien compliqué. Ton fils a lancé une plainte contre le capitaine Nadia Barka qui l'a arrêté au cours d'un viol en réunion. Alors tu vas appeler ton rejeton et ton avocat. Tu vas retirer ta plainte et vous allez officiellement présenter vos plus sincères excuses à l'OPJ et à la gamine qui a été agressée. Tu vois, c'est vraiment simple.

— Et si je vous dis d'aller vous faire foutre ?

— Dans ce cas, la vidéo sera, dès ce soir, disponible auprès de tous les détenus lyonnais disposant d'un smartphone. Et je peux t'assurer qu'il y en a bien plus que la loi ne le permet.

— C'est du chantage !

— Non, un arrangement. Après, tu fais comme tu veux. Comme tu aimes la bite, ça ne te dérangera peut-être pas d'en avoir une dans le derche chaque fois que tu prendras ta douche. Avec vingt ans pour viol sur mineurs, ton fion va en voir passer des kilomètres !

— Si j'accepte, qu'est-ce qui me prouve qu'elle ne circulera pas ?

— Rien. Mais si tu refuses, tu peux être certain que ton coup de reins deviendra célèbre. À toi de jouer. Il est dix-neuf heures. Je te donne jusqu'à vingt heures pour retirer ta plainte. Dis à ton baveux de m'appeler dès que ce sera fait.

Dubouste se leva, laissant son interlocuteur abattu. Il lui avait enlevé ses derniers espoirs de s'en sortir.

— Adieu, Casanova, réfléchis bien !

87

Une nouvelle famille

Vingt heures. Jacqueline Mazure regardait son mari tourner en rond dans le salon. Elle savait qu'il était inutile de tenter de le calmer. Un collaborateur du ministre venait de l'appeler pour lui demander d'accélérer le traitement de l'affaire des inquisiteurs. L'opinion et le ministre lui-même s'impatientaient ! Jacqueline avait vu le moment où son mari allait exploser. Il était sur les nerfs avec cette série de meurtres, attendant du jour au lendemain l'annonce d'un nouvel homicide. Il parlait très rarement avec elle de ses soucis professionnels, mais avait exceptionnellement dérogé à ses habitudes la veille au soir.

La petite musique entêtante de son portable retentit à nouveau. Alain Mazure regarda l'écran avec agacement, puis ses traits se détendirent. Il quitta le salon et s'enferma dans son bureau.

— Valérie-Anne Gascouët. Je ne te dérange pas ? entama son interlocutrice.

— Bien au contraire, la rassura Mazure. Je ne pensais pas avoir de tes nouvelles aussi rapidement.

— J'ai travaillé dur pour toi, Alain, confirma le commissaire divisionnaire. Quand tu m'as reparlé de cette affaire Stiven et du meurtre d'Angeline Dupraz, cela a réveillé en moi un sentiment d'inachevé. On avait vraiment négligé cette enquête. Enfin bref, comme tu le souhaitais, j'ai cherché à en savoir plus sur la disparition de Sophia Stiven et de ses enfants. J'ai activé des contacts, quitte à les secouer un peu. Ils ont dû se demander quelle mouche m'avait piquée, mais je suis certaine que la plupart d'entre eux ont mis cela sur le compte du mystère impénétrable de la psychologie féminine.

Alain Mazure ne put s'empêcher de sourire. Il retrouvait la femme intarissable qu'il avait connue trente ans plus tôt.

— Les résultats sont arrivés bien plus rapidement que je l'espérais. Je t'épargne le cheminement de l'information et je te résume la situation. Sophia Stiven et ses enfants sont allés habiter en Suisse avec un dénommé Christian Achkar. C'est un homme d'affaires libanais très riche qui a fait fortune dans le commerce des armes. C'était aussi un proche de Rafiq Hariri.

— Hariri, l'ancien Premier ministre du Liban assassiné ?

— Lui-même. Christian Achkar a ses entrées en France et dans pratiquement tous les pays d'Europe. Sophia Stiven était la maîtresse du Libanais et, d'après les ragots qui sont parvenus à mes oreilles, il était fou d'elle. Il l'a rapatriée en Suisse ainsi que ses deux enfants.

— Et comment se fait-il que l'Administration française n'en ait pas eu trace ? s'étonna Mazure.

— Disons que les traces ont été plus ou moins effacées... Bref, on retrouve tes suspects dans le canton de Genève. Coup de chance pour toi, j'ai un très bon ami qui travaille là-bas en collaboration avec les services suisses. Par un tour de passe-passe administratif sans doute dû aux relations d'Achkar, Sophia, Victor et Nina Stiven reviennent en France en 2000 sous un autre nom. Ils s'appellent alors Sophia, Victor et Nina Pirlo et sont des citoyens helvétiques. Ils obtiennent la double nationalité en 2006. Je viens de récupérer ces informations et je voulais te les transmettre le plus rapidement possible. À toi de les traquer sur le territoire français. J'imagine que toutes les bases de données te sont ouvertes.

— Tu as fait un travail extraordinaire, Valérie-Anne, la remercia chaudement Alain Mazure, totalement excité.

Il savait maintenant derrière qui il devait courir.

— Une dernière donnée qui devrait te plaire : quand ils sont rentrés en France, les Pirlo se sont installés à Grenoble.

Grenoble ! L'hypothèse de Nadia était de plus en plus crédible !

— Je te dois une fière chandelle ! s'exclama Mazure.

— Effectivement, je suis devenue redevable de quelques services à des collègues. En dédommagement, tu me téléphoneras la prochaine fois que tu monteras à Paris et tu m'inviteras au restaurant. J'ai atteint un âge auquel j'ai envie de parler du bon vieux temps !

— À cinquante ans ?

— Cinquante-deux ans, mon cher Alain. Je compte sur toi ?

— Je m'en réjouis d'avance, promit le Grenoblois, enthousiaste à l'idée de retrouver son amie après toutes ces années. Merci encore et à très bientôt.

Quand Jacqueline vit son mari revenir dans le salon, il avait l'air réjoui.

— Une ancienne collègue m'a appelé, Valérie-Anne Gascouët. Je ne sais pas si je t'en ai déjà parlé.

La femme eut un petit mouvement de tête amusé. Il avait prononcé le prénom de Valérie-Anne au moins une centaine de fois les premières années de leur mariage. Elle avait vite compris qu'il s'agissait d'un amour de jeunesse et n'en avait jamais éprouvé de jalousie.

— C'est possible… Que t'a-t-elle raconté ?

— Je sais comment s'appellent les descendants de Marbeuf. Ils ont habité à Grenoble et y vivent peut-être encore. Je suis désolé pour ton bœuf bourguignon, mais je file au bureau. Je veux les attraper avant qu'ils ne tuent à nouveau.

— Encore faudrait-il qu'ils soient les criminels, Alain ! Ne te fais pas de souci pour le bœuf bourguignon, il s'en remettra. Plus c'est mijoté, meilleur c'est. Du coup, je vais à ma soirée bridge. Tu me déposes ?

88

La Salette

La voiture avait attaqué les premiers lacets de la route d'accès au sanctuaire. Bernard de Valjoney avait proposé de dîner rapidement à l'Hôtel de la Poste de Corps, mais Nadia avait décliné. Elle était toujours nauséeuse et la conduite sportive du prêtre depuis la sortie de La Mure n'avait pas arrangé son état.

La nuit était tombée et les étoiles scintillaient déjà, muant le ciel noir d'encre en une dentelle lumineuse. Le thermomètre de la voiture indiquait moins trois degrés, et la température baissait au fur et à mesure de leur ascension. Bernard de Valjoney avait été surpris par le mutisme et le manque d'entrain de Nadia, mais ne lui avait posé aucune question. Il avait tenté de maintenir un semblant de conversation qui s'était souvent transformée en monologue. Il lui avait conté l'histoire du sanctuaire de La Salette : le récit de l'apparition de la Vierge à deux jeunes bergers en 1846, l'enquête menée par les autorités religieuses et civiles, la construction du lieu de pèlerinage. Nadia avait l'esprit ailleurs. Sa vie était devenue un inextricable bazar, et le babillage du conducteur n'avait été qu'une musique de fond.

Après une dernière courbe, la silhouette du sanctuaire se découpa dans les phares de la voiture. Posés sur un replat de la montagne, ces bâtiments enchevêtrés dominés par les deux tours de la basilique semblaient tout droit descendus du ciel. La lune, qui apparaissait derrière les sommets, nimbait le paysage d'un voile magique. Seuls quelques véhicules étaient garés le long de la route. La saison des pèlerinages n'avait pas encore débuté. Le conducteur traversa un pont et s'arrêta devant le hall d'accueil. En sortant, Nadia fut surprise par la fraîcheur de la nuit. Elle avait hésité à repasser à l'appartement pour récupérer des vêtements d'hiver. La rapide consultation d'un site de météo l'avait convaincue de faire le détour. Elle suivit Bernard de Valjoney et pénétra dans le bâtiment. Une jeune religieuse les attendait. Elle les accueillit avec un large sourire et, empruntant un dédale de couloirs, les escorta jusqu'à leurs chambres.

— Souhaiterez-vous dîner ? leur demanda-t-elle avec un léger accent de l'Est. Le réfectoire est fermé, mais je peux trouver de quoi vous restaurer à la cantine des sœurs.

— Volontiers, acquiesça le père de Valjoney. Et vous, Nadia ?

— Non merci, je n'ai pas faim. Je vais aller profiter du calme de la nuit. Jusqu'à quelle heure peut-on rentrer ?

— La porte sera ouverte jusqu'à minuit, madame, lui répondit la religieuse. Cependant, couvrez-vous bien, car les nuits sont très froides.

— Si vous ne dînez pas, je vous reverrai demain. Je passerai vous réveiller et nous rejoindrons le père Maurice, conclut Valjoney.

— Le père Maurice se lève très tôt, remarqua la jeune femme. Il mène une vie quasi monacale. Je vous souhaite une très bonne nuit.

Elle la quitta pour guider le père de Valjoney jusqu'à ses quartiers.

Nadia regarda la pièce. Un lit simple mais confortable, deux étagères, une table et une minuscule salle de douche intégrée dans un cube en plastique. Le parfait petit nid du pèlerin ! Par la fenêtre, la neige reflétait la pâle lumière de la lune montante. La policière posa son bagage sur la table, en extirpa un pantalon chaud, des chaussures de marche, un bonnet et des gants. Chez elle, elle avait vidé son tiroir de vêtements de ski dans un sac de voyage. Sans doute une prémonition. Elle s'habilla, quitta la chambre, erra dans les couloirs déserts et se retrouva dans le hall d'accueil. Le froid vif la saisit dès qu'elle sortit du bâtiment. Heureusement, il n'y avait pas de vent. Elle aurait été frigorifiée en quelques minutes. Immobile, elle inspira longuement l'atmosphère limpide de la nuit. Un chemin montait en pente douce vers le parvis de la basilique. L'œil attiré par des lucioles rouges qui dansaient au loin, Nadia avança. Elle arrêta ses pas devant trois statues. Notre-Dame de La Salette et, à ses pieds, de la neige jusqu'à la taille, deux enfants qui braquaient leur regard sur la sainte. Quelques rares pèlerins avaient allumé des lumignons, veilleurs dans la nuit noire. Par foi ou superstition, des milliers de femmes et d'hommes apportaient chaque année leurs drames personnels et leurs espoirs secrets au milieu des sommets alpins. Nadia descendit dans un petit vallon. Elle s'arrêta devant une nouvelle statue de la Vierge, assise et en pleurs, la tête entre les mains. Cette scène remua la jeune mère. Elle contempla longuement cette femme éplorée. Lentement, une vague de désespoir s'empara d'elle. Une fracture fissura la carapace qu'elle avait construite depuis des semaines, voire des mois.

Elle leva les yeux et aperçut le sommet du mont Gargas, illuminé par la lune ronde. Sans réfléchir, elle s'engagea à pas rapide dans la pente et commença à grimper. Elle remarqua des traces de raquettes laissées par des randonneurs et les suivit. Elle s'enfonçait jusqu'aux genoux dans le manteau neigeux, mais la difficulté à progresser renforçait sa volonté. À mesure qu'elle s'éloignait du sanctuaire, la rage qui sourdait en elle la submergeait et prenait possession de la moindre parcelle de son corps. Marcher, monter, oublier, se perdre, disparaître ! Ses jambes étaient toujours plus lourdes et des larmes de douleur tracèrent leur sillon sur ses joues. Elle les ignora. Une force en elle lui intimait de continuer, lui susurrait que, là-haut, elle aurait peut-être des réponses à ses questions !

À bout de souffle, elle s'effondra dans la neige. Plus loin ! Elle devait aller plus loin ! Elle se traîna encore sur quelques dizaines de mètres, avançant à quatre pattes pour se rapprocher un peu plus du ciel et des étoiles. Épuisée, les poumons en feu, elle se releva et, soudainement, se mit à tanguer. Un jet de bile remonta sans prévenir le long de son œsophage. Dans une série de spasmes, elle expulsa un liquide acide et âcre. Malgré la brûlure provoquée par l'acidité du fiel, elle tomba à genoux et continua à vomir. C'était ses interrogations, ses doutes, ses idées noires, sa haine qu'elle évacuait dans cette nature impassible. L'estomac vide, elle hurla sa rage aux alpages couverts de neige. La montagne s'empara de ses cris et retrouva sa virginité originelle.

Nadia remarqua un bosquet de sapins sur sa gauche. Elle s'y glissa et s'assit sur un tronc qui émergeait de la neige. Elle respira lentement, les yeux fermés. Elle écouta le silence, le cri d'un prédateur qui chassait non loin, le rythme du sang qui battait, de plus en plus calmement, dans ses oreilles. La paix envahissait son corps et son esprit. Les bruits parasites qui la perturbaient depuis si longtemps étaient avalés, l'un après l'autre, par la pureté de la montagne. Elle rouvrit les yeux. Devant elle s'imposa l'image d'Étienne et d'Adèle. Mais qu'est-ce qui lui avait pris ? Pourquoi les avait-elle abandonnés alors qu'ils représentaient ce qu'elle avait de plus cher ? Ravalant sa honte, elle se repassa le film des dernières semaines. Le rire de Sophie s'imposa aussi à elle. Elle décida de ne plus s'apitoyer sur son sort, mais de tout reprendre en main. Elle devait dépasser sa fierté et leur demander de lui pardonner son comportement si agressif. Elle savait qu'ils le feraient… Elle sourit en imaginant leurs retrouvailles et s'allongea dans la neige. Elle était bien. Pourquoi ne pas s'octroyer une petite sieste ?

Un signal d'alarme retentit au fond de son cerveau. Elle devait bouger. Le froid commençait à l'engourdir. Si elle ne réagissait pas, la température de son corps baisserait, elle s'endormirait et mourrait gelée. Dans un effort, elle se releva et fit de grands moulinets avec les bras. Elle frissonna. Elle avait une enquête à terminer et ses proches à reconquérir ! La descente en courant dans la neige acheva de la réchauffer. En passant à proximité de la statue, elle lui adressa un discret signe de la main. La solidarité féminine était une belle chose !

89

Soirée privée

Une Mercedes grise s'arrêta devant le trottoir où attendaient Marco Della Rocca et Marina Kalenski, à l'heure exacte du rendez-vous. Ils devenaient dès cet instant Marco et Fanny. Le conducteur, costume et cravate noire, était sorti pour leur ouvrir la porte. Marco Della Rocca avait profité d'un instant d'inattention du chauffeur pour mémoriser le numéro de la plaque d'immatriculation. Une fois installés dans la voiture aux vitres teintées, ils lui avaient donné leurs portables et avaient dû enfiler une cagoule pour respecter l'anonymat de la maison d'accueil des festivités.

Puis ils étaient partis pour une destination inconnue. Pas un mot n'avait été échangé dans l'habitacle de la Mercedes. Le policier s'était concentré sur les bruits qui l'entouraient. Il avait vite compris qu'ils étaient sortis de la ville pour s'engager sur l'autoroute, sans doute en direction de Chambéry. Il avait estimé qu'ils l'avaient quittée dix minutes plus tard. Puis ils avaient emprunté un réseau secondaire assez roulant. Ils avaient terminé par quelques virages, de plus en plus serrés.

La voiture ralentit. Encore quelques mètres, le crissement des roues sur une allée en gravier, puis l'arrêt définitif. Un bruit sec : la porte d'un garage venait de se refermer. Le chauffeur sortit et les invita à descendre. Une autre voix, chaleureuse, les accueillit.

— Je vous souhaite la bienvenue dans mon humble demeure. Je vais vous guider jusqu'à la salle des festivités. Vous pourrez alors retirer vos masques.

L'inconnu prit Marina et Marco par la main. Raclements sur un sol en béton, ouverture d'une nouvelle porte puis sensation de marcher dans de l'herbe : une moquette épaisse. Bruits lointains de discussions qui s'amplifièrent soudain.

— Mes amis, je vous demande d'accueillir Fanny et Marco qui se joignent à nous aujourd'hui.

L'hôte dénoua le lacet qui maintenait leur cagoule. La lumière agressa les nouveaux arrivants. Marco cligna plusieurs fois des yeux en offrant un sourire enjôleur. Une douzaine de convives les observaient avec gourmandise. Tenue de soirée exigée, avait précisé Michel Plantain. Marco avait opté pour un smoking de coupe étroite en mohair et avait choisi pour Marina une robe noire à la fois classique et évocatrice. Elle mettait en valeur la taille fine de la jeune femme, et le décolleté, marqué sans être vulgaire, attirait déjà le regard des invités.

Un léger murmure d'approbation rassura Marco. Marina adressa un sourire charmeur à l'assemblée. Dès le début, elle avait compris que son partenaire ne lui ferait aucun mal, et c'était le plus important. La première journée qu'elle avait passée avec lui l'avait sortie de son cauchemar. Elle n'avait pas été choyée depuis si longtemps ! Elle avait même ri ! Pourtant, elle devait refouler ses sentiments au plus profond d'elle. Inutile de risquer une nouvelle blessure de l'âme ! Elle regarda ces femmes et ces hommes de tous âges. L'ambiance était luxueuse. Elle était loin de la sordide partouze qu'elle avait crainte au départ. Seuls les yeux brillants et les tenues un peu trop échancrées qui laissaient deviner de la lingerie fine prouvaient qu'ils ne disserteraient pas uniquement sur les derniers spectacles en vogue ou la politique de la ville de Grenoble. Une fois les présentations terminées, Néron, le maître des lieux, prit la parole :

— Maintenant que nous sommes tous présents, je vous propose de goûter à la collation que j'ai fait préparer. Ma femme a découvert un traiteur napolitain à Lyon. Quand j'ai dégusté ses antipasti, je me suis cru au paradis. Il nous a confectionné le buffet de ce soir. Ses créations culinaires seront d'excellentes prémices à nos jeux nocturnes.

Le dîner fut à la hauteur de l'emphase de leur hôte. Marco et Marina papillonnèrent de groupe en groupe. Le champagne coulait à flots, et les langues, ainsi que les mains, se libérèrent rapidement. Les invités, qui se connaissaient déjà, les mirent immédiatement à l'aise. Une heure plus tard, un dernier participant les rejoignit.

— Abel, nous n'osions plus espérer votre présence, se réjouit l'organisateur.

L'homme qui venait d'arriver avait une beauté envoûtante, mystérieuse. Marco se força à soutenir son regard. Il comprit ce qu'avait voulu dire Plantain quand il évoquait une allure effrayante. Grand et mince, une crinière brune et la peau particulièrement pâle, des yeux noirs qui plongeaient dans l'âme de son interlocuteur, un côté comte Dracula version XXIe siècle. Il se dirigea vers un couple dont il semblait intime. Héloïse et Abélard, se rappela le policier.

— Vous avez l'air songeur, le taquina une femme en s'approchant de lui.

La cinquantaine triomphante, un carré de cheveux blond cendré, une bouche gourmande couleur carmin, elle le fixa comme une proie. Marco reconnut l'épouse de leur hôte. Il se détendit. Il devait oublier les inquisiteurs durant quelques heures. Il savait ce qui était attendu de lui.

— Nous n'avons pas encore été présentés, chuchota la chasseresse, je suis Messaline.

— Je n'ai pas osé vous déranger. Vous étiez en pleine discussion. Sachez cependant que ce n'est pas l'envie qui m'en a manqué, susurra-t-il.

— Vil flatteur, minauda-t-elle en agitant sa poitrine opulente, offerte au regard par un soutien-gorge en dentelle blanche qui détonnait avec la veste de tailleur gris perle. Vous a-t-on dit que vous êtes un très bel homme, un mâle mystérieux que l'on rêve de percer à jour… ou de mettre à nu ? ajouta-t-elle en se collant à lui.

Il sentit une main remonter le long de sa jambe et lascivement caresser son sexe. Marco jeta un coup d'œil rapide autour de lui. Un signal invisible avait donné le top des agapes. Un sexagénaire, un verre de champagne à la main, lui sourit tout en frottant son bas-ventre contre les fesses d'une invitée dont le pantalon en cuir semblait animé d'une vie propre. Messaline était lancée, impatiente de jauger le nouveau venu. Elle déboutonna son partenaire avec une expérience consommée et attrapa délicatement la verge du policier.

— Le mystère que vous découvrez est-il à la hauteur de votre espérance ? questionna-t-il en flattant la croupe cambrée et généreuse de sa compagne de l'instant.

— Il est exactement comme je les aime. Offrez-moi une séance de dégustation, roucoula-t-elle en sentant le sexe qui prenait toute sa vigueur entre ses doigts.

— Comment refuser une telle proposition ? répondit-il en cherchant des yeux un coin tranquille.

Messaline ne s'embarrassa pas de tels détails. Elle s'agenouilla devant Marco, ouvrit plus largement le pantalon, se saisit du sexe en érection et l'enfourna dans sa bouche sans autre forme de procès. Le policier eut le temps de remarquer que Marina était déjà embarquée dans une histoire avec Abel et deux autres couples avant de perdre sa faculté d'analyse de la situation.

90

Maurice Normand

Le bruit régulier sortit Nadia d'un sommeil de plomb. Elle s'assit sur son lit. Pas de doute, on frappait chez elle. Elle regarda sa montre : quatre heures ! Sans chercher à analyser la situation, elle se leva et ouvrit la porte de sa chambre. Elle se frotta les yeux et reconnut la silhouette du père de Valjoney, éclairée par les pâles ampoules du couloir. L'homme eut un imperceptible mouvement de surprise que Nadia ne remarqua pas.

— Il y a un problème, Bernard ?

— Aucun. Je vous prie de m'excuser de vous réveiller si tôt, mais le père Maurice propose de nous recevoir.

— À quatre heures du mat ?

— Je sais, mais il a des horaires très matinaux. J'aurais pu vous laisser dormir un peu plus longtemps, mais comme vous sembliez pressée de retourner à Grenoble, je me suis permis de venir toquer à votre porte.

— Vous avez eu raison, réagit Nadia en étouffant un bâillement. Accordez-moi cinq minutes pour me jeter sous la douche, me donner un coup de peigne… et m'habiller, ajouta-t-elle en remarquant qu'elle avait accueilli l'ecclésiastique en slip et en tee-shirt. Hum, je suis désolée pour le spectacle que je vous offre.

— Prenez le temps nécessaire, répondit Bernard avec un sourire un peu gêné. Je vous attends près de l'escalier. Même si je suis prêtre, je peux vous dire que vous êtes non seulement un excellent policier, mais aussi une très jolie femme.

Elle lui adressa un clin d'œil et retourna se préparer.

Ils étaient passés de l'aile moderne qui accueillait les chambres et dortoirs des pèlerins à la partie plus ancienne du sanctuaire. Les planchers en bois craquaient sous leurs pas, troublant le silence plus que centenaire de la vieille bâtisse. Bernard de Valjoney s'arrêta devant une porte, frappa doucement et entra. Nadia le suivit à la découverte du nonagénaire. Un petit homme voûté au crâne ridé par les ans les attendait.

— Bienvenue dans la tanière d'un vieux compagnon de Dieu.

— Je vous remercie de me recevoir, monsieur.

— Faites-moi plaisir, appelez-moi « père Maurice », la corrigea-t-il. Avant que nous discutions, peut-être voulez-vous grignoter quelque chose ? À cette heure, le réfectoire dort encore. Je ne suis pas très riche, mais je peux vous offrir un thé et des flocons d'avoine.

— Volontiers, accepta Nadia.

Sa nausée l'avait quittée, et elle n'avait pas mangé depuis vingt-quatre heures.

Le vieil homme sortit trois bols, un paquet de céréales et une antique boîte en fer-blanc pleine de thé noir. Il se hissa sur la pointe des pieds pour attraper un pot en verre au fond d'un placard.

— Du miel récolté par une de mes nièces qui habite à Corps. Selon le médecin, je ne devrais plus avoir droit au sucre. Les sœurs qui prennent soin de moi sont gentilles et font semblant de ne pas voir mon petit péché de gourmandise. Père Bernard, pourriez-vous mettre de l'eau dans la bouilloire et préparer le thé ?

Nadia et les deux prêtres s'étaient installés à la table qui occupait le centre de la pièce. Le père Maurice prit la parole :

— J'ai été la dernière personne à discuter avec Marie Bret. Ce que je vais vous raconter, personne ne l'a jamais entendu. Notre évêque m'a demandé de m'en ouvrir à vous. Je le fais donc. Connaissez-vous des membres de la famille de Marie ?

— J'ai rencontré son arrière-petite-fille Nelly. J'ai, hélas, croisé les cadavres de sa petite-fille Christine et de deux autres femmes, sans doute des cousines éloignées.

— Pourquoi l'humanité se complaît-elle dans la violence ? murmura le vieux prêtre. Essayons d'arrêter cette traînée de folie. Quand Marie Bret a rejoint son créateur, j'étais encore curé sur le plateau du Vercors. Elle avait quatre-vingts printemps. Elle était solitaire et avait toujours vécu à l'écart du monde, rejetant jusqu'à sa mort l'installation de l'eau courante et de l'électricité dans sa maison. Pourtant, ce n'était pas une sauvage. Tous les anciens connaissaient le chemin qui menait chez elle. Elle savait le secret des plantes et m'a soulagé plus d'une fois. Jamais elle n'a refusé son aide à quiconque, qu'il pleuve, qu'il vente ou qu'il neige. Quand elle a senti que son aventure touchait à son terme, elle m'a fait appeler.

Le vieux prêtre but une gorgée de thé, les yeux fixés au plafond. Avec un geste rendu tremblant par les ans, il saisit la théière et remplit de nouveau le bol de Nadia. Puis il poursuivit :

— Lorsque je suis arrivé chez elle, elle était habitée par une force intérieure inhabituelle. Quand elle m'a annoncé qu'elle mourrait dans la nuit, je n'ai pas cherché à la rassurer. D'abord parce qu'elle n'était pas inquiète, ensuite parce qu'elle connaissait suffisamment les réactions du corps humain pour ne pas se tromper. Nous avons discuté, comme des amis de toujours, comme si l'un de nous partait pour un long voyage. Nous savions que nous nous retrouverions un jour, même si je ne pensais pas vivre aussi longtemps dans cette carcasse usée. Peut-être le Seigneur m'a-t-il laissé ici-bas pour que je vous raconte cette histoire.

— Il vous a en tout cas accordé une bonne mémoire, commenta Nadia.

— C'est vrai, et je lui en suis reconnaissant. Je ne dévoilerai pas les péchés qu'elle m'a confessés. Si le monde lui ressemblait, je vous promets que l'humanité serait plus heureuse. Une fois que je lui eus administré l'extrême-onction, elle s'est soudain agitée. J'ai pensé que la fièvre la prenait. J'ai tenté de l'apaiser, mais je la voyais en proie à un intense tourment intérieur. Puis elle a retrouvé son calme et a posé sa main sur la mienne. « Faut que j'vous confie un secret, Maurice », m'a-t-elle soufflé à l'oreille. J'ai hoché la tête et l'ai encouragée à poursuivre, curieux de savoir ce qu'elle avait pu ainsi cacher. Quand je suis ressorti de chez elle, j'étais persuadé qu'elle avait perdu ses esprits. Aujourd'hui, j'ai un doute.

Le père Maurice rapporta le récit de Marie Bret. C'était l'histoire des Malherbe. Nadia remercia intérieurement Bernard de Valjoney d'avoir insisté pour l'emmener avec lui. Jamais le vieux prêtre n'aurait raconté une telle histoire au téléphone. Mathilde, la fille de Margot, était partie avec son père adoptif dans l'ouest de la France, puis avait émigré de l'autre côté de l'océan, sans doute au Canada. Avant la Révolution française, l'aïeule de Nelly était revenue en France pour retrouver sa terre du Vercors. Elle, puis ses descendantes, avaient de nouveau apprivoisé la forêt et mis à la disposition de la population le don de guérisseuse qu'elles portaient dans leurs gènes. Sa mère avait tatoué sur Marie Bret le *sigillum maleficarum*, leur sceau de protection. La tradition familiale imposait d'en marquer chaque fille à l'âge de treize ans.

Le prêtre arriva au moment du récit qu'attendait la policière. À chaque génération, un mystérieux coffret était transmis par la mère à sa fille aînée. Son secret en était dévoilé lorsque la fille atteignait l'âge de vingt ans. Pendant trois siècles, les Malherbe qui détenaient la relique avaient toujours eu au moins une fille dans leurs descendants. Marie Bret avait eu ce coffret plusieurs fois entre les mains.

— Elle allait le chercher quand elle n'arrivait plus à soigner les maladies avec ses potions et onguents, précisa le père Maurice. Alors, elle réalisait de temps en temps des guérisons qu'elle ne comprenait pas.

— Comment expliquez-vous cette faculté mystérieuse ? questionna Nadia.

— Je n'en sais rien. Quoi qu'il en soit, Marie m'a juré devant Dieu qu'une puissance surnaturelle s'emparait d'elle. Le don de guérison est un don offert par l'Esprit saint. Peut-être l'avait-il octroyé à Marie Bret ?

Nadia se recentra sur le sujet :

— Vous a-t-elle confié où elle cachait ce coffret ?

— C'était un secret de famille fidèlement conservé. « Un grand malheur va arriver, et personne n'y pourra rien », a-t-elle prophétisé alors que je quittais sa maison. C'est pour cette raison que je vous raconte cette histoire.

— Où est le coffret ? insista Nadia, convaincue que le vieil homme ne lui cacherait rien.

— Je n'ai jamais vérifié si elle avait parlé sous l'effet de la folie ou non, mais je sais où il est censé être.

Nadia Barka et Bernard de Valjoney ne quittaient plus leur interlocuteur des yeux. Maurice Normand regarda en direction du crucifix fixé au-dessus de son lit, se signa et annonça :

— Dans la vieille chapelle du village de Saint-Joseph-en-Vercors... sous la statue du saint.

91

Fin de soirée

Cinq heures. Marco Della Rocca referma les boutons de manchette de sa chemise. Il chercha sa veste durant quelques secondes, la retrouva sur le dossier d'un siège et l'enfila. Il fit face à l'un des multiples miroirs de la pièce et ajusta sa tenue. Il approcha son visage de la glace et ne put s'empêcher de sourire en remarquant les cernes qui entouraient ses yeux. Le policier était physiquement vidé. L'expression était bien choisie ! Même s'il pensait avoir connu de nombreuses expériences, celle-là trouverait sa place sur le podium du sexe débridé. Tous les participants s'étaient donnés les uns aux autres dans une totale liberté. Si certaines pratiques l'avaient étonné, jamais il n'avait ressenti de pression malsaine ni de jugement. Ils étaient entre adultes complètement consentants.

Il ne put s'empêcher de marquer un moment de surprise quand un domestique apporta un récipient rempli de soupe à l'oignon. Il aurait préféré un café, mais, après tout, ils avaient besoin de reprendre des forces. Marina s'installa à ses côtés, une assiette fumante sur les genoux. Elle le regarda avec intensité. Elle avait parfaitement tenu son rôle et leur présence avait été appréciée. Marco s'était arrangé pour passer de groupe en groupe, observant le comportement des invités, sauf lorsqu'il était lui-même trop sollicité.

Il ne savait pas trop que conclure de cette nuit orgiaque. Il avait en tout cas mémorisé le visage, ainsi que des caractéristiques physiques plus intimes, de chaque participant. Dès cet après-midi, il commencerait à travailler avec Nikola, leur stagiaire informatique, pour retrouver le nom et le curriculum vitae de chacun des libertins.

Marco sentit la tête de la jeune Polonaise s'appuyer sur son épaule. Ses traits étaient tristes et anxieux.

— J'ai répondu à tes attentes ? demanda-t-elle doucement.

— Tu en doutes ? Nous sommes déjà invités aux prochaines festivités.

— Qu'est-ce que je vais devenir ? l'interrogea-t-elle avec un sourire inquiet.

— Je peux te faire regagner la Pologne, la rassura Marco en vérifiant que personne ne pouvait les entendre.

— Non, Marco, ils me retrouveront. J'ai appris que c'est mon frère qui m'a vendue comme dette de jeu. Je ne serai pas en sécurité là-bas, expliqua-t-elle en lui serrant le bras.

Le policier l'observa. Malgré le rodéo débridé de la nuit, elle avait gardé de la fraîcheur. L'apanage de la jeunesse. Marina Kalenski méritait qu'il la protège. Il osait enfin se l'avouer, elle ne le laissait pas insensible.

— D'accord. Je vais m'occuper de te trouver une place en France.

Soulagée, elle se lova contre lui. Elle pouvait donc croire en une nouvelle vie. Elle tourna ses lèvres et l'embrassa sur la joue.

— Quel érotisme torride ! lança Messaline en riant. Marco et Fanny, vous êtes insatiables… et irrésistibles. J'espère avoir la joie de vous retrouver lors de nos prochaines rencontres. Vous verrez qu'une femme de mon expérience a encore de nombreuses choses à vous apprendre.

Le policier avait aimé la nature généreuse de leur hôtesse. Elle ne simulait pas, et son amitié nouvelle était sincère. Il n'avait pas l'intention de continuer à fréquenter leurs soirées libertines, mais avait apprécié certaines personnalités. Il espérait que d'autres l'amèneraient jusqu'aux meurtriers grenoblois.

Les participants se préparaient à prendre congé. L'organisation du retour était identique à celle de leur venue. Une voiture les raccompagnerait à l'endroit même où ils avaient été récupérés.

Comme Marco et Marina s'apprêtaient à quitter la pièce, une cagoule à la main, Néron les interpella :

— Marco, j'aimerais vous parler cinq minutes en privé, s'il vous plaît.

Surpris, le policier regarda son interlocuteur. Le maître des lieux n'avait pas réussi à cacher l'éclair de colère qui avait furtivement marqué son visage. Ils étaient maintenant seuls avec deux employés qui avaient commencé le rangement de la maison. À côté de Néron, un homme en costume bon marché l'examinait fixement. À travers la veste entrouverte, Marco devina la forme d'une arme de poing. Il garda son sang-froid et répondit calmement :

— Je suis à vous, Néron. Je vous demande juste deux petites secondes. Je termine une discussion avec Fanny.

— Faites, accorda l'hôte.

Marco Della Rocca le remercia d'un sourire forcé et parla à l'oreille de sa partenaire :

— Marina, ne m'interromps pas. Je suis lieutenant de police et je suis venu enquêter ici sur des meurtres. Néron se doute de quelque chose. Quand nous passerons près de la porte de sortie, je ferai diversion et tu te sauveras.

Comme elle marquait sa surprise, il lui serra la main et continua :

— Ils te poursuivront. Tu te cacheras, puis, dès que possible, tu contacteras mes collègues à Grenoble. Tu demanderas à parler au commissaire Mazure ou au lieutenant Drancey. Tu leur diras de venir ici le plus vite possible.

— Tu te fais peut-être des idées ? tenta la jeune femme, effrayée.

— Si c'est le cas, je passerai juste pour un malade. Maintenant, souris et suis-moi.

Il la prit par la main et retourna vers Néron. Un chauffeur et l'homme armé l'attendaient aux côtés du propriétaire des lieux.

— Je suis à vous, Néron, mais je vous avoue que nos aventures nocturnes m'ont épuisé. Si vous pouviez faire court, ajouta Marco en se dirigeant vers la porte de sortie encore ouverte.

— Pas par là, ordonna Néron dont la voix avait changé du tout au tout.

Comme Marco faisait mine de ne pas l'avoir entendu, le chauffeur le saisit brutalement par le bras.

— T'as pas compris ce que t'a dit monsieur Vaujany, fils de pute ?

Marco réagit instantanément et le poussa brusquement pour libérer l'accès à la sortie.

— Maintenant ! hurla-t-il à Marina.

Sans regarder en arrière, la jeune femme s'enfuit en courant et claqua la porte derrière elle. Survivre, elle savait le faire ! Le conducteur lâcha Marco pour essayer de rattraper la fugitive, mais l'OPJ lui crocheta le tibia. L'homme s'effondra. Le policier se retourna et assomma le garde qui se jetait sur lui d'un terrible uppercut. Il pouvait aussi s'en tirer. Il envoya un violent coup de pied dans la mâchoire du chauffeur qui tentait de lui bloquer l'accès. Il l'enjamba et gagna la sortie. Vaujany émit un rugissement, mais les trois mètres d'avance que possédait Marco lui suffiraient peut-être à s'échapper. Il poussa la porte et se retrouva dans le garage. Une Mercedes, moteur allumé, attendait des passagers. Le miracle ! Tandis que Marco se précipitait dans la voiture, une insupportable douleur enflamma son épaule. Il tenta de l'ignorer et s'installa derrière le volant. À peine assis, il hurla. Un voile noir tomba devant ses yeux. En s'adossant au siège, il avait enfoncé dans son omoplate la lame du poignard qui l'avait atteint quelques secondes plus tôt. Il ne résista pas lorsqu'on le sortit violemment du véhicule. Il se plia sous le coup dans l'estomac asséné par le chauffeur ivre de colère. Il hurla quand l'un de ses agresseurs s'amusa à appuyer sur le manche du couteau. Il se força néanmoins à garder les yeux ouverts. Fermement tenu par les bras, il emprunta de nouveau le couloir. Au lieu de bifurquer sur la gauche et de rejoindre la pièce qui avait abrité leurs agapes, ils continuèrent tout droit, descendirent quelques marches et entrèrent dans une salle voûtée qui tenait à la fois lieu de cave et de remise à outils.

Marco devina une haute silhouette derrière le voile qui obscurcissait sa vue : Abel ! Plus loin, il devina deux autres ombres, mais ne parvint pas à les reconnaître. Un tel comité d'accueil n'était pas là pour le rassurer. Abel s'approcha et arracha le poignard fiché dans son épaule. L'OPJ ne put retenir un nouveau cri.

— J'y tiens beaucoup, lieutenant Della Rocca, commenta son bourreau.

Inutile de jouer au plus fin, Marco avait été dénoncé. Il eut une pensée haineuse pour Michel Plantain. Le réalisateur de pornos l'avait bien baisé, mais il ne perdait rien pour attendre.

— Mon ami Abel vient de m'apprendre que vous êtes de la police, attaqua froidement Néron.

Malgré la douleur, Marco Della Rocca releva la tête et le fixa droit dans les yeux. Il n'avait pas peur d'une bande de partouzards.

— Vous avez l'air d'entretenir des relations tendues avec les flics, Vaujany, puisque ça semble être votre nom.

Un rictus de contrariété marqua les traits de Néron. Une des silhouettes sortit de l'ombre, écarta doucement Néron et approcha son visage de celui de Marco. Le policier reconnut Héloïse, les yeux brillants de fièvre.

— Ce n'est pas bien de mettre son nez dans les affaires des autres. Tu as cru que tu pourrais arrêter une histoire qui a commencé il y a plusieurs siècles. Tu es bien prétentieux, petit flic.

Le discours illuminé de la femme inquiéta Marco. Elle était trop calme. Elle s'approcha d'Abel, l'embrassa dans le cou et revint vers son prisonnier :

— Je suis la Nina que tu recherches. Tu m'as trouvée. Tu as sous les yeux la descendante de Geoffrey de Marbeuf. Cela ne va pas te porter chance ! Nous n'avons dévoilé ta véritable identité à Néron qu'à la fin de la fête. Je voulais que tu me baises avant d'avoir à m'occuper de toi.

— Et alors ? demanda Marco sur le ton de la provocation.

— Tu m'as bien fait jouir. Savoir que tu serais ensuite mon jouet a dû y contribuer. Mes amis et moi prendrons aussi bien soin de toi, ajouta-t-elle en promenant la lame effilée sur le cou en tension du policier.

Marco adressa une invocation muette à un Dieu dont il espérait qu'il existât. Il pria pour que Marina s'échappe et contacte ses collègues le plus rapidement possible. Il frissonna en revoyant les corps torturés des trois femmes. Comme s'il avait lu dans ses pensées, Vaujany le ramena à la terrifiante réalité :

— Quatre personnes sont à la recherche de votre petite pute. Ne vous faites aucune illusion, Della Rocca, sa capture n'est qu'une question de minutes.

Marco évacua les paroles de son bourreau. Il devait avoir confiance en Marina. Elle avait survécu au trottoir. Il devait aussi tenir… tenir jusqu'à ce que ses amis viennent le libérer. Deux hommes le saisirent brutalement et le transportèrent sur une ancienne table en bois. Ils le forcèrent à s'allonger et, malgré ses velléités de résistance, accrochèrent ses pieds et ses mains à quatre anneaux. En dépit de la fraîcheur de la pièce, Nina retira son pull et son pantalon, ne gardant que ses sous-vêtements en dentelle d'un blanc immaculé. Puis elle enfila sur son visage un masque digne d'un bourreau d'opérette. Sous le regard concentré de ses comparses, elle saisit un scalpel sur une tablette métallique. Elle se rapprocha de Marco.

— C'est sur cette table que Pascaline a fini ses jours. Mon frère Victor venait de lui faire connaître des plaisirs qu'elle n'avait jamais imaginés, même dans ses fantasmes les plus fous. Elle a joui comme jamais, puis elle est morte avec ce souvenir. Belle fin, non ?

Marco ne répondit pas. Cette femme était cinglée. La lame tranchante du scalpel découpa la chemise du prisonnier. Puis, avec application, Nina lacéra le pantalon de bas en haut. Elle regarda sa victime, et lui caressa longuement le buste du bout des doigts.

— Je sais que je vais aimer le contact de ton sang chaud contre ma peau nue.

Malgré lui, Marco serra la mâchoire. Il n'avait décelé aucune menace dans la voix de Nina. Elle exposait juste des évidences. Avant de commencer son travail, elle s'approcha de son oreille et murmura :

— Je ne remercierai jamais assez le gentil policier qui a eu la gentillesse de nous prévenir de ta visite.

La surprise provoquée par l'annonce de Nina surpassa la douleur causée par la lame qui s'enfonçait dans ses chairs.

92

En chasse

Marina observa un instant les lieux. Droit devant, une allée couverte de gravillons, éclairée par des lampes installées à même le sol. C'était sans doute le chemin le plus court vers la sortie. Autour de la maison, une pelouse se terminait par une barrière et donnait sur des bois. Face à elle, la lune dessinait les contours d'une montagne aux hauts sommets enneigés. Elle n'avait pas eu l'occasion de faire du tourisme dans la région, mais elle savait que c'était la chaîne de Belledonne. Grenoble était donc à l'ouest. La jeune Polonaise prit sa décision. Elle retira les escarpins qui la gêneraient pour courir et se dirigea sans hésiter sur sa droite. Elle devait rejoindre le refuge des arbres le plus rapidement possible. Déjà, des éclats de voix furieuses s'échappaient du garage. Elle releva sa jupe au-dessus de la taille, se courba et fonça vers les sapins.

À peine arrivée dans la futaie, elle se cacha derrière un tronc et respira longuement. Pour avoir une chance infime de s'en sortir et de ramener Marco, elle ne devait pas paniquer. Elle prit quelques secondes pour analyser la situation. Trois hommes venaient d'émerger du garage, talonnés par une voiture qui s'engagea à grande vitesse sur l'allée. Son premier choix avait été bon. Elle croisa les doigts pour que les suivants le soient aussi. Elle n'avait aucune idée de la topographie des environs. La logique lui imposait de rester à couvert. La pleine lune et la nuit sans nuages avantageaient sans conteste ses poursuivants. Elle se remémora les parties de chasse avec son grand-père et ses frères dans les forêts autour de Cracovie, et sentit les battements de son cœur ralentir. Pour échapper aux sbires de Néron, elle devait se mettre à leur place et penser comme eux. Elle se replia en remarquant un individu venir vers elle, une puissante lampe torche à la main. Même si la route principale était dans la vallée, elle grimpa en direction des versants de la Chartreuse.

Marina fuyait depuis près d'une heure. Ses pieds étaient en sang, les branches avaient lacéré ses bas et sa jupe, et son tailleur étaient en loques. Malgré le froid qui l'avait rapidement saisie, elle n'avait pas ralenti le rythme. Soudain épuisée, elle s'accorda un instant de repos. Une chouette hulula et lui rappela sa solitude dans cet endroit perdu. Elle avait semé ses poursuivants, mais s'était éloignée de toute zone d'habitation. Si elle avait été seule, elle se serait blottie dans une futaie et aurait attendu le lever du jour, mais Marco avait besoin d'elle. Elle se releva, tenta sans succès de se réchauffer en se frictionnant les bras et redescendit la pente. Elle marcha soudain sur un sol plus uniforme : un chemin. Au bout d'un chemin, il y avait forcément des gens. Elle courut de nouveau, ignorant les cailloux qui martyrisaient ses pieds. Quelques dizaines de mètres plus loin, elle arriva devant une haute grille. Elle s'approcha de l'un des piliers et appuya sur la sonnette. Des aboiements rauques l'effrayèrent. Deux molosses venaient d'apparaître et s'étaient précipités sur elle. Elle recula pour éviter les pattes musclées qui dépassaient des barreaux et tentaient de la griffer. L'accueil était hostile, mais elle ne pouvait pas abandonner. Prudemment, elle sonna de nouveau, longuement. La porte de la maison s'ouvrit et un faisceau lumineux l'aveugla.

— Qu'est-ce que tu me fais chier à six heures du mat ? grogna le propriétaire.

— Aidez-moi ! supplia la fuyarde.

Il prit son temps pour l'observer.

— T'es encore une de ces Roumaines qui viennent nous cambrioler. Je suis certain que ton sale métèque est planqué pas loin de toi ! Dégage de là ou j'appelle la gendarmerie.

— Oui, je vous en prie, faites-le !

— Tu te fous de moi, en plus, je vais te lâcher les chiens au cul.

Comme l'homme se dirigeait vers le portail, Marina remarqua des faisceaux de lumière qui s'approchaient d'elle. Non, c'était un cauchemar ! Ils arrivaient ! Elle fit aussitôt demi-tour et, affolée par les aboiements, s'enfuit sur la route goudronnée devant la maison. Elle était devenue insensible à la douleur. C'est au dernier moment qu'elle entendit un véhicule tout proche. La jeune femme se jeta dans le fossé et s'aplatit contre la terre gorgée d'eau. Ses poursuivants avaient prévenu des complices. Ils la prenaient maintenant en chasse de plusieurs côtés à la fois. À peine la Mercedes disparue, elle se redressa, trempée et grelottante, puis rejoignit un pré qui longeait la route. Elle tomba plusieurs fois et se tordit une cheville. Elle se releva et, tout en boitillant, continua la descente. Elle évitait les propriétés, se cachait dès qu'elle entendait le bruit d'un moteur. Au bout d'un temps qui lui parut infini, elle atteignit enfin une voie plus passante. Les premiers véhicules des travailleurs matinaux densifiaient le trafic automobile. Inutile de faire du stop, personne ne s'arrêterait. Elle ne ressemblait plus à rien, n'étant que plaies et douleurs. Les larmes aux yeux, elle poursuivit sa marche prudente sur le bord de la route, priant pour ne pas croiser ses agresseurs. Elle entra dans un village. Sur une placette, un autocar venait de se positionner, dans l'attente de ses usagers. C'était sa chance. Elle se hâta vers le véhicule et tambourina. Dans un réflexe, le chauffeur endormi ouvrit la porte pneumatique. Marina se précipita à l'intérieur. Le conducteur sursauta en voyant l'aspect de l'inconnue.

— Vous rentrez pas dans mon bus dans cet état ! Vous allez me le pourrir !

Marina ne l'écoutait pas.

— Aidez-moi ! On me poursuit, supplia-t-elle, en larmes.

L'homme la regarda, surpris par la détresse apparente de la jeune femme et son état lamentable. S'il la laissait s'asseoir, il serait bon pour passer la soirée à nettoyer les sièges. Il avait prévu autre chose pour la fin de la journée.

— Faites juste un numéro de téléphone pour moi. Appelez la police, je ne vous en demande pas plus.

Comme Marina sentait ses larmes couler malgré sa volonté, elle aperçut le faisceau lumineux d'une voiture qui avançait au ralenti. La Mercedes !

— Ce sont eux, protégez-moi ! hurla-t-elle.

Sans attendre l'accord du conducteur, elle se précipita entre deux rangées de fauteuils et s'accroupit. Furieux, l'homme regarda les traces de boue qu'il allait devoir nettoyer. Il n'était pas là pour s'occuper des affaires des autres, et surtout pas de celles de cette blonde hystérique. La voiture s'arrêta et un individu en sortit. Il grimpa dans le bus. Avant que le chauffeur le salue, l'arrivant, visiblement tendu, jeta un coup d'œil rapide dans l'autocar vide.

— Ça va, ça t'épuise pas trop ton boulot ?

Le conducteur se força à ne pas réagir sous l'insulte. Il avait besoin de ce travail et ne voulait pas d'embrouilles. Avant qu'il réponde, l'autre continua :

— On cherche une gonzesse qui a piqué quelque chose à mon patron. La poule est une grande blonde, fringuée pouffiasse. Ça te rappelle quelque chose, Mouloud ?

Le chauffeur fit un effort surhumain pour ne pas bondir de sa place. Il n'allait pas renseigner cet enfoiré. Par ailleurs, la fille lui avait demandé de contacter la police. Elle ne l'aurait pas fait si elle avait eu quelque chose à se reprocher.

— Je promène tous les matins des dizaines de bonasses. Vous les voyez pas ? ironisa-t-il en montrant d'une main les sièges vides.

— Me prends pas pour un con, Ben Laden. Si tu veux des emmerdes, t'as trouvé ton homme. Mon patron a le bras assez long pour te faire renvoyer au bled du jour au lendemain. Tu pourras toujours conduire un chameau dans ton pays.

Le chauffeur chercha sous le volant le cric qu'il utilisait en cas d'agression. Il arrêta son geste en voyant son vis-à-vis porter la main à la poche intérieure de sa veste. Il se redressa :

— Non, je n'ai encore croisé aucun client, et je n'aurais pas raté une blonde habillée sexy… surtout par cette température.

Son visiteur le regarda avec mépris puis, sans un mot, redescendit et regagna la Mercedes. Dès que la voiture fut suffisamment éloignée, le chauffeur invita sa passagère clandestine à se relever. Tremblante, Marina le rejoignit.

— Je sais pas dans quelle embrouille vous vous êtes fourrée, mademoiselle. Par contre, quand je vois des gros enculés, je les reconnais. Alors, on appelle qui ? demanda-t-il en sortant son smartphone.

Les yeux remplis de gratitude, la jeune femme lui répondit. Il chercha le numéro de l'hôtel de police sur le Net et tendit l'appareil à Marina.

— Marina Kalenski en ligne. Je voudrais parler à monsieur Mazure ou monsieur Drancey. C'est très important. Dites-leur bien que c'est au sujet de Marco.

Un peu décontenancé, le fonctionnaire de garde lui demanda d'attendre un moment. Marina tremblait à la fois de froid et d'énervement. Les premiers usagers montaient dans le car. Le chauffeur fit signe à la jeune femme de s'asseoir derrière lui.

— J'ai le lieutenant Rodolphe Drancey en ligne. Je vous le transfère. Il est prêt à vous parler, lui indiqua le standardiste.

— Drancey à l'appareil. Qu'est-ce qui se passe ?

— Lieutenant, c'est Marina Kalenski. J'étais avec Marco cette nuit. Il a d'énormes ennuis.

Le sommeil qui était tombé sur les épaules de l'OPJ en cette fin de nuit se dissipa instantanément.

— Merde, c'est quoi le problème ?

Marina Kalenski, d'un ton saccadé, résuma les deux dernières heures.

— T'es où ?

La jeune femme regarda en direction du chauffeur, qui n'avait pas perdu une miette de la conversation.

— À l'arrêt « Crolles Village », répéta-t-elle au policier.

— Tu te planques et tu ne bouges pas. À cette heure-là, on mettra moins d'un quart d'heure pour arriver.

Marina raccrocha et rendit son téléphone à son sauveur :

— *Dziekuje bardjo*, merci beaucoup.

— De rien, il faut s'entraider quand on est dans la merde. Attends-moi quelques secondes.

Au son des soupirs agacés des passagers encore rares qui commençaient à regarder leur montre, il descendit du car, fouilla dans le coffre à bagages et remonta, une couverture à la main.

— Mets ça sur les épaules. Ça t'évitera d'attraper la mort. Même si je n'ai pas l'habitude de le dire, j'espère que tes flics vont maraver ces fils de pute.

Marina lui sourit tristement, l'embrassa rapidement sur la joue et quitta le véhicule en courant. Elle se réfugia dans un coin à l'abri des regards des automobilistes. Elle comptait maintenant les minutes qui la séparaient de Marco.

93

Chez Serge Vaujany

Le lieutenant Rodolphe Drancey serra le volant de toutes ses forces. Ils étaient à quelques minutes de Marco, mais ils étaient incapables de localiser son lieu de détention. Marina avait tourné dans les bois pour s'enfuir, et de nuit en plus. Elle savait juste que la demeure était sur les hauteurs, ce qui correspondait à plusieurs dizaines de propriétés. Il se ressaisit en apercevant la mine ravagée de la jeune femme. S'ils étaient là, c'était grâce à son sens de la survie. Malgré la tension qui régnait dans l'habitacle, le commissaire Mazure la questionna avec douceur :

— Vous n'avez rien vu ou entendu qui pourrait nous permettre de localiser la maison ? Prenez le temps de bien réfléchir.

Marina Kalenski se concentra longuement puis se redressa d'un coup.

— Un des gardes du corps a parlé de l'homme qui nous a reçus en disant monsieur Vonaji, ou Vojani.

— Parfait, apprécia Alain Mazure. Cela devrait nous aider.

Il saisit son portable et appela la préfecture.

— Commissaire Mazure. Je veux la liste de tous les Vonaji, Vojani ou noms similaires, à Bernin, Crolles et Saint-Ismier. Si vous ne trouvez pas, étendez la recherche. Donnez-moi la réponse dans moins de cinq minutes.

Deux minutes plus tard, son téléphone sonna. L'échange ne s'éternisa pas.

— Nous allons rendre visite à Serge Vaujany, à Bernin, patron d'une boîte d'import-export. Notez l'adresse sur le GPS et foncez, ordonna le commissaire à Rodolphe.

Les deux Renault Scenic s'arrachèrent de la placette. Leur objectif ne se situait qu'à trois kilomètres.

La voiture de tête s'arrêta devant l'entrée. Cent mètres plus loin, la maison se découpait dans la lumière naissante du jour.

— C'est bien là, assura Marina. C'était de nuit, mais je reconnais. L'allée en gravier, la pelouse et la forêt derrière.

— Personne ne répond à notre coup de sonnette, s'énerva l'un des policiers qui étaient à leur côté.

Marina regarda sa montre.

— Cela fait presque deux heures et demie que Marco est retenu prisonnier. Si ça se trouve, ils sont en train de le cacher ou de l'emmener ailleurs ! cria-t-elle, hystérique.

Le commissaire Mazure lui posa la main sur l'épaule.

— Ne vous inquiétez pas. Nous allons intervenir. Vous resterez dans un des véhicules.

— Pas question, s'exclama la jeune femme. Je veux vous aider à le retrouver. D'ailleurs, vous ne savez pas à quoi ça ressemble à l'intérieur.

Mazure n'hésita pas longtemps et fit signe à l'un de ses collaborateurs.

— Marina nous accompagne. Rudloff, vous assurez sa protection. Mettez vos brassards. Soyez vigilants, il y a peut-être des hommes armés dans la propriété.

Alain Mazure frappa à la porte d'entrée. Son correspondant lui avait signifié que Serge Vaujany était un ami très proche d'un député de l'Isère. Cette relation préjugeait d'emmerdements en perspective, mais qui n'étaient rien au regard de la santé de l'un de ses gars. Un homme de grande taille les reçut, caricature du parfait larbin anglais.

— Que désirent ces messieurs à une heure si matinale ? s'enquit-il avec un style emprunté.

— Commissaire Mazure, police judiciaire. Je souhaite voir monsieur Serge Vaujany.

— Monsieur Vaujany est en déplacement jusqu'à demain. Je le préviendrai de votre passage et vous demanderai de bien vouloir prendre rendez-vous avec lui.

Le ton dédaigneux du majordome, les signes de dénégation désespérés de Marina et le stress eurent raison du calme légendaire d'Alain Mazure.

— Ça suffit ces conneries, s'énerva-t-il en entrant dans le hall. (Le domestique tenta de s'interposer, mais la bourrade brutale du commissaire le força à reculer.) Puisque le propriétaire des lieux n'est pas là, nous allons visiter la maison sans lui. Mailhet, Rudloff et Wendall, vous examinez le premier étage. Drancey et Moutin, vous venez avec moi et nous inspectons le rez-de-chaussée et le sous-sol.

Comme les policiers se dirigeaient vers l'escalier, une silhouette en veste d'intérieur apparut dans l'encadrement de la porte du salon :

— Mais qu'est-ce que c'est que ce cirque ? Bruno, appelez tout de suite la gendarmerie.

— Inutile, nous sommes là. Je suis le commissaire Mazure. À qui ai-je l'honneur ?

— Serge Vaujany, propriétaire des lieux.

— Je suis heureux de constater que votre retour de voyage a été plus rapide que prévu, se moqua Mazure.

— Je ne sais pas ce que vous faites chez moi, mais je téléphone de ce pas à mon avocat et vous perdrez vite votre morgue.

— Vous pourrez en profiter pour contacter aussi le procureur Reinhardt. Monsieur Vaujany, nous sommes à la recherche du lieutenant Marco Della Rocca, que nous soupçonnons d'être séquestré chez vous.

— Chez moi ? C'est du grand-guignol ! Vous allez regretter votre intervention de cow-boy, commissaire.

Marina entra à son tour.

— C'est lui, affirma-t-elle, c'est Néron. Marco m'avait dit de m'en méfier.

— Mais qui est cette harpie ? s'insurgea Serge Vaujany. À quoi jouez-vous ? À qui voulez-vous faire croire que j'ai accueilli cette pute dans ma demeure ? Vous travaillez pour l'un de mes concurrents, c'est ça ?

La situation piétinait et Mazure mit un point final à la discussion.

— Vaujany, fermez votre gueule. Rudloff, vous ne le quittez pas des yeux et on lance la perquise, tout de suite.

Dix minutes plus tard, ils se retrouvèrent dans le salon, bredouilles. Le commissaire eut un instant de doute. La jeune femme semblait pourtant persuadée de ce qu'elle racontait. Avant que Vaujany ne recommence son numéro, Marina intervint :

— C'est par le garage que nous sommes sortis. Marco est certainement là-bas.

D'un mouvement commun, les six policiers quittèrent la maison pour se diriger vers le garage. Vaujany les suivit, sûr de lui. Il déverrouilla lui-même le volet automatique. À l'intérieur, une Mercedes noire, des étagères recouvertes d'objets entassés jour après jour, un casier à skis.

— Alors ? demanda Vaujany, triomphant.

Mazure regarda Marina Kalenski, affolée. Elle ne mentait pas, il en était certain, et elle avait reconnu Vaujany. Il devait rapidement trouver une solution : ils ne pouvaient pas s'éterniser ici sans preuve.

— Êtes-vous maintenant prêts à admettre une petite seconde que je dis vrai, que la parole d'un honnête citoyen vaut au moins autant que celle d'une traînée ? Donc, vous allez gentiment repartir chez vous et me laisser profiter de ma matinée comme je l'entends. Je sais que la police est sur les nerfs, ces derniers temps, ironisa le propriétaire.

Vaujany les attira hors du garage. Ils croisèrent une Mini Cooper qui pénétrait dans l'allée. Une femme en sortit, un sac de croissants à la main. Surprise, elle se dirigea vers le groupe, encore hésitante sur la conduite à tenir.

— Serge, mon ami, qu'est-ce que ce tapage matinal ?

— La police, Violette, qui nous prenait pour un couple d'escrocs, répondit son mari. Tout est arrangé. Vous pouvez remonter à la maison et préparer le petit déjeuner. Je raccompagne ces inspecteurs.

— Que nous reprochez-vous, messieurs ? demanda, étonnée, Violette Vaujany.

— Rien qui vaille la peine que vous vous en occupiez. Filez chez nous ! intima sèchement son mari.

Marina, masquée par Rudloff, se jeta sur Violette Vaujany :

— Messaline, je vous en supplie, aidez-nous. Marco a disparu.

Même embrumée par la fatigue de ses exploits de la nuit, Violette Vaujany ne put s'empêcher de marquer sa stupeur :

— Fanny, que faites-vous là ? Comment vous êtes-vous retrouvée dans un si triste état ?

Fou de rage, Vaujany attrapa son épouse par le bras. Mazure ne le laissa pas faire.

— Vous connaissez apparemment cette jeune femme, madame Vaujany.

Gênée et partagée entre sa naturelle bonhomie et la colère incompréhensible de son mari, Violette ne savait que répondre. Personne n'était censé être au courant de leurs soirées libertines, même si elles n'enfreignaient nullement la loi. D'un autre côté, elle avait eu le béguin pour ce Marco et souhaitait aider les policiers. Au regard lancé par Serge, elle devina qu'elle devait se taire. Elle lui demanderait plus tard ce qui était en jeu. Mazure ne chercha pas à entamer une discussion stérile.

— Rudloff et Wendall, vous surveillez les Vaujany. Marina, vous restez avec eux jusqu'à ce qu'on vous fasse signe. Nous, on retourne dans le garage et on trouve cette foutue entrée.

94

Marco

Après une rapide inspection des murs, Mailhet attira l'attention de ses collègues :

— Le casier à skis a été récemment déplacé. On devine un truc, derrière !

— Alors, dégagez-moi vite cette merde ! ordonna Mazure.

Aidé du lieutenant Drancey, le policier tira violemment le meuble, qui s'effondra sur le sol bétonné. Dans un vacarme métallique, une issue se dévoila à leurs yeux. Mazure sortit son arme de service, imité par ses collaborateurs. Drancey étudia la serrure. Elle était basique. Il observa les étagères du garage et se dirigea vers une barre de fer qui ferait office de pied de biche. Sous le regard de ses collègues, il l'introduisit dans l'interstice entre la porte et le montant et pesa lourdement dessus. Dans un craquement sec, le verrou céda. Alors que le policier entrait dans le couloir sombre, deux coups de feu éclatèrent. Il se jeta au sol.

— À couvert, hurla Mazure.

Les tirs avaient cessé.

— Mailhet et Moutin, retournez dehors, ordonna le commissaire. Vérifiez que personne ne tente de s'enfuir par une sortie de secours. J'appelle la gendarmerie en renfort.

Ils ne s'étaient pas équipés pour mener un assaut et avaient laissé les gilets pare-balles dans les véhicules. Alors que Mazure venait de joindre la gendarmerie de Grenoble, la voix de Rodolphe Drancey jaillit du couloir :

— Planquez-vous. J'ai balancé une grenade !

Un bruit assourdissant emplit la maison, faisant vibrer les murs et choir des objets. Drancey avait emporté une grenade de désencerclement saisie la veille dans une planque de dealers. Bonne inspiration ! Il fonça droit devant lui dans le corridor obscur. Il avançait au ras du sol inégal. Pistolet au poing, Mazure lui emboîta le pas. Ils devaient profiter des prochaines secondes. Leurs adversaires n'étaient sûrement pas sortis indemnes de l'explosion. À un croisement, sur sa gauche, un escalier, menant sans doute à un passage caché qu'ils n'avaient pas remarqué en visitant la maison. Rodolphe décida de continuer tout droit.

À quelques mètres de lui, une masse sombre était étendue au sol. Il attendit un instant, le canon braqué vers le corps qui ne bougeait pas. Il avança et, avec précaution, palpa l'homme à terre. Il respirait à peine. Embusqué pour surprendre les policiers, il avait pris la grenade en pleine poitrine. Rodolphe remarqua quelques marches qui descendaient vers une cave. Marco était sûrement là, mais leur avait-on préparé un comité d'accueil ? Le policier agita le bras et siffla. Mazure le rejoignit. Ils observèrent la porte. Elle était entrouverte. Aucune lumière ne filtrait par l'interstice.

— J'y vais, annonça Drancey.

— On attend les gendarmes. Ils sont en route. Je ne veux pas perdre un de mes meilleurs hommes, répondit Mazure.

— La vie de Marco se joue peut-être dans les quelques secondes qui viennent, patron, insista Rodolphe sans le lâcher des yeux.

Le commissaire hésita quelques secondes, puis hocha la tête :

— Vous avez sans doute raison. C'est moi qui vais entrer. Couvrez-moi !

Sans attendre que le lieutenant soit remis de sa surprise, Alain Mazure dévala les marches, poussa violemment la porte et se jeta au sol. Pas un bruit. La lumière du jour levant s'invitait par un soupirail. Pas un mouvement dans la pièce où trônait une grande table. Mazure se releva lentement et appuya sur l'interrupteur qu'il avait repéré. L'éclat des plafonniers l'aveugla quelques instants. Il était seul.

— C'est clean, rejoignez-moi.

Quand les détonations avaient retenti dans le garage, Wendall avait aussitôt passé les menottes à Serge Vaujany et sa femme. La mine ahurie de son épouse suffisait à prouver qu'elle était en dehors du coup. Il les avait poussés et enfermés dans la Mini Cooper de Violette Vaujany. Rudloff s'était approché de l'entrée principale pendant que ses deux collègues contournaient la maison. La porte s'était brusquement ouverte. Un homme en était sorti en courant. Rudloff avait lancé les sommations d'usage et, avant même de les avoir terminées, avait entendu deux balles siffler à ses oreilles. Il avait à son tour vidé son chargeur, sans toucher son adversaire qui se dirigeait vers les bois. La silhouette du tueur s'était ensuite affaissée. Mailhet, qui venait de le rejoindre, avait fait mouche. Le fugitif ne bougeait plus, mais combien étaient-ils encore dans cette maison bourgeoise, soudainement transformée en bunker digne d'un baron de la drogue colombien ?

La sirène deux tons d'une fourgonnette de gendarmerie résonna en même temps que Mazure et ses hommes sortaient du garage, blancs comme des linges. Le commissaire se dirigea vers le sous-officier qui venait de descendre de son véhicule et lui expliqua brièvement la situation. Wendall avait extrait ses prisonniers de la Mini. Mazure s'approcha d'eux et, avec une rudesse qui lui était totalement inhabituelle, attrapa Serge Vaujany par le col de sa veste d'intérieur et l'attira soudainement vers lui. Néron avait perdu toute sa superbe.

— Combien de personnes armées dans la maison ?

Comme Vaujany mettait du temps pour lui fournir l'information, il lui asséna une violente gifle.

— Alors, combien ?

— Deux, répondit l'homme en tentant d'essuyer le sang qui coulait de sa lèvre éclatée.

— Ils sont neutralisés. La place est sécurisée, conclut le policier. Appelez rapidement des ambulances pour les blessés. Je vais redescendre dans la cave avec vous, brigadier, ainsi qu'avec le lieutenant

Drancey et madame Vaujany. Les autres vérifient tout de même les pièces de la maison.

— Laissez ma femme hors de cette histoire, tenta de s'insurger Vaujany.

Le regard du commissaire Mazure suffit à le faire taire. Conscient d'avoir perdu la partie, il se tassa sur lui-même.

Alain Mazure n'avait pas répondu aux questions de Violette Vaujany, empêtrée dans cette situation à laquelle elle ne comprenait rien. Il poussa la porte de la cave puis, d'un geste de la main, invita Drancey, le gendarme et Violette à s'approcher du centre de la pièce. Quand elle découvrit le spectacle, elle se figea et ne prononça plus un mot. Attaché sur une planche maculée de sang, Marco Della Rocca. En face de la table, une caméra vidéo encore posée sur un trépied. Si les traits de son visage avaient été déformés par une douleur insupportable, Marco était aisément reconnaissable. Son corps n'était par contre plus que la caricature de celui d'un homme. De longues incisions laissaient apparaître les muscles, dans une nudité obscène. Sa poitrine, son ventre et le haut des cuisses avaient été particulièrement suppliciés. Le scalpel avait frappé plus de cent fois. Par endroits, il avait profondément entaillé les chairs, dévoilant l'éclat ivoire d'un os. Ailleurs, il avait dessiné de légères arabesques, subtils kanji écarlates sur le corps encore souple. Marco n'avait pas été bâillonné. L'écho de ses cris de douleur hantait maintenant les murs de la pièce voûtée. Rodolphe Drancey crispa les mâchoires, puis, d'un geste presque tendre, ferma les yeux de son ami. Le cadavre était tiède.

— Connaissez-vous cet homme, madame Vaujany ? demanda Alain Mazure à sa voisine en état cataleptique.

La femme ne répondit pas. Elle ne l'entendait pas. L'horreur du tableau qui s'offrait à elle l'avait sortie du monde réel. Drancey ne retenait pas les larmes qui coulaient sur ses joues et le gendarme, livide, tentait de se redonner une contenance digne de sa fonction. Mazure prit la femme par l'épaule et lui parla avec une étonnante sollicitude :

— Violette, qui est cet homme ?

La Messaline nocturne se serra contre lui, cherchant à chasser de son esprit le cauchemar qui l'avait submergée.

— C'est Marco.
— Marco qui ?
— Je ne sais pas, Marco de Marco et Fanny.
— Vous le connaissiez depuis longtemps ?
— Depuis cette nuit. Nous avons fait l'amour ensemble.
— Comment expliquez-vous que nous le découvrions chez vous, dans cet état ?
— Je ne comprends pas... je ne comprends pas. Quand je l'ai quitté, il repartait avec Fanny.
— Qui aurait pu vouloir lui faire cela ? insista Mazure.
— Personne. Nous nous retrouvons régulièrement pour jouir de la vie. Seul un démon a pu faire ça... Le diable s'est invité chez moi ! hurla-t-elle soudain.

Mazure devina qu'il n'en tirerait pas plus pour l'instant. Son mari ne partageait pas avec elle le secret de ses activités criminelles. Il serra Violette dans ses bras un moment pour tenter de juguler la folie qui s'emparait d'elle. Sans doute avait-il lui aussi besoin de sentir la vie battre contre son cœur pour supporter la vue de son collègue supplicié. Ils quittèrent la pièce et rejoignirent l'extérieur. Le soleil s'était levé et la beauté du paysage au petit matin le choqua. Pourquoi avait-il accepté que Della Rocca se rende à cette soirée ? Il se ressaisit vite, sachant parfaitement que ce genre de remords était inutile. Un homme en manteau de vigogne se précipita vers lui, furieux.

— Comment justifiez-vous cette intrusion chez monsieur Vaujany ? aboya-t-il.
— Qui êtes-vous ? lui demanda Mazure en continuant son chemin.
— Maître Pascal Lepoutre.
— Vous tombez très bien, maître Lepoutre. Il est 7 h 54. Vous allez expliquer à votre client qu'à partir de maintenant, il est en garde à vue. Je l'accuse de meurtre avec barbarie sur la personne de Marco Della Rocca ainsi que de tentative de meurtre avec préméditation sur des agents de la force publique. Le reste suivra plus tard. J'ai appelé le procureur Reinhardt et il est en chemin. En l'attendant, je voudrais vous présenter quelqu'un.

Le policier ne laissa pas à l'avocat le temps de se remettre de sa surprise.

— Lieutenant Drancey, emmenez maître Lepoutre rencontrer Marco Della Rocca.

Puis, s'adressant directement à l'avocat :

— Quand vous serez de retour, maître, vous pourrez commencer à assister votre client. J'aurai de nombreuses questions à lui poser… surtout avec des assassins qui courent dans la nature.

95

Hôtel de police

L'hôtel de police s'était transformé en ruche. Le commissaire Mazure avait envoyé à Bernin une équipe de l'identité judiciaire ; la cave devait livrer ses secrets. La dépouille de Marco Della Rocca était déjà en route vers le CHU de Grenoble. Le docteur Blavet l'attendait, prêt à inspecter le corps millimètre par millimètre pour y découvrir un ultime témoignage posthume. Les bourreaux avaient forcément laissé des empreintes ou des traces d'ADN. Nadia Barka avait rejoint le commissariat peu avant le retour de ses collègues. L'interrogatoire de Serge Vaujany avait commencé, mais l'homme s'était refermé comme une huître et niait l'évidence en bloc.

— Maître Lepoutre, votre client a le droit de garder le silence et de nous prendre pour des cons. Même si j'ai l'habitude de ce genre de comportement, assurer qu'il ne connaissait pas l'existence de la cave de sa propre maison, cela relève du grand art ! Des prédateurs dont vous avez pu admirer le travail courent vers des victimes dont nous ignorons l'identité. À vous de le convaincre de nous dire qui sont les personnes qu'il protège.

L'avocat hésita avant de répondre. Dans un contexte différent, il serait monté sur ses grands chevaux et aurait sorti son couplet sur la présomption d'innocence. Cependant, il avait vu le corps martyrisé du policier et le désintérêt total de Serge Vaujany quand il avait à son tour été confronté au cadavre.

— Je vais essayer, mais je ne vous promets rien. Je connais Serge depuis plus de dix ans, et si vous m'aviez raconté cette histoire hier, je vous aurais pris pour un fou.

— Avez-vous encore le moindre doute sur sa culpabilité ? s'étonna Mazure.

— Mon rôle n'est pas de le juger, mais de le défendre. En lui demandant de vous parler, je commence à assurer sa défense.

— Alors, défendez-le bien. Après ce qu'il a fait au lieutenant Della Rocca, vous vous doutez que je ne le lâcherai plus.

Violette Vaujany était effondrée. Le capitaine Barka l'avait installée dans son bureau, en compagnie de Marina Kalenski et du lieutenant Marie Woessner. Nadia n'avait pu retenir ses larmes en apprenant la mort atroce de son équipier. Elle avait repris le dessus et menait l'interrogatoire de Messaline, qui avait refusé de se faire assister par un avocat. Sa vie venait de s'écrouler comme un château de cartes. Elle ne comprenait pas comment l'homme qu'elle avait fréquenté pendant plus de vingt ans s'était transformé sous ses yeux en un monstre sanguinaire. Tandis qu'elle racontait la soirée, la jeune prostituée ajoutait quelques détails quand elle l'estimait nécessaire. Marina avait revêtu un vieux jean et un sweat-shirt de rechange que Nadia gardait dans un placard. Violette Vaujany ne connaissait pas les véritables identités de ses invités. Elle n'avait d'ailleurs jamais cherché à les connaître. C'était la règle du jeu.

— Violette, relança Nadia en tentant de la mettre en confiance. D'après ce que vient de dire Marina, vous dîniez et discutiez avant d'attaquer vos fantaisies sexuelles, n'est-ce pas ?

— Oui, nous voulions multiplier les plaisirs : celui de la table, de l'esprit, avant de plonger dans ceux des sens, sanglota Messaline.

— En tant qu'hôtesse, reprit la policière, vous naviguiez forcément d'un groupe à l'autre.

— Tout à fait.

— Avez-vous déjà eu l'occasion de participer à des conversations traitant d'ésotérisme ou de sorcellerie ?

— Une fois, je m'en souviens très bien, répondit instantanément Violette Vaujany. J'ai même été très mal à l'aise.

— Je vous écoute.

— C'était il y a deux mois. Je discutais avec Abel et Abélard. Ils avaient bu un peu plus que d'habitude, et j'imaginais d'avance l'intérêt que je pourrais en retirer. D'un coup, ils m'ont demandé si je croyais en la réincarnation. J'ai répondu que non. Ils m'ont assuré que j'avais tort, qu'un esprit allait revenir se venger après quatre siècles passés aux enfers. Je les ai regardés sans doute bizarrement, car ils ont éclaté de rire.

La voix de Violette devint hachée :

— Je me souviens avoir demandé pourquoi. « Pour chasser des sorcières », m'ont-ils mystérieusement répondu. Puis Abélard a mis ses deux mains devant mes yeux, soulevant chaque fois trois doigts. « Six, m'a-t-il confié avec un sourire glacial. Il va arracher six sorcières à la terre de France. » Ensuite, il a poussé un cri dément et a commencé à me caresser les seins. Alors j'ai relégué cette conversation au fond de ma mémoire. Je me suis dit qu'il avait voulu m'exciter en m'effrayant. Il avait réussi.

Un silence accueillit la confession de la libertine. Ainsi, l'hypothèse que Nadia avait échafaudée s'avérait. Il s'agissait bien d'une vengeance posthume. Ils auraient le temps de comprendre ce qui pouvait motiver les assassins. Cependant, la nouvelle terrifiante était l'existence de trois proies supplémentaires en danger de mort immédiat.

Un grand bruit l'arracha de sa stupeur.

— Avance, fils de pute !

Projeté dans la pièce, Michel Plantain s'effondra sur le sol, menottes aux poignets. Le lieutenant Drancey, accompagné d'un policier en civil, suivit en tempêtant.

— On a réussi à choper cette balance chez lui, expliqua-t-il à Nadia.

Puis, s'adressant au réalisateur de pornos, il l'apostropha :

— Tu vas regretter d'avoir balancé Marco, espèce d'enculé !

Violette Vaujany trembla devant cette nouvelle poussée de violence. Marina, elle, fixa Plantain avec haine.

— Rodolphe, va l'interroger dans le bureau d'Étienne ! ordonna Nadia. Il n'est pas là ce matin. Plantain a demandé un avocat ?

— Il ne m'en a pas laissé le temps, couina Michel Plantain.

— Vous avez trois minutes pour l'appeler, concéda Nadia.

Le lieutenant Drancey la regarda, choqué.

— Il y a des lois à respecter, Rodolphe… Cela ne t'empêchera pas d'avoir une petite conversation avec lui avant.

Drancey attrapa Plantain par le col de sa veste de ski et rejoignit le bureau du capitaine Fortin. Il installa brutalement le prévenu sur une chaise en bois et proposa du doigt un tabouret de bar à son collègue. Avec un calme apparent, Rodolphe se débarrassa de son blouson et commença à tourner sans bruit autour du réalisateur. Puis, pris d'une soudaine inspiration, le policier quitta la pièce. Il revint peu de temps après avec un ordinateur. Il le posa sur la table, y connecta une clé USB et lança un programme.

— Puisque tu fais des films, tu devrais apprécier celui-là. Peut-être que c'est même le célèbre Roland Khuleur qui l'a tourné !

Plantain regarda le policier avec inquiétude. Il ne voulait pas le contrarier avant que son avocat arrive. Cinq minutes plus tard, Drancey arrêta la vidéo, saisi par la nausée. Le second policier avait quitté la pièce. Plantain était blanc comme un linge.

— Alors Khuleur, qu'est-ce que tu dis de la qualité de la réalisation ?

— C'est des tarés qu'ont fait ça, lieutenant. Putain, j'ai jamais trempé dans ce genre de merde, parole. Même que les snuffs, je pensais que c'était de la légende urbaine. Je vous le jure sur la tête de ma mère !

— Laisse ta mère où elle est. Tu vois, commenta Drancey, je serais presque tenté de te croire pour le film. Par contre, explique-moi pourquoi Marco s'est fait gauler à la fin de la soirée, ajouta-t-il avec un air menaçant. T'as intérêt à être sacrément convaincant, parce que tu pars avec un avis défavorable, chuchota-t-il en lui écrasant l'épaule.

— J'en sais rien, putain, gémit Plantain. Vous croyez que je suis assez con pour balancer un flic alors que vous venez de m'accepter comme indic ?

— Oui, ça m'a effleuré.

— Mais bordel, je suis le premier suspect dans cette affaire. Je suis pas maso, merde !

— On se calme, gronda le policier en envoyant une violente claque à son prisonnier. Alors si c'est pas toi, c'est qui ? On m'a déjà dit que c'était écrit « flic » sur ma gueule, mais sûrement pas sur celle de Marco.

Plantain se redressa et prit le temps de réfléchir. Il devait aider la police pour se sortir de la merde. Par ailleurs, sa santé dépendait aussi de l'arrestation des assassins. Ils lui en voudraient à mort d'avoir introduit le loup dans la bergerie, même si Vaujany et ses amis ne s'apparentaient pas à des agneaux.

— Je vous ai déjà parlé d'Abel, lieutenant. Pour moi, s'il y a un mec louche, c'est bien lui. Je ne connais pas personnellement chaque participant, mais je vais vous dire tout ce que je sais sur eux, parole.

— Le couple Vaujany est en garde à vue. Leurs employés n'ont pas lâché un mot. Mais c'est quoi cette loi du silence ? tempêta Alain Mazure devant la vingtaine de policiers conviés à la réunion qui débutait. Tout ce que l'on a réussi à apprendre, c'est qu'il y a encore trois femmes sur leur liste.

Dans le couloir, un policier fit signe à Jérôme Garancher, qui quitta la pièce et réapparut quelques secondes plus tard, une enveloppe à la main. Il la tendit à son patron :

— Voici le résultat des recherches sur la famille Pirlo, commissaire. Les héritiers de Geoffrey de Malherbe.

Mazure arracha pratiquement le dossier des mains de son collaborateur. Il sortit une photo format A4 d'un homme d'une trentaine d'années et la montra à l'assemblée :

— Ça vous dit quelque chose ?

Nadia se sentit mal à l'aise en voyant le regard étrange de Victor Pirlo. Pourtant, elle ne l'avait jamais rencontré. Aucun des policiers n'avait eu affaire à ce personnage. Mazure saisit la fiche de renseignement et la lut :

— Victor Pirlo, né en 1983 dans le canton de Genève. Obtient la nationalité française en 2006. Médecin anesthésiste. Célibataire sans enfant. Habite à Grenoble, place Victor-Hugo. Aucun casier judiciaire en France ni en Suisse. Avec ça, nous sommes bien avancés.

Il tira de l'enveloppe une autre photo.

— Nina Pirlo. Quelqu'un la connaît, celle-là ?

Nadia ne put retenir un cri quand elle découvrit le portrait. Elle pâlit aussitôt.

— Qu'est-ce qui se passe, Nadia ? demanda Mazure, stupéfait de la réaction de sa collaboratrice.

— Veronika Forestier ! Nina Stiven, alias Nina Pirlo, est Veronika Forestier. C'est la voisine des époux Blanchard, assassinés à Autrans.

96

Nina et Victor

Les conversations allaient bon train. Une descendante de Geoffrey de Marbeuf habitait à côté d'une descendante de Margot Malherbe depuis plusieurs années. La connexion était faite. Nadia demanda le silence.

— Commissaire, j'aimerais montrer ces photos à Marina Kalenski.

— Allez la chercher.

Quand les deux femmes revinrent dans la salle de réunion, tous les yeux étaient braqués sur Marina. Mazure posa les deux clichés sur la table.

— Ce sont Abel et Héloïse, s'exclama aussitôt Marina avant que le policier l'interroge. J'en suis absolument certaine.

— Parfait, Marina, vous pouvez retourner dans mon bureau, remercia Nadia.

— Non, attends deux minutes. Je voudrais lui montrer quelque chose, moi aussi.

Rodolphe Drancey s'absenta et revint avec son ordinateur. Il sélectionna une scène courte et installa l'écran devant la prostituée.

— Je suis désolé de vous imposer ça, mais je dois vous montrer un extrait du film de la mort de Marco. Je vous demande de vous concentrer uniquement sur le bourreau. Elle est en sous-vêtements et porte un masque. Puisque vous avez vu tous les participants à la soirée nus, dites-moi si vous pouvez l'identifier.

— D'accord, répondit Marina en tremblant. Je vais le faire pour Marco.

Elle s'assit face à l'écran. Vingt secondes plus tard, elle était en larmes. Au bout d'une minute, elle demanda à cesser le visionnage de la vidéo.

— Alors ? questionna le lieutenant Drancey.

Seuls les sanglots de Marina troublaient le silence presque parfait qui s'était installé dans la pièce exiguë. Ils s'espacèrent peu à peu. La jeune femme se moucha et regarda Rodolphe.

— C'est Héloïse qui a torturé Marco, lâcha-t-elle. J'ai reconnu son étrange cicatrice, sur son épaule. C'est affreux… elle était si douce.

Nadia était aussi pâle que la Polonaise.

— Nelly, murmura-t-elle. Nelly est entre ses mains. Elle est en danger de mort.

Nadia avait cherché une photo de Mathieu Forestier sur les réseaux sociaux. Sans surprise, le mari de Veronika avait également participé à la soirée chez les Vaujany : c'était Abélard. Les pseudos libertins des Forestier étaient donc Héloïse et Abélard. Celui de Victor Pirlo était Abel. Ils venaient de découvrir l'identité des assassins qu'ils traquaient depuis des jours. Mais à quel prix ! Le capitaine Barka prit aussitôt son téléphone et contacta l'adjudant Guérin. Ils avaient une chance unique d'arrêter les époux Forestier. Le gendarme prit note de la demande et la fit patienter. Puis, quelques minutes plus tard :

— Je n'arrive pas à joindre les deux hommes qui assurent la protection des Forestier. Je file sur Autrans, annonça Chris Guérin.

Dans le même temps, Mazure avait dépêché un groupe place Victor-Hugo et un autre au CHU de Grenoble où exerçait Victor Pirlo. Ils devaient cueillir le frère et la sœur en même temps. Ils mettraient les inquisiteurs hors d'état de nuire, ou du moins ceux qu'ils avaient localisés. Impossible d'exclure qu'ils aient des complices.

Nadia résuma l'affaire :

— La vidéo de la séance de torture de Marco prouve que ses bourreaux et les assassins des trois femmes sont bien les mêmes. Pour en être certains, nous devons attendre le verdict du professeur Blavet, mais les corps présentent le même type de blessures. Les photos des victimes n'ayant jamais été diffusées dans la presse ou sur le net, nous n'avons pas affaire à un imitateur. Ces atrocités sont nées d'une vieille et ridicule histoire de vengeance, et ne s'arrêteront que si nous mettons très rapidement la main sur les tueurs. Nous devons cela au lieutenant Della Rocca. Pour le moment, croisons les doigts pour que nos collègues nous ramènent les meurtriers.

— Nadia, vous ne nous avez pas encore raconté les résultats de votre visite à La Salette, remarqua le commissaire Mazure. Vous avez le temps de nous faire un bilan.

— J'ai rencontré un vieux prêtre qui a connu la grand-mère de la troisième victime, Christine Blanchard, commença Nadia.

Elle hésita légèrement, puis poursuivit :

— Cette femme lui a dévoilé où serait caché le trésor des Malherbe juste avant de mourir.

— Mais pourquoi ne l'as-tu pas dit avant ? s'exclama Rodolphe Drancey avec l'approbation bruyante de ses collègues. C'est dingue comme nouvelle.

— Exactement pour éviter ce genre de réaction, Rodolphe. La mort de Marco est autrement plus importante que la localisation d'un prétendu trésor. Rien ne prouve qu'il existe vraiment. Le prêtre n'est jamais allé vérifier les dires de la mourante. Ne le prenez pas mal, mais je n'en parlerai qu'au commissaire. Une fuite non maîtrisée sur ce sujet, et ce serait la catastrophe.

Son téléphone sonna à nouveau. Son visage se referma. Elle échangea quelques phrases avec son interlocuteur et raccrocha.

— Les Forestier ont disparu en emmenant Nelly Blanchard.

— À quelle heure ? demanda Mazure.

— Ils sont partis vers huit heures trente, sans donner leur destination aux gendarmes de garde.

— Ils les ont laissés filer ? s'exclama Drancey.

— Ils ne les ont pas vus partir hier soir, ni revenir au petit matin de leur partie fine ? ajouta Mazure.

— Je vous rappelle, reprit Nadia, que, jusqu'à il y a peu, les Forestier étaient des victimes potentielles. Les gendarmes étaient là pour protéger leur domicile, pas pour enregistrer leurs faits et gestes. Je suis très inquiète pour Nelly. Ils peuvent tout lui faire !

— Vous les avez récemment croisés, Nadia. Vous n'aviez rien suspecté ? insista le commissaire Mazure.

Le capitaine Barka regarda le commissaire, puis les policiers réunis. Elle mit de côté la sensation de malaise qui ne l'avait pas quittée la veille et répondit :

— Non, ils ont été charmants avec moi, tout particulièrement Veronika. Espérons que l'arrestation de son frère se passera bien.

Le résultat ne se fit pas attendre longtemps. Victor n'était pas dans son appartement et n'avait pas mis les pieds à l'hôpital de la journée. Tout comme sa sœur et son beau-frère, il s'était volatilisé. Le hasard n'était plus possible. La nouvelle de l'arrestation de Serge Vaujany était parvenue jusqu'à leurs oreilles !

Le procureur Reinhardt venait de les rejoindre. Mazure le mit au courant en quelques mots des derniers rebondissements de l'affaire.

— Perquisitionnez les domiciles de Grenoble et d'Autrans, ordonna le procureur. Renforcez vos groupes, coordonnez-vous avec la gendarmerie et intervenez tout de suite. Vous fouillez le moindre centimètre carré, vous cassez les murs ou retournez le sol de la cave si vous le jugez nécessaire ! Par ailleurs, nous lançons un appel à témoins. Je vais contacter les médias. Avant midi, nos tueurs pourront s'admirer sur tous les écrans de France. Mettez aussi en place des barrages routiers. Si ça se trouve, ils ne se sont pas enfuis bien loin. Nous avons maintenant les immatriculations exactes des véhicules des suspects. Le dépouillement des caméras autoroutières nous aidera peut-être à leur mettre la main dessus. Tracez leurs déplacements avec leurs téléphones portables. On va lancer la chasse à l'homme de l'année. Avec la pression que j'ai du ministère de l'Intérieur, je peux vous assurer qu'ils sont prêts à nous donner les moyens. Ces inquisiteurs ne nous échapperont pas longtemps.

Laissant les équipes préparer leur mission, Bertrand Reinhardt, Alain Mazure et Nadia Barka se retirèrent dans le bureau du commissaire.

— Alors, capitaine Barka ? demanda Reinhardt. Rassurée ?

— Rassurée par quoi, monsieur le Procureur ? Nous avons affaire à des malades, mais des malades d'une redoutable perversité. Je suis persuadée qu'ils ne sont pas seuls et qu'ils ont un plan de repli depuis le début. Alors d'accord, leurs déplacements vont sérieusement se compliquer, mais ils peuvent facilement se déguiser. Par ailleurs, n'oubliez pas qu'ils ont une base arrière en Suisse.

— S'ils s'enfuient, on les attrapera à la frontière, rétorqua le procureur.

— Sans vous manquer de respect, vous savez parfaitement qu'il n'y a pas plus poreux qu'une frontière, même une frontière helvète. À mon avis, nous avons deux jours pour les arrêter. Ensuite, ils auront disparu dans la nature… et peut-être assassiné Nelly et les dernières descendantes de Margot Malherbe.

— Pensez-vous qu'ils abandonneront l'idée de retrouver le trésor ? demanda Mazure.

— Non, ils le veulent. C'est leur point faible et ce qui retardera leur fuite, acquiesça Nadia.

— D'après ce que le prêtre vous a raconté, où est caché le trésor des Malherbe ? interrogea Bertrand Reinhardt.

— Dans l'église du village de Saint-Joseph, au milieu du Vercors, lâcha Nadia.

— Croyez-vous à son existence ? reprit le procureur.

— Oui. Ne me demandez pas pourquoi, mais je suis convaincue que cette histoire est vraie. Maintenant, est-il vraiment à Saint-Joseph ? Cela reste à vérifier.

— Il faut envoyer tout de suite une équipe pour s'en assurer.

— Si je peux me permettre, ce n'est pas la priorité, monsieur le Procureur. Si le coffret des Malherbe repose dans cette église depuis des années, il ne va pas disparaître du jour au lendemain. La priorité, c'est de sauver Nelly Blanchard.

— Alors, que proposez-vous ? demanda Reinhardt.

— Nelly admire les Forestier, tout particulièrement Veronika. Il faut que j'arrive à entrer en contact avec elle sans que les Forestier le sachent. S'ils se doutent de quelque chose, j'ai peur qu'ils n'hésitent pas à la tuer.

— Quitte à perdre le trésor ? insista Mazure.

Nadia ne répondit pas. Elle baissa la tête et ferma les yeux. Les deux hommes respectèrent sa réflexion. Après un long silence, elle les regarda de nouveau.

— J'ai son numéro de téléphone. Je vais lui laisser un SMS en lui demandant de me contacter sans rien dire aux Forestier. Si je l'appelle directement et qu'ils sont à ses côtés, ils ne la lâcheront plus.

— Imaginons qu'elle vous rappelle. Ensuite ? enchaîna Alain Mazure.

— À moi de la convaincre de s'échapper pour me rejoindre.

— Vous pensez réussir ?

— Ce ne sera pas simple, mais je pense en être capable, commissaire, souffla Nadia. Quand elle sera avec moi, j'arriverai à la faire parler. Nous saurons peut-être où se planquent les Forestier et Victor Pirlo.

— Sans vous manquer de respect à mon tour, capitaine, les chances de succès sont faibles, nota le procureur.

— Je sais, mais elles existent. Nous n'avons pas remonté toute la piste pour voir les assassins s'évaporer sans tout tenter. Je lui parlerai également du trésor. Ce sera une sorte d'assurance-vie si elle a des problèmes avec Veronika. Si vous avez une meilleure idée, je suis preneuse…

— D'accord, tentez le coup. De notre côté, nous allons essayer de repérer son téléphone. Espérons qu'elle a un smartphone de dernière génération… une bénédiction pour les écoutes et les filatures, ajouta Reinhardt.

97

Étienne et Nadia

Midi. Le capitaine Barka avait envoyé son premier SMS depuis plus de deux heures. Elle avait longuement réfléchi avant de l'écrire. Il fallait inciter Nelly Blanchard à faire preuve de prudence sans l'affoler. La première réponse avait été laconique : « ? » Nadia l'avait cependant accueillie avec soulagement. Nelly était encore vivante et libre de ses mouvements. Veronika semblait l'aimer sincèrement, mais une telle psychopathe n'hésiterait pas à dépasser ses sentiments pour atteindre son but. Elle avait répondu à l'interrogation de la jeune femme et avait reçu, vingt minutes plus tard, le message suivant : « OK, t'inquiète, te rappelle. »

Assise dans son bureau, le téléphone posé sur la table, elle attendait. Elle attendait et l'inquiétude montait au fil des minutes. Les perquisitions chez Victor Pirlo et chez les Forestier avaient débuté. Le procureur Reinhardt les avait quittés pour lancer la chasse à l'homme. Nadia était seule dans son bureau, seule dans l'attente d'une sonnerie de téléphone. Elle avait récupéré une copie de la vidéo et avait commencé à la visionner. Elle était intimement révoltée par l'horreur des sévices infligés au policier, mais ne pouvait s'empêcher d'être troublée par la passion que mettait Veronika à… créer son œuvre, par son application presque sensuelle.

Elle n'arrivait pas à quitter des yeux le corps du bourreau. Elle éteignit précipitamment l'ordinateur en entendant la porte de son bureau s'ouvrir. Elle ne put retenir un mouvement de surprise en voyant Étienne entrer.

— Qu'est-ce que tu fais là ? interrogea-t-elle en regrettant instantanément la stupidité de sa question.

— Mazure m'a demandé de trouver qui a balancé Marco. Je veux en parler avec toi.

Le visage du capitaine Étienne Fortin était fermé. L'homme habituellement toujours prêt à plaisanter était loin. Elle l'observa avec attention. Comment avait-elle pu être aussi infecte avec lui ? Elle lui sourit, mais il resta impassible.

— Tu es rentré quand ?

— Mazure m'a convoqué il y a près de deux heures pour me confier cette mission. J'ai discuté avec Rodolphe du cas Plantain, puis je suis allé l'interroger. Ce mec-là est une pourriture, mais il se chiait dessus. Il n'a pas les couilles pour balancer un flic, même sans savoir ce qui attendait Marco. Nous sommes d'accord sur ce point avec Rodolphe. Plantain est en ce moment entre les mains d'une psy. On verra son verdict, mais je ne pense pas qu'il diffère du nôtre. Je suis ensuite passé voir la fille qui a accompagné Marco... J'ai oublié son nom.

— Marina.

— C'est ça. J'ai discuté un quart d'heure avec elle. Elle m'a raconté leur rencontre sur un trottoir de l'Isère, la proposition de Marco, sa transformation style Pretty Woman et la soirée. Marco avait déjà couché avec elle avant de la sélectionner comme « Fanny ». La fuite ne peut pas venir d'elle.

— Pourquoi ?

— Elle était tombée amoureuse de lui.

— En quelques jours ? Comment tu peux affirmer ça ? ironisa Nadia.

— Parce qu'elle en parle comme d'une sorte de dieu... et que j'ai déjà vécu ce genre de coup de foudre dans une vie antérieure, ajouta-t-il en fixant son interlocutrice sans ciller.

— D'accord, répondit Nadia en essayant de cacher son trouble. Et son mac ?

— Même s'il avait réussi à identifier Marco, comment aurait-il su où ils se rendaient ? Marina m'a dit où il créchait le jour. J'ai quand même envoyé Rodolphe l'interroger. S'il y a quelque chose à découvrir, notre ami le trouvera.

— Qu'est-ce qu'il reste alors ? La faute à « pas de chance » ? Le partouzard qui est déjà venu ici et qui reconnaît le lieutenant Della Rocca ? Tu crois à ça, toi ? attaqua Nadia.

— Même si j'ai des doutes, il ne faut rien laisser de côté. Il se peut aussi qu'un des participants à la soirée ait été interrogé par Marco dans le cadre de son enquête. Il a pris un gros risque en insistant pour se rendre à cette soirée. Il aurait dû envoyer un autre de nos gars.

— Je suis en partie responsable de ce qui est arrivé, avoua Nadia. J'ai défendu son idée auprès de Mazure.

Puis elle se reprit :

— J'ai discuté avec Violette Vaujany. Elle est à la rue. Elle vivait dans son petit monde, avec le fric de son mari pour satisfaire ses besoins matériels et ses soirées pour satisfaire ceux de son cul. Tout s'est cassé la gueule et elle a insisté pour nous aider. Mais elle ne connaissait pas les noms de ses partenaires. Je n'en ai rien tiré.

— J'ai une autre option qui me prend la tête depuis que j'ai quitté Marina, lâcha Étienne.

— Laquelle ?

— L'info est venue de chez nous.

— Tu veux dire de la police ? s'exclama Nadia, sidérée.

— Oui, de chez les flics. Le projet avait été annoncé lors de l'une de nos réunions d'avancement.

— Tu sous-entends que quelqu'un de chez nous aurait balancé l'info à Vaujany ou à Nina et Victor ?

— Ou à Vertufoy… ou à qui tu veux. Est-ce que tu peux affirmer que tout le monde est clean chez nous, qu'il n'y a pas une taupe ou un ripou ? rétorqua Étienne.

— Mais pourquoi, bordel ?

— Pour se faire mousser, pour du fric, ou juste par manque de discrétion.

Comme Nadia restait silencieuse, il poursuivit :

— Toi aussi, Nadia, tu aurais pu fournir des informations.

Avant qu'elle ne réagisse à la provocation, Étienne continua :

— Si j'ai bien compris ce qu'on m'a dit, tu as passé la soirée et la nuit chez eux, en revenant de Lyon. Dans l'état où tu étais, tu aurais pu être imprudente.

Ulcérée, Nadia tapa sur son bureau et se leva de sa chaise. Étienne ne bougea pas.

— Si tu es juste venu pour me sortir ce genre de saloperie, casse-toi d'ici !

Étienne s'approcha d'elle, posa la main sur son épaule et la força à se rasseoir. Sans résister, Nadia obéit à sa demande.

— Fais gaffe, tu t'investis trop personnellement dans cette affaire. Je n'ai pas dit que la fuite vient de toi. Je vais faire la liste de tous ceux qui ont participé à l'enquête et fouiller leurs relations. Garde ça confidentiel. Par contre, tu as quand même vécu dans l'intimité des Forestier. Émettre l'idée que tu aurais involontairement lâché des éléments de l'enquête n'est pas irrespectueux, non ?

Nadia le regarda fixement. Il posait juste une hypothèse que tout professionnel devait considérer.

— Assieds-toi, lui proposa-t-elle en remarquant qu'il était toujours debout.

Il prit un siège et s'installa face à elle. Nadia avait l'impression de le redécouvrir. Dur, sûr de lui et beau mec.

— D'abord, je voulais te dire que j'étais désolée pour…

— Ce n'est pas le moment, la coupa-t-il brusquement. Qu'est-ce que tu voulais me raconter ?

Nadia se força à ne pas réagir à la rebuffade. Il était évident qu'il ne lui pardonnerait pas son comportement en une phrase.

— D'accord. Quand nous nous sommes quittés, je suis montée à Autrans interroger Nelly Blanchard. Elle avait eu une vision du trésor des Malherbe. Elle l'avait déjà racontée aux Forestier avant de m'en parler. Ils ont partagé leur dîner avec moi. Ils étaient charmants et faisaient tout pour me mettre à l'aise. Je pense que j'avais besoin de ce moment de réconfort. Nous avons bien mangé et j'ai un peu trop bu… un peu trop pour rentrer en voiture en tout cas. Ils m'ont donc proposé de rester dormir, et j'ai accepté.

— Tu es certaine que tu n'as pas parlé de la soirée de Marco ? Des meurtriers accueillant chez eux la responsable de l'enquête les concernant ! Tu imagines une meilleure aubaine pour eux ?

— Comment aurais-je pu deviner qu'il s'agissait des assassins des Blanchard alors qu'ils s'occupaient si bien de Nelly ? se justifia Nadia en haussant le ton.

— Je ne cherche pas à te mettre en cause, mais juste à comprendre, s'agaça Étienne.

— D'ailleurs, insista Nadia, Marco ne m'avait pas encore annoncé que la soirée aurait lieu le lendemain.

— Exact, mais sa décision d'y participer était déjà prise. Essaie de te souvenir. À la fin du repas, ont-ils tenté de profiter de ton état pour te soutirer indirectement des informations ?

Une sensation de malaise s'empara à nouveau de Nadia. Il fallait qu'elle mette des mots dessus. Étienne était sans doute la personne la moins à même d'entendre ce qu'elle avait à dire, mais c'était lui qui était en face d'elle. Elle respira longuement pour chasser le poids qui lui comprimait les poumons.

— Ce que je vais te dire, je ne l'ai encore raconté à personne.

Elle hésita encore quelques instants puis se lança :

— Plusieurs fois durant la soirée, je me suis sentie attirée par Veronika. Je le ressentais jusque dans mon bas-ventre. Je ne sais pas pourquoi. Je veux bien croire que j'ai des tendances lesbiennes inconscientes, mais pourquoi Veronika ? C'est une belle femme, mais tout de même…

— Et ? relança Étienne en se crispant sur son siège.

— Il ne s'est rien passé. Elle m'a accompagnée dans ma chambre. Nous avons fait le lit ensemble. Nous nous sommes pudiquement embrassées pour nous dire bonsoir. Même si la caresse de sa joue contre la mienne ne m'a pas laissée insensible, elle est repartie et je me suis couchée. Je me suis vite endormie. Le lendemain, par contre, je me suis réveillée à l'arrache. Je les ai quittés rapidement et je suis redescendue ici. Mais toute la journée d'hier, j'ai été nauséeuse. Comment dire ? J'étais mal dans mon corps et dans ma tête. J'avais envie de gerber, de tout envoyer chier.

— Comment est-ce que tu expliques ça ?

— Jusqu'à ce matin, je pensais que c'était lié à l'épuisement et à mon état nerveux de ces derniers mois, ou à notre rupture. Mais quand j'ai regardé la vidéo, juste avant que tu arrives…

— T'as vu quoi ? demanda Étienne, soudainement alerté par le changement de ton.

— Veronika, masquée et à moitié nue, qui torture Marco. J'ai honte de le dire, mais j'ai de nouveau été troublée par cette femme, avoua-t-elle dans un souffle.

Étienne serra les poings, mais se força à ne pas perdre son calme.

— Tu m'as pourtant dit qu'il ne s'était rien passé avec elle !

— Je te jure que c'est la vérité. Mais je me demande... même si c'est complètement insensé... s'il ne se serait pas passé quelque chose pendant la nuit. Des trucs que j'aurais oubliés au réveil, lâcha Nadia.

— Tu veux dire qu'ils t'auraient droguée pendant le dîner ?

— J'en sais rien, rétorqua Nadia. Ça aussi, ça me perturbe, ajouta-t-elle en montrant des fiches posées sur le bureau.

— Qu'est-ce que c'est ?

— Le dossier sur Victor Pirlo, nom de code Abel, qu'a monté Garancher. Je l'ai lu en détail tout à l'heure. Pirlo est médecin anesthésiste.

— Et alors ?

— Il connaît parfaitement la pharmacologie liée à l'endormissement, mais surtout...

— Surtout quoi ? Bon Dieu !

— Sa spécialité est l'anesthésie par hypnose. Tu imagines la situation ? Ils me bourrent de médocs. Je m'endors, puis Victor arrive et m'hypnotise. Je peux faire n'importe quoi... et même parler de la mission de Marco.

Elle s'arrêta net, crispée par l'angoisse. Elle venait d'énoncer tout haut ce qu'elle n'avait pas encore osé s'avouer. Elle n'osait même plus regarder Étienne, rongée par la honte.

— Putain, Nadia. Sors de ton délire d'autoflagellation !

Elle secoua la tête et revint à elle. L'angoisse d'avoir trahi Marco se mêlait au soulagement d'avoir mis des mots sur son mal-être.

— T'as pas encore plus con, comme idée ? s'énerva Étienne. Le sexe sous hypnose ! OK, notre vie sexuelle tendait plutôt vers le néant ces dernières semaines, et je peux comprendre que tu aies eu envie de fantasmer un coup. Mais là, tu ne crois pas que tu vas un peu trop loin ?

— Je sais plus où j'en suis... je suis désolée.

— T'es pas là pour être désolée. Je vais poursuivre mon enquête. Si ça peut te rassurer, je ne crois pas à ton histoire. Je vais orienter mes recherches vers un ripou parmi nous. Au fait, tu connais le pedigree de notre geek, Nikola ? Il n'est là que depuis janvier et a accès à tous les dossiers...

La sonnerie du téléphone les interrompit. Nadia posa un doigt sur sa bouche et regarda le numéro qui s'affichait. Surprise, elle décrocha.

— Nadia Barka !

Elle resta plusieurs secondes à écouter son interlocuteur.

— Je dois pouvoir te parler seule à seule. Tu es en danger.

— ...

— Tu dois me faire confiance, Nelly. J'ai les preuves de ce que j'avance. Et si jamais je m'étais trompée, je présenterais mes excuses aux Forestier... Par ailleurs, je sais où est caché le trésor des Malherbe.

— ...

— Trop risqué de te le dire au téléphone. Où et quand veux-tu qu'on se retrouve ?

— ...

— À tout à l'heure.

Nadia raccrocha, soulagée et satisfaite. Elle répondit à l'interrogation muette d'Étienne.

— Nelly Blanchard a des doutes, mais a accepté de me rencontrer seule. Je la retrouve dans quinze minutes à Grenoble, à VH. Il faut que j'y aille maintenant. Tu peux prévenir Mazure ?

— Je m'en occupe. Assure-toi qu'elle n'a pas été suivie et sois prudente.

La dernière recommandation du capitaine Fortin mit du baume au cœur de la policière. Elle partait avec son soutien implicite, et c'était important. Elle se leva, ramassa deux photos sur son bureau, attrapa son arme dans le tiroir et s'apprêta à quitter la pièce.

— C'est quoi ton plan ? demanda Étienne.

— Récupérer l'adresse où se planquent les Forestier. Dès que je l'ai, je vous appelle et vous intervenez. Tenez-vous prêts.

— Et si elle refuse ?

— Alors j'improviserai.

98

Place Victor-Hugo

La circulation était dense à cette heure de pause déjeuner. Nadia avait réquisitionné une voiture banalisée et était bloquée sur le boulevard Agutte Sembat. Impossible de mettre la sirène sur le toit sous peine de se faire immédiatement remarquer. Elle jura contre un chauffeur qui attaquait une troisième tentative de créneau pour entrer dans une place de parking manifestement trop petite. Alors qu'elle allait sortir pour lui expliquer vertement qu'une 308 break ne pouvait pas rentrer dans l'emplacement que venait de quitter une Twingo, le conducteur abandonna et reprit la route. En arrivant place Victor-Hugo, Nadia roula au pas. Elle aperçut rapidement la silhouette de Nelly Blanchard qui l'attendait devant un magasin de mode pour homme. Arrivée à proximité, elle ouvrit la fenêtre et l'appela. La jeune femme s'approcha, reconnut l'OPJ et grimpa dans la voiture. Sans un mot, Nadia accéléra brutalement, grilla un feu rouge et s'engagea en direction de l'Isère. Elle tourna dans une petite rue et se gara sur le bateau de sortie d'un immeuble. Elle coupa le contact et observa Nelly. Celle-ci était nerveuse et regardait droit devant elle.

— Merci d'être venue, commença Nadia.

— C'est quoi ton délire ? s'exclama la jeune femme. Je ne sais pas pourquoi j'ai accepté de te rencontrer. Comme ça, je suis en danger avec Veronika ?

Nadia attendit quelques secondes avant de répondre. Nelly enrageait, mais elle était quand même venue, preuve qu'un doute s'était immiscé en elle.

— Tu es certaine de ne pas avoir été suivie ? s'assura la policière.

— Ouais, c'est bon. J'ai dit que j'allais m'acheter un burger. Il est où ton problème ?

— Qu'est-ce que tu as fait la nuit dernière ? attaqua Nadia.

— J'ai dormi chez Mathieu et Veronika, répondit Nelly, surprise par la question.

— Et eux ?

— Ils avaient une soirée à Grenoble. Ils y sont allés ensemble. Ils ont le droit, non ? On est encore en démocratie.

— Tu les as vus rentrer ? continua Nadia sans se départir de son calme.

— Non, je dormais. Allez, lâche le morceau. Qu'est-ce qu'il s'est passé ?

— Ils ont été identifiés au cours d'une soirée qui a eu lieu du côté de Bernin.

— OK, grave. Et ensuite ?

— L'un de mes collègues a été assassiné à cette même soirée. Supplicié, comme tes parents l'ont été !

Nelly mit quelques secondes à faire le lien. Elle pâlit, puis se ressaisit.

— C'est quoi ton plan ? Puisque Veronika et Mathieu étaient présents, ce sont eux les meurtriers, c'est ça ? T'as fumé quoi, Nadia ? T'imagines un seul instant Veronika capable de faire ça ? Je la connais depuis plus de cinq ans et…

Nadia l'interrompit :

— J'imagine que tu l'as déjà vue en maillot de bain ou se balader en petite tenue dans la maison. A-t-elle un signe particulier, une cicatrice ou autre chose de ce genre ?

— Une cicatrice à l'épaule, à cause d'un accident de voiture, répondit Nelly sans chercher à comprendre la raison de la question.

Nadia sortit une photo de sa poche intérieure, une impression d'écran de la vidéo. Elle ne montra que l'épaule de Nina en cachant le reste de la scène.

— Tu la reconnais ? demanda-t-elle.

Nelly jeta un œil.

— Ça pourrait être ça, mais j'en suis pas sûre. J'imagine que d'autres meufs ont le même genre de cicatrices.

Nadia dévoila l'ensemble de la photo qui représentait Veronika en sous-vêtements avec son masque. Puis elle en sortit une seconde, prise en plan large, qui montrait la femme en train de s'acharner sur le corps de Marco Della Rocca.

— Un témoin a échappé au massacre. Il a formellement identifié Veronika et Mathieu Forestier.

La nouvelle assomma Nelly Blanchard. Alors qu'elle était sous le choc de l'assassinat de ses parents, elle s'était réfugiée chez ses plus proches amis, ceux qui l'avaient accompagnée, soutenue et comprise au cours des années difficiles de son adolescence. On lui apprenait maintenant qu'ils étaient les bourreaux de sa mère et de son père. Si la partie logique de son cerveau était persuadée que la policière lui disait la vérité, elle ne pouvait accepter une telle révélation. Elle se mura dans le silence et ferma les yeux. Peut-être arriverait-elle à échapper à ce cauchemar et à se réveiller dans sa chambre, avec l'odeur du café matinal préparé par son père ? Ce fut cependant la voix du capitaine Barka qui la sortit de sa torpeur :

— Nelly, dis-moi où ils sont.

La jeune femme balançait la tête de gauche à droite, dans un mouvement incontrôlé.

— Nous devons mettre la main dessus ! Si jamais nous nous sommes trompés, ils n'auront pas de problème à prouver leur innocence. Nelly, tu dois le faire pour tes parents.

Nelly regarda les sommets de la Chartreuse au-dessus des immeubles grenoblois. Le paysage était beau sous le soleil.

— Ils m'attendent dans un appart cours Berriat. La porte d'entrée donne juste entre un magasin de souvenirs kitsch et un chocolatier, murmura la jeune femme.

— À quel étage ?

— Au deuxième.

— Une dernière question, Nelly. Comment étaient-ils ce matin ? Comme d'habitude ? Plus nerveux ?

— Vu ce que tu m'as dit, je comprends pourquoi on est partis tôt. Mathieu m'a raconté une histoire zarbi de client à rencontrer. Je voulais pas rester seule toute la journée. Je les ai accompagnés. Tu crois que je risque quelque chose ?

— Oui. Ils sont armés ?

— J'en sais rien. Mathieu n'est pas du genre à collectionner les flingues.

— OK, merci.

— Les keufs vont les choper ? demanda Nelly d'une voix lasse.

— On va faire ça en douceur, t'inquiète pas.

Nadia prit son téléphone portable et appela directement Mazure. Dans moins d'un quart d'heure, ils interviendraient dans la cache du cours Berriat.

99

Cours Berriat

Nelly était restée dans un véhicule en compagnie d'Erwan Mailhet. Elle avait formellement reconnu l'entrée de l'immeuble. Les fenêtres donnaient sur la rue. Il n'y avait pas de cour intérieure. Mazure ne pensait pas que les Forestier tenteraient de s'enfuir en sautant, mais il avait positionné deux flics sur le trottoir d'en face.

Deux policiers de la BRI détachés de Lyon assistaient le capitaine Barka et le lieutenant Drancey. Ils profitèrent de l'arrivée d'une habitante pour pénétrer dans l'immeuble. Ils consignèrent la pauvre femme affolée dans le hall d'entrée et grimpèrent par l'escalier jusqu'au deuxième étage. Deux portes. Nelly leur avait indiqué celle de droite, mais dans le stress de la situation, elle avait des doutes. Un dessin d'enfant, représentant des chats jouant au ballon autour du mot « Bienvenue », barrait celle de gauche. En tendant l'oreille, Nadia distingua des pleurs de nourrisson. Elle secoua la tête et, d'un doigt, elle désigna leur cible. L'un des hommes de la BRI plaça des charges d'explosif sur la serrure et les gonds. Le procureur leur avait accordé toute latitude pour intervenir. Les policiers se réfugièrent dans l'escalier. Une détonation sourde, un léger nuage de fumée et l'ordre d'assaut. Gilet pare-balles, brassard et arme au poing, ils se précipitèrent dans l'appartement.

— Police, personne ne bouge !

En quelques secondes, ils avaient investi le salon. Personne. Trois portes donnaient le long d'un couloir. Comme dans un ballet cadencé, ils s'engouffrèrent dans les deux pièces et la salle de bains. Vides. En une minute, ils avaient vérifié le meublé de fond en comble. Si les Forestier avaient été là, ils venaient de mettre les voiles.

— Merde, fait chier ! hurla Nadia. Rodolphe, demande à Mailhet d'amener Nelly. Je veux être certaine que c'est le bon appartement. Allez sonner en face, au premier et au troisième étage. Faites attention. En attendant, je tiens Mazure au jus.

Peu de temps après, Nelly Blanchard pénétrait dans la pièce principale.

— C'est bien ici, je reconnais.

Elle regarda autour d'elle et se dirigea vers un canapé au tissu élimé. Elle ramassa un foulard en laine posé sur un accoudoir.

— C'est celui de Veronika. Bizarre qu'elle soit partie sans le mettre. C'est son préféré.

Nelly naviguait entre deux sentiments contradictoires. Elle ne savait pas si elle devait s'inquiéter ou se réjouir de la disparition des Forestier.

— Il est treize heures quinze, nota Nadia. Ils sont peut-être allés acheter de quoi manger. Si ça se trouve, on doit pouvoir les coffrer à leur retour. J'ai aperçu un local commun au rez-de-chaussée. On y planque pendant une demi-heure. Plus personne ne quitte l'immeuble.

Ils redescendirent en silence. Nadia se dirigea vers les boîtes aux lettres. Aucun nom ne figurait sur celle de l'appartement où s'étaient réfugiés les Forestier. Treize heures quarante-cinq. Personne n'était réapparu. Pourquoi Mathieu et Veronika avaient-ils disparu alors qu'ils étaient censés attendre Nelly partie à la recherche d'un hamburger ? Nadia reconsidéra avec une attention soutenue la piste d'une taupe dans leur équipe.

Nadia Barka, André Mazure et Rodolphe Drancey s'étaient sommairement installés dans le sous-marin appelé en urgence en face de l'immeuble du cours Berriat. Une fourgonnette au logo d'une compagnie de chauffage, à l'odeur de renfermé et d'huile de friture rance. Même si les chances de voir revenir les Forestier s'amenuisaient de minute en minute, il n'était pas question de négliger cette éventualité.

— L'appartement est géré par une société immobilière. Un des actionnaires n'est autre que Serge Vaujany. S'il fallait un lien supplémentaire entre ces tristes personnages, nous l'avons ! annonça le commissaire Mazure.

— Par contre, cela ne nous dit pas pourquoi ils ont disparu, continua Nadia. Soit Nelly n'a pas été assez convaincante et ils l'ont suivie, soit ils étaient sortis et nous ont repérés à leur retour. Soit, enfin, ils ont été prévenus...

— Vous croyez sérieusement à cette hypothèse, Nadia ?

— Ça expliquerait beaucoup de choses. Il ne reste qu'à espérer que l'appel à témoins fonctionne et que l'on ne se retrouve pas, comme d'hab, avec quatre-vingt-dix-neuf pour cent de mythos qui veulent leur quart d'heure de célébrité.

— Fortin travaille avec Garancher sur la recherche d'un complice dans la police. Pour le reste, on a mis le paquet. Reinhardt a le ministre au cul deux fois par jour. Balancer les portraits des tueurs devrait protéger les autres cibles qui sont sur la liste de Victor et Nina Pirlo, assura Alain Mazure.

— Je croise les doigts pour que vous ayez raison, commissaire. J'espère juste qu'ils ne disparaîtront pas dans la nature. Victor et Nina sont totalement obsédés par cette histoire de vengeance et pourraient revenir dans dix ou vingt ans pour la terminer. Il faut à tout prix qu'on mette la main dessus. De mon côté, je vais partir avec Nelly Blanchard à Saint-Joseph à la recherche du coffret.

— Rodolphe vous accompagnera. Par ailleurs, nous demanderons à quelques gendarmes de vous attendre sur place, expliqua Alain Mazure.

— Si vous n'y voyez pas d'inconvénient, je préférerais monter seule avec Nelly. J'espère obtenir des confidences dans la voiture. Elles me permettront peut-être de récolter des indices sur les Forestier, négocia Nadia.

100

Saint-Joseph

Le bruit du moteur couvrait le silence qui s'était installé dans la voiture. Nadia Barka gagnait le Vercors en passant par les gorges d'Engins. Le soleil faisait scintiller la neige qui tapissait encore les pentes montagneuses. Nelly s'était murée dans un profond mutisme. La jeune femme était sous le choc. Ses repères s'étaient effondrés en quelques jours. Hypnotisée par les courbes de la route départementale, Nadia avait laissé son esprit vagabonder. Elle espérait que la découverte du coffret, pour peu qu'il existât, accélérerait le déroulement des événements. Comment pouvait-on tuer pour une chimère ? Comme elles arrivaient sur le plateau, Nelly apostropha Nadia :

— Pourquoi ma mère ne m'a jamais parlé de ce trésor ?

— Je ne suis pas certaine d'avoir la réponse. D'après le prêtre que j'ai rencontré hier, le secret se transmettait à l'âge de vingt ans. Tu n'en as que dix-neuf, n'est-ce pas ?

— Tout de même, c'était ma mère. Elle aurait pu me faire confiance, s'insurgea Nelly.

Elle regarda la plaine encore couverte d'un manteau blanc, et reprit plus calmement, presque résignée :

— Je m'énerve contre elle alors qu'elle est morte. Je sais plus où j'habite, Nadia. Surtout, je peux pas croire que Veronika et

Mathieu leur aient fait du mal. Ils s'entendaient si bien avec papa et maman. Je suis sûre que c'est une erreur.

— Tu connais le frère de Veronika ? enchaîna Nadia sans relever cette possibilité.

— Victor ? Il venait régulièrement manger chez nous.

— Comment était-il ?

— Un super beau gosse. C'est marrant, parce qu'il faisait le gros dur avec les mecs, mais c'était un petit toutou avec sa sœur. Pour toi, il est dans le coup ?

— Oui, confirma Nadia. Ils n'ont jamais évoqué d'histoire de sorcellerie, ou d'anciennes légendes ?

— Non. C'est toi qui m'en as parlé pour la première fois.

— Ils t'ont présenté d'autres personnes ? insista Nadia.

— Je sais que Veronika a sa maman en Suisse. Ils causent aussi régulièrement d'un vieil ami, mais je ne l'ai jamais vu. Ma mère avait l'air de le connaître, pas mon père.

Elle se tut soudainement et replongea dans son monde intérieur. L'atterrissage serait difficile. Nadia roula encore une bonne demi-heure et arriva à l'entrée du village. Saint-Joseph-en-Vercors avait été un gros bourg jusqu'à la destruction du château des Marbeuf. Peu à peu, les principaux artisans étaient partis dans les villes les plus proches, transformant Saint-Joseph en une commune rurale. Nadia s'arrêta devant la seule boutique du village, une antique épicerie qui faisait aussi café-bar et dépôt de colis postaux. Elle descendit et entra. Deux tables étaient occupées par des habitués qui tapaient le carton. Son arrivée mit les conversations en sourdine. Elle ne se formalisa pas des regards posés sur elle : il ne devait pas débarquer tous les jours une jolie femme dans ce troquet. Elle se dirigea vers le comptoir.

— J'y sers quèque chose, à la p'tite dame ? demanda le patron qui se fondait dans le décor suranné de son établissement.

— Un renseignement me suffira, lui sourit-elle.

Sous le charme, le tenancier attendit la question.

— On m'a parlé d'une très ancienne église dans le coin. Si vous pouviez m'indiquer la route pour s'y rendre, vous seriez adorable.

Le patron resta sans voix devant une telle créature. Le plus jeune client, quarantaine bedonnante, veste de chasse et petites lunettes d'aviateur, lui répondit :

— Y avait une vieille église, mais elle a été détruite il y a longtemps. Alors la nouvelle église, on peut pas dire qu'elle soit vraiment vieille. Mais elle est au centre du village.

— Vous n'avez pas plus ancien ? lui demanda Nadia.

— Ben, je crois pas, bafouilla l'homme sans quitter des yeux la silhouette gracile de l'OPJ.

— J'vois pas non plus, confirma le patron qui revenait à lui.

Avant que le découragement ne s'empare de Nadia, un paysan trapu, au visage marqué par trop de soleil, les reprit d'un ton rocailleux :

— Nom de gu, au lieu de reluquer la jeune dame, faites-y donc fonctionner vos caboches. Y a la chapelle à moitié abandonnée, derrière le bois de Saint-Jean. Ça fait longtemps qu'un chrétien y a pas célébré une messe. Pardi, ma grand-mère disait qu'elle a vu passer les anciens maîtres du château.

— Les Marbeuf ? interrogea Nadia.

Il la regarda, surpris.

— Vous les connaissez ?

— Oui, je m'intéresse à l'histoire de Saint-Joseph. Comment peut-on trouver cette chapelle ?

L'homme se leva, s'approcha du comptoir, demanda un papier et un crayon au tenancier, et dessina un plan. Nadia les remercia et posa un billet de vingt euros sur le zinc.

— Je n'ai pas le temps de trinquer avec vous, mais buvez un verre à ma santé.

Nadia sortit sous les murmures flatteurs. Une telle bienfaitrice ne se rencontrait pas tous les jours. Elle sourit intérieurement en pensant à la tête que ferait Mazure en voyant son justificatif de note de frais. Elle regagna sa voiture et entra dans le centre du village. En passant devant l'église, elle remarqua un véhicule bleu. Les gendarmes ! Elle les avait oubliés. Elle s'approcha d'eux, ouvrit sa vitre et leur montra sa carte de police.

— Capitaine Barka. Je sais où se trouve la chapelle que nous cherchons. Suivez-moi.

Les deux gendarmes la saluèrent, puis démarrèrent à leur tour. Quinze minutes plus tard, après avoir emprunté une route forestière à peine praticable, ils s'arrêtèrent sur un parking enneigé. Nadia regarda le schéma griffonné au bar.

— C'est bien là. On prend le chemin qui part à gauche. C'est cent mètres plus loin, juste dans un virage.

Ils avancèrent en pataugeant dans la neige. L'excitation leur faisait oublier le froid qui saisissait rapidement les pieds. Même Nelly semblait absorbée par l'imminence de leur découverte. Derrière un bosquet d'épicéas, la chapelle se dévoila brusquement à leurs yeux. Un rude édifice, aux murs épais et au toit dont les lauzes commençaient à se déliter. Cette église romane avait été érigée il y a plus de huit cents ans. Bâtie pour affronter les siècles et consoler les âmes, elle avait traversé l'histoire et avait offert un refuge à plus d'un pèlerin. La chapelle n'était pas mise en valeur. Aucune pancarte n'en indiquait le nom. Nadia s'approcha de la porte en bois et tourna la poignée : fermée. Évidemment, la chapelle n'allait pas être abandonnée à la cupidité des pilleurs d'églises. Un gendarme la rejoignit et secoua plus vigoureusement la poignée. Rien ne bougea. Sans un mot, il retourna à son véhicule et revint avec une mallette. Il la posa sur la neige et sélectionna quelques outils avec soin. Concentré, il crocheta la serrure en moins de trente secondes. Dans un grondement sourd, les gonds jouèrent. Après un instant d'hésitation superstitieuse, Nadia pénétra dans le chœur silencieux. En face d'elle, un autel taillé dans le calcaire : les sculptures qui y avaient été ajoutées étaient encore bien vivantes. Quatre piliers, décorés de visages d'angelots et de faces grimaçantes, conféraient à la chapelle une robustesse éternelle. Le bien et le mal se côtoyaient, s'entremêlaient, reflet du mystère de l'âme humaine. Quelques rayons de soleil se frayaient un passage par les étroites fenêtres et baignaient les lieux dans une pénombre apaisante. Devant l'autel, cinq petits bancs en bois recouverts de poussière. Quatre statues de saints étaient disposées au pied des quatre piliers. Si le trésor des Malherbe existait, il était veillé par l'un de ces personnages. Le téléphone d'un gendarme sonna, brisant la solennité de l'instant.

— On a un accident dans les gorges de la Bourne. Je suis désolé, mon capitaine, on doit vous laisser. Ça ira ?

— Ne vous inquiétez pas, on se débrouillera toutes les deux, brigadier. Merci pour votre aide.

Comme les deux hommes partaient, Nadia réalisa qu'elle était contente d'être seule avec Nelly pour affronter le passé et retrouver une partie de l'âme de Margot Malherbe. Depuis sa visite à Rome chez Gianluigi Savelli, elle se sentait proche de la guérisseuse. Savoir que Margot avait sans doute fréquenté cette chapelle remuait en elle quelque chose d'intime, quelque chose qui dépassait sa conscience. L'OPJ ne croyait pas en la réincarnation ni en une quelconque divinité, mais elle avait la sensation que Margot l'accompagnait. Elle observa les sculptures. Les battements de son cœur s'accélérèrent. À ses côtés, Nelly était immobile et attendait qu'elle lance les recherches. Nadia la regarda un instant, fascinée par ses traits fins et sa chevelure rousse indomptée. La jeune femme à la fois fragile et rebelle trouvait en elle la force pour dépasser l'horreur de la mort de ses parents.

— Le prêtre m'a parlé de la statue de saint Joseph. Reste à deviner de laquelle il s'agit. Il n'y a aucune indication.

— C'est celle-là, fit Nelly en montrant du doigt la représentation naïve d'un homme portant un enfant. Joseph était le père de Jésus. On le représente souvent avec son fils dans les bras.

Nadia la remercia d'un signe de la tête et s'accroupit au pied de la statue. Installée sur un socle de pierre taillée, elle mesurait un demi-mètre de haut. Amatrice d'art, Nadia était stupéfaite de découvrir de telles œuvres dans une chapelle quasi abandonnée. La policière fit légèrement pivoter la statue sur sa base. L'effigie de saint Joseph était bien plus légère qu'elle ne l'imaginait. Sous l'œil fiévreux de Nelly, elle déplaça le saint en bois polychrome et le déposa sur le dallage inégal. Elle observa le socle avec attention. Si une femme seule avait régulièrement emporté et rapporté le coffret, la cache devait être facile d'accès. Il n'y avait aucune marque de liaison entre la pierre qui tenait lieu de socle et le sol de la chapelle. Elle estima que le bloc devait peser une bonne cinquantaine de kilos, mais décida de tenter de le faire glisser. Nadia prit sa respiration, banda ses muscles et appuya sur la pierre taillée. Elle bougea avec une facilité inattendue. La pierre était creuse. L'OPJ la déplaça totalement. Une cavité, grossièrement creusée, venait d'apparaître sous leurs yeux. Au fond de ce trou, une forme enveloppée dans une vieille couverture, ou plutôt une antique peau de mouton. Nadia saisit l'objet avec précaution et le sortit de son abri. Les deux femmes se regardèrent, le souffle court. L'OPJ laissa à Nelly le soin de le retirer de son humble écrin. Devant elles se tenait le coffret qui avait permis tant de guérisons et fait couler tant de sang. Long d'une vingtaine de centimètres, il était renforcé de plaques de fer serties de pierres précieuses, émeraudes, rubis, améthystes, saphirs. Une serrure empêchait son ouverture, conservant à la mythique relique son mystère. Ce coffret valait une fortune. C'était le cadeau d'un roi ou d'un empereur au chevalier qui l'avait rapporté en France.

Oppressée, Nelly quitta la chapelle, les larmes aux yeux. Nadia ne pouvait détacher son regard de cette boîte. Elle imagina Margot imposant les mains aux malades qui la visitaient, utilisant la puissance de guérison que lui procurait ce trésor. Le passé s'était encore invité dans son enquête, mais cette fois sous une forme bien concrète. Elle allait le rapporter et le mettre définitivement hors de portée des descendants de Geoffrey de Marbeuf. Elle leur transmettrait l'information par les médias. La vie de Nelly serait ainsi épargnée. Pourquoi torturer quelqu'un qui n'a plus l'objet recherché ? Elle comptait sur la chasse organisée par Reinhardt pour arrêter les Forestier et Victor Pirlo. Le dispositif de traque prenait de l'ampleur à chaque heure. Elle remit le socle en place et y reposa la statue de saint Joseph. Le coffret sous le bras, elle quitta la chapelle. Elle prit soin de refermer la porte au mieux. Nelly l'attendait, le téléphone à la main.

— J'allais te rejoindre. Un appel pour toi.

— Qui est-ce ? demanda l'OPJ, surprise.

Une moue sur les lèvres, Nelly haussa les épaules et lui tendit son portable.

101

Interrogatoire

Étienne était plongé dans les dossiers de Veronika Forestier et Victor Pirlo. Le lieutenant Garancher avait mobilisé une partie de son équipe pour fouiller la vie de Serge Vaujany. Les Forestier venaient d'utiliser un appartement du riche homme d'affaires, peut-être étaient-ils maintenant planqués dans une autre propriété. Pour comprendre les comptes en Suisse et les montages financiers de Vaujany, Garancher avait fait appel aux hommes de la brigade financière. Jamais ils ne lui avaient répondu aussi rapidement. Une autre partie de son équipe vérifiait les relevés téléphoniques des inquisiteurs. Étienne Fortin ne doutait pas que les assassins aient fait preuve de prudence et aient utilisé plusieurs téléphones, mais même les plus méthodiques ne sont pas à l'abri d'une erreur.

Depuis qu'il avait appris la mort de Marco Della Rocca, Étienne sentait que quelque chose ne tournait pas rond. En parallèle des travaux en cours, il avait convoqué Jérôme Garancher pour lui faire part de ses soupçons de fuites d'informations internes. La dénonciation de Marco, le départ soudain des Forestier, la disparition de Victor Pirlo. Cela faisait beaucoup trop. Son interlocuteur avait levé les bras au ciel quand il avait prononcé le nom de Nikola Jojic, mais son professionnalisme avait vite repris le dessus. Le gamin était arrivé depuis trois mois et avait accès à de nombreuses données. Informaticien de génie, il était par moments incontrôlable. Garancher avait promis de fouiller dans le passé du stagiaire.

Mazure avait lui-même pris la responsabilité de l'affaire et coordonnait les forces en présence. Les frontières étaient bloquées, les aéroports et les gares étaient surveillés. Étienne, tout comme Nadia, était persuadé que les assassins n'avaient pas quitté la région. Ils avaient commencé une croisade qu'ils n'abandonneraient pas en route, quelles qu'en fussent les difficultés. Ils avaient sans aucun doute prévu des lieux de repli.

Il décida de faire ce qu'il repoussait depuis la matinée : regarder la vidéo de l'assassinat de Marco. Il ferma la porte de son bureau et brancha la clé USB dans son ordinateur. Il partait pour une plongée de trente minutes en enfer. Quand son téléphone sonna, il lui fallut quelques secondes pour décrocher de l'horreur de Bernin. Convocation de Mazure pour un point d'avancement en salle de réunion.

Les témoignages n'avaient pour le moment fourni aucune piste concrète. Les gendarmes contrôlaient tous les axes principaux et la police suisse avait été prévenue, au cas où les fugitifs auraient réussi à passer la frontière helvétique. Les suspects semblaient se terrer quelque part en attendant que cela se calme. La fouille des propriétés de Victor Pirlo, de Mathieu et Veronika Forestier ainsi que de celle de Serge Vaujany étaient toujours en cours. L'identité judiciaire avait augmenté les effectifs qui travaillaient sur place, aidés par des renforts lyonnais et parisiens. Tout était analysé, passé au crible. On ne pouvait exclure l'existence de complices dans leurs cérémonies macabres, prêts à les héberger. Dernière chose, la table de torture de la cave de chez Serge Vaujany avait parlé. Ils y avaient retrouvé les traces d'ADN de Pascaline Morseaux. La mère de famille avait été suppliciée à Bernin avant d'être brûlée sur le domaine universitaire.

À peine la réunion terminée, Étienne Fortin se dirigea vers la salle de garde à vue. Serge Vaujany était toujours là. Son avocat s'était absenté une partie de l'après-midi. Tel Néron, l'empereur fou, l'homme avait directement participé à la mort de Marco et Pascaline et restait là, muré dans un silence hautain, protégeant les assassins en fuite. L'OPJ, qui s'était souvent amusé des intuitions de ses collègues, avait une boule au ventre depuis plusieurs heures.

Il était convaincu que Nadia courait un risque et que Vaujany était au courant.

Le policier, jusqu'alors respectueux des règlements, replongea quelques secondes dans son aventure lyonnaise. Vertufoy et Vaujany étaient de la même trempe. Il entendit de nouveau les cris de pitié de Marco quand le scalpel tranchait ses nerfs à vif, revit Sophie Dupas pleurer sur le sol d'une cour d'immeuble, revécut sa peur lorsque Kerouad avait braqué son arme sur lui. Ces types avaient suffisamment nui. Vaujany allait balancer ses complices, quelles qu'en soient les conséquences.

Il poussa la porte de la petite pièce où se tenait le fonctionnaire en faction. En entrant, il tourna la tête vers la glace sans tain. Assis sur une chaise, une bouteille d'eau et un sandwich à peine entamé posés devant lui, Vaujany regardait la vitre, un sourire satisfait aux lèvres. Ce mec allait prendre vingt ans de taule et il était toujours aussi arrogant. Le lieutenant Marie Woessner était de garde, accompagnée d'un jeune officier sorti de l'école. La chance était avec lui.

— Alors, Étienne, du nouveau ? demanda-t-elle, encore traumatisée par la mort atroce de son collègue.

— On va essayer d'accélérer les choses. Je vous remplace.

— Mais le commissaire m'a dit que...

— C'est un ordre, lieutenant !

Marie Woessner se leva, suivie du jeune policier. Jamais elle n'avait lu une telle rage dans les yeux de son collègue. Elle n'avait aucun doute sur la suite des événements.

— Je t'appelle si son baveux rapplique, lui glissa-t-elle en sortant. J'espère que tu sauras motiver ce connard à parler.

Étienne pénétra dans la salle de garde à vue. Il jouait sa place dans la police, voire plus, mais tout cela lui était égal. Vaujany ignora le nouvel arrivé. Une caméra filmait le bureau et la chaise sur laquelle était assis le suspect. Étienne Fortin s'approcha de l'appareil et le débrancha. Le geste déclencha une réaction de Vaujany.

— Qu'est-ce que vous faites ?

— La technologie a parfois ses moments de faiblesse, philosopha le policier. Autant en profiter.

— Vous violez la loi. Donnez-moi vos nom et prénom.

Étienne le regarda avec un sourire torve, amusé par l'insolence de son vis-à-vis. Il avait rarement joué au méchant flic, mais, cet après-midi, il allait le faire. Posément, il retira sa veste et la posa sur une chaise. À la vue du Sig Sauer, Vaujany pâlit. Le policier releva les manches de son pull et s'approcha du suspect. Sans un mot, il lui envoya une gifle qui le fit tomber de sa chaise. Il l'attrapa par le col et le réinstalla aussitôt à sa place. À peine rassis, Vaujany sentit sa mâchoire se décrocher sous la force d'un coup de poing. Le policier le retint pour éviter qu'il chute à nouveau. Vaujany, surpris et effrayé par la violence des coups, se mit à crier.

— Mon avocat, appelez mon avocat. Je vous jure que ça va vous coûter cher. Même si vous faites le cador, je vous jure que je vais casser votre carrière.

Une gifle brutale répondit à la requête du suspect.

— Ta gueule, Vaujany. Pendant une heure, il n'y aura que deux personnes ici, toi et moi. Ma carrière, je m'en branle. Après ce que j'ai vu, je suis prêt à quitter la police. Mais pas avant d'avoir arrêté tes crevures de complices. Si je dois exploser ta sale gueule pour savoir où ils sont… je le ferai. Avec un plaisir que t'imagines même pas.

Pour la première fois, Serge Vaujany fixa Étienne Fortin dans les yeux. Ce qu'il y décela le paniqua. Il ne vit pas le poing qui arrivait dans son foie. Dans un geste réflexe, il vomit un jet de bile. Fortin s'écarta pour éviter d'être aspergé.

— T'es vraiment dégueulasse, Vaujany. Il était pas bon, le café qu'on t'a servi ?

Incapable de répondre, le suspect tentait de reprendre sa respiration.

— Alors, continua l'OPJ d'un ton badin, dans ta petite tête détraquée, tu te demandes quand va arriver ton avocat. Je peux te dire que le pauvre homme va avoir un accident de voiture en venant te voir. Il aura donc du retard, peut-être même beaucoup de retard. Certains conducteurs sont nerveux, tu sais… Mais oui, bien sûr que tu le sais. La violence, ça te connaît !

L'information monta au cerveau du meurtrier. Avant qu'il réponde, le ton d'Étienne Fortin se fit beaucoup plus menaçant :

— T'aurais pas dû buter un flic, connard, surtout de cette façon. Tu vas payer le prix fort, et on sera plusieurs à t'apporter l'addition.

Le policier bluffait, mais Vaujany commençait déjà à être aspiré par la peur. Lui qui aimait donner la mort se retrouvait dans une nouvelle position : celle de la victime. Étienne Fortin passa derrière lui et lui asséna un violent coup sur la nuque. Puis il s'installa sur une chaise et alluma une cigarette.

— Alors Serge, comment est-ce que tu veux procéder ? Tu es prêt à me glisser gentiment le nom des copains avec lesquels tu t'amuses pendant tes petites soirées... ou tu veux que je joue à mon tour au docteur Mengele ?

— J'ai des droits de citoyen, tenta Vaujany.

Étienne éclata d'un grand rire forcé :

— Et Marco et Pascaline, t'en as fait quoi de leurs droits d'êtres humains ? T'as pas encore compris ta situation, Serge ?

Il s'approcha de son prisonnier et le menotta à la chaise.

— Qu'est-ce que vous faites ?

— Je t'évite des conneries que tu regretterais. Tu observais mon flingue avec un peu trop d'intérêt.

Étienne tira sur la cigarette, la prit entre ses doigts et l'approcha des yeux de Serge Vaujany.

— Alors par quoi on commence ? Par cautériser ta gueule ou tes burnes ?

Comme le suspect, terrorisé par cette situation, ne répondait pas, Étienne regarda sa montre.

— Tu hésites ? Il nous reste plus de cinquante minutes à passer en tête à tête. Je vais pouvoir m'occuper des deux.

Quand le capitaine Fortin quitta la salle de garde à vue, il était épuisé. Le lieutenant Woessner était rassurée de constater que son prisonnier avait encore l'air présentable. Hormis les quelques mises en condition du début, Étienne n'avait pas eu à utiliser la violence pour faire parler Vaujany. Il aurait été prêt à le faire, et l'autre l'avait viscéralement senti. Persuadé que sa vie était en jeu, il était passé à table. Le policier, quelques jours plus tôt, aurait violemment critiqué les méthodes qu'il venait d'employer. Aujourd'hui, il s'en foutait.

Il prit la feuille sur laquelle il avait inscrit trois noms et se dirigea vers le QG de Jérôme Garancher. L'un des patronymes parla tout de suite à son collègue. Il fouilla dans des papiers éparpillés sur son bureau, en récupéra un et le tendit à Étienne. L'OPJ le parcourut. Sa main trembla lorsqu'il le rendit à Jérôme.

— Putain, ça explique tout. Il faut absolument que je prévienne Nadia. Elle est en danger.

102

Syndrome

Surprise, Nadia saisit le téléphone que lui tendait la jeune femme :

— Capitaine Barka à l'appareil.

Une étrange respiration lui répondit. Comme l'OPJ la regardait sans comprendre la situation, Nelly lui fit signe de garder l'appareil à l'oreille.

— Mama ?... Mama ?

Nadia ne mit qu'une seconde à reconnaître la voix qui lui parlait.

— Adèle, c'est toi ?

La fillette, heureuse d'entendre sa mère, se perdit dans un éclat de rire enfantin. Nadia se tourna vers Nelly, interloquée. Le visage de la jeune femme venait de se transformer. La peine qui marquait ses traits s'était évaporée, remplacée par un sourire extatique. Une voix masculine ramena Nadia à la réalité :

— Bonjour, capitaine Barka. J'imagine que vous avez reconnu votre charmante enfant. Elle est vraiment adorable... à croquer si je peux me permettre l'expression.

Nadia se força à ne pas paniquer. Avant qu'elle réagisse, son mystérieux interlocuteur se présenta :

— Je m'appelle Victor Pirlo. Nous nous sommes déjà rencontrés, mais vous ne devez pas vous en souvenir.

— Pirlo ! s'étouffa l'OPJ, stupéfaite par le culot du tueur.

— Lui-même. Le temps nous est compté, Nadia. Écoutez-moi bien. Vous allez retourner vers votre voiture, puis vous vous rendrez sur la place de l'église. Une Aston Martin y est garée. Les portes sont ouvertes et la clé est sous le siège passager. Vous abandonnerez votre véhicule de fonction, en y laissant évidemment votre arme et votre téléphone. Vous monterez dans l'Aston avec le coffret que vous venez de trouver et vous suivrez les instructions de Nelly. Est-ce clair ?

Ainsi, Nelly était la complice de Veronika et Victor Pirlo, les assassins de ses parents ? Quelque chose ne collait pas.

— J'attends votre réponse, fit calmement la voix. La santé de votre fille dépend uniquement de votre coopération.

— Je vais le faire, répondit Nadia, toujours abasourdie par la tournure que prenaient les événements.

— C'est bien, Nadia, vous faites le bon choix. Nelly nous tiendra régulièrement au courant de votre position. Si jamais nous perdons le contact avec elle, ma sœur et moi serons obligés d'exercer nos talents sur Adèle. Même si vous en voulez beaucoup à Étienne, vous ne seriez pas prête à lui infliger cela, n'est-ce pas ?

— Épargnez-moi vos commentaires affligeants, se révolta Nadia. Nous partons.

Sans un mot pour la jeune femme, elle rebroussa chemin. Elle n'avait d'autre moyen que d'obéir à ce fou. Elle aurait pu appréhender Nelly Blanchard et la ramener à Grenoble pour la faire parler. Elle aurait pu aussi mener un interrogatoire musclé directement dans les bois. Mais ce geste condamnerait irrémédiablement Adèle. Elle ne doutait pas un instant qu'ils tueraient la fillette si leur plan dérapait. Nelly lui prit son portable, retira la batterie et jeta les deux morceaux dans la neige. Nadia laissa son arme dans la boîte à gants de sa voiture. Arrivées dans le village, elles opérèrent le transfert de véhicule. Toutes les cinq minutes, Nelly appelait pour donner de ses nouvelles.

— Alors, tu m'emmènes où ? demanda Nadia, furieuse.

— Dirige-toi vers Lans-en-Vercors, répondit calmement Nelly.

— Tu t'es foutue de ma gueule depuis le début.

— Non, tu es juste arrivée au bon moment. Ce n'est pas le hasard qui t'a amenée à moi, assura la jeune femme.

— Comment ça au bon moment ?

— Tu m'as révélé l'histoire de Margot. Tu as confirmé l'existence du trésor. J'ai su que j'étais l'élue.

Nadia observa discrètement sa passagère. Elle était dans un état second, mais parlait sérieusement.

— L'élue ?

— C'est par moi que se réalisera l'union des Malherbe et des Marbeuf. Avec la puissance de la relique, je pourrai rendre la vie à ceux qui le méritent. Je serai la guérisseuse ultime. C'est aujourd'hui que commence ma mission.

L'OPJ était stupéfaite par cette confession. Nelly Blanchard nageait en plein délire. Une pensée terrible la glaça.

— Tes parents... tu savais ?

La jeune femme ne sembla pas choquée par la question.

— L'élimination de mes parents était nécessaire à notre grand projet. Maintenant que le coffret est là, leur disparition prend tout son sens.

Nadia était abasourdie. Ce qu'elle entendait était inconcevable. Qui avait pu la manipuler de la sorte ?

— Tu ne les aimais pas ?

— Cela n'a rien à voir, tu ne peux pas comprendre, s'énerva Nelly. Mon père et ma mère m'ont correctement élevée, mais ils n'étaient que les instruments du destin ! Oui, j'ai ressenti beaucoup de peine. Je les ai même pleurés, mais leur mort était nécessaire. Avec ce coffret dans les mains, je sais maintenant que j'ai fait le bon choix.

Nadia ralentit imperceptiblement. Elle avait encore du mal à réaliser qu'elle était l'otage des malades qu'elle traquait depuis des jours. Elle n'avait aucun moyen de prévenir ses collègues. En voyant arriver en face d'elle une voiture à vive allure, une idée lui traversa l'esprit. Donner un coup de volant et provoquer un accrochage ! Elle pourrait alors s'emparer du portable de la jeune femme et demander à ses collègues de tracer le numéro. Ils localiseraient Victor Pirlo. Comme la voiture arrivait à sa hauteur, elle retint son geste. Son idée était stupide ! La police n'aurait pas les moyens d'intervenir assez rapidement. Adèle serait suppliciée. Tout sauf ça ! Elle décida de suivre les directions que lui indiquait Nelly sans tenter de coup d'éclat. Si les inquisiteurs l'amenaient à eux, ils ne la laisseraient pas repartir. Par contre, cela sauverait peut-être Adèle. Dans tous les cas, elle gagnait du temps et comptait sur la chance pour lui donner une occasion de s'en sortir. Elle exploiterait la moindre faille de ses adversaires.

— Maintenant, tu prends la direction de Grenoble. On nous attend avec impatience.

103

Course-poursuite

Étienne composa le numéro de Nadia pour la troisième fois. Toujours la même voix synthétique qui invitait à laisser un message. Elle n'aurait pas éteint son téléphone au cours d'une opération aussi importante ! L'OPJ se hâta vers le bureau de Mazure. Il devait absolument en discuter avec son supérieur. Le commissaire était en ligne, visiblement accablé. Il lui fit signe d'entrer et raccrocha trente secondes plus tard.

— C'est maintenant le préfet qui me harcèle toutes les heures. Encore une journée, et ce sera directement le Premier ministre qui m'appellera ! s'irrita Mazure. Bon, revenons aux choses vraiment sérieuses. Où en êtes-vous sur la recherche de la taupe ?

— Je pense que je l'ai trouvée.

Mazure bondit de son fauteuil.

— Qui ? demanda-t-il sans en croire ses oreilles.

— Nelly Blanchard, sans doute renseignée involontairement par Nadia.

— Nelly Blanchard ? Cette gamine traumatisée ? Enfin, j'imagine que vous ne sortez pas cette information du chapeau. Quelle preuve avez-vous ?

— Serge Vaujany m'a balancé le nom de ses complices.

Alain Mazure ne chercha pas à savoir pourquoi le meurtrier avait soudainement décidé de coopérer.

— Garancher venait de vérifier les numéros que Nelly avait appelés depuis son portable au cours des trois derniers mois. Un des noms lâchés par Vaujany est apparu à plusieurs reprises : Spadaz.

— Spadaz ? Spadaz…, répéta Mazure. Ce nom ne m'est pas inconnu. Lancez une recherche sur ce suspect. Et la gamine ? Si je vous suis, elle serait alors complice des Pirlo, les assassins présumés de ses parents. Ce n'est pas possible !

— C'est ce que j'ai d'abord cru. C'est inimaginable, mais les indices sont là. Comment expliquer ses contacts fréquents avec un ami de Serge Vaujany qu'elle n'est censée connaître ni d'Ève ni d'Adam, si ce n'est via Veronika et Victor Pirlo ? D'ailleurs, sa complicité explique la disparition soudaine des Forestier. Elle les a discrètement prévenus de l'opération que nous nous apprêtions à lancer.

— Ça se tient. Alors, Nadia ? réagit-il.

— Impossible de la joindre. Je voulais vous demander l'autorisation de me rendre à Saint-Joseph. C'est là qu'elle est partie avec Nelly Blanchard.

— Vous vous inquiétez sans doute un peu vite. Vous savez comme moi que le capitaine Barka est plein de ressources.

— Je la connais bien, commissaire. Mais j'ai un sale pressentiment, insista Étienne.

Alain Mazure décida de considérer sérieusement l'angoisse de son collaborateur. Il sortit un trousseau de sa poche et le lui tendit :

— Prenez ma Golf personnelle. Elle est plus puissante que les voitures de service. Appelez-moi dès que vous aurez retrouvé notre amie… et essayez de me rendre mon véhicule dans le même état qu'au départ.

Avec un sourire de reconnaissance, le capitaine Fortin attrapa les clés, puis courut dans son bureau récupérer son arme. Avec deux cent soixante-cinq chevaux sous le capot et la sirène deux tons sur le toit, il allait battre le record de la traversée du Vercors.

Quarante-cinq minutes plus tard, Étienne entrait dans le village de Saint-Joseph. Il roula jusqu'à la place du village et freina brusquement. Devant lui, le véhicule qu'avait emprunté Nadia. Elle était donc encore là. La tension baissa d'un coup. Il coupa le contact et descendit de la Golf. Il se dirigea vers la voiture de fonction. La porte était ouverte. Étrange. Si Nadia n'était pas maniaque, elle veillait cependant à toujours verrouiller son véhicule, surtout un véhicule de fonction. Pensif, il s'installa sur le siège du conducteur. Mû par une soudaine inspiration, il ouvrit la boîte à gants. Le Sig Sauer de la policière ! Jamais elle n'aurait laissé son arme dans une voiture non verrouillée ! Elle avait un problème et avait laissé un signe. Où était-elle ? Il se souvint du café qu'il avait remarqué à l'entrée du village. S'il pouvait récolter des renseignements, c'était là. Il ramassa le pistolet, reprit la Golf et se gara juste devant la porte de l'établissement. Quand il entra, les habitués le regardèrent avec curiosité. Il sortit sa carte de police et s'adressa directement à eux :

— Capitaine Fortin, de la police judiciaire de Grenoble. Je suis à la recherche d'une femme, chevelure noire, peau bronzée, un mètre soixante-douze, vêtue d'un jean noir et d'une doudoune rouge. Est-ce que quelqu'un l'a vue ?

Un silence hostile lui répondit. Un homme costaud se leva et l'interpella.

— Et qu'est-ce qu'il lui voudrait à la p'tite dame si par hasard on la connaissait ? demanda-t-il agressivement.

L'OPJ garda son calme. Ils l'avaient rencontrée, c'était évident. Elle semblait d'ailleurs se les être mis dans la poche. Il décida d'abattre quelques cartes :

— Le capitaine Nadia Barka est responsable de l'enquête sur les tueurs de femmes de Grenoble. Elle était à la recherche d'un objet dans une chapelle de votre commune. Elle n'est plus joignable depuis près d'une heure.

La tension retomba et un vent d'excitation gagna le troquet d'habitude trop calme. Saint-Joseph était au cœur de l'action. Étienne continua :

— Je viens de retrouver son véhicule ouvert sur la place de l'église, avec son arme de service à l'intérieur. Jamais elle n'aurait fait cela dans des conditions normales. Si vous avez vu quelque chose, dites-le-moi. Elle a sans doute des problèmes.

Les consommateurs se retournèrent vers l'un des leurs qui s'approcha d'Étienne Fortin.

— Votre amie est passée se rencarder. Elle voulait visiter la chapelle. J'y ai indiqué comment y aller. Elle nous a même payé une tournée. C'est une dame !

— Et vous l'avez revue ? reprit le policier sans commenter le geste de générosité de Nadia.

Son interlocuteur se retourna vers un petit homme chauve, au regard vif et à l'âge indéfinissable.

— Pierre, dis-y donc à monsieur l'inspecteur ce qu't'as vu.

Pierre, d'une démarche digne et conscient de son importance, s'approcha de l'OPJ.

— J'suis l'ancien garagiste, à l'époque où y avait encore un garage au village. Après que vot'collègue elle soit passée, y a deux bagnoles qui se sont garées sur la place de l'église. Une des deux était une Aston Martin. Comme la voiture à Jameusse Bond ! Quand j'ai vu ça, mon palpitant a fait ni une ni deusse. J'suis allé voir. La voiture à 007, vous vous rendez compte ?

— Oui, je connais. Quel rapport avec Nadia ?

— Ben les gars sont repartis en laissant le p'tit bijou. Faut être bazut pour abandonner une bagnole comme ça ! Brèfle, qu'est-ce que j'y ai pas vu, une p'tite demi-heure après ? L'Aston Martin qui repartait. Et c'est la p'tite dame qui conduisait.

— Elle était seule ?

— Non, y avait une jolie p'tite rousse à côté d'elle. Et puis y a encore autre chose !

Malgré son envie de secouer le fan de 007, Étienne Fortin le laissa avancer à son rythme. L'homme avait son moment de célébrité et ce n'était pas le moment de le brusquer.

— Qu'avez-vous remarqué ?

— Je m'suis dit qu'elle était p'tête volée. Une si belle bagnole, dites-moi ! Alors, au cas zou, le Pierre, il y a noté la plaque.

Sous le regard de la demi-douzaine de consommateurs, le garagiste sortit de sa poche un ticket de caisse chiffonné. Sur le verso, un numéro était griffonné au crayon à papier.

— Vous êtes un bon, répondit simplement Étienne.

Sans quitter le café, il appela le lieutenant Garancher :

— Jérôme, c'est Étienne. J'ai besoin d'une immat en urgence. Je te donne le numéro et j'attends le nom du proprio.

Moins d'une minute plus tard, Garancher reprit la ligne :

— Étienne, c'est la bagnole de Spadaz. Surprenant, non ? Comme je savais que tu voudrais son adresse, j'ai précédé ta demande. Il habite une maison à Engins. Tu as de quoi noter pour les coordonnées GPS ?

Étienne emprunta un crayon au patron et inscrivit les informations sur un dessous de bière. Après avoir raccroché, il remercia les consommateurs du bar et rejoignit sa voiture. Avant de démarrer, il fit le point sur la situation. Spadaz ! Quand Jérôme lui avait parlé d'Engins, il avait resitué le bonhomme. Spadaz, celui qui avait donné à Nadia les informations sur le moine Savelli. Spadaz, qui l'avait envoyée à Rome à la recherche du trésor. Spadaz, l'ami de Vaujany et des Pirlo. La police avait été manipulée depuis le début.

Qu'est-ce qui avait pu pousser Nadia à monter dans l'Aston Martin sans les prévenir ? Elle était prudente et avait forcément agi sous contrainte, mais laquelle ? Sûrement pas Nelly Blanchard. Il appela Alain Mazure. Alors qu'il lui résumait la situation, une pensée lui traversa l'esprit. Il le mit en attente quelques instants et composa un autre numéro. Aucune réponse. Il reprit la ligne :

— Commissaire, pourriez-vous envoyer rapidement une équipe au 35, rue Très-Cloîtres ?

— Qu'est-ce que je dois y trouver ?

— La nounou de ma fille… et ma fille. Tenez-moi au courant dès que vous aurez des nouvelles. Moi, je me dirige vers Engins. Envoyez une équipe à ma rencontre. Ça risque d'être chaud.

104

Les amants de l'impossible

Quand sa passagère lui avait donné l'ordre de bifurquer sur le chemin qui plongeait dans la combe du Furon, Nadia avait compris la situation. Ils allaient jouer la dernière manche, mais elle n'avait aucun atout en main. Elle conduisit l'Aston Martin jusqu'au parking sur lequel elle s'était garée une dizaine de jours plus tôt. Un soleil printanier déclinant avait remplacé la tempête de neige.

Elles quittèrent le véhicule. Sa stratégie était simple. Agir dès qu'elle le pourrait, même si elle ne se faisait guère d'illusions sur sa capacité à surprendre des tueurs aussi méticuleux. Dans tous les cas, gagner du temps. Son absence de réaction avait sans doute déjà inquiété ses collègues. Elle pouvait se permettre de croire que les moyens mis en place pour traquer les Pirlo porteraient leurs fruits… et espérer que les fruits seraient vite cueillis. Sa vie et celle d'Adèle en dépendaient.

La porte du manoir s'ouvrit, laissant entrevoir la silhouette d'Hubert Spadaz. Il leur fit signe de le rejoindre, comme s'il s'adressait à des amis. Cette attitude ambiguë hérissa Nadia. Elle suivit Nelly qui connaissait déjà les lieux.

— Bienvenue, capitaine, l'accueillit le propriétaire en homme du monde.

— Épargnez-moi vos ronds de jambe, Spadaz. Assumez votre rôle de meurtrier.

— J'aime votre spontanéité, Nadia, répondit-il en laissant sa main glisser le long de son dos.

Il ne vit pas arriver la gifle. Avant qu'il se reprenne, Nadia entra dans la bâtisse et suivit Nelly. Elle n'avait qu'une envie : se confronter à ceux qui avaient assassiné quatre personnes, mais qui l'avaient aussi humiliée en se servant d'elle pour récupérer le trésor des Malherbe. Elle grimpa l'escalier qui menait au bureau de Spadaz. Elle savait qu'ils les attendraient là. La soudaine obscurité la surprit. Toutes les vitres du premier étage avaient été recouvertes de tentures noires, occultant totalement la lumière du jour. Ambiance sinistre. Elle pénétrait dans le monde de l'irrationnel. En franchissant le pas de la porte, elle prit soudainement conscience de la précarité de sa situation. Elle rencontrait des monstres, des monstres qui avaient torturé sans état d'âme, des monstres qui avaient réussi à faire accepter à une fille la mort de ses parents. Son courage retomba d'un coup. Elle se força néanmoins à garder une allure digne. La scène qu'elle découvrit la stupéfia.

Assis sur un canapé, Mathieu et Veronika Forestier en pleine discussion. Installé dans un siège en cuir, un homme d'une beauté presque diabolique, même si le terme lui parut manquer d'originalité. Nelly se précipita vers lui et se jeta sur ses genoux, nouant les bras autour de son cou. À leurs côtés, éclairé par l'une des rares lampes de la pièce, un fauteuil roulant. Dans le fauteuil, une femme immobile. Elle avait dû être belle, mais sa peau était parcheminée, presque momifiée. Plus aucune vie n'émanait de cette morte-vivante. Derrière elle, un septuagénaire encore vigoureux, les paumes posées sur les épaules de la malade. Mais le plus effrayant n'était pas cette famille Adams des temps modernes. Ce qui terrorisa Nadia, ce fut Adèle qui riait dans les bras de Veronika. Des mains qui le matin même suppliciaient Marco caressaient maintenant les cheveux de sa fille. Nadia se précipita vers la tueuse. D'abord surprise par le mouvement soudain, Adèle reconnut sa mère. Excitée, elle lui tendit les bras en trépignant de joie. Nadia l'arracha à Veronika, qui la lui abandonna avec un sourire désarmant. Hubert Spadaz entra à son tour dans son bureau, sans faire allusion à la scène qui venait de se dérouler. Il posa le coffret sur une table centrale et entama :

— Avant que Nelly n'opère son premier miracle, laissez-moi vous présenter le capitaine Nadia Barka, officier de police judiciaire. Certains d'entre vous la connaissent déjà. Nous lui devons beaucoup. Elle a retrouvé pratiquement seule la « relique de saint Jacques ».

Devant la mine furieuse de Nadia, il reprit très doctement :

— En l'offrant à sa maîtresse, François de Marbeuf dépouilla ses descendants de ce trésor à la valeur inestimable au nom d'une passion charnelle et égoïste. Mais aujourd'hui, plusieurs centaines d'années plus tard, tous les protagonistes sont réunis. Nous allons pouvoir récrire l'histoire.

— Vous êtes un malade, Spadaz, lâcha l'officier de police. Comment pouvez-vous sacrifier des vies pour une péripétie que tout le monde a oubliée ?

— Contrairement à ce que vous croyez, cette histoire a traversé les siècles. Vous en avez la preuve sous les yeux. Mais je ne vous ai pas présenté mes invités. Mathieu et Nina font partie de votre cercle d'amis. Enfin, je devrais dire Veronika : Nina a décidé de changer de prénom le jour où elle s'est mariée. Vous avez aussi rencontré Victor, me semble-t-il.

— Non, répondit sèchement Nadia. Je ne connais pas tous les psychopathes de la région.

— Tu te trompes, Nadia, contredit l'homme assis dans le fauteuil d'une voix suave. Nous avons passé d'excellents moments ensemble.

— Vous êtes tous en plein délire.

— Absolument pas. C'est toi qui étais dans un état second, Nadia, continua calmement Pirlo. Tu l'as oublié, mais la nuit que nous avons passée chez Veronika restera toujours pour moi un merveilleux souvenir. Tu as un caractère de feu.

Nadia frissonna, redoutant la suite. Elle serra Adèle contre elle, comme si l'innocence de l'enfant allait la protéger des révélations de l'homme qui l'observait d'un regard chirurgical.

— Tu en as même redemandé lorsque Mathieu et moi nous sommes occupés ensemble de toi, tu ne te le rappelles pas ?

— Vous êtes un mythomane, cracha Nadia. Vous n'arriverez jamais à me faire croire que j'ai couché avec vous.

— Tu avais un peu trop bu, et la molécule de GHB ne fait pas toujours bon ménage avec l'alcool.

— Salopards, cria Nadia, vous avez abusé de moi.

— Pas du tout. Tu étais consentante et nous pouvons tous t'assurer que tu y as pris beaucoup de plaisir. Comme Isabelle et Pascaline avaient adoré cela avant toi. Tu étais tellement bien que tu nous as expliqué que ton collègue Della Rocca allait, lui aussi, participer à une soirée libertine. Cela nous a été bien utile la nuit dernière.

Une main de glace enserra le cœur de la policière. Marco ! C'était donc bien elle qui avait dénoncé Marco ! Elle l'avait envoyé à la mort, car elle n'avait pas su séparer sa vie privée de son enquête, laissant ses sentiments prendre le pas sur sa raison. Elle s'accrocha à sa fille comme à une bouée de sauvetage, mais elle se sentait inexorablement aspirée par un gouffre sans fond. Comment pourrait-elle se remettre de cela, si elle survivait ? Mais en avait-elle encore envie ? Spadaz profita de ce silence pour continuer ses présentations :

— Voici Sophia Pirlo, la mère de Victor et Nina. Elle est frappée d'une maladie qui lui a peu à peu atrophié les muscles. Ce soir, Nelly va lui rendre la vie. Enfin, notre invité d'honneur est Christian Achkar. Il a accueilli la famille Stiven quand elle a dû quitter précipitamment la France pour s'installer en Suisse. C'est Christian qui leur a offert l'asile et la nouvelle identité « Pirlo ». Il est venu me voir avec Sophia il y a vingt ans pour me parler du trésor des Malherbe. Je pensais qu'il s'agissait d'une légende, mais ils m'ont montré une lettre écrite de la main de Geoffrey de Marbeuf lui-même.

Nadia n'écoutait plus le monologue de Spadaz. Appuyée contre le mur, elle s'était enfermée dans sa honte. Devinant la douleur de sa mère, Adèle s'était collée contre elle et jouait calmement avec une mèche de ses cheveux.

— Durant vingt ans, nous avons mis en commun ma connaissance de l'histoire et la fortune et les relations de Christian pour retrouver les descendantes de Margot Malherbe. Nous avons même réussi à les faire toutes revenir à Grenoble. Il m'a généreusement aidé à rénover ma maison de famille et à compléter ma bibliothèque.

Pendant ce temps, Sophia préparait ses enfants pour qu'ils fassent sonner la vengeance le jour venu. Comme le baron Geoffrey, leur père avait été détruit par une sorcière qui avait abusé de sa chair. C'est par la chair que Victor et Nina anéantiraient les dernières Malherbe. C'est ainsi que Sophia les a élevés. Tout comme les sorcières usaient de leurs charmes pour arriver à leurs fins, Victor et Nina sont devenus de magnifiques plantes vénéneuses. Avouez qu'ils sont irrésistibles, qu'avec eux le sexe est transformé en une célébration des sens et de l'esprit ! Ils ont vengé leur père avant de reprendre leur dû : la relique de saint Jacques. Avec votre concours, elle est revenue à ses premiers propriétaires. Il reste trois héritières de Margot Malherbe. Nos amis décideront de leur destin.

Les paroles de Spadaz confirmaient les hypothèses de la policière. Une mère psychologiquement déséquilibrée avait conditionné ses enfants pour assouvir une vengeance qui ne les concernait pas. Elle en avait fait des machines à tuer, des armes mortelles au visage d'ange. Car oui, Nina et Victor étaient particulièrement attirants quand on les rencontrait pour la première fois. Mais, tout comme ils avaient assassiné Isabelle, Pascaline et Christine, ils venaient de la détruire de l'intérieur. Elle n'avait plus la volonté de se battre, plus le courage d'affronter chaque jour des obstacles dressés sur sa route, plus envie de nuire à ceux qu'elle aimait. Elle allait les supplier de ramener Adèle à Étienne et ne se défendrait pas. Si Spadaz lui expliquait toute l'histoire, c'est évidemment qu'ils n'avaient pas l'intention de la laisser repartir vivante. Tant pis. La vie ne l'avait pas épargnée. Elle ne manquerait pas à grand monde.

— Offrons à notre sœur Nelly les conditions nécessaires à son initiation. Seule une descendante des Malherbe peut tirer la magie de la relique de saint Jacques.

— Et vous l'assassinerez après, comme les autres ? ironisa Nadia.

— Ne pensez pas que nous sommes ineptes. Le don de Nelly est trop précieux. Après la cérémonie, elle s'unira à Victor pour donner naissance à une nouvelle lignée. Elle en rêve depuis qu'elle l'a rencontré, il y a quatre ans. J'aime les appeler « les amants de l'impossible ».

105

Intrusion

Étienne Fortin abandonna la Golf au bord de la départementale. Il vérifia la présence de son arme dans son holster. Il avait prévu d'attendre l'arrivée d'Alain Mazure, mais décida de faire une première reconnaissance des lieux. Le soleil était passé derrière les montagnes et le vent, refroidi par la neige encore présente sur les versants, rappelait que l'hiver n'était pas loin. Sans y prêter attention, Étienne descendit en courant la pente qui menait à la propriété de Spadaz. À l'approche du manoir, il se glissa à l'abri du bois de conifères. Il n'avait aucune idée du nombre d'individus présents dans la maison. Sans aucun doute Spadaz, Veronika et Mathieu Forestier, Nelly Blanchard et Victor Pirlo. Mais qui d'autre ? Sur la façade avant, exposée à l'ouest, la porte d'entrée principale et cinq fenêtres. Au premier étage, quatre fenestrons percés dans le toit. Il fit le tour du bâtiment. Le mur arrière était vierge de toute ouverture. Sur un côté, un escalier de guingois descendait vers ce qui devait être une cave, fermée par une porte basse. Le commissaire était en route avec une douzaine d'hommes de la BRI. L'assaut serait donné par l'entrée principale.

Il tenta de deviner ce qui se passait derrière les fenêtres, mais sa position ne lui permettait pas d'apercevoir quoi que ce soit. Par ailleurs, les ouvertures du haut avaient été condamnées. Dans le silence de la montagne, ce manoir avait tout d'un cercueil de pierres. Son téléphone vibra. Il recula à l'abri des buissons et décrocha :

— Fortin, j'écoute.

— C'est Rodolphe. Je suis allé voir ta nounou.

— Parfait. Qu'est-ce qu'elle t'a dit ?

— Rien. Je l'ai trouvée étendue dans son salon, la gorge tranchée. Pas de trace de ta fille.

Étienne mit quelques secondes à digérer l'information.

— Elle a deux enfants. Ils n'étaient pas avec elle ?

— D'après une voisine, ils sont chez leurs grands-parents en Italie. Quant à son mari, il n'est pas encore rentré du taf. Comment t'as deviné qu'il s'était passé un drame ?

— Je t'expliquerai, Rodolphe. Je sais où est Adèle, ajouta-t-il en raccrochant.

Ses yeux fixèrent les fenêtres fermées. « Je ne vais pas attendre », murmura-t-il pour lui-même. Il envoya un court message à Mazure pour le prévenir de sa décision et coupa son portable. Il n'était plus un flic, mais un père. Les règles avaient changé.

Sans hésiter, il se dirigea vers l'issue latérale. Il descendit prudemment les marches. Un simple cadenas maintenait la porte fermée. Il le força rapidement. Une forte odeur d'humidité lui monta au nez. Il ralluma son portable et l'utilisa en mode torche. Sol en terre battue, parois recouvertes de salpêtre, plafond voûté, piliers de soutènement. Sur sa gauche, des outils minutieusement rangés contre le mur. Sur sa droite, des vieilles malles en fer rouillées, des objets disparates. Un cul-de-sac ? Il avança néanmoins dans la pièce. Dans un coin, un casier rempli de bouteilles de vin lui redonna espoir. Spadaz ne passait certainement pas par l'extérieur le jour où il voulait boire un verre. Il scruta avec attention les lieux et découvrit un escalier étroit. L'accès à la maison !

Soudain, un bruit. Comme un frôlement dans l'air. Danger proche ! Dans un réflexe, Étienne se jeta au sol. Alors que sa lampe tombait et s'éteignait, il eut le temps d'apercevoir la musculature puissante d'un chien dressé pour l'attaque. La bête n'avait pas aboyé. Il tâta la terre battue d'une main en saisissant son arme de l'autre. Caché dans l'obscurité, le molosse le surveillait, attendant le moment idéal pour le prendre à la gorge. Le téléphone était hors de portée. L'obscurité était totale. Paralysé par une terreur ancestrale, Étienne se concentra sur sa défense. Dans ces conditions, la bête avait le dessus sur l'homme. Il s'accroupit, ferma les yeux et écouta le silence. Il devina la respiration rapide de l'animal. Il fit monter une balle dans le canon. Il n'aurait qu'une chance. À la vitesse de l'éclair, le chien attaqua. Étienne leva le bras pour protéger sa gorge. Les crocs du doberman déchirèrent le cuir de son blouson. Excité par le goût du sang, il serra plus fortement la mâchoire et secoua la gueule, entaillant les chairs de son adversaire. La douleur tira Étienne de sa paralysie. L'homme avait de nouveau un avantage sur l'animal : la technologie. Il enfonça le canon de son arme dans le cou du doberman et appuya sur la détente. La bête tressauta deux fois et s'écroula, foudroyée par les balles. Le policier s'assit, tentant de calmer son rythme cardiaque. Rarement il avait ressenti une peur aussi viscérale. Il écarta de lui le cadavre et se glissa dans un coin. Le chien était-il venu seul ou son maître était-il dans les parages ? Personne. Il palpa son bras. La douleur était vive, mais supportable. Il s'agenouilla et tâtonna le sol, à la recherche de son téléphone. Il avait besoin de lumière pour continuer à progresser. Une minute plus tard, ses doigts entrèrent en contact avec le métal froid de l'appareil. Enfin ! Il se déplaça silencieusement vers l'escalier. Sa présence n'avait pas été décelée par les habitants. Il grimpa les marches et se retrouva de nouveau devant une porte close. Il éclaira la serrure. Elle ne lui résisterait pas longtemps.

106

Résurrection

Assise dans un coin de la pièce, Adèle endormie dans ses bras, Nadia regardait en spectatrice la scène qui se déroulait devant elle. Elle était au théâtre, théâtre morbide, certes, mais tellement surprenant. Elle avait obtenu de Mathieu la promesse qu'ils ne feraient aucun mal à Adèle. Le reste lui était égal. Elle devinait la fin de l'histoire. Elle n'en connaissait pas les détails, mais elle savait qu'elle ne verrait pas la fin de la journée.

Moins de vingt-quatre heures plus tôt, l'immensité majestueuse des montagnes de La Salette s'offrait à elle. Elle était maintenant prisonnière d'une cérémonie hallucinante. Comment croire que la relique d'un saint, récupérée dans la haine et le sang, puisse permettre une quelconque guérison ? À moins qu'Hubert Spadaz ne leur réserve une nouvelle surprise ? S'assurer qu'Adèle vivrait, voilà l'unique objectif qu'elle s'était fixé.

Toutes les lampes étaient éteintes, et seuls quelques cierges noirs dispensaient une lumière minimaliste. Spadaz était devenu grand prêtre. Il avait métamorphosé Nelly en vestale. Bras nus et vêtue d'une simple robe blanche, la jeune femme à la chevelure flamboyante avait quelque chose de fascinant. Victor Pirlo s'était approché de Nadia et, usant de sa science hypnotique, l'avait plongée en transe. Elle ne s'était pas rebellée. Elle échangeait sa soumission contre la vie d'Adèle. Sous ses yeux, la pièce commençait à se mettre en place. Chaque participant avait un rôle précis, qu'il semblait connaître depuis toujours. Spadaz, en maître de cérémonie, avait passé une chasuble noire à parements violets. À la lumière d'une bougie tenue par Victor, il lisait les extraits d'un livre à la couverture parcheminée. Assise en face de lui sur un trône en bois, Nelly était immobile, le coffret posé sur les genoux. Les incantations se succédèrent, mêlant phrases en vieux français et formules latines. Elles étaient régulièrement interrompues par des psalmodies lancinantes. Malgré son état quasi végétatif, Nadia se sentit oppressée.

Spadaz étendit les bras et invoqua la prêtresse : « Nelly, au nom du grand apôtre, utilise le pouvoir que te confère la relique. » La jeune femme se leva lentement de son siège. Elle saisit la relique de saint Jacques et s'approcha de Sophia Pirlo. Elle éleva le coffret en signe d'offrande. Une voix grave s'échappa de sa gorge :

— Moi, Nelly, je te fais don du retour à la vie.

Sous le regard extatique de ses enfants, Sophia Pirlo leva imperceptiblement les yeux vers la relique. Spadaz reprit la parole :

— Nous t'honorons, ô saint Jacques ! Grâce à ta puissance, la guérison de notre sœur Sophia va pouvoir s'opérer.

Les psalmodies reprirent avec plus de force, encourageant la guérisseuse. Détachée, Nadia observait la malade. Elle ne bougeait pas. Nelly leva le coffret plus haut vers le ciel, comme pour le rapprocher des puissances célestes. Cependant, ni Dieu, ni le diable, ni aucun de leurs serviteurs ne s'intéressèrent à Sophia Pirlo. La tension s'empara de la petite assemblée. Spadaz feuilleta nerveusement son grimoire, à la recherche d'une improbable incantation. Le corps de Nelly fut secoué de tremblements incontrôlables. Les choses ne se passaient pas comme prévu. Le visage de Veronika se contractait sous l'influence d'une profonde angoisse. Elle avait consacré sa vie à retrouver ce coffret qui rendrait à sa mère toute son énergie, et voilà que tout partait de travers.

— Notre mère doit guérir, c'est écrit. Il manque quelque chose à la cérémonie.

Puis, se retournant, elle regarda Nadia avec cruauté.

— Je sais ce qu'il nous faut. Du sang ! Une vie contre une vie ! Alors, maman sera sauvée !

Nadia comprit que son heure était venue. Si Sophia Pirlo guérissait, ils n'en seraient que plus enclins à épargner Adèle. Quand Veronika s'approcha d'elle, elle ne tenta pas de résister. Elle n'en avait d'ailleurs pas la force. La femme se pencha et lui arracha Adèle des bras. Totalement désorientée, incapable de réagir et submergée par la panique, Nadia suivit des yeux Veronika qui rejoignait Sophia et Nelly. La fillette, réveillée brusquement et terrorisée par l'atmosphère hostile de la pièce, se mit à hurler. Les participants avaient repris leurs psaumes, couvrant à peine les pleurs de l'enfant. Dans son élan de folie, Veronika éleva Adèle au-dessus de la tête de Sophia, tel un trophée de chasse. Puis elle saisit une dague de collection posée sur le bureau de Spadaz. Envoûtée par cette pure violence, l'assemblée la laissa préparer son acte. Tout sens commun s'était évaporé.

Un grand calme s'empara soudain de Nadia. Elle ferma les yeux. Comme dans un rêve, une femme au regard de braise lui apparut soudain. Nadia devina que Margot Malherbe l'avait rejointe. La guérisseuse lui toucha les tempes et lui parla d'une voix rauque : « Va, Nadia, je te libère. Accepte mes pouvoirs, ceux de Dieu, et sauve ta fille. » Quand elle sortit de sa torpeur, Veronika levait l'arme au-dessus de sa fille. Libérée, Nadia se projeta d'un bond dans la pièce et percuta la tueuse à la taille. Elles chutèrent ensemble. De force égale, elles roulèrent plusieurs fois sur le sol. Plus aguerrie au combat, Nadia dégagea ses bras. Millimètre après millimètre, elle approcha ses mains de la gorge de son adversaire. Mathieu Forestier tenta d'intervenir, mais Victor Pirlo le retint fermement. Cette lutte était écrite et Veronika en sortirait vainqueur. Les participants ne bougeaient pas, fascinés par l'affrontement des deux femmes, par la férocité du combat, par la haine qui irradiait en flux presque perceptibles. Les doigts de Nadia agrippèrent le cou de son ennemie et serrèrent. Veronika Pirlo se débattait comme une diablesse, mais la policière maintint son étreinte mortelle. Alors que les gestes de la tueuse devenaient désordonnés, une terrible douleur déchira les entrailles de Nadia. Le feu de l'enfer embrasa son abdomen. Dans l'énergie du désespoir, Veronika avait dégagé un bras et venait de poignarder à plusieurs reprises son adversaire. Nadia sentit ses forces la quitter, mais ne relâcha pas son effort. Dans un dernier spasme, elles cessèrent de bouger. Excités par le spectacle, Spadaz, Achkar et Pirlo avaient soudainement perdu le sens des réalités. La mort de ces deux femmes était le sacrifice offert à saint Jacques en échange de la vie de Sophia. Spadaz, dans un délire mystique, attrapa Adèle qui sanglotait par terre.

— Puissances d'en haut et d'en bas, venez à nous. Comme les sorcières vous offraient des enfants pour obtenir vos bontés, je vous offre l'holocauste ultime. Non pas un taureau ou un bélier, mais l'innocence.

Les yeux fixés sur le grand prêtre qui avait ramassé le couteau, l'assemblée ne faisait plus cas des deux femmes étendues. Seule la lame qui allait faire couler le sang et redonner vie à Sophia Pirlo les fascinait.

Dans un bruit de tonnerre, de l'hémoglobine recouvrit le coffret. Le mur fut aussi crépi par les morceaux de cervelle d'Hubert Spadaz. Le corps du grand prêtre s'effondra sur le plancher. Gorgé de haine, Victor Pirlo fonça sur l'intrus. Étienne Fortin tourna son arme vers lui et fit feu. Le cri de douleur surprit les deux hommes. Nelly, pour protéger son amant, s'était jetée au-devant de la balle. Touchée en pleine poitrine, elle trébucha et tomba au sol. Victor s'agenouilla, se pencha sur elle et la prit dans ses bras. Elle le contempla, lui sourit amoureusement et expira. Au même instant, Sophia Pirlo rendit son dernier souffle et se tassa sur son fauteuil. Un silence de plomb s'installa. Christian Achkar, dépassé par les événements, fixait le corps inanimé de sa maîtresse. Immobile, Mathieu Forestier restait sans réaction. Victor Pirlo et Étienne Fortin ne se lâchaient pas du regard, comme deux fauves prêts à se dévorer. Seules étincelles de vie, les cris d'Adèle qui, rassurée par la présence de son père, rampa vers lui à quatre pattes. Le policier l'attrapa et la posa derrière lui, tenant en joue ses adversaires.

— Contre le mur, ordonna-t-il aux trois hommes.

Achkar et Forestier obtempérèrent sans résister, traumatisés par les cadavres qui jonchaient le sol de la pièce. Victor ne bougeait pas. Il se leva, la chemise blanche tachée du sang de Nelly. Il marcha vers Étienne, lui bloquant l'accès au corps de Nadia.

— Déconne pas, Pirlo.

Sans l'écouter, le dernier héritier des Marbeuf ramassa l'arme de Spadaz. Il se jeta sur le policier. Étienne Fortin avait anticipé le geste de Victor Pirlo. Il tira deux balles dans la poitrine de son adversaire. Pirlo venait de se suicider. Il tomba à genoux, le cœur explosé. Il était mort quand son crâne heurta le plancher. Sans un regard pour les deux survivants, Étienne se précipita sur Nadia. Les yeux fermés, le nez pincé, elle respirait à peine. En prenant soin de ne pas la déplacer, il examina les blessures. Trois déchirures dans le dos. Trois coups qui l'avaient profondément entaillée, touchant certains organes vitaux. Impuissant, il s'assit, posa la tête de Nadia sur ses genoux. Surprise par l'immobilité de sa mère, Adèle rampa jusqu'à elle et s'allongea à son côté.

— Dodo, maman ?

— Oui, elle dort, ma poupée. Maintenant, on va tous rentrer à la maison.

Étienne appela les secours en urgence, puis attendit, veillant sa femme et sa fille. Le crissement des pneus sur le gravier de la cour lui redonna une vague d'espoir. Il avait prévenu Mazure que la voie était libre. La BRI trouverait en bas le corps de la gardienne du manoir. Il n'avait eu d'autre solution que de riposter quand elle avait tiré sur lui avec un fusil de chasse alors qu'il pénétrait dans la maison. Il avait tué plusieurs personnes en moins d'une demi-heure et risquait de perdre la femme de sa vie. Nadia… Tous ses griefs s'étaient évaporés dès qu'il l'avait sue en danger.

Quand le commissaire Mazure entra dans le bureau de Spadaz, il marqua sa stupéfaction devant le carnage. Voyant son collaborateur sous le choc, il remit les explications à plus tard. Menottes aux poings, Christian Achkar et Mathieu Forestier quittèrent les lieux, encadrés par des hommes lourdement armés. Alain Mazure regarda avec émotion le corps inerte de Nadia, la fillette qui babillait contre elle et Étienne qui serrait convulsivement les mains de sa compagne. Un grondement sourd s'invita dans la pièce. Mazure se dirigea vers la fenêtre, arracha les rideaux et poussa la vitre. Il jeta un ordre dans la cour :

— Déplacez les voitures pour laisser l'hélicoptère se poser. Il y a urgence.

Puis il s'adressa à Étienne :

— Nadia a une chance de s'en tirer, même si elle est infime. Emmenez votre fille et embarquez avec les secours. Vous serez au CHU dans moins de dix minutes. Je vous retrouverai là-bas.

Cinq minutes plus tard, ils décollaient pour une course contre la montre. Le visage contrarié du médecin ne laissait que peu d'espoir.

107

Version officielle

La salle était bondée. L'heure était à la gravité et tous les regards étaient fixés sur le commissaire Mazure. À ses côtés, le procureur Bertrand Reinhardt. Dans un coin, Étienne Fortin, le visage fermé, avait tenu à se retrouver au milieu de ses collègues. Les événements de la veille bouillonnaient dans toutes les têtes, et le sort du capitaine Nadia Barka avait retourné la quarantaine de policiers qui avaient voulu participer à la réunion. Alain Mazure regarda longuement ses collaborateurs, s'arrêtant sur chaque visage. Puis, d'une voix cassée, il s'adressa à eux :

— C'est aujourd'hui un jour terrible pour notre groupe. Marco Della Rocca est mort dans l'exercice de sa mission, et Nadia est à l'hôpital, entre la vie et la mort. Je veux leur rendre hommage, et Dieu sait si cette formule est loin d'exprimer ma gratitude, mon émotion et ma profonde tristesse. Grâce à leur courage et à leur volonté sans faille, nous avons pu mettre définitivement hors d'état de nuire ces assassins déments que nous traquions depuis plusieurs semaines. Leur intervention a aussi permis de sauver au moins trois autres femmes dont les noms ont été retrouvés sur l'ordinateur de Veronika Forestier… et combien de futures victimes en puissance ?

— Que s'est-il exactement passé, commissaire ? demanda Erwan Mailhet.

— Un inévitable massacre. Je vais laisser le procureur Reinhardt vous exposer lui-même les faits.

Les policiers comprirent qu'il y aurait deux versions de l'histoire. Celle qui serait présentée à la presse et à la justice. Celle qu'Étienne leur raconterait peut-être un jour. Personne n'y trouva rien à redire.

— Veronika et Mathieu Forestier ainsi que Victor Pirlo, assistés de leur complice Hubert Spadaz, ont enlevé Nelly Blanchard et le capitaine Barka au cours d'une embuscade qu'ils leur ont tendue dans le village de Saint-Joseph-en-Vercors. Ils les ont emmenées au domicile de monsieur Spadaz, à Engins. Au nom d'une vengeance posthume, ils ont monté une nouvelle cérémonie de sacrifice. Grâce au capitaine Fortin, les agresseurs ont été localisés. L'assaut a été donné hier à 19 h 17 par les fonctionnaires de la BRI. Nelly Blanchard avait été assassinée, le pronostic vital du capitaine Barka est engagé et deux des meurtriers ont été abattus. À cette heure, Mathieu Forestier est interrogé par la PJ.

— Et le second homme qui a été embarqué avec Forestier, qu'en faites-vous ? demanda Jérôme Garancher.

— Il n'y a pas de second homme, répondit le procureur, visiblement gêné.

Un grondement de mécontentement monta dans la pièce. Rodolphe Drancey prit la parole au nom des policiers présents dans la salle :

— Ne nous prenez pas pour des cons, monsieur le Procureur. Vous avez participé avec nous à cette enquête heure après heure, vous avez vu tout ce qu'on a donné pour trouver les tueurs. On sait tous que deux personnes sont sorties menottées après l'assaut. Vous nous devez la vérité, surtout après ce qui est arrivé à Marco et Nadia.

Bertrand Reinhardt regarda les visages tendus. Il était lui aussi épuisé par cette affaire. Officiellement, il devait s'en tenir à ce qu'il venait d'énoncer. Humainement, il se sentait proche de ce groupe. Pour une fois, l'humanité passerait devant son obligation de réserve. Soulagé par sa propre décision, il enchaîna :

— Vous avez raison, lieutenant Drancey. Je vous prierai juste de garder dans cette salle ce que vous allez entendre. Il y avait bien une seconde personne à la cérémonie d'Engins. Vous me permettrez de la nommer monsieur X. Le juge d'instruction l'a mis en examen hier soir, tout comme Mathieu Forestier. À vingt-trois heures, j'ai reçu un appel du secrétariat de l'Élysée me demandant de le remettre en liberté et d'effacer toute référence à la présence de ce monsieur X à Engins.

Un brouhaha d'indignation explosa dans la salle.

— C'est quoi cette justice de merde ? s'éleva une voix. C'est un pote du Président ? On est en plein délire dictatorial !

Bertrand Reinhardt leva la main pour reprendre la parole. Le calme revint lentement.

— J'ai bien évidemment refusé son injonction. C'est quand il a compris que je ne considérerais pas sa proposition qu'il m'a passé le Président lui-même.

Les policiers étaient pendus aux lèvres du procureur.

— Monsieur X est un intermédiaire de la France dans le conflit moyen-oriental. Il est un des négociateurs de l'Élysée avec les forces rebelles syriennes. Le président de la République a exigé sa libération immédiate.

Une chape de plomb assomma l'assemblée. Reinhardt conclut :

— Vous savez tout. Je pense que l'Élysée serait contrarié d'apprendre que je vous ai transmis cette information, mais je vous l'ai donnée en mémoire de ceux qui sont tombés. Par contre, je vous demande de ne pas l'ébruiter. Elle serait évidemment rejetée et considérée comme fantaisiste par les autorités.

— Vous fatiguez pas, Procureur. On connaît la musique, répondit Drancey. Mais libérer ce fils de pute pour qu'il puisse aller discuter avec les égorgeurs d'al-Qaida… putain, ça me donne envie de gerber.

— Les intérêts de la France sont majeurs dans la région, lieutenant, tenta sans conviction Alain Mazure.

— Elle vient de nous enculer, la France ! Elle a enculé deux de ses plus fidèles serviteurs qui lui ont offert leur vie ! Alors plutôt que de tenter de défendre une barbouze, avouez que vous avez autant les boules que nous tous, commissaire ! Bon, sinon, Forestier a parlé ?

Mazure avait eu une réaction identique à celle de ses collaborateurs. Il adhérait à l'esprit du discours du lieutenant Drancey.

Hélas, l'expérience lui avait appris qu'il était inutile de se battre contre certaines décisions, même si elles bafouaient le droit. La raison d'État ! Il saisit la question de Drancey pour revenir à l'enquête.

— Il s'est muré dans le silence et n'a même pas voulu d'un avocat. Il va prendre perpète, mais il a l'air de s'en moquer. L'identité judiciaire continue ses travaux. Elle y a ajouté la maison de Spadaz. Voilà où nous en sommes.

Le lieutenant Garancher leva la main. Le commissaire lui donna la parole.

— Nous cherchons toujours à savoir par qui Marco a pu être dénoncé. Apprendre que Nelly Blanchard collaborait avec les assassins change les perspectives et modifie notre angle d'attaque.

— Laissez tomber cette piste, l'interrompit Mazure. Au vu des derniers déroulements de l'affaire, c'est certainement la malchance qui a placé les meurtriers sur les pas de Marco. Vous avez autre chose ?

— Juste avant la réunion, Nikola a découvert le film de la mort de Pascaline Morseaux sur le Net.

La colère s'empara du commissaire.

— Vous vous concentrez là-dessus. Vous faites appel à toutes les ressources dont vous avez besoin. Je vous appuierai. Vous me coffrez celui qui a mis ça sur Internet, et vous me localisez tous les salopards qui ont téléchargé cette vidéo. Par ailleurs, nous avons arrêté les complices dont Vaujany a balancé les noms.

Marie Woessner prit la parole :

— Une dernière question, que j'aimerais poser à Étienne. Comment va Nadia ?

L'attention se tourna vers le policier. Les yeux secs, l'air ailleurs, il répondit :

— Les médecins sont pessimistes, mais tant qu'elle respirera, j'y croirai. Elle est dans le coma. Elle a reçu trois coups de couteau, qui ont touché le foie et la colonne vertébrale. Elle s'est pratiquement vidée de son sang hier. Pour le moment, on attend. C'est déjà un miracle qu'elle ait survécu à ça.

— Et ta fille ? ajouta la policière.

Un rictus apparut fugacement sur les lèvres d'Étienne Fortin.

— Je ne sais pas comment elle fait, mais elle a gardé sa joie de vivre. Elle est extraordinaire, et je tiendrai le coup jusqu'au bout pour elle.

— On est avec toi, Étienne. Si tu as besoin de quoi que ce soit, fais-nous signe. Je m'occupe super bien des enfants, ajouta-t-elle avec un sourire encourageant.

108

Shazia

L'inconnue lui avait donné rendez-vous dans le hall d'entrée du CHU de Grenoble. Elle ne lui avait pas précisé la raison de son appel, lui assurant qu'elle lui « expliquerait ». C'est l'angoisse qu'il avait décelée dans le ton de la voix qui l'avait poussé à accepter la demande.

Étienne quitta la chambre dans laquelle avait été transférée Nadia. Elle était dans le coma depuis quatre semaines. Ses fonctions vitales s'étaient stabilisées, mais elle n'avait pas donné de signe de conscience. Les médecins avaient été incapables de le rassurer. Elle pouvait se réveiller le lendemain ou finir dans le rôle de la Belle au bois dormant, sans l'option prince charmant. L'un des coups avait endommagé la colonne vertébrale. Si Nadia revenait un jour à elle, elle serait sans doute lourdement handicapée. Par ailleurs, le poignard avait déchiré son utérus. Elle ne pourrait plus avoir d'enfant. Étienne avait pris des congés et passait son temps en compagnie d'Adèle et de Nadia. La fillette avait été heureuse de retrouver sa mère, même si elle dormait en permanence. Elle commençait à babiller et lui racontait ses journées dans un sabir incompréhensible pour toute autre personne qu'elle-même.

Étienne avait assisté aux obsèques de la nounou de sa fille et avait tenté d'accompagner la famille. Même si le mari savait que Nadia n'était pour rien dans la mort de sa femme, il n'avait pas souhaité revoir les Fortin. Sa peine était trop grande. Étienne n'avait pas insisté. Nadia était dans un état végétatif, mais elle était toujours vivante. Il lui restait l'espoir.

Les Drancey l'avaient accueilli plusieurs soirs avec sa fille. Il avait aimé leur hospitalité et le réconfort qu'ils leur offraient. La veille, Alain Mazure et son épouse l'avaient invité. C'était la première fois depuis sa prise de fonction que le commissaire recevait chez lui l'un de ses collaborateurs. À la grande surprise d'Étienne, son supérieur lui avait remis le coffret des Malherbe à la fin du repas.

— Officiellement, ce trésor n'a jamais existé. Nelly Blanchard est décédée. Comme c'est Nadia qui l'a trouvé, j'ai considéré qu'il lui revenait de droit. Donnez-le-lui quand elle sortira de son long sommeil. Elle en fera ce qu'elle voudra. Et qui sait, peut-être fera-t-il des miracles ?

Étienne avait été touché par le geste de son chef. Quand il avait évoqué l'aspect légal de la découverte du trésor, Mazure avait rapidement clos le débat en affirmant que l'État français avait reçu sa part avec la libération de Christian Achkar. Le commissaire n'avait toujours pas digéré la demande élyséenne.

Mazure l'avait déjà surpris trois semaines plus tôt quand il avait pris en main le dossier de naturalisation de Marina Kalenski. En mémoire de Marco Della Rocca, il avait décidé de donner une nouvelle chance à la jeune Polonaise. Étienne, accompagné d'Adèle, l'avait revue à cette occasion. Marina avait proposé de s'occuper de la fillette en attendant qu'il trouve un autre mode de garde. Adèle s'était tout de suite attachée à elle. Étienne avait accordé sa confiance à celle qui avait tout tenté pour sauver Marco.

La sonnerie de l'ascenseur tinta. Rez-de-chaussée. Il arpenta les couloirs pour rejoindre le hall d'entrée. Près d'une grande vitre, une femme brune d'une soixantaine d'années. Tailleur, manteau court, escarpins rouges et étole jetée sur les épaules. Elle serrait nerveusement l'anse de son sac à main. Tout dans sa posture exhalait l'anxiété. Elle contemplait le ciel nuageux par la fenêtre. Quand elle se retourna vers lui, la respiration d'Étienne s'accéléra. Avec vingt ans de plus, l'inconnue était le portrait craché de Nadia. Elle remarqua le trouble de l'homme qui la dévisageait et avançait vers elle. Elle le regarda presque craintivement et lui tendit une main hésitante.

— Vous êtes Étienne Fortin, n'est-ce pas ?

— C'est bien moi.

— Je suis Shazia Barka, la mère de Nadia.

Étienne ne répondit rien, interloqué par la présence de cette femme qu'il n'avait jamais rencontrée durant les trois années de vie commune avec Nadia. Jamais elle n'avait montré d'intérêt pour sa fille ni pour sa petite-fille. Pourquoi était-elle là aujourd'hui, et comment avait-elle été prévenue ?

— Comment… comment va-t-elle ? demanda-t-elle dans un souffle.

Étienne ne pouvait détacher son regard des traits tendus de son interlocutrice. Elle ressemblait tant à Nadia, mais dans une version plus fragile, inquiète, angoissée même. Il décida de faire table rase de leurs relations, ou absence de relations, et d'accueillir une mère qui venait au chevet de son enfant gravement malade.

— Elle est dans le coma. Suivez-moi.

Il la précéda et la guida jusqu'à la chambre de sa compagne. Comme il avait posé la main sur la poignée, elle retint son geste.

— Vous devez vous demander pourquoi je suis là, n'est-ce pas ? Je vous dois des explications.

— Allez d'abord embrasser Nadia. Les explications viendront plus tard.

Il poussa la porte et entra dans la pièce. Shazia Barka le suivit avec une anxiété qui lui tordait les tripes. Elle n'avait pas vu sa fille depuis quinze ans. Nadia était allongée dans des draps blancs aux plis impeccables. Une perfusion envoyait dans son bras le goutte-à-goutte nourricier. De nombreux fils connectés à son torse assuraient la surveillance de son état de santé. Seul le bip lancinant de son rythme cardiaque troublait le silence aseptisé de la chambre. Son visage respirait la tranquillité. Le matin même, Marina avait insisté pour la coiffer et la maquiller. Le charme de la jeune femme avait eu raison des réticences initiales de l'infirmière. Nadia était magnifique et paraissait prête à se réveiller. Étienne remarqua des larmes qui perlaient sur la joue de Shazia.

— Je vous laisse avec votre fille. Vous avez sans doute beaucoup de choses à lui raconter. Prenez votre temps. Je vous attendrai dans le couloir.

Une heure plus tard, Shazia Barka sortit de la pièce. Son visage était ravagé par les larmes, mais elle semblait soulagée. Elle s'approcha d'Étienne et le serra contre elle. Il lui rendit son étreinte.

— Merci, merci, merci, murmura-t-elle. Merci de m'avoir accueillie malgré ce que nous avons fait vivre à Nadia. Elle a dû vous le raconter.

Le bruit du babillement qui s'amplifiait dans le couloir évita à Étienne de trouver une réponse. Une jeune femme blonde portait dans ses bras une fillette hilare. Marina la donna à son père. Adèle regarda avec surprise l'inconnue. La ressemblance avec sa mère la troublait. Elle l'observa silencieusement, puis sourit.

— Adèle, tu dis bonjour à ta grand-mère Shazia ?

Il la tendit à Shazia. Adèle se laissa faire, puis manifesta le besoin de passer à autre chose.

— Marina, la mère de Nadia dînera ce soir à la maison. Peux-tu t'occuper d'Adèle un peu plus longtemps cet après-midi ?

— Bien sûr, Étienne. On préparera même le repas toutes les deux. On vous fera des pierogi à la viande. Allez, Adèle, on va voir maman.

Marina les quitta pour rejoindre la chambre de Nadia. Shazia Barka ne disait plus un mot, comme aspirée dans un monde parallèle. Puis elle respira profondément et regarda Étienne avec des yeux brillants.

— Comment ai-je pu accepter de vivre si loin de ma fille pendant toutes ces années ?

— Vous m'expliquerez ça tout à l'heure. Je vais embrasser Nadia, et nous prendrons le temps nécessaire.

Étienne Fortin et Shazia Barka étaient tranquillement installés à une table de café. La femme entama la conversation :

— Vous vous demandez pourquoi je suis là, n'est-ce pas ?

— Je peux le comprendre. Je me suis plutôt demandé pourquoi vous n'avez jamais été présente avant, tout particulièrement lorsque Nadia vous a annoncé la naissance d'Adèle, répondit-il avec franchise.

— Vous avez raison de me blâmer, je le mérite.

— Le temps n'est pas à la pénitence, Shazia, mais aux éclaircissements.

— Vous allez trouver mon histoire pathétique, mais je dois vous la raconter. Mon mari est décédé il y a dix jours.

— Je vous présente mes condoléances.

D'un gracieux mouvement de nuque, Shazia évacua le témoignage de sympathie du compagnon de sa fille.

— C'est triste à dire, mais ce fut pour moi un soulagement. J'ai follement aimé cet homme au début de notre mariage, mais, chaque jour, je l'ai laissé prendre une emprise plus forte sur ma vie. Ces dernières années, il était devenu infernal. Nadia a beaucoup de chance d'être avec vous, ajouta-t-elle.

— Là où elle est…, soupira Étienne.

— Particulièrement là où elle est ! Elle vous entend, le saviez-vous ? Vous la rassurez. Vous lui donnez envie de se battre et de revenir à nous.

La femme timide et angoissée qu'il avait découverte dans le hall de l'hôpital prenait confiance en elle.

— Pendant des années, j'ai vécu sous la coupe de mon mari et je n'ai pas osé me révolter. J'ai accepté les décisions et les diktats de Karim. Ça, c'était mon problème. Mais je n'ai pas su protéger Nadia, et je ne me le pardonnerai jamais. Elle vous l'a raconté, n'est-ce pas ?

— Nadia ne m'a pratiquement jamais parlé de sa famille.

La femme soupira. Mais elle continua : elle était lancée et avait besoin de vider son sac.

— Nous avons un fils aîné, à qui mon mari a toujours tout passé. Il le trouvait faible et avait décidé qu'essayer de l'éduquer était une perte de temps. Alors il a reporté tous ses espoirs sur Nadia, née deux ans plus tard. Il a élevé Nadia dans le respect de ses valeurs, lui inculquant à longueur de journée sa vision de la vie : on ne peut faire confiance qu'à soi-même. Nadia admirait son père. Petite, elle voulait lui faire plaisir, même si elle en souffrait en secret.

— Un pan de son éducation a fonctionné. Nadia a toujours des difficultés à accepter l'aide qu'on lui propose.

— Je sais. J'ai vu le mal que cela lui a fait, mais je n'ai jamais osé m'y opposer. À l'adolescence, elle s'est révoltée. Les disputes entre Karim et Nadia finissaient régulièrement en hurlements, claquements de portes et imprécations en tous genres. Karim en était secrètement fier : cela prouvait la force de caractère de sa fille. Il lui avait tracé une carrière qu'elle était prête à suivre. Elle ne s'en rendait pas compte, bien sûr. Mon mari était un redoutable manipulateur. Si elle l'avait su, elle aurait fait l'exact contraire. Tout a basculé quand elle a perdu son petit ami, tabassé à mort par une bande de voyous. Elle avait vingt ans et a alors décidé d'entrer dans la police. Pour Karim, c'était l'effondrement de tout ce qu'il avait mis en place depuis la naissance de Nadia. Sa créature lui échappait pour un métier qu'il considérait comme infamant. Les années suivantes ont été atroces. Une haine terrible s'était installée entre eux. Je pense que Nadia lui aurait pardonné s'il avait essayé de revenir vers elle, mais il était plus enragé chaque jour que Dieu faisait. Alors, il y a quinze ans, ils ont décidé de ne plus exister l'un pour l'autre.

— Vous n'avez jamais tenté de la revoir discrètement ? demanda Étienne.

— J'ai voulu le faire, une fois. Karim s'en est rendu compte. Il est devenu fou de colère. J'étais terrorisée. Jamais je n'ai osé désobéir à ses ordres une deuxième fois.

Étienne n'insista pas. Au cours de ses enquêtes, il avait trop souvent croisé des femmes soumises malgré elles à leur mari. Elle s'arrêta et but une gorgée de thé, comme pour se donner du courage.

— Durant les derniers mois de sa vie, Karim avait fait de Nadia son obsession. Je crois qu'il l'aimait encore, à sa façon, mais qu'il était incapable de se l'avouer. Alors il a transformé son amour en haine. En rangeant ses papiers peu après son décès, j'ai trouvé un courrier terrible.

Elle fixa Étienne. Le menton tremblant, elle lui demanda :

— Le nom de maître Costa évoque-t-il quelque chose pour vous ?

Étienne Fortin comprit le forfait de Karim Barka.

— C'est l'avocat qui représentait le fils de Jacques Vertufoy et qui a tenté de faire tomber Nadia.

— Tout se met en place, pâlit Shazia Barka. Cet avocat a appris, je ne sais comment, que Nadia avait eu des soucis à l'école primaire. Elle avait porté un coup de couteau à un enfant qui lui avait volé sa poupée préférée. En fait, elle avait suivi les préceptes de son père. Plutôt que de solliciter de l'aide, elle s'était défendue seule. Ce maître Costa a donc contacté Karim. Il lui a demandé de témoigner pour innocenter un jeune homme que Nadia aurait volontairement agressé.

— Cette « pauvre » victime était un violeur, Shazia, intervint Étienne.

— C'est pire encore. Mon mari a trouvé un dernier moyen de se venger de sa fille. Il était atteint d'un cancer et savait qu'il n'en avait plus pour longtemps. Plutôt que de chercher à la revoir avant de mourir, il a voulu la détruire. Il a envoyé une copie du dossier qu'il avait conservé. C'est impardonnable. Si j'avais imaginé qu'il ferait une telle horreur, je m'y serais opposée, croyez-moi.

— Il a effectivement réussi à blesser Nadia. Mais la plainte contre elle a finalement été retirée. L'affaire est terminée, et Nadia s'en est sortie… avec notre aide cette fois-ci.

La femme s'affaissa imperceptiblement sur son siège, épuisée par sa confession. Elle conclut :

— J'ai appelé à Grenoble pour savoir comment Nadia se sortait de ce piège. J'ai fini par discuter avec un certain commissaire Mazure qui m'a appris ce qui lui était arrivé. J'ai pris le premier avion de Bordeaux… et voilà.

Dans un mouvement d'empathie, Étienne lui saisit la main et la serra.

— Ce soir, vous devrez être gaie. Adèle a besoin d'une grand-mère en forme.

109

Épilogue

Une nouvelle fois, la journée promettait d'être caniculaire. Le léger vent matinal d'altitude leur procurait néanmoins une appréciable impression de fraîcheur. Étienne admira les montagnes qui l'entouraient et lui offraient leur sérénité éternelle. Le vert tendre de l'herbe, le blanc lumineux des cicatrices de calcaire qui réfléchissait les rayons du soleil, le ciel bleu intense. Ils avaient quitté Grenoble tôt pour éviter les départs des derniers vacanciers du mois d'août. Pour la première fois depuis longtemps, ils avaient repris la voiture ensemble. Bronzée, lunettes de soleil et petite robe d'été : Étienne ne pouvait se lasser de la regarder, de l'admirer, de l'aimer. Malgré les difficultés à reprendre pied dans la vie, les lèvres de sa compagne étaient en permanence embellies par un sourire complice. Sortie depuis exactement deux mois du coma, Nadia appréciait chaque heure qui s'offrait à elle. Elle s'était réveillée un matin, sans prévenir. Depuis, elle mettait toute son énergie à rattraper le temps perdu.

— Mon bon Étienne, le père Maurice doit nous attendre. Conduisez-moi à lui !

Étienne poussa le fauteuil roulant. Nadia avait appris à le manier, mais les chemins de Notre-Dame de La Salette étaient plutôt raides. Ils se dirigèrent vers le hall d'entrée. Nadia serrait contre elle le sac à dos contenant le cadeau qu'elle comptait offrir au vieux prêtre. Ils s'approchèrent du guichet d'accueil où une jeune femme renseignait deux pèlerins prêts à partir randonner dans les montagnes. L'Assomption, fête de Marie, était passée et la fréquentation de la basilique diminuait. La réceptionniste s'adressa à Nadia :

— Bienvenue. Comment pourrais-je vous être utile ?

— J'ai contacté le père Maurice Normand il y a quinze jours. Je lui ai dit que je lui rendrais visite après le 15 août. Pouvez-vous lui annoncer que Nadia Barka serait heureuse de le revoir ?

Un voile de peine obscurcit le visage de l'hôtesse.

— On ne vous a pas prévenue ?

— Non. Que se passe-t-il ? demanda Nadia, surprise.

— Le père Maurice est décédé la semaine dernière.

La déception qu'éprouva Nadia fut plus intense que ce qu'elle aurait imaginé. Elle ne sut que répondre. Elle avait rêvé de cette rencontre avec le vieux prêtre, le moment où elle lui remettrait le trésor des Malherbe, la discussion qu'ils auraient, Étienne et lui assis sur un banc, elle goûtant le soleil sur sa chaise, laissant la chaleur lui caresser la peau. Une voix la tira de ses rêves :

— Attendez, il y a sur la table une note qui vous concerne. Le père Maurice avait dû parler de votre rendez-vous à notre supérieur. Accepteriez-vous de le rencontrer ?

— Avec plaisir, répondit Nadia. Où peut-on le trouver ?

— Il célèbre actuellement la messe. Je le ferai prévenir dès qu'il aura terminé. Je vous propose de le retrouver dans une petite heure devant l'entrée principale de la basilique.

Comme Nadia acquiesçait et qu'ils s'apprêtaient ressortir, l'hôtesse leur lança :

— Le père Maurice a été enterré dans le petit cimetière, juste en face de l'église. Si vous voulez lui rendre une dernière visite !

Ils quittèrent le bâtiment. Le soleil avait pris possession des lieux. Nadia partit dans un monologue, racontant une nouvelle fois sa nuit à La Salette, comment elle avait compris qu'elle était aimée en s'épuisant dans la neige. Elle, qui n'avait jamais été une grande bavarde, ne cessait de parler depuis son réveil. Ils traversèrent l'esplanade et se retrouvèrent au pied d'un versant de montagne. Cent mètres de chemin escarpé menaient à l'entrée de l'enclos qui tenait lieu de cimetière. Un muret en pierres, quelques tombes au milieu des fleurs sauvages, une petite chapelle. Étienne attrapa Nadia et la prit contre lui.

— Ma belle, accroche-toi.

Elle glissa ses bras autour des épaules de son compagnon, éclata de rire et lança :

— Hue, je vais te présenter un type super.

Installé sur une vieille pierre tombale, la femme de sa vie sur les genoux, Étienne n'avait pas vu le temps s'écouler. Alors que sa paralysie aurait pu la conduire sur le chemin de la dépression, Nadia avait décidé de profiter à fond de chaque nouvelle journée. Le visage d'Adèle, quand elle avait retrouvé Nadia assise sur son lit, souriante et les bras tendus, resterait à jamais gravé dans la mémoire de ses parents. La joie et l'amour dans toute sa pureté et son innocence. Une semaine après son réveil, Nadia voulait déjà attaquer la rééducation. Contrairement à ce que craignait Étienne, elle n'avait pas rejeté sa mère et lui avait pardonné. La première rencontre avait été silencieuse. Aucune des deux femmes ne s'était livrée : l'une parce qu'elle avait sur l'âme un poids que seule sa fille pourrait lui retirer, l'autre parce qu'elle n'avait jamais osé offrir sa confiance à sa mère. Elles s'étaient retrouvées le lendemain, alors qu'il était de service. Quand il était rentré le soir, elles étaient métamorphosées.

Le mois dernier, ils avaient déménagé. Nadia avait accepté l'argent que sa mère lui avait donné : un acompte sur son héritage. Son père avait été un homme d'affaires particulièrement retors et fortuné. Elle l'aurait refusé si elle avait été seule. Cependant, elle avait une famille. Avec une partie de la somme, ils avaient acheté un appartement à l'Île Verte, avec une grande terrasse orientée plein ouest. Elle pouvait aisément s'y promener en fauteuil et avait même passé la dernière semaine à bronzer en tee-shirt. Elle avait encore des pansements, tristes souvenirs de son combat à mort d'Engins. Sophie et Julien étaient venus la voir pratiquement tous les jours durant son coma. Ils ne se quittaient pratiquement plus depuis la naissance d'Emmanuel, leur fils. Adèle marchait et, imitant sa mère, s'était mise à parler sans reprendre son souffle. Son sabir devenait chaque jour plus compréhensible.

Après trois mois de congé sans solde, Étienne Fortin avait réintégré son poste. Il avait retrouvé avec plaisir ses collègues et l'adrénaline des interventions, mais se réjouissait toujours du moment où il pourrait rentrer chez lui. Nadia, de son côté, avait été décorée de la Légion d'honneur. Elle avait d'abord décidé de la refuser. Cela ne lui rendrait pas l'usage de ses jambes. Mais elle l'avait finalement acceptée pour accompagner Marco qui l'avait reçue à titre posthume. La vie avait repris.

— Il faut qu'on redescende. Le supérieur ne devrait pas tarder à arriver, annonça Étienne en regardant sa montre.

— Restons encore ici cinq minutes. Il pourra attendre, il fait beau. J'ai un truc à te dire.

Étienne fut surpris par le ton soudain sérieux de sa compagne.

— Tu sais que je t'aime, mais il y a quelque chose qu'il faut que je t'avoue… même si cela nous fera mal. Je l'ai sur le cœur depuis trop longtemps, hésita Nadia.

— Je t'écoute.

Elle prit courage à la vue des épilobes roses qui dansaient en grappe dans le vent. Puis, d'une traite, elle lâcha :

— Un truc dont je t'avais déjà parlé. La nuit où j'ai dormi chez les Forestier, il s'est passé quelque chose de terrible. J'ai…

— Je sais, la coupa Étienne.

— Comment ça, « tu sais » ?

— Un jour, alors que tu étais encore dans le coma, Mathieu Forestier a demandé à me voir, seul à seul. Curieux, je suis allé lui rendre visite à Varces. Il n'avait pas lâché un mot depuis son arrestation. Pendant plus d'une heure, il m'a craché sa haine au visage. Ce type a été détruit par la disparition de sa femme. Il ne vivait que par elle. Victor Pirlo et lui étaient sous son emprise amoureuse. Un drôle de couple à trois. Il t'en veut à mort de l'avoir tuée. Il a balancé que vous aviez baisé tous les quatre la nuit où tu étais à Autrans.

— Alors c'était donc vrai, murmura Nadia, défaite. Je ne me souvenais plus de rien et je croisais les doigts pour qu'il m'ait menti, qu'il ait juste cherché à me blesser. Je suis… morte de honte, et j'espère que tu me le pardonneras.

— Comment t'en vouloir alors que je viens de te retrouver ? Comment t'en vouloir alors que tu étais inconsciente ? Comment t'en vouloir… alors qu'il ne s'est rien passé ?

Nadia le regarda fixement, éberluée.

— Comment ça, « rien passé » ?

— Dans sa volonté de me faire mal, il m'a abreuvé de détails. Des détails qui m'ont prouvé qu'il me mentait, sourit Étienne.

— Les salauds..., marmonna Nadia.

Puis, attrapant la tête d'Étienne dans ses mains :

— Jure-moi que tu me dis la vérité ! Jure-moi que tu ne dis pas ça uniquement pour me rassurer !

— Je te le jure. Je te jure aussi que même si tu l'avais fait je t'aimerais tout autant.

— Trop contente d'être avec toi, glissa-t-elle en l'embrassant. D'ailleurs, tu ne voudrais pas me demander de t'épouser ?

— Je n'osais plus y croire, bafouilla Étienne.

— Maintenant que je ne travaille plus, j'ai besoin de quelqu'un pour m'entretenir ! expliqua-t-elle dans un sourire.

Quand, cinq minutes plus tard, ils arrivèrent devant le porche de la basilique, deux hommes les attendaient en bavardant. Pantalon de laine, col romain et chemisette blanche, ils semblaient sortis du même moule.

— Bernard ! Quelle bonne surprise de vous retrouver là !

Bernard de Valjoney se retourna à l'appel de son nom. Il mit un temps pour reconnaître dans la jeune handicapée la policière qu'il avait accompagnée à Rome.

— Nadia. C'est un vrai plaisir de vous revoir. Je voulais passer vous rendre visite, mais...

— Ne vous en faites pas, je sais que vous êtes très pris. C'est étonnant de vous retrouver là aujourd'hui.

— Je suis venu me reposer quelques jours. Le père Johanson, supérieur des missionnaires de La Salette, m'a dit qu'il avait rendez-vous avec une amie du père Maurice après la messe. Je ne pouvais pas rater une telle occasion... Quelle joie de vous découvrir aussi resplendissante après vous avoir vu dans votre lit d'hôpital.

— J'ai eu la chance de survivre, Bernard. Je veux maintenant profiter à fond de chaque journée... même si ma vitesse de croisière s'est sacrément réduite, s'amusa-t-elle en tapotant la roue de son fauteuil.

Le second personnage s'invita dans la conversation :

— Bonjour, madame Barka, je suis le père Johanson. Je suis heureux de faire votre connaissance. Maurice m'a parlé de vous peu avant de nous quitter.

— Il m'a beaucoup aidée, et j'avais un cadeau à lui donner. Je regrette vraiment de n'avoir pas pu le revoir avant sa mort.

— Il s'est éteint très paisiblement. Il avait préparé quelque chose pour vous et m'a chargé de vous le remettre. Il y tenait beaucoup.

Le père Johanson lui tendit une boîte en fer qu'il serrait contre lui depuis le début de leur entretien.

— Je ne sais pas ce qu'elle contient. Je vous laisse le découvrir. Maintenant, je suis désolé de vous abandonner si rapidement, mais je suis attendu.

Comme le supérieur s'éloignait en leur adressant un signe amical de la main, Nadia regarda avec surprise le cadeau qu'elle avait posé sur ses genoux. Elle jeta une moue interrogative au prêtre et à son ami, puis ouvrit le colis. Elle éclata de rire en trouvant deux pots de miel et une vieille boîte à thé. Elle saisit une feuille rabattue en quatre qu'elle déplia. Elle découvrit une écriture fine et tremblante et lut la lettre à haute voix. « Bonjour Nadia. En souvenir de ce matin où vous aviez tant apprécié la production de ma nièce. Ayez une petite pensée pour moi en le dégustant. J'ai beaucoup prié pour vous quand le père Bernard m'a appris votre malheur. Quelle joie quand vous m'avez appelé. Hélas, je ne pourrai pas honorer ce rendez-vous, car Celui que j'ai servi tout au long de mon existence me rappelle enfin à lui. Profitez de la vie qui vous a été rendue. Les trésors ne se cachent pas dans des coffres-forts, mais dans le cœur de ceux qui vous entourent. Mais cela, vous l'avez déjà deviné. Père Maurice Normand. »

L'émotion envahit Nadia à la lecture de ce message. Il était simple et venait du cœur du vieux prêtre. Elle saisit les mains des deux hommes qui l'accompagnaient et les serra longuement. Puis elle s'adressa à Étienne :

— Emmène-nous dans un coin un peu plus tranquille, j'ai un deal à passer avec Don Bernardo.

Le père de Valjoney remarqua le sourire amusé d'Étienne Fortin et les suivit sans poser de questions. Ils s'arrêtèrent à l'ombre de quelques sapins, à l'écart des visiteurs. Nadia ouvrit son sac et en sortit le coffret serti de pierres précieuses. Elle le tendit au prêtre.

— La relique de saint Jacques, trésor des Malherbe. Le commissaire Mazure l'a… comment dire… escamotée de la scène de crime et me l'a offerte.

— Le trésor des Malherbe n'était donc pas une légende ! Il est magnifique et a une valeur inestimable ! s'extasia Bernard de Valjoney en admirant le coffret.

— Il me rappelle trop de mauvais souvenirs. Comme vous vous en doutez, il n'a aucune existence officielle. Je souhaite vous demander une faveur.

— Je vous écoute, acquiesça-t-il sans savoir à quoi s'attendre.

— Ces dernières semaines, j'ai beaucoup pensé à Margot Malherbe et à Antonio Savelli, son ami moine. Ils ont tout donné au service des malades et des pauvres. En leur mémoire, vendez ce coffret et distribuez l'argent que vous en retirerez à des gens dans le besoin. Quant à la relique, faites-en ce que bon vous semble.

L'ecclésiastique fut stupéfait par la demande.

— Votre démarche est louable, mais comment voulez-vous que je trouve un acquéreur pour un objet d'une telle valeur ?

— Ne me dites pas qu'avec tout le beau monde que vous connaissez ou que fréquentent vos amis romains vous ne saurez pas transformer ce joyau en liasses de billets. Et, promis, la police n'enquêtera jamais sur la transaction, ajouta-t-elle avec un clin d'œil.

— Mais le Vatican n'est pas une filiale de Cosa Nostra !

— Bien évidemment, je ne vous compare pas à la mafia. Votre réseau d'influence est bien plus étendu, le piqua-t-elle. Je sais que ce que je vous demande est difficile, mais faites-le pour moi et pour toutes les victimes de ceux qui ont considéré les femmes comme une engeance diabolique, pria-t-elle avec le plus grand sérieux.

Le regard du père de Valjoney naviguait du magnifique coffret à la femme, plus admirable encore, qui venait de céder un trésor et de le supplier de se compromettre pour aider les plus pauvres.

— Je vous jure que je ferai le maximum pour y arriver… même si je n'ai aucune idée de la façon dont je vais m'y prendre.

— Demandez-le-lui, suggéra-t-elle en montrant du doigt le ciel azuré. Il ne pourra pas abandonner son fidèle serviteur englué dans une promesse faite à une handicapée un peu allumée. Allez, je vous laisse discuter tous les deux. Il faut que j'apprenne à manier cet engin et que je repère les lieux. Je vous donne rendez-vous ici dans un an pour l'ascension du mont Gargas. Et prenez le sac, Bernard ! Si vous vous promenez avec le coffret dans les mains, vous finirez par attirer l'attention !

Bernard de Valjoney regarda Nadia s'éloigner, impressionné par sa volonté et son énergie. Puis il se retourna vers le policier.

— Et vous, Étienne, comment allez-vous ?

— Pas facile de se remettre d'un triple homicide, même en condition de légitime défense. La gardienne du manoir s'en est finalement tirée et la mort de Spadaz et Pirlo ne me pose pas de cas de conscience. Par contre, le fantôme de Nelly Blanchard hante encore régulièrement mes nuits.

— D'après ce que vous m'avez raconté, elle s'est jetée sous vos balles, nota l'ecclésiastique.

— Exact, et c'est elle qui a attiré Nadia et Adèle dans ce piège mortel. Mais elle était contrôlée par Veronika et Victor Pirlo. Dix-neuf ans, quel gâchis !

— Si vous voulez que nous en parlions, je suis à votre disposition.

— Je vous remercie, Bernard. Je mène une thérapie en parallèle. Heureusement que Nadia est sortie du coma. C'est égoïste à dire, mais je pense que cela m'a sauvé aussi. Elle est extraordinaire.

— Elle récupère à une vitesse hallucinante, admira le prêtre. Je savais qu'elle avait un caractère de fer, mais elle est transformée. Je vous promets que je serai là l'an prochain pour faire cette balade avec vous deux, même si je risque de fermer la queue du cortège.

— Rien n'est moins sûr, remarqua Étienne avec un soupçon de tristesse dans la voix.

— Mais si, je vous assure que je m'entraînerai suffisamment.

— Je ne doute pas que vous y arriverez, mais Nadia n'a qu'une chance sur dix de remarcher un jour… Vous pensez que vous pourriez faire quelque chose avec cela ? ajouta Étienne en montrant la relique.

— Nadia est-elle au courant du verdict des médecins ? demanda Bernard.

— Évidemment. Elle n'est pas du genre à se cacher la vérité.

— Alors plutôt que de croire en des ossements, aussi saints soient-ils, croyez en elle. Elle est métamorphosée. Elle a toujours été attachante, mais torturée de questionnements. Aujourd'hui, elle respire la joie de vivre et a un tel espoir en l'avenir qu'elle serait capable de remarcher pour votre fille et pour vous. Le miracle a déjà eu lieu, je vous l'assure.

Étienne regarda le prêtre avec reconnaissance. Sans un mot, il le serra en une longue accolade. Puis il chercha Nadia. Elle était au centre de l'esplanade, cheveux au vent, le regard fixé sur le sommet du mont Gargas : son prochain défi.

Remerciements

À ma femme, qui a pris en charge l'édition de mes romans, et sans laquelle cette aventure littéraire et éditoriale n'aurait jamais vu le jour. Elle m'accompagne dans cette aventure sous le pseudonyme de Jacques-Line Vandroux et anime notre blog.

À tous nos interlocuteurs sur les plateformes numériques, aussi bien parmi les membres du support technique que parmi les responsables, pour leur aide et la confiance qu'ils nous ont manifestée, en particulier à Marie-Pierre Sangouard, Anne-Laure Vial, Éric Bergaglia et Camille Mofidi.

À nos enfants, qui ont subi nos conversations centrées sur mes romans, avant de commencer à s'y intéresser.

À Simone, Sophie, Isabelle, Guillaume, Véronique, Chantal, Patrick, Nicolas, Fred, Hervé et Bernadette, mes relecteurs et correcteurs, à tous ceux à qui nous avons demandé conseil, avec une mention particulière pour Bernadette Bordet, notre extrémiste de l'orthographe qui apporte sa compétence et sa pointe d'humour dans son travail de relecture approfondie.

À tous les lecteurs et lectrices qui m'ont encouragé à poursuivre l'écriture par des messages ou des commentaires positifs et sympathiques et de nombreux échanges sur les réseaux sociaux.

À nos amis et aux membres de notre famille, que je ne citerai pas de peur d'en oublier, pour leurs encouragements et leurs commentaires.

À Glenn Tavennec des éditions Robert Laffont, qui a cru en ce livre et nous a fait confiance. Merci également à Cécile Boyer-Runge, Clément Vekeman et Camille Filhol, ainsi qu'à toutes les équipes de Robert Laffont.

Merci à tous de nous avoir permis cette belle aventure…

TABLE

Imprimé en France par CPI
en novembre 2017

Composition et mise en pages
Nord Compo à Villeneuve-d'Ascq

N° d'édition : 56344/01
N° d'impression : 142868